汽车维修数据速查丛书

最新汽车熔断器与继电器
速查手册

高 宇 主编

机 械 工 业 出 版 社

本书根据原厂资料对汽车熔断器和继电器的资料做了收集与整理，详细介绍了市面上主流车型熔断器与继电器的安装位置、规格和功能。书中按照大众/奥迪、通用、丰田、本田、日产、现代、马自达、奔驰、宝马、福特、雪铁龙、奇瑞、比亚迪等分章编写，资料准确，易查易找。

　　本书可供汽车维修专业人员使用，也可供汽车维修专业师生阅读参考。

图书在版编目（CIP）数据

最新汽车熔断器与继电器速查手册/高宇主编. —北京：机械工业出版社，2012.1

（汽车维修数据速查丛书）

ISBN 978-7-111-36772-7

Ⅰ. ①最⋯　Ⅱ. ①高⋯　Ⅲ. ①汽车—熔断器—维修数据—手册②汽车—继电器—维修数据—手册　Ⅳ. ①U463.41-62

中国版本图书馆 CIP 数据核字（2011）第 258068 号

机械工业出版社（北京市百万庄大街 22 号　邮政编码 100037）

策划编辑：徐　巍　责任编辑：徐　巍　刘　煊

版式设计：常天培　责任校对：张晓蓉

封面设计：马精明　责任印制：乔　宇

北京铭成印刷有限公司印刷

2012 年 4 月第 1 版第 1 次印刷

184mm×260mm · 27.25 印张 · 677 千字

0001—3000 册

标准书号：ISBN 978-7-111-36772-7

定价：69.00 元

目　　录

第一章　大众/奥迪车系

第一节　一汽大众车系

一、捷达(2010 年款)

1. 熔断器

捷达轿车熔断器位置如图 1-1 所示，熔断器相应说明如表 1-1 所示。

注意： 修理或检测电气系统时，必须先断开蓄电池接地线。

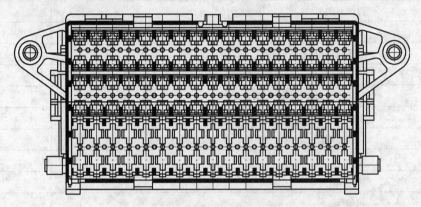

图 1-1　捷达轿车熔断器位置图

表 1-1　捷达轿车熔断器说明表

编号	用 电 器	电流/A
S1	左近光灯	10
S2	右近光灯	10
S3	牌照灯；灯光开关照明	10
S4	ABS 控制器；ABS 指示灯	10
S5	氧传感器；炭罐电磁阀；曲轴箱通风加热电阻	10
S6	防眩后视镜	10
S7	右前驻车灯；右后驻车灯	10
S8	左前驻车灯；左后驻车灯	10
S9	压力开关	10
S10	电动后视镜；电动窗/中央锁控制器	5
S11	左远光灯；远光灯指示	10
S12	右远光灯	10

（续）

编号	用 电 器	电流/A
S13	喇叭及喇叭继电器	10
S14	倒车灯；倒车灯开关；起动锁止和倒车灯继电器	15
S15	防盗控制器；发动机控制器；加热电阻（曲轴箱通风）；车速传感器	10
S16	仪表指示	10
S17	转向灯；遇险警报开关	10
S18	行李箱开启电动机	10
S19	空调控制器	5
S20	行李箱灯及开关	10
S21	点烟器；组合仪表；室内灯	15
S22	收音机	10
S23	出租车防盗器	10
S24	灯光开关	5
S25	牌照灯；灯光开关照明	—
S26	收音机电源	10
S27	出租车（GPS）；驻车距离报警系统	10
S28	自动变速器控制器；多功能开关	10
S29	警报灯；组合开关	15
S30	防盗控制器；发动机控制器；自动变速器控制器	10
S31	诊断	10
S32	出租车	10
S33	出租车	10
S35	刮水器继电器及组合开关；循环风电磁阀	15
S36	鼓风机；风扇控制器	30
S37	燃油泵	20
S38	温度开关；空调继电器	30
S39	收音机（单碟CD）	—
S40	喷油器	10
S41	制动踏板开关；离合器踏板开关；主供电继电器	10
S42	冷却风扇控制单元	30
S43	雾灯；雾灯开关；雾灯继电器	15
S46	制动开关及制动灯	10
S48	后风窗加热	20
S51	主供电继电器	20

2. 主熔断器

捷达轿车主熔断器位于主熔断器盒，其位置如图1-2所示，相关说明如表1-2所示。

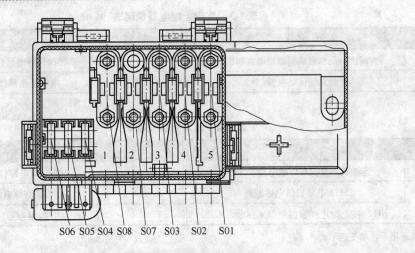

图1-2　捷达轿车主熔断器盒

表1-2　捷达轿车主熔断器说明表

编号	用 电 器	电流 A	编号	用 电 器	电流 A
S01	发电机	110	S05	ABS 泵	30
S02	中央继电器支架	110	S06	空调	30
S03	风扇控制器，诊断仪器	40	S07	—	
S04	ABS 阀	40	S08	柴油机加热	50

3. 继电器

捷达轿车继电器位置如图 1-3 所示。

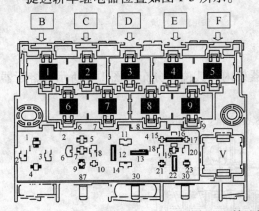

说明：

① 应按照相应线路图，识别继电器位置。

② 零件名称后括号内数字即为外壳上的产品控制号。

③ 继电器支架上的配置因车内装配不同而有所不同。

图1-3　捷达轿车继电器位置图

（1）支架上继电器

支架继电器说明如表 1-3 所示。

（2）附加电器（个别位置变化以实车为准）

附加电器说明如表 1-4 所示。

（3）支架上插头

支架上插头说明如表 1-5 所示。

表1-3　支架上继电器说明表

编号	位　　　置	编号	位　　　置
2	清洗—刮水自动间歇继电器(19)	4	燃油泵继电器(167)
3	X触点卸荷继电器(18)	V	喇叭继电器(53)

表1-4　附加电器说明表

编号	位　　　置	编号	位　　　置
B	起动锁止及倒车灯继电器①(175)	D	雾灯继电器(53)
C	S111 电动窗供电熔断器	E	前照灯继电器
	S112 中控锁/电动窗控制单元供电熔断器	F	主供电继电器(458)

① 仅适用于自动变速车。

表1-5　支架上插头说明表

编号	说　　　明	编号	说　　　明
1	10 孔插头 T10a，蓝色	6	10 孔插头 T10d，红色
2	10 孔插头 T10b，棕色	7	10 孔插头 T10g，橙色
3	10 孔插头 T10c，黑色	8	6 孔插头 T6c，棕色
4	10 孔插头 T10f，灰色	9	10 孔插头 T10e，紫色
5	6 孔插头 T6b，粉色		

二、宝来(2010 年款)

1. 熔断器

（1）熔断器(SA)

宝来轿车熔断器(SA)在蓄电池上面的熔断器架内，其位置分布如图 1-4 所示，熔断器 (SA)相关说明如表 1-6 所示。

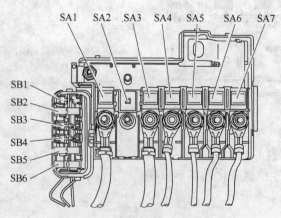

图 1-4　宝来轿车熔断器(SA)位置图

表1-6 宝来轿车熔断器(SA)说明表

编号	电路图中名称	额定值	保护的电路/部件	端子
1	SA1—蓄电池上面熔断器架上的熔断器1	175A	C—三相交流发电机	30
2	SA2—蓄电池上面熔断器架上的熔断器2	—	未使用	30
3	SA3—蓄电池上面熔断器架上的熔断器3	110A	D—点火起动开关 E1—车灯开关 E4—手动变光开关 J17—燃油泵继电器 J49—电动燃油泵2继电器[3] J317—总线端30供电继电器 仪表板左侧熔断器架上的熔断器: SC12、SC13、SC14、SC15、SC16、SC17、 SC29、SC30、SC31、SC32、SC33、SC34、 SC35、SC36、SC37、SC39、SC45[4]	30
4	SA4—蓄电池上面熔断器架上的熔断器4	40A	J59—X触点卸载继电器 J682—接线端50供电继电器[2]	30
5	SA5—蓄电池上面熔断器架上的熔断器5	40A	J104—ABS控制单元	30
6	SA6—蓄电池上面熔断器架上的熔断器6	40A	J293—散热器风扇控制单元	—
7	SA7—蓄电池上面熔断器架上的熔断器7	40A	J299—二次空气泵继电器[1]	30

① 仅限装备1.6L发动机的汽车。
② 仅限装备自动变速器的汽车。
③ 自2008年9月起。
④ 仅限装备1.4LTsi发动机的汽车。

(2)熔断器(SB)

宝来轿车熔断器(SB)在蓄电池上面的熔断器架内,其位置分布如图1-5所示,熔断器(SB)相关说明如表1-7所示。

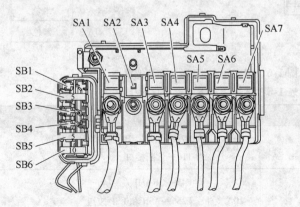

熔断器颜色	
30A	绿色
25A	白色
20A	黄色
15A	蓝色
10A	红色
7.5A	棕色
5A	米色
3A	紫色

图1-5 宝来轿车熔断器(SB)位置图

表1-7　宝来轿车熔断器(SB)说明表

编号	电路图中名称	额定值	保护的电路/部件	端子
1	SB1—蓄电池上面右侧熔断器架上的熔断器1	—	未使用	—
2	SB2—蓄电池上面右侧熔断器架上的熔断器2	5A	J220—Motronic 控制单元[1] J623—发动机控制单元[3]	30
3	SB3—蓄电池上面右侧熔断器架上的熔断器3	—	未使用	—
4	SB4—蓄电池上面右侧熔断器架上的熔断器4	—	未使用	—
5	SB5—蓄电池上面右侧熔断器架上的熔断器5	5A	J519—车身控制模块	30
6	SB6—蓄电池上面右侧熔断器架上的熔断器6	10A	H8—防盗报警装置信号喇叭[2]	30

① 仅限装备 2.0L 发动机的汽车。

② 选装装备。

③ 仅限装备 1.4LTsi 发动机的汽车。

(3) 熔断器(SC)

宝来轿车熔断器(SC)在仪表左侧熔断器架上，其位置分布如图1-6所示，熔断器(SC)相关说明如表1-8所示。

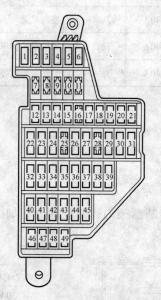

熔断器颜色	
30A	绿色
25A	白色
20A	黄色
15A	蓝色
10A	红色
7.5A	棕色
5A	米色
3A	紫色

图1-6　宝来轿车熔断器(SC)位置图

表1-8　宝来轿车熔断器(SC)说明表

编号	电路图中名称	额定值	保护的电路/部件	端子
1	SC1—熔断器架上的熔断器1	10A	N79—加热电阻(曲轴箱的排气孔) T16—诊断接口	15
2	SC2—熔断器架上的熔断器2	10A	E45—GRA 开关 E256—ASR 和 ESP 按钮[5] E313—变速杆[7]	15

（续）

编号	电路图中名称	额定值	保护的电路/部件	端子
2	SC2—熔断器架上的熔断器2	10A	F—制动灯开关 F36—离合器踏板开关[①] G85—转向角传感器[⑤] F189—自动变速器换档开关[②] J...—发动机控制单元[⑧] J17—燃油泵继电器[⑧] J104—ABS控制单元 J285—仪表板中控制单元 J317—总线端30供电继电器 J519—车身控制模块 J538—燃油泵控制单元[⑥] J743—双离合器变速器机电一体化装置[⑦]	15
3	SC3—熔断器架上的熔断器3	5A	J234—安全气囊控制单元	15
4	SC4—熔断器架上的熔断器4	10A	F4—倒车灯开关[①] J255—自动空调控制单元[③] J301—空调器控制单元[④]	15
5	SC5—熔断器架上的熔断器5	5A	J412—移动电话电子操作装置控制单元 J446—驻车辅助控制单元	15
6	SC6—熔断器架上的熔断器6	10A	E22—间歇式车窗刮水器开关	15
7	SC7—熔断器架上的熔断器7	—	未使用	—
8	SC8—熔断器架上的熔断器8	—	未使用	—
9	SC9—熔断器架上的熔断器9	—	未使用	—
10	SC10—熔断器架上的熔断器10	—	未使用	—
11	SC11—熔断器架上的熔断器11	—	未使用	—
12	SC12—熔断器架上的熔断器12	15A	J519—车身控制模块	30
13	SC13—熔断器架上的熔断器13	5A	E313—变速杆[⑩] G85—转向角传感器[⑤] J217—自动变速器控制单元[②] J255—Climatronic控制单元[③] J285—仪表板中控制单元 N376—点火钥匙防拔出电磁铁[⑩]	30
14	SC14—熔断器架上的熔断器14	10A	J412—移动电话电子操作装置控制单元[⑨] T16—诊断接口	30
15	SC15—熔断器架上的熔断器15	10A	J519—车身控制模块	30
16	SC16—熔断器架上的熔断器16	5A	J519—车身控制模块[②]	30
17	SC17—熔断器架上的熔断器17	15A	J49—电动燃油泵2继电器[⑧⑪] J519—车身控制模块	30

（续）

编号	电路图中名称	额定值	保护的电路/部件	端子
18	SC18—熔断器架上的熔断器18	15A	J285—仪表板中控制单元 M30—左侧远光灯灯泡 M32—右侧远光灯灯泡	56a
19	SC19—熔断器架上的熔断器19	5A	E1—车灯开关 E43—后视镜调节开关 E52—左后车门内车窗升降器开关 E54—右后车门内车窗升降器开关 E107—前排乘客侧车门中的车窗升降器开关 E188—后行李箱盖遥控开锁开关 F189—自动变速器换档开关② J301—空调器控制单元④ J519—车身控制模块 L76—按钮照明 R—收音机⑫ U1—点烟器 X—牌照灯	58a
20	SC20—熔断器架上的熔断器20	15A	E18—后雾灯开关⑮ R—收音机⑭	75
21	SC21—熔断器架上的熔断器21	5A	G65—高压传感器 J32—空调器继电器 J293—散热器风扇控制单元	87
22	SC22—熔断器架上的熔断器22	10A	N30—气缸1喷油阀⑬ N31—气缸2喷油阀⑬ N32—气缸3喷油阀⑬ N33—气缸4喷油阀⑬	87
23	SC23—熔断器架上的熔断器23	15A	G39—氧传感器 G130—催化转化器后的氧传感器	87
24	SC24—熔断器架上的熔断器24	25A	J...—发动机控制单元 N152—点火变压器⑬⑯ N70—带功率输出级的点火线圈1⑥ N127—带功率输出级的点火线圈2⑥ N291—带功率输出级的点火线圈3⑥ N292—带功率输出级的点火线圈4⑥	87
25	SC25—熔断器架上的熔断器25	20A	V192—制动真空泵②	87
26	SC26—熔断器架上的熔断器26	10A	J299—二次空气泵继电器⑥ N75—增压压力限制电磁阀⑥ N80—炭罐电磁阀 N156—进气歧管转换阀⑯ N205—凸轮轴调节阀1⑥ N249—涡轮增压器循环空气阀⑥ N276—燃油压力调节阀⑥	87

（续）

编号	电路图中名称	额定值	保护的电路/部件	端子
27	SC27—熔断器架上的熔断器27	10A	J32—空调器继电器	87
28	SC28—熔断器架上的熔断器28	20A	F125—多功能开关② J160—循环泵继电器⑥ J217—自动变速器控制单元②	15
29	SC29—熔断器架上的熔断器29	30A	J388—左后车门控制单元 J389—右后车门控制单元	30
30	SC30—熔断器架上的熔断器30	20A	J386—驾驶人侧车门控制单元	30
31	SC31—熔断器架上的熔断器31	20A	J387—前排乘客侧车门控制单元	30
32	SC32—熔断器架上的熔断器32	30A	J519—车身控制模块	30
33	SC33—熔断器架上的熔断器33	30A	J519—车身控制模块	30
34	SC34—熔断器架上的熔断器34	20A	J519—车身控制模块	30
35	SC35—熔断器架上的熔断器35	7.5A	R—收音机⑫ J503—收音机和导航系统的带显示单元的控制单元⑰	30
36	SC36—熔断器架上的熔断器36	30A	J519—车身控制模块	30
37	SC37—熔断器架上的熔断器37	15A	J245—滑动天窗控制单元	30
38	SC38—熔断器架上的熔断器38	5A	J361—Simos 控制单元⑯ J519—车身控制模块	50
39	SC39—熔断器架上的熔断器39	30A	J774—可加热前座椅控制单元	30
40	SC40—熔断器架上的熔断器40	30A	J255—自动空调控制单元③ J301—空调器控制单元④ V2—新鲜空气鼓风机③	75
41	SC41—熔断器架上的熔断器41	5A	E43—后视镜调节开关	75
42	SC42—熔断器架上的熔断器42	15A	U1—点烟器	75
43	SC43—熔断器架上的熔断器43	5A	E18—后雾灯开关⑬ J519—车身控制模块 R—收音机⑫⑮	86s
44	SC44—熔断器架上的熔断器44	5A	J519—车身控制模块	75
45	SC45—熔断器架上的熔断器45	15A	G6—燃油泵⑯⑱ J538—燃油泵控制单元⑥ N30—气缸1喷油阀⑯ N31—气缸2喷油阀⑯ N32—气缸3喷油阀⑯ N33—气缸4喷油阀⑯	87
46	SC46—熔断器架上的熔断器46	10A	M29—左侧近光灯灯泡	56
47	SC47—熔断器架上的熔断器47	10A	M31—右侧近光灯灯泡	56

（续）

编号	电路图中名称	额定值	保护的电路/部件	端子
48	SC48—熔断器架上的熔断器48	5A	M1—左侧停车灯灯泡 M4—左侧尾灯灯泡 M21—左侧制动灯和尾灯灯泡	58L
49	SC49—熔断器架上的熔断器49	5A	M2—右侧尾灯灯泡 M3—右侧停车灯灯泡 M22—右侧制动灯和尾灯灯泡	58R

① 仅限装备手动变速器的汽车。

② 仅限装备自动变速器的汽车。

③ 仅限装备自动空调的汽车。

④ 仅限装备手动空调的汽车。

⑤ 仅限装备带电子稳定程序 ESP 的汽车。

⑥ 仅限装备 1.4Ltsi 发动机的汽车。

⑦ 仅限装备双离合器变速器的汽车。

⑧ 仅限装备 1.6L 或 2.0L 发动机的汽车。

⑨ 选装装备。

⑩ 仅限装备双离合器变速器的汽车。

⑪ 自 2008 年 9 月起。

⑫ 仅限装备无导航系统的汽车。

⑬ 仅限装备 2.0L 发动机的汽车。

⑭ 自 2010 年 5 月起。

⑮ 到 2010 年 5 月止。

⑯ 仅限装备 1.6L 发动机的汽车。

⑰ 仅限装备带导航系统的汽车。

⑱ 仅限装备 2.0L 发动机的汽车。

2. 继电器

（1）宝来仪表板左下方继电器支架上的继电器位置分配

宝来轿车仪表板左下方继电器支架上的继电器如图 1-7 所示，相关说明如表 1-9 所示。

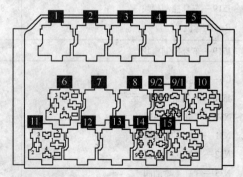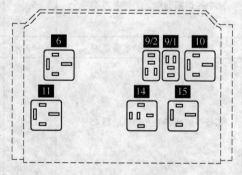

图 1-7 宝来轿车仪表板左下方继电器支架上的继电器位置图

表1-9　宝来轿车仪表板左下方继电器支架上的继电器说明表

编号	说　明	编号	说　明
1	未使用	9/1	电动燃油泵2继电器J49(449继电器)[1][2][3]
2	未使用	9/2	燃油泵继电器J17(449继电器)[1][3]
3	未使用	10	接线端50供电继电器J682(100继电器)
4	未使用	11	二次空气泵继电器J299(100继电器)[1]
5	未使用	12	未使用
6	总线端30供电继电器J317(458继电器)	13	未使用
7	未使用	14	空调继电器J32(126继电器)
8	未使用	15	X触点卸载继电器J59(100继电器)

① 仅限装备1.6L发动机的汽车。

② 自2008年9月起。

③ 仅限装备2.0L发动机的汽车。

（2）蓄电池上的熔断器继电器支架的继电器分配

宝来轿车冷却液继续循环泵继电器J151位于蓄电池上的熔断器继电器支架上，如图1-8中箭头所示。

3. 电控单元位置图

宝来轿车电控单元位置图如图1-9所示。

发动机控制单元位于排水槽中间，安装位置如图1-10中箭头所示。

自动变速器控制单元位于排水槽内右侧，安装位置如图1-11中箭头所示。

ABS控制单元位于发动机室内左纵梁后部，安装位置如图1-12中箭头所示。

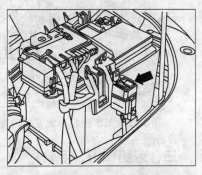

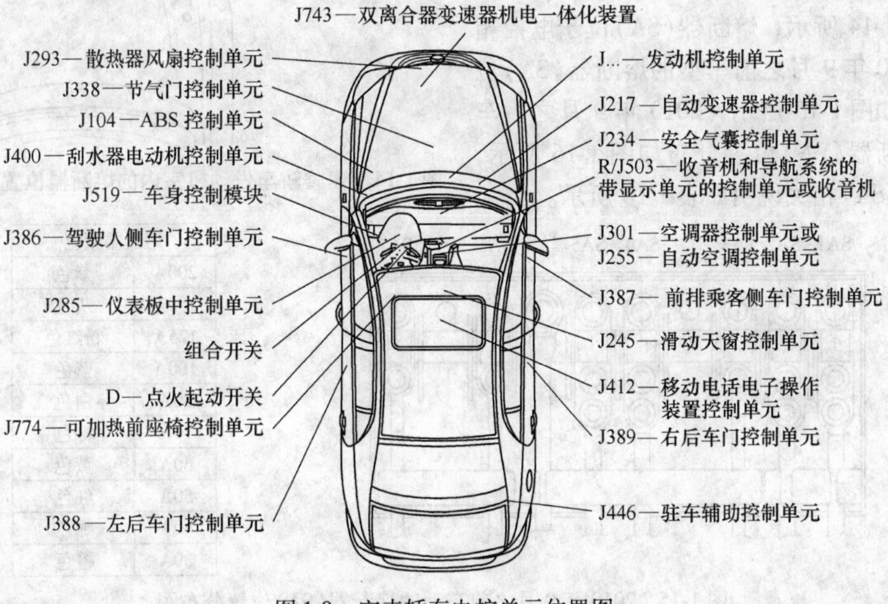

图1-8　蓄电池上的熔断器继电器
支架的继电器

J743—双离合器变速器机电一体化装置

J293—散热器风扇控制单元
J338—节气门控制单元
J104—ABS控制单元
J400—刮水器电动机控制单元
J519—车身控制模块
J386—驾驶人侧车门控制单元
J285—仪表板中控制单元
组合开关
D—点火起动开关
J774—可加热前座椅控制单元
J388—左后车门控制单元

J...—发动机控制单元
J217—自动变速器控制单元
J234—安全气囊控制单元
R/J503—收音机和导航系统的
带显示单元的控制单元或收音机
J301—空调器控制单元或
J255—自动空调控制单元
J387—前排乘客侧车门控制单元
J245—滑动天窗控制单元
J412—移动电话电子操作
装置控制单元
J389—右后车门控制单元
J446—驻车辅助控制单元

图1-9　宝来轿车电控单元位置图

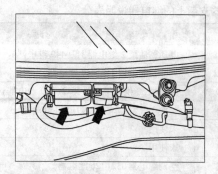

图1-10　发动机控制单元安装位置图

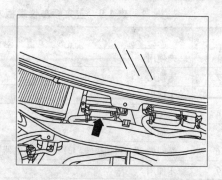

图1-11　自动变速器控制单元安装位置图

安全气囊控制单元位于中控台下面，安装位置如图1-13中箭头所示。

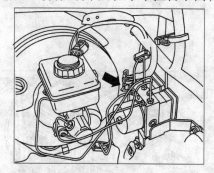

图1-12　ABS控制单元安装位置图

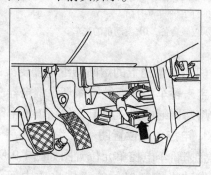

图1-13　安全气囊控制单元安装位置图

三、速腾(2011年款)

1. 熔断器

（1）发动机室内的熔断器

速腾轿车发动机室内的熔断器位置分布如图1-14所示，熔断器（SA）位于电控箱上，2010年9月之前车型的熔断器（SA）位置分布如图1-15所示，2010年9月之后车型的熔断器（SA）位置分布如图1-16所示，熔断器（SA）相关说明如表1-10所示。

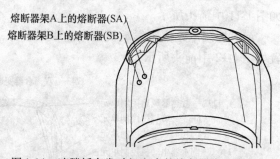

图1-14　速腾轿车发动机室内的熔断器位置分布图

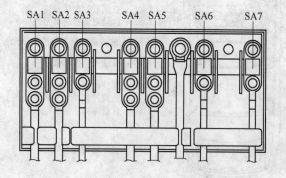

熔断器颜色	
200A	紫色
150A	灰色
125A	粉红色
100A	蓝色
80A	白色
70A	棕色
60A	黄色
50A	红色
40A	绿色
30A	橙色

图1-15　2010年9月之前车型的熔断器（SA）位置分布图

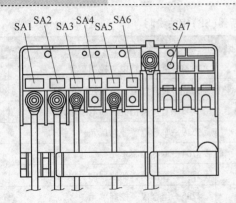

熔断器颜色	
200A	黑色
150A	黑色
125A	黑色
100A	黑色
80A	黑色
70A	黑色
60A	黑色
50A	黑色
40A	黑色
30A	黑色

图1-16　2010年9月之后车型的熔断器(SA)位置分布图

表1-10　熔断器(SA)相关说明

编号	电路图中的名称	额定值	保护的电路/部件	接线端
1	SA1—蓄电池熔断器架上的熔断器1	150A	C—三相交流发电机(90A/110A)	30
		200A	C—三相交流发电机(140A)	
2	SA2—蓄电池熔断器架上的熔断器2	80A	V187—电控机械式转向助力器电动机	30
			J500—转向辅助控制单元	
3	SA3—蓄电池熔断器架上的熔断器3	50A	V7—冷却风扇	30
4	SA4—蓄电池熔断器架上的熔断器4	—	未使用	—
5	SA5—蓄电池熔断器架上的熔断器5	80A	熔断器架上的熔断器，在仪表板左侧 SC	30
		100A	12-SC 17，SC 22-SC 27	
6	SA6—蓄电池熔断器架上的熔断器6	100A	熔断器架上的熔断器，在仪表板左侧 SC 12-SC 17，SC18，SC 22-SC 27	30
7	SA7—蓄电池熔断器架上的熔断器7	—	未使用	—

　　速腾轿车熔断器(SB)位于发动机室内左侧电控箱上，其熔断器位置分布如图1-17所示，熔断器(SB)相关说明如表1-11所示。

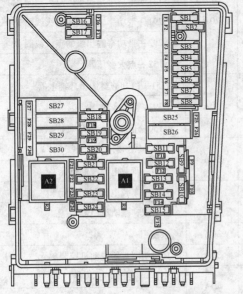

熔断器颜色	
50A	红色
40A	橙色
30A	淡绿色
25A	天然色(白色)
20A	黄色
15A	淡蓝色
10A	红色
7.5A	棕色
5A	浅棕色
3A	紫色

图1-17　速腾轿车熔断器(SB)位置分布图

表 1-11　熔断器（SB）相关说明

编号	电路图中的名称	额定值	保护的电路/部件	接线端
F1	SB1—熔断器架上的熔断器 1	20A	J393—舒适系统中央控制单元	30
F2	SB2—熔断器架上的熔断器 2	5A	J527—转向柱电子装置控制单元⑧	30
		30A	J743—直接换档变速器电子单元	
F3	SB3—熔断器架上的熔断器 3	5A	J519—车载电源控制单元	30
F4	SB4—熔断器架上的熔断器 4	30A	J104—ABS 控制单元	30
F5	SB5—熔断器架上的熔断器 5	15A	J743—直接换档变速器电子单元	30
F6	SB6—熔断器架上的熔断器 6	5A	J285—组合仪表控制单元	30
			J527—转向柱电子装置控制单元⑨	
F7	SB7—熔断器架上的熔断器 7	40A	J681 供电继电器 2，接线端 15	30
F8	SB8—熔断器架上的熔断器 8	15A	J503—带收音机和导航系统显示单元的控制单元	30
			R—收音机	
F9	SB9—熔断器架上的熔断器 9	5A	J412—移动电话电子操作装置控制单元	30
F10	SB10—熔断器架上的熔断器 10	10A	J271—Motronic 供电继电器①②③④	30
			J363—Simos 控制单元供电继电器⑤	
F11	SB11—熔断器架上的熔断器 11	—	未使用	30
F12	SB12—熔断器架上的熔断器 12	5A	J533—数据总线诊断接口	30
F13	SB13—熔断器架上的熔断器 13	30A	J623—发动机控制单元③④	87
			J361—Simos 控制单元⑤	
		15A	J220—Motronic 控制单元②	
F14	SB14—熔断器架上的熔断器 14	20A	N70—带功率输出级的点火线圈 1①③④	87
			N127—带功率输出级的点火线圈 2①③④	
			N291—带功率输出级的点火线圈 3①③④	
			N292—带功率输出级的点火线圈 4①③④	
			N152—点火变压器②⑤	
F15	SB15—熔断器架上的熔断器 15	10A	J151—冷却液继续循环继电器①	87
			G39—氧传感器④⑦	
			G130—催化转化器后氧传感器④	
F16	SB16—熔断器架上的熔断器 16	30A	J104—ABS 控制单元⑧	30
			J519—车载电源控制单元⑨	
F17	SB17—熔断器架上的熔断器 17	15A	J519—车载电源控制单元⑧	30
			J4—双音喇叭继电器	
F18	SB18—熔断器架上的熔断器 18	30A	未使用	30
F19	SB19—熔断器架上的熔断器 19	30A	J400—刮水器电动机控制单元	30
F20	SB20—熔断器架上的熔断器 20	40A	V50—冷却液循环泵④	87
			V276—燃油泵 1③	

（续）

编号	电路图中的名称	额定值	保护的电路/部件	接线端
F21	SB21—熔断器架上的熔断器21	15A	G39—氧传感器[6]	87
			G130—催化转化器后氧传感器[1][2][5]	
			J151—冷却液继续循环继电器[3]	
			V192—制动真空泵[4]	
F22	SB22—熔断器架上的熔断器22	5A	G476—离合器位置传感器	87
F23	SB23—熔断器架上的熔断器23	5A	J299—二次空气泵继电器[2][5]	87
			N75—增压压力限制电磁阀[1]	
			N80—炭罐电磁阀1[1]	
			N276—燃油压力调节阀[4]	
			J151—冷却液继续循环继电器[3]	
F24	SB24—熔断器架上的熔断器24	10A	J496—冷却液辅助泵继电器[4]	87
			N80—活性炭罐电磁阀1[2][3][4][5]	
			N156—进气歧管转换阀[5]	
			V7—散热器风扇	
			N75—增压压力限制电磁阀[1][3]	
			N249—涡轮增压器循环空气阀[1][3]	
			N205—排气凸轮轴调节阀[1][3]	
			J49—电动燃油泵2继电器[3]	
			N316—进气歧管翻板控制阀[3]	
			J757—发动机元件供电继电器[3]	
F25	SB25—熔断器架上的熔断器25	40A	J519—车载电源控制单元	30
			J104—ABS控制单元[9]	
F26	SB26—熔断器架上的熔断器26	40A	J519—车载电源控制单元	30
F27	SB27—熔断器架上的熔断器27	40A	V101—二次空气泵电动机[2][5]	87
F28	SB28—熔断器架上的熔断器28	40A	J329—供电继电器—接线端15[8]	30
F29	SB29—熔断器架上的熔断器29	50A	S44—驾驶人座椅调节装置的热敏熔断器1	30
			熔断器架上的熔断器，在仪表板左侧 SC32—SC37	
F30	SB30—熔断器架上的熔断器30	50A	J59—X触点卸荷继电器[8]	30
			J680—供电继电器1，接线端75[9]	

① 发动机标识字母为 BPL。

② 发动机标识字母为 BJZ。

③ 发动机标识字母为 BYJ。

④ 发动机标识字母为 CFBA。

⑤ 发动机标识字母为 BWH。

⑥ 在装备发动机标识字母为 BYJ 的汽车上，到 2010 年 10 月止。

⑦ 在装备发动机标识字母为 BYJ 的汽车上，自 2010 年 10 月起。

⑧ 到 2010 年 10 月止。

⑨ 自 2010 年 10 月起。

（2）车内的熔断器

速腾轿车车内熔断器位置分布如图 1-18 所示，熔断器（SC）位于在仪表板左侧熔断器架上，其熔断器位置分布如图 1-19 所示，熔断器（SC）相关说明如表 1-12 所示。

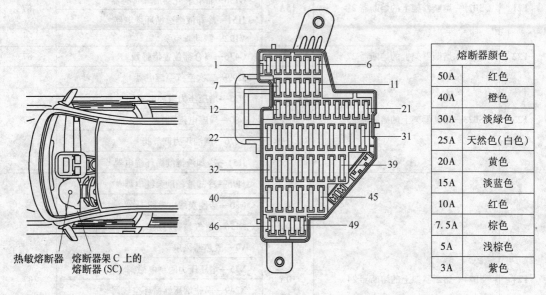

熔断器颜色	
50A	红色
40A	橙色
30A	淡绿色
25A	天然色（白色）
20A	黄色
15A	淡蓝色
10A	红色
7.5A	棕色
5A	浅棕色
3A	紫色

图 1-18　速腾轿车车内熔断器位置分布　　　图 1-19　速腾轿车熔断器（SC）位置分布图

表 1-12　速腾轿车熔断器（SC）相关说明

编号	电路图中的名称	额定值	保护的电路/部件	接线端
1	SC1—熔断器架上的熔断器 1	10A	E102—前照灯照明距离调节器	15
			G70—空气质量流量计④	
			J431—前照灯照明距离调节装置控制单元	
			N79—曲轴箱通风装置加热电阻②③	
			T16—诊断接口（T16/1）	
			J220—Motronic 控制单元①②	
			J17—燃油泵继电器①②③	
2	SC2—熔断器架上的熔断器 2	5A	E1—车灯开关	15
			E313—变速杆	
			F—制动灯开关	
			F47—制动踏板开关③④⑤	
			F189—自动变速器换档开关	
			J17—燃油泵继电器③	
			J104—ABS 控制单元	
			J271—Motronic 供电继电器①②④⑤	

（续）

编号	电路图中的名称	额定值	保护的电路/部件	接线端
2	SC2—熔断器架上的熔断器2	10A	J285—组合仪表控制单元	15
			J361—Simos 控制单元③	
			J363—Simos 控制单元供电继电器③	
			J500—助力转向控制单元	
			J533—数据总线诊断接口	
			J538—燃油泵控制单元④	
			J623—发动机控制单元⑤	
			J743—双离合器变速器电子单元	
3	SC3—熔断器架上的熔断器3	5A	J234—安全气囊控制单元	15
			K145—前排乘客侧安全气囊关闭指示灯	
4	SC4—熔断器架上的熔断器4	5A	E256—ASR 和 ESP 按键	15
			F4—倒车灯开关	
			G65—高压传感器	
			G266—机油油位和机油温度传感器①③	
			J255—全自动空调控制单元	
			J301—空调控制单元	
			Y7—自动防眩目车内后视镜	
5	SC5—熔断器架上的熔断器5	5A	V48—前照灯照明距离调节左侧伺服电动机	15
			V49—前照灯照明距离调节右侧伺服电动机	
6	SC6—熔断器架上的熔断器6	5A	F189—自动变速器换档开关	15
		10A	J285—仪表板中控制单元	
			J533—数据总线诊断接口	
7	SC7—熔断器架上的熔断器7	—	未使用	15
8	SC8—熔断器架上的熔断器8	—	未使用	15
9	SC9—熔断器架上的熔断器9	—	未使用	—
10	SC10—熔断器架上的熔断器10	—	未使用	15
11	SC11—熔断器架上的熔断器11	—	未使用	15
12	SC12—熔断器架上的熔断器12	10A	J386—驾驶人侧车门控制单元	30
			J387—前排乘客侧车门控制单元	
13	SC13—熔断器架上的熔断器13	10A	E1—车灯开关	30
			F—制动灯开关①②	
			G397—雨量和光照识别传感器	
			J9—加热式后窗玻璃继电器	
			T16—诊断接口	

（续）

编号	电路图中的名称	额定值	保护的电路/部件	接线端
14	SC14—熔断器架上的熔断器14	10A	E313—变速杆	30
		5A	F189—自动变速器换档开关	
			J217—自动变速器控制单元	
			J255—全自动空调控制单元	
			J301—空调控制单元	
15	SC15—熔断器架上的熔断器15	7.5A	J388—左后车门控制单元	30
			J389—右后车门控制单元	
			J519—车载电网控制单元	
16	SC16—熔断器架上的熔断器16	10A	J255—全自动空调控制单元	30
			J301—空调控制单元	
17	SC17—熔断器架上的熔断器17	5A	G397—雨量和光照识别传感器	30
			H12—报警喇叭	
			J4—双音喇叭继电器	
18	SC18—熔断器架上的熔断器18	5A	F189—自动变速器换档开关	30
			J446—驻车辅助控制单元	
19	SC19—熔断器架上的熔断器19	—	未使用	—
20	SC20—熔断器架上的熔断器20	—	未使用	30
21	SC21—熔断器架上的熔断器21	—	未使用	—
22	SC22—熔断器架上的熔断器22	40A	V2—新鲜空气鼓风机[6]	30
23	SC23—熔断器架上的熔断器23	30A	J386—驾驶人侧车门控制单元	30
			J387—前排乘客侧车门控制单元	
24	SC24—熔断器架上的熔断器24	20A	J388—左后车门控制单元	30
			J389—右后车门控制单元	
			J393—舒适系统中央控制单元	
			J519—车载电网控制单元	
			U11—内部插座(230V、110V)	
25	SC25—熔断器架上的熔断器25	25A	J9—加热式后窗玻璃继电器	30
			J519—车载电网控制单元	
26	SC26—熔断器架上的熔断器26	20A	J388—左后车门控制单元	30
		30A	J389—右后车门控制单元	
			U5—12V插座	
27	SC27—熔断器架上的熔断器27	15A	J17—燃油泵继电器[1][2][3]	30
			J49—电子燃油泵继电器2[1][2][3]	
			J538—燃油泵控制单元[4][5]	
28	SC28—熔断器架上的熔断器28	30A	U1—点烟器	30
			U5—12V插座	

（续）

编号	电路图中的名称	额定值	保护的电路/部件	接线端
29	SC29—熔断器架上的熔断器29	10A	G70—空气质量计①	15
			N79—加热电阻（曲轴箱的排气孔）②③	
30	SC30—熔断器架上的熔断器30	20A	F125—多功能开关	15
			J217—自动变速器控制单元	
			N30—气缸1喷油器①②③	
			N31—气缸2喷油器①②③	
			N32—气缸3喷油器①②③	
			N33—气缸4喷油器①②③	
31	SC31—熔断器架上的熔断器31	20A	V192—制动真空泵①②③	15
32	SC32—熔断器架上的熔断器32	30A	U11—内部插座，230V，110V	30
33	SC33—熔断器架上的熔断器33	25A	J245—滑动天窗控制单元	30
34	SC34—熔断器架上的熔断器34	15A	E176—驾驶人座椅腰部支撑装置调节开关	30
			E177—前排乘客座椅腰部支撑装置调节开关	
35	SC35—熔断器架上的熔断器35	—	未使用	30
36	SC36—熔断器架上的熔断器36	20A	J39—前照灯清洗装置继电器	30
37	SC37—熔断器架上的熔断器37	30A	J131—加热式驾驶人座椅控制单元	30
			J132—加热式前排乘客座椅控制单元	
			J774—加热式前座椅控制单元	
38	SC38—熔断器架上的熔断器38	—	未使用	15
39	SC39—熔断器架上的熔断器39	20A	F125—多功能开关	15
			J217—自动变速器控制单元	
40	SC40—熔断器架上的熔断器40	40A	J301—空调控制单元	75
41	SC41—熔断器架上的熔断器41	20A	J519—车载电网控制单元	—
			V5—车窗玻璃清洗泵	
42	SC42—熔断器架上的熔断器42	20A	J29—指示灯	75
		15A	J519—车载电网控制单元	
			U1—点烟器	
			U5—12V插座	
			V5—后部点烟器	
43	SC43—熔断器架上的熔断器43	15A	未使用	30
44	SC44—熔断器架上的熔断器44	20A	未使用	30
45	SC45—熔断器架上的熔断器45	15A	未使用	30
46	SC46—熔断器架上的熔断器46	5A	J255—全自动空调控制单元	75
			J301—空调控制单元	
47	SC47—熔断器架上的熔断器47	—	未使用	15

（续）

编号	电路图中的名称	额定值	保护的电路/部件	接线端
48	SC48—熔断器架上的熔断器48	—	未使用	—
49	SC49—熔断器架上的熔断器49	5A	E1—车灯开关	75

① 发动机标识字母为BPL。

② 发动机标识字母为BJZ。

③ 发动机标识字母为BWH。

④ 发动机标识字母为BYJ。

⑤ 发动机标识字母为CFBA。

⑥ 仅针对全自动空调。

　　速腾轿车热敏熔断器位于仪表板左下方，其位置分布如图1-20所示。

2. 继电器

（1）适用于至2010年9月之前的车型

　　速腾轿车继电器位置分布如图1-21所示，带30根熔断器的电控箱继电器位置分配如图1-22所示，在仪表板左下方、车载电源控制单元上的继电器支架上的继电器位置分配如图1-23所示，在仪表板左下方继电器支架上的继电器位置分配如图1-24所示。

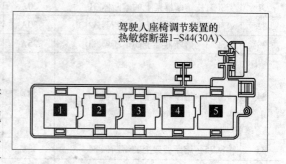

图1-20　速腾轿车热敏熔断器位置分布

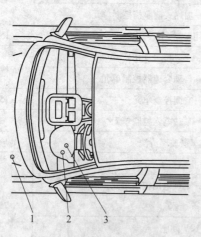

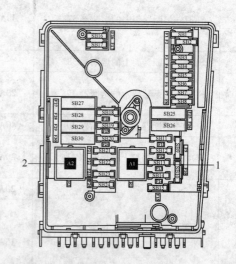

编号	说　　明
1	继电器，在发动机室内左侧
2	车载电源控制单元上的继电器支架，在仪表板左下方
3	继电器支架，在仪表板左下方

图1-21　速腾轿车继电器位置分布

编号	说　　明
1	Motronic供电继电器J271（100）
1	Simos控制单元供电继电器J363（458）或（100）
1	二次空气泵继电器J299（100）
2	冷却液循环泵继电器J496（100）
2	电动燃油泵2继电器J49（100）

图1-22　带30根熔断器的电控箱继电器位置分配

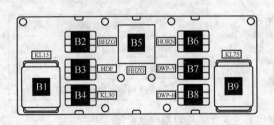

编号	说　　明
B1	接线端 15 供电继电器 J329(460)
B2	未使用
B3	未使用
B4	接线端 30 供电继电器 J317(449)
B5	加热式后窗玻璃继电器 J9(53)
B6	双音喇叭继电器 J4(449)
B7	未使用
B8	双清洗泵继电器 2 J730(404)
B9	X 触点卸荷继电器 J59(460)

图 1-23　速腾轿车继电器支架上的继电器位置分配(仪表板左下方车载电源控制单元上)

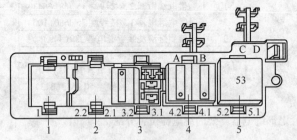

编号	说　　明
1	未使用
2	未使用
3.2	前照灯清洗装置继电器 J39(449)
4.1	冷却液继续循环继电器 J151(449)
	燃油泵继电器 J17(449)
4.2	电动燃油泵 2 继电器 J49(449)
53	接线端 50 供电继电器 J682(53)

图 1-24　速腾轿车继电器支架上的继电器位置分配(仪表板左下方)

（2）适用于至 2010 年 10 月之前的车型

速腾轿车继电器位置分布如图 1-25 所示，带 30 只熔断器的电控箱继电器位置分配如图 1-26 所示，在车载电源控制单元下部的继电器支架上的继电器位置分配如图 1-27 所示，在车载电源控制单元上部的继电器支架上的继电器位置分配如图 1-28 所示。

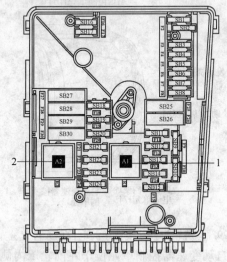

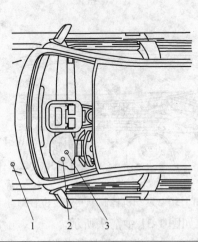

编号	说　　明
1	电控箱上的继电器支架，在发动机室内左侧
2	继电器支架，在车载电源控制单元下部
3	继电器支架，在车载电源控制单元上部

图 1-25　速腾轿车继电器位置分布

编号	说　　明
1	Motronic 供电继电器 J271(100)
	Simos 控制单元供电继电器 J363(100)
2	冷却液循环泵继电器 J496(100)
	二次空气泵继电器 J299(100)
	发动机元件供电继电器 J757(100)

图 1-26　带 30 只熔断器的电控箱继电器位置分配

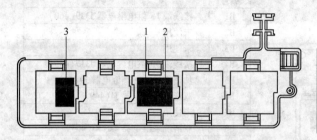

编号	说　　　明
1	燃油泵继电器 J17(449)
2	燃油泵继电器 2 J49(449)
3	冷却液继续循环继电器 J151(449)

图 1-27　车载电源控制单元下部继电器支架上的继电器位置分配

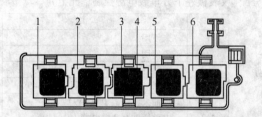

编号	说　　　明
1	供电继电器 2，接线端 15 J681(643)
2	供电继电器 1，接线端 75 J680(100)
3	前照灯清洗装置继电器 J39(449)
4	双音喇叭继电器 J4(449)
5	加热式后窗玻璃继电器 J9(53)
6	供电继电器，接线端 50 J682(643)

图 1-28　车载电源控制单元上部继电器支架的继电器位置分配

3. 电控单元位置图

（1）发动机室中的电控单元

速腾轿车发动机室中的电控单元位置分布如图 1-29 所示。

发动机控制单元位于中部排水槽下方，安装位置如图 1-30 中箭头所示。

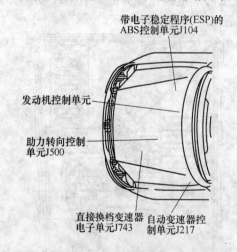

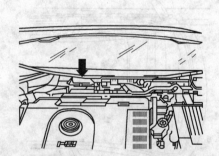

图 1-29　速腾轿车发动机室中的电控单元位置分布　　　　图 1-30　发动机控制单元安装位置图

自动变速器控制单元位于左前轮罩内侧，安装位置如图 1-31 中箭头所示。

带电子稳定程序（ESP）的 ABS 控制单元位于前围板上，在发动机室内右侧，安装位置如图 1-32 中箭头所示。

（2）车内的电控单元

速腾轿车车内的电控单元位置分布如图 1-33 所示。

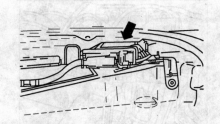

图1-31　自动变速器控制单元安装位置图

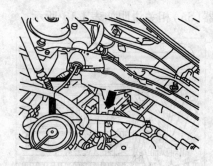

图1-32　ABS控制单元安装位置图

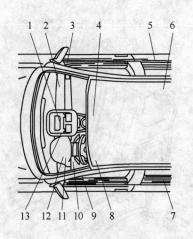

编号	说　　明
1	安全气囊控制单元 J234
2	舒适系统中央控制单元 J393
3	前排乘客侧车门控制单元 J387
4	移动电话操作电子装置控制单元 J412
5	右后车门控制单元 J389
6	燃油泵控制单元 J538
7	左后车门控制单元 J388
8	加热式座椅控制单元 J774
9	驾驶人侧车门控制单元 J386
10	转向柱电子装置控制单元 J527
11	组合仪表控制单元 J285
12	车载电源控制单元 J519
13	数据总线诊断接口 J533

图1-33　速腾轿车车内的电控单元位置分布

安全气囊控制单元位于前部中控台下方，安装位置如图1-34中箭头所示。

舒适系统中央控制单元位于仪表板下方，在杂物箱后方，安装位置如图1-35中箭头所示。

转向柱电子装置控制单元位于转向柱开关下方，安装位置如图1-36中箭头所示。

（3）行李箱中的电控单元

速腾轿车行李箱中的电控单元位置分布如图1-37所示。驻车辅助系统控制单元（J446）位于行李箱右侧侧面饰板后方，安装位置如图1-38中箭头所示。

图1-34　安全气囊控制单元安装位置图

四、迈腾（2011年款）

1. 熔断器

（1）熔断器位置分布

迈腾轿车熔断器位置分布如图1-39所示。

（2）熔断器（SA）

迈腾轿车熔断器（SA）位于电控箱上的熔断器架上，有两种情况。

一种是熔断器（SA）位于发动机室内左侧（电控箱 High），其位置分布如图1-40所示，熔断器(SA)相关说明如表 1-13 所示。

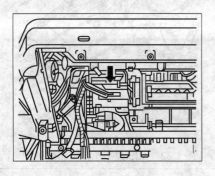

图 1-35　舒适系统中央控制单元安装位置图

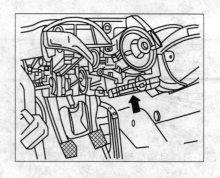

图 1-36　转向柱电子装置控制
单元安装位置图

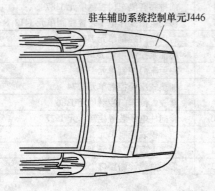

驻车辅助系统控制单元J446

图 1-37　速腾轿车行李箱中的
电控单元位置分布

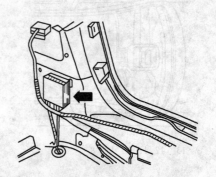

图 1-38　驻车辅助系统控制
单元安装位置

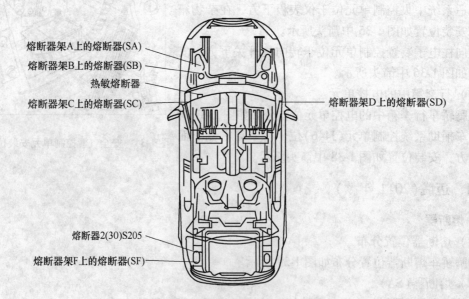

熔断器架A上的熔断器(SA)

熔断器架B上的熔断器(SB)

热敏熔断器

熔断器架C上的熔断器(SC)

熔断器架D上的熔断器(SD)

熔断器2(30)S205

熔断器架F上的熔断器(SF)

图 1-39　迈腾轿车熔断器位置分布

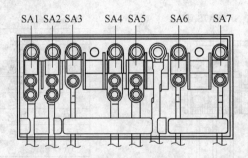

图 1-40 迈腾轿车电控箱(High)熔断器架上的熔断器(SA)位置分布

熔断器颜色	
30A	绿色
25A	白色
20A	黄色
15A	蓝色
10A	红色
7.5A	棕色
5A	米色
3A	紫色

表 1-13 迈腾轿车位于发动机室内左侧(电控箱 High)的熔断器(SA)相关说明

编号	电路图中的名称	额定值	保护的电路/部件	接线端
1	SA1—熔断器架 A 上的熔断器 1	150A / 180A[1]	C—三相交流发电机	30
2	SA2—熔断器架 A 上的熔断器 2	80A	V187—电控机械式转向助力器电动机	30
3	SA3—熔断器架 A 上的熔断器 3	80A / 50A[2]	J293—散热器风扇控制单元	30
4	SA4—熔断器架 A 上的熔断器 4	100A[1]	继电器支架上的辅助熔断器(S44 和 S46)[4]	30
			左侧熔断器架(SC32—SC37)[4]	
			右侧熔断器架(SD32—SD37)[4]	
		80A[3]	左侧熔断器架(SC12—SC17、SC29—SC31)[3]	
			右侧熔断器架(SD12—SD17、SD28、SD29—SD31)[3]	
5	SA5—熔断器架 A 上的熔断器 5	80A	右侧熔断器架(SD22—SD27)	30
			继电器支架上的辅助熔断器(S44 和 S46)[3]	
6	SA6—熔断器架 A 上的熔断器 6	100A[4]	左侧熔断器架(SC12—SC17、SC29—SC31)[4]	30
			右侧熔断器架(SD12—SD17、SD28、SD29—SD31)[4]	
		80A[3]	左侧熔断器架(SC32—SC37)[3]	
7	SA7—熔断器架 A 上的熔断器 8	40A	J104—ABS 控制单元	30

① 仅限于带 180A 发电机的汽车,安装在发电机导线中。
② 仅限于自 2005 年 11 月起的汽车。
③ 仅限于自 2006 年 5 月起的汽车。
④ 仅限于至 2006 年 4 月的汽车。

　　另一种是熔断器(SA)位于发动机室内左侧(电控箱 Low),其位置分布如图 1-41 所示,熔断器(SA)相关说明如表 1-14 所示。

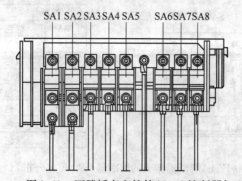

熔断器颜色	
30A	绿色
25A	白色
20A	黄色
15A	蓝色
10A	红色
7.5A	棕色
5A	米色
3A	紫色

图1-41　迈腾轿车电控箱(Low)熔断器架上的熔断器(SA)位置分布

表1-14　迈腾轿车位于发动机室内左侧(电控箱 Low)的熔断器(SA)相关说明

编号	电路图中的名称	额定值	保护的电路/部件	接线端
1	SA1—熔断器架 A 上的熔断器 1	150A	C—三相交流发电机	30
2	SA2—熔断器架 A 上的熔断器 2	80A	V187—电控机械式转向助力器电动机	30
3	SA3—熔断器架 A 上的熔断器 3	50A①	J293—散热器风扇控制单元	30
		80A		
4	SA4—熔断器架 A 上的熔断器 4	100A	继电器支架上的辅助熔断器(S44 和 S46)③	30
			左侧熔断器架(SC32—SC37)③	
			右侧熔断器架(SD32—SD37)③	
			左侧熔断器架(SC12—SC17、SC29—SC31)②	
			右侧熔断器架(SD12—SD17、SD28、SD29—SD31)②	
5	SA5—熔断器架 A 上的熔断器 5	80A	右侧熔断器架(SD22—SD27)	30
			继电器支架上的辅助熔断器(S44 和 S46)②	
6	SA6—熔断器架 A 上的熔断器 6	100A③	左侧熔断器架(SC12—SC17、SC29—SC31)③	30
			右侧熔断器架(SD12—SD17、Sd28、SD29—SD31)③	
		80A②	左侧熔断器架(SC32—SC37)②	
7	SA7—熔断器架 A 上的熔断器 7	60A	副蓄电池充电线	30
		100A	Z35—空气辅助加热装置加热元件	
			J360—大加热功率继电器	
8	SA8—熔断器架 A 上的熔断器 8	40A	J104—ABS 控制单元	30

① 仅限于自 2005 年 11 月起的汽车。

② 仅限于自 2006 年 5 月起的汽车。

③ 仅限于至 2006 年 4 月的汽车。

（3）熔断器（SB）

迈腾轿车熔断器（SB）位于发动机室左侧的电控箱上，有三种情况。

第一种是不针对 AXX、AXZ、BKX、BLV、BPY、BWA 发动机，适用于 2005 年 4 月以前的车型，熔断器（SB）位置分布如图 1-42 所示，相关说明如表 1-15 所示。

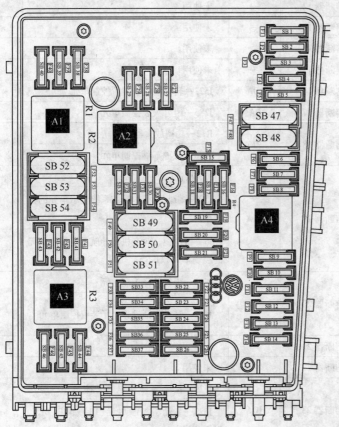

熔断器颜色	
30A	绿色
25A	白色
20A	黄色
15A	蓝色
10A	红色
7.5A	棕色
5A	米色
3A	紫色

图 1-42　迈腾轿车电控箱上的熔断器（SB）位置分布

表 1-15　迈腾轿车电控箱上的熔断器（SB）相关说明

编号	电路图中的名称	额定值	保护的电路/部件	接线端
F1	SB1—熔断器架 B 上的熔断器 1	5A	J217—自动变速器控制单元	30
		15A	J743—双离合器变速器电子单元	
F2	SB2—熔断器架 B 上的熔断器 2	30A	J104—ABS 控制单元	30
F3	SB3—熔断器架 B 上的熔断器 3	20A	J393—舒适系统中央控制单元	30
F4	SB4—熔断器架 B 上的熔断器 4	5A	J519—车载电源控制单元	30
F5	SB5—熔断器架 B 上的熔断器 5	20A	H2—高音喇叭	30
			H7—低音喇叭	
F6	SB6—熔断器架 B 上的熔断器 6	—	未使用	30
F7	SB7—熔断器架 B 上的熔断器 7	—	未使用	30
F8	SB8—熔断器架 B 上的熔断器 8	—	未使用	87
F9	SB9—熔断器架 B 上的熔断器 9	—	未使用	87

（续）

编号	电路图中的名称	额定值	保护的电路/部件	接线端
F10	SB10—熔断器架 B 上的熔断器 10	—	未使用	87
F11	SB11—熔断器架 B 上的熔断器 11	—	未使用	87
F12	SB12—熔断器架 B 上的熔断器 12	—	未使用	87
F13	SB13—熔断器架 B 上的熔断器 13	—	未使用	30
F14	SB14—熔断器架 B 上的熔断器 14	—	未使用	30
F15	SB15—熔断器架 B 上的熔断器 15	—	未使用	87
F16	SB16—熔断器架 B 上的熔断器 16	10A	J527—转向柱电子装置控制单元	30
F17	SB17—熔断器架 B 上的熔断器 17	5A	J285—组合仪表控制单元	30
F18	SB18—熔断器架 B 上的熔断器 18	30A	R12—功率放大器 J608—特种车辆控制单元	30
F19	SB19—熔断器架 B 上的熔断器 19	15A	R—收音机 J503—带收音机和导航系统显示单元的控制单元 J506—带电视、收音机、导航系统显示单元的控制单元（日本）	30
F20	SB20—熔断器架 B 上的熔断器 20	5A	J515—天线选择控制单元 J412—移动电话操作电子装置控制单元	30
F21	SB21—熔断器架 B 上的熔断器 21	—	未使用	30
F22	SB22—熔断器架 B 上的熔断器 22	—	未使用	30
F23	SB23—熔断器架 B 上的熔断器 23	10A	J329—接线端 15 供电继电器 J623—发动机控制单元（BLF、BLR、BLY、BVY、BVZ）	30
F24	SB24—熔断器架 B 上的熔断器 24	10A	J533—数据总线诊断接口	30
F25	SB25—熔断器架 B 上的熔断器 25	—	未使用	30
F26	SB26—熔断器架 B 上的熔断器 26	10A	J317—接线端 30 供电继电器	30
F27	SB27—熔断器架 B 上的熔断器 27	20A	N…—带功率输出级的点火线圈（气缸 1-4）（BLF、BLR、BLY、BVY、BVZ）	87
		10A①	N152—点火变压器（BSE、BSF） J49—电动燃油泵 2 继电器（BKC、BMP） J179—预热时间自动装置控制单元（BKC、BMP、BMA、BKP、BLS）	
F28	SB28—熔断器架 B 上的熔断器 28	25A 30A①	J623—发动机控制单元	87
F29	SB29—熔断器架 B 上的熔断器 29	15A 10A①	J299—二次空气泵继电器（BSE、BSF）	87

（续）

编号	电路图中的名称	额定值	保护的电路/部件	接线端
F29	SB29—熔断器架 B 上的熔断器 29	15A	N18—废气再循环阀（BKC、BKP、BMA）	87
			N75—增压压力限制电磁阀（BKC、BMP、BKP、BMA、BLS）	
			N345—废气再循环散热器转换阀（BKC、BMP、BKP、BMA、BLS）	
		10A[①]	Z19—氧传感器加热装置（BLF、BLR、BLY、BVY、BVZ）	
			Z28—氧传感器 2 加热装置（BLR、BVY、BVZ）	
			Z29—尾气催化转化器后氧传感器 1 加热装置（BLF）	
F30	SB30—熔断器架 B 上的熔断器 30	20A	J364—辅助加热装置控制单元	30
F31	SB31—熔断器架 B 上的熔断器 31	30A	J400—刮水器电动机控制单元	30
F32	SB32—熔断器架 B 上的熔断器 32	—	未使用	87
F33	SB33—熔断器架 B 上的熔断器 33	—	未使用	87
F34	SB34—熔断器架 B 上的熔断器 34	—	未使用	87
F35	SB35—熔断器架 B 上的熔断器 35	—	未使用	30
F36	SB36—熔断器架 B 上的熔断器 36	—	未使用	30
F37	SB37—熔断器架 B 上的熔断器 37	—	未使用	30
F38	SB38—熔断器架 B 上的熔断器 38	10A	J293—散热器风扇控制单元	87
			F265—受特征曲线控制的发动机散热装置节温器（BLY、BLR、BVY、BVZ）	
			N18—废气再循环阀（BSE、BSF）	
			N80—炭罐电磁阀 1（BLF、BLR、BLY、BSE、BSF、BVY、BVZ）	
			N205—凸轮轴调节阀 1（BLF、BLR、BLY、BVY、BVZ）	
			N316—进气歧管翻板阀（BLF、BLR、BLY、BSE、BSF、BVY、BVZ）	
			V157—进气歧管翻板电动机（BKC、BKP、BMA）	
F39	SB39—熔断器架 B 上的熔断器 39	15A	N276—燃油压力调节阀（BLF、BLR、BLY、BVY、BVZ）	87
			G476—离合器位置传感器（BLF、BKC、BMP、BKP、BMA、BLS）	

（续）

编号	电路图中的名称	额定值	保护的电路/部件	接线端
F40	SB40—熔断器架 B 上的熔断器 40	15A	Z29—催化转化器后氧传感器 1 加热装置（BLR、BLY、BSE、BSF、BVY、BVZ）	87
		10A[②]	Z30—催化转化器后氧传感器 2 加热装置（BLR、BVY）	
			Z64—催化转化器后氧传感器 3 加热装置（BLR、BLY、BVY、BVZ）	
		15A	J583—NOx 传感器控制单元（BLR、BLY、BVY、BVZ）	
		10A[②]	Z19—氧传感器加热装置（BMP、BLS、BSE、BSF）	
F41	SB41—熔断器架 B 上的熔断器 41	—	未使用	—
F42	SB42—熔断器架 B 上的熔断器 42	—	未使用	—
F43	SB43—熔断器架 B 上的熔断器 43	—	未使用	—
F44	SB44—熔断器架 B 上的熔断器 44	—	未使用	—
F45	SB45—熔断器架 B 上的熔断器 45	—	未使用	—
F46	SB46—熔断器架 B 上的熔断器 46	—	未使用	—
F47	SB47—熔断器架 B 上的熔断器 47	40A	J519—车载电源控制单元	30
			右侧停车灯	
			左侧近光灯	
			左侧远光灯	
			左侧尾灯（外圈照明）	
			右侧尾灯（内圈照明）	
F48	SB48—熔断器架 B 上的熔断器 48	40A	J519—车载电源控制单元	30
			左侧停车灯	
			右侧近光灯	
			右侧远光灯	
			右侧尾灯（外圈照明）	
			左侧尾灯（内圈照明）	
F49	SB49—熔断器架 B 上的熔断器 49	50A	J519—车载电源控制单元（接线端 15 供电）	30
F50	SB50—熔断器架 B 上的熔断器 50	60A	J713—副蓄电池充电继电器	30
F51	SB51—熔断器架 B 上的熔断器 51	—	未使用	
F52	SB52—熔断器架 B 上的熔断器 52	60A	Z2—加热式风窗玻璃	30
F53	SB53—熔断器架 B 上的熔断器 53	50A	J519—车载电源控制单元（接线端 75 供电）	30
			左侧熔断器架（SC40—SC42、SD39）	

（续）

编号	电路图中的名称	额定值	保护的电路/部件	接线端
F54	SB54—熔断器架 B 上的熔断器 54	50A	J179—预热时间自动装置控制单元（BMA、BMP、BKC、BKP、BLS）	30
			V101—二次空气泵电动机（BSE、BSF）	

① 仅限于柴油发动机。

② 仅针对柴油发动机，且发动机型号代码为 BLY 的汽车。

　　第二种是熔断器（SB）位于发动机室内左侧（电控箱 High），其位置分布见图 1-42 所示，相关说明如表 1-16 所示。

表 1-16　电控箱上的熔断器（SB）（电控箱 High）相关说明

编号	电路图中的名称	额定值	保护的电路/部件	接线端
F1	SB1—熔断器架 B 上的熔断器 1	5A	J217—自动变速器控制单元	30
		15A	J743—双离合器变速器电子单元	
F2	SB2—熔断器架 B 上的熔断器 2	30A	J104—ABS 控制单元	30
F3	SB3—熔断器架 B 上的熔断器 3	20A	J393—舒适系统中央控制单元（至 2006 年 4 月）	30
			J345—挂车识别装置控制单元（自 2006 年 5 月起）	
F4	SB4—熔断器架 B 上的熔断器 4	5A	J519—车载电源控制单元	30
F5	SB5—熔断器架 B 上的熔断器 5	20A	H2—高音喇叭	30
			H7—低音喇叭	
F6	SB6—熔断器架 B 上的熔断器 6	20A	N...—带功率输出级的点火线圈（AXX、AXZ、BPY、BLV、BWA）	87
F7	SB7—熔断器架 B 上的熔断器 7	15A	N276—燃油压力调节阀（AXZ、BLV）	87
		5A	G476—离合器位置传感器（AXX、BPY、BWA）	
F8	SB8—熔断器架 B 上的熔断器 8	10A	J293—散热器风扇控制单元	87
			N80—炭罐的电磁阀 1（AXZ、BLV）	
			N205—凸轮轴调节阀（AXZ、AXX、BLV、BPY、BWA）	
			N316—进气歧管翻板阀（AXZ、BLV）	
			N318—排气凸轮轴调节阀 1（AXZ、BLV）	
			N401—进气泵阀（AXZ、BLV）	
F9	SB9—熔断器架 B 上的熔断器 9	5A	J160—循环泵继电器（AXX、AXZ、BLV、BPY、BWA）	87
F10	SB10—熔断器架 B 上的熔断器 10	10A	J670—Motronic 供电继电器 2（AXX、BPY、BWA）	87

（续）

编号	电路图中的名称	额定值	保护的电路/部件	接线端
F11	SB11—熔断器架 B 上的熔断器 11	25A 30A①	J623—发动机控制单元	87
F12	SB12—熔断器架 B 上的熔断器 12	—	未使用	87
F13	SB13—熔断器架 B 上的熔断器 13	—	未使用	30
F14	SB14—熔断器架 B 上的熔断器 14	—	未使用	—
F15	SB15—熔断器架 B 上的熔断器 15	10A	V55—循环泵（AXZ、AXX、BPY、BLV、BWA）	87
F16	SB16—熔断器架 B 上的熔断器 16	5A	J527—转向柱电子装置控制单元	30
F17	SB17—熔断器架 B 上的熔断器 17	5A	J285—组合仪表控制单元	30
F18	SB18—熔断器架 B 上的熔断器 18	30A	R12—功率放大器 J608—特种车辆控制单元（出租车、警车）	30
F19	SB19—熔断器架 B 上的熔断器 19	15A	R—收音机	30
		20A②	J503—带收音机和导航系统显示单元的控制单元	
			J506—带电视、收音机、导航系统显示单元的控制单元（日本）	
F20	SB20—熔断器架 B 上的熔断器 20	5A	J515—天线选择控制单元（至 2006 年 4 月）	30
			R36—电话信号发送和接收装置（至 2006 年 4 月）	
			E508—移动电话适配装置操作单元（自 2006 年 5 月起）	
			J412—移动电话操作电子装置控制单元（自 2006 年 5 月起）	
			R78—电视调谐器（自 2008 年 11 月起）	
			R190—数字式卫星收音机调谐器（自 2008 年 11 月起）	
F21	SB21—熔断器架 B 上的熔断器 21	10A	R78—电视调谐器（至 2008 年 10 月） R190—数字式卫星收音机调谐器（至 2008 年 10 月）	30
F22	SB22—熔断器架 B 上的熔断器 22	7.5A	J650—多媒体系统控制单元	30
F23	SB23—熔断器架 B 上的熔断器 23	10A	J293—散热器风扇控制单元	30
		5A④	G197—罗盘的磁场传感器③	
F24	SB24—熔断器架 B 上的熔断器 24	5A 10A	J533—数据总线诊断接口	30
F25	SB25—熔断器架 B 上的熔断器 25	—	未使用	—

（续）

编号	电路图中的名称	额定值	保护的电路/部件	接线端
F26	SB26—熔断器架 B 上的熔断器 26	10A	J271—Motronic 供电继电器（AXX、AXZ、BLV、BPY、BWA）	30
			J623—发动机控制单元	
F27	SB27—熔断器架 B 上的熔断器 27	—	未使用	—
F28	SB28—熔断器架 B 上的熔断器 28	—	未使用	—
F29	SB29—熔断器架 B 上的熔断器 29	—	未使用	—
F30	SB30—熔断器架 B 上的熔断器 30	20A	J364—辅助加热装置控制单元	30
F31	SB31—熔断器架 B 上的熔断器 31	30A	V—车窗玻璃刮水器电动机	30
F32	SB32—熔断器架 B 上的熔断器 32	10A	N75—增压压力限制电磁阀（AXX、BPY、BWA）	87
			N80—炭罐电磁阀 1（AXX、BPY、BWA）	
			N249—涡轮增压器空气循环阀（AXX、BPY、BWA）	
F33	SB33—熔断器架 B 上的熔断器 33	15A	N276—燃油压力调节阀（AXX、BPY、BWA）	87
			Z19—氧传感器加热装置（AXZ、BLV）	
			Z28—氧传感器 2 加热装置（AXZ、BLV）	
F34	SB34—熔断器架 B 上的熔断器 34	—	未使用	
F35	SB35—熔断器架 B 上的熔断器 35	20A	J485—驻车加热运行模式继电器（仅针对辅助水加热装置，仅针对发动机型号代码为 AXZ、BLV 的汽车）	29
F36	SB36—熔断器架 B 上的熔断器 36	—	未使用	—
F37	SB37—熔断器架 B 上的熔断器 37	—	未使用	—
F38	SB38—熔断器架 B 上的熔断器 38	—	未使用	—
F39	SB39—熔断器架 B 上的熔断器 39	—	未使用	—
F40	SB40—熔断器架 B 上的熔断器 40	—	未使用	—
F41	SB41—熔断器架 B 上的熔断器 41	—	未使用	—
F42	SB42—熔断器架 B 上的熔断器 42	—	未使用	—
F43	SB43—熔断器架 B 上的熔断器 43	—	未使用	—
F44	SB44—熔断器架 B 上的熔断器 44	10A	V144—燃油系统诊断泵（AXZ、BLV、BPY）	87
F45	SB45—熔断器架 B 上的熔断器 45	10A	Z19—氧传感器加热装置（AXX、BPY、BWA）	87
			Z29—催化转化器后氧传感器 1 加热装置（AXZ、BLV）	
			Z30—催化转化器后氧传感器 2 加热装置（AXZ、BLV）	
			Z92—气缸列 1 氧传感器 3 加热装置（AXZ、BLV）	
			Z93—气缸列 2 氧传感器 3 加热装置（AXZ、BLV）	
F46	SB46—熔断器架 B 上的熔断器 46	10A	Z29—催化转化器后氧传感器 1 加热装置（AXX、BPY、BWA）	87

（续）

编号	电路图中的名称	额定值	保护的电路/部件	接线端
F47	SB47—熔断器架 B 上的熔断器 47	40A	J519—车载电源控制单元 右侧停车灯 左侧近光灯和远光灯 左侧尾灯（外圈照明） 右侧尾灯（内圈照明）	30
F48	SB48—熔断器架 B 上的熔断器 48	40A	J519—车载电源控制单元 左侧停车灯 右侧近光灯和远光灯 右侧尾灯（外圈照明） 左侧尾灯（内圈照明）	30
F49	SB49—熔断器架 B 上的熔断器 49	50A	J519—车载电源控制单元（接线端 15 供电）	30
F50	SB50—熔断器架 B 上的熔断器 50	60A	J713—副蓄电池充电继电器	30
F51	SB51—熔断器架 B 上的熔断器 51	—	未使用	—
F52	SB52—熔断器架 B 上的熔断器 52	60A	Z2—加热式风窗玻璃	30
F53	SB53—熔断器架 B 上的熔断器 53	50A	J519—车载电源控制单元（接线端 75 供电） 左侧熔断器架（SC40—SC42、SD39）	30
F54	SB54—熔断器架 B 上的熔断器 54	—	未使用	30

① 仅针对柴油发动机。

② 仅针对 RNS510 和 RNS300，自 2007 年 11 月起。

③ 自 2006 年 5 月起生效。

④ 自 2006 年 11 月起生效。

　　第三种是熔断器（SB）位于发动机室左侧（电控箱 Low），适用于 2005 年 5 月以后的车型，其位置分布见图 1-43 所示，相关说明如表 1-17 所示。

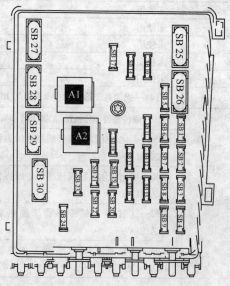

熔断器颜色	
30A	绿色
25A	白色
20A	黄色
15A	蓝色
10A	红色
7.5A	棕色
5A	米色
3A	紫色

图 1-43　迈腾轿车电控箱上的熔断器（SB）（电控箱 Low）位置分布

表1-17 迈腾轿车电控箱上的熔断器(SB)(电控箱 Low)相关说明

编号	电路图中的名称	额定值	保护的电路/部件	接线端
F1	SB1—熔断器架 B 上的熔断器 1	7.5A	J650—多媒体系统控制单元	30
F2	SB2—熔断器架 B 上的熔断器 2	30A	J104—ABS 控制单元	30
F3	SB3—熔断器架 B 上的熔断器 3	20A	H2—高音喇叭 H7—低音喇叭 J519—车载电源控制单元	30
F4	SB4—熔断器架 B 上的熔断器 4	20A	J393—舒适系统中央控制单元(至 2006 年 4 月)	30
		25A	J345—挂车识别装置控制单元(自 2006 年 5 月起)	
F5	SB5—熔断器架 B 上的熔断器 5	5A	J367—蓄电池监控装置控制单元 J519—车载电源控制单元	30
F6	SB6—熔断器架 B 上的熔断器 6	5A	J217—自动变速器控制单元	30
		15A	J743—双离合器变速器机械电子单元(BMP、BKP、BMA、BVE、BVW)	
F7	SB7—熔断器架 B 上的熔断器 7	15A	J503—带收音机和导航系统显示单元的控制单元 J532—稳压器 R—收音机 J506—带电视、收音机、导航系统显示单元的控制单元(日本)	30
F8	SB8—熔断器架 B 上的熔断器 8	30A	J743—双离合器变速器机械电子单元	30
F9	SB9—熔断器架 B 上的熔断器 9	5A	J527—转向柱电子装置控制单元	30
F10	SB10—熔断器架 B 上的熔断器 10	20A	J17—燃油泵继电器[①] J179—预热时间自动装置控制单元[①] N..—带功率输出级的点火线圈(气缸 1-4)(BLF、BLR、BLX、BLY、BSE、BSF、BVX、BVY、BVZ)	87
F11	SB11—熔断器架 B 上的熔断器 11	5A	J285—组合仪表控制单元	30
F12	SB12—熔断器架 B 上的熔断器 12	5A	J412—移动电话操作电子装置控制单元 J515—天线选择控制单元(至 2006 年 4 月) E508—移动电话适配装置操作单元(自 2006 年 5 月起) R78—电视调谐器(自 2008 年 11 月起) R190—数字式卫星收音机调谐器(自 2008 年 11 月起)	30

（续）

编号	电路图中的名称	额定值	保护的电路/部件	接线端
F13	SB13—熔断器架 B 上的熔断器 13	10A	J271—Motronic 供电继电器 J317—接线端 30 供电继电器（BMP、BKC、BMA、BKP、BVE、BVW、BLS、BMR、BUZ） J623—发动机控制单元（BLF、BLR、BLX、BLY、BVX、BVY、BVZ）	30
F14	SB14—熔断器架 B 上的熔断器 14	30A	J623—发动机控制单元	87
F15	SB15—熔断器架 B 上的熔断器 15	10A	J533—数据总线诊断接口	30
F16	SB16—熔断器架 B 上的熔断器 16	10A②	J299—二次空气泵继电器（BSE、BSF）	87
		15A	N18—废气再循环阀① N75—增压压力限制电磁阀① N249—涡轮增压器循环空气阀① N316—进气歧管翻板阀（BMR、BUZ） N345—废气再循环散热器转换阀① Z19—氧传感器加热装置（BLY、BLF、BLR、BLX、BVX、BVY、BVZ） Z28—氧传感器 2 加热装置（BLR、BLX、BVX、BVY、BLF）	
F17	SB17—熔断器架 B 上的熔断器 17	10A	N361—油箱锁止阀 1	30
		40A	N362—油箱锁止阀 2 N363—油箱锁止阀 3 J359—小加热功率继电器（自 2006 年 11 月起）	
F18	SB18—熔断器架 B 上的熔断器 18	5A	J359—小加热功率继电器（自 2006 年 11 月起）	87
		10A③	J360—大加热功率继电器（自 2006 年 11 月起）	
		30A④	J891—还原剂加热装置控制单元 N494—冷却液泵电磁离合器 V51—冷却液继续循环泵	
F19	SB19—熔断器架 B 上的熔断器 19	30A	R12—功率放大器 特种车辆	30
F20	SB20—熔断器架 B 上的熔断器 20	5A②④	G476—离合器位置传感器（BSE、BSF、BLF、BMP、BKC、BMA、BKP、BVE、BVW、BLS、BMR、BUZ）	87
		15A	J832—辅助燃油泵继电器④ N276—燃油压力调节阀（BLF、BLR、BLX、BLY、BVX、BVY、BVZ） V393—辅助燃油泵④	

（续）

编号	电路图中的名称	额定值	保护的电路/部件	接线端
F21	SB21—熔断器架 B 上的熔断器 21	20A	J364—辅助加热装置控制单元	30
F22	SB22—熔断器架 B 上的熔断器 22	30A	J400—刮水器电动机控制单元	30
F23	SB23—熔断器架 B 上的熔断器 23	10A	F265—受特性曲线控制的发动机散热装置节温器（BLR、BLX、BLY、BVX、BVY、BVZ）	87
			J293—散热器风扇控制单元	
			N80—炭罐电磁阀 1（BLF、BLR、BLX、BLY、BVX、BVY、BVZ、BSE、BSF）	
			N156—进气歧管转换阀（BLF、BLR、BLX、BLY、BVX、BVY、BVZ）	
			N205—凸轮轴调节阀 1（BLF、BLR、BLX、BLY、BVX、BVY、BVZ）	
			N316—进气歧管翻板阀门（BLF、BSE、BSF）	
			V157—进气歧管翻板电动机（BKC、BMA、BKP、BVE、BVW）	
			Z19—氧传感器加热装置（BLS）	
F24	SB24—熔断器架 B 上的熔断器 24	10A[5]	J583—NOx 传感器控制单元（BLX、BVY）	87
		15A	Z19—氧传感器加热装置（BLS、BMP、BMR、BUZ、BSE、BSF、BLY、BVZ）	
			Z29—催化转化器后氧传感器 1 加热装置（BSE、BSF、BLY、BVZ、BMP、BUZ、BLR、BLX、BVX、BVY）	
			Z30—催化转化器后氧传感器 2 加热装置（BLR、BLX）	
			Z64—催化转化器后氧传感器 3 加热装置（BLR、BVY）	
F25	SB25—熔断器架 B 上的熔断器 25	40A	J519—车载电源控制单元	30
			左侧停车灯	
			右侧近光灯和远光灯	
			右侧尾灯（外圈照明）	
			左侧尾灯（内圈照明）	
F26	SB26—熔断器架 B 上的熔断器 26	40A	J519—车载电源控制单元	30
			右侧停车灯	
			左侧近光灯和远光灯	
			左侧尾灯（外圈照明）	
			右侧尾灯（内圈照明）	

（续）

编号	电路图中的名称	额定值	保护的电路/部件	接线端
F27	SB27—熔断器架 B 上的熔断器 27	60A	Z2—加热式风窗玻璃	30
F28	SB28—熔断器架 B 上的熔断器 28	40A	V101—二次空气泵电动机（BSE、BSF）	30
		50A①	J179—预热时间自动装置控制单元①	
F29	SB29—熔断器架 B 上的熔断器 29	50A	J519—车载电源控制单元	30
F30	SB30—熔断器架 B 上的熔断器 30	50A	J519—车载电源控制单元	30

① 仅限于柴油发动机。

② 仅限于发动机型号代码 BLY、BLF、BLR、BLX、BVX、BVY、BVZ 的汽车。

③ 仅限于发动机型号代码 CDGA。

④ 仅限于发动机型号代码 CBAC。

⑤ 仅限于发动机型号代码为 BLY、BLR、BVY、BVZ、BKC、BLS、BMP、BMR、BUZ 的汽车。

（4）熔断器（SC）

迈腾轿车熔断器（SC）位于驾驶人侧仪表板（熔断器架 C 上），有二种情况。

一种是适用于 2008 年 4 月以前的车型，熔断器（SC）位置分布如图 1-44 所示，相关说

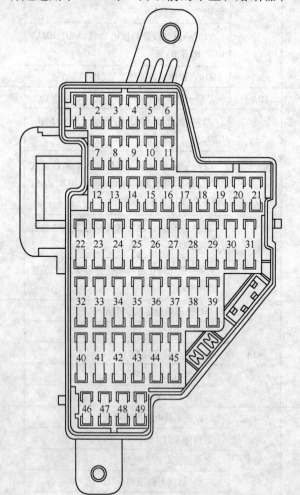

熔断器颜色	
30A	绿色
25A	白色
20A	黄色
15A	蓝色
10A	红色
7.5A	棕色
5A	米色
3A	紫色

图 1-44　迈腾轿车熔断器（SC）位置分布图

明如表 1-18 所示。

表 1-18　迈腾轿车熔断器(SC)(适用于 2008 年 4 月以前的车型)相关说明

编号	电路图中的名称	额定值	保护的电路/部件	接线端
1	SC1—熔断器架上的熔断器 1	10A	T16—诊断接口	15
2	SC2—熔断器架 C 上的熔断器 2	5A	E256—ASR 和 ESP 按键	15
			E540—AUTO HOLD 按键	
3	SC3—熔断器架 C 上的熔断器 3	5A	J500—助力转向控制单元	15
4	SC4—熔断器架 C 上的熔断器 4	5A	F—制动灯开关	15
5	SC5—熔断器架 C 上的熔断器 5	10A	E102—前照灯照明距离调节器	15
			J667—左前照灯电源模块(仅限于放电前照灯)	
			V48—前照灯照明距离调节装置左侧伺服电动机	
			V49—前照灯照明距离调节装置右侧伺服电动机	
6	SC6—熔断器架 C 上的熔断器 6	5A	J345—挂车识别控制单元	15
7	SC7—熔断器架 C 上的熔断器 7	5A	J285—组合仪表控制单元	15
			J533—数据总线诊断接口	
8	SC8—熔断器架 C 上的熔断器 8	5A	E149—后窗遮阳卷帘开关(至 2005 年 5 月)	15
			E284—车库门开启操作单元(至 2005 年 5 月)	
			J262—后窗遮阳卷帘控制单元(至 2005 年 5 月)	
			Y7—自动防眩目车内后视镜	
9	SC9—险丝架 C 上的熔断器 9	10A	J492—四轮驱动控制单元	15
10	SC10—熔断器架上的熔断器 10	5A	J271—Motronic 供电继电器(BSE、BSF)	15
			J623—发动机控制单元	
			J670—Motronic 供电继电器 2(AXZ、BLV)	
11	SC11—熔断器架 C 上的熔断器 11	5A	E497—事故数据存储按键(警车)	15
			G41—出租车计价器(出租车)	
			G511—出租车后视镜计价器(出租车)	
			J754—事故数据存储器	
			行车记录仪接柱(警车)	
			特种信号装置接柱(警车)	
			F349—前排乘客侧报警蜂鸣器踏板开关(驾校)	

（续）

编号	电路图中的名称	额定值	保护的电路/部件	接线端
12	SC12—熔断器架 C 上的熔断器 12	10A	J386—驾驶人侧车门控制单元	30
			J389—右后车门控制单元（自 2006 年 5 月起）	
13	SC13—熔断器架 C 上的熔断器 13	10A	E1—车灯开关	30
			T16—诊断接口	
14	SC14—熔断器架 C 上的熔断器 14	5A	J764—电子锁紧装置控制单元	30
15	SC15—熔断器架 C 上的熔断器 15	5A	J519—车载电源控制单元（30g）	30
			W1—前部车内照明	
16	SC16—熔断器架 C 上的熔断器 16	10A	D9—电子点火开关	30
17	SC17—熔断器架 C 上的熔断器 17	10A	G303—车内监控发送和接收模块 1	30
			G397—雨量和光照识别传感器	
			G384—车辆倾侧传感器	
			H12—报警喇叭	
			R149—辅助水加热装置无线电接收器	
18	SC18—熔断器架 C 上的熔断器 18	—	未使用	—
19	SC19—熔断器架 C 上的熔断器 19	—	未使用	—
20	SC20—熔断器架 C 上的熔断器 20	—	未使用	—
21	SC21—熔断器架 C 上的熔断器 21	—	未使用	—
22	SC22—熔断器架 C 上的熔断器 22	10A	G70—空气质量流量计（柴油发动机和 AXX、BPY、BWA）	15
		5A	J49—电子燃油泵继电器 2（BSE、BSF）	
23	SC23—熔断器架 C 上的熔断器 23	10A	N79—曲轴箱排气加热电阻（寒冷国家）	15
24	SC24—熔断器架 C 上的熔断器 24	5A	F4—倒车灯开关	15
		20A[①]	F125—多功能开关	
			J217—自动变速器控制单元	
			J743—双离合器变速器电子单元	
25	SC25—熔断器架 C 上的熔断器 25	10A	N...—喷油器（BSE、BSF）[②]	15
			E284—车库门开启操作单元（至 2006 年 4 月）	
26	SC26—熔断器架 C 上的熔断器 26	10A	E149—后窗遮阳卷帘开关（自 2005 年 5 月起）	15
			J262—后窗遮阳卷帘控制单元（自 2005 年 5 月起）	
27	SC27—熔断器架 C 上的熔断器 27	5A	J13—新鲜空气鼓风机继电器（仅限于带辅助水加热装置的半自动空调）	15
			J255—全自动空调控制单元（不带辅助水加热装置）	

（续）

编号	电路图中的名称	额定值	保护的电路/部件	接线端
28	SC28—熔断器架 C 上的熔断器 28	20A	J345—挂车识别控制单元③	30
29	SC29—熔断器架 C 上的熔断器 29	20A	J345—挂车识别控制单元(左侧尾灯、制动灯、左侧/右侧转向信号灯)(至 2006 年 4 月)	30
			J540—电控机械式驻车制动器控制单元③	
30	SC30—熔断器架 C 上的熔断器 30	15A	J345—挂车识别控制单元(右侧尾灯、后雾灯、倒车灯),至 2006 年 4 月	30
			J540—电控机械式驻车制动器控制单元③	
31	SC31—熔断器架 C 上的熔断器 31	25A	J345—挂车识别控制单元(至 2006 年 4 月)	30
		15A④	J17—燃油泵继电器	
			J49—电子燃油泵继电器 2	
			J538—燃油泵控制单元(BLF)④	
32	SC32—熔断器架 C 上的熔断器 32	30A	J519—车载电源控制单元(加热式后窗玻璃)	30
33	SC33—熔断器架 C 上的熔断器 33	20A	J245—滑动天窗控制单元	30
34	SC34—熔断器架 C 上的熔断器 34	15A	G6—预供给燃油泵(BKC、BLS、BMP、BVW、BKP、BMA、BVE、BMR、BUZ)	30
35	SC35—熔断器架 C 上的熔断器 35	30A	J39—前照灯清洗装置继电器	30
		25A④	V11—前照灯清洗装置泵	
36	SC36—熔断器架 C 上的熔断器 36	20A	J485—驻车加热运行模式继电器(仅限于全自动空调)	30
37	SC37—熔断器架 C 上的熔断器 37	25A	J774—加热式前座椅控制单元	30
38	SC38—熔断器架 C 上的熔断器 38	15A	J345—挂车识别控制单元③	30
			U1—点烟器⑤	
			U9—后部点烟器⑤	
39	SC39—熔断器架 C 上的熔断器 39	40A	J126—新鲜空气鼓风机控制单元(全自动空调)	30
			J301—空调控制单元(半自动空调)③	
40	SC40—熔断器架 C 上的熔断器 40	5A	E1—车灯开关	75
41	SC41—熔断器架 C 上的熔断器 41	40A⑤	V2—新鲜空气鼓风机(半自动空调)⑤	75
			J13—新鲜空气鼓风机继电器⑤	
		15A	U1—点烟器③	
			U9—后部点烟器③	
42	SC42—熔断器架 C 上的熔断器 42	15A	V59—风窗玻璃和后窗玻璃清洗泵	75
			V12—后窗玻璃刮水器电动机	

（续）

编号	电路图中的名称	额定值	保护的电路/部件	接线端
43	SC43—熔断器架 C 上的熔断器 43	20A	J364—辅助加热装置控制单元（仅限于副蓄电池）	30
44	SC44—熔断器架 C 上的熔断器 44	20A	J485—驻车加热运行模式继电器（仅限于副蓄电池）	30
45	SC45—熔断器架 C 上的熔断器 45	25A	U5—12V 插座（警车） U19—12V 插座 3（出租车）[6]	30
46	SC46—熔断器架 C 上的熔断器 46	5A	E72—对讲机开关（警车） E489—发动机连续运转键（警车） J754—事故数据存储器（出租车、警车）[6] 行车记录仪接柱	30
47	SC47—熔断器架 C 上的熔断器 47	15A	G41—出租车计价器（出租车）[6] G511—出租车后视镜计价器（出租车）[6] K222—出租车车顶标志指示灯（出租车）[6] K224—车内照明指示灯（出租车）[6] L128—无声出租车报警灯泡（出租车）[6] L180—在报警已激活时的按键照明灯泡（出租车）[6] W18—左侧行李箱照明（警车） 行李箱内的对讲机接柱（警车/刑事警车） 杂物箱中的接柱（出租车）[6] 行李箱接柱（出租车）[6]	30
48	SC48—熔断器架 C 上的熔断器 48	20A	负荷装置接柱（警车）	75
49	SC49—熔断器架 C 上的熔断器 49	—	未使用	—

① 仅针对配备自动变速器的汽车。
② 仅限于至 2005 年 11 月的汽车。
③ 仅限于自 2006 年 5 月起的汽车。
④ 仅限于自 2006 年 11 月起的汽车。
⑤ 仅限于至 2006 年 4 月的汽车。
⑥ 仅限于带出租车装备的汽车，自 2005 年 5 月起。

　　另一种是适用于 2008 年 5 月以后的车型，熔断器（SC）位置分布如图 1-44 所示，相关说明如表 1-19 所示。

表 1-19　迈腾轿车熔断器（SC）（适用于 2008 年 5 月以后的车型）相关说明

编号	电路图中的名称	额定值	保护的电路/部件	接线端
1	SC1—熔断器架上的熔断器 1	10A	E149—后窗遮阳卷帘开关 V91—后窗遮阳卷帘电动机	15

（续）

编号	电路图中的名称	额定值	保护的电路/部件	接线端
2	SC2—熔断器架 C 上的熔断器 2	5A	E256—ASR 和 ESP 按键	15
			E540—AUTOHOLD 按键	
			J104—ABS 控制单元	
			J540—电控机械式驻车制动器控制单元	
3	SC3—熔断器架 C 上的熔断器 3	5A	E1—车灯开关	15
			F—制动灯开关	
			F416—起动/停止运行模式按键	
			G266—机油油位和机油温度传感器	
			J500—助力转向控制单元	
			J532—稳压器	
			J906—起动继电器 1	
			J907—起动继电器 2	
4	SC4—熔断器架 C 上的熔断器 4	5A	J250—电子调节减振控制单元	15
			J345—挂车识别控制单元	
			J745—动态随动转向灯和前照灯照明距离调节装置控制单元	
			T16—诊断接口	
5	SC5—熔断器架 C 上的熔断器 5	10A	E20—开关和仪表照明调节器	15
			E102—前照灯照明距离调节器	
			J667—左前照灯电源模块（仅限于气体放电前照灯）	
			V48—大前照灯照明距离调节装置左侧伺服电动机	
6	SC6—熔断器架 C 上的熔断器 6	10A	J492—四轮驱动控制单元	15
7	SC7—熔断器架 C 上的熔断器 7	5A	J285—组合仪表控制单元	15
			J533—数据总线诊断接口	
8	SC8—熔断器架 C 上的熔断器 8	10A	J668—右前照灯电源模块	15
			V49—前照灯照明距离调节装置右侧伺服电动机	
9	SC9—险丝架 C 上的熔断器 9	10A	J234—安全气囊控制单元	15
			J706—座椅占用识别控制单元	
			K145—前排乘客侧安全气囊关闭指示灯	

（续）

编号	电路图中的名称	额定值	保护的电路/部件	接线端
10	SC10—熔断器架上的熔断器10	10A	F189—自动变速器开关 G70—空气质量流量计 J538—燃油泵控制单元 J623—发动机控制单元 J670—Motronic 供电继电器2（BLV、BWS） J271—Motronic 供电继电器（BSE、BSF）	15
11	SC11—熔断器架 C 上的熔断器11	5A	特种车辆	15
12	SC12—熔断器架 C 上的熔断器12	10A	J386—驾驶人侧车门控制单元 J387—前排乘客侧车门控制单元	30
13	SC13—熔断器架 C 上的熔断器13	10A	E1—车灯开关 F189—自动变速器换档开关 T16—诊断接口	30
14	SC14—熔断器架 C 上的熔断器14	10A	J641—报警喇叭继电器（仅限于美国市场） H12—报警喇叭	30
15	SC15—熔断器架 C 上的熔断器15	5A	G303—车内监控发送和接收模块1 J519—车载电源控制单元(30g) W1—前部车内照明	30
16	SC16—熔断器架 C 上的熔断器16	10A	D9—电子点火开关 J764—电子锁止装置控制单元	30
17	SC17—熔断器架 C 上的熔断器17	5A	E538—电控机械式驻车制动器按键 J29—指示灯 J104—ABS 控制单元	30
18	SC18—熔断器架 C 上的熔断器18	10A	N79—曲轴箱排气加热电阻（寒冷国家） N....—进气阀1-4	15
19	SC19—熔断器架 C 上的熔断器19	7.5A	J428—车距控制装置控制单元 J446—驻车辅助系统控制单元 J759—车道保持辅助系统控制单元 J791—驻车转向辅助系统控制单元	15
20	SC20—熔断器架 C 上的熔断器20	5A	E284—车库门开启操作单元	15
21	SC21—熔断器架 C 上的熔断器21	10A	E128—带有左侧加热式后座椅调节装置的开关 E129—带有右侧加热式后座椅调节装置的开关 G65—高压传感器 G238—空气质量传感器 J13—新鲜空气鼓风机继电器	15

（续）

编号	电路图中的名称	额定值	保护的电路/部件	接线端
21	SC21—熔断器架 C 上的熔断器 21	10A	Y7—自动防眩目车内后视镜	15
			Z20—左喷油器加热电阻	
			Z21—右喷油器加热电阻	
			J301—空调控制单元	
			J813—电压监控继电器（RSE）	
22	SC22—熔断器架 C 上的熔断器 22	20A	J540—电控机械式驻车制动器的控制单元	30
23	SC23—熔断器架 C 上的熔断器 23	15A	J345—挂车识别控制单元	30
24	SC24—熔断器架 C 上的熔断器 24	20A	J540—电控机械式驻车制动器的控制单元	30
25	SC25—熔断器架 C 上的熔断器 25	20A	J345—挂车识别控制单元	30
26	SC26—熔断器架 C 上的熔断器 26	15A	J250—电子调节减振控制单元	30
27	SC27—熔断器架 C 上的熔断器 27	15A[1]	J17—燃油泵继电器[2]	30[1]
			J49—电动燃油泵继电器2[2]	
		20A[2]	J538—燃油泵控制单元[1]	15[2]
			J832—辅助燃油泵继电器[2]	
28	SC28—熔断器架 C 上的熔断器 28	10A	J388—左后车门控制单元	30
			J389—右后车门控制单元	
			J393—舒适系统中央控制单元	
29	SC29—熔断器架 C 上的熔断器 29	25A	J786—加热式后座椅控制单元	30
30	SC30—熔断器架 C 上的熔断器 30	20A	J245—滑动天窗控制单元	30
31	SC31—熔断器架 C 上的熔断器 31	30A	U13—带 12V～230V 插座的逆变器	30
			U27—带 12V～115V 插座的逆变器（仅限于美国市场）	
32	SC32—熔断器架 C 上的熔断器 32	30A	J519—车载电源控制单元（加热式后窗玻璃）	30
33	SC33—熔断器架 C 上的熔断器 33	30A	J39—前照灯清洗装置继电器	30
			V11—前照灯清洗装置泵	
34	SC34—熔断器架 C 上的熔断器 34	25A	J774—加热式前座椅控制单元	30
35	SC35—熔断器架 C 上的熔断器 35	30A	J388—左后车门控制单元	30
			J389—右后车门控制单元	
36	SC36—熔断器架 C 上的熔断器 36	15A	E176—驾驶人座椅腰部支撑装置调节开关	30
			E421—座椅倾斜度调节装置按键	
			E425—座椅靠背调节装置按键	

（续）

编号	电路图中的名称	额定值	保护的电路/部件	接线端
37	SC37—熔断器架 C 上的熔断器 37	10A	G197—罗盘磁场传感器 G397—雨量和光照识别传感器 J255—全自动空调控制单元 J301—空调控制单元 J772—倒车影像系统控制单元 R149—辅助水加热装置无线电接收器 J813—电压监控继电器（RSE）	30
38	SC38—熔断器架 C 上的熔断器 38	40A	J13—新鲜空气鼓风机继电器 J126—新鲜空气鼓风机控制单元（全自动空调） J301—空调控制单元（半自动空调）	75
39	SC39—熔断器架 C 上的熔断器 39	15A③ 5A	F4—倒车灯开关 F125—多功能开关③ J217—自动变速器控制单元③ J743—双离合器变速器电子单元	15
40	SC40—熔断器架 C 上的熔断器 40	15A	J713—副蓄电池充电继电器 V5—车窗玻璃清洗泵 V12—后窗玻璃刮水器电动机	75
41	SC41—熔断器架 C 上的熔断器 41	20A	U1—点烟器 U9—后侧点烟器	75
42	SC42—熔断器架 C 上的熔断器 42	15A	U5—12V 插座	75
43	SC43—熔断器架 C 上的熔断器 43	20A	J364—辅助加热装置控制单元（仅限于副蓄电池）	30
44	SC44—熔断器架 C 上的熔断器 44	30A	J386—驾驶人侧车门控制单元 J387—前排乘客侧车门控制单元	30
45	SC45—熔断器架 C 上的熔断器 45	20A	J485—驻车加热运行模式继电器（仅限于副蓄电池）	30
46	SC46—熔断器架 C 上的熔断器 46	—	未使用	—
47	SC47—熔断器架 C 上的熔断器 47	10A	G197—罗盘磁场传感器④ J503—带收音机和导航系统显示单元的控制单元④ J738—电话操作单元控制单元④ R36—电话信号发送和接收装置④ R78—电视调谐器④	30

（续）

编号	电路图中的名称	额定值	保护的电路/部件	接线端
48	SC48—熔断器架 C 上的熔断器 48	5A	J285—组合仪表控制单元④	30
49	SC49—熔断器架 C 上的熔断器 49	—	未使用	—

① 仅限于汽油发动机。
② 仅限于柴油发动机。
③ 仅限于带 6 档自动变速器的汽车。
④ 仅针对起动—停止装置。

（5）熔断器(SD)

迈腾轿车熔断器(SD)位于副驾驶人侧仪表板(熔断器架 D 上)，有两种情况。

一种是适用于 2008 年 4 月以前的车型，熔断器(SD)位置分布如图 1-45 所示，相关说明如表 1-20 所示。

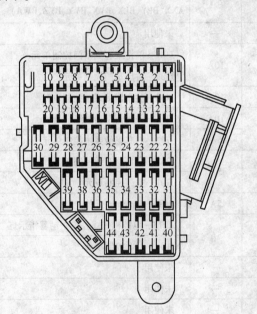

熔断器颜色	
30A	绿色
25A	白色
20A	黄色
15A	蓝色
10A	红色
7.5A	棕色
5A	米色
3A	紫色

图 1-45　迈腾轿车熔断器(SD)(适用于 2008 年以前的车型)位置分布图

表 1-20　迈腾轿车熔断器(SD)(适用于 2008 年以前的车型)相关说明

编号	电路图中的名称	额定值	保护的电路/部件	接线端
1	SD1—熔断器架 D 上的熔断器 1	5A	G197—罗盘磁场传感器①	15
2	SD2—熔断器架 D 上的熔断器 2	5A	J540—电动驻车制动器和驻车制动器控制单元	15
			J104—ABS 控制单元	
3	SD3—熔断器架 D 上的熔断器 3	5A	G197—罗盘磁场传感器②	15
			J446—驻车辅助系统控制单元	
4	SD4—熔断器架 D 上的熔断器 4	5A	J428—车距控制装置控制单元	15

（续）

编号	电路图中的名称	额定值	保护的电路/部件	接线端
5	SD5—熔断器架 D 上的熔断器 5	10A	J668—右前照灯电源模块（仅限于气体放电前照灯）	15
6	SD6—熔断器架 D 上的熔断器 6	5A	F189—自动变速器换档开关	15
7	SD7—熔断器架 D 上的熔断器 7	5A	J745—随动转向灯和前照灯照明距离调节装置控制单元（仅限于气体放电前照灯）	15
8	SD8—熔断器架 D 上的熔断器 8	5A	G65—高压传感器	15
			G266—机油油位和机油温度传感器	
9	SD9—熔断器架 D 上的熔断器 9	10A	K145—前排乘客侧安全气囊关闭指示灯	15
			J234—安全气囊控制单元	
			J706—座椅占用识别控制单元	
10	SD10—熔断器架 D 上的熔断器 10	5A	J538—燃油泵控制单元（BLF、BLR、BLY、AXX、BPY、BLX、BVX、BVY、BVZ、BWA）	15
11	SD1—熔断器架 D 上的熔断器 11	—	未使用	—
12	SD2—熔断器架 D 上的熔断器 12	10A	J387—前排乘客侧车门控制单元	30
			J389—右后车门控制单元④	
13	SD1—熔断器架 D 上的熔断器 13	10A	J446—驻车辅助系统控制单元②	30
14	SD14—熔断器架 D 上的熔断器 14	10A	J714—关闭辅助功能继电器	30
		5A	J772—倒车影像系统控制单元⑤	
15	SD15—熔断器架 D 上的熔断器 15	5A	J255—全自动空调控制单元	30
			J301—空调控制单元	
16	SD16—熔断器架 D 上的熔断器 16	5A	F189—Tiptronic 开关	30
17	SD17—熔断器架 D 上的熔断器 17	5A	K213—电控机械式驻车制动器指示灯	30
			J104—ABS 控制单元	
18	SD18—熔断器架 D 上的熔断器 18	—	未使用	—
19	SD19—熔断器架 D 上的熔断器 19	—	未使用	—
20	SD20—熔断器架 D 上的熔断器 20	—	未使用	—
21	SD21—熔断器架 D 上的熔断器 21	—	未使用	—
22	SD22—熔断器架 D 上的熔断器 22	30A	U13—带 12V～230V 插座的逆变器	30
			U27—带 2V～115V 插座的逆变器③	
23	SD23—熔断器架 D 上的熔断器 23	30A	J388—左后车门控制单元	30
			J389—右后车门控制单元	
24	SD24—熔断器架 D 上的熔断器 24	30A	J762—左后关闭辅助功能控制单元（派生车型）	30
25	SD25—熔断器架 D 上的熔断器 25	30A	J763—右后关闭辅助功能控制单元（派生车型）	30
26	SD26—熔断器架 D 上的熔断器 26	—	未使用	—

（续）

编号	电路图中的名称	额定值	保护的电路/部件	接线端
27	SD27—熔断器架 D 上的熔断器 27	25A	J786—加热式后座椅控制单元	30
28	SD28—熔断器架 D 上的熔断器 28	15A	J538—燃油泵控制单元（AXZ、BLV）[2]	30
29	SD29—熔断器架 D 上的熔断器 29	30A	J386—驾驶人侧车门控制单元	30
			J387—前排乘客侧车门控制单元	
30	SD30—熔断器架 D 上的熔断器 30	20A	J540—电动驻车制动器和驻车制动器控制单元[2]	30
			J393—舒适系统的中央控制单元[6]	
31	SD31—熔断器架 D 上的熔断器 31	20A	J540—电动驻车制动器和驻车制动器控制单元[2]	30
		15A	J538—燃油泵控制单元[6]	
32	SD32—熔断器架 D 上的熔断器 32	—	未使用	
33	SD33—熔断器架 D 上的熔断器 33	20A	U5—12V 插座[2]	30
			U19—12V 插座 2[2]	
34	SD34—熔断器架 D 上的熔断器 34	15A	J538—燃油泵控制单元（AXX、BPY、BLF、BLR、BLY、BLX、BVX、BVY、BVZ、BWA）[2]	30
35	SD35—熔断器架 D 上的熔断器 35	20A	U1—点烟器[2]	30
			U9—后部点烟器[2]	
36	SD36—熔断器架 D 上的熔断器 36	—	未使用	—
37	SD37—熔断器架 D 上的熔断器 37	—	未使用	—
38	SD38—熔断器架 D 上的熔断器 38	—	U5—12V 插座[4]	75
39	SD39—熔断器架 D 上的熔断器 39	10A	E94—加热式驾驶人座椅调节器[2]	75
			E95—加热式前排乘客座椅调节器[2]	
			E128—带左侧加热式后座椅调节装置的开关[2]	
			E129—带右侧加热式后座椅调节装置的开关[2]	
			J255—全自动空调控制单元	
			J301—空调控制单元	
			J713—副蓄电池充电继电器	
			Z20—左喷嘴加热电阻	
			Z21—右喷嘴加热电阻	
40	SD40—熔断器架 D 上的熔断器 40	5A	J754—事故数据存储器（出租车）[7]	—

（续）

编号	电路图中的名称	额定值	保护的电路/部件	接线端
41	SD41—熔断器架 D 上的熔断器 41	15A	G41—出租车计价器（出租车）⑦	30
			G511—出租车后视镜计价器（出租车）⑦	
			K222—出租车车顶标志指示灯（出租车）⑦	
			K224—车内照明指示灯（出租车）⑦	
			L180—在报警已激活时的按键照明灯（出租车）⑦	
			杂物箱接柱（出租车）⑦	
			行李箱接柱（出租车）⑦	
42	SD42—熔断器架 D 上的熔断器 42	20A	杂物箱接柱（出租车）⑦	30
43	SD43—熔断器架 D 上的熔断器 43	5A	J601—出租车报警遥控器控制单元（出租车）⑦	30
			特种信号装置接柱（警车）	
			杂物箱接柱（出租车）⑧	
			行李箱接柱（出租车）⑧	
44	SD44—熔断器架 D 上的熔断器 44	10A	J601—出租车报警遥控器控制单元（出租车）⑦	
			U19—12V 插座 3（出租车）⑦	
			特种信号装置接柱（警车）	

① 仅限于自 2005 年 5 月起的汽车。
② 仅限于至 2006 年 4 月的汽车。
③ 仅针对美国市场。
④ 仅限于自 2006 年 5 月起的汽车。
⑤ 仅限于自 2007 年 11 月起的汽车。
⑥ 仅限于自 2006 年 5 月起至 2006 年 10 月的汽车。
⑦ 仅限于带出租车装备的汽车，至 2005 年 5 月。
⑧ 仅限于带出租车装备的汽车，自 2005 年 5 月起。

另一种是适用于 2008 年 5 月以后的车型，熔断器（SD）位置分布如图 1-46 所示，相关说明如表 1-21 所示。

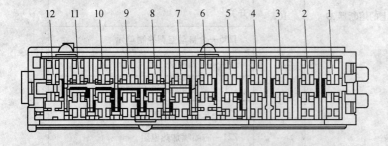

熔断器颜色	
30A	绿色
25A	白色
20A	黄色
15A	蓝色
10A	红色
7.5A	棕色
5A	米色
3A	紫色

图 1-46　迈腾轿车熔断器（SD）（适用于 2008 年 5 月以后的车型）位置分布图

表1-21　迈腾轿车熔断器（SD）（适用于2008年5月以后的车型）**相关说明**

编号	电路图中的名称	额定值	保护的电路/部件	接线端
1	SD1—熔断器架 D 上的熔断器 1	30A	J756—行李箱盖控制单元 2（仅限于派生车型）	30
2	SD2—熔断器架 D 上的熔断器 2	30A	J605—行李箱盖控制单元（仅限于派生车型）	30
3	SD3—熔断器架 D 上的熔断器 3	—	未使用	—
4	SD4—熔断器架 D 上的熔断器 4	—	未使用	75
5	SD5—熔断器架 D 上的熔断器 5	—	备用于特种车辆	30
6	SD6—熔断器架 D 上的熔断器 6	—	备用于特种车辆	30
7	SD7—熔断器架 D 上的熔断器 7	—	备用于特种车辆	30
8	SD8—熔断器架 D 上的熔断器 8	—	备用于特种车辆	30
9	SD9—熔断器架 D 上的熔断器 9	—	备用于特种车辆	30
10	SD10—熔断器架 D 上的熔断器 10	—	未使用	—
11	SD11—熔断器架 D 上的熔断器 11	—	未使用	—
12	SD12—熔断器架 D 上的熔断器 12	—	未使用	—

（6）热敏熔断器

迈腾轿车热敏熔断器位于仪表板左下方，其位置分布如图1-47所示。

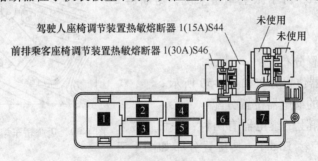

图1-47　迈腾轿车热敏熔断器位置分布图

（7）熔断器（SF）

迈腾轿车熔断器（SF）位于行李箱左后侧（AXZ、BLV）熔断器架 F 上，其位置分布如图1-48所示，相关说明如表1-22所示。

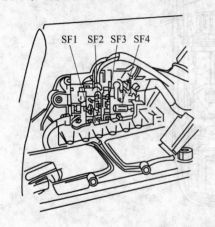

熔断器颜色	
30A	绿色
25A	白色
20A	黄色
15A	蓝色
10A	红色
7.5A	棕色
5A	米色
3A	紫色

图1-48　迈腾轿车熔断器（SF）位置分布图

表1-22　迈腾轿车熔断器（SF）相关说明

编号	电路图中的名称	额定值	保护的电路/部件	接线端
1	SF1—熔断器架 F 上的熔断器 1	30A	左侧熔断器架（SC12—SC17、SC29—SC31）①	30
			右侧熔断器架（SD12—SD17、SD28、SD29—SD31）①	
2	SF2—熔断器架 F 上的熔断器 2	80A	电控箱中的熔断器（SB16—SB26、SB49、SB50）	30
3	SF3—熔断器架 F 上的熔断器 3	125A	电控箱供电	30
4	SF4—熔断器架 F 上的熔断器 4	5A	J519—车载电源控制单元	30

① 仅限于自 2006 年 5 月起的汽车。

（8）熔断器 2(30)-S205

迈腾轿车熔断器 2(30)位于行李箱内左侧侧面饰板后方，如图 1-49 中箭头所示，对于豪华车型来说，熔断器 2(30)为 70A，对于派生车型来说，熔断器 2(30)为 60A。

2. 继电器

（1）继电器位置分布

迈腾轿车继电器位置分布如图 1-50 所示。

（2）电控箱上的继电器位置分配

迈腾轿车电控箱上的继电器有两种：一种是在发动机室内左侧（电控箱 High），其位置分布如图 1-51

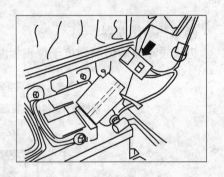

图 1-49　迈腾轿车熔断器 2(30)安装位置

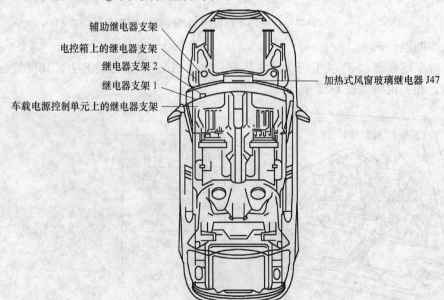

　辅助继电器支架
　电控箱上的继电器支架
　继电器支架 2
　继电器支架 1
　车载电源控制单元上的继电器支架
加热式风窗玻璃继电器 J47

图 1-50　迈腾轿车继电器位置分布

所示；另一种是在发动机室内左侧（电控箱 Low），其位置分布如图 1-52 所示。

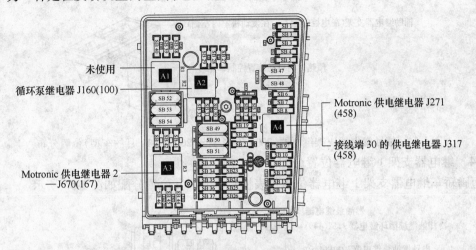

图 1-51　迈腾轿车电控箱（High）上继电器位置分布

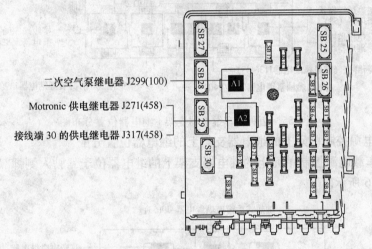

图 1-52　迈腾轿车电控箱（Low）上继电器位置分布

（3）辅助继电器支架继电器位置分配

迈腾轿车辅助继电器支架继电器位于在发动机室内左侧电控箱下方，其位置分配有两种情况：一种适用于 2005 年 11 月以前和自 2006 年 11 月以后的车型，如图 1-53 所示；另一种

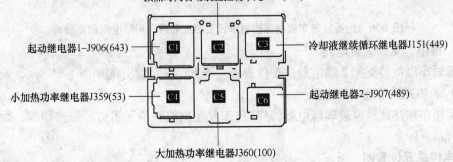

图 1-53　辅助继电器支架继电器（2005 年 11 月以前和自 2006 年 11 月以后的车型）位置分布

适用于 2005 年 11 月至 2006 年 11 月的车型，如图 1-54 所示。

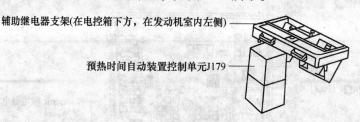

辅助继电器支架(在电控箱下方，在发动机室内左侧)

预热时间自动装置控制单元J179

图 1-54　辅助继电器支架继电器(2005 年 11 月至 2006 年 11 月的车型)位置分布

（4）继电器支架 1 继电器位置分配

迈腾轿车继电器支架 1 继电器位于仪表板左下方，其位置分配如图 1-55 所示。

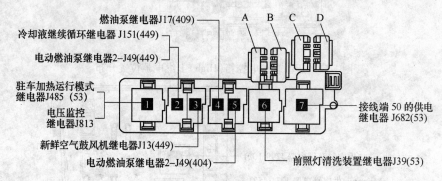

燃油泵继电器J17(409)
冷却液继续循环继电器J151(449)
电动燃油泵继电器2-J49(449)
驻车加热运行模式继电器J485(53)
电压监控继电器J813
新鲜空气鼓风机继电器J13(449)
电动燃油泵继电器2-J49(404)
A　B　C　D
接线端50的供电继电器J682(53)
前照灯清洗装置继电器J39(53)

图 1-55　迈腾轿车继电器支架 1 继电器位置分布图

（5）车载电源控制单元上的继电器支架上的继电器位置分配

迈腾轿车车载电源控制单元上的继电器支架上的继电器位于驾驶人侧脚部空间内，其位置分配如图 1-56 所示。

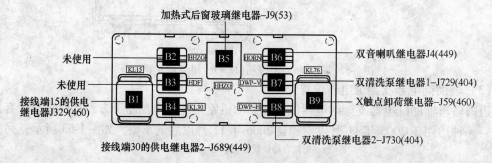

加热式后窗玻璃继电器-J9(53)
未使用
未使用
接线端15的供电继电器J329(460)
接线端30的供电继电器2-J689(449)
双音喇叭继电器J4(449)
双清洗泵继电器1-J729(404)
X触点卸荷继电器-J59(460)
双清洗泵继电器2-J730(404)

图 1-56　迈腾轿车车载电源控制单元上的继电器支架继电器位置分布

（6）继电器支架 2 继电器

迈腾轿车继电器支架 2 继电器位于仪表板左下方，其位置分配如图 1-57 所示。

（7）加热式风窗玻璃继电器

迈腾轿车加热式风窗玻璃继电器(J47)位于发动机控制单元附近的排水槽内，如图 1-58 中箭头所示。

3. 电控单元位置图

（1）发动机室中的电控单元

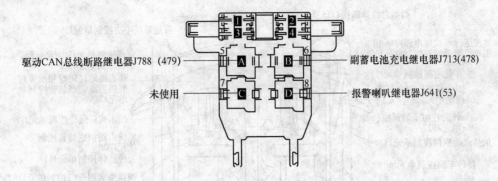

图1-57 迈腾轿车继电器支架2继电器位置分布

迈腾轿车发动机室中的电控单元位置分布如图1-59所示。发动机控制单元位于中部排水槽盖板下方，如图1-60中箭头所示。自动变速器控制单元位于左前轮罩内，如图1-61中箭头所示。带电子差速锁（EDS）的ABS控制单元位于前围板上，在发动机室内右侧，如图1-62中箭头所示。

（2）车内电控单元

迈腾轿车车内电控单元位置分布如图1-63所示。

安全气囊控制单元位于前部中控台下方，安装位置如图1-64中箭头所示。

舒适系统中央控制单元位于仪表板下方，在杂物箱后方，安装位置如图1-65中箭头所示。

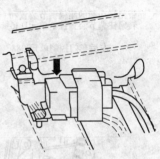

图1-58 迈腾轿车加热式风窗玻璃继电器

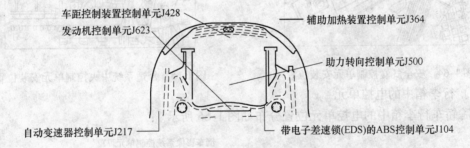

图1-59 迈腾轿车发动机室中的电控单元位置分布

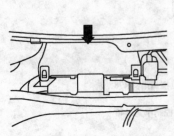

图1-60 发动机控制单元安装位置

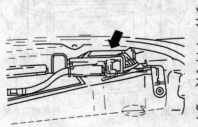

图1-61 自动变速器控制单元安装位置

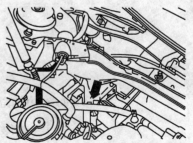

图1-62 带电子差速锁（EDS）的ABS控制单元安装位置

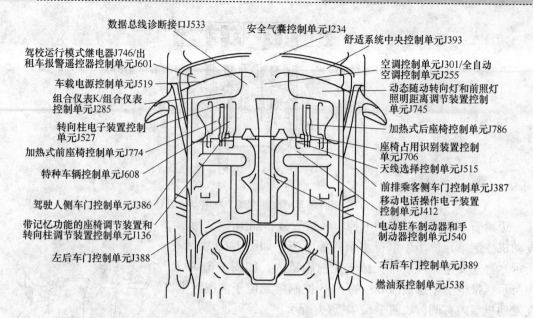

数据总线诊断接口J533
安全气囊控制单元J234
舒适系统中央控制单元J393
驾校运行模式继电器J746/出租车报警遥控器控制单元J601
空调控制单元J301/全自动空调控制单元J255
车载电源控制单元J519
动态随动转向灯和前照灯照明距离调节装置控制单元J745
组合仪表K/组合仪表控制单元J285
加热式后座椅控制单元J786
转向柱电子装置控制单元J527
座椅占用识别装置控制单元J706
加热式前座椅控制单元J774
天线选择控制单元J515
特种车辆控制单元J608
前排乘客侧车门控制单元J387
驾驶人侧车门控制单元J386
移动电话操作电子装置控制单元J412
带记忆功能的座椅调节装置和转向柱调节装置控制单元J136
电动驻车制动器和手制动器控制单元J540
左后车门控制单元J388
右后车门控制单元J389
燃油泵控制单元J538

图1-63　迈腾轿车车内电控单元位置分布

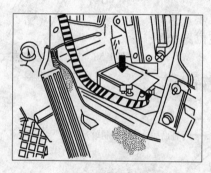

图1-64　安全气囊控制单元安装位置

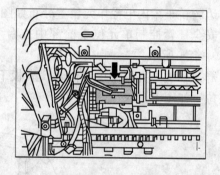

图1-65　舒适系统中央控制单元安装位置

（3）行李箱中的电控单元

迈腾轿车行李箱中的电控单元位置分布如图1-66所示。

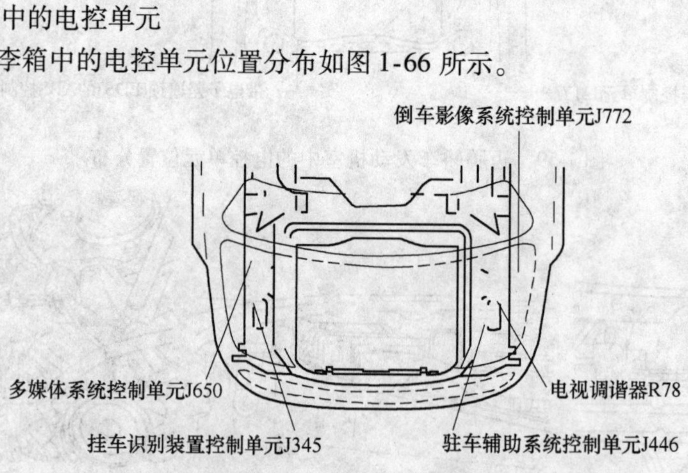

倒车影像系统控制单元J772

多媒体系统控制单元J650
电视调谐器R78

挂车识别装置控制单元J345
驻车辅助系统控制单元J446

图1-66　迈腾轿车行李箱中的电控单元位置分布

五、高尔夫 A6(2011 年款)

1. 熔断器

(1) 熔断器位置图

高尔夫 A6 熔断器位置如图 1-67 所示。

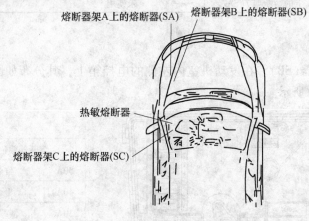

图 1-67　高尔夫 A6 熔断器位置

(2) 熔断器(SA)

高尔夫 A6 熔断器(SA)在电控箱上，其分布如图 1-68 所示，熔断器相应说明如表 1-23 所示。

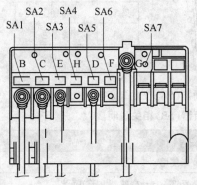

熔断器颜色		熔断器颜色	
200A	黑色	70A	黑色
150A	黑色	60A	黑色
125A	黑色	50A	黑色
100A	黑色	40A	黑色
80A	黑色	30A	黑色

图 1-68　高尔夫 A6 熔断器(SA)位置分布

表 1-23　高尔夫 A6 熔断器(SA)相关说明

编号	电路图中的名称	额定值	保护的电路/部件	接线端
1	B—熔断器架 A 上的熔断器 1(SA1)	150A	三相交流发电机 C(90A/120A)	30a
		200A	三相交流发电机 C(140A)	
2	C—熔断器架 A 上的熔断器 2(SA2)	80A	助力转向控制单元 J500	30a
			电控机械式助力转向器电动机 V187	
3	E—熔断器架 A 上的熔断器 3(SA3)	50A	散热器风扇控制单元 J293	30a
			散热器风扇 V7	
			散热器风扇 2(V177)	

（续）

编号	电路图中的名称	额定值	保护的电路/部件	接线端
4	H—熔断器架 A 上的熔断器 4(SA4)	—	未使用	—
5	D—熔断器架 A 上的熔断器 5(SA5)	80A	车内熔断器插座接线端 30	30a
6	F—熔断器架 A 上的熔断器 6(SA6)	—	未使用	—
7	G—熔断器架 A 上的熔断器 7(SA7)	—	未使用	—

（3）熔断器(SB)

高尔夫 A6 熔断器(SB)，在发动机室内左侧的电控箱上，其分布如图 1-69 所示，熔断器相应说明如表 1-24 所示。

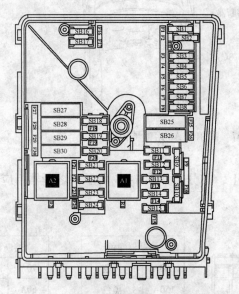

熔断器颜色	
50A	红色
40A	橙色
30A	淡绿色
25A	天然色(白色)
20A	黄色
15A	淡蓝色
10A	红色
7.5A	棕色
5A	浅棕色

图 1-69　高尔夫 A6 熔断器(SB)位置分布

表 1-24　高尔夫 A6 熔断器(SB)相关说明

编号	电路图中的名称	额定值	保护的电路/部件	接线端
F1	SB1—熔断器架 B 上的熔断器 1	—	未使用	—
F2	SB2—熔断器架 B 上的熔断器 2	30A	J743—自动变速器电子单元[①]	30a
F3	SB3—熔断器架 B 上的熔断器 3	5A	J519—车载电网控制单元	30a
F4	SB4—熔断器架 B 上的熔断器 4	30A	J104—ABS 控制单元	30a
F5	SB5—熔断器架 B 上的熔断器 5	15A	J743—自动变速器电子单元[①]	30a
F6	SB6—熔断器架 B 上的熔断器 6	5A	J285—组合仪表控制单元	30a
			J527—转向柱电子装置控制单元	
F7	SB7—熔断器架 B 上的熔断器 7	40A	J329—接线端 15 供电继电器	30a
F8	SB8—熔断器架 B 上的熔断器 8	15A	R—收音机	30a
			J503—带收音机和导航系统显示单元的控制单元	
			R215—外部多媒体设备接口	

（续）

编号	电路图中的名称	额定值	保护的电路/部件	接线端
F9	SB9—熔断器架 B 上的熔断器 9	—	未使用	—
F10	SB10—熔断器架 B 上的熔断器 10	5A	J623—发动机控制单元[2] J271—Motronic 供电继电器[2] J317—端子 30 供电继电器[3] J220—发动机控制单元[3]	30a
F11	SB11—熔断器架 B 上的熔断器 11	—	未使用	—
F12	SB12—熔断器架 B 上的熔断器 12	5A	J533—数据总线诊断接口	30a
F13	SB13—熔断器架 B 上的熔断器 13	15A 30A	J623—发动机控制单元[2] J220—发动机控制单元[3]	87a
F14	SB14—熔断器架 B 上的熔断器 14	20A	N70—带功率输出级的点火线圈 1 N127—带功率输出级的点火线圈 2 N291—带功率输出级的点火线圈 3 N292—带功率输出级的点火线圈 4	87a
F15	SB15—熔断器架 B 上的保险 15	10A	Z19—氧传感器加热装置[2] Z29—催化转化器后的氧传感器 1 加热装置[2] N30—气缸 1 喷油器[3] N31—气缸 2 喷油器[3] N32—气缸 3 喷油器[3] N33—气缸 4 喷油器[3]	87a
F16	SB16—熔断器架 B 上的熔断器 16	30A	M4—左侧停车灯 M6—左后转向信号灯 M7—右前转向信号灯 M17—右侧倒车灯 M21—左侧制动灯 M31—右侧近光灯 M32—右侧远光灯 L23—右侧前雾灯 X—牌照灯	30a
F17	SB17—熔断器架 B 上的熔断器 17	15A	J4—双音喇叭继电器	30a
F18	SB18—熔断器架 B 上的熔断器 18	—	未使用	—
F19	SB19—熔断器架 B 上的熔断器 19	30A	V—车窗玻璃刮水器电动机	30a
F20	SB20—熔断器架 B 上的熔断器 20	10A	V50—冷却液循环泵	30a
F21	SB21—熔断器架 B 上的熔断器 21	10A 15A 20A	Z19—氧传感器 2 加热装置 Z29—催化转化器后氧传感器 1 的加热装置	87a
F22	SB22—熔断器架 B 上的熔断器 22	5A	G476—离合器位置传感器[4]	87a
F23	SB23—熔断器架 B 上的熔断器 23	15A	N276—燃油压力调节阀[2]	87a

（续）

编号	电路图中的名称	额定值	保护的电路/部件	接线端
F24	SB24—熔断器架 B 上的熔断器 24	10A	J293—散热器风扇控制单元 J496—冷却液辅助泵继电器[2] N75—增压压力限制电磁阀[2] N80—炭罐电磁阀[2] N205—凸轮轴调节阀 1[2] N249—涡轮增压器循环空气阀[2]	87a
F25	SB25—熔断器架 B 上的熔断器 25	30A	J104—ABS 控制单元 V64—ABS 泵	30a
F26	SB26 熔断器架 B 上的熔断器 26	30A	M2—右侧停车灯 M8—右后转向信号灯 M9—左侧制动灯 M29—左侧近光灯 M30—左侧远光灯 L22—左侧前雾灯 L46—左侧后雾灯	30a
F27	SB27—熔断器架 B 上的熔断器 27	—	未使用	—
F28	SB28—熔断器架 B 上的熔断器 28	40A	J329—接线端 15 供电继电器 2	30a
F29	SB29—熔断器架 B 上的熔断器 29	50A	SC32—熔断器架 C 上的熔断器 37 S44—座椅调节装置热敏熔断器	30a
F30	SB30—熔断器架 B 上的熔断器 30	50A	J59—X 触点卸荷继电器	30a

① 仅限 0AM 型 7 档直接换档变速器。

② 仅限 1.4L CFBA 发动机的车型。

③ 仅限 1.6L CDFA 发动机的车型。

④ 仅限手动变速器。

（4）熔断器（SC）

高尔夫 A6 熔断器（SC）分布如图 1-70 所示，熔断器相应说明如表 1-25 所示。

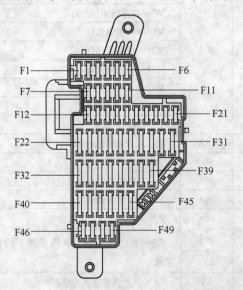

熔断器颜色	
50A	红色
40A	橙色
30A	淡绿色
25A	天然色（白色）
20A	黄色
15A	淡蓝色
10A	红色
7.5A	棕色
5A	浅棕色

图 1-70　高尔夫 A6 熔断器（SC）位置分布

表 1-25　高尔夫 A6 熔断器(SC)相关说明

编号	电路图中的名称	额定值	保护的电路/部件	接线端
F1	SC1—熔断器架 C 上的熔断器 1	10A	T16—16 芯插头连接(诊断接口)	15a
			E102—前照灯距离照明调节器	
			J745—动态随动转向灯和前照灯照明距离调节装置控制单元	
			V48—左侧前照灯照明距离调节装置伺服电动机	
			V49—右侧前照灯照明距离调节装置伺服电动机	
F2	SC2—熔断器架 C 上的熔断器 2	10A	E1—车灯开关	15a
			F—制动灯开关	
			J17—燃油泵继电器③	
			J104—ABS 控制单元	
			J220—发动机控制单元③	
			J285—组合仪表控制单元	
			J500—助力转向控制单元	
			J533—数据总线诊断接口	
			J538—燃油泵控制单元①	
			J623—发动机控制单元①	
			J743—自动变速器电子单元②	
F3	SC3—熔断器架 C 上的熔断器 3	5A	J234—安全气囊控制单元	15a
F4	SC4—熔断器架 C 上的熔断器 4	5A	G65—高压传感器	15a
			Y7—自动防眩目车内后视镜	
			F4—倒车灯开关	
			E256—ASR 和 ESP 按键	
			J446—驻车转向辅助系统控制单元	
F5	SC5—熔断器架 C 上的熔断器 5	10A	J344—右侧气体放电灯控制单元	15a
F6	SC6—熔断器架 C 上的熔断器 6	10A	J343—左侧气体放电灯控制单元	15a
F7	SC7—熔断器架 C 上的熔断器 7	—	未使用	—
F8	SC8—熔断器架 C 上的熔断器 8	—	未使用	—
F9	SC9—熔断器架 C 上的熔断器 9	—	未使用	—
F10	SC10—熔断器架 C 上的熔断器 10	—	未使用	—
F11	SC11—熔断器架 C 上的熔断器 11	—	未使用	—
F12	SC12—熔断器架 C 上的熔断器 12	10A	J386—驾驶人侧车门控制单元	30a
			J387—前排乘客侧车门控制单元	

（续）

编号	电路图中的名称	额定值	保护的电路/部件	接线端
F13	SC13—熔断器架 C 上的熔断器 13	10A	E1—车灯开关 G397—雨量和光照识别传感器 J9—加热式后窗玻璃继电器 T16—16 芯插头连接（诊断接口）	30a
F14	SC14—熔断器架 C 上的熔断器 14	10A	J255—全自动空调控制单元 J301—空调控制单元 J587—变速杆传感器控制单元[②]	30a
F15	SC15—熔断器架 C 上的熔断器 15	20A	J388—左后车门控制单元 J389—右后车门控制单元 J519—车载电网控制单元	30a
F16	SC16—熔断器架 C 上的熔断器 16	—	未使用	—
F17	SC17—熔断器架 C 上的熔断器 17	10A	J4—双音喇叭继电器	30a
F18	SC18—熔断器架 C 上的熔断器 18	—	未使用	—
F19	SC19—熔断器架 C 上的熔断器 19	—	未使用	—
F20	SC20—熔断器架 C 上的熔断器 20	—	未使用	—
F21	SC21—熔断器架 C 上的熔断器 21	—	未使用	—
F22	SC22—熔断器架 C 上的熔断器 22	40A	J126—新鲜空气鼓风机控制单元	30a
F23	SC23—熔断器架 C 上的熔断器 23	30A	J386—驾驶人侧车门控制单元 J387—前排乘客侧车门控制单元	30a
F24	SC24—熔断器架 C 上的熔断器 24	20A	J388—左后车门控制单元 J389—右后车门控制单元	30a
F25	SC25—熔断器架 C 上的熔断器 25	25A	J9—加热式后窗玻璃继电器	30a
F26	SC26—熔断器架 C 上的熔断器 26	30A	J388—左后车门控制单元 J389—右后车门控制单元	30a
F27	SC27—熔断器架 C 上的熔断器 27	15A	J538—燃油泵控制单元[①] J17—燃油泵继电器[③] J643—燃油供油继电器[③]	30a
F28	SC28—熔断器架 C 上的熔断器 28	—	未使用	—
F29	SC29—熔断器架 C 上的熔断器 29	—	未使用	—
F30	SC30—熔断器架 C 上的熔断器 30	—	未使用	—
F31	SC31—熔断器架 C 上的熔断器 31	—	未使用	—
F32	SC32—熔断器架 C 上的熔断器 32	—	未使用	—
F33	SC33—熔断器架 C 上的熔断器 33	20A	J245—滑动天窗控制单元	30a
F34	SC34—熔断器架 C 上的熔断器 34	15A	E176—驾驶人座椅腰部支撑调节装置开关 E177—前排乘客座椅腰部支撑调节装置开关	30a

（续）

编号	电路图中的名称	额定值	保护的电路/部件	接线端
F35	SC35—熔断器架 C 上的熔断器 35	—	未使用	—
F36	SC36—熔断器架 C 上的熔断器 36	20A	J39—前照灯清洗装置继电器	30a
			V11—前照灯清洗装置泵	
F37	SC37—熔断器架 C 上的熔断器 37	30A	J774—加热式前座椅控制单元	30a
F38	SC38—熔断器架 C 上的熔断器 38	—	未使用	—
F39	SC39—熔断器架 C 上的熔断器 39	—	未使用	—
F40	SC40—熔断器架 C 上的熔断器 40	40A	J301—空调控制单元	75a
F41	SC41—熔断器架 C 上的熔断器 41	20A	V12—后窗玻璃刮水器电动机	75a
F42	SC42—熔断器架 C 上的熔断器 41	20A	J29—指示灯	75a
			U1—点烟器	
F43	SC43—熔断器架 C 上的熔断器 43	—	未使用	—
F44	SC44—熔断器架 C 上的熔断器 44	—	未使用	—
F45	SC45—熔断器架 C 上的熔断器 45	—	未使用	—
F46	SC46—熔断器架 C 上的熔断器 46	—	未使用	—
F47	SC47—熔断器架 C 上的熔断器 47	—	未使用	—
F48	SC48—熔断器架 C 上的熔断器 48	—	未使用	—
F49	SC49—熔断器架 C 上的熔断器 49	—	未使用	—

① 仅限 1.4L CFBA 发动机的车型。

② 仅限 0AM 型 7 档直接换档变速器。

③ 仅限 1.6L CDFA 发动机的车型。

（5）热敏熔断器

高尔夫 A6 热敏熔断器在仪表板左下方，具体位置如图 1-71 所示。

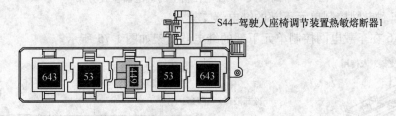

——S44-驾驶人座椅调节装置热敏熔断器1

图 1-71   高尔夫 A6 热敏熔断器位置分布

2. 继电器

（1）继电器位置图分布

高尔夫 A6 继电器位置如图 1-72 所示。

（2）在电控箱上的继电器位置分配

高尔夫 A6 在电控箱上的继电器位置分布如图 1-73 所示。

（3）辅助继电器支架的继电器位置分配

高尔夫 A6 的辅助继电器支架，在电控箱下方，在发动机室内左侧，如图 1-74 所示。

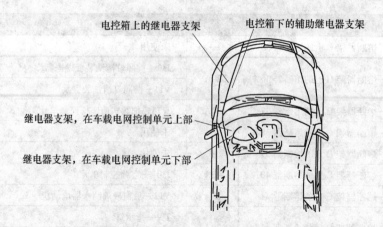

图 1-72 高尔夫 A6 继电器位置分布

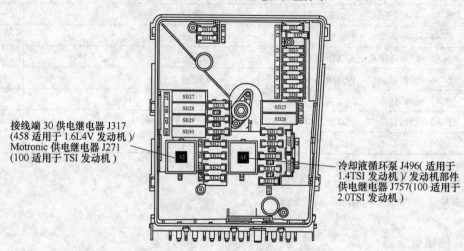

图 1-73 高尔夫 A6 在电控箱上的继电器位置分布

（4）在车载电网控制单元下部的继电器支架

高尔夫 A6 在车载电网控制单元下部的继电器支架如图 1-75 所示。

图 1-74 高尔夫 A6 的
辅助继电器位置分布

图 1-75 高尔夫 A6 在车载电网控制单元下部的继电器支架

（5）在车载电网控制单元上部的继电器支架

高尔夫 A6 在车载电网控制单元上部的继电器支架如图 1-76 所示。

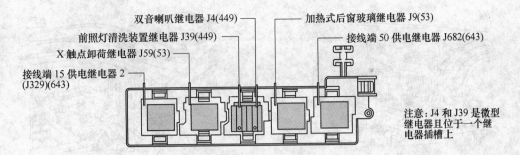

图 1-76　高尔夫 A6 在车载电网控制单元上部的继电器支架

3. 电控单元位置图

（1）汽车前部电控单元

高尔夫 A6 轿车前部电控单元位置图如图 1-77 所示。

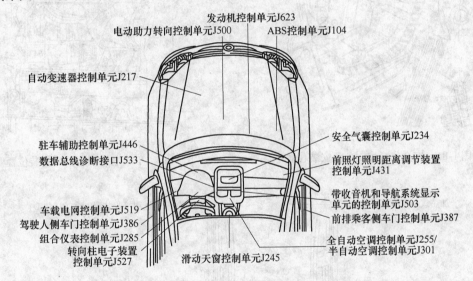

图 1-77　高尔夫 A6 轿车前部电控单元位置图

发动机控制单元位于排水槽盖板下，安装位置如图 1-78 中箭头所示。

自动变速器控制单元位于变速器中部，安装位置如图 1-79 中箭头所示。

ABS 控制单元位于前围板上，在发动机室内右侧，安装位置如图 1-80 中箭头所示。

安全气囊控制单元位于前部中控台下方，安装位置如图 1-81 所示。

车载电网控制单元位于仪表板左下方的继电器支架下方，安装位置如图 1-82 所示。

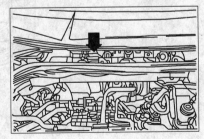

图 1-78　发动机控制单元安装位置

（2）汽车后部电控单元

高尔夫 A6 轿车后部电控单元位置图如图 1-83 所示。

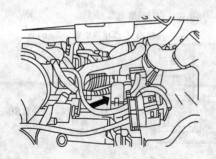

图 1-79　自动变速器控制单元安装位置

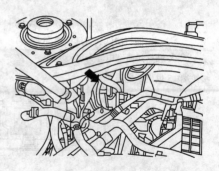

图 1-80　ABS 控制单元安装位置

图 1-81　安全气囊控制单元安装位置

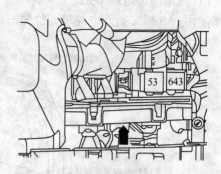

图 1-82　车载电网控制单元安装位置

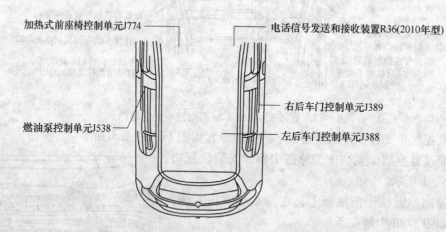

图 1-83　高尔夫 A6 轿车后部电控单元位置

六、CC（2010 年款）

1. 熔断器

（1）熔断器位置分布

CC 轿车熔断器位置如图 1-84 所示。

（2）熔断器（SA）

　　CC 轿车熔断器(SA)在发动机室左侧电控箱熔断器架上，其位置分布如图 1-85 所示，熔断器(SA)相关说明如表 1-26 所示。

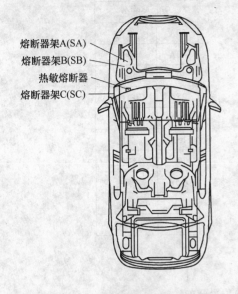

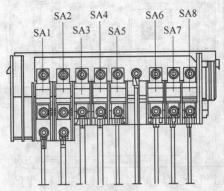

熔断器颜色	
50A	红色
40A	橙色
30A	绿色
25A	白色
20A	黄色
15A	蓝色
10A	红色
7.5A	棕色
5A	米色
3A	淡紫色

图 1-84　CC 轿车熔断器位置分布　　　　　　图 1-85　CC 轿车熔断器(SA)位置分布

表 1-26　CC 轿车熔断器(SA)相关说明

编号	电路图中的名称	额定值	保护的电路/部件	接线端
1	SA1—熔断器架 A 上的熔断器 1	150A	C—三相交流发电机	30
2	SA2—熔断器架 A 上的熔断器 2	80A	J500—转向辅助控制单元	30
3	SA3—熔断器架 A 上的熔断器 3	50A	J293—散热器风扇控制单元	30
4	SA4—熔断器架 A 上的熔断器 4	60A	仪表板左侧熔断器架(SC12—SC17，SC28，SC44)	30
5	SA5—熔断器架 A 上的熔断器 5	80A	仪表板左侧熔断器架(SC29—SC31) S44—驾驶人座椅调节装置热敏熔断器	30
6	SA6—熔断器架 A 上的熔断器 6	60A	仪表板左侧熔断器架(SC32—SC37)	30
7	SA7—熔断器架 A 上的熔断器 7	—	未使用	30
8	SA8—熔断器架 A 上的熔断器 8	40A	J104—防抱死制动系统控制单元	30

　　(3) 熔断器(SB)

　　CC 轿车熔断器(SB)在发动机室左侧电控箱上，其位置分布如图 1-86 所示，熔断器(SB)相关说明如表 1-27 所示。

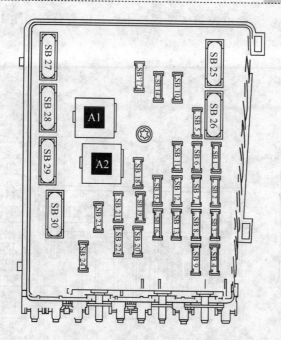

图 1-86   CC 轿车熔断器(SB)位置分布

熔断器颜色	
50A	红色
40A	橙色
30A	绿色
25A	白色
20A	黄色
15A	蓝色
10A	红色
7.5A	棕色
5A	米色
3A	淡紫色

表 1-27   CC 轿车熔断器(SB)相关说明

编号	电路图中的名称	额定值	保护的电路/部件	接线端
F1	SB1—熔断器架 B 上的熔断器 1	—	未使用	—
F2	SB2—熔断器架 B 上的熔断器 2	30A	J104—防抱死制动系统控制单元	30
F3	SB3—熔断器架 B 上的熔断器 3	20A	H2—高音喇叭 H7—低音喇叭 J519—车载电源控制单元	30
F4	SB4—熔断器架 B 上的熔断器 4	—	未使用	—
F5	SB5—熔断器架 B 上的熔断器 5	5A	J519—车载电源控制单元	30
F6	SB6—熔断器架 B 上的熔断器 6	15A	J743—双离合器变速器电子单元	30
F7	SB7—熔断器架 B 上的熔断器 7	15A	J503—带收音机和导航系统显示单元的控制单元 R—收音机	30
F8	SB8—熔断器架 B 上的熔断器 8	20A	J743—双离合器变速器电子单元[①]	30
F9	SB9—熔断器架 B 上的熔断器 9	5A	J527—转向柱电子装置控制单元	30
F10	SB10—熔断器架 B 上的熔断器 10	20A	N...—带功率输出级的点火线圈(气缸14)	87
F11	SB11—熔断器架 B 上的熔断器 11	5A	J285—组合仪表中的控制单元	30
F12	SB12—熔断器架 B 上的熔断器 12	5A	J412—移动电话操作电子设备控制单元	30
F13	SB13—熔断器架 B 上的熔断器 13	10A	J271—主继电器 J623—发动机控制单元	30
F14	SB14—熔断器架 B 上的熔断器 14	25A	J623—发动机控制单元	87

（续）

编号	电路图中的名称	额定值	保护的电路/部件	接线端
F15	SB15—熔断器架 B 上的熔断器 15	5A	J533—数据总线诊断接口	30
F16	SB16—熔断器架 B 上的熔断器 16	10A	J151—冷却液继续循环继电器	87
F17	SB17—熔断器架 B 上的熔断器 17	10A	N276—燃油压力调节阀	87
F18	SB18—熔断器架 B 上的熔断器 18	20A	N75—增压压力限制电磁阀 N249—涡轮增压器空气循环阀 N428—机油压力调节阀 N80—炭罐电磁阀 1 N205—凸轮轴调节阀 1 N316—进气歧管翻板阀门	87
F19	SB19—熔断器架 B 上的熔断器 19	30A	R12—功率放大器	30
F20	SB20—熔断器架 B 上的熔断器 20	—	未使用	—
F21	SB21—熔断器架 B 上的熔断器 21	—	未使用	—
F22	SB22—熔断器架 B 上的熔断器 22	30A	J400—刮水器电动机控制单元	30
F23	SB23—熔断器架 B 上的熔断器 23	10A	J293—散热器风扇控制单元 J757—发动机组件供电继电器	87
F24	SB24—熔断器架 B 上的熔断器 24	15A	Z19—氧传感器加热装置 Z29—催化转化器的氧传感器 1 加热装置	87
F25	SB25—熔断器架 B 上的熔断器 25	40A	J519—车载电源控制单元 M1—左侧停车灯 M31—右侧近光前照灯 M32—右侧远光前照灯 M2—右侧尾灯灯（外部照明环） M4—左侧尾灯灯（内部照明环）	30
F26	SB26—熔断器架 B 上的熔断器 26	40A	J519—车载电源控制单元 M3—右侧停车灯 M29—左侧近光前照灯 M30—左侧远光前照灯 M4—左侧尾灯灯泡（外部照明环） M2—右侧尾灯灯泡（内部照明环）	30
F27	SB27—熔断器架 B 上的熔断器 27	—	未使用	—
F28	SB28—熔断器架 B 上的熔断器 28	—	未使用	—
F29	SB29—熔断器架 B 上的熔断器 29	50A	J519—车载电源控制单元（接线端 75 供电）	30
F30	SB30—熔断器架 B 上的熔断器 30	50A	J519—车载电源控制单元（接线端 15 供电）	30

① 仅适用于配备双离合器变速器 0AM 的汽车。

（4）熔断器（SC）

CC 轿车熔断器（SC）在驾驶人侧仪表板内熔断器架上，其位置分布如图 1-87 所示，熔断器（SC）相关说明如表 1-28 所示。

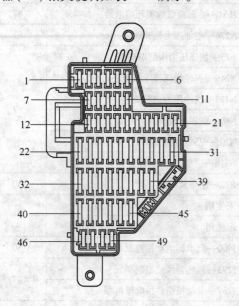

熔断器颜色	
30A	绿色
25A	白色
20A	黄色
15A	蓝色
10A	红色
7.5A	棕色
5A	米色
3A	淡紫色

图 1-87　CC 轿车熔断器（SC）位置分布

表 1-28　CC 轿车熔断器（SC）相关说明

编号	电路图中的名称	额定值	保护的电路/部件	接线端
1	SC1—熔断器架 C 上的熔断器 1	10A	J533—数据总线诊断接口	15
2	SC2—熔断器架 C 上的熔断器 2	5A	E256—驱动防滑控制和电子稳定程序按钮 E540—自动驻车按钮 J104—防抱死制动系统控制单元 J540—电动机械式驻车制动器控制单元	15
3	SC3—熔断器架 C 上的熔断器 3	5A	G266—油位和油温传感器 J500—转向辅助控制单元	15
4	SC4—熔断器架 C 上的熔断器 4	5A	F—制动灯开关 F47—制动踏板开关 J745—动态随动转向灯和前照灯照明距离调节装置控制单元	15
5	SC5—熔断器架 C 上的熔断器 5	10A	E20—开关和仪表照明调节器 E102—前照灯照明距离调节器 J667—左前照灯电源模块 V48—前照灯照明距离调节装置左侧伺服电动机 V49—前照灯照明距离调节装置右侧伺服电动机	15

（续）

编号	电路图中的名称	额定值	保护的电路/部件	接线端
6	SC6—熔断器架 C 上的熔断器 6	10A	J759—车道保持辅助系统控制单元	15
			J428—车距控制系统控制单元	
7	SC7—熔断器架 C 上的熔断器 7	5A	J285—组合仪表中的控制单元	15
			J533—数据总线诊断接口	
8	SC8—熔断器架 C 上的熔断器 8	10A	J668—右前照灯电源模块①	15
			Y7—自动防眩目车内后视镜	
9	SC9—熔断器架 C 上的熔断器 9	10A	J234—安全气囊控制单元	15
10	SC10—熔断器架 C 上的熔断器 10	10A	J623—发动机控制单元	15
11	SC11—熔断器架 C 上的熔断器 11	5A	F189—自动变速器换档开关②	15
			E313—变速杆③	
12	SC12—熔断器架 C 上的熔断器 12	10A	J386—驾驶人侧车门控制单元	30
			J387—前排乘客侧车门控制单元	
13	SC13—熔断器架 C 上的熔断器 13	10A	E1—车灯开关	30
			E313—变速杆③	
			F189—自动变速器换档开关②	
			T16—诊断接口	
14	SC14—熔断器架 C 上的熔断器 14	5A	J764—电子转向柱锁止装置控制单元	30
			H12—报警喇叭	
15	SC15—熔断器架 C 上的熔断器 15	5A	J519—车载电源控制单元(30g)	30
16	SC16—熔断器架 C 上的熔断器 16	10A	D9—电子点火开关	30
17	SC17—熔断器架 C 上的熔断器 17	10A	E538—电动机械式驻车制动器按键	30
			G397—雨量和光照传感器	
			J104—防抱死制动系统控制单元	
18	SC18—熔断器架 C 上的熔断器 18	—	未使用	—
19	SC19—熔断器架 C 上的熔断器 19	5A	J446—驻车辅助控制单元⑤	15
			J791—驻车转向辅助控制单元⑥	
20	SC20—熔断器架 C 上的熔断器 20	5A	J538—燃油泵控制单元	15
21	0ASC21—熔断器架 C 上的熔断器 21	10A	Y7—自动防眩车内后视镜	15
			G65—高压传感器	
	SC20—熔断器架 C 上的熔断器 20		G238—空气质量传感器④	
22	SC22—熔断器架 C 上的熔断器 22	5A	G70—空气质量计	15
23	SC23—熔断器架 C 上的熔断器 2	—	未使用	—
24	SC24—熔断器架 C 上的熔断器 24	5A	J743—双离合器变速器机电一体化装置	15
25	SC25—熔断器架 C 上的熔断器 25	—	未使用	—
26	SC26—熔断器架 C 上的熔断器 26	10A	J262—后窗遮阳卷帘控制单元	15
			E149—后窗遮阳卷帘开关	

（续）

编号	电路图中的名称	额定值	保护的电路/部件	接线端
27	SC27—熔断器架 C 上的熔断器 27	—	未使用	
28	SC28—熔断器架 C 上的熔断器 28	10A	J388—左后车门控制单元	30
			J389—右后车门控制单元	
29	SC29—熔断器架 C 上的熔断器 29	20A	J540—电动机械式驻车制动器控制单元	30
30	SC30—熔断器架 C 上的熔断器 30	20A	J540—电动机械式驻车制动器控制单元	30
31	SC31—熔断器架 C 上的熔断器 31	15A	J538—燃油泵控制单元	30
32	SC32—熔断器架 C 上的熔断器 32	30A	J519—车载电源控制单元(可加热后窗玻璃)	30
33	SC33—熔断器架 C 上的熔断器 33	20A	J878—外翻式天窗控制单元	30
34	SC34—熔断器架 C 上的熔断器 34	10A	E234—行李箱盖把手解锁按钮	30
35	SC35—熔断器架 C 上的熔断器 35	30A	J388—左后车门控制单元	30
			J389—右后车门控制单元	
36	SC36—熔断器架 C 上的熔断器 36	25A	E176—驾驶人座椅腰部支撑装置调节开关	30
			E364—驾驶人座椅高度调节开关	
			E222—驾驶人座椅倾斜度调节装置按钮	
			E96—驾驶人座椅靠背调节装置按钮	
37	SC37—熔断器架 C 上的熔断器 37	5A	G397—雨量和光照传感器	30
			J255—全自动空调控制单元	
			J772—倒车摄像头系统控制单元	
38	SC38—熔断器架 C 上的熔断器 38	25A	J774—可加热前座椅控制单元	30
39	SC39—熔断器架 C 上的熔断器 39	40A	J126—新鲜空气鼓风机控制单元	15
40	SC40—熔断器架 C 上的熔断器 40	5A	E1—车灯开关	75
41	SC41—熔断器架 C 上的熔断器 41	20A	U1—点烟器	75
			J811—指示灯 2	
			U9—后点烟器	
42	SC42—熔断器架 C 上的熔断器 42	20A	V5—车窗玻璃清洗泵	75
43	SC43—熔断器架 C 上的熔断器 43	—	未使用	—
44	SC44—熔断器架 C 上的熔断器 44	30A	J386—驾驶人侧车门控制单元	30
			J387—前排乘客侧车门控制单元	

（续）

编号	电路图中的名称	额定值	保护的电路/部件	接线端
45	SC45—熔断器架 C 上的熔断器 45	—	未使用	—
46	SC46—熔断器架 C 上的熔断器 46	—	未使用	—
47	SC47—熔断器架 C 上的熔断器 47	—	未使用	—
48	SC48—熔断器架 C 上的熔断器 48	—	未使用	—
49	SC49—熔断器架 C 上的熔断器 49	—	未使用	—

① 仅适用于带有气体放电前照灯的汽车。

② 仅适用于带有双离合器变速器 02E 的汽车。

③ 仅适用于带有双离合器变速器 0AM 的汽车。

④ 选装装备。

⑤ 仅适用于不带驻车转向辅助装置的驻车辅助装置。

⑥ 仅适用于带有驻车转向辅助装置的驻车辅助装置。

（5）热敏熔断器

CC 轿车热敏熔断器在左侧仪表板下方，其位置分布如图 1-88 所示。

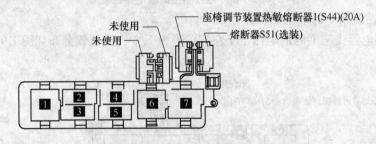

图 1-88　CC 轿车热敏熔断器

2. 继电器

（1）继电器支架位置分布

CC 轿车继电器支架位置分布如图 1-89 所示。

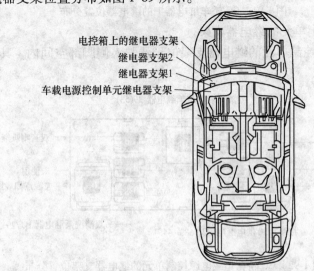

图 1-89　CC 轿车继电器支架位置分布

（2）电控箱上的继电器位置分布

CC 轿车电控箱上的继电器位于发动机室左侧，其位置分布如图 1-90 所示。

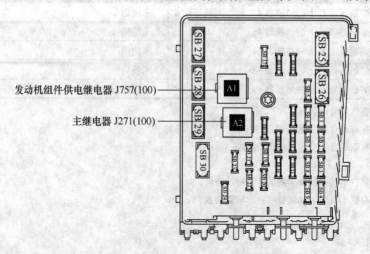

图 1-90　CC 轿车电控箱上的继电器位置分布

（3）继电器支架 1 的继电器位置分布

CC 轿车继电器支架 1 的继电器位于左侧仪表板下方，其位置分布如图 1-91 所示。

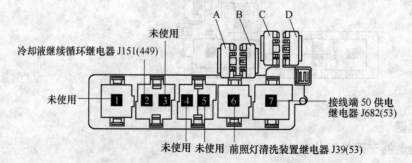

图 1-91　CC 轿车继电器 1 的继电器位置分布

（4）车载电源控制单元的继电器支架

CC 轿车车载电源控制单元的继电器支架位于驾驶人侧脚部空间内，其继电器位置分配如图 1-92 所示。

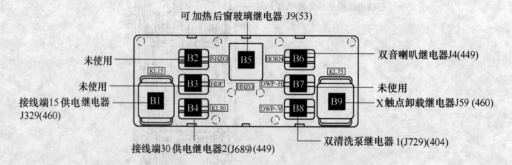

图 1-92　CC 轿车车载电源控制单元的继电器支架位置分布

（5）继电器支架 2 的继电器位置分布

CC 轿车继电器支架 2 位于左侧仪表板下方，其继电器位置分布如图 1-93 所示。

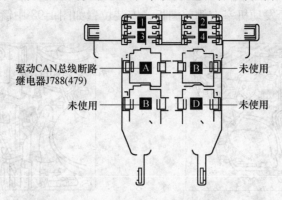

驱动 CAN 总线断路
继电器 J788(479)

未使用

未使用

未使用

图 1-93　CC 轿车继电器支架 2 的继电器位置分布

3. 电控单元位置图

（1）发动机室内的电控单元

CC 轿车发动机室内的电控单元位置分布如图 1-94 所示。

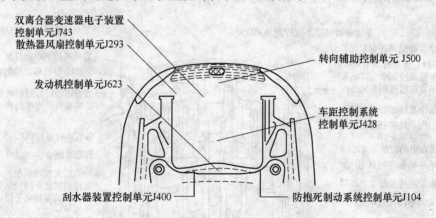

双离合器变速器电子装置
控制单元 J743
散热器风扇控制单元 J293

发动机控制单元 J623

转向辅助控制单元 J500

车距控制系统
控制单元 J428

刮水器装置控制单元 J400

防抱死制动系统控制单元 J104

图 1-94　CC 轿车发动机室内的电控单元

发动机控制单元位于排水槽中部，安装位置如图 1-95 中箭头所示。

0AM 型双离合器变速器电子装置控制单元位于变速器前部，变速器内，安装位置如图 1-96 中箭头所示。

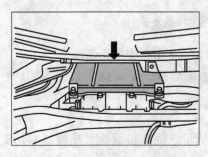

图 1-95　发动机控制单元安装位置

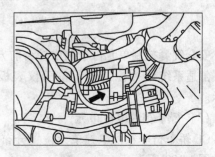

图 1-96　0AM 型双离合器变速器电子
装置控制单元安装位置

02E 型双离合器变速器电子装置控制单元在变速器前部，安装位置如图 1-97 中箭头所示。

ABS 控制单元位于发动机室右侧前围板，安装位置如图 1-98 中箭头所示。

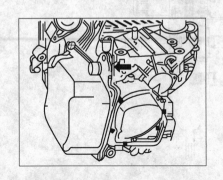

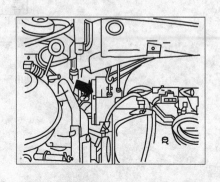

图 1-97   02E 型双离合器变速器
电子装置控制单元安装位置

图 1-98   ABS 控制单元安装位置

（2）车内电控单元

CC 轿车车内电控单元位置分布如图 1-99 所示。

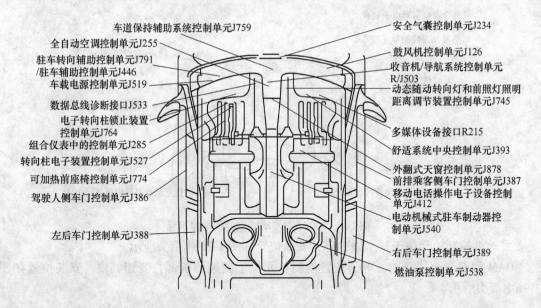

车道保持辅助系统控制单元J759
全自动空调控制单元J255
驻车转向辅助控制单元J791
/驻车辅助控制单元J446
车载电源控制单元J519
数据总线诊断接口J533
电子转向柱锁止装置
控制单元J764
组合仪表中的控制单元J285
转向柱电子装置控制单元J527
可加热前座椅控制单元J774
驾驶人侧车门控制单元J386
左后车门控制单元J388

安全气囊控制单元J234
鼓风机控制单元J126
收音机/导航系统控制单元
R/J503
动态随动转向灯和前照灯照明
距离调节装置控制单元J745
多媒体设备接口R215
舒适系统中央控制单元J393
外翻式天窗控制单元J878
前排乘客侧车门控制单元J387
移动电话操作电子设备控制
单元J412
电动机械式驻车制动器控
制单元J540
右后车门控制单元J389
燃油泵控制单元J538

图 1-99   CC 轿车车内电控单元位置分布

安全气囊控制单元位于前中控台前方，安装位置如图 1-100 中箭头所示。

舒适系统中央控制单元位于仪表板下方的杂物箱后部，安装位置如图 1-101 中箭头所示。

（3）行李箱内电控单元

CC 轿车行李箱内电控单元位置分布如图 1-102 所示。倒车摄像头系统控制单元安装位置如图 1-103 所示。

图1-100　安全气囊控制单元安装位置

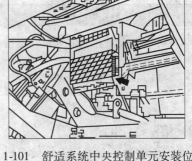

图1-101　舒适系统中央控制单元安装位置

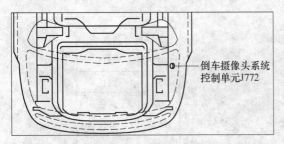

图1-102　CC轿车行李箱内电控单元位置分布

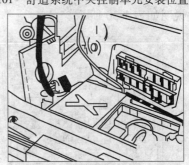

图1-103　倒车摄像头系统
控制单元安装位置

七、开迪(2005年款)

1. 熔断器

（1）熔断器(SA)

开迪轿车熔断器(SA)位于蓄电池上的熔断器支架上，其熔断器分布如图1-104所示，相关说明如表1-29所示。

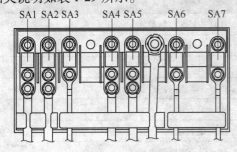

熔断器颜色	
30A	绿色
25A	白色
20A	黄色
15A	蓝色
10A	红色
7.5A	棕色
5A	米色
3A	淡紫色

图1-104　开迪轿车熔断器(SA)位置分布

表1-29　开迪轿车熔断器(SA)相关说明

编号	电路图中的名称	额定值	保护的电路/部件	接线端
1	SA1—熔断器架上的熔断器1，蓄电池	150A	C—三相交流发电机90A/110A	30
		200A	C—三相交流发电机(140A)	
2	SA2—熔断器架上的熔断器2，蓄电池	80A	V187—电动机械式转向助力器电动机	30
3	SA3—熔断器架上的熔断器3，蓄电池	80A	散热器风扇控制单元	30
4	SA4—熔断器架上的熔断器4，蓄电池	70A	J519—车载电网控制单元	30
5	SA5—熔断器架上的熔断器5，蓄电池	—	未使用	30

（续）

编号	电路图中的名称	额定值	保护的电路/部件	接线端
6	SA6—熔断器架上的熔断器6，蓄电池	100A	熔断器架上的熔断器，仪表板左侧 SC20—SC24、SC42—SC56	30
7	SA7—熔断器架上的熔断器7，蓄电池	50A	熔断器架上的熔断器，仪表板左侧 SC39—SC41	30

（2）熔断器(SB)

开迪轿车熔断器(SB)位于发动机室左侧的电控箱上，其熔断器分布如图 1-105 所示，相关说明如表 1-30 所示。

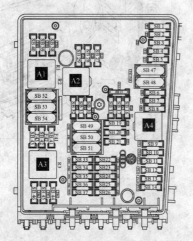

熔断器颜色	
30A	绿色
25A	白色
20A	黄色
15A	蓝色
10A	红色
7.5A	棕色
5A	米色
3A	淡紫色

图 1-105　开迪轿车熔断器(SB)位置分布

表 1-30　开迪轿车熔断器(SB)相关说明

编号	电路图中的名称	额定值	保护的电路/部件	接线端
F1	SB1—熔断器架上的熔断器1	30A	J104—ABS 控制单元	30
F2	SB2—熔断器架上的熔断器2	30A	J104—ABS 控制单元	30
F3	SB3—熔断器架上的熔断器3	—	未使用	30
F4	SB4—熔断器架上的熔断器4	5A	J519—车载电网控制单元	30
F5	SB5—熔断器架上的熔断器5	20A	H2—高音喇叭 H7—低音喇叭 J4—双音喇叭继电器	30
F6	SB6—熔断器架上的熔断器6	20A	N70—带功率输出级的点火线圈1 N127—带功率输出级的点火线圈2 N291—带功率输出级的点火线圈3 N292—带功率输出级的点火线圈4 N152—点火变压器	30
F7	SB7—熔断器架上的熔断器7	5A	F47—制动踏板开关 J...—发动机控制单元 G476—离合器位置传感器	30

（续）

编号	电路图中的名称	额定值	保护的电路/部件	接线端
F8	SB8—熔断器架上的熔断器8	10A	N18—废气再循环阀	87
			N80—炭罐电磁阀1	
			J293—散热器风扇控制单元	
			V157—进气管风门电动机	
F9	SB9—熔断器架上的熔断器9	10A	J17—燃油泵继电器（BDJ、BJB）	87
F10	SB10—熔断器架上的熔断器10	10A	N18—废气再循环阀	87
			N75—增压压力限制电磁阀	
			N345—废气再循环散热器转换阀	
F11	SB11—熔断器架上的熔断器11	25A	J220—Motronic 控制单元（BCA、BRY）	87
		30A	J248—柴油直喷装置控制单元（BDJ、BJB）	
F12	SB12—熔断器架上的熔断器12	15A	G39—氧传感器（BCA）	87
			G130—催化转化器后的氧传感器（BCA）	
F13	SB13—熔断器架上的熔断器13	—	未使用	30
F14	SB14—熔断器架上的熔断器14	—	未使用	30
F15	SB15—熔断器架上的熔断器15	40A	B—起动机（总线端50）	50
F16	SB16—熔断器架上的熔断器16	15A	J527—转向柱电子装置控制单元	30
F17	SB17—熔断器架上的熔断器17	10A	J285—仪表板中的控制单元	30
F18	SB18—熔断器架上的熔断器18	—	未使用	30
F19	SB19—熔断器架上的熔断器19	15A	R—收音机	30
			J503—收音机和导航系统的带显示单元的控制单元	
F20	SB20—熔断器架上的熔断器20	10A	J412—电子操纵装置控制单元，移动电话	30
F21	SB21—熔断器架上的熔断器21	—	未使用	30
F22	SB22—熔断器架上的熔断器22	—	未使用	30
F23	SB23—熔断器架上的熔断器23	—	未使用	30
F24	SB24—熔断器架上的熔断器24	10A	J533—数据总线诊断接口	30
F25	SB25—熔断器架上的熔断器25	—	未使用	30
F26	SB26—熔断器架上的熔断器26	10A	J220—Motronic 控制单元（BCA）	30
			J317—总线端30 供电继电器（BCA）	
		5A	J317—总线端30 供电继电器（BDJ、BJB）	
F27	SB27—熔断器架上的熔断器27	10A	N79—用于曲轴箱排气的加热电阻	15
F28	SB28—熔断器架上的熔断器28	—	未使用	15
F29	SB29—熔断器架上的熔断器29	20A	气缸1—4 喷油器（BCA）	15
F30	SB30—熔断器架上的熔断器30	20A	J364—辅助加热装置控制单元	30
F31	SB31—熔断器架上的熔断器31	30A	V—车窗玻璃刮水器电动机	30
F32	SB32—熔断器架上的熔断器32	40A	Q10—预热塞1（BDJ）	87
			Q11—预热塞2（BDJ）	

（续）

编号	电路图中的名称	额定值	保护的电路/部件	接线端
F33	SB33—熔断器架上的熔断器33	40A	Q12—预热塞3（BDJ）	87
			Q13—预热塞4（BDJ）	
		15A	G6—燃油泵（BCA、BRY）	
F34	SB34—熔断器架上的熔断器34	—	未使用	30
F35	SB35—熔断器架上的熔断器35	—	未使用	30
F36	SB36—熔断器架上的熔断器36	—	未使用	30
F37	SB37—熔断器架上的熔断器37	—	未使用	30
F38	SB38—熔断器架上的熔断器38	10A	E102—前照灯照明距离调节器	30
			V48—左侧前照灯照明距离调整伺服电动机	
			V49—右侧前照灯照明距离调节伺服电动机	
F39	SB39—熔断器架上的熔断器39	5A	G266—机油油位和机油温度的传感器	15
			J285—仪表板中的控制单元	
F40	SB40—熔断器架上的熔断器40	20A	SC1、SC2、SC3、SC4、SC5、SC6、SC9、SC10、SC11、SC12、SC13、SC14、SC15、SC16、SC25、SC26、SC27	15
F41	SB41—熔断器架上的熔断器41	—	未使用	15
F42	SB42—熔断器架上的熔断器42	5A	J17—燃油泵继电器（BCA、BRY）	15
		10A	J52—预热塞继电器（BDJ）	
			G70—空气质量流量计（BJB）	
F43	SB43—熔断器架上的熔断器43	—	未使用	15
F44	SB44—熔断器架上的熔断器44	—	未使用	87a
F45	SB45—熔断器架上的熔断器45	15A	G39—氧传感器（BRY）	87a
			G130—催化转化器后的氧传感器（BRY）	
F46	SB46—熔断器架上的熔断器46	—	未使用	87a
F47	SB47—熔断器架上的熔断器47	40A	J519—车载电网控制单元	30
			左侧前照灯（带有中央门锁的汽车）	
F48	SB48—熔断器架上的熔断器48	40A	J519—车载电网控制单元	30
			右侧前照灯（带有中央门锁的汽车）	
F49	SB49—熔断器架上的熔断器49	—	未使用	30
F50	SB50—熔断器架上的熔断器50	—	未使用	30
F51	SB51—熔断器架上的熔断器51	50A	J179—预热时间自动装置控制单元（BJB）	30
			Q10—预热塞1（BJB）	
			Q11—预热塞2（BJB）	
			Q12—预热塞3（BJB）	
			Q13—预热塞4（BJB）	
		40A	J299—二次空气泵继电器（BRY）	
			V101—二次空气泵电动机（BRY）	

（续）

编号	电路图中的名称	额定值	保护的电路/部件	接线端
F52	SB52—熔断器架上的熔断器52	—	未使用	30
F53	SB53—熔断器架上的熔断器53	25A	J386—驾驶人侧车门控制单元	30
			J387—前排乘客侧车门控制单元	
F54	SB54—熔断器架上的熔断器54	50A	J293—散热器风扇控制单元	30

（3）熔断器（SC）

开迪轿车熔断器（SC）位于仪表板下部左侧，其熔断器分布如图1-106所示，相关说明如表1-31所示。

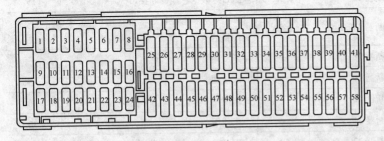

熔断器颜色	
30A	绿色
25A	白色
20A	黄色
15A	蓝色
10A	红色
7.5A	棕色
5A	米色
3A	紫色

图1-106 开迪轿车熔断器（SC）位置分布

表1-31 开迪轿车熔断器（SC）相关说明

编号	电路图中的名称	额定值	保护的电路/部件	接线端
1	SC1—熔断器架上的熔断器1	—	未使用	15
2	SC2—熔断器架上的熔断器2	5A	J345—拖车识别装置控制单元	15
3	SC3—熔断器架上的熔断器3	5A	E16—暖风或者加热功率开关	15
			G65—高压传感器	
4	SC4—熔断器架上的熔断器4	—	未使用	15
5	SC5—熔断器架上的熔断器5	—	未使用	15
6	SC6—熔断器架上的熔断器6	—	未使用	15
7	SC7—熔断器架上的熔断器7	5A	E94—可加热驾驶人座椅调节器	75
			E95—可加热副驾驶人座椅调节器	
8	SC8—熔断器架上的熔断器8	5A	Z20—左侧喷嘴加热电阻	75
			Z21—右侧喷嘴加热电阻	
9	SC9—熔断器架上的熔断器9	5A	J234—安全气囊控制单元	15
			K145—前排乘客侧安全气囊关闭指示灯	
10	SC10—熔断器架上的熔断器10	5A	J412—电子操纵装置控制单元，移动电话	15
11	SC11—熔断器架上的熔断器11	10A	J500—转向辅助控制单元	15
12	SC12—熔断器架上的熔断器12	—	未使用	15
13	SC13—熔断器架上的熔断器13	—	未使用	15

（续）

编号	电路图中的名称	额定值	保护的电路/部件	接线端
14	SC14—熔断器架上的熔断器 14	5A	E132—加速防滑控制开关	15
			E256—ASR 和 ESP 的按钮	
			J104—带 EDS 的 ABS 控制单元	
15	SC15—熔断器架上的熔断器 15	10A	F4 —倒车灯开关	15
			J485—驻车暖风运行模式继电器（自 2004 年 5 月起）	
			J503—收音机-导航系统（商用装置），自诊断接口（T16/1）	
16	SC16—熔断器架上的熔断器 16	5A	J533—数据总线诊断接口	15
17	SC17—熔断器架上的熔断器 17	7.5A	M41—左侧尾灯和后雾灯灯泡（不带中央门锁的汽车）	55
18	SC18—熔断器架上的熔断器 18	—	未使用	
19	SC19—熔断器架上的熔断器 19	—	未使用	—
20	SC20—熔断器架上的熔断器 20	—	未使用	30
21	SC21—熔断器架上的熔断器 21	—	未使用	30
22	SC22—熔断器架上的熔断器 22	5A	R149—辅助水加热装置无线电接收器	30
23	SC23—熔断器架上的熔断器 23	10A	F—制动信号灯开关	30
			M9—左侧制动灯	
			M10—右侧制动灯	
			M25—高位制动灯	
			J104—ABS 控制单元	
24	SC24—熔断器架上的熔断器 24	10A	E1—车灯开关	30
			J301—空调器控制单元	
			T16—自诊断接口（T16/16）	
25	SC25—熔断器架上的熔断器 25	30A	J131—可加热式驾驶人座椅控制单元	30
			J132—可加热前排乘客座椅控制单元	
26	SC26—熔断器架上的熔断器 26	10A	J...—发动机控制单元	15
27	SC27—熔断器架上的熔断器 26	15A	V12—后窗玻璃刮水器电动机（自 2004 年 5 月起）	15
28	SC28—熔断器架上的熔断器 28	5A	E1—车灯开关（带有中央门锁的汽车）	75
			E7—前雾灯开关（不带中央门锁的汽车）	
		20A	E18—后雾灯开关（不带中央门锁的汽车）	
29	SC29—熔断器架上的熔断器 29	15A	V12—后窗玻璃刮水器电动机（至 2004 年 4 月）	75
30	SC30—熔断器架上的熔断器 30	25A	SC37—熔断器架上的熔断器 37	75
			SC38—熔断器架上的熔断器 38	
31	SC31—熔断器 31，在熔断器架上	15A	J485—驻车暖风运行模式继电器（至 2004 年 4 月）	75

（续）

编号	电路图中的名称	额定值	保护的电路/部件	接线端
32	SC32—熔断器架上的熔断器32	15A	V5—车窗玻璃清洗泵	75
33	SC33—熔断器架上的熔断器33	—	未使用	75
34	SC34—熔断器架上的熔断器34	—	未使用	75
35	SC35—熔断器架上的熔断器35	40A	V2—新鲜空气鼓风机 J485—驻车暖风运行模式继电器	75
36	SC36—熔断器架上的熔断器36	—	未使用	—
37	SC37—熔断器架上的熔断器37	15A	M31—右侧近光灯（不带中央门锁的汽车）	56
38	SC38—熔断器架上的熔断器38	15A	M29—左侧近光灯（仅用于不带中央门锁的汽车）	56
39	SC39—熔断器架上的熔断器39	—	未使用	30
40	SC40—熔断器架上的熔断器40	20A	J345—拖车识别装置控制单元	30
41	SC41—熔断器架上的熔断器41	20A	U10—带拖车行驶插座	30
42	SC42—熔断器架上的熔断器42	15A	U5—12V插座（在驻车制动器拉杆附近）	30
		30A	U5—12V插座（在驻车制动器拉杆附近） U18—插座（12V）行李箱左侧	
43	SC43—熔断器架上的熔断器43	15A	J49—电动燃油泵2的继电器（BCA、BRY） J17—燃油泵继电器（BDJ、BJB） G6—燃油泵	30
44	SC44—熔断器架上的熔断器44	5A	G273—车内监控传感器 G384—汽车侧倾传感器 H12—报警喇叭	30
45	SC45—熔断器架上的熔断器45	5A	J515—天线选择的控制单元	30
46	SC46—熔断器架上的熔断器46	7.5A	J519—车载电网控制单元	30
47	SC47—熔断器架上的熔断器47	25A	U1—点烟器	30
		30A	U1—点烟器 U9—后点烟器	
48	SC48—熔断器架上的熔断器48	20A	J39—前照灯清洗装置继电器 V11—前照灯清洗装置泵	30
49	SC49—熔断器架上的熔断器49	10A	J386—驾驶人侧车门控制单元 J387—前排乘客侧车门控制单元	30
50	SC50—熔断器架上的熔断器50	—	未使用	30
51	SC51—熔断器架上的熔断器51	—	未使用	30
52	SC52—熔断器架上的熔断器52	25A	J13—新鲜空气鼓风机继电器 J519—车载电网控制单元	30
53	SC53—熔断器架上的熔断器53	25A	J393—舒适/便利功能系统的中央控制单元	30

（续）

编号	电路图中的名称	额定值	保护的电路/部件	接线端
54	SC54—熔断器架上的熔断器 54	—	未使用	30
55	SC55—熔断器架上的熔断器 55	—	未使用	30
56	SC56—熔断器架上的熔断器 56	—	未使用	30
57	SC57—熔断器架上的熔断器 57	—	未使用	—
58	SC58—熔断器架上的熔断器 58	—	未使用	—

2. 继电器

开迪轿车发动机室左侧、电控箱上的继电器位置分布如图 1-107 所示。

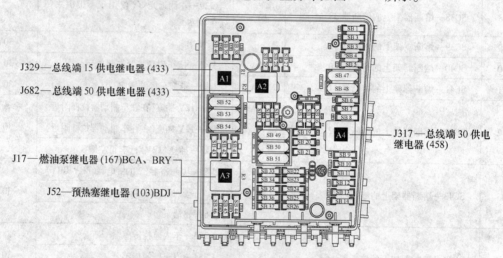

图 1-107　开迪轿车电控箱上的继电器位置分配

发动机左侧、电控箱下面、辅助继电器座的继电器位置分布如图 1-108 所示。

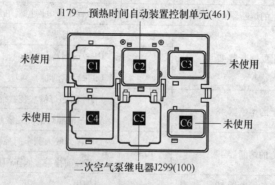

图 1-108　开迪轿车辅助继电器座的继电器位置分配

左侧仪表板下面继电器座上的继电器位置分布如图 1-109 所示。

车载电网电控单元上继电器座上的继电器位置分布如图 1-110 所示。

3. 电控单元位置图

开迪轿车电控单元位置如图 1-111 所示。

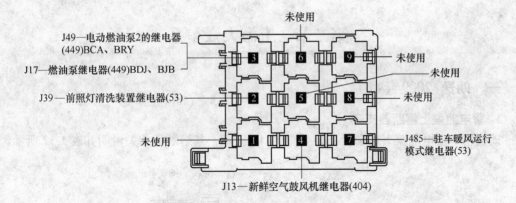

图1-109 开迪轿车左侧仪表板下面继电器座上的继电器位置分配

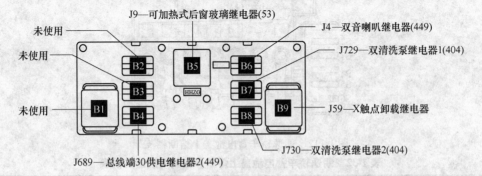

图1-110 开迪轿车车载电网电控单元上继电器座上的继电器位置分配

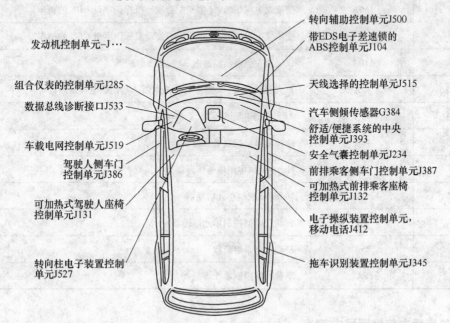

图1-111 开迪轿车电控单元位置

第二节 上海大众车系

一、朗逸（2009 年款）

1. 蓄电池盖上熔断器支架

朗逸轿车蓄电池盖上熔断器支架如图 1-112 所示，其熔断器相关说明如表 1-32 所示。

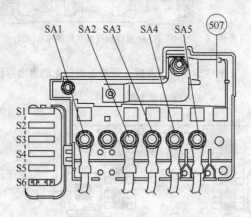

图 1-112　朗逸轿车蓄电池盖上熔断器支架

表 1-32　朗逸轿车蓄电池盖上熔断器支架熔断器说明表

名　　称	额 定 值	保护的电路/部件
SA1	150A	交流发电机熔断器（用于配有发动机标识字母 CDE 的轿车）
	175A	交流发电机熔断器（用于配有发动机标识字母 CEN 的轿车）
SA2	110A	仪表板左侧熔断器盒内 30 号总线熔断器
SA3	40A	点火起动开关、X 触点卸载继电器、起动继电器熔断器
SA4	40A	ABS 控制单元熔断器
SA5	40A	冷却液风扇控制单元熔断器
S1	30A	Motronic 供电继电器熔断器
S2	5A	Motronic 控制单元熔断器
S3	5A	自动变速器控制单元熔断器
S4	25A	制动真空泵熔断器
S5	5A	车载网络控制单元熔断器

2. 仪表板左侧熔断器支架

朗逸轿车仪表板左侧熔断器支架如图 1-113 所示，其熔断器相关说明如表 1-33 所示。

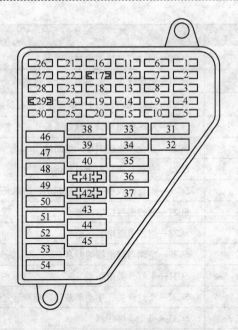

图 1-113　朗逸轿车仪表板左侧熔断器支架

表 1-33　朗逸轿车仪表板左侧熔断器支架熔断器说明表

名　称	额　定　值	保护的电路/部件
1	5A	SC1—左侧停车灯、左侧尾灯、左侧制动灯和尾灯熔断器
2	5A	SC2—右侧停车灯、右侧尾灯、右侧制动灯和尾灯熔断器
3	5A	SC3—空调器控制单元、后部车窗升降器联锁开关、后行李箱盖把手开锁按钮、车外后视镜加热按钮、收音机、左后车窗升降器开关、点烟器、轮胎压力监控按钮、牌照灯、自动变速器换档开关熔断器
4	10A	SC4—左侧近光灯熔断器
5	10A	SC5—右侧近光灯熔断器
6	19A	SC6—左侧远光灯熔断器
7	10A	SC7—右侧远光灯熔断器
8	15A	SC8—雾灯开关熔断器
9	5A	SC9—车载网络控制单元、倒车灯开关熔断器
10	5A	SC10—车载网络控制单元、收音机熔断器
11	5A	SC11—自诊断接口熔断器
12	5A	SC12—驻车灯开关熔断器
13	5A	SC13—车外后视镜加热按钮熔断器
14	5A	SC14—驻车辅助控制单元、自动变速器换档开关、自动防眩目车内后视镜熔断器
15	5A	SC15—加热电阻熔断器
16	7.5A	SC16—车载网络控制单元熔断器
18	10A	SC18—车载网络控制单元熔断器
19	7.5A	SC19—车载网络控制单元、雨天与光线识别传感器熔断器

（续）

名　　称	额　定　值	保护的电路/部件
20	5A	SC20—自动空调控制单元熔断器
21	5A	SC21—组合仪表中带显示单元的控制单元熔断器
22	5A	SC22—Motronic 发动机控制单元、离合器踏板开关、燃油泵继电器熔断器
23	5A	SC23—ABS 控制单元、制动踏板开关、轮胎压力监控按钮熔断器
24	5A	SC24—安全气囊控制单元熔断器
25	10A	SC25—自动空调器控制单元熔断器
26	5A	SC26—组合仪表中带显示单元的控制单元熔断器
27	5A	SC27—自诊断接口熔断器
28	15A	SC28—燃油泵继电器熔断器
30	10A	SC30—空调器继电器熔断器
31	30A	SC31—车灯开关熔断器
32	15A	SC32—车灯开关、手动防眩目功能和远光灯瞬时接通功能开关熔断器
33	15A	SC33—点烟器熔断器
34	5A	SC34—收音机、安全气囊螺旋电缆/带滑环的复位环、便携式导航准备插头熔断器
35	20A	SC35—驾驶人侧车门控制单元熔断器
36	20A	SC36—前排乘客侧车门控制单元熔断器
37	20A	SC37—滑动天窗调节控制单元熔断器
38	30A	SC38—自动空调控制单元、新鲜空气鼓风机开关、新鲜空气鼓风机熔断器
39	25A	SC39—前座椅控制单元熔断器
40	7.5A	SC40—车窗玻璃刮水器间歇运行调节器熔断器
43	7.5A	SC43—氧传感器、炭罐电磁阀熔断器
44	5A	SC44—冷却风扇控制单元、高压传感器、GRA 开关、空调器继电器熔断器
45	15A	SC45—自动变速器控制单元、多功能开关熔断器
46～48	25A	SC46～SC48—车载网络控制单元熔断器
49～50	20A	SC49～SC50—车载网络控制单元熔断器
51	20A	SC51—收音机熔断器
52	30A	SC52—点火起动开关熔断器
53	10A	SC53—喷油器熔断器
54	15A	SC54—点火线圈、带功率输出级的点火线圈熔断器

注：SC17、SC29、SC41、SC42 未使用。

3. 仪表板左侧下方继电器支架

朗逸轿车仪表板左侧下方继电器支架如图 1-114 所示，其熔断器与继电器说明如表 1-34 所示。

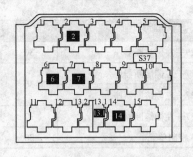

图 1-114　朗逸轿车仪表板
左侧下方继电器支架

表 1-34　朗逸轿车仪表板左侧下方继电器支架熔断器说明

名称	额定值	保护的电路/部件
2	—	J19—起动继电器(643 继电器)
6	—	J32—空调器继电器(126 继电器)
7	—	J271—Motronic 供电继电器(643 继电器)
13. 1	—	J17—燃油泵继电器(449 继电器)
14	—	J59—X 触点卸载继电器(100 继电器)
S37	20A	左前车窗升降器开关熔断器 37

二、帕萨特(2011 年款)

1. 熔断器

(1) 熔断器位置分布

帕萨特轿车熔断器位置如图 1-115 所示。

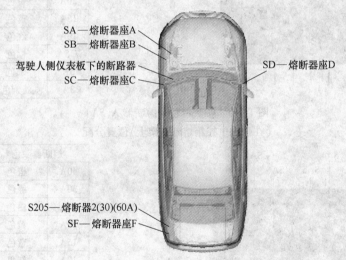

SA—熔断器座A
SB—熔断器座B
驾驶人侧仪表板下的断路器
SC—熔断器座C
SD—熔断器座D
S205—熔断器2(30)(60A)
SF—熔断器座F

图 1-115　帕萨特轿车熔断器位置

(2) 熔断器 A(SA)

帕萨特轿车熔断器 A(SA)位于发动机室内左侧，在强电电控箱熔断器架上的熔断器位置分布如图 1-116 所示，相关说明如表 1-35 所示。在弱电电控箱熔断器架上的熔断器位置分布如图 1-117 所示，相关说明如表 1-36 所示。

表 1-35　帕萨特轿车熔断器 A(SA)(在强电电控箱熔断器架上)相关说明

编号	电路图中的名称	额定值	保护的电路/部件	接线端
1	SA1—熔断器架 A 上的熔断器 1	150A 180A①	C—交流发电机	30
2	SA2—熔断器架 A 上的熔断器 2	80A	V187—电控机械式伺服转向电动机	30
3	SA3—熔断器架 A 上的熔断器 3	50A	J293—散热器风扇控制器	30

（续）

编号	电路图中的名称	额定值	保护的电路/部件	接线端
4	SA4—熔断器架 A 上的熔断器 4	60A	SC27、SC29—左侧熔断器座	30
5	SA5—熔断器架 A 上的熔断器 5	60A	SC12～SC17—左侧熔断器座 SC32～SC37—左侧熔断器座[②]	30
6	SA6—熔断器架 A 上的熔断器 6	60A	SC32～SC37—左侧熔断器座[③]	30
7	SA7—熔断器架 A 上的熔断器 7	40A	J104—ABS 控制单元	30

① 仅带 180A 发电机的汽车，安装在发电机导线上。

② 仅带后部蓄电池的汽车。

③ 仅不带后部蓄电池的汽车。

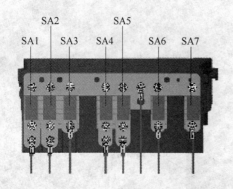

熔断器颜色	
40A	橙色
30A	绿色
25A	白色
20A	黄色
15A	蓝色
10A	红色
7.5A	棕色
5A	米色
3A	淡紫色

图 1-116　帕萨特轿车熔断器 A(SA)
(在强电电控箱熔断器架上)位置分配

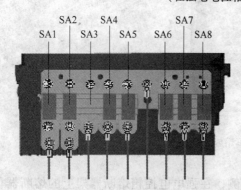

熔断器颜色	
40A	橙色
30A	绿色
25A	白色
20A	黄色
15A	蓝色
10A	红色
7.5A	棕色
5A	米色
3A	淡紫色

图 1-117　帕萨特轿车熔断器 A(SA)
(在弱电电控箱熔断器架上)位置分配

表 1-36　帕萨特轿车熔断器 A(SA)(在弱电电控箱熔断器架上)相关说明

编号	电路图中的名称	额定值	保护的电路/部件	接线端
1	SA1—熔断器架 A 上的熔断器 1	150A 180A[①]	C—交流发电机	30
2	SA2—熔断器架 A 上的熔断器 2	80A	V187—电控机械式伺服转向电动机	30
3	SA3—熔断器架 A 上的熔断器 3	50A	J293—散热器风扇控制器	30

（续）

编号	电路图中的名称	额定值	保护的电路/部件	接线端
4	SA4—熔断器架 A 上的熔断器 4	60A	SC12～SC17—左侧熔断器座	30
			SC22、SC27、SC28、SC44—左侧熔断器座	
5	SA5—熔断器架 A 上的熔断器 5	60A	SC29～SC31—左侧熔断器座	30
6	SA6—熔断器架 A 上的熔断器 6	60A	SC32、SC33—左侧熔断器座	30
7	SA7—熔断器架 A 上的熔断器 7	60A	J713—副蓄电池充电继电器	30
8	SA8—熔断器架 A 上的熔断器 8	40A	J104—ABS 控制单元	30

① 仅带 180A 发电机的汽车，安装在发电机导线上。

（3）熔断器 B(SB)

帕萨特轿车熔断器 B(SB)位于发动机室左侧电控箱上，其熔断器与继电器位置分布如图 1-118 所示，相关说明如表 1-37 所示。

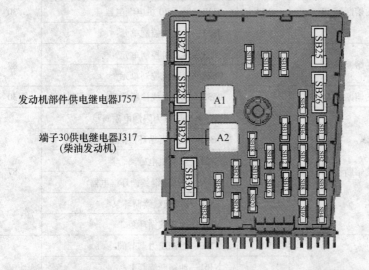

发动机部件供电继电器J757

端子30供继电器J317
(柴油发动机)

熔断器颜色	
50A	红色
40A	橙色
30A	绿色
25A	白色
20A	黄色
15A	蓝色
10A	红色
7.5A	棕色
5A	米色
3A	淡紫色

图 1-118　帕萨特轿车熔断器 B(SB)（在弱电电控箱熔断器架上）位置分配

表 1-37　帕萨特轿车熔断器 B(SB)（在弱电电控箱熔断器架上）相关说明

编号	电路图中的名称	额定值	保护的电路/部件	接线端
F1	SB1—熔断器架 B 上的熔断器 1	—	未使用	
F2	SB2—熔断器架 B 上的熔断器 2	30A	J104—ABS 控制单元	30
F3	SB3—熔断器架 B 上的熔断器 3	20A	H2—高音喇叭	30
			H7—低音喇叭	
			J4—双音喇叭继电器	
F4	SB4—熔断器架 B 上的熔断器 4	20A	J345—挂车识别装置控制单元	30
F5	SB5—熔断器架 B 上的熔断器 5	5A	J367—蓄电池监控控制单元	30
			J519—车载电网控制器	
F6	SB6—熔断器架 B 上的熔断器 6	15A	J743—双离合器变速器机电装置	30

（续）

编号	电路图中的名称	额定值	保护的电路/部件	接线端
F7	SB7—熔断器架 B 上的熔断器 7	15A	R—收音机	30
		20A	J503—收音机及导航系统带显示单元的控制单元	
		30A	J532—稳压器	
F8	SB8—熔断器架 B 上的熔断器 8	30A	J743—双离合器变速器机电装置	30
F9	SB9—熔断器架 B 上的熔断器 9	5A	J527—转向柱电子装置控制单元	30
F10	SB10—熔断器架 B 上的熔断器 10	20A	N...—带功率输出级的点火线圈(14缸)	87
			N276—燃油压力调节阀	
			N290—燃油定量阀	
F11	SB11—熔断器架 B 上的熔断器 11	5A	J285—仪表板中的控制单元①	30
F12	SB12—熔断器架 B 上的熔断器 12	5A	R78—电视调谐器	30
F13	SB13—熔断器架 B 上的熔断器 13	10A	J271—Motronic 供电继电器	30
			J317—端子 30 供电继电器	
			J623—发动机控制单元	
F14	SB14—熔断器架 B 上的熔断器 14	30A	J623—发动机控制单元②	87
		25A	J623—发动机控制单元③	
F15	SB15—熔断器架 B 上的熔断器 15	5A	J533—数据总线诊断接口	30
F16	SB16—熔断器架 B 上的熔断器 16	10A	N75—增压压力限制电磁阀②	87
			N345—废气再循环散热器转换阀	
			N421—压缩机电磁离合器③	
			J151—冷却液继续循环继电器③	
			V51—冷却液继续循环泵③	
			V178—冷却液循环泵 2	
F17	SB17—熔断器架 B 上的熔断器 17	10A	N276—燃油压力调节阀	30
		40A	N361—油箱断流阀 1	
			N362—油箱断流阀 2	
			N363—油箱断流阀 3	
			V50—冷却液循环泵	
			J359—小加热功率继电器	
F18	SB18—熔断器架 B 上的熔断器 18	10A	G446—燃油等级传感器	87
			N372—天然气运行模式的高压阀	
F19	SB19—熔断器架 B 上的熔断器 19	—	未使用	—
F20	SB20—熔断器架 B 上的熔断器 20	10A	F—制动信号灯开关	87
			G476—离合器位置传感器	
			J359—小加热功率继电器	
			J360—大加热功率继电器	

（续）

编号	电路图中的名称	额定值	保护的电路/部件	接线端
F20	SB20—熔断器架 B 上的熔断器 20	10A	J757—发动机部件供电继电器	87
			N276—燃油压力调节阀	
F21	SB21—熔断器架 B 上的熔断器 21	20A	J364—辅助加热装置控制器	30
F22	SB22—熔断器架 B 上的熔断器 22	30A	J400—刮水器控制单元	30
F23	SB23—熔断器架 B 上的熔断器 23	10A	F—制动信号灯开关	87
			G70—空气质量计	
			G476—离合器位置传感器	
			J17—燃油泵继电器	
			J179—预热时间自动装置控制单元	
			J293—散热器风扇控制器	
			J496—冷却液辅助泵继电器	
			N75—增压压力限制电磁阀	
			N80—炭罐电磁阀 1	
			N205—凸轮轴调节阀 1	
			N249—涡轮增压器循环空气阀	
			N316—进气管风门阀门	
			机 N428—油压力调节阀	
F24	SB24—熔断器架 B 上的熔断器 24	10A[4]	Z19—氧传感器加热	87
		15A[4]	Z29—催化转化器后的氧传感器 1 加热装置	
F25	SB25—熔断器架 B 上的熔断器 25	40A	J519—车载电网控制器（T52c/42）	30
F26	SB26—熔断器架 B 上的熔断器 26	40A	J519—车载电网控制器（T52a/1）	30
F27	SB27—熔断器架 B 上的熔断器 27	60A	Z2—可加热式风窗玻璃	30
F28	SB28—熔断器架 B 上的熔断器 28	50A	J179—预热时间自动装置控制单元[2]	30
F29	SB29—熔断器架 B 上的熔断器 29	50A	J519—车载电网控制器	30
			J59—X 触点卸载继电器	
F30	SB30—熔断器架 B 上的熔断器 30	50A	J329—端子 15 供电继电器	30
			J519—车载电网控制器	

① 仅用于带自动起停装置的车辆。
② 仅柴油发动机。
③ 仅汽油发动机。
④ 视装备而定。

对于位于强电电控箱上的熔断器，其熔断器与继电器的位置分布如图 1-119 所示，相关说明如表 1-38 所示。

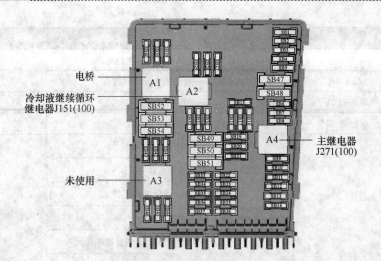

熔断器颜色	
50A	红色
40A	橙色
30A	绿色
25A	白色
20A	黄色
15A	蓝色
10A	红色
7.5A	棕色
5A	米色
3A	淡紫色

图1-119　帕萨特轿车熔断器B(SB)(在强电电控箱熔断器架上)位置分配

表1-38　帕萨特轿车熔断器B(SB)(在强电电控箱熔断器架上)相关说明

编号	电路图中的名称	额定值	保护的电路/部件	接线端
F2	SB2—熔断器架B上的熔断器2	30A	J104—ABS控制单元	30
F3	SB3—熔断器架B上的熔断器3	20A	J345—挂车识别装置控制单元	30
F5	SB5—熔断器架B上的熔断器5	20A	H2—高音喇叭	30
			H7—低音喇叭	
			J4—双音喇叭继电器	
F6	SB6—熔断器架B上的熔断器6	20A	N...—带功率输出级的点火线圈	87
F7	SB7—熔断器架B上的熔断器7	15A	N276—燃油压力调节阀	87
F8	SB8—熔断器架B上的熔断器8	10A	F—制动信号灯开关	87
			J151—冷却液继续循环继电器	
			J293—散热器风扇控制器	
			N80—炭罐电磁阀1	
			N205—凸轮轴调节阀1	
			N318—排气门凸轮轴调节阀1	
F9	SB9—熔断器架B上的熔断器9	5A	J160—循环泵继电器	87
F10	SB10—熔断器架B上的熔断器10	10A	J670—Motronic供电继电器2	87
F11	SB11—熔断器架B上的熔断器11	25A	J623—发动机控制单元	87
F12	SB12—熔断器架B上的熔断器12	10A	Y—时钟	87
F15	SB15—熔断器架B上的熔断器15	10A	V51—冷却液继续补给泵	87
F16	SB16—熔断器架B上的熔断器16	5A	J527—转向柱电子装置控制单元	30
F17	SB17—熔断器架B上的熔断器17	5A	J285—仪表板中的控制单元	30
F19	SB19—熔断器架B上的熔断器19	15A	R—收音机	30
			J503—收音机及导航系统带显示单元的控制单元	

（续）

编号	电路图中的名称	额定值	保护的电路/部件	接线端
F20	SB20—熔断器架 B 上的熔断器 20	5A	Y—时钟	30
			R78—电视调谐器	
F24	SB24—熔断器架 B 上的熔断器 24	5A	J533—数据总线诊断接口	30
F26	SB26—熔断器架 B 上的熔断器 26	10A	J271—Motronic 供电继电器	30
			J623—发动机控制单元	
F30	SB30—熔断器架 B 上的熔断器 30	20A	J364—辅助加热装置控制器	30
F31	SB31—熔断器架 B 上的熔断器 31	30A	J400—刮水器电动机控制单元	30
F33	SB33—熔断器架 B 上的熔断器 33	15A	Z19—氧传感器加热	87
			Z28—氧传感器 2 加热装置	
F35	SB35—熔断器架 B 上的熔断器 35	20A	J485—驻车暖风运行模式继电器	29
F45	SB45—熔断器架 B 上的熔断器 45	10A	Z29—催化转化器后的氧传感器 1 加热装置	87
			Z30—催化转化器后的氧传感器 2 加热装置	
F47	SB47—熔断器架 B 上的熔断器 47	40A	J519—车载电网控制器（T52a/1）	30
F48	SB48—熔断器架 B 上的熔断器 48	40A	J519—车载电网控制器（T52c/42）	30
F49	SB49—熔断器架 B 上的熔断器 49	50A	J329—端子 15 供电继电器	30
F52	SB52—熔断器架 B 上的熔断器 52	60A	Z2—可加热式风窗玻璃	30
F53	SB53—熔断器架 B 上的熔断器 53	50A	J59—X 触点卸载继电器	30

注：F1、F4、F13、F14、F18、F21、F22、F23、F25、F27、F28、F29、F32、F34、F36、F37、F38、F39、F40、F41、F42、F43、F44、F46、F50、F51、F54 未使用。

（4）熔断器 C（SC）

帕萨特轿车熔断器 C（SC）位于驾驶人侧仪表板内，其位置分布如图 1-120 所示，其熔断器说明如表 1-39 所示。

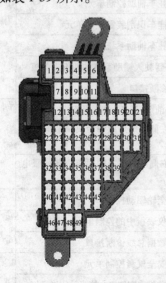

熔断器颜色	
30A	绿色
25A	白色
20A	黄色
15A	蓝色
10A	红色
7.5A	棕色
5A	米色
3A	淡紫色

图 1-120　帕萨特轿车熔断器 C（SC）位置分配

表1-39　帕萨特轿车熔断器 C(SC)相关说明

编号	电路图中的名称	额定值	保护的电路/部件	接线端
1	SC1—熔断器架 C 上的熔断器 1	10A	G65—高压传感器 G238—空气质量传感器 G266—机油油位和机油温度传感器 J13—新鲜空气鼓风机继电器 U13—带插座的逆变器(12V~230V) Y7—自动防眩的车内后视镜	15
2	SC2—熔断器架 C 上的熔断器 2	5A	E1—车灯开关 E256—ASR 和 ESP 按钮 E540—自动驻车按钮 J104—ABS 控制单元 J500—转向辅助控制器 J540—机电式驻车制动器控制器	15
3	SC3—熔断器架 C 上的熔断器 3	10A	J16—供电继电器 N79—曲轴箱排气加热电阻 N366—天然气喷射阀 1 N367—天然气喷射阀 2 N368—天然气喷射阀 3 N369—天然气喷射阀 4	15
4	SC4—熔断器架 C 上的熔断器 4	10A	E149—后窗遮阳卷帘开关 E693—起动/停止模式按钮 J250—减振电子调节控制器 J428—车距调节控制单元 J446—驻车辅助控制单元 J345—挂车识别装置控制单元 J791—驻车辅助系统控制器 R242—驾驶人辅助系统的前部摄像机 U31—诊断接口	15
5	SC5—熔断器架 C 上的熔断器 5	10A	E102—前照灯照明距离调节器 V48—左侧前照灯照明距离调节伺服电动机 V49—右侧前照灯照明距离调节伺服电动机	15
6	SC6—熔断器架 C 上的熔断器 6	10A	J492—全轮驱动控制单元	15
7	SC7—熔断器架 C 上的熔断器 7	5A	J285—仪表板中的控制单元 J533—数据总线诊断接口	15
9	SC9—熔断器架 C 上的熔断器 9	10A	J234—安全气囊控制单元 K145—前排乘客侧安全气囊关闭指示灯	15

（续）

编号	电路图中的名称	额定值	保护的电路/部件	接线端
10	SC10—熔断器架 C 上的熔断器 10	10A	G70—空气质量计	15
			J532—稳压器	
			J538—燃油泵控制单元	
			J623—发动机控制单元	
			J682—供电继电器，端子50	
			J710—供电继电器2	
			J906—起动机继电器1	
			J907—起动机继电器2	
12	SC12—熔断器架 C 上的熔断器 12	10A	J393—舒适/便利功能系统的中央控制单元	30
13	SC13—熔断器架 C 上的熔断器 13	10A	E1—车灯开关	30
			E313—变速杆	
			J104—ABS 控制单元	
			K139—驻车制动器指示灯	
			U31—诊断接口	
14	SC14—熔断器架 C 上的熔断器 14	10A	G303—车内监控发送/接收模块1	30
			H12—警报喇叭	
15	SC15—熔断器架 C 上的熔断器 15	10A	G397—雨水与光线识别传感器	30
			J9—可加热后窗玻璃继电器	
			J47—可加热风窗玻璃继电器	
			J255—自动空调控制单元	
			J301—空调器控制单元	
			J772—倒车摄像系统控制器、熔断器	
			J942—发动机起动控制系统控制单元	
			R149—辅助水加热装置的无线电接收器	
16	SC16—熔断器架 C 上的熔断器 16	5A	D9—电子点火开关	30
			J764—电子转向助力控制器	
			J942—发动机起动控制系统控制单元	
18	SC18—熔断器架 C 上的熔断器 18	3A	J519—车载电网控制器	15
			J532—稳压器	
			J623—发动机控制单元	
			J710—供电继电器2	
21	SC21—熔断器架 C 上的熔断器 21	10A	J262—后窗遮阳卷帘控制单元	15
22	SC22—熔断器架 C 上的熔断器 22	20A	J540—机电式驻车制动器控制器	30
23	SC23—熔断器架 C 上的熔断器 23	15A	J345—挂车识别装置控制单元	30
24	SC24—熔断器架 C 上的熔断器 24	20A	J540—机电式驻车制动器控制器	30
25	SC25—熔断器架 C 上的熔断器 25	20A	J345—挂车识别装置控制单元	30

（续）

编号	电路图中的名称	额定值	保护的电路/部件	接线端
27	SC27—熔断器架 C 上的熔断器 27	15A①	J17—燃油泵继电器②	30①
		20A②	J538—燃油泵控制单元①	15②
28	SC28—熔断器架 C 上的熔断器 28	30A	J926—驾驶人侧后部车门控制单元	30
			J927—前排乘客侧后部车门控制单元	
30	SC30—熔断器架 C 上的熔断器 30	20A	J245—滑动天窗控制单元	30
31	SC31—熔断器架 C 上的熔断器 31	30A	U13—带插座的逆变器（12V～230V）	30
32	SC32—熔断器架 C 上的熔断器 32	30A	Z1—可加热式后窗玻璃	30
33	SC33—熔断器架 C 上的熔断器 33	30A	J39—前照灯清洗装置继电器	30
			V11—前照灯清洗装置泵	
38	SC38—熔断器架 C 上的熔断器 38	40A	J13—新鲜空气鼓风机继电器	75
			J126—新鲜空气鼓风机控制单元（自动空调）	
			J301—空调器控制单元	
39	SC39—熔断器架 C 上的熔断器 39	5A	E313—变速杆	15
			F4—倒车灯开关	
			J743—双离合器变速器机电装置	
40	SC40—熔断器架 C 上的熔断器 40	15A	J519—车载电网控制器	75
			V12—后窗玻璃刮水器电动机	
41	SC41—熔断器架 C 上的熔断器 41	20A	J519—车载电网控制器	75
			U1—点烟器②	
			U9—后部点烟器②	
42	SC42—熔断器架 C 上的熔断器 42	15A	U5—12V 插座	75
43	SC43—熔断器架 C 上的熔断器 43	20A	J364—辅助加热装置控制器（仅适用于副蓄电池）	30
44	SC44—熔断器架 C 上的熔断器 44	30A	J386—驾驶人侧车门控制单元	30
			J387—前排乘客侧车门控制单元	
45	SC45—熔断器架 C 上的熔断器 45	20A	J485—驻车暖风运行模式继电器（仅适用于副蓄电池）	30
48	SC48—熔断器架 C 上的熔断器 48	5A	J285—仪表板中的控制单元③	30

注：编号 8、11、17、19、20、26、29、34、35、36、37、46、47、49 熔断器未使用。

① 仅适用于汽油发动机。

② 仅适用于柴油发动机。

③ 仅用于带自动起停设备的车辆。

（5）熔断器 D(SD)

帕萨特轿车熔断器 D(SD)位于前排乘客侧仪表板内，其熔断器位置分布如图 1-121 所示，相关说明如表 1-40 所示。

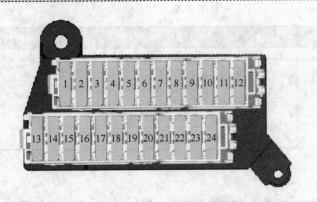

熔断器颜色	
30A	绿色
25A	白色
20A	黄色
15A	蓝色
10A	红色
7.5A	棕色
5A	米色
3A	淡紫色

图 1-121 帕萨特轿车熔断器 D(SD)位置分布

表 1-40 帕萨特轿车熔断器 D(SD)相关说明

编号	电路图中的名称	额定值	保护的电路/部件	接线端
1	SD1—熔断器架 D 上的熔断器 1	30A	J756—后盖控制单元 2(仅旅行车)	30
2	SD2—熔断器架 D 上的熔断器 2	30A	J605—尾门控制单元(仅旅行车)	30
3	SD3—熔断器架 D 上的熔断器 3	30A	J394—天窗卷帘控制器	30
4	SD4—熔断器架 D 上的熔断器 4	15A	J250—减振电子调节控制器	75
5～12	SD5～SD12—熔断器架 D 上的熔断器 5～12	—	未使用	—
13～24	SD13～SD24—熔断器架 D 上的熔断器 13～24	—	特种车辆	—

(6) 熔断器 F(SF)

帕萨特轿车熔断器座 F(SF)位于行李箱左后侧(BWS),其位置分布如图 1-122 所示,相关说明如表 1-41 所示。

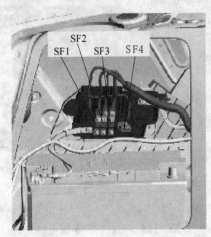

熔断器颜色	
30A	绿色
25A	白色
20A	黄色
15A	蓝色
10A	红色
7.5A	棕色
5A	米色
3A	淡紫色

图 1-122 帕萨特轿车熔断器 F(SF)位置分布

表 1-41 帕萨特轿车熔断器 F(SF)相关说明

编号	电路图中的名称	额定值	保护的电路/部件	接线端
1	SF1—熔断器架 F 上的熔断器 1	30A	SC12—SC17、 SC27、 SC29—SC31、SC44—左侧熔断器座	30

（续）

编号	电路图中的名称	额定值	保护的电路/部件	接线端
2	SF2—熔断器架 F 上的熔断器 2	80A	SB16—SB26、SB49、SB50—电控箱内的熔断器	30
3	SF3—熔断器架 F 上的熔断器 3	125A	电控箱供电	30
4	SF4—熔断器架 F 上的熔断器 4	5A	J519—车载电网控制器 J367—蓄电池监控控制单元	30

（7）断路器

帕萨特轿车断路器位于驾驶人侧仪表板下，其熔断器与继电器的分布如图 1-123 所示。

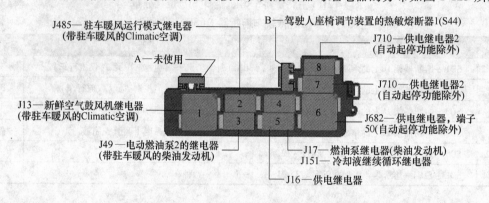

图 1-123　帕萨特轿车断路器位置分布

2. 继电器

（1）继电器位置分布

帕萨特轿车继电器位置如图 1-124 所示。

（2）弱电电控箱上的继电器座

帕萨特轿车弱电电控箱上的继电器座位于发动机室内左侧，其位置分配如图 1-118 所示。

（3）强电电控箱上的继电器座

帕萨特轿车强电电控箱上的继电器座位于发动机室内左侧，其位置分配如图 1-119 所示。

（4）继电器支架 1 的继电器位置分配

帕萨特轿车继电器支架 1 位于左侧仪表板下，其位置分配如图 1-123 所示。

（5）继电器支架 2 的继电器位置分配

帕萨特轿车继电器支架 2 位于左侧仪表板下，其继电器位置分配如图 1-125 所示。

（6）继电器支架 3 的继电器位置分配

帕萨特轿车继电器支架 3 位于左侧仪表板下，其继电器位置分配如图 1-126 所示。

（7）附加继电器支架

帕萨特轿车附加继电器支架位于发动机室内左侧电控箱下，其继电器位置分配如图

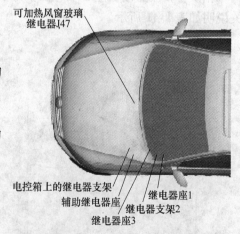

图 1-124　帕萨特轿车继电器位置

1-127所示。

未使用
未使用
未使用
J713—副蓄电池充电继电器 (100)
1
2
3
4
5
6
7
8
未使用
未使用
未使用
未使用

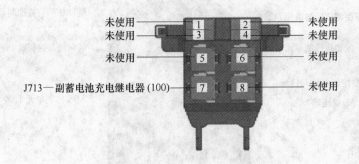

图 1-125　继电器支架 2 的继电器分配

J329—端子 15 供电继电器 (645)
J9—可加热后窗玻璃继电器 (645)
J4—双音喇叭继电器 (646)
J39—前照灯清洗装置继电器 (646)
未使用
1
2
3
4
5
J59—X 触点卸载继电器 (644)

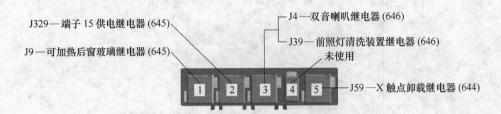

图 1-126　继电器支架 3 的继电器分配

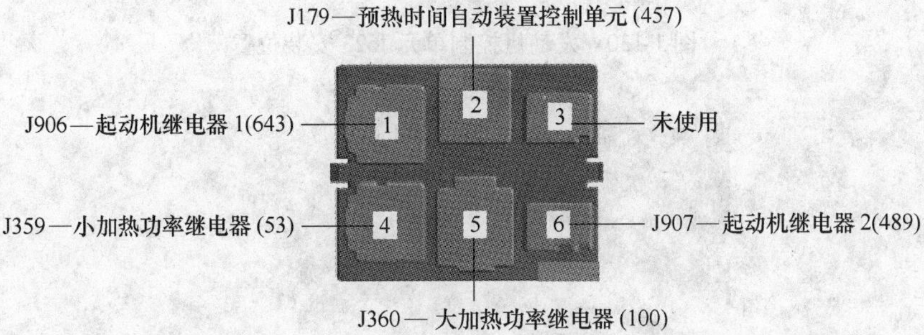

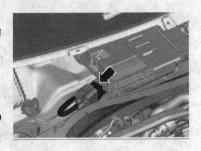

J179—预热时间自动装置控制单元 (457)
J906—起动机继电器 1(643)
1
2
3
未使用
J359—小加热功率继电器 (53)
4
5
6
J907—起动机继电器 2(489)
J360— 大加热功率继电器 (100)

图 1-127　帕萨特轿车附加继电器位置分配

（8）可加热风窗玻璃继电器

帕萨特轿车可加热风窗玻璃继电器（J47）位于排水槽内发动机控制单元旁，安装位置如图 1-128 中箭头所示。

图 1-128　帕萨特轿车可加热风窗玻璃继电器位置

3. 电控单元位置图

（1）发动机室内的电控单元

帕萨特轿车发动机室内的电控单元位置分布如图1-129所示。

发动机控制单元 J623 位于排水槽盖板下中部位置，如图 1-130 中箭头所示。

自动变速器控制单元 J217 位于左前轮罩内，安装位置如图 1-131 中箭头所示；ABS 控制单元 J104 位于发动机室内右侧前围板上，如图 1-132 中箭头所示。

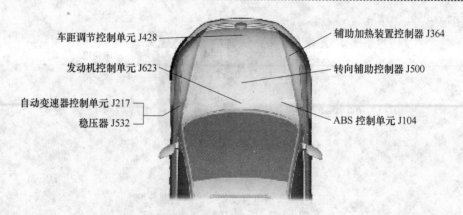

车距调节控制单元 J428 ———　　　　　　　——— 辅助加热装置控制器 J364

发动机控制单元 J623 ———　　　　　　　——— 转向辅助控制器 J500

自动变速器控制单元 J217 ———

稳压器 J532 ———　　　　　　　　　——— ABS 控制单元 J104

图 1-129　帕萨特轿车发动机室内的电控单元位置分布

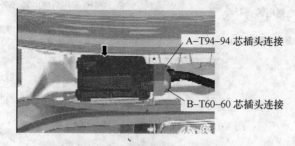

A-T94-94 芯插头连接

B-T60-60 芯插头连接

图 1-130　发动机控制单元 J623 安装位置

图 1-131　自动变速器控制单元 J217 安装位置

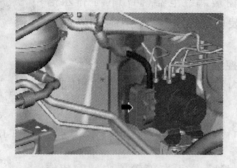

图 1-132　ABS 控制单元 J104 安装位置

（2）车内电控单元

帕萨特轿车车内电控单元位置分布如图 1-133 所示。

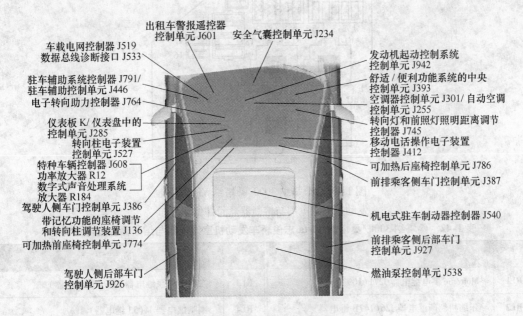

出租车警报遥控器控制单元 J601
安全气囊控制单元 J234
车载电网控制器 J519
数据总线诊断接口 J533
发动机起动控制系统控制单元 J942
驻车辅助系统控制器 J791/驻车辅助控制单元 J446
舒适／便利功能系统的中央控制单元 J393
电子转向助力控制器 J764
空调器控制单元 J301/自动空调控制单元 J255
仪表板 K/仪表盘中的控制单元 J285
转向灯和前照灯照明距离调节控制器 J745
转向柱电子装置控制单元 J527
移动电话操作电子装置控制器 J412
特种车辆控制器 J608
功率放大器 R12
数字式声音处理系统放大器 R184
可加热后座椅控制单元 J786
前排乘客侧车门控制单元 J387
驾驶人侧车门控制单元 J386
带记忆功能的座椅调节和转向柱调节装置 J136
机电式驻车制动器控制器 J540
可加热前座椅控制单元 J774
前排乘客侧后部车门控制单元 J927
驾驶人侧后部车门控制单元 J926
燃油泵控制单元 J538

图 1-133　帕萨特轿车车内电控单元位置分布

（3）行李箱内电控单元

帕萨特轿车行李箱内的电控单元位置分布如图 1-134 所示。

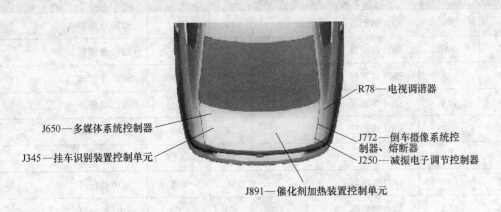

R78—电视调谐器
J650—多媒体系统控制器
J772—倒车摄像系统控制器、熔断器
J345—挂车识别装置控制单元
J250—减振电子调节控制器
J891—催化剂加热装置控制单元

图 1-134　帕萨特轿车行李箱内的电控单元位置分布

三、桑塔纳 3000／桑塔纳 Vista 志俊（2008 年款）

1. 发动机室继电器与熔断器盒

桑塔纳 3000／桑塔纳 Vista 志俊发动机室继电器与熔断器盒元件位置分布如图 1-135 所示，其继电器说明如表 1-42 所示，熔断器说明如表 1-43 所示。

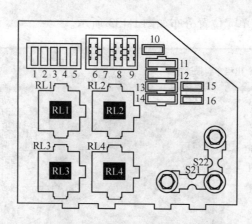

图 1-135　桑塔纳 3000/桑塔纳 Vista 志俊
发动机室继电器与熔断器盒元件位置分布

表 1-42　桑塔纳 3000/桑塔纳 Vista 志俊轿车发动机室继电器与熔断器盒继电器说明

名称	保护的电路/部件	名称	保护的电路/部件
RL1	Motronic 供电继电器 J271(109 继电器)	RL3	二次空气泵继电器 J299(53 继电器)
RL2	压缩机切断继电器 J26(147B 继电器)	RL4	喇叭继电器 J4(53 继电器)

表 1-43　桑塔纳 3000/桑塔纳 Vista 志俊轿车发动机室继电器与熔断器盒熔断器说明

名称	额定值	保护的电路/部件	名称	额定值	保护的电路/部件
1	5A	S201 熔断器	10	5A	S210 熔断器
2	5A	S202 熔断器	11	30A	S211 熔断器
3	10A	S203 熔断器	12	15A	S212 熔断器
4	10A	S204 熔断器	13	30A	S213 熔断器
5	10A	S205 熔断器	14	30A	S214 熔断器
6	15A	S206 熔断器	15	5A	S215 熔断器
7	10A	S207 熔断器	16	10A	S216 熔断器
8	25A	S208 熔断器	S21	110A	S301 熔断器
9	45A	S209 熔断器	S22	110A	S302 熔断器

2. 仪表板左侧继电器与熔断器支架

桑塔纳 3000/桑塔纳 Vista 志俊仪表板左侧继电器与熔断器支架元件位置分布如图 1-136 所示，其继电器说明如表 1-44 所示，熔断器说明如表 1-45 所示。

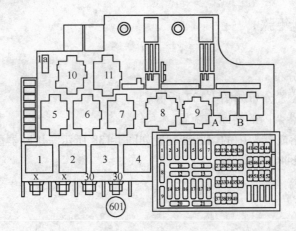

图 1-136　桑塔纳 3000/桑塔纳 Vista 志俊仪表板
左侧继电器与熔断器支架元件位置分布

表 1-44　桑塔纳 3000/桑塔纳 Vista 志俊仪表板左侧继电器说明

名称	保护的电路/部件	名称	保护的电路/部件
1	转向灯继电器 J2(21 继电器)	7	空调继电器(53 继电器)(用于自动空调的轿车)
2	刮水器继电器 31(19 继电器)		
3	X 卸载继电器 J59(18 继电器)	8/1	天然气运行模式继电器盒 J664(404 继电器)
4	燃油泵继电器 J17(167 继电器)	8/2	燃油泵断路继电器 J664333(404 继电器)
5	起动机闭锁和倒车继电器 J26(175 继电器)	9/1	LPG 工作状态继电器 J809(404 继电器)
		9/2	后盖开启继电器 J804(404 继电器)
6	空调继电器 J32(13 继电器)	10/1	冷却风扇继电器 J26 (404 继电器)
7	新鲜空气鼓风机继电器 J13(13 继电器)(用于手动空调的轿车)	11	未使用

表 1-45　桑塔纳 3000/桑塔纳 Vista 志俊仪表板左侧熔断器说明

名称	额定值	保护的电路/部件	名称	额定值	保护的电路/部件
1	15A	S1 熔断器	20	10A	S20 熔断器
1a	30A	S153 熔断器	21	15A	S21 熔断器
3	30A	S3 熔断器	22	5A	S22 熔断器
5	30A	S5 熔断器	23	10A	S23 熔断器
6	15A	S6 熔断器	25	15A	S25 熔断器
8	10A	S8 熔断器	26	15A	S26 熔断器
9	10A	S9 熔断器	27	15A	S27 熔断器
10	10A	S10 熔断器	28	15A	S28 熔断器
11	10A	S11 熔断器	29	5A	S29 熔断器
12	10A	S12 熔断器	33	10A	S33 熔断器
13	10A	S13 熔断器	34	10A	S34 熔断器
14	10A	S14 熔断器	35	15A	S35 熔断器
15	20A	S15 熔断器	36	5A	S36 熔断器
16	20A	S16 熔断器	41	10A	S41 熔断器
17	15A	S17 熔断器	42	10A	S42 熔断器
18	10A	S18 熔断器	49	5A	S49 熔断器

注：2、4、7、19、24、30、31、32、37、38、39、40、43、44、45、46、47、48、50、51、52、53 未使用。

四、波罗(2010 年款)

1. 熔断器

（1）熔断器位置分布

波罗轿车熔断器位置分布如图 1-137 所示。

（2）蓄电池熔断器架内的熔断器配置

波罗轿车蓄电池熔断器架内的熔断器配置如图 1-138 所示。熔断器配置如图 1-139 所示。熔断器相关说明如表 1-46 所示。

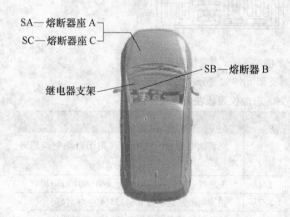

图 1-137　波罗轿车熔断器位置分布

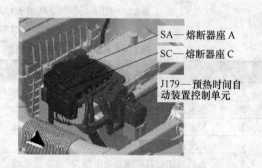

图 1-138　波罗轿车蓄电池熔断器
架内的熔断器配置

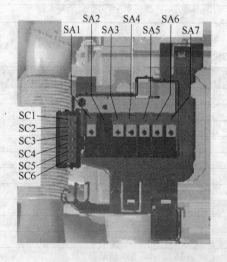

熔断器颜色	
30A	绿色
25A	白色
20A	黄色
15A	蓝色
10A	红色
7.5A	棕色
5A	米色
3A	淡紫色

图 1-139　波罗轿车蓄电池熔断器架内的熔断器配置

表 1-46　波罗轿车蓄电池熔断器架内的熔断器相关说明

编号	电路图中的名称	额定值	保护的电路/部件	接线端
SA1	熔断器架 A 上的熔断器 1	150A	C—交流发电机	30
		175A[①]		

（续）

编号	电路图中的名称	额定值	保护的电路/部件	接线端
SA2	熔断器架 A 上的熔断器 2	—	未使用	—
SA3	熔断器架 A 上的熔断器 3	110A	D—点火起动开关 E1—车灯开关 E595—转向柱组合开关 J59—X 触点卸载继电器 J271—Motronic 供电继电器 J359—小加热功率继电器 J360—大加热功率继电器 J643—燃油供应继电器 S134—熔断熔断器 4 S138—熔断熔断器 5 S139—熔断熔断器 6 SB4—熔断器架 B 上的熔断器 4 SB20—熔断器架 B 上的熔断器 20 SB35—熔断器架 B 上的熔断器 35 SB38—熔断器架 B 上的熔断器 38 SB57—熔断器架 B 上的熔断器 57	30
SA4	熔断器架 A 上的熔断器 4	50A	J500—转向辅助控制器	30
SA5	熔断器架 A 上的熔断器 5	40A	J104—ABS 控制单元	30
SA6	熔断器架 A 上的熔断器 6	40A	J293—散热器风扇控制器	30
SA7	熔断器架 A 上的熔断器 7	50A	J179—预热时间自动装置控制单元	30
SC1	熔断器架 C 上的熔断器 1	25A	J104—ABS 控制单元	30
SC2	熔断器架 C 上的熔断器 2	30A	F18—散热器风扇热敏开关 J293—散热器风扇控制器	30
SC3	C　　　3	5A	J293—散热器风扇控制器	30
SC4	C　　　4	10A	J104—ABS 控制单元	30
SC5	C　　　5	5A	J519—车载电网控制器	30
SC6	C　　　6	30A	J743—双离合器变速器机电装置	30

① 仅用于配备自动起停设备的车辆。

（3）熔断器 B 内的熔断器配置

波罗轿车熔断器 B 的安装位置如图 1-140 所示。熔断器分布如图 1-141 所示。熔断器相关说明如表 1-47 所示。

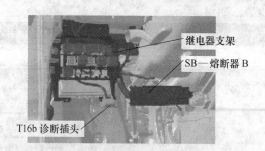

继电器支架

SB—熔断器 B

T16b 诊断插头

图 1-140　波罗轿车熔断器 B 安装位置

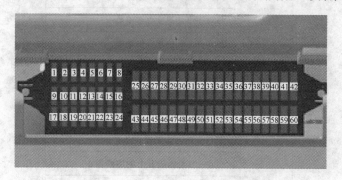

熔断器颜色	
30A	绿色
25A	白色
20A	黄色
15A	蓝色
10A	红色
7.5A	棕色
5A	米色
3A	淡紫色

图 1-141　波罗轿车熔断器 B 元件分布

表 1-47　波罗轿车熔断器 B 相关说明

编号	电路图中的名称	额定值	保护的电路/部件	接线端
1	SB1—熔断器架 B 上的熔断器 1	5A[①]	J285—仪表板中的控制单元[①]	30a
			J104—ABS 控制单元[①]	
2	SB2—熔断器架 B 上的熔断器 2	10A	E595—转向柱组合开关	15
			J519—车载电网控制器	
			V12—后窗玻璃刮水器电动机	
			V59—前后窗玻璃清洗泵	
3	SB3—熔断器架 B 上的熔断器 3	5A	J17—燃油泵继电器	15
			J623—发动机控制器	
			J643—燃油供应继电器	
4	SB4—熔断器架 B 上的熔断器 4	2A	E595—转向柱组合开关	30
5	SB5—熔断器架 B 上的熔断器 5	—	未使用	—
6	SB6—熔断器架 B 上的熔断器 6	5A	J285—仪表板中的控制单元	15
7	SB7—熔断器架 B 上的熔断器 7	5A	E102—前照灯照明距离调节器	58
			X4—左侧牌照灯	
			X5—右侧牌照灯	
8	SB8—熔断器架 B 上的熔断器 8	10A	N30—气缸 1 喷油器	87
			N31—气缸 2 喷油器	
			N32—气缸 3 喷油器	
			N33—气缸 4 喷油器	

（续）

编号	电路图中的名称	额定值	保护的电路/部件	接线端
9	SB9—熔断器架 B 上的熔断器 9	5A	E256—ASR 和 ESP 按钮	15
			E492—轮胎监控显示按钮	
		7A	G85—转向角传感器	
			J104—ABS 控制单元	
10	SB10—熔断器架 B 上的熔断器 10	5A	E45—定速巡航装置开关	15
			E595—转向柱组合开关	
			F—制动信号灯开关	
			F36—离合器踏板开关	
			J519— 车载电网控制器	
11	SB11—熔断器架 B 上的熔断器 11	10A	E102—前照灯照明距离调节器	15
			V48—左侧前照灯照明距离调节伺服电动机	
			V49—右侧前照灯照明距离调节伺服电动机	
12	SB12—熔断器架 B 上的熔断器 12	5A	E43—后视镜调节开关	15
13	SB13—熔断器架 B 上的熔断器 13	5A	J743—双离合器变速器机电装置	15
			E313—变速杆	
14	SB14—熔断器架 B 上的熔断器 14	5A	J234—安全气囊控制单元	15
			K145—前排乘客侧安全气囊关闭指示灯	
15	SB15—熔断器架 B 上的熔断器 15	5A	Z20—左侧喷油器加热电阻	15
			Z21—右侧喷油器加热电阻	
16	SB16—熔断器架 B 上的熔断器 16	5A	J446—驻车辅助控制单元	15
17	SB17—熔断器架 B 上的熔断器 17	—	未使用	—
18	SB18—熔断器架 B 上的熔断器 18	5A	F216—可关闭后雾灯的接触开关	55a
			J285—仪表板中的控制单元	
			L46—左侧后雾灯	
19	SB19—熔断器架 B 上的熔断器 19	5A	J519—车载电网控制器（T73a/42）	75
20	SB20—熔断器架 B 上的熔断器 20	5A	G85—转向角传感器	30
			J285—仪表板中的控制单元	
21	SB21—熔断器架 B 上的熔断器 21	10A	J519—车载电网控制器（T73a/66）	30
22	SB22—熔断器架 B 上的熔断器 22	5A	T16b—诊断插头	30
			J255—自动空调控制单元	
			J301—空调器控制单元	
			J412—移动电话操作电子装置控制器	

（续）

编号	电路图中的名称	额定值	保护的电路/部件	接线端
22	SB22—熔断器架 B 上的熔断器 22	5A	N376—点火钥匙拔出锁止电磁铁	30
23	SB23—熔断器架 B 上的熔断器 23	7.5A	E313—变速杆 G213—雨量传感器 J519—车载电网控制器 J623—发动机控制器	30
24	SB24—熔断器架 B 上的熔断器 24	5A	J519—车载电网控制器（T73a/64） Z4—驾驶人侧可加热式车外后视镜 Z5—前排乘客侧可加热式车外后视镜	30
25	SB25—熔断器架 B 上的熔断器 25	5A	G65—高压传感器 J162—加热装置控制单元 J293—散热器风扇控制器 J301—空调器控制单元 J345—挂车识别装置控制单元 T16b—诊断插头	15
26	SB26—熔断器架 B 上的熔断器 26	7.5A	G70—空气质量计 G266—机油油位和机油温度传感器 J500—转向辅助控制器 N79—曲轴箱排气加热电阻	15
27	SB27—熔断器架 B 上的熔断器 27	5A	F4—倒车灯开关	15
28	SB28—熔断器架 B 上的熔断器 28	10A	G39—氧传感器 G130—催化转化器下游的氧传感器 Z19—氧传感器加热 Z29—催化转化器后的氧传感器 1 加热装置	87
29	SB29—熔断器架 B 上的熔断器 29	10A	N276—燃油压力调节阀 N290—燃油定量阀	87
30	SB30—熔断器架 B 上的熔断器 30	10A	N75—增压压力限制电磁阀 N80—炭罐电磁阀 1 N345—废气再循环冷却器转换阀 V51—冷却液继续补给泵	87
31	SB31—熔断器架 B 上的熔断器 31	10A	J17—燃油泵继电器 J179—预热时间自动装置控制单元 J643—燃油供应继电器 N30—气缸 1 喷油器 N31—气缸 2 喷油器 N32—气缸 3 喷油器	87

（续）

编号	电路图中的名称	额定值	保护的电路/部件	接线端
32	SB32—熔断器架 B 上的熔断器 32	10A	G—燃油存量传感器	87
			G6—预供给燃油泵	
		200A	J623—发动机控制器	
33	SB33—熔断器架 B 上的熔断器 33	5A	G476—离合器位置传感器	87
34	SB34—熔断器架 B 上的熔断器 34	15A	E595—转向柱组合开关	
			J285—仪表板中的控制单元	
			M30—左侧远光灯	
			M32—右侧远光灯	
35	SB35—熔断器架 B 上的熔断器 35	15A	J623—发动机控制器	87
			J643—燃油供应继电器	
36	SB36—熔断器架 B 上的熔断器 36	15A	M32—右侧远光灯	87
37	SB37—熔断器架 B 上的熔断器 37	25A	E94—可加热驾驶人座椅调节器	75
			E95—可加热前排乘客座椅调节器	
			J774—可加热前座椅控制单元	
38	SB38—熔断器架 B 上的熔断器 38	30A	J743—双离合器变速器机电装置	30
39	SB39—熔断器架 B 上的熔断器 39	10A	M31—右侧近光灯	56b
40	SB40—熔断器架 B 上的熔断器 40	30A	E9—新鲜空气鼓风机开关	75
			J126—新鲜空气鼓风机控制单元	
41	SB41—熔断器架 B 上的熔断器 41	10A	V12—后窗玻璃刮水器电动机	75
42	SB42—熔断器架 B 上的熔断器 42	15A	U1—点烟器	75
			U5—12V 插座	
43	SB43—熔断器架 B 上的熔断器 43	15A	J519—车载电网控制器（T73b/13）	30
44	SB44—熔断器架 B 上的熔断器 44	15A	G209—防盗警报装置超声波传感器	30
			H12—警报喇叭	
45	SB45—熔断器架 B 上的熔断器 45	15A	J503—收音机及导航系统带显示单元的控制器	30
			J650—多媒体系统控制器	
			R—收音机	
			J532—稳压器①	
46	SB46—熔断器架 B 上的熔断器 46	20A	J39—前照灯清洗装置继电器	30
			J519—车载电网控制器（T73a/73）	
47	SB47—熔断器架 B 上的熔断器 47	20A	J519—车载电网控制器（T73a/68）	
			V—车窗玻璃刮水器电动机	
48	SB48—熔断器架 B 上的熔断器 48	25A	J519—车载电网控制器（T73b/16）	30
49	SB49—熔断器架 B 上的熔断器 49	30A	J245—滑动天窗控制单元	30
50	SB50—熔断器架 B 上的熔断器 50	25A	J386—驾驶人侧车门控制单元	30

（续）

编号	电路图中的名称	额定值	保护的电路/部件	接线端
51	SB51—熔断器架 B 上的熔断器 51	25A	J387—前排乘客侧车门控制单元	30
52	SB52—熔断器架 B 上的熔断器 52	30A	J388—左后车门控制单元	30
			J389—右后车门控制单元	
53	SB53—熔断器架 B 上的熔断器 53	30A	J519—车载电网控制器(T73b/67)	30
54	SB54—熔断器架 B 上的熔断器 54	15A	L22—左侧前雾灯	55
			L23—右侧前雾灯	
55	SB55—熔断器架 B 上的熔断器 55	15A	N70—带功率输出级的点火线圈 1	87
			N127—带功率输出级的点火线圈 2	
55	SB55—熔断器架 B 上的熔断器 55	15A	N291—带功率输出级的点火线圈 3	87
56	SB56— 熔断器架 B 上的熔断器 56	15A	L174—左侧白天行车灯	75
			L175—右侧白天行车灯	
57	SB57—熔断器架 B 上的熔断器 57	15A	J519—车载电网控制器(T73b/11)	30
58	SB58—熔断器架 B 上的熔断器 58	20A	V192—制动器真空泵	87
59	SB59—熔断器架 B 上的熔断器 59	10A	M29—左侧近光灯	56b
60	SB60—熔断器架 B 上的熔断器 60	15A①	J503—收音机及导航系统带显示单元的控制器①	30a

① 仅用于配备自动起停设备的车辆。

（4）继电器支架上的熔断器布置

波罗轿车继电器支架上的熔断器布置如图 1-142 所示，熔断器相关说明如表 1-48 所示。

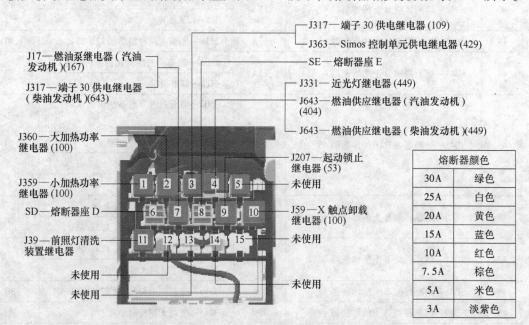

图 1-142　波罗轿车继电器支架上的熔断器与继电器分布

表1-48 波罗轿车继电器支架上的熔断器说明

编号	电路图中的名称	额定值	保护的电路/部件	接线端
6	S131—熔断熔断器 1	40A	Z35—空气辅助加热装置加热元件	87
	S132—熔断熔断器 2			
	S133—熔断熔断器 3			
8	S134—熔断熔断器 4	25A	J345—挂车识别装置控制单元	30
	S138—熔断熔断器 5			
	S139—熔断熔断器 6			

2. 继电器

继电器位置分布

波罗轿车继电器支架上的继电器位置分布如图1-142所示(适用于2009年5月以后的车型)。

3. 控制单元

波罗轿车控制单元位置分布如图1-143所示。

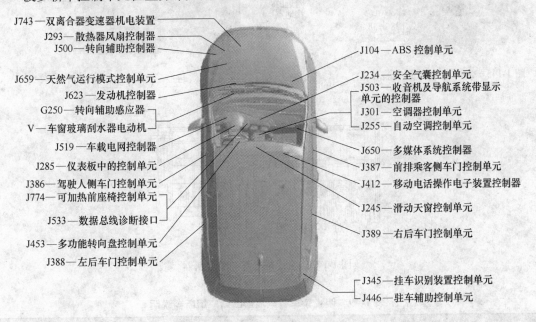

J743—双离合器变速器机电装置
J293—散热器风扇控制器
J500—转向辅助控制器
J659—天然气运行模式控制单元
J623—发动机控制器
G250—转向辅助感应器
V—车窗玻璃刮水器电动机
J519—车载电网控制器
J285—仪表板中的控制单元
J386—驾驶人侧车门控制单元
J774—可加热前座椅控制单元
J533—数据总线诊断接口
J453—多功能转向盘控制单元
J388—左后车门控制单元

J104—ABS 控制单元
J234—安全气囊控制单元
J503—收音机及导航系统带显示单元的控制器
J301—空调器控制单元
J255—自动空调控制单元
J650—多媒体系统控制器
J387—前排乘客侧车门控制单元
J412—移动电话操作电子装置控制器
J245—滑动天窗控制单元
J389—右后车门控制单元
J345—挂车识别装置控制单元
J446—驻车辅助控制单元

图1-143 波罗轿车控制单元位置分布

发动机控制单元安装位置如图1-144所示。

ABS 控制单元安装位置如图1-145所示。

安全气囊控制单元安装位置如图1-146所示。

五、明锐(2011 年款)

1. 蓄电池熔断器座

明锐轿车蓄电池熔断器座熔断器位置分布如图1-147所示,熔断器说明如表1-49所示。

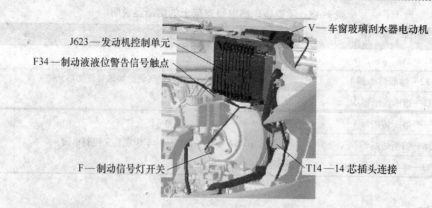

图 1-144　发动机控制单元安装位置

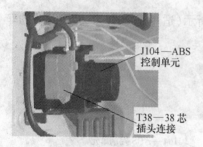

图 1-145　ABS 控制单元安装位置

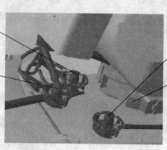

图 1-146　安全气囊安装位置

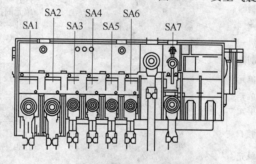

图 1-147　明锐轿车蓄电池熔断器
座熔断器位置分布

表 1-49　明锐轿车蓄电池熔断器座熔断器说明

名称	额定值	保护的电路/部件	名称	额定值	保护的电路/部件
SA1	150	90A/110A 交流发电机	SA4	80	附加加热器（PTC）
	200	140A 交流发电机	SA5	80	内部电源电压
SA2	80	电子/机械动力转向控制单元	SA6	40	附加加热器（PTC）
SA3	50	散热器风扇控制单元	SA7	30	气体控制装置

2. 熔断器座

明锐轿车熔断器座熔断器位置分布如图 1-148 所示，熔断器说明如表 1-50 所示。

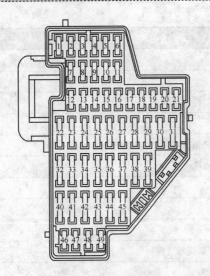

	熔断器颜色	
40A	橙色	
30A	绿色	
25A	白色	
20A	黄色	
15A	蓝色	
10A	红色	
7.5A	棕色	
5A	米黄色	

图 1-148 明锐轿车熔断器座熔断器位置分布

表 1-50 明锐轿车熔断器座熔断器相关说明

编号	名 称	额 定 值	保护的电路/部件
1	SC1	10A	发动机控制单元、燃油泵继电器
2	SC2	5A	带 TCS、ESP 的 ABS 控制单元，发动机控制单元，燃油泵控制单元
3	SC3	5A	安全气囊控制单元、安全气囊警告灯关闭(前排乘客侧)
4	SC4	5A	加热器控制单元、空气质量传感器、倒车信号灯
5	SC5	5A	转向灯控制单元和程序控制(仅适用于气体放电灯)、前照灯控制电动机、前照灯控制调节器(不适用于车辆气体放电灯)
6	SC6	5A	数据总线诊断接口、自动变速器、电子/机械动力转向控制装置、四轮驱动控制单元、停车辅助控制单元
12	SC12	10A	车门控制单元(为驾驶人侧中央锁)
13	SC13	10A	电源连接器的诊断、雨水传感器
14	SC14	5A	自动变速器
15	SC15	5A	车载电源控制单元内部、杂物箱灯、行李箱灯
16	SC16	10A	加热器控制装置、空调系统控制单元
19	SC19	5A	探测器控制单元
21	SC21	10A	左前照灯功率输出模块、右前照灯功率输出模块(车用气体放电灯)
22	SC22	40A	新鲜空气鼓风机控制单元
23	SC23	30A	车门控制单元(为驾驶人和前排乘客侧窗调节器)
24	SC24	25A	前插座
25	SC25	25A	后窗加热
		30A	后窗加热、辅助加热(不适用于自动空调的车辆)
26	SC26	20A	插座在行李箱
27	SC27	15A	燃油泵控制单元
29	SC29	10A	加热电阻器的曲轴箱通风、空气流量计(柴油发动机)

（续）

编号	名　称	额 定 值	保护的电路/部件
30	SC30	20A	自动变速器
31	SC31	20A	制动真空泵
32	SC32	30A	左后和右后窗调节器车门控制单元
33	SC33	25A	滑动天窗控制单元
34	SC34	20A	车载电源控制单元—中央锁、左后和右后门控制单元
35	SC35	5A	内部监控传感器、报警喇叭
36	SC36	20A	前照灯清洗系统继电器
37	SC37	30A	加热前座椅控制装置
38	SC38	30A	加热前座椅控制装置
40	SC40	40A	新鲜空气鼓风机（仅用于取暖和气候）
41	SC41	15A	后窗刮水器电动机
43	SC43	15A	探测器控制单元
44	SC44	20A	探测器控制单元
45	SC45	15A	探测器控制单元
46	SC46	5A	加热清洗喷嘴、后排座椅加热、加热座椅调节器（不适用于自动空调的车辆）
47	SC47	5A	辅助加热器操作继电器（不适用于自动空调的车辆）
49	SC49	5A	灯开关

注：7、8、9、10、11、17、18、20、28、39、42、48 未使用。

3. 发动机室内侧电控箱内熔断器与继电器

明锐轿车发动机室内侧电控箱内熔断器与继电器分布如图 1-149 所示，熔断器说明如表 1-51 所示。

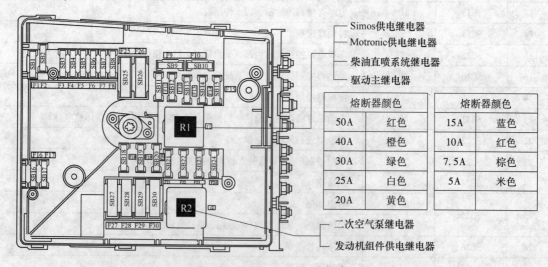

图 1-149　明锐轿车发动机室内侧电控箱内熔断器与继电器分布

表 1-51　明锐轿车发动机室内侧电控箱内熔断器相关说明

编号	名　称	额定值	保护的电路/部件
F1	SB1	—	未使用
F2	SB2	30A	直接换档自动变速器
F3	SB3	5A	车载电源控制单元
F4	SB4	20A	带 EDL 和 TCS/ESP 的 ABS 控制单元
F5	SB5	15A	直接换档自动变速器
F6	SB6	5A	转向柱的电子控制单元
F7	SB7	40A	15 号电压供电继电器
F8	SB8	15A	收音机
			收音机/导航系统
F9	SB9	5A	车载电话操作控制单元
F10	SB10	5A	发动机控制单元、发动机电气(汽油发动机除 BUD、CDAB、CDAA、CCZA 发动机)
		10A	发动机控制单元、发动机电气(汽油发动机适用于 BUD、CDAB、CDAA、CCZA 发动机)
		5A	发动机控制单元、柴油直喷系统继电器(适用于柴油发动机)
F11	SB11	20A	额外的加热器控制单元
F12	SB12	5A	数据总线诊断接口
F13	SB13	15A	发动机控制单元(汽油发动机)
		30A	发动机控制单元(柴油发动机)
F14	SB14	20A	点火系统(适用于 CBZB、BUD、CAXA、BSE、BS、CCSA、CHGA、CDAB、CDAA、CCZA 发动机)
			发动机电气(适用于 CAYC、CLCA、CLCB、CEGA 发动机)
F15	SB15	10A	喷油器
F16	SB16	30A	车载电源控制单元
F17	SB17	15A	喇叭
F18	SB18	30A	放大器
F19	SB19	30A	风窗玻璃的刮水器电动机
F20	SB20	20A	发动机电气(适用于 CDAB、CDAA、CCZA 发动机)
		10A	冷却液循环泵(适用于 CBZB、CAXA 发动机)
F21	SB21	15A	雷达(适用于 BUD、BSE、BSF、CCSA、CHGA、CDAB、CDAA、CCZA 发动机)
		10A	雷达(适用于 CAYC、BLS、BMM、CEGA 发动机)
		20A	真空助力泵(适用于 CBZB、CAXA 发动机)
F22	SB22	5A	离合器位置传感器
F23	SB23	5A	二次空气泵继电器(适用于 BSE、CCSA、CHGA 发动机)
		5A	冷却液循环泵(适用于 CDAB、CDAA、CCZA 发动机)
		15A	发动机电气(适用于 CBZB、CAXA 发动机)
		10A	发动机电气(适用于柴油发动机)

（续）

编 号	名 称	额 定 值	保护的电路/部件
F24	SB24	10A	发动机电子散热器风扇控制单元
F25	SB25	40A	带 EDL 和 TCS/ESP 的 ABS 控制单元
F26	SB26	30A	车载电源控制单元
F27	SB27	40A	二次空气泵（适用于 BSE、CCSA、CHGA 发动机）
		50A	自动预热时间控制单元（适用于柴油发动机）
F28	SB28	—	未使用
F29	SB29	50A	内部电源电压
F30	SB30	50A	X 卸载继电器

4. 电源控制板下的继电器支架

明锐轿车电源控制板下的继电器支架如图 1-150 所示。

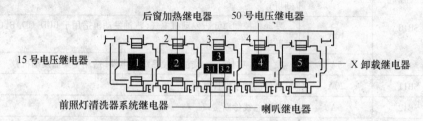

图 1-150　明锐轿车电源控制板下的继电器支架分布

5. 电源控制板上的辅助继电器支架

明锐轿车电源控制板上的继电器支架如图 1-151 所示，继电器与熔断器说明如表 1-52 所示。

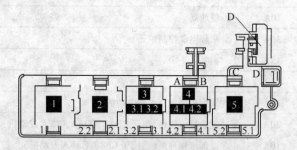

图 1-151　明锐轿车电源控制板上的继电器支架

表 1-52　明锐轿车继电器与熔断器说明

名 称	说 明
D1	辅助加热器继电器（适用于带辅助加热的车辆）
	低热量输出继电器（适用于额外加热的车辆）
D2	高热量输出继电器（适用于额外加热的车辆）
	加热电阻继电器（适用于 CAYC 发动机）
D2.1	燃油泵继电器附加加热器（适用于带辅助加热的车辆）

（续）

名　　称	说　　明
D2.2	新鲜空气鼓风机继电器（适用于带辅助加热的车辆）
D3	加热电阻继电器（适用于 CAYC 发动机）
	高热量输出继电器（适用于额外加热的车辆）
D3.1	燃油泵继电器附加加热器（适用于带辅助加热的车辆）
D3.2	新鲜空气鼓风机继电器（适用于带辅助加热的车辆）
D4.1	燃料供应继电器（适用于 BUD、BSE、BSF、CCS、CHGA 发动机）
	燃油泵继电器（柴油发动机）
D4.2	燃料泵继电器（适用于 BUD、BSE、BSF、CCS、CHGA 发动机）
	附加燃油泵继电器（发动机标识字符 clca，俱乐部，塞加）
D5	未使用
D	座椅调整熔断器（30A）

六、途观（2011 年款）

1. 熔断器

（1）熔断器位置分布

途观轿车熔断器位置如图 1-152 所示。

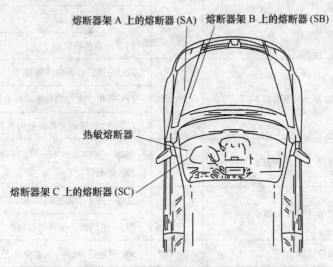

熔断器架 A 上的熔断器（SA）　　熔断器架 B 上的熔断器（SB）

热敏熔断器

熔断器架 C 上的熔断器（SC）

图 1-152　途观轿车熔断器位置分布

（2）熔断器（SA）

途观轿车熔断器（SA）位于弱电电控箱内，对于 2009 年 5 月以后的车型，其熔断器位置分布如图 1-153 所示，相关说明如表 1-53 所示。

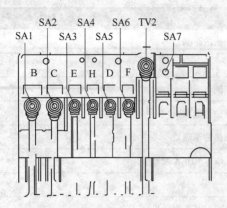

熔断器颜色	
200A	淡紫色
150A	灰色
125A	粉红色
100A	蓝色
80A	白色
70A	棕色
60A	黄色
50A	红色
40A	绿色
30A	橙色

图 1-153　途观轿车熔断器(SA)位置分布

表 1-53　途观轿车熔断器(SA)相关说明

编号	电路图中的名称	额定值	保护的电路/部件	接线端
SA1	B—熔断器架 A 上的熔断器 1	150A 200A	C—交流发电机	30a
SA2	C—熔断器架 A 上的熔断器 2	80A	J500—转向辅助控制器	30a
			V187—电控机械式伺服转向电动机	
SA3	E—熔断器架 A 上的熔断器 3	80A	J293—散热器风扇控制器	30a
			V7—散热器风扇	
		50A	V177—散热器风扇 2	
SA4	H—熔断器架 A 上的熔断器 4	80A	J293—散热器风扇控制器	30a
			J360—用于大加热功率的继电器	
			Z35—空气辅助加热装置加热元件	
SA5	D—熔断器架 A 上的熔断器 5	80A	SC20—SC24、SC43—SC53，熔断器架 C 上的熔断器	30a
SA6	F—熔断器架 A 上的熔断器 6	40A	J359—用于小加热功率的继电器	30a
			Z35—空气辅助加热装置加热元件	
TV2	端子 30 导线分线器	—	508 螺栓连接(30)，电控箱上	30a
SA7	熔断器架 A 上的熔断器 7	50A	J345—挂车识别装置控制单元	30a

（3）熔断器(SB)

途观轿车熔断器(SB)位于发动机室内左侧弱电电控箱内，其熔断器位置分布如图 1-154 所示，对于 2009 年 5 月以后的车型，熔断器相关说明如表 1-54 所示。

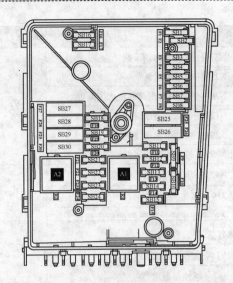

熔断器颜色	
50A	红色
40A	橙色
30A	淡绿色
25A	天然色(白色)
20A	黄色
15A	淡蓝色
10A	红色
7.5A	棕色
5A	浅褐色
3A	淡紫色

图 1-154 途观轿车熔断器(SB)位置分布

表 1-54 途观轿车熔断器(SB)相关说明

编号	电路图中的名称	额定值	保护的电路/部件	接线端
F1	SB1—熔断器架 B 上的熔断器 1	—	未使用	—
F2	SB2—熔断器架 B 上的熔断器 2	—	未使用	—
F3	SB3—熔断器架 B 上的熔断器 3	5A	J519—车载电网控制器(T52a/24)	30a
F4	SB4—熔断器架 B 上的熔断器 4	30A	J104—ABS 控制单元	30a
			N55—ABS 液压单元	
F5	SB5—熔断器架 B 上的熔断器 5	—	未使用	—
F6	SB6—熔断器架 B 上的熔断器 6	5A	J285—仪表板中的控制单元	30a
			J527—转向柱电子装置控制单元	
F7	SB7—熔断器架 B 上的熔断器 7	40A	J681—供电继电器2,端子15	30a
F8	SB8—熔断器架 B 上的熔断器 8	25A	J503—收音机及导航系统带显示单元的控制单元	30a
			R—收音机	
			R78—电视调谐器	
			R190—数字卫星收音机调谐器	
			J650—多媒体系统控制器	
			A19—变压器	
F9	SB9—熔断器架 B 上的熔断器 9	5A	J412—移动电话操纵电子装置控制器	30a
F10	SB10—熔断器架 B 上的熔断器 10	5A	J317—端子30供电继电器	30a
		10A	J623—发动机控制单元	
F11	SB11—熔断器架 B 上的熔断器 11	20A	J364—辅助加热装置控制单元	30a
		30A		
F12	SB12—熔断器架 B 上的熔断器 12	5A	J533—数据总线诊断接口	30a
F13	SB13—熔断器架 B 上的熔断器 13	15A	J623—发动机控制单元	87a
		30A		

（续）

编号	电路图中的名称	额定值	保护的电路/部件	接线端
F14	SB14—熔断器架 B 上的熔断器 14	5A	N276—燃油压力调节阀 N290—燃油定量阀 N70—带功率输出级的点火线圈 1 N127—带功率输出级的点火线圈 2 N291—带功率输出级的点火线圈 3 N292—带功率输出级的点火线圈 4	87a
F15	SB15—熔断器架 B 上的熔断器 15	10A	N421—压缩机电磁离合器 Z19—氧传感器加热	87a
		15A	Z29—催化转化器下游的氧传感器 1 加热装置 V144—燃油系统诊断泵	
		5A	J17—燃油泵继电器 J179—预热时间自动装置控制单元 J49—电动燃油泵 2 的继电器	
F16	SB16—熔断器架 B 上的熔断器 16	30A	J519—车载电网控制单元（T52c/42）	30a
F17	SB17—熔断器架 B 上的熔断器 17	15A	J641—报警喇叭继电器	30a
F18	SB18—熔断器架 B 上的熔断器 18	30A	R184—数字式声音处理系统放大器	30a
F19	SB19—熔断器架 B 上的熔断器 19	30A	J400—刮水器电动机控制单元	30a
F20	SB20—熔断器架 B 上的熔断器 20	10A	N276—燃油压力调节阀	87a
		5A	V50—冷却液循环泵	
F21	SB21—熔断器架 B 上的熔断器 21	10A	Z19—氧传感器加热	87a
		20A	J538—燃油泵控制单元	
F22	SB22—熔断器架 B 上的熔断器 22	5A	G476—离合器位置传感器	87a
F23	SB23—熔断器架 B 上的熔断器 23	10A	N75—增压压力限制电磁阀 N345—废气再循环冷却器转换阀 N276—燃油压力调节阀 G70—空气质量流量计	87a
F24	SB24—熔断器架 B 上的熔断器 24	10A	J293—散热器风扇控制器 J359—用于小加热功率的继电器 J360—用于大加热功率的继电器 J496—冷却液辅助泵继电器 J670—Motronic 供电继电器 2 N75—增压压力限制电磁阀 N80—炭罐电磁阀 1 N205—凸轮轴调节阀 1 N249—涡轮增压器循环空气阀 N316—进气管风门阀门 V178—冷却液循环泵 2 V50—冷却液循环泵 J17—燃油泵继电器	87a

（续）

编号	电路图中的名称	额定值	保护的电路/部件	接线端
F25	SB25—熔断器架 B 上的熔断器 25	40A	J104—ABS 控制单元	30a
F26	SB26—熔断器架 B 上的熔断器 26	30A	J519—车载电网控制单元(T52a/1)	30a
F27	SB27—熔断器架 B 上的熔断器 27	—	未使用	—
F28	SB28—熔断器架 B 上的熔断器 28	50A	J179—预热时间自动装置控制单元	30a
F29	SB29—熔断器架 B 上的熔断器 29	50A	S44—驾驶人座椅调节装置的热敏熔断器 1 SC54—熔断器架 C 上的熔断器 54 SC55—熔断器架 C 上的熔断器 55 SC56—熔断器架 C 上的熔断器 56 SC57—熔断器架 C 上的熔断器 57	30a
F30	SB30—熔断器架 B 上的熔断器 30	50A	J59—X 触点卸载继电器	30a

（4）熔断器(SC)

途观轿车熔断器(SC)位于驾驶人侧脚部空间熔断器架 C 上，其熔断器位置分布如图 1-155 所示，对于 2009 年 5 月以后的车型，其熔断器位置分布参考图 1-141 所示，相关说明如表 1-55 所示。

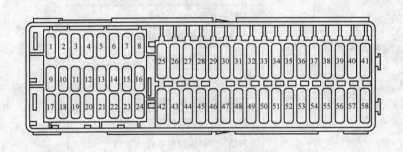

熔断器颜色	
50A	红色
40A	橙色
30A	淡绿色
25A	自然色(白色)
20A	黄色
15A	淡蓝色
10A	红色
7.5A	棕色
5A	淡棕色
3A	淡紫色

图 1-155　途观轿车熔断器(SC)位置分布

表 1-55　途观轿车熔断器(SC)相关说明

编号	电路图中的名称	额定值	保护的电路/部件	接线端
9	SC9—熔断器架 C 上的熔断器 9	5A	K145—前排乘客侧安全气囊关闭指示灯 J234—安全气囊控制单元	15a
10	SC10—熔断器架 C 上的熔断器 10	10A	J492—全轮驱动控制单元	15a
11	SC11—熔断器架 C 上的熔断器 11	5A	J446—驻车辅助控制单元 J791—驻车辅助系统控制单元	15a
12	SC12—熔断器架 C 上的熔断器 12	10A	J343—左侧气体放电灯泡控制单元	15a
13	SC13—熔断器架 C 上的熔断器 13	5A	E256—ASR 和 ESP 按钮 E492—轮胎监控显示按钮 E598—行驶程序按钮	15a

（续）

编号	电路图中的名称	额定值	保护的电路/部件	接线端
13	SC13—熔断器架 C 上的熔断器 13	5A	E540—自动驻车按钮 F4—倒车灯开关 G65—高压传感器 G238—空气质量传感器 G266—机油油位及机油温度传感器 J255—自动空调控制单元 J706—座位占用识别功能控制器 K237—自动驻车指示灯 Y7—自动防眩车内后视镜 Z20—左侧喷油器加热电阻 Z21—右侧喷油器加热电阻	15a
14	SC14—熔断器架 C 上的熔断器 14	10A	E1—车灯开关 F—制动信号灯开关 F189—自动变速器换档开关 J104—ABS 控制单元 J250—减振电子调节控制器 J255—自动空调控制单元 J285—仪表板中的控制单元 J301—空调器控制单元 J345—挂车识别装置控制单元 J533—数据总线诊断接口 J500—转向辅助控制单元 J623—发动机控制单元 J162—加热装置控制单元 J895—车辆定位系统控制单元	15a
15	SC15—熔断器架 C 上的熔断器 15	10A	E20—开关和仪表照明调节器 G70—空气质量计 J485—驻车暖风运行模式继电器 J540—机电式驻车制动器控制单元 J745—转向灯和前照灯照明距离调节控制器 N79—曲轴箱排气加热电阻 U31—诊断接口 V48—左侧前照灯照明距离调节伺服电动机 V49—右侧前照灯照明距离调节伺服电动机	15a

（续）

编号	电路图中的名称	额定值	保护的电路/部件	接线端
16	SC16—熔断器架 C 上的熔断器 16	10A	J344—右侧气体放电灯泡控制单元	15a
17	SC17—熔断器架 C 上的熔断器 17	5A	J285—仪表板中的控制单元	30a
18	SC18—熔断器架 C 上的熔断器 18	10A	J650—多媒体系统控制器	30a
			J412—移动电话操纵电子装置控制单元	
			G197—罗盘磁场传感器	
19	SC19—熔断器架 C 上的熔断器 19	10A	J527—转向柱电子装置控制单元	30a
20	SC20—熔断器架 C 上的熔断器 20	5A	F189—自动变速器换档开关	30a
			J104—ABS 控制单元	
			J217—自动变速器控制单元	
			J255—自动空调控制单元	
			J301—空调器控制单元	
			R149—辅助水加热装置的无线电接收器	
			J9—可加热后窗玻璃继电器	
			J641—报警喇叭继电器	
			J162—加热装置控制单元	
			SC58—熔断器架 C 上的熔断器 58	
21	SC21—熔断器架 C 上的熔断器 21	15A	J519—车载电网控制单元（T52b/1)	30a
			J388—左后车门控制单元	
			J389—右后车门控制单元	
22	SC22—熔断器架 C 上的熔断器 22	5A	G273—车内监控传感器	30a
			H12—警报喇叭	
			J519—车载电网控制器（T52c/1)	
23	SC23—熔断器架 C 上的熔断器 23	10A	E1—车灯开关	30a
			E538—机电式驻车制动器按钮	
			G197—罗盘磁场传感器	
			G397—雨水与光线识别传感器	
			J772—倒车摄像系统控制器、熔断器	
			U31—诊断接口	
			J518—进入及起动许可控制单元	
			J895—车辆定位系统控制单元	
			J532—稳压器	
24	SC24—熔断器架 C 上的熔断器 24	10A	J386—驾驶人侧车门控制单元	30a
			J387—前排乘客侧车门控制单元	
25	SC25—熔断器架 C 上的熔断器 25	20A	F125—多功能开关	30a
			J217—自动变速器控制单元	
			J743—双离合器变速器机电装置	

（续）

编号	电路图中的名称	额定值	保护的电路/部件	接线端
28	SC28—熔断器架 C 上的熔断器 28	40A	J485—驻车暖风运行模式继电器	75a
			J301—空调器控制单元	
29	SC29—熔断器架 C 上的熔断器 29	15A	V12—后窗玻璃刮水器电动机	75a
31	SC31—熔断器架 C 上的熔断器 31	20A	J29—指示灯	75a
			U1—点烟器	
			U5—12V 插座	
			U18—12V 插座 2	
			U19—12V 插座 3	
38	SC38—熔断器架 C 上的熔断器 38	10A	J764—电子转向助力控制器	30a
39	SC39—熔断器架 C 上的熔断器 39	20A	J39—前照灯清洗装置继电器	30a
40	SC40—熔断器架 C 上的熔断器 40	15A	J345—挂车识别装置控制单元	30a
41	SC41—熔断器架 C 上的熔断器 41	15A	J345—挂车识别装置控制单元	30a
42	SC42—熔断器架 C 上的熔断器 41	20A	J345—挂车识别装置控制单元	30a
43	SC43—熔断器架 C 上的熔断器 43	25A	J245—滑动天窗控制单元	30a
44	SC44—熔断器架 C 上的熔断器 44	25A	J540—机电式驻车制动器控制单元	30a
45	SC45—熔断器架 C 上的熔断器 45	25A	J13—新鲜空气鼓风机继电器	30a
			J9—可加热后窗玻璃继电器	
46	SC46—熔断器架 C 上的熔断器 46	30A	J386—驾驶人侧车门控制单元	30a
			J387—前排乘客侧车门控制单元	
47	SC47—熔断器架 C 上的熔断器 47	30A	J386—驾驶人侧车门控制单元	30a
			J389—右后车门控制单元	
48	SC48—熔断器架 C 上的熔断器 48	15A	J17—燃油泵继电器	30a
			J749—辅助加热装置燃油泵继电器	
			J49—电动燃油泵 2 的继电器	
49	SC49—熔断器架 C 上的熔断器 49	20A	J519—车载电网控制单元（T52b/42）	30a
50	SC50—熔断器架 C 上的熔断器 50	25A	J540—机电式驻车制动器控制单元	30a
51	SC51—熔断器架 C 上的熔断器 51	40A	J126—新鲜空气鼓风机控制单元	30a
52	SC52—熔断器架 C 上的熔断器 52	30A	J774—可加热前座椅控制单元	30a
53	SC53—熔断器架 C 上的熔断器 53	20A	J39—前照灯清洗装置继电器	30a
			SC38—熔断器架 C 上的熔断器 38	
		30A	SC39—熔断器架 C 上的熔断器 39	
54	SC54—熔断器架 C 上的熔断器 54	30A	U13—带插座的逆变器（12~230V）	30a
55	SC55—熔断器架 C 上的熔断器 55	15A	E176—驾驶人腰部支撑调节开关	30a
56	SC56—熔断器架 C 上的熔断器 56	15A	J250—减振电子调节控制器	30a
57	SC57—熔断器架 C 上的熔断器 57	25A	J394—天窗卷帘控制器	30a
58	SC58—熔断器架 C 上的熔断器 58	1A	K226—锁闭拖车挂钩的指示灯	30a

（续）

编号	电路图中的名称	额定值	保护的电路/部件	接线端
59	SC59—熔断器架 C 上的熔断器 59	20A	J503—收音机及导航系统带显示单元的控制单元	30a

注：编号1、2、3、4、5、6、7、8、26、27、30、32、33、34、35、36、37、60 未使用。

（5）热敏熔断器

途观轿车驾驶人侧脚部空间热敏熔断器元件位置分布如图 1-156 所示，其安装位置如图 1-157 所示。

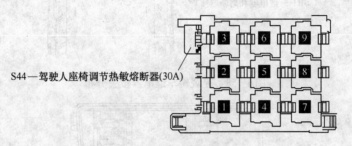

S44—驾驶人座椅调节热敏熔断器(30A)

图 1-156　途观轿车热敏熔断器元件位置分布

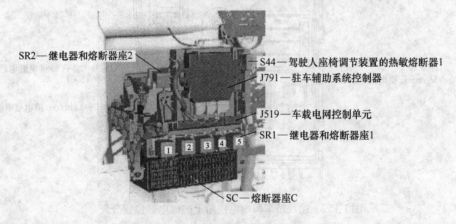

SR2—继电器和熔断器座2

S44—驾驶人座椅调节装置的热敏熔断器1
J791—驻车辅助系统控制器
J519—车载电网控制单元
SR1—继电器和熔断器座1

SC—熔断器座C

图 1-157　途观轿车热敏熔断器安装位置

2. 继电器

（1）继电器位置分布

途观轿车继电器位置如图 1-158 所示。

（2）弱电电控箱上的继电器位置分配

途观轿车弱电电控箱上的继电器位置分配如图 1-159 所示。

（3）车载电网控制单元上继电器支架的继电器位置分配

途观轿车车载电网控制单元上继电器支架位于驾驶人侧脚部空间内（适用于 2007 年 11 月起的车型），其继电器位置分配如图 1-160 所示。

（4）继电器和熔断器座 1

对于 2010 年 5 月以后的途观轿车，继电器和熔断器座 1（SR1）如图 1-161 所示。

（5）继电器和熔断器座 2

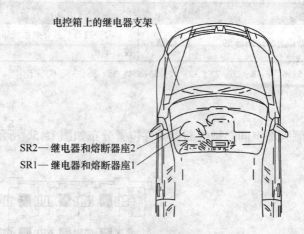

电控箱上的继电器支架

SR2—继电器和熔断器座2
SR1—继电器和熔断器座1

图 1-158　途观轿车继电器位置分布

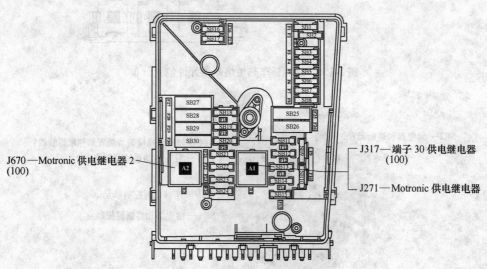

J670—Motronic 供电继电器 2
(100)

J317—端子 30 供电继电器
(100)

J271—Motronic 供电继电器

图 1-159　途观轿车弱电电控箱上的继电器位置分配

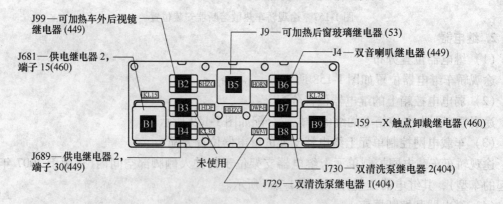

J99—可加热车外后视镜
继电器 (449)

J9—可加热后窗玻璃继电器 (53)

J681—供电继电器 2，
端子 15(460)

J4—双音喇叭继电器 (449)

J59—X 触点卸载继电器 (460)

J689—供电继电器 2，
端子 30(449)

未使用

J730—双清洗泵继电器 2(404)

J729—双清洗泵继电器 1(404)

图 1-160　途观轿车车载电网控制单元上继电器支架的继电器位置分配

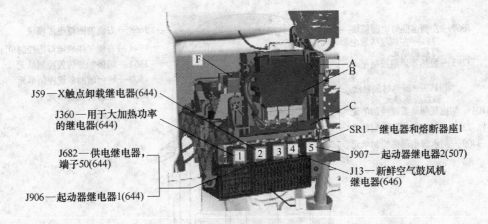

J59—X触点卸载继电器(644)
J360—用于大加热功率的继电器(644)
J682—供电继电器，端子50(644)
J906—起动器继电器1(644)

F
A
B
C
SR1—继电器和熔断器座1
J907—起动器继电器2(507)
J13—新鲜空气鼓风机继电器(646)

图 1-161　继电器和熔断器座 1（SR1）

对于 2010 年 5 月起的途观轿车，继电器和熔断器座 2（SR2）如图 1-162 所示。

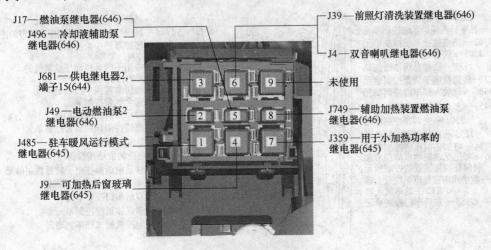

J17—燃油泵继电器(646)
J496—冷却液辅助泵继电器(646)
J681—供电继电器2，端子15(644)
J49—电动燃油泵2继电器(646)
J485—驻车暖风运行模式继电器(645)
J9—可加热后窗玻璃继电器(645)

J39—前照灯清洗装置继电器(646)
J4—双音喇叭继电器(646)
未使用
J749—辅助加热装置燃油泵继电器(646)
J359—用于小加热功率的继电器(645)

图 1-162　继电器和熔断器座 2（SR2）

3. 电控单元位置分布

（1）发动机室中的电控单元

途观轿车发动机室中的电控单元位置分布如图 1-163 所示。

（2）乘客车厢中的电控单元

途观轿车乘客车厢中的电控单元位置分布如图 1-164 所示。

（3）行李箱内的电控单元

途观轿车行李箱内的电控单元位置分布如图 1-165 所示。

七、途安（2011 年款）

1. 熔断器

（1）熔断器位置分布

途安轿车熔断器位置分布与途观轿车的相同，参看图 1-152。

（2）熔断器（SA）

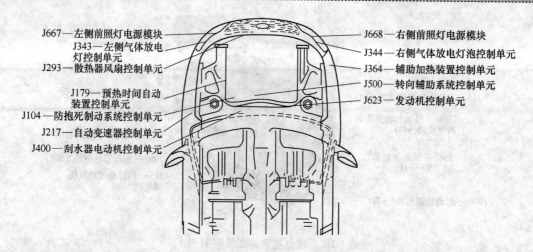

图 1-163　途观轿车发动机室中的电控单元位置分布

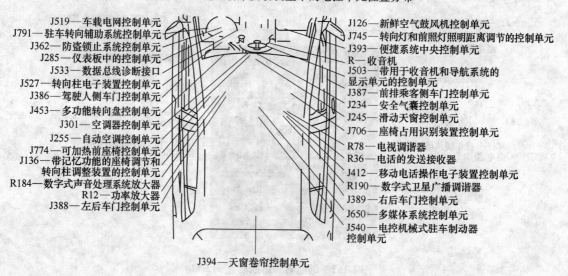

图 1-164　途观轿车乘客车厢中的电控单元位置分布

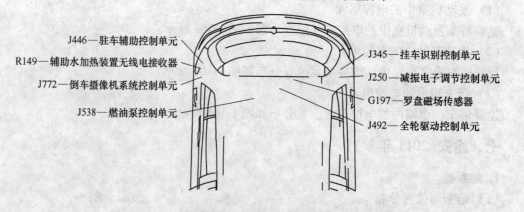

图 1-165　途观轿车行李箱内的电控单元位置分布

途安轿车熔断器(SA)位于弱电电控箱上的熔断器位置分布如图 1-166 所示，相关说明如表 1-56 所示。

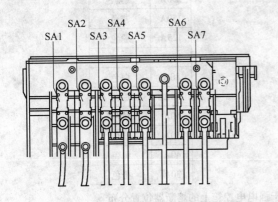

熔断器颜色	
200A	淡紫色
150A	灰色
125A	红色
100A	蓝色
80A	白色
70A	棕色
60A	黄色
50A	红色
40A	绿色
30A	橙色

图 1-166 途安轿车熔断器(SA)位置分布

表 1-56 途安轿车熔断器(SA)相关说明

编号	电路图中的名称	额定值	保护的电路/部件	接线端
1	SA1—熔断器架 A 上的熔断器 1	150A	C—交流发电机(90A/120A)	30a
		200A	C—交流发电机(140A)	
2	SA2—熔断器架 A 上的熔断器 2	80A	V187—电控机械式伺服转向电动机	30a
			J500—转向辅助控制单元	
3	SA3—熔断器架 A 上的熔断器 3	50A	J293—散热器风扇控制单元	30a
			V177—散热器风扇 2	
			V7—冷却风扇	
4	SA4—熔断器架 A 上的熔断器 4	—	未使用	30a
5	SA5—熔断器架 A 上的熔断器 5	50A	SC—熔断器，位于熔断器架 C	30a
		80A	SC49—左侧仪表板下	
	螺栓连接(30)，在电控箱上 508	—	端子 30 导向装置	30
6~7	SA6—熔断器架 A 上的熔断器 6~7	—	未使用	30a

对于 2010 年 5 月以后的车型，其熔断器(SA)与途观轿车熔断器(SA)相同，可参看图 1-153 和表 1-53。

途安轿车熔断器(SA)位于强电电控箱上的熔断器位置分布如图 1-167 所示，相关说明如表 1-57 所示。

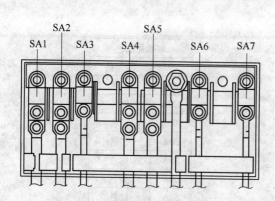

熔断器颜色	
200A	淡紫色
150A	灰色
125A	粉色
100A	蓝色
80A	白色
70A	棕色
60A	黄色
50A	红色
40A	绿色
30A	橙色

图1-167　途安轿车熔断器(SA)位于强电电控箱上的熔断器位置分布

表1-57　途安轿车熔断器(SA)(位于强电电控箱上的熔断器)相关说明

编号	电路图中的名称	额定值	保护的电路/部件	接线端
1	SA1—熔断器架 A 上的熔断器 1	150A	C—交流发电机(90A/120A)	30a
		200A	C—交流发电机(140A)	
2	SA2—熔断器架 A 上的熔断器 2	80A	V187—电控机械式伺服转向电动机	30a
			J500—转向辅助控制单元	
3	SA3—熔断器架 A 上的熔断器 3	50A	J293—散热器风扇控制单元	30a
			V177—散热器风扇 2	
			V7—冷却风扇	
4	SA4—熔断器架 A 上的熔断器 4	80A	特种车辆	30a
5	SA5—熔断器架 A 上的熔断器 5	—	未使用	—
	螺栓连接(30)，在电控箱上 508	—	端子 30 导向装置	30
6	SA6—熔断器架 A 上的熔断器 6	80A	SC—熔断器，位于熔断器架 C(SC 20—SC 24,SC 42—SC 56)(100A)，仅适用于选装装备	30a
		100A		
7	SA7—熔断器架 A 上的熔断器 7	50A	SC—熔断器，位于熔断器架 C(SC 39—SC 41)	30a

（3）熔断器(SB)

途安轿车熔断器(SB)位于发动机室内左侧，弱电电控箱上的熔断器位置分布如图 1-168 所示，相关说明如表 1-58 所示。

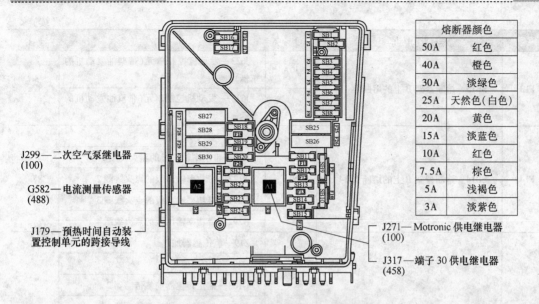

图 1-168　途安轿车熔断器(SB)位置分布

熔断器颜色	
50A	红色
40A	橙色
30A	淡绿色
25A	天然色(白色)
20A	黄色
15A	淡蓝色
10A	红色
7.5A	棕色
5A	浅褐色
3A	淡紫色

表 1-58　途安轿车熔断器(SB)相关说明

编号	电路图中的名称	额定值	保护的电路/部件	接线端
F1	SB1—熔断器架 B 上的熔断器 1	25A	J400—控制单元	30a
			V217—前排乘客侧刮水器电动机	
F2	SB2—熔断器架 B 上的熔断器 2	5A	J527—转向柱电子装置控制单元	30a
F3	SB3—熔断器架 B 上的熔断器 3	5A	J519—车载电网控制单元	30a
F4	SB4—熔断器架 B 上的熔断器 4	30A	J104—ABS 控制单元	30a
F5	SB5—熔断器架 B 上的熔断器 5	15A	J743—机电一体控制单元	30a
F6	SB6— 熔断器架 B 上的熔断器 6	5A	J285—仪表板中的控制单元	30a
F7	SB7—熔断器架 B 上的熔断器 7	—	未使用	—
F8	SB8—熔断器架 B 上的熔断器 8	15A	J503—收音机及导航系统带显示单元的控制单元	30a
			R—收音机	
F9	SB9—熔断器架 B 上的熔断器 9	5A	J412—移动电话电子操纵装置控制单元	30a
F10	SB10—熔断器架 B 上的熔断器 10	5A	J317—端子 30 供电继电器(带柴油发动机的车辆)	30a
		5A	J317—端子 30 供电继电器(带汽油发动机的车辆,不适用于发动机代码 BSE、BSF)	
		10A	J623—发动机控制单元(不适用于发动机代码 BSE、BSF)	
F11	SB11—熔断器架 B 上的熔断器 11	20A	J364—辅助加热装置控制单元	30a
F12	SB12—熔断器架 B 上的熔断器 12	5A	J533—数据总线诊断接口	30a

（续）

编号	电路图中的名称	额定值	保护的电路/部件	接线端
F13	SB13—熔断器架 B 上的熔断器 13	30A	J623—发动机控制单元（带柴油发动机的车辆）	87a
		25A	J623— 发动机控制单元（带汽油发动机的车辆）	
F14	SB14—熔断器架 B 上的熔断器 14	20A	N152—点火变压器	87a
			N70—带功率输出级的点火线圈 1	
			N127—带功率输出级的点火线圈 2	
			N291—带功率输出级的点火线圈 3	
			N292—带功率输出级的点火线圈 4	
F15	SB15—熔断器架 B 上的熔断器 15	15A	Z19—氧传感器加热	87a
			G39—氧传感器	
			G108—催化转化器前氧传感器 2	
			G130—催化转化器后氧传感器 1	
			G131—催化转化器后氧传感器 2	
		5A	G287—催化转化器后氧传感器 3	
			J17—燃油泵继电器	
			J179—预热时间自动装置控制单元	
F16	SB16—熔断器架 B 上的熔断器 16	30A	J104—ABS 控制单元	30a
F17	SB17—熔断器架 B 上的熔断器 17	15A	H2—高音喇叭	30a
			H7—低音喇叭	
F18	SB18—熔断器架 B 上的熔断器 18	30A	J608—特种车辆控制单元	30a
			R12—放大器	
F19	SB19—熔断器架 B 上的熔断器 19	30A	J400—刮水器电动机控制单元	30a
			V216—驾驶人侧车窗玻璃刮水器电动机	
F20	SB20—熔断器架 B 上的熔断器 20	—	未使用	30a
F21	SB21—熔断器架 B 上的熔断器 21	15A	G39—氧传感器	87a
			G130—催化转化器后氧传感器	
			N421—压缩机电磁离合器	
			Z19—氧传感器加热	
			Z28—氧传感器 2 加热	
F22	SB22—熔断器架 B 上的熔断器 22	5A	F47—制动踏板开关	87a
			G476—离合器位置传感器	
F23	SB23—熔断器架 B 上的熔断器 23	5A	J299—二次空气泵继电器	87a
		10A	N18—废气再循环阀	
		15A	N75—增压压力限制电磁阀	
			N345—废气再循环冷却器转换阀	
			N381—废气再循环散热器转换阀 2	
			N276—燃油压力调节阀	

（续）

编号	电路图中的名称	额定值	保护的电路/部件	接线端
F24	SB24—熔断器架 B 上的熔断器 24	10A	F265—受特性线控制的发动机冷却装置的节温器 J293—散热器风扇控制单元 N18—废气再循环阀 N80—炭罐电磁阀 1 N156—进气歧管转换阀 N205—凸轮轴调节阀 1 N316—进气管风门阀门 V157—进气管风门电动机	87a
F25	SB25—熔断器架 B 上的熔断器 25	40A	J519—车载电网控制单元	30a
F26	SB26—熔断器架 B 上的熔断器 26	40A	J519—车载电网控制单元	30a
F27	SB27—熔断器架 B 上的熔断器 27	50A	J179—预热时间自动装置控制单元	30a
F28	SB28—熔断器架 B 上的熔断器 28	40A	J681—供电继电器 2，端子 15	30a
F29	SB29—熔断器架 B 上的熔断器 29	—	未使用	30a
F30	SB30—熔断器架 B 上的熔断器 30	40A	J59—X 触点卸载继电器（SC7、SC8、SC28—SC35）	30a

对于 2010 年 5 月以后的车型，其熔断器相关说明如表 1-59 所示。

表 1-59　途安轿车熔断器（SB）（2010 年 5 月以后的车型）相关说明

编号	电路图中的名称	额定值	保护的电路/部件	接线端
F1	SB1—熔断器架 B 上的熔断器 1	—	未使用	—
F2	SB2—熔断器架 B 上的熔断器 2	30A	J743—双离合器变速器机电装置，变速器 0AM	30a
F3	SB3—熔断器架 B 上的熔断器 3	5A	J519—车载电网控制单元 J367—蓄电池监控控制单元	30a
F4	SB4—熔断器架 B 上的熔断器 4	30A	J104—ABS 控制单元	30a
F5	SB5—熔断器架 B 上的熔断器 5	15A	J743—双离合器变速器机电装置	—
F6	SB6—熔断器架 B 上的熔断器 6	5A	J285—仪表板中的控制单元 J527—转向柱电子装置控制单元，不带起停功能	30a
F7	SB7—熔断器架 B 上的熔断器 7	40A	J329—端子 15 供电继电器 J682—供电继电器，端子 50 J906—起动机继电器 1 SC—熔断器架 C（SC12） J681—供电继电器 2，端子 15	30a

（续）

编号	电路图中的名称	额定值	保护的电路/部件	接线端
F8	SB8—熔断器架 B 上的熔断器 8	15A	J503—收音机及导航系统带显示单元的控制单元	30a
		25A	R—收音机	
			J532—稳压器	
F9	SB9—熔断器架 B 上的熔断器 9	5A	J412—移动电话电子操纵装置控制单元	30a
F10	SB10—熔断器架 B 上的熔断器 10	10A	J317—端子 30 供电继电器，柴油发动机	30a
			J317—端子 30 供电继电器，汽油发动机	
			J623—发动机控制单元	
F11	SB11—熔断器架 B 上的熔断器 11	20A	J364—辅助加热装置控制单元	30a
F12	SB12—熔断器架 B 上的熔断器 12	5A	J533—数据总线诊断接口	30a
F13	SB13—熔断器架 B 上的熔断器 13	15A	J623—发动机控制单元（汽油）	87a
		30A	J623—发动机控制单元（柴油）	
F14	SB14—熔断器架 B 上的熔断器 14	20A	N276—燃油压力调节阀	87a
			N290—燃油定量阀	
			N152—点火变压器	
			N70—带功率输出级的点火线圈 1	
			N127—带功率输出级的点火线圈 2	
			N291—带功率输出级的点火线圈 3	
			N292—带功率输出级的点火线圈 4	
F15	SB15—熔断器架 B 上的熔断器 15	10A	Z19—氧传感器加热	87a
			Z29—催化转化器后的氧传感器 1 加热装置	
			G39—氧传感器	
			G130—催化转化器后的氧传感器	
		5A	J17—燃油泵继电器	
			J179—预热时间自动装置控制单元	
			J49—电动燃油泵 2 的继电器	
F16	SB16—熔断器架 B 上的熔断器 16	30A	J519—车载电网控制单元	30a
F17	SB17—熔断器架 B 上的熔断器 17	15A	J4—双音喇叭继电器	30a
			H2—高音喇叭	
			H7—低音喇叭	
F18	SB18—熔断器架 B 上的熔断器 18	30A	R12—功率放大器	30a
F19	SB19—熔断器架 B 上的熔断器 19	30A	J400—刮水器电动机控制单元	30a
			V216—驾驶人侧车窗玻璃刮水器电动机	
F20	SB20—熔断器架 B 上的熔断器 20	10A	V50—冷却液循环泵	30a

（续）

编号	电路图中的名称	额定值	保护的电路/部件	接线端
F21	SB21—熔断器架 B 上的熔断器 21	10A	N421—压缩机电磁离合器	87a
			Z19—氧传感器加热	
			J908—天然气关闭阀继电器，CDGA	
F22	SB22—熔断器架 B 上的熔断器 22	5A	F47—制动踏板开关	87a
			G476—离合器位置传感器	
			N372—天然气运行模式的高压阀，CDGA	
F23	SB23—熔断器架 B 上的熔断器 23	15A	N276—燃油压力调节阀	87a
		10A	N75—增压压力限制电磁阀	
			N345—废气再循环冷却器转换阀	
			G70—空气质量计	
F24	SB24—熔断器架 B 上的熔断器 24	10A	V178—冷却液循环泵 2	87a
			N80—炭罐电磁阀 1	
			N515—冷却液调节阀	
			J293—散热器风扇控制单元	
			J496—冷却液辅助泵继电器	
			N205—凸轮轴调节阀 1	
			N249—涡轮增压器循环空气阀	
			N75—增压压力限制电磁阀	
F25	SB25—熔断器架 B 上的熔断器 25	30A	AJ104—BS 控制单元	30a
F26	SB26—熔断器架 B 上的熔断器 26	30A	J519—车载电网控制单元	30a
F27	SB27—熔断器架 B 上的熔断器 27	50A	J179—预热时间自动装置控制单元	30A
F28	SB28—熔断器架 B 上的熔断器 28	—	未使用	—
F29	SB29—熔断器架 B 上的熔断器 29	30A	SC—熔断器架 C（SC55/SC56）	30a
			J245—滑动天窗控制单元	
			J394—天窗卷帘控制单元	
F30	SB30—熔断器架 B 上的熔断器 30	50A	J59—X 触点卸载继电器，SC29	30a

　　途安轿车熔断器（SB）强电电控箱上的熔断器位置分布如图 1-169 所示，相关说明如表 1-60 所示。

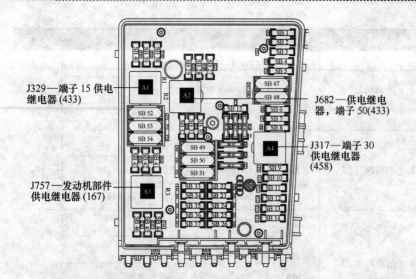

图 1-169　途安轿车熔断器(SB)(强电电控箱上的熔断器)位置分布

表 1-60　途安轿车熔断器(SB)(强电电控箱上的熔断器)相关说明

编号	电路图中的名称	额定值	保护的电路/部件	接线端
F1	SB1—熔断器架 B 上的熔断器 1	30A	J104—带 EDS 的 ABS 控制单元	30a
F2	SB2—熔断器架 B 上的熔断器 2	30A	J104—带 EDS 的 ABS 控制单元	30a
F3	SB3—熔断器架 B 上的熔断器 3	25A	V217—前照乘客侧车窗玻璃刮水器电动机	30a
F4	SB4—熔断器架 B 上的熔断器 4	5A	J519—车载电网控制单元	30a
F5	SB5—熔断器架 B 上的熔断器 5	20A	H2—高音喇叭 H7—低音喇叭	30a
F6	SB6—熔断器架 B 上的熔断器 6	20A	N276—燃油压力调节阀(AXW、BAG)	87a
		15A	N152—点火变压器(BGU)	
F7	SB7—熔断器架 B 上的熔断器 7	5A	F47—制动踏板开关(AXW、BAG、AVQ、BKC、AZV、BKD) G476—离合器位置传感器(BAG、AVQ、BKC、AZV、BKD 仅适用于手动变速器) F36—离合器踏板开关(AXW 仅适用于手动变速器)	87a
F8	SB8—熔断器架 B 上的熔断器 8	10A	N18—废气再循环阀(BGU) N79—曲轴箱排气加热电阻(AXW) N80—炭罐电磁阀 1 N156—进气歧管转换阀(BGU) N205—凸轮轴调节阀 1(AXW、BAG) N316—进气管风门阀(AXW、BAG) V7—散热器风扇(AVQ、AZV、AXW、BAG、BKC 和 BKD) V157—进气管风门电动机(AVQ、AZV、BKC 和 BKD)	87a

熔断器颜色表：

熔断器颜色	
50A	红色
40A	橙色
30A	浅绿色
25A	天然色(白色)
20A	黄色
15A	浅蓝色
10A	红色
7.5A	棕色
5A	浅棕色
3A	淡紫色

图中标注：
J329—端子 15 供电继电器(433)
J682—供电继电器，端子 50(433)
J317—端子 30 供电继电器(458)
J757—发动机部件供电继电器(167)

（续）

编号	电路图中的名称	额定值	保护的电路/部件	接线端
F9	SB9—熔断器架 B 上的熔断器 9	10A	J17—燃油泵继电器（BKC、BKD）	87a
			J179—预热时间自动装置控制单元（AVQ、AZV、BKC 和 BKD）	
			J583—NOx 传感器控制单元（AXW）	
F10	SB10—熔断器架 B 上的熔断器 10	5A	J299—二次空气泵继电器（BGU）	87a
		10A	G130—催化转化器后的氧传感器 1	
			G131—催化转化器后的氧传感器 2	
			G287—催化转化器后的氧传感器 3	
			N18—废气再循环阀（AVQ、AZV、BKC 和 BKD）	
			N75—增压压力限制电磁阀（AVQ、AZV、BKC 和 BKD）	
			N345—废气再循环散热器换向阀（AVQ、AZV、BKC 和 BKD）	
F11	SB11—熔断器架 B 上的熔断器 11	25A	J220—Motronic 控制单元（BCA、BLF）	87a
		30A	J248—柴油直接喷射装置控制单元（AVQ、AZV、BKC、BKD）	
			J361-Simos 控制单元（BGU）	
F12	SB12—熔断器架 B 上的熔断器 12	15A	G39—氧传感器（AXW 和 BAG）	87a
			G108—氧传感器 2（AXW）	
			J583—NOx 传感器控制单元（BAG）	
F13	SB13—熔断器架 B 上的熔断器 13	15A	J743—双离合器变速器机电装置	87a
F14	SB14—熔断器架 B 上的熔断器 14	—	未使用	87a
F15	SB15—熔断器架 B 上的熔断器 15	40A	B—起动机（端子 50）	30a
F16	SB16—熔断器架 B 上的熔断器 16	15A	J527—转向柱电子装置控制单元	30a
F17	SB17—熔断器架 B 上的熔断器 17	10A	J285—仪表板中的控制单元	30a
F18	SB18—熔断器架 B 上的熔断器 18	30A	R12—放大器	30a
			J608—特种车辆控制单元	
F19	SB19—熔断器架 B 上的熔断器 19	15A	R—收音机	30a
			J503—收音机及导航系统带显示单元的控制单元	
F20	SB20—熔断器架 B 上的熔断器 20	10A	J412—移动电话操纵电子装置控制单元	30a
F24	SB24—熔断器架 B 上的熔断器 22	10A	J533—数据总线诊断接口	30a
F26	SB26—熔断器架 B 上的熔断器 26	5A	J220—Motronic 控制单元（AXW、BAG）	15a
		10A	J317—端子 30 供电继电器（AVQ、AZV、BKC、BKD）	
F27	SB27—熔断器架 B 上的熔断器 27	10A	N79—曲轴箱排气加热电阻（AVQ、AZV、BKC、BKD）	15a

（续）

编号	电路图中的名称	额定值	保护的电路/部件	接线端
F28	SB28—熔断器架 B 上的熔断器 28	20A	J217—自动变速器控制单元	30a
			F125—多功能开关	
F29	SB29—熔断器架 B 上的熔断器 29	20A	N70—带功率输出级的点火线圈 1（AXW、BAG）	30a
			N127—带功率输出级的点火线圈 2（AXW、BAG）	
			N291—带功率输出级的点火线圈 3（AXW，BAG）	
			N292—带功率输出级的点火线圈 4（AXW、BAG）	
F30	SB30—熔断器架 B 上的熔断器 30	20A	J364—辅助加热装置控制单元	30a
F31	SB31—熔断器架 B 上的熔断器 31	25A	V216—驾驶人侧车窗玻璃刮水器电动机	—
F32	SB32—熔断器架 B 上的熔断器 32	10A	N30—气缸 1 喷油器（BGU）	29a
			N31-气缸 2 喷油器（BGU）	
			N32—气缸 3 喷油器（BGU）	
			N33—气缸 4 喷油器（BGU）	
F33	SB33—熔断器架 B 上的熔断器 33	15A	G6—预供给燃油泵（BGU）	30a
			J17—燃油泵继电器	
F38	SB38—熔断器架 B 上的熔断器 38	10A	V48—左侧前照照明距离调节伺服电动机	15a
			V49—右侧前照照明距离调节伺服电动机	
			E102—前照灯照明距离调节器	
F39	SB39—熔断器架 B 上的熔断器 39	5A	G266—机油油位和机油温度传感器	15a
			J285—仪表板中的控制单元	
F40	SB40—熔断器架 B 上的熔断器 40	20A	SC—熔断器，位于熔断器架 C（SC1—SC6、SC9—SC16、SC25—SC27）	15a
F42	SB42—熔断器架 B 上的熔断器 42	5A	G70—空气质量计（BKD、BKC、AZV）	15a
		10A	J757—发动机组件供电继电器（BCA）	
F43	SB43—熔断器架 B 上的熔断器 43	20A	V192—制动器真空泵（BLF）	15a
F45	SB45—熔断器架 B 上的熔断器 45	15A	G39—氧传感器（BGU）	29a
			G130—催化转化器后氧传感器（BGU）	
F47	SB47—熔断器架 B 上的熔断器 47	40A	J519—车载电网控制单元	30a
F48	SB48—熔断器架 B 上的熔断器 48	40A	J519—车载电网控制单元	30a
F49	SB49—熔断器架 B 上的熔断器 49	50A	J681—供电继电器 2，端子 15	—
			特种车辆熔断器（附加装备）	
F51	SB51—熔断器架 B 上的熔断器 51	50A	J179—预热时间自动装置控制单元（AVQ、AZV、BKC、BKD）	30a
			V101—二次空气泵电动机（BGU）	

（续）

编号	电路图中的名称	额定值	保护的电路/部件	接线端
F52	SB52—熔断器架 B 上的熔断器 52	50A	J519—车载电网控制单元	30a
F53	SB53—熔断器架 B 上的熔断器 53	30A	J386—驾驶人侧车门控制单元	30a
			J387—前排乘客侧车门控制单元	
		50A①	J388—左后车门控制单元①	
			J389—右后车门控制单元①	
F54	SB54—熔断器架 B 上的熔断器 54	50A	J293—散热器风扇控制单元	30a

注：编号 F21、F22、F23、F25、F34、F35、F36、F37、F41、F44、F46、F50 未使用。
① 仅适用于带前后电动车窗升降机的车辆

（4）熔断器（SC）

途安轿车熔断器（SC）位于仪表板下，弱电电控箱上的熔断器位置分布如图 1-170 所示，相关说明如表 1-61 所示。

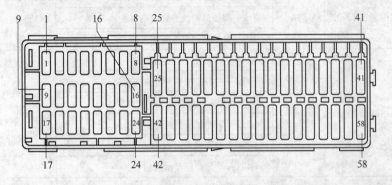

熔断器颜色	
30A	浅绿色
25A	天然色(白色)
20A	黄色
15A	浅蓝色
10A	红色
7.5A	棕色
5A	浅棕色
3A	淡紫色

图 1-170 途安轿车熔断器（SC）位置分布

表 1-61 途安轿车熔断器（SC）（在弱电电控箱熔断器架上）相关说明

编号	电路图中的名称	额定值	保护的电路/部件	接线端
F1	SC1—熔断器架 C 上的熔断器 1	5A	J386—驾驶人侧车门控制单元	15a
			J387—前排乘客侧车门控制单元	
F2	SC2—熔断器架 C 上的熔断器 2	5A	J345—挂车识别装置控制单元	15a
			E16—暖风或加热功率开关	
			E9—新鲜空气鼓风机开关	
F3	SC3—熔断器架 C 上的熔断器 3	5A	G65—高压传感器	15a
F4	SC4—熔断器架 C 上的熔断器 4	5A	J255—自动空调控制单元	15a
F5	SC5—熔断器架 C 上的熔断器 5	5A	J131—可加热式驾驶人座椅控制单元	15a
			J132—可加热式前排乘客座椅控制单元	
F7	SC7—熔断器架 C 上的熔断器 7	5A	J255—自动空调控制单元	75a
			J301—空调器控制单元	
			G65—高压传感器	
			J519—车载电网控制单元	
			E16—暖风或加热功率开关	

（续）

编号	电路图中的名称	额定值	保护的电路/部件	接线端
F8	SC8—熔断器架 C 上的熔断器 8	5A	Z20—左侧喷油器加热电阻	75a
			Z21—右侧喷油器加热电阻	
F9	SC9—熔断器架 C 上的熔断器 9	—	J234—安全气囊控制单元	15a
			K145—前排乘客侧安全气囊关闭指示灯	
F10	SC10—熔断器架 C 上的熔断器 10	5A	J412—移动电话操纵电子装置控制单元	15a
F11	SC11—熔断器架 C 上的熔断器 11	10A	J500—转向辅助控制单元	15a
F12	SC12—熔断器架 C 上的熔断器 12	5A	J217—自动变速器控制单元	15a
			F319—变速杆档位 P 锁止开关	
			F189—自动变速器换档开关	
			J587—变速杆传感器控制单元	
			E313—变速杆	
F13	SC13—熔断器架 C 上的熔断器 13	10A	J431—前照灯照明距离调节控制单元	15a
			J39—前照灯清洗装置继电器	
			J49—电动燃油泵 2 的继电器	
F14	SC14—熔断器架 C 上的熔断器 14	5A	K216—ESP 和 ASR 指示灯 2	15a
			E422—左后座椅倾斜度调整按钮	
			J104—ABS 控制单元	
			E132—驱动防滑控制开关	
			E256—ASR 和 ESP 按钮	
			E492—轮胎监控显示按钮	
F15	SC15—熔断器架 C 上的熔断器 15	10A	F4—倒车灯开关	15a
			J533—数据总线诊断接口	
F16	SC16—熔断器架 C 上的熔断器 16	5A	J533—数据总线诊断接口	15a
			J519—车载电网控制单元	
F18	SC18—熔断器架 C 上的熔断器 18	10A	J754—事故数据存储器	30a
			J601—出租车警报遥控器控制单元	
		30A	J608—特种车辆控制单元	
F19	SC19—熔断器架 C 上的熔断器 19	5A	G41—出租车计价器	30a
		15A	G511—出租车计价器	
			W18—左侧行李箱照明灯	
F20	SC20—熔断器架 C 上的熔断器 20	5A	J446—驻车辅助控制单元	30a
F21	SC21—熔断器架 C 上的熔断器 21	5A	J217—自动变速器控制单元	30a
			F189—自动变速器换档开关	
F22	SC22—熔断器架 C 上的熔断器 22	5A	R149—辅助水加热装置的无线电接收器	30a
F23	SC23—熔断器架 C 上的熔断器 23	5A	F—制动信号灯开关	30a
			F47—制动踏板开关	

（续）

编号	电路图中的名称	额定值	保护的电路/部件	接线端
F24	SC24—熔断器架 C 上的熔断器 24	10A	E1—车灯开关	30a
			E16—暖风或加热功率开关	
			J301—空调器控制单元	
			T16—16 芯插头连接	
			J255—自动空调控制单元	
F26	SC26—熔断器架 C 上的熔断器 26	10A	J—发动机控制单元	15a
F28	SC28—熔断器架 C 上的熔断器 28	5A	E1—车灯开关	75a
F29	SC29—熔断器架 C 上的熔断器 29	15A	V12—后窗玻璃刮水器电动机	75a
			F256—后行李箱盖闭锁单元	
F31	SC31—熔断器架 C 上的熔断器 31	15A	J485—驻车暖风运行模式继电器	75a
F32	SC32—熔断器架 C 上的熔断器 32	15A	V5—车窗玻璃清洗泵	75a
			Z21—右侧喷嘴加热电阻④	
		5A	Z30—催化转化器下游的氧传感器 2 加热装置⑤	
F33	SC33—熔断器架 C 上的熔断器 33	40A	特种车辆	75a
		15A	T2al—2 芯插头连接②	
		10A	T2ar—2 芯插头连接③	
F35	SC35—熔断器架 C 上的熔断器 35	40A	J485—驻车暖风运行模式继电器	75a
			J301—空调器控制单元	
F36	SC36—熔断器架 C 上的熔断器 36	30A	T2y—2 芯插头连接①	30a
F40	SC40—熔断器架 C 上的熔断器 40	20A	J345—挂车识别装置控制单元	30a
F41	SC41—熔断器架 C 上的熔断器 41	20A	U10—带挂车行驶的插座	30a
F42	SC42—熔断器架 C 上的熔断器 41	15A	U5—12V 插座	30a
F43	SC43—熔断器架 C 上的熔断器 43	15A	J17—燃油泵继电器	30a
			J538—燃油泵控制单元	
			J643—燃油供应继电器	
F44	SC44—熔断器架 C 上的熔断器 44	5A	G273—车内监控传感器	30a
			G384—汽车侧倾传感器	
			H12—警报喇叭	
			J126—新鲜空气鼓风机控制单元	
			V2—新鲜空气鼓风机	
F45	SC45—熔断器架 C 上的熔断器 45	5A	J515—天线选择控制单元	30a
F46	SC46—熔断器架 C 上的熔断器 46	7.5A	J519—车载电网控制单元	30a
F47	SC47—熔断器架 C 上的熔断器 47	25A	U1—点烟器	30a
			U9—后部点烟器	
			U5—12V 插座	
F48	SC48—熔断器架 C 上的熔断器 48	20A	J39—前照灯清洗装置继电器	30a

（续）

编号	电路图中的名称	额定值	保护的电路/部件	接线端
F49	SC49—熔断器架 C 上的熔断器 49	10A	J386—驾驶人侧车门控制单元	30a
			J387—前排乘客侧车门控制单元	
F50	SC50—熔断器架 C 上的熔断器 50	30A	J132—可加热式前排乘客座椅控制单元	30a
			J131-可加热式驾驶人座椅控制单元	
F51	SC51—熔断器架 C 上的熔断器 52	20A	J386—驾驶人侧车门控制单元	30a
			J387—前排乘客侧车门控制单元	
			J245—滑动天窗控制单元	
F52	SC52—熔断器架 C 上的熔断器 53	25A	J8—驻车暖风继电器	30a
			J519—车载电网控制单元	
			J13—新鲜空气鼓风机继电器	
F53	SC53—熔断器架 C 上的熔断器 54	25A	J393—舒适/便利功能系统的中央控制单元	30a
F54	SC54—熔断器架 C 上的熔断器 55	5A	J217—自动变速器控制单元	30a
			J104—ABS 控制单元	
F55	SC55—熔断器架 C 上的熔断器 56	7.5A	J754—事故数据存储器	30a
			特种车辆	
F56	SC56—熔断器架 C 上的熔断器 57	40A	J126—新鲜空气鼓风机控制单元	30a
F57	SC57—熔断器架 C 上的熔断器 58	30A	J386—驾驶人侧车门控制单元	30a
			J387—前排乘客侧车门控制单元	
F58	SC58—熔断器架 C 上的熔断器 59	30A	J388—左后车门控制单元	30a
			J389—右后车门控制单元	

注：编号 F6、F17、F25、F27、F30、F34、F37、F38、F39 未使用。
① 特种车辆发动机室内右前特种信号装置供电。
② 特种车辆右前座椅下的刑警武装装备。
③ 特种车辆右前座椅下的警察武装装备。
④ 自 2004 年 11 月起。
⑤ 截至 2004 年 10 月。

　　对于 2010 年 5 月以后的车型，弱电电控箱上的熔断器位置分布如图 1-171 所示，相关说明如表 1-62 所示。

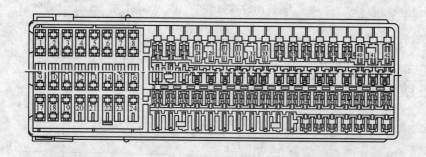

熔断器颜色	
30A	浅绿色
25A	天然色（白色）
20A	黄色
15A	浅蓝色
10A	红色
7.5A	棕色
5A	浅棕色
3A	淡紫色

图 1-171　途安轿车熔断器(SC)(2010 年 5 月以后的车型)位置分布

表 1-62　途安轿车熔断器(SC)(2010 年 5 月以后的车型)相关说明

编号	电路图中的名称	额定值	保护的电路/部件	接线端
F9	SC9—熔断器架 C 上的熔断器 9	10A	J667—左侧前照灯电源模块	15a
F10	SC10—熔断器架 C 上的熔断器 10	10A	J907—起动机继电器 2	15a
			J906—起动机继电器 1	
			J532—稳压器	
			J533—数据总线诊断接口	
		10A/5A	J623—发动机控制单元	
F11	SC11—熔断器架 C 上的熔断器 11	5A	J791-驻车辅助系统控制单元	15a
			J446—驻车辅助控制单元	
F12	SC12—熔断器架 C 上的熔断器 12	5A	J745—转向灯和前照灯照明距离调节控制单元	15a
			J345—挂车识别装置控制单元	
			V48—左侧前照灯照明距离调节伺服电动机	
			V49—右侧前照灯照明距离调节伺服电动机	
			E102—前照灯照明距离调节器	
			F—制动信号灯开关	
			G269—转向力矩传感器	
			J743—双离合器变速器机电装置	
			E313—变速杆	
			J500—转向辅助控制单元	
			J250—减振电子调节控制单元	
			K259—起动/停止运行模式指示灯	
F13	SC13—熔断器架 C 上的熔断器 13	10A	J668—右侧前照灯电源模块	15a
F14	SC14—熔断器架 C 上的熔断器 14	10A	N79—曲轴箱排气加热电阻	15a
			J285—仪表板中的控制单元	
			F4—倒车灯开关	
			U31—诊断接口	
		5A	J538—燃油泵控制单元	30a
			G70—空气质量计	
F15	SC15—熔断器架 C 上的熔断器 15	5A	J234—安全气囊控制单元	15a
			K145—前排乘客侧安全气囊关闭指示灯	
F16	SC16—熔断器架 C 上的熔断器 16	5A	G65—高压传感器	15a
			G238—空气质量传感器	
			J485—驻车暖风运行模式继电器	
			G266—机油油位和机油温度传感器	
			Y7—自动防眩的车内后视镜	
			E1—车灯开关	

（续）

编号	电路图中的名称	额定值	保护的电路/部件	接线端
F17	SC17—熔断器架 C 上的熔断器 17	7.5A	行车记录仪连接位置，特种车辆	15a
F18	SC18—熔断器架 C 上的熔断器 18	10A	J754—事故数据存储器	15a
			J601—出租车警报遥控器控制单元	
			特种车辆	
F19	SC19—熔断器架 C 上的熔断器 19	5A	G41—出租车计价器	15a
		10A	G511—出租车计价器	
		30A	特种车辆	
F20	SC20—熔断器架 C 上的熔断器 20	5A	R189—倒车摄像头	30a
			H12—警报喇叭	
			J519—车载电网控制单元	
			J4—双音喇叭继电器	
			J9—可加热后窗玻璃继电器	
			G273—车内监控传感器	
F21	SC21—熔断器架 C 上的熔断器 21	5A	U31—诊断接口	30a
			E1—车灯开关	
			R149—辅助水加热装置的无线电接收器	
			J255—自动空调控制单元	
			G397—雨水与光照传感器	
			J104—ABS 控制单元	
			F125—多功能开关	
			E313—变速杆	
F23	SC23—熔断器架 C 上的熔断器 23	10A	J386—驾驶人侧车门控制单元	30a
			J387—前排乘客侧车门控制单元	
F24	SC24—熔断器架 C 上的熔断器 24	—	特种车辆	—
F26	SC26—熔断器架 C 上的熔断器 26	10A	N30—气缸 1 喷油器	30a
			N31—气缸 2 喷油器	
			N32—气缸 3 喷油器	
			N33—气缸 4 喷油阀	
F28	SC28—熔断器架 C 上的熔断器 28	5A	Z20—左侧喷油器加热电阻	75a
			Z21—右侧喷油器加热电阻	
			E18—后雾灯开关	
			E7—前雾灯开关	
			J255—自动空调控制单元	
			J301—空调器控制单元	
			J519—车载电网控制单元	
F29	SC29—熔断器架 C 上的熔断器 29	20A	V12—后窗玻璃刮水器电动机	75a

（续）

编号	电路图中的名称	额定值	保护的电路/部件	接线端
F29	SC29—熔断器架 C 上的熔断器 29	20A	J519—车载电网控制单元 J729—双清洗泵继电器 1 J730—双清洗泵继电器 2	75a
F30	SC30—熔断器架 C 上的熔断器 30	20A	U5—12V 插座 U9—后部点烟器 U1—点烟器 特殊装备	75a
F33	SC33—熔断器架 C 上的熔断器 33	40A	J485—驻车暖风运行模式继电器 E16—暖风或加热功率开关 J13—新鲜空气鼓风机继电器 J301—空调器控制单元 E9—新鲜空气鼓风机开关	30a
F36	SC36—熔断器架 C 上的熔断器 36	30A	特种车辆	—
F40	SC40—熔断器架 C 上的熔断器 40	20A	J345—挂车识别装置控制单元	30a
F41	SC41—熔断器架 C 上的熔断器 41	20A	J345—挂车识别装置控制单元	30a
F42	SC42—熔断器架 C 上的熔断器 42	20A	U10—带挂车行驶的插座	30a
F43	SC43—熔断器架 C 上的熔断器 43	15A	J17—燃油泵继电器 J538—燃油泵控制单元	30a
F44	SC44—熔断器架 C 上的熔断器 44	40A	J126—新鲜空气鼓风机控制单元	30a
F45	SC45—熔断器架 C 上的熔断器 45	20A	J245—滑动天窗控制单元	30a
F46	SC46—熔断器架 C 上的熔断器 46	20A	J519—车载电网控制单元	30a
F47	SC47—熔断器架 C 上的熔断器 47	30A	J386—驾驶人侧车门控制单元 J387—前排乘客侧车门控制单元 J519—车载电网控制单元	30a
F48	SC48—熔断器架 C 上的熔断器 48	30A	J131—可加热式驾驶人座椅控制单元 J132—可加热式前排乘客座椅控制单元	30a
F49	SC49—熔断器架 C 上的熔断器 49	10A	J386—驾驶人侧车门控制单元 J387—前排乘客侧车门控制单元 E489—发动机连续运转按钮	30a
F50	SC50—熔断器架 C 上的熔断器 50	20A	J393—舒适/便利功能系统的中央控制单元	30a
F51	SC51—熔断器架 C 上的熔断器 51	30A	J388—左后车门控制单元 J389—右后车门控制单元 J386—驾驶人侧车门控制单元 J387—前排乘客侧车门控制单元	30a
F52	SC52—熔断器架 C 上的熔断器 52	25A	J519—车载电网控制单元 J9—可加热后窗玻璃继电器 J13—新鲜空气鼓风机继电器	30a

（续）

编号	电路图中的名称	额定值	保护的电路/部件	接线端
F53	SC53—熔断器架 C 上的熔断器 54	20A	J39—前照灯清洗装置继电器	30a
F57	SC57—熔断器架 C 上的熔断器 57	5A	特种车辆	—
			J285—仪表板中的控制单元	
			J527—转向柱电子装置控制单元	

注：编号 F1、F2、F3、F4、F5、F6、F7、F8、F22、F25、F27、F31、F32、F34、F35、F37、F38、F39、F54、F55、F56、F58、F59、F60 未使用。

2. 继电器

（1）继电器位置分布

途安轿车继电器位置如图 1-172 所示。

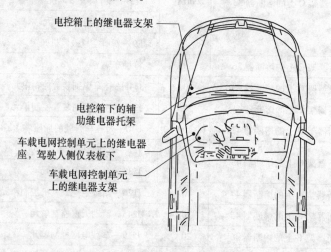

图 1-172　途安轿车继电器位置

（2）电控箱上的继电器支架

途安轿车电控箱上的继电器支架位于发动机室内左侧，弱电电控箱上的继电器位置分配参考图 1-168 所示；强电电控箱上的继电器位置分配如图 1-169 所示。

（3）车载电网控制单元下的继电器座

途安轿车车载电网控制单元下的继电器座位于驾驶人侧仪表板下，对于 2010 年 5 月以前的车型其继电器位置分配如图 1-173 所示。对于 2010 年 5 月以后的车型，其位置分配如图 1-174 所示。

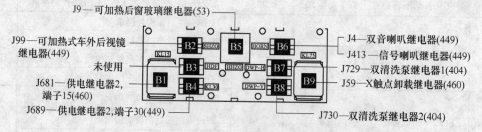

图 1-173　途安轿车车载电网控制单元下的继电器位置分配

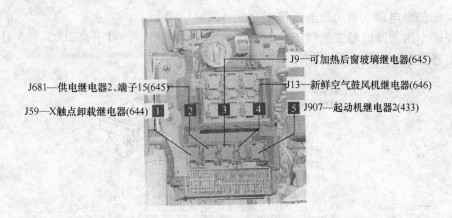

J681—供电继电器2、端子15(645)

J9—可加热后窗玻璃继电器(645)

J13—新鲜空气鼓风机继电器(646)

J59—X触点卸载继电器(644)

J907—起动机继电器2(433)

图1-174　途安轿车车载电网控制单元下的继电器(2010年5月以后的车型)位置分配

（4）车载电网控制单元上的继电器支架

途安轿车车载电网控制单元上的继电器支架位于驾驶人侧仪表板下，对于2010年5月以前的车型其继电器位置分配如图1-175所示。对于2010年5月以后的车型，其位置分配如图1-176所示。

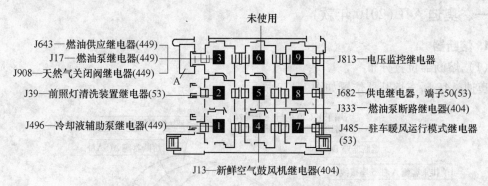

未使用

J643—燃油供应继电器(449)

J17—燃油泵继电器(449)

J908—天然气关闭阀继电器(449)

J39—前照灯清洗装置继电器(53)

J496—冷却液辅助泵继电器(449)

J813—电压监控继电器

J682—供电继电器，端子50(53)

J333—燃油泵断路继电器(404)

J485—驻车暖风运行模式继电器(53)

J13—新鲜空气鼓风机继电器(404)

图1-175　途安轿车车载电网控制单元上的继电器位置分配

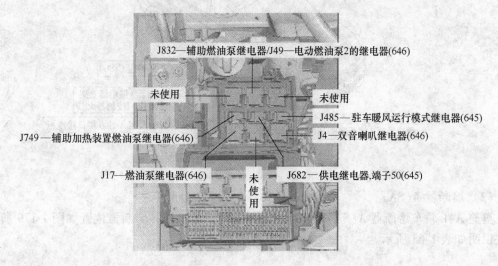

J832—辅助燃油泵继电器/J49—电动燃油泵2的继电器(646)

未使用

未使用

J749—辅助加热装置燃油泵继电器(646)

J485—驻车暖风运行模式继电器(645)

J4—双音喇叭继电器(646)

J17—燃油泵继电器(646)

未使用

J682—供电继电器,端子50(645)

图1-176　途安轿车车载电网控制单元上的继电器(2010年5月以后的车型)位置分配

（5）附加继电器支架的继电器位置分配

途安轿车附加继电器支架位于发动机室内左侧电控箱下，对于自 2005 年 5 月以后的附加继电器支架，其继电器位置分配如图 1-177 所示。

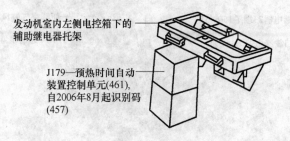

发动机室内左侧电控箱下的
辅助继电器托架

J179—预热时间自动
装置控制单元(461)，
自2006年8月起识别码
(457)

图 1-177　途安轿车附加继电器支架的继电器
（2005 年 5 月以后）位置分配

第三节　奥 迪 车 系

一、奥迪 A4L（2010 年款）

1. 熔断器

（1）熔断器位置分布

奥迪 A4L 轿车熔断器位置如图 1-178 所示。

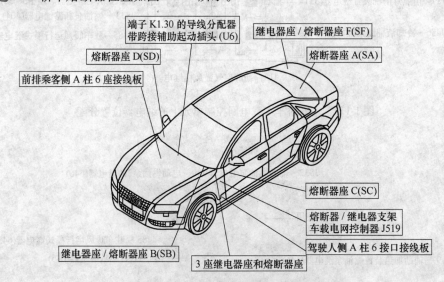

端子 K1.30 的导线分配器
带跨接辅助起动插头 (U6)

熔断器座 D(SD)

前排乘客侧 A 柱 6 座接线板

继电器座 / 熔断器座 F(SF)

熔断器座 A(SA)

熔断器座 C(SC)

熔断器 / 继电器支架
车载电网控制器 J519

驾驶人侧 A 柱 6 接口接线板

继电器座 / 熔断器座 B(SB)

3 座继电器座和熔断器座

图 1-178　奥迪 A4L 轿车熔断器位置图

（2）熔断器 A(SA)

奥迪 A4L 轿车熔断器 A(SA)位于行李箱蓄电池正极上，其熔断器位置如图 1-179 所示，相关说明如表 1-63 所示。

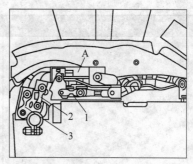

A—蓄电池断路安全气囊引爆装置(N253)
1—熔断器座 A 上的熔断器 1(SA1)
2—熔断器座 A 上的熔断器 2(SA2)
3—熔断器座 A 上的熔断器 3(SA3)

图 1-179 奥迪 A4L 轿车熔断器 A(SA)位置分布图

表 1-63 奥迪 A4L 轿车熔断器 A(SA)说明表

编号	电路图中的名称	额定值	保护的电路/部件	端子
1	熔断器座 A 上的熔断器 1(SA1)	110A	车载电网电源；发动机组件电源	30
2	熔断器座 A 上的熔断器 2(SA2)	110A	车载电网电源；发动机组件电源	30
3	熔断器座 A 上的熔断器 3(SA3)	40A	驾驶学校选装	30
		50A	租赁车选装	
		110A	政府部门选装	

(3) 继电器座/熔断器 B(SB)

奥迪 A4L 轿车继电器座/熔断器 B(SB)位于驾驶人侧排水槽电控箱内，其熔断器位置如图 1-180 所示，熔断器座 ST1(黑色)中的熔断器说明如表 1-64 所示。

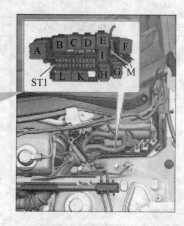

K—发动机预热塞带状熔断器 S39，60A
（仅用于带 4 缸柴油发动机的汽车）
K—发动机预热塞带状熔断器 S39，80A
（仅用于带 6 缸柴油发动机的汽车）
K—二次空气泵熔断器 S130，50A(仅用于带 6 缸汽油发动机的汽车)
L—未使用
ST1—熔断器座 1，熔断器

图 1-180 奥迪 A4L 轿车 B(SB)位置分布图

表 1-64 奥迪 A4L 轿车熔断器 ST1(黑色)说明表

编号	电路图中的名称	额定值	保护的电路/部件	端子
1	熔断器座 B 上的熔断器 1(SB1)	15A	自动变速器控制器 J217 双离合器变速器机电装置 J743	30
2	熔断器座 B 上的熔断器 2(SB2)	5A	机油油位和机油温度传感器 G266	87
3	熔断器座 B 上的熔断器 3(SB3)	5A	发动机控制器 J623 空气质量流量计 G70	15
4	熔断器座 B 上的熔断器 4(SB4)	5A	发动机控制器 J623	30

（续）

编号	电路图中的名称	额定值	保护的电路/部件	端子
5	熔断器座 B 上的熔断器 5（SB5）	10A② 15A③ 15A④ 15A⑥ 15A⑦ 20A① 10A② 15A③ 15A④ 15A⑤ 15A⑥ 20A①	空气质量流量计 G70 预热时间自动装置控制器 J179 二次空气泵继电器 J299④ 节气门控制单元 J338⑦ 小加热功率继电器 J359 大加热功率继电器 J360 增压力限制电磁阀 N75⑥ 曲轴箱排气加热电阻 N79⑥ 炭罐电磁阀 1N80④ 二次空气喷射阀 N112④ 电动液压发动机支座左侧电磁阀 N144 电动液压发动机支座右侧电磁阀 N145⑥ 进气歧管转换阀 N156④ 空气滤清器的旁通风门阀 N275 燃油压力调节阀 N276 燃油计量阀 N290④ 二次空气喷射阀 2 N320④ 废气再循环冷却器转换阀 N345 油压调节阀 N428④⑥ 燃油系统诊断泵 V144④	87
6	熔断器座 B 上的熔断器 6（SB6）	15A	发动机控制器 J623	87
7	熔断器座 B 上的熔断器 7（SB7）	10A① 10A③ 10A⑤ 10A⑥ 15A② 15A④	发动机控制器，凸轮轴调节元件 1 F366 凸轮轴调节的执行元件 2 F367 凸轮轴调节的执行元件 3 F368 凸轮轴调节的执行元件 4 F369 凸轮轴调节的执行元件 5 F370 凸轮轴调节的执行元件 6 F371 凸轮轴调节的执行元件 7 F372 凸轮轴调节的执行元件 8 F373 凸轮轴调节的执行元件 9 F374 凸轮轴调节的执行元件 10 F375④ 凸轮轴调节的执行元件 11 F376④ 凸轮轴调节的执行元件 12 F377④ 冷却液续循环继电器 J151 冷却液辅助泵继电器 J496④ 增压力限制电磁阀 N75 炭罐电磁阀 1 N80 电动液压发动机支座左侧电磁阀 N144 凸轮轴调节阀 1 N205 凸轮轴调节阀 2 N208④ 涡轮增压器循环空气阀 N249 燃油压力调节阀 N276	87

（续）

编号	电路图中的名称	额定值	保护的电路/部件	端子
7	熔断器座 B 上的熔断器 7(SB7)	10A[①] 10A[③] 10A[⑤] 10A[⑥] 15A[②] 15A[④]	燃油计量阀 N290 进气管风门阀门 N316[②] 排气凸轮轴调节阀 1 N318[④] 排气凸轮轴调节阀 2 N319 自动空调系统冷却液截止阀 N422 油压调节阀 N428 燃油系统诊断泵 V144[②]	87
8	熔断器座 B 上的熔断器 8(SB8)	10A[⑤] 10A[⑥] 20A[①] 20A[②] 20A[③] 20A[④]	带功率输出级的点火线圈 1 N70 带功率末级的点火线圈 2 N127 带功率末级的点火线圈 3 N291 带功率末级的点火线圈 4 N292 自动空调系统冷却液截止阀 N422[⑤] 废气再循环冷却器泵 V400	87
9	熔断器座 B 上的熔断器 9 SB9	15A[③] 15A[④] 20A[⑤] 20A[⑥]	辅助燃油泵继电器 J832	87
10	熔断器座 B 上的熔断器 10 SB10	15A	氧传感器加热 Z19 氧传感器 2 加热装置 Z28[①] 催化转化器后的氧传感器 1 的加热装置 Z29[②]	87
11	熔断器座 B 上的熔断器 11 SB11	5A	散热器风扇控制器 J293[⑥] 散热器风扇控制器 2 J671[⑥]	87
12	熔断器座 B 上的熔断器 12 SB12	5A	空气质量流量计 G70 自动变速器控制器 J217 双离合器变速器机电装置 J743	15

① 只用于带 1.8L 4 缸汽油发动机的汽车。
② 只用于带 2.0L 4 缸汽油发动机的汽车。
③ 只用于带 3.0L 6 缸汽油发动机的汽车。
④ 只用于带 3.2L 6 缸汽油发动机的汽车。
⑤ 只用于带 2.0L 4 缸柴油发动机的汽车。
⑥ 只用于带 2.7L/3.0L 6 缸柴油发动机的汽车。

（4）熔断器座 C(SC)

奥迪 A4L 轿车熔断器座 C(SC)位于在驾驶人侧的仪表板盖下面，其熔断器位置如图 1-181 所示，熔断器座 ST1(黑色)中的熔断器说明如表 1-65 所示，熔断器座 ST2(棕色)中的熔断器说明如表 1-66 所示，熔断器座 ST3(红色)中的熔断器说明如表 1-67 所示。

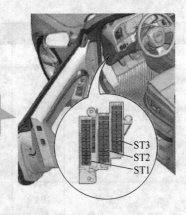

ST1 — 熔断器座 1，熔断器
ST2 — 熔断器座 2，熔断器
ST3 — 熔断器座 3，熔断器

图 1-181　奥迪 A4L 轿车熔断器座 C(SC)位置分布图

表 1-65　熔断器座 ST1(黑色)说明表

编号	电路图中的名称	额定值	保护的电路/部件	端子
1	熔断器座 C 上的熔断器 1 SC1	5A	主动转向系统控制器 J792	15
2	熔断器座 C 上的熔断器 2 SC2		未使用	15
3	熔断器座 C 上的熔断器 3 SC3	5A	车库门开启操作单元 E284 车库门开启装置控制器 J530	15
4	熔断器座 C 上的熔断器 4 SC4	10A	车道保持辅助系统控制器 J759	15
5	熔断器座 C 上的熔断器 5 SC5	5A	空气质量传感器 G238	15
6	熔断器座 C 上的熔断器 6 SC6	5A	前照灯照明距离调节装置调节器 E102 前照灯照明距离调节控制器 J431 右侧前照灯电源模块 J668 转向灯和前照灯照明距离调节控制器 J745 左侧前照灯照明距离调节伺服电动机 V48 右侧前照灯照明距离调节伺服电动机 V49	15
7	熔断器座 C 上的熔断器 7SC7	5A	左侧前照灯电源模块 J667	15
8	熔断器座 C 上的熔断器 8 SC8	5A	车载电网控制器 J519	15
9	熔断器座 C 上的熔断器 9 SC9	5A	车距调节控制器 J428	15
10	熔断器座 C 上的熔断器 10 SC10	5A	离合器位置传感器 G476 变速器传感器控制器 J587 变速器锁止电磁阀 N110	15
11	熔断器座 C 上的熔断器 11 SC11	5A	左侧喷油器加热电阻 Z20 右侧喷油器加热电阻 Z21	15
12	熔断器座 C 上的熔断器 12 SC12	5A	制冷剂压力和制冷剂温度传感器 G395	15
13	熔断器座 C 上的熔断器 13 SC13	5A	18 芯插头连接 T18a	15
14	熔断器座 C 上的熔断器 14 SC14	5A	报警灯开关 E229 安全气囊控制器 J234 座位占用识别功能控制器 J706 闪烁报警装置指示灯 K6	15

（续）

编号	电路图中的名称	额定值	保护的电路/部件	端子
15	熔断器座 C 上的熔断器 15 SC15	25A	ABS 控制器 J104 熔断器支架 2 ST2 ，属于熔断器架 C（SC） 熔断器支架 1 ST1 ，属于熔断器架 D（SD） 熔断器支架 4 ST4 ，属于熔断器架 F（SF）	15
16	熔断器座 C 上的熔断器 16 SC16	40A	起动机继电器 J53 起动机继电器 2 J695 熔断器支架 1 ST1 带熔断器架 B 上的熔断器 3 SB3 熔断器支架 1 ST1 带熔断器架 B 上的熔断器 12 SB12	15

表 1-66　熔断器座 ST2（棕色）说明表

编号	电路图中的名称	额定值	保护的电路/部件	端子
1	熔断器座 C 上的熔断器 1 SC1	5A	自动防眩车内后视镜 Y7	87
2	熔断器座 C 上的熔断器 2 SC2	5A	离合器位置传感器 G476	87
3	熔断器座 C 上的熔断器 3 SC3	20A② 25A① 25A③	预供给燃油泵 G6 燃油泵控制器 J538	87
4	熔断器座 C 上的熔断器 4 SC4	10A	循环泵继电器 J160④ 还原剂计量系统控制器 J880	15
5	熔断器座 C 上的熔断器 5 SC5	15A⑥ 30A⑦	车载电网控制器 J519	30
6	熔断器座 C 上的熔断器 6 SC6	10A	ABS 控制器 J104⑤	30
7	熔断器座 C 上的熔断器 7SC7	25A	信号喇叭继电器 J413	30
8	熔断器座 C 上的熔断器 8 SC8	30A	左侧车门	30
9	熔断器座 C 上的熔断器 9 SC9	30A	刮水器电动机控制器 J400	30
10	熔断器座 C 上的熔断器 10 SC10	25A	ABS 控制器 J104⑤	30
11	熔断器座 C 上的熔断器 11 SC11	15A	左侧车门	30
12	熔断器座 C 上的熔断器 12 SC12	5A	雨水和光线识别传感器 G397	30

① 仅用于带汽油发动机的汽车。
② 仅用于带柴油发动机（不带 J538）的汽车
③ 仅用于带柴油发动机（带 J538）的汽车 。
④ 仅用于带 6 缸汽油发动机的汽车。
⑤ 仅用于左置转向盘汽车 。
⑥ 仅用于不带座椅通风的汽车。
⑦ 仅用于带座椅通风的汽车 。

表 1-67　　熔断器座 **ST3**(红色)说明表

编号	电路图中的名称	额定值	保护的电路/部件	端子
1	熔断器座 C 上的熔断器 1 SC1	—	未使用	—
2	熔断器座 C 上的熔断器 2 SC2	—	未使用	—
3	熔断器座 C 上的熔断器 3 SC3	10A	驾驶人腰部支撑调节开关 E176 前排乘客腰部支撑调节开关 E177	30
4	熔断器座 C 上的熔断器 4 SC4	35A	主动转向系统控制器 J792	30
5	熔断器座 C 上的熔断器 5 SC5	—	未使用	30
6	熔断器座 C 上的熔断器 6 SC6	35A	车载电网控制器 J519	30
7	熔断器座 C 上的熔断器 7 SC7	20A	车载电网控制器 J519	30
8	熔断器座 C 上的熔断器 8 SC8	30A	车载电网控制器 J519	30
9	熔断器座 C 上的熔断器 9 SC9	30A	滑动天窗控制器 J245	30
10	熔断器座 C 上的熔断器 10 SC10	20A	车载电网控制器 J519	30
11	熔断器座 C 上的熔断器 11 SC11	20A	天窗卷帘控制器 J394	30
12	熔断器座 C 上的熔断器 12 SC12	5A	报警喇叭 H12 防盗装置传感器 G578	30

(5) 熔断器座 D(SD)

奥迪 A4L 轿车熔断器座 D(SD)位于前排乘客侧的仪表板盖下面，其熔断器位置如图 1-182 所示，熔断器座 ST1(黑色)中的熔断器说明如表 1-68 所示，熔断器座 ST2 (棕色)中的熔断器说明如表 1-69 所示。

ST1—熔断器座 1，熔断器，
ST2—熔断器座 2，熔断器，
　A—46 芯黑色插头连接，仪表板
CAN 分离插头 -T46s-

图 1-182　奥迪 A4L 轿车熔断器座 D(SD)位置图

表 1-68　　熔断器座 **ST1**(黑色)说明表

编号	电路图中的名称	额定值	保护的电路/部件	端子
1	熔断器座 D 上的熔断器 1 SD1	—	未使用	—
2	熔断器座 D 上的熔断器 2 SD2	—	未使用	—
3	熔断器座 D 上的熔断器 3 SD3	—	未使用	—
4	熔断器座 D 上的熔断器 4 SD4	—	未使用	—
5	熔断器座 D 上的熔断器 5 SD5	5A	转向柱电子装置控制器 J527	15
6	熔断器座 D 上的熔断器 6 SD6	5A	ASR 和 ESP 按钮 E256 驻车辅助按钮 E266	15

（续）

编号	电路图中的名称	额定值	保护的电路/部件	端子
7	熔断器座 D 上的熔断器 7 SD7	5A	16 芯插头连接 T16，诊断插头	15
8	熔断器座 D 上的熔断器 8 SD8	5A	数据总线诊断接口 J533	15
9	熔断器座 D 上的熔断器 9 SD9	5A	大加热功率继电器 J360	15
10	熔断器座 D 上的熔断器 10 SD10	—	未使用	—
11	熔断器座 D 上的熔断器 11 SD11	—	未使用	—
12	熔断器座 D 上的熔断器 12 SD12	—	未使用	—

表 1-69　熔断器座 ST2(棕色)说明表

编号	电路图中的名称	额定值	保护的电路/部件	端子
1	熔断器座 D 上的熔断器 1 SD1	5A	CD 换碟机 R41 DVD 转换盒 R161 外部音频源接口 R199	30
2	熔断器座 D 上的熔断器 2 SD2	5A	行驶模式选择开关模体 E592	30
3	熔断器座 D 上的熔断器 3 SD3	5A[1] 5A[2] 20A[3] 20A[4]	前部信息显示和操作单元控制器的显示单元 J685[2] 信息电子装置 1 控制器 J794[2] 收音机 R	30
4	熔断器座 D 上的熔断器 4SD4	5A	车灯开关 E1 仪表板中的控制器 J285	30
5	熔断器座 D 上的熔断器 5 SD5	5A	仪表板中的控制器 J285 数据总线诊断接口 J533	30
6	熔断器座 D 上的熔断器 6 SD6	5A	进入及起动许可开关 E415	30
7	熔断器座 D 上的熔断器 7 SD7	5A	车灯开关 E1	30
8	熔断器座 D 上的熔断器 8 SD8	40A	新鲜空气鼓风机控制器 J126	30
9	熔断器座 D 上的熔断器 9 SD9	5A	电子转向助力控制器 J764	30
10	熔断器座 D 上的熔断器 10 SD10	10A	自动空调系统控制器 J255	30
11	熔断器座 D 上的熔断器 11 SD11	10A	16 芯插头连接 T16，诊断插头	30
12	熔断器座 D 上的熔断器 12 SD12	5A	转向柱电子装置控制器 J527	30

[1] 仅用于带收音机(CAN)和外部放大器的汽车。

[2] 仅用于带 MMI(MOST)的汽车。

[3] 仅用于带 chorus 收音机和 basic 音响系统(自 2009 年 11 月起)的汽车。

[4] 仅用于带 chorus/concert/symphony 收音机和 basic 音响系统(自 2010 年 5 月起)的汽车。

（6）继电器座/熔断器座 F(SF)

奥迪 A4L 轿车继电器座/熔断器座 F(SF)位于行李箱内右侧饰板后面，其熔断器分布如图 1-183 所示，熔断器座 ST1(黑色)中的熔断器说明如表 1-70 所示，熔断器座 ST2(黑色)中的熔断器说明如表 1-71 所示，熔断器座 ST3(棕色)中的熔断器说明如表 1-72 所示，熔断器座 ST4(红色)中的熔断器说明如表 1-73 所示，熔断器座 ST5(黑色)中的熔断器说明如表

1-74所示，单熔断器 H 说明如表 1-75 所示。

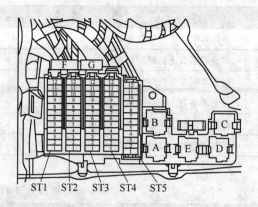

ST1—熔断器座 1，熔断器
ST2—熔断器座 2，熔断器
ST3—熔断器座 3，熔断器
ST4—熔断器座 4，熔断器
ST5—熔断器座 5，熔断器
H—可加热后窗玻璃熔断器 S41

图 1-183　奥迪 A4L 轿车继电器座/熔断器座 F(SF)分布图

表 1-70　熔断器座 ST1(黑色)中的熔断器说明表

编号	电路图中的名称	额定值	保护的电路/部件	端子
1	熔断器座 F 上的熔断器 1 SF1	—	未使用	—
2	熔断器座 F 上的熔断器 2 SF2	—	未使用	—
3	熔断器座 F 上的熔断器 3 SF3	15A[①] 25A[①]	信号装置控制器 J616	30
4	熔断器座 F 上的熔断器 4SF4	15A	信号装置控制器 J616	30
5	熔断器座 F 上的熔断器 5 SF5	5A[①] 15A[②]	特种信号操作单元 E507[①] 信号装置控制器 J616[②]	30
6	熔断器座 F 上的熔断器 6 SF6	3A	特种信号操作单元 E507[①] 信号装置控制器 J616 里程记录器控制器 J621[②] 3 芯插头连接 T3d 事故数据存储器	15
7	熔断器座 F 上的熔断器 7 SF7	20A	特种车控制器 J608	30
8	熔断器座 F 上的熔断器 8 SF8	10A	事故数据存储器	30
9	熔断器座 F 上的熔断器 9 SF9	10A	12V 插座 4 U20	30
10	熔断器座 F 上的熔断器 10 SF10	10A	无线电分离继电器、无线对讲机继电器 J84	30
11	熔断器座 F 上的熔断器 11 SF11	10A	无线电分离继电器、无线对讲机继电器 J84	30
12	熔断器座 F 上的熔断器 12 SF12		未使用	

① 只用于政府紧急任务用车：NEF 型(F4Z)。

② 只用于警车和紧急任务用车：急救车—类型(F4X)，消防车 — 指挥车(F4Q)。

表 1-71　熔断器座 ST2(黑色) 中的熔断器说明表

编号	电路图中的名称	额定值	保护的电路/部件	端子
1	熔断器座 F 上的熔断器 1 SF1	30A	后盖控制器 2 J756	30
2	熔断器座 F 上的熔断器 2 SF2	15A	拖车识别装置控制器 J345	30
3	熔断器座 F 上的熔断器 3 SF3	20A	拖车识别装置控制器 J345	30

（续）

编号	电路图中的名称	额定值	保护的电路/部件	端子
4	熔断器座 F 上的熔断器 4SF4	20A	拖车识别装置控制器 J345	30
5	熔断器座 F 上的熔断器 5 SF5	5A	自动保持按钮 E540	30
6	熔断器座 F 上的熔断器 6 SF6	15A	电子调节减振控制器 J250	30
7	熔断器座 F 上的熔断器 7 SF7	30A	机电式驻车制动器控制器 J540	30
8	熔断器座 F 上的熔断器 8 SF8	30A	舒适/便捷功能系统中央控制器 J393	30
9	熔断器座 F 上的熔断器 9 SF9	35A	四轮驱动控制器 J492	30
10	熔断器座 F 上的熔断器 10 SF10	30A	舒适/便捷功能系统中央控制器 J393	30
11	熔断器座 F 上的熔断器 11 SF11	20A	舒适/便捷功能系统中央控制器 J393	30
12	熔断器座 F 上的熔断器 12 SF12	5A	车辆定位系统连接控制器 J843	30

表 1-72　熔断器座 ST3（棕色）中的熔断器说明表

编号	电路图中的名称	额定值	保护的电路/部件	端子
1	熔断器座 F 上的熔断器 1 SF1	30A	后盖控制器 J605	30
2	熔断器座 F 上的熔断器 2 SF2	15A	右前座椅通风控制器 J799	30
3	熔断器座 F 上的熔断器 3SF3	40A	收音机 R 电话的发送接收器 R36 电视机调谐器 R78 移动电话机放大器 R86 电话机托架 R126 18 芯黑色插头连接 T18a	30
4	熔断器座 F 上的熔断器 4SF4	40A	电压稳定器 J532	30
5	熔断器座 F 上的熔断器 5 SF5	30A	带插座的逆变器（12~230V）U13	30
6	熔断器座 F 上的熔断器 6 SF6	30A	辅助加热装置控制器 J364	30
7	熔断器座 F 上的熔断器 7 SF7	30A	机电式驻车制动器控制器 J540	30
8	熔断器座 F 上的熔断器 8 SF8	30A	左侧可加热后座椅调节开关 E128 右侧可加热后座椅调节开关 E129	30
9	熔断器座 F 上的熔断器 9 SF9	30A	右侧车门	30
10	熔断器座 F 上的熔断器 10 SF10	5A	驻车暖风无线电接收器 R64	30
11	熔断器座 F 上的熔断器 11 SF11	15A	右侧车门	30
12	熔断器座 F 上的熔断器 12 SF12	30A	还原材料计量系统控制器 J880	30

表 1-73　熔断器座 ST4（红色）中的熔断器说明表

编号	电路图中的名称	额定值	保护的电路/部件	端子
1	熔断器座 F 上的熔断器 1 SF1	15A	12V 插座 2 U18	87
2	熔断器座 F 上的熔断器 2 SF2	15A	12V 插座 U5 带插座的逆变器（12~230V）U13	87
3	熔断器座 F 上的熔断器 3 SF3	15A	12V 插座 3 U19	87

（续）

编号	电路图中的名称	额定值	保护的电路/部件	端子
4	熔断器座 F 上的熔断器 4SF4	15A	点烟器 U1	87
5	熔断器座 F 上的熔断器 5 SF5		未使用	87
6	熔断器座 F 上的熔断器 6 SF6	5A	2 芯插头连接，在驾驶人座椅靠背中 T2dy 2 芯插头连接，在前排乘客座椅靠背中 T2dz	87
7	熔断器座 F 上的熔断器 7 SF7	7.5A	驻车辅助系统控制器 J791	15
8	熔断器座 F 上的熔断器 8 SF8	15A	后窗玻璃刮水器电动机 V12	15
9	熔断器座 F 上的熔断器 9 SF9	5A	机电式驻车制动器按钮 E538	15
10	熔断器座 F 上的熔断器 10 SF10	5A	行驶换道助理系统控制器 2 J770	15
11	熔断器座 F 上的熔断器 11 SF11	5A	左侧可加热后座椅调节开关 E128	15
12	熔断器座 F 上的熔断器 12 SF12	5A	电子调节减振控制器 J250 拖车识别装置控制器 J345 四轮驱动控制器 J492 电压稳定器 J532 机电式驻车制动器控制器 J540	15

表 1-74　熔断器座 ST5（黑色）中的熔断器说明表

编号	电路图中的名称	额定值	保护的电路/部件	端子
1	熔断器座 F 上的熔断器 1 SF1	—	未使用	—
2	熔断器座 F 上的熔断器 2 SF2	—	未使用	—
3	熔断器座 F 上的熔断器 3 SF3	20A[1] 30A[2]	数码音响系统控制器 J525 收音机 R	15
4	熔断器座 F 上的熔断器 4SF4	7.5A	信息电子装置控制器 1 J794	15
5	熔断器座 F 上的熔断器 5 SF5	5A[4] 7.5A[3]	带 CD 光盘驱动器的导航系统控制器 J401 收音机 R 电话的发送接收器 R36 电视机调谐器 R78 移动电话机放大器 R86 电话机托架 R126 18 芯黑色插头连接 T18a	30
6	熔断器座 F 上的熔断器 6 SF6	5A	倒车摄像系统控制器、熔断器 J772	30
7	熔断器座 F 上的熔断器 7 SF7	5A	移动电话机放大器 R86[4]	30
8	熔断器座 F 上的熔断器 8 SF8	—	未使用	—
9	熔断器座 F 上的熔断器 9 SF9	—	未使用	—
10	熔断器座 F 上的熔断器 10 SF10	—	未使用	—
11	熔断器座 F 上的熔断器 11 SF11	—	未使用	—
12	熔断器座 F 上的熔断器 12 SF12	—	未使用	—

[1] 仅用于带收音机(CAN)和 basic 音响系统的汽车。

[2] 不适用于带收音机(CAN)和 basic 音响系统的汽车。

[3] 截至 2010 年 4 月有效。

[4] 自 2010 年 5 月起有效。

表1-75　单熔断器 H 说明表

编号	电路图中的名称	额定值	保护的电路/部件	端子
H	可加热后窗玻璃熔断器 S41	40A	可加热后窗玻璃继电器 J9	30

（7）端子 KL.30 的导线分配器 2（TV22）

奥迪 A4L 轿车端子 KL.30 的导线分配器 2（TV22）位于发动机室内，排水槽中央，其熔断器位置分布如图 1-184 所示，说明如表 1-76 所示。

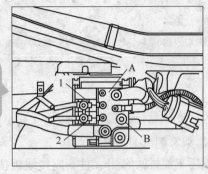

A—端子 KL.30 的导线分配器 2 TV22
B—辅助起动插座 U6
1—熔断器 1（30）S204
2—熔断器 2（30）S205

图 1-184　奥迪 A4L 轿车端子 KL.30 的导线分配器 2（TV22）位置分布图

表 1-76　奥迪 A4L 轿车端子 KL.30 的导线分配器 2（TV22）熔断器说明表

编号	电路图中的名称	额定值	保护的电路/部件	端子
1	熔断器 1（30）S204	40A	400W 风扇控制装置[2]	30
		60A	600W 风扇控制装置[1]	
2	熔断器 2（30）S205	40A	风扇控制 400W	30

① 在装有 1000W 风扇控制装置的车上为 S204（600W）和 S205（400W）。
② 在带 800W 风扇控制装置的汽车上安装了 S204（400W）和 S205（400W）。

（8）3 座继电器座和熔断器座

奥迪 A4L 轿车 3 座继电器座和熔断器座位于驾驶人仪表板下（熔断器座带车载电网控制器 J519 和螺纹接头），其熔断器位置分布如图 1-185 所示。

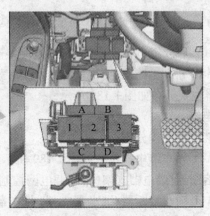

A—未使用
B—未使用
C—辅助加热装置熔断器 S126，40A*
D—辅助加热装置熔断器 2 S328，60A*
*仅用于带柴油发动机的汽车

图 1-185　奥迪 A4L 轿车 3 座继电器座和熔断器位置分布图

（9）驾驶人侧 A 柱 6 座接线板

奥迪 A4L 轿车驾驶人侧 A 柱 6 座接线板位于驾驶人脚部 A 立柱侧面装饰板后面，其熔断器位置分布如图 1-186 所示。

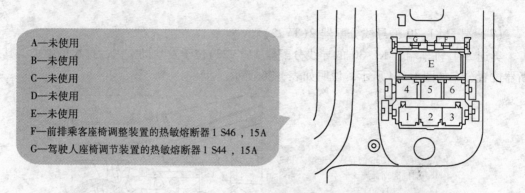

A—未使用
B—未使用
C—未使用
D—未使用
E—未使用
F—前排乘客座椅调整装置的热敏熔断器 1 S46，15A
G—驾驶人座椅调节装置的热敏熔断器 1 S44，15A

图 1-186　奥迪 A4L 轿车驾驶人侧 A 柱 6 座接线板熔断器位置分布图

（10）前排乘客侧 A 柱 6 座接线板

奥迪 A4L 轿车前排乘客侧 A 柱 6 座接线板位于在前排乘客脚部 A 立柱侧面装饰板后面，其熔断器位置分布如图 1-187 所示。

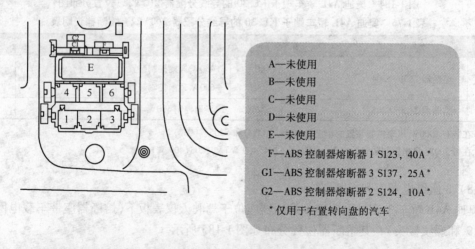

A—未使用
B—未使用
C—未使用
D—未使用
E—未使用
F—ABS 控制器熔断器 1 S123，40A *
G1—ABS 控制器熔断器 3 S137，25A *
G2—ABS 控制器熔断器 2 S124，10A *
* 仅用于右置转向盘的汽车

图 1-187　奥迪 A4L 轿车前排乘客侧 A 柱 6 座接线板熔断器位置分布图

（11）熔断器/继电器支架（带车载电网控制器 J519）

奥迪 A4L 轿车熔断器/继电器支架（带车载电网控制器 J519）位于驾驶人侧的仪表板下面，熔断器位置分布如图 1-188 所示。

2. 继电器

（1）继电器位置分布

奥迪 A4L 轿车继电器位置如图 1-189 所示。

（2）熔断器/继电器支架（带车载电网控制器 J519）

奥迪 A4L 轿车熔断器/继电器支架（带车载电网控制器 J519）位于驾驶人侧的仪表板下面，其继电器位置分布如图 1-190 所示。

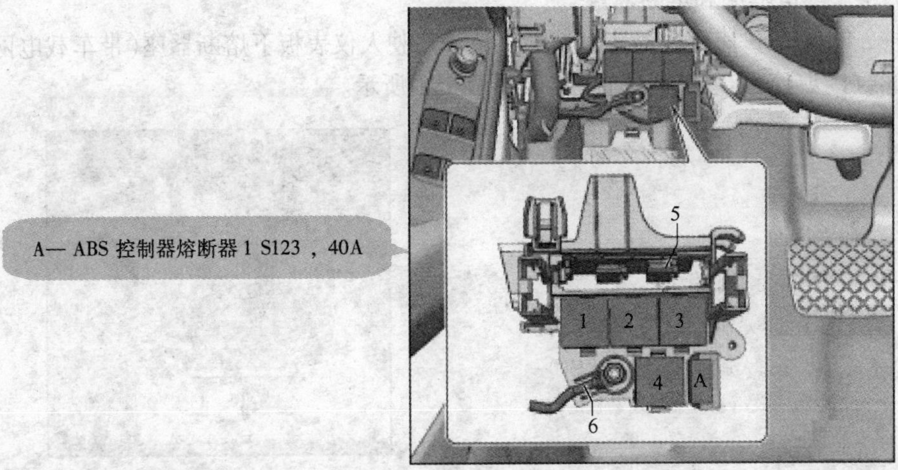

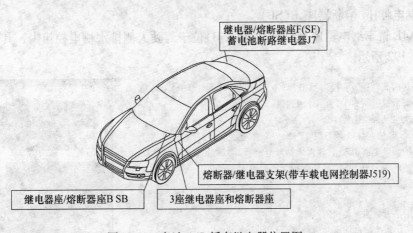

A— ABS 控制器熔断器 1 S123 ，40A
5
1 2 3
4 A
6

图 1-188 奥迪 A4L 轿车熔断器/继电器支架位置位置分布图

继电器/熔断器座F(SF)
蓄电池断路继电器J7
熔断器/继电器支架(带车载电网控制器J519)
继电器座/熔断器座B SB
3座继电器座和熔断器座

图 1-189 奥迪 A4L 轿车继电器位置图

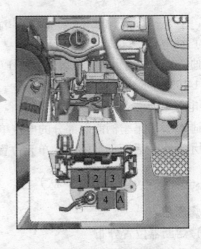

1—未使用
2—循环泵继电器 J160—①
信号喇叭继电器 J413
带自动防眩车内后视镜继电器的汽车 J910
3—端子 15 供电继电器 J329
4—出租车警报遥控器控制器 J601—②
特种车控制器 J608—②
注：
① 截至 2009 年 5 月有效，适用于带 3.2L 6 缸汽油发动机而不带驻车暖风的汽车。
② 仅用于特种车辆。
1 2 3
4 A

图 1-190 奥迪 A4L 轿车熔断器/继电器支架（带车载电网控制器 J519）继电器位置分布图

（3）3 座继电器座和熔断器座

奥迪 A4L 轿车 3 座继电器座和熔断器位于驾驶人仪表板下熔断器座（带车载电网控制器 J519 和螺纹接头），其继电器位置分布如图 1-191 所示。

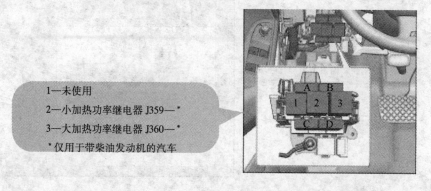

1—未使用
2—小加热功率继电器 J359—*
3—大加热功率继电器 J360—*
* 仅用于带柴油发动机的汽车

图 1-191　奥迪 A4L 轿车 3 座继电器座和熔断器座位置分布图

（4）继电器座/熔断器座 B(SB)

奥迪 A4L 轿车继电器座/熔断器座 B(SB)位于驾驶人侧排水槽电控箱内，其继电器位置分布如图 1-192 所示。

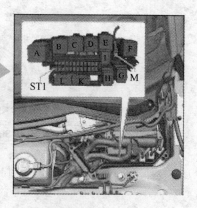

A—预热时间自动装置控制器 J179[1]；发动机部件供电继电器 J757
B—起动机继电器 J53；起动机继电器 2 J695
C—二次空气泵继电器 J299[3]
D—端子 30 供电继电器 J317[1]；Motronic 供电继电器 J271
E—燃油泵继电器 J17[1]；辅助燃油泵继电器 J832[1]；冷却液继续补
　给继电器 J151[2]；冷却液辅助泵继电器 J496[3]
F—未使用
注：
① 仅用于带柴油发动机的汽车。
② 仅用于带 4 缸汽油发动机的汽车。
③ 仅用于带 6 缸汽油发动机的汽车。

图 1-192　奥迪 A4L 轿车继电器座/熔断器座 B(SB)位置分布图

（5）继电器座/熔断器座 F(SF)

奥迪 A4L 轿车继电器座/熔断器座 F(SF)位于行李箱内右侧饰板后面，其继电器位置分布如图 1-193 所示。

3. 电控单元

奥迪 A4L 轿车车辆前面部分的电控单元如图 1-194 所示，车箱内的电控单元位置图如图 1-195所示，车辆后面部分的电控单元位置如图 1-196 所示。

二、奥迪 A6L（2009 年款）

1. 熔断器

（1）熔断器位置分布

奥迪 A6L 轿车熔断器位置如图 1-197 所示。

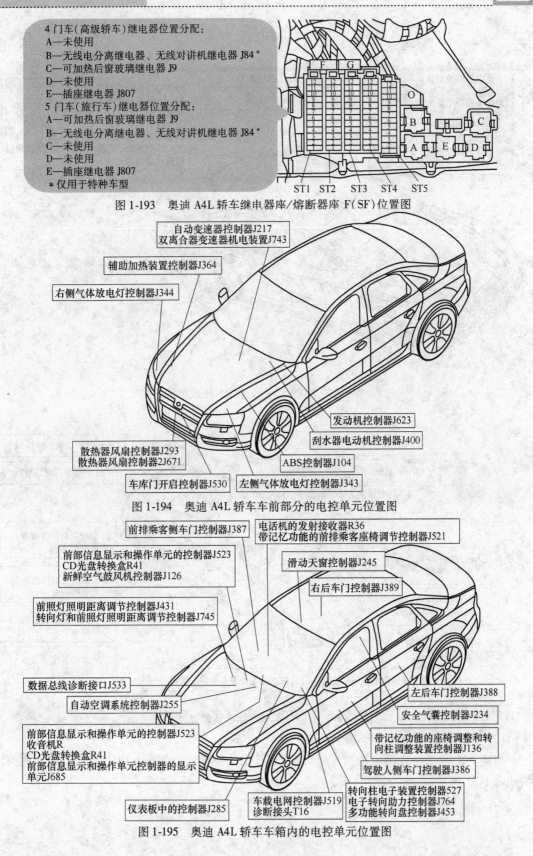

4 门车(高级轿车)继电器位置分配:
A—未使用
B—无线电分离继电器、无线对讲机继电器 J84*
C—可加热后窗玻璃继电器 J9
D—未使用
E—插座继电器 J807
5 门车(旅行车)继电器位置分配:
A—可加热后窗玻璃继电器 J9
B—无线电分离继电器、无线对讲机继电器 J84*
C—未使用
D—未使用
E—插座继电器 J807
* 仅用于特种车型

ST1 ST2 ST3 ST4 ST5

图 1-193 奥迪 A4L 轿车继电器座/熔断器座 F(SF)位置图

自动变速器控制器J217
双离合器变速器机电装置J743

辅助加热装置控制器J364

右侧气体放电灯控制器J344

发动机控制器J623

刮水器电动机控制器J400

ABS控制器J104

散热器风扇控制器J293
散热器风扇控制器2J671

车库门开启控制器J530

左侧气体放电灯控制器J343

图 1-194 奥迪 A4L 轿车车前部分的电控单元位置图

前排乘客侧车门控制器J387

电话机的发射接收器R36
带记忆功能的前排乘客座椅调节控制器J521

前部信息显示和操作单元的控制器J523
CD光盘转换盒R41
新鲜空气鼓风机控制器J126

滑动天窗控制器J245

右后车门控制器J389

前照灯照明距离调节控制器J431
转向灯和前照灯照明距离调节控制器J745

数据总线诊断接口J533

自动空调系统控制器J255

左后车门控制器J388

安全气囊控制器J234

前部信息显示和操作单元的控制器J523
收音机R
CD光盘转换盒R41
前部信息显示和操作单元控制器的显示
单元J685

带记忆功能的座椅调整和转
向柱调整装置控制器J136

驾驶人侧车门控制器J386

转向柱电子装置控制器527
电子转向助力控制器J764
多功能转向盘控制器J453

仪表板中的控制器J285

车载电网控制器J519
诊断接头T16

图 1-195 奥迪 A4L 轿车车箱内的电控单元位置图

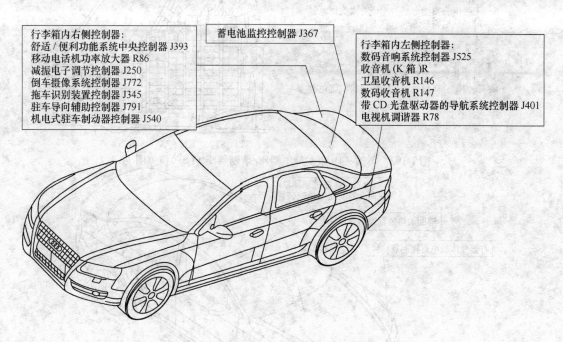

行李箱内右侧控制器：
舒适 / 便利功能系统中央控制器 J393
移动电话机功率放大器 R86
减振电子调节控制器 J250
倒车摄像系统控制器 J772
拖车识别装置控制器 J345
驻车导向辅助控制器 J791
机电式驻车制动器控制器 J540

蓄电池监控控制器 J367

行李箱内左侧控制器：
数码音响系统控制器 J525
收音机（K 箱）R
卫星收音机 R146
数码收音机 R147
带 CD 光盘驱动器的导航系统控制器 J401
电视机调谐器 R78

图 1-196　奥迪 A4L 轿车后面部分的电控单元位置图

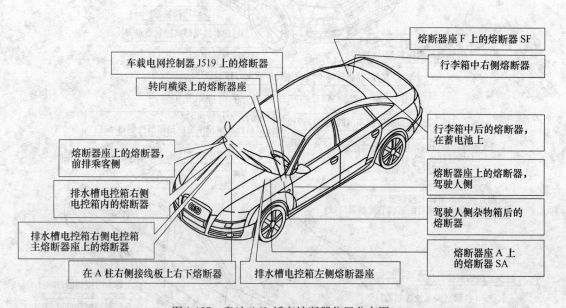

车载电网控制器 J519 上的熔断器

转向横梁上的熔断器座

熔断器座上的熔断器，
前排乘客侧

排水槽电控箱右侧
电控箱内的熔断器

排水槽电控箱右侧电控箱
主熔断器座上的熔断器

在 A 柱右侧接线板上右下熔断器

排水槽电控箱左侧熔断器座

熔断器座 F 上的熔断器 SF

行李箱中右侧熔断器

行李箱中后的熔断器，
在蓄电池上

熔断器座上的熔断器，
驾驶人侧

驾驶人侧杂物箱后的
熔断器

熔断器座 A 上
的熔断器 SA

图 1-197　奥迪 A6L 轿车熔断器位置分布图

（2）排水槽电控箱左侧熔断器(SC)

　　奥迪 A6L 轿车排水槽电控箱左侧熔断器(SC) 的位置分布如图 1-198 所示，熔断器相关说明如表 1-77 所示。

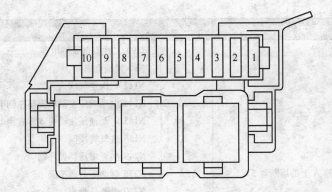

图 1-198 奥迪 A6L 轿车排水槽电控箱左侧熔断器(SC)的位置分布图

表 1-77 奥迪 A6L 轿车排水槽电控箱左侧熔断器(SC) 相关说明

编号	电路图中的名称	额定值	保护的电路/部件	端子
1	熔断器座 A 上的熔断器 1 SA1	15A	J569 制动助力继电器	30
2	SA2 熔断器座 A 上的熔断器 2	20A	J179 预热自动控制器①	87
		30A	J360 大加热功率继电器①	
		15A	J338 节气门控制单元① J724 废气涡轮增压器控制器① N 点火线圈 N75 增压空气限制电磁阀① N79 曲轴箱排气加热电阻① N114 左电动液压发动机支座电磁阀① N145 右电动液压发动机支座电磁阀① N275 空气滤清器旁通阀① N345 废气再循环冷却器转换阀① N248 机油压力调节阀①	
3	SA3 熔断器座 A 上的熔断器 3	10A	J151 冷却液继续循环继电器 J496 冷却液辅助泵继电器	87
		10A	N114 左电动液压发动机支座电磁阀 N145 右电动液压发动机支座电磁阀 N205 凸轮轴调节阀 1 N208 凸轮轴调节阀 2 N276 燃油压力调节阀① N290 燃油定量阀① N318 凸轮轴调节阀 1 N319 排气门凸轮轴调节阀 2 F 凸轮轴调节元件 F265 曲线控制的发动机冷却热敏起动器 V157 进气转换管风门电动机 V183 进气转换管电动机	
4	熔断器座 A 上的熔断器 4 SA4	15A	J623 发动机控制器 J624 发动机控制器 2	87

（续）

编号	电路图中的名称	额定值	保护的电路/部件	端子
5	SA5 熔断器座 A 上的熔断器 5	15A	J299 二次空气泵继电器 N80 炭罐电磁阀 1 N112 二次空气吹入阀 N144 电动液压发动机支座左侧电磁阀 N145 电动液压发动机支座右侧电磁阀 N156 进气转换阀 N249 涡轮增压器循环阀 N276 燃油压力调节阀 N290 燃油计量阀 N316 进气管风门 N320 二次空气吹入阀 2 N335 进气转换阀 N402 燃油计量阀 2 N428 机油压力调节阀 V144 燃油系统诊断泵	EKP
6	熔断器座 A 上的熔断器 6 SA6	15A	Y19 氧传感器加热 Y28 氧传感器 2 加热	87
7	熔断器座 A 上的熔断器 7 SA7	15A	Z29 催化转化器后的氧传感器 1 加热 Z30 催化转化器后的氧传感器 2 加热	EKP
8	熔断器座 A 上的熔断器 8 SA8	5A	J623 发动机控制器	30
		20A①	J382 辅助燃油泵继电器①	
9	熔断器座 A 上的熔断器 9 SA9	5A	V7 冷却风扇	87
10	熔断器座 A 上的熔断器 10 SA10	10A	J217 自动变速器控制器	87

① 装备柴油发动机的汽车。

（3）熔断器（SB）

奥迪 A6L 轿车熔断器（SB）位于仪表板左侧，其分布如图 1-199 所示，熔断器相关说明

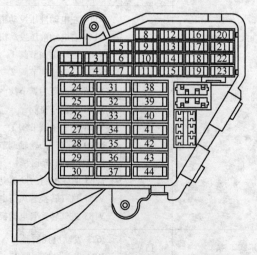

图 1-199　奥迪 A6L 轿车熔断器（SB）分布图

如表1-78所示。

表1-78 奥迪 A6L 轿车熔断器（SB）相关说明

编号	电路图中的名称	额定值	保护的电路/部件	端子
1	未使用	—	—	—
2	未使用	—	—	—
3	SB3 熔断器座 B 上的熔断器 3	5A	J623 发动机控制器	15
4	SB4 熔断器座 B 上的熔断器 4	5A	G266 油位和油温传感器	15
5	SB5 熔断器座 B 上的熔断器 5	5A	G238 空气质量传感器 G395 制冷剂压力和制冷剂温度传感器	15
6	SB6 熔断器座 B 上的熔断器 6	5A	J104 ABS 控制器 G476 离合器位置传感器	15
7	SB7 熔断器座 B 上的熔断器 7	5A	T16 诊断插头	15
8	SB8 熔断器座 B 上的熔断器 8	5A	J530 车库门开启控制器	15
9	SB9 熔断器座 B 上的熔断器 9	5A	Y7 自动防眩车内后视镜	15
10	SB10 熔断器座 B 上的熔断器 10	5A	J428 车距控制装置控制器	15
11	SB11 熔断器座 B 上的熔断器 11	5A	R64 驻车暖风无线电接收器	30
12	SB12 熔断器座 B 上的熔断器 12	10A	T16 诊断插头	30
13	SB13 熔断器座 B 上的熔断器 13	10A	J527 转向柱电子装置控制器	30
14	未使用	—	—	—
15	SB15 熔断器座 B 上的熔断器 15	10A	J285 组合仪表中的控制器 J533 数据总线诊断接口	30
16	SB16 熔断器座 B 上的熔断器 16	5A	J794 信息电子装置控制器 1 R126 电话支架	30
17	SB17 熔断器座 B 上的熔断器 17	10A	J104 ABS 控制器	30
18	SB18 熔断器座 B 上的熔断器 18	5A	左侧转向灯和前照灯照明距离调节控制器 J745 转向灯和前照灯照明距离调节控制器	15
19	SB19 熔断器座 B 上的熔断器 19	5A	G397 雨水与光线识别传感器	30
20	SB20 熔断器座 B 上的熔断器 20	5A	Z20 左侧喷油器加热电阻 Z21 右侧喷油器加热电阻	75
21	SB21 熔断器座 B 上的熔断器 21	10A	驾驶人座椅腰部调节装置	30
22	SB22 熔断器座 B 上的熔断器 22	5A	J685 前部信息显示和操作单元控制器的显示单元	30
23	SB23 熔断器座 B 上的熔断器 23	5A	J540 电动驻车制动器控制器	30
24	未使用	—	—	—
25	未使用	—	—	—
26	未使用	—	—	—
27	未使用	—	—	—
28	未使用	—	—	—
29、30	未使用	—	—	—

（续）

编号	电路图中的名称	额定值	保护的电路/部件	端子
31	SB31 熔断器座 B 上的熔断器 31	15A	F4 倒车灯开关 G70 空气质量流量计（TDI） J217 自动变速器控制器	15
32	SB32 熔断器座 B 上的熔断器 32	30A	J519 车载电网控制器	30
33	SB33 熔断器座 B 上的熔断器 33	25A	J519 车载电网控制器	30
34	SB34 熔断器座 B 上的熔断器 34	25A	J519 车载电网控制器	30
35	SB35 熔断器座 B 上的熔断器 35	20A	J364 辅助加热装置控制器	30
36	SB36 熔断器座 B 上的熔断器 36	30A	J39 前照灯清洗装置继电器	30
37	SB37 熔断器座 B 上的熔断器 37	25A	J104 ABS 控制器	30
38	SB38 熔断器座 B 上的熔断器 38	30A	J400 刮水器电动机控制器	30
39	SB39 熔断器座 B 上的熔断器 39	15A	J386 驾驶人侧车门控制器 J388 后左车门控制器	30
40	SB40 熔断器座 B 上的熔断器 40	25A	J4 双音喇叭继电器 H2 高音喇叭 H7 低音喇叭	30
41	SB41 熔断器座 B 上的熔断器 41	40A	J126 新鲜空气鼓风机控制器	30
42	SB42 熔断器座 B 上的熔断器 42	30A	E415 进入及起动许可开关 J518 进入及起动许可控制器	30
43	SB43 熔断器座 B 上的熔断器 43	15A	V12 后窗玻璃刮水器电动机	75
44	SB44 熔断器座 B 上的熔断器 44	35A	V26 后左车窗摇窗器电动机 V147 驾驶人侧电动摇窗器电动机	30

（4）仪表板右侧的熔断器（SC）

奥迪 A6L 轿车仪表板右侧的熔断器（SC）位置分布如图 1-200 所示，熔断器相关说明如表 1-79 所示。

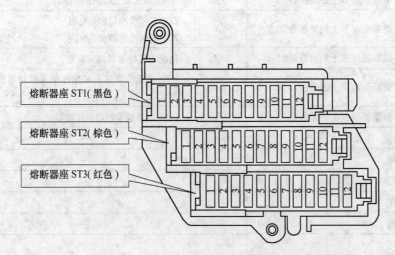

图 1-200　奥迪 A6L 轿车仪表板右侧的熔断器（SC）分布图

表 1-79　奥迪 A6L 轿车仪表板右侧的熔断器（SC）

编号	电路图中的名称	额定值	保护的电路/部件	端子
熔断器座 ST1（黑色）				
1	SC1 熔断器座 C 上的熔断器 1	15A	J723 无钥匙进入许可的天线读取单元	30
2	SC2 熔断器座 C 上的熔断器 2	20A	U1 点烟器	30
3	SC3 熔断器座 C 上的熔断器 3	5A	J502 轮胎充气压力监控装置控制器	30
4	SC4 熔断器座 C 上的熔断器 4	20A	U5 12V 插座（美国车型）	30
5	SC5 熔断器座 C 上的熔断器 5	15A	J520 车载电网控制器 2	30
6	SC6 熔断器座 C 上的熔断器 6	15A	J387 前排乘客侧车门控制器 J389 后右侧车门控制器	30
7	SC7 熔断器座 C 上的熔断器 7	20A	J245 滑动天窗控制器	30
8	SC8 熔断器座 C 上的熔断器 8	15A	J255 自动空调系统控制器	30
9	SC9 熔断器座 C 上的熔断器 9	30A	J255 自动空调系统控制器 Z45 左前可加热座椅 Z46 右前可加热座椅	30
10	SC10 熔断器座 C 上的熔断器 10	7.5A	J794 信息电子装置控制器 1	30
11	SC11 熔断器座 C 上的熔断器 11	10A	前排乘客座椅腰部调节装置	30
12	SC12 熔断器座 C 上的熔断器 12	5A	R7 DVD 播放器 R41 CD 换碟机	30
熔断器座 ST2（棕色）				
1	SC1 熔断器座 C 上的熔断器 1	20A	G23 燃油泵 G6 燃油泵	87
		30A	J538 燃油泵控制器	
2	SC2 熔断器座 C 上的熔断器 2	15A	J197 水平高度调节系统控制器	30
3	SC3 熔断器座 C 上的熔断器 3	10A	J759 车道保持辅助系统控制器	15
4	SC4 熔断器座 C 上的熔断器 4	5A	J769 行驶换道助理系统控制器	15
5	SC5 熔断器座 C 上的熔断器 5	5A	J197 水平高度调节系统控制器	15
6	SC6 熔断器座 C 上的熔断器 6	5A	J587 变速杆传感器控制器 F47 制动灯开关	15
7	SC7 熔断器座 C 上的熔断器 7	5A	J446 驻车辅助控制器	15
8	SC8 熔断器座 C 上的熔断器 8	5A	J533 数据总线诊断接口	15
9	SC9 熔断器座 C 上的熔断器 9	5A	右前照灯 J431 前照灯照明距离调节控制器 J745 转向灯和前照灯照明距离调节控制器	15
10	SC10 熔断器座 C 上的熔断器 10	5A	J234 安全气囊控制器	15
11	SC11 熔断器座 C 上的熔断器 11	5A	E128 左侧可加热后座椅调节开关 E129 右侧可加热后座椅调节开关	15
12	SC12 熔断器座 C 上的熔断器 12	5A	移动电话适配装置	15
熔断器座 ST3（红色）				
1	SC1 熔断器座 C 上的熔断器 1	25A	J615 信号装置操纵单元的控制器	30

（续）

编号	电路图中的名称	额定值	保护的电路/部件	端子
2	SC2 熔断器座 C 上的熔断器 2	15A	J615 信号装置操纵单元的控制器	30
3	SC3 熔断器座 C 上的熔断器 3	15A	J615 信号装置操纵单元的控制器	30
4	SC4 熔断器座 C 上的熔断器 4	5A	G41 出租车计价器	15
		10A	G24 行车记录仪	
		10A	J608 特种车辆控制器	
		10A	J615 信号装置操作单元的控制器	
5	SC5 熔断器座 C 上的熔断器 5	10A	J608 特种车辆控制器	30
		15A	J608 特种车辆控制器	
		25A	J608 特种车辆控制器	
6	SC6 熔断器座 C 上的熔断器 6	5A	J608 特种车辆控制器	30
		10A	R8 无线对讲机	
		15A	T5i 附加设备插头	
7	SC7 熔断器座 C 上的熔断器 7	5A	G41 出租车计价器	30
		10A	G24 一行车记录器	
		15A	J476 危险警报控制器	
8	SC8 熔断器座 C 上的熔断器 8	20A	U5 12V 插座	30
		10A	U19 12V 插座 3	
		15A	T4ag 附加设备插头	
9	SC9 熔断器座 C 上的熔断器 9	15A	T5K 附加设备插头	30
10	未使用	—	—	—
11	未使用	—	—	—
12	未使用	—	—	—

（5）行李箱右侧的熔断器（SC）

奥迪 A6L 轿车行李箱右侧的熔断器（SC）位置分布如图 1-201 所示，熔断器相关说明如表 1-80 所示。

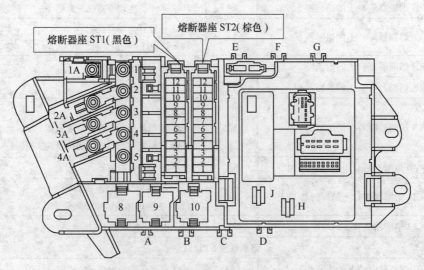

图 1-201　奥迪 A6L 轿车行李箱右侧的熔断器（SC）位置分布图

表 1-80 奥迪 A6L 轿车行李箱右侧的熔断器(SC)相关说明表

编号	电路图中的名称	额定值	保护的电路/部件	端子
熔断器座 **ST1**(黑色)				
1	SF1 熔断器座 F 上的熔断器 1	30A	J525 数码音响系统控制器 R 收音机②	30
2	SF2 熔断器座 F 上的熔断器 2	5A	R 收音机①	30
3	SF3 熔断器座 F 上的熔断器 3	30A	J540 电动驻车和手制动器控制器	30
4	SF4 熔断器座 F 上的熔断器 4	30A	J540 电动驻车和手制动器控制器	30
5	SF5 熔断器座 F 上的熔断器 5	20A	U18 12 V 插座 2	30
6	SF6 熔断器座 F 上的熔断器 6	5A	J644 电源管理控制器	30
7	SF7 熔断器座 F 上的熔断器 7	20A	J393 舒适/便利功能系统中央控制器	30
8	SF8 熔断器座 F 上的熔断器 8	5A	G273 车内监控传感器 H12 警告喇叭	30
9	SF9 熔断器座 F 上的熔断器 9	30A	J393 舒适/便利功能系统中央控制器	30
10	SF10 熔断器座 F 上的熔断器 10	35A	V27 后右车窗摇窗器电动机 V148 前排乘客侧电动摇窗器电动机	30
11	SF11 熔断器座 F 上的熔断器 11	5A	J446 驻车辅助控制器	30
		20A	U1 点烟器(只右置转向盘汽车)	
12	SF12 熔断器座 F 上的熔断器 12	20A	U9 后点烟器	30

① 带 Bose 音响系统的汽车。② 带标准音响系统的汽车。

编号	电路图中的名称	额定值	保护的电路/部件	端子
熔断器座 **ST2**(棕色)				
1	SF1 熔断器座 F 上的熔断器 1	5A	J772 倒车摄像系统控制器	30
2	SF2 熔断器座 F 上的熔断器 2	30A	J605 后盖控制器	30
3	SF3 熔断器座 F 上的熔断器 3	30A	J756 后盖控制器 2	30
4	SF4 熔断器座 F 上的熔断器 4	20A	J657 关闭辅助功能控制器	30
5	SF5 熔断器座 F 上的熔断器 5	5A	特殊功能连接部位	30
6	SF6 熔断器座 F 上的熔断器 6	5A	R78 电视机调谐器	30
7	SF7 熔断器座 F 上的熔断器 7	5A	J393 舒适/便利功能系统中央控制器	30
8	SF8 熔断器座 F 上的熔断器 8	20A	J749 辅助加热装置燃油泵继电器	30
9	未使用	—		
10	SF10 熔断器座 F 上的熔断器 10	15A	J345 拖车识别装置控制器	30
11	SF11 熔断器座 F 上的熔断器 11	2A	J345 拖车识别装置控制器	30
12	SF12 熔断器座 F 上的熔断器 12	20A	J345 拖车识别装置控制器	30

(6)驾驶人侧杂物箱后的熔断器

奥迪 A6L 轿车驾驶人侧杂物箱后的熔断器位置分布如图 1-202、图 1-203 所示。

(7)车载电网控制器(J519)上的熔断器

奥迪 A6L 轿车车载电网控制器(J519)上的熔断器位置分布如图 1-204 所示。

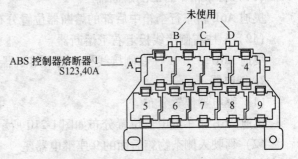

图 1-202 奥迪 A6L 轿车驾驶人侧杂物箱后的熔断器位置分布图(自 2005 年起)

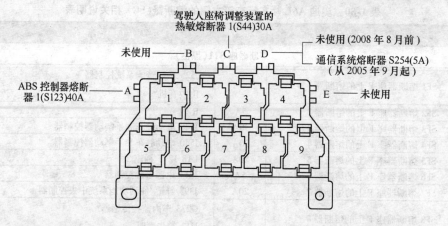

图 1-203　奥迪 A6L 轿车驾驶人侧杂物箱后的熔断器(自 2007 年起)

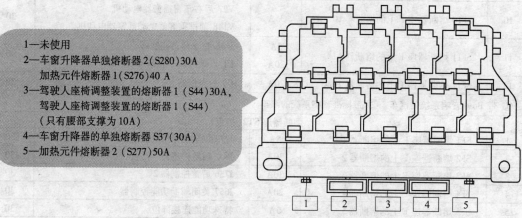

图 1-204　奥迪 A6L 轿车车载电网控制器上的熔断器

（8）排水槽电控箱右侧电控箱内的熔断器

奥迪 A6L 轿车排水槽电控箱右侧电控箱内的熔断器位置分布如图 1-205 所示。

（9）转向横梁上的熔断器座

奥迪 A6L 轿车转向横梁上的熔断器座上的熔断器位置分布如图 1-206 所示。

（10）排水槽电控箱右侧电控箱主熔断器座上的熔断器

奥迪 A6L 轿车排水槽电控箱右侧电控箱主熔断器座上的熔断器分布如图 1-207 所示。

（11）行李箱中后部的熔断器

奥迪 A6L 轿车行李箱中后部的熔断器位置分布如图 1-208 所示。

（12）A 柱右侧接线板上右下熔断器

奥迪 A6L 轿车 A 柱右侧接线板上右下熔断器位置分布如图 1-209 所示。

2. 继电器

（1）继电器位置分布

奥迪 A6L 轿车继电器位置分布如图 1-210 所示。

（2）驾驶人侧杂物箱后面的 9 座继电器座

奥迪 A6L 轿车驾驶人侧杂物箱后面的 9 座继电器座上的继电器位置分布如图 1-211 所示。

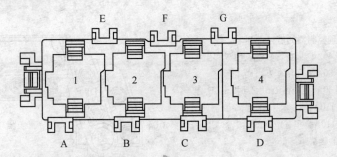

熔断器座上的熔断器布置说明(自 2005 年款起)
A—未使用
B—预热塞熔断器 S125(80A)，二次空气泵熔断器(S130)50A
C—水平高度调节系统熔断器 S110(40A)
D—预热塞熔断器 2 (S189)80A，散热器风扇熔断器，第 3 档(15A)(BGS)
E—未使用
F—未使用
G—未使用
2007 年款起熔断器布置说明不同之处如下：
C —水平高度调节系统熔断器—S110 (40A)
　—散热器风扇第 3 档熔断器—S94(30A)(5.0 1 发动机 BUH)
D—预热塞熔断器 2—S189(80A)

图 1-205　奥迪 A6L 轿车排水槽电控箱右侧电控箱主熔断器

1—螺栓连接(端子 30)
2—冷却风扇的熔断器，第 2 档 —S104—(40A/ 60A)
3—冷却风扇的单独熔断器 —S42—(40A/ 60A)
4—蓄电池电缆正极螺栓连接
5—未使用
A—未使用
B—未使用

A—加热元件熔断器 1(S276) 档 1(40A)
B—加热元件熔断器 2 (S277) 档 2 +3(60A)

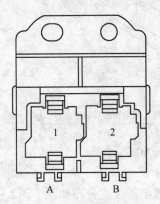

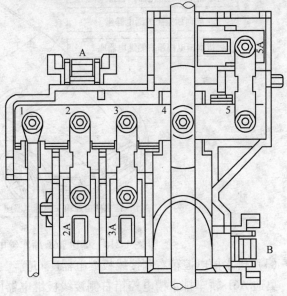

图 1-206　奥迪 A6L 轿车转向
　　横梁上的熔断器座

图 1-207　奥迪 A6L 轿车排水槽电控箱右侧
　　电控箱主熔断器座上的熔断器

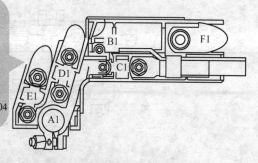

A1—蓄电池正极接头
B1—通往电源管理控制器的借口 J644
C1 —条形熔断器 40A，只在驾驶学校用车和出租车上
　　 条形熔断器 80A，只在官方当局用车上
　　 条形熔断器 30A，只在 RS6 发动机 BUH 上
D1—条形熔断器 110A，行李箱内右侧熔断器座的电源
E1—条形熔断器 110A，车载电网的供电，ABS 控制器 J104
F1—通往起动机的接头 B

图 1-208　奥迪 A6L 轿车行李箱中后部的熔断器位置分布图

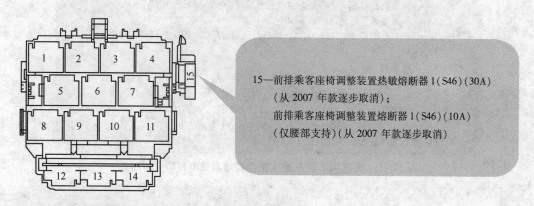

15—前排乘客座椅调整装置热敏熔断器 1（S46）（30A）
　　（从 2007 年款逐步取消）；
　　前排乘客座椅调整装置熔断器 1（S46）（10A）
　　（仅腰部支持）（从 2007 年款逐步取消）

图 1-209　奥迪 A6L 轿车 A 柱右侧接线板上右下熔断器位置分布图

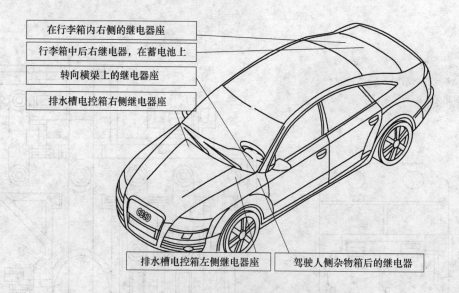

图 1-210　奥迪 A6L 轿车继电器位置分布图

（3）排水槽电控箱右侧接线板继电器座布置

奥迪 A6L 轿车排水槽电控箱右侧接线板继电器座上的继电器位置分布如图 1-212 所示。

（4）排水槽电控箱左侧接线板继电器座布置

2007 年款起的继电器布置说明
1—端子 Kl. 15 的供电继电器 J329
2—前照灯清洗装置继电器 J39
3—小加热功率继电器 J359
4—起动机继电器 J53
5—大加热功率继电器 J360
6—起动机继电器 2 J695
7.1—双音喇叭继电器 J4
7.2—端子 Kl. 75x 供电继电器 J694
8—教练车驾驶模式继电器 J746、出租车报警装置 2 控制
　器 J430、特种车辆二极管组 J79
9—未使用
2005 年款起的继电器布置说明不同之处如下：
3—未使用
5—端子 Kl. 75x 供电继电器 J694

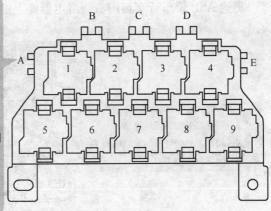

图 1-211　奥迪 A6L 轿车驾驶人侧杂物箱后面的 9 座继电器座上的继电器位置分布图

2005 年款起的继电器布置
1—未使用
2—水平高度调节系统压缩机继电器 J403
2.1—未使用
2.2—未使用
3—预热塞继电器 J52（柴油发动机），预热时间自动
　装置控制器 J179（柴油发动机），二次空气泵继
　电器 J299（汽油发动机）
4—未使用
2007 年款起的继电器布置不同之处如下：
2—冷却风扇 3 的继电器 J752（BUH）
4—二次空气泵 2 继电器 J545

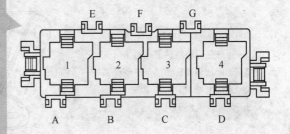

图 1-212　奥迪 A6L 轿车排水槽电控箱右侧接线板继电器座上的继电器位置分布图

奥迪 A6L 轿车排水槽电控箱左侧接线板继电器座上的继电器位置分布如图 1-213 所示。

2005 年款起的继电器布置
1—未使用
1.1—制动助力器继电器 J569
1.2—冷却液续循环继电器 J151，冷却液辅助泵继电
　器 J496（3.2 l 发动机）
2—燃油泵继电器 J17，发动机部件供电继电器 J757
　（3.2 l 发动机）
2.1—燃油泵继电器 J17（柴油发动机）
2.2—未使用
3—端子 30 供电继电器 J317（柴油发动机），Motronic
　供电继电器 J271（汽油发动机）
3.1—未使用
3.2—未使用
2007 年款起的继电器布置不同之处如下：
1.1—冷却液辅助泵继电器 J496（5.0 L 发动机 BUH）

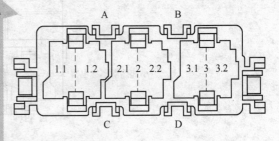

图 1-213　奥迪 A6L 轿车排水槽电控箱左侧接线板继电器座上的继电器位置分布图

（5）行李箱内右侧继电器座

奥迪 A6L 轿车行李箱内右侧继电器座上的继电器位置分布如图 1-214、图 1-215 所示。

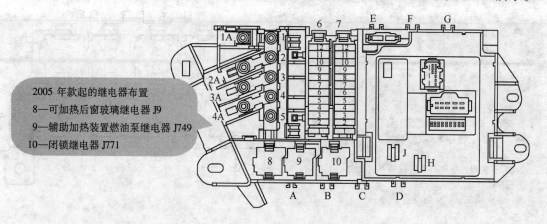

2005 年款起的继电器布置
8—可加热后窗玻璃继电器 J9
9—辅助加热装置燃油泵继电器 J749
10—闭锁继电器 J771

图 1-214 奥迪 A6L 轿车行李箱内右侧继电器座上的继电器位置分布图（2005 年款）

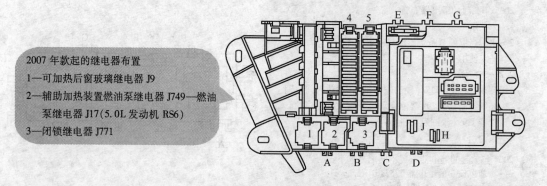

2007 年款起的继电器布置
1—可加热后窗玻璃继电器 J9
2—辅助加热装置燃油泵继电器 J749—燃油
泵继电器 J17（5.0L 发动机 RS6）
3—闭锁继电器 J771

图 1-215 奥迪 A6L 轿车行李箱内右侧继电器座上的继电器位置分布图（2007 年款）

（6）转向横梁上的继电器座

奥迪 A6L 轿车转向横梁上的继电器座上的继电器位置分布如图 1-216 所示。

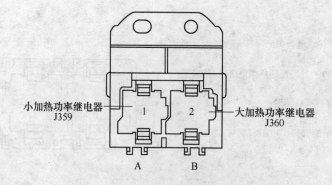

小加热功率继电器
J359

大加热功率继电器
J360

图 1-216 奥迪 A6L 轿车转向横梁上的
继电器座上的继电器位置分布图

（7）行李箱中后右继电器

奥迪 A6L 轿车行李箱中后右继电器位置分布如图 1-217 所示。

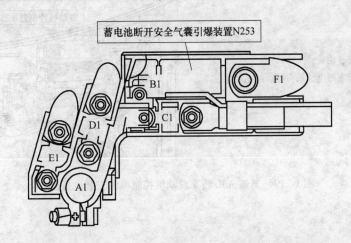

图 1-217　奥迪 A6L 轿车行李箱中后右继电器位置分布图

3. 电控单元位置

奥迪 A6L 轿车电控单元位置分布如图 1-218 所示，各电控单元位置如图 1-219～图 1-223 所示。

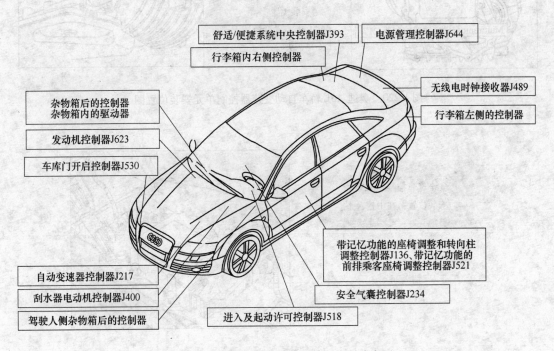

图 1-218　奥迪 A6L 轿车电控单元位置分布图

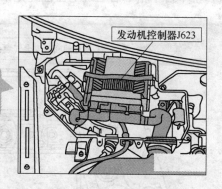

安装位置：
排水槽电控箱右侧、继电器座上方

发动机控制器J623

图 1-219　奥迪 A6L 轿车发动机控制单元安装位置图

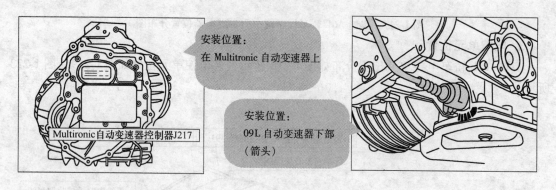

安装位置：
在 Multitronic 自动变速器上

Multironic自动变速器控制器J217

安装位置：
09L 自动变速器下部
（箭头）

图 1-220　奥迪 A6L 轿车自动变速器控制单元安装位置图

安全气囊控制器 J234
安装位置：在中控台下

图 1-221　奥迪 A6L 轿车安全气囊控制器安装位置图

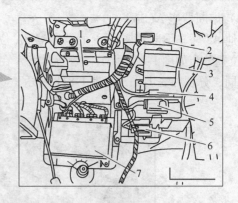

安装位置：
1—前部信息显示和操作单元的控制器 J523
2—无钥匙进入许可的天线读取单元 J723
3—数据总线诊断接口 J533
4—前照灯照明距离调节控制器 J431
5—J520 车载电网控制器 2
6—轮胎压力监控控制器 J502
7—水平高度调节系统控制器 J197

图 1-222　奥迪 A6L 轿车杂物箱后的控制器安装位置图

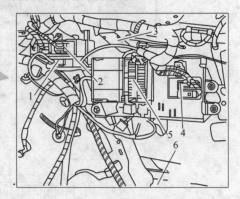

行李箱内右侧控制器
安装位置：
1—驻车辅助控制器 J446
2—拖车识别装置控制器 J345
3—移动电话功率放大器 — R86
4—舒适/便捷系统中央控制器 —J393
5—行李箱内右侧继电器和熔断器座
6—电动驻车制动器控制器 —J540

图 1-223　奥迪 A6L 轿车行李箱内右侧控制器安装位置图

三、奥迪 A8（2010 年款）

1. 熔断器

（1）熔断器位置分布

奥迪 A8 轿车熔断器位置如图 1-224 所示。

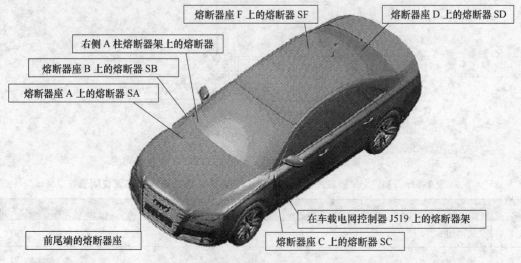

图 1-224　奥迪 A8 轿车熔断器位置分布图

（2）熔断器座 A（SA）

奥迪 A8 轿车熔断器座 A 上的熔断器 SA 位于发动机室内右侧，如图 1-225 所示，熔断器 SA 位置分布如图 1-226 所示，熔断器座 A 在汽油发动机车型和柴油发动机车型上的说明有所不同，分别如表 1-81a 和表 1-81b 所示。

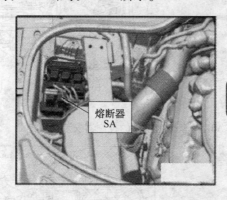

安装位置：
发动机室内右侧

图 1-225　奥迪 A8 轿车熔断器座 A 上的
熔断器 SA 安装位置图

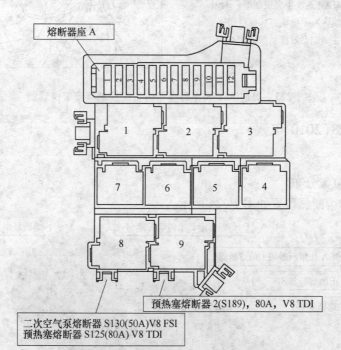

图 1-226　奥迪 A8 轿车熔断器座 A 上熔断器 SA 位置分布图

表 1-81a　奥迪 A8 轿车汽油发动机车上熔断器 A 座的熔断器布置说明表

编号	电路图中的名称	额定值	保护的电路/部件	端子
1	未使用	—	—	30
2	未使用	—	—	30

（续）

编号	电路图中的名称	额定值	保护的电路/部件	端子
3	熔断器座 A 上的熔断器 3 SA3	30A	带功率末极的点火线圈 1 N70 带功率末极的点火线圈 2 N127 带功率末极的点火线圈 3 N291 带功率末极的点火线圈 4 N292 带功率末极的点火线圈 5 N323 带功率末极的点火线圈 6 N324 带功率末极的点火线圈 7 N325 带功率末极的点火线圈 8 N326	30
4	熔断器座 A 上的熔断器 4 SA4	10A	燃油计量阀 N290 燃油计量阀 2 N402	30
5	熔断器座 A 上的熔断器 5 SA5	5A	冷却风扇控制器 J293 冷却风扇 V7 冷却风扇控制器 2 J671 冷却风扇 2 V177 燃油泵继电器 J17 燃油泵控制器 J538	30
6	熔断器座 A 上的熔断器 6 SA6	5A	制动灯开关 F	30
7	熔断器座 A 上的熔断器 7 SA7	15A	凸轮轴调节阀 1 N205 凸轮轴调节阀 2 N208 排气凸轮轴调节阀 1 N318 排气凸轮轴调节阀 2 N319	30
8	熔断器座 A 上的熔断器 8 SA8	5A	机油油位和机油温度传感器 G266	30
9	熔断器座 A 上的熔断器 9 SA9	15A	发动机控制器 J623	30
10	熔断器座 A 上的熔断器 10 SA10	15A	氧传感器加热 Z19 氧传感器 2 加热 Z28	30
11	熔断器座 A 上的熔断器 11 SA11	15A	受特性曲线控制的发动机冷却装置热敏开关 F265 二次空气泵继电器 J299 二次空气泵电动机 V101 炭罐电磁阀 N80 二次空气阀 N112 电子液压控制的左侧发动机支撑电磁阀 N144 电子液压控制的右侧发动机支撑电磁阀 N145 进气转换管切换阀 N156 变速器支撑阀 1 N262 变速器支撑阀 2 N263 进气管阀 N316 二次空气阀 2 N320 机油压力调节阀 N428 变速器冷却液阀 N488 缸盖冷却液阀 N489 变速器油冷却阀 N509 冷却液续流泵 V51	30

（续）

编号	电路图中的名称	额定值	保护的电路/部件	端子
12	熔断器座 A 上的熔断器 12 SA12	15A	催化转化器后的氧传感器 1 加热 Z29 催化转化器后的氧传感器 2 加热 Z30	30

表 1-81b　奥迪 A8 轿车柴油发动机车上熔断器座 A 上熔断器布置说明表

编号	电路图中的名称	额定值	保护的电路/部件	端子
1	熔断器座 A 上的熔断器 1 SA1	5A	空气质量流量计 G70 空气质量流量计 2 G246	30
2	未使用	—	—	30
3	未使用	—	—	30
4	熔断器座 A 上的熔断器 4 SA4	15A	发动机控制器 J623 发动机控制器 2 J624	30
5	熔断器座 A 上的熔断器 5 SA5	5A	冷却风扇控制器 J293 冷却风扇 V7 冷却风扇控制器 2 J671 冷却风扇 2 V177 燃油泵继电器 J17 燃油泵控制器 J538	30
6	熔断器座 A 上的熔断器 6 SA6	5A	制动灯开关 F	30
7	熔断器座 A 上的熔断器 7 SA7	10A	预热时间控制器 2 J703 电控机械式发动机支撑的电磁阀 N144 变速器支撑阀 2 N263 变速器冷却液阀 N488 变速器冷却阀 N509	30
8	熔断器座 A 上的熔断器 8 SA8	5A	机油油位和机油温度传感器 G266	30
9	熔断器座 A 上的熔断器 9 SA9	10A	变速器支撑阀 1N262 燃油压力调节阀 N276 燃油计量阀 N290	30
10	熔断器座 A 上的熔断器 10 SA10	15A	氧传感器加热 Z19 氧传感器 2 加热 Z28	30
11	熔断器座 A 上的熔断器 11 SA11	15A	预热时间自动控制器 J179 电控机械发动机支撑的电磁阀 N145 废气再循环冷却器转换阀 N345 机油压力调节阀 N428 缸盖冷却液阀 N489 插头连接，17 芯 T17h 发动机室电控箱接线座	30
12	熔断器座 A 上的熔断器 12 SA12	15A	冷却液续流泵 V51 废气再循环冷却器泵 V400	30

（3）熔断器座 B（SB）

　　奥迪 A8 轿车熔断器座 B(SB)位于仪表板右侧，如图 1-227 所示，熔断器位置分布如图 1-228 所示，熔断器座 B 上的熔断器说明如表 1-82 所示。

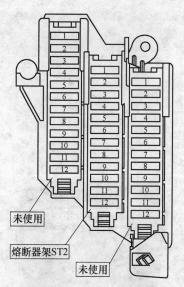

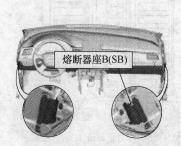

图 1-227　奥迪 A8 轿车熔断器
座 B(SB)安装位置图

图 1-228　奥迪 A8 轿车熔断器
座 B(SB)上熔断器位置分布图

表 1-82　奥迪 A8 轿车熔断器座 B 上的熔断器说明表

编号	电路图中的名称	额定值	保护的电路/部件	端子
1	熔断器座 B 上的熔断器 1 SB1	5A	防盗警告装置传感器 G578 报警喇叭 H12	30
2	熔断器座 B 上的熔断器 2 SB2	15A	自动变速器控制器 J217	30
3	熔断器座 B 上的熔断器 3 SB3	40A	新鲜空气鼓风机控制器 J126	30
4	熔断器座 B 上的熔断器 4 SB4	35A	Motronic 电源继电器 J271 接线柱 30 电源继电器 J317 发动机部件电源继电器 J757	30
5	熔断器座 B 上的熔断器 5 SB5	30A	辅助加热装置控制器 J364	30
6	熔断器座 B 上的熔断器 6 SB6	5A	发动机控制器 J623 发动机控制器 2 J624	30
7	熔断器座 B 上的熔断器 7 SB7	7.5A	前排乘客侧车门控制器 J387	30
8	熔断器座 B 上的熔断器 8 SB8	30A	前排乘客侧车门控制器 J387	30
9	熔断器座 B 上的熔断器 9 SB9	10A	ABS 控制器 J104	30
10	熔断器座 B 上的熔断器 10 SB10	25A	ABS 控制器 J104	30
11	熔断器座 B 上的熔断器 11 SB11	30A	右后车门控制器 J389	30
12	熔断器座 B 上的熔断器 12 SB12	15A	右前座椅形态调整控制器 J872	30

（4）熔断器座 C(SC)

　　奥迪 A8 轿车熔断器座 C(SC)上的熔断器位于仪表板左侧，如图 1-229 所示，熔断器位

置分布如图 1-230 所示，熔断器架 ST2 上的熔断器说明如表 1-83 所示，熔断器架 ST3 上的
熔断器说明如表 1-84 所示。

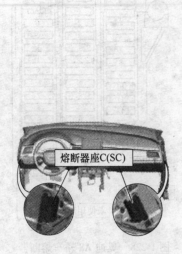

图 1-229　奥迪 A8 轿车熔断器
座 C(SC)安装位置图

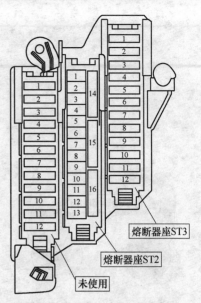

图 1-230　奥迪 A8 轿车熔断器
座 C(SC)上的熔断器位置分布图

表 1-83　奥迪 A8 轿车熔断器座 C(SC)上的熔断器架 ST2 上的熔断器说明

编号	电路图中的名称	额定值	保护的电路/部件	端子
1	熔断器座 C 上的熔断器 1 SC1	5A	车灯开关 E1	30
2	熔断器座 C 上的熔断器 2 SC2	5A	进入及起动许可开关 E415	30
3	熔断器座 C 上的熔断器 3 SC3	7.5A	左后车门控制器 J388	30
4	未使用	—	—	30
5	熔断器座 C 上的熔断器 5 SC5	15A	信号喇叭继电器 J413 高音喇叭 H2 低音喇叭 H7	30
6	熔断器座 C 上的熔断器 6 SC6	7.5A	车顶电子装置控制器 J528	30
7	未使用	—	—	30
8	熔断器座 C 上的熔断器 8 SC8	10A	转向柱电子装置控制器 J527	30
9	未使用	—	—	30
10	熔断器座 C 上的熔断器 10 SC10	5A	ELV 控制器 J764	30
11	熔断器座 C 上的熔断器 11 SC11	7.5A	驾驶人侧车门控制器 J386	30
12	熔断器座 C 上的熔断器 12 SC12	10A	雨水和光线识别传感器 G397 插头连接，16 芯 T16 诊断插头	30
13	熔断器座 C 上的熔断器 13 SC13	5A	驻车暖风无线电接收器 R64	30
14	熔断器座 C 上的熔断器 14 SC14	25A	电动调节转向柱控制器 J866 转向柱高度调节电动机 V123 转向柱径向调节电动机 V124	30

（续）

编号	电路图中的名称	额定值	保护的电路/部件	端子
15	熔断器座 C 上的熔断器 15 SC15	20A	车载电网控制器 J519	30
16	熔断器座 C 上的熔断器 16 SC16	15A	制动助力器继电器 J569 制动器真空泵 V192	30

表 1-84　奥迪 A8 轿车熔断器座 C(SC)上的熔断架 ST3 上的熔断器说明

编号	电路图中的名称	额定值	保护的电路/部件	端子
1	熔断器座 C 上的熔断器 1 SC1	30A	车载电网控制器 J519	30
2	熔断器座 C 上的熔断器 2 SC2	30A	刮水器电动机控制器 J400	30
3	熔断器座 C 上的熔断器 3 SC3	30A	车载电网控制器 J519	30
4	熔断器座 C 上的熔断器 4 SC4	20A	滑动天窗控制器 J245	30
5	熔断器座 C 上的熔断器 5 SC5	30A	驾驶人侧车门控制器 J386	30
6	熔断器座 C 上的熔断器 6 SC6	15A	左前座椅形态控制器 J873	30
7	熔断器座 C 上的熔断器 7 SC7	20A	滑动天窗控制器 J245	30
8	熔断器座 C 上的熔断器 8 SC8	35A	主动转向系统控制器 J792	30
9	熔断器座 C 上的熔断器 9 SC9	30A	车载电网控制器 J519	30
10	熔断器座 C 上的熔断器 10 SC10	35A	车载电网控制器 J519	30
11	熔断器座 C 上的熔断器 11 SC11	30A	左后车门控制器 J388	30
12	熔断器座 C 上的熔断器 12 SC12	40A	滑动天窗控制器 J245	30

（5）右侧 A 柱熔断器架上的熔断器

奥迪 A8 轿车右侧 A 柱熔断器座位于 A 柱下部件上，如图 1-231 所示，熔断器位置分布如图 1-232 所示。

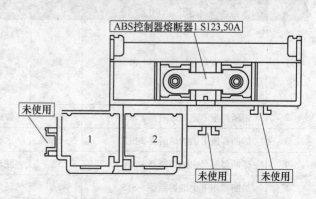

ABS控制器熔断器1 S123,50A

未使用　　未使用　　未使用

图 1-231　奥迪 A8 轿车右侧 A 柱熔断器
座安装位置图　　　　　　　图 1-232　奥迪 A8 轿车右侧 A 柱熔断器
座上的熔断器位置分布图

（6）熔断器座 F(SF)

奥迪 A8 轿车熔断器座 F(SF)位于行李箱中前右，如图 1-233 所示，熔断器位置分布如图 1-234 所示。熔断器座 ST1 上的熔断器说明如表 1-85 所示，熔断器座 ST2 上的熔断器说明如表 1-86 所示，熔断器座 ST3 上的熔断器说明如表 1-87 所示，熔断器座 ST4 上的熔断器说明如表 1-88 所示，熔断器座 ST5 上的熔断器说明如表 1-89 所示，熔断器座 ST6 上的熔断器说明如表 1-90 所示。

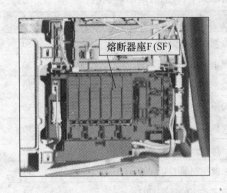

图 1-233　奥迪 A8 轿车熔断器座 F(SF)安装位置

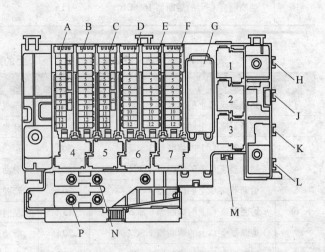

图 1-234　奥迪 A8 轿车熔断器座 F(SF)上熔断器位置分布图

A—熔断器座 ST1　B—熔断器座 ST2　C—熔断器座 ST3

D—熔断器座 ST4　E—熔断器座 ST5　F—熔断器座 ST6

G—46 芯插头连接 T46，黑色，CAN 分离插头　H—可加热后窗玻璃熔断器 S41，40A　J—水平高度调节系统熔断器 S110，40A　K—发动机自动起停装置熔断器 S349，40A

L—前排乘客座椅调整装置热敏熔断器 1S46，15A

M—未使用　N—熔断熔断器 1 S131，80A

P—熔断熔断器 2 S132，110A

表 1-85　奥迪 A8 轿车熔断器座 F(SF)上的熔断器座 ST1 上的熔断器说明表

编号	电路图中的名称	额定值	保护的电路/部件	端子
1	熔断器座 F 上的熔断器 1 SF1	5A	ASR 和 ESP E256 前照灯照明距离调节装置控制器 J431 车载电网控制器 J519 插头连接，16 芯 T16 诊断插头	15
2	熔断器座 F 上的熔断器 2 SF2	5A	数据总线诊断接口 J533	15
3	熔断器座 F 上的熔断器 3 SF3	5A	水平高度调节系统控制器 J197	15
4	熔断器座 F 上的熔断器 4 SF4	5A	驻车辅助控制器 J446	15
5	熔断器座 F 上的熔断器 5 SF5	5A	转向柱电子装置控制器 J527	15
6	熔断器座 F 上的熔断器 6 SF6	5A	感应电子装置控制器 J849	15
7	熔断器座 F 上的熔断器 7 SF7	5A	前排乘客安全气囊关闭指示灯 K145 安全气囊控制器 J234 座位乘员识别控制器 J706	15

（续）

编号	电路图中的名称	额定值	保护的电路/部件	端子
8	熔断器座 F 上的熔断器 8 SF8	5A	车库门开启操控单元 E284 车库门开启控制器 J530 夜视辅助系统控制器 J853 空气改良系统控制器 J897 左喷油器加热电阻 Z20 右喷油器加热电阻 Z21 四轮驱动控制器 J492	15
9	熔断器座 F 上的熔断器 9 SF9	5A	机电式驻车制动器控制器 J540	15
10	熔断器座 F 上的熔断器 10 SF10	5A	自动驻车功能按钮 E540 拖车识别控制器 J345 冷藏箱 J698 座椅加热控制器 J882 自动防眩目内后视镜继电器 J910 自动防眩目内后视镜 Y7	15
11	熔断器座 F 上的熔断器 11 SF11	5A	主动转向系统控制器 J792	15
12	熔断器座 F 上的熔断器 12 SF12	5A	变速杆传感器控制器 J587	15
13	熔断器座 F 上的熔断器 13 SF13	5A	换道辅助系统控制器 J769 换道辅助系统控制器 2 J770	15
14	熔断器座 F 上的熔断器 14 SF14	5A	发动机控制器 J623	15
15	熔断器座 F 上的熔断器 15 SF15	40A	起动机继电器 J53 起动机继电器 2 J695	15
16	熔断器座 F 上的熔断器 16 SF16	5A 10A	前照灯照明距离调节控制器 J431 左侧前照灯电源模块 J667	15

表 1-86　奥迪 A8 轿车熔断器座 F(SF) 上的熔断器座 ST2 上的熔断器说明表

编号	电路图中的名称	额定值	保护的电路/部件	端子
1	熔断器座 F 上的熔断器 1 SF1	25A	左前座椅安全带拉紧器控制器 J854	15
2	熔断器座 F 上的熔断器 2 SF2	25A	右前座椅安全带拉紧器控制器 J855	15
3	未使用	—		15
4	未使用	—		15
5	熔断器座 F 上的熔断器 5 SF5	7.5A	图像处理控制器 J851 摄像头控制器 J852	15
6	熔断器座 F 上的熔断器 6 SF6	10A	右侧前照灯电源模块 J668	15
7	熔断器座 F 上的熔断器 7 SF7	5A	ABS 控制器 J104	15
8	熔断器座 F 上的熔断器 8 SF8	7.5A	曲轴箱排风加热电阻 N79 曲轴箱排风加热电阻 2 N483 电压稳定器 J532	15
9	熔断器座 F 上的熔断器 9 SF9	10A	车距调节控制器 J428 车距调节控制器 2 J850	15
10	熔断器座 F 上的熔断器 10 SF10	5A	自动变速器控制器 J217	15

（续）

编号	电路图中的名称	额定值	保护的电路/部件	端子
11	熔断器座 F 上的熔断器 11 SF11	5A	空气质量流量传感器 G238 制冷剂压力和冷却液温度传感器 G395 新鲜空气进气通道空气湿度传感器 G657	15
12	未使用	—		15

表 1-87　奥迪 A8 轿车熔断器座 F(SF)上的熔断器座 ST3 上的熔断器说明表

编号	电路图中的名称	额定值	保护的电路/部件	端子
1	熔断器座 F 上的熔断器 1 SF1	5A	机电式驻车制动器按钮 E538	30
2	熔断器座 F 上的熔断器 2 SF2	5A	感应电子装置控制器 J849	30
3	熔断器座 F 上的熔断器 3 SF3	7.5A	右后车门控制器 J389	30
4	熔断器座 F 上的熔断器 4 SF4	5A	电话支架 R126 燃油箱渗漏诊断控制器 J909 油箱压力感应器 G400	30
5	熔断器座 F 上的熔断器 5 SF5	15A	自动空调系统控制器 J255	30
6	熔断器座 F 上的熔断器 6 SF6	10A	自动空调系统后部操作和显示单元 E265	30
7	熔断器座 F 上的熔断器 7 SF7	5A	数据总线诊断接口 J533	30
8	熔断器座 F 上的熔断器 8 SF8	15A	冷藏箱 J698	30
9	熔断器座 F 上的熔断器 9 SF9	5A	插头连接，12 芯 T12f(特殊功能接口)	30
10	未使用	—	—	30
11	未使用	—	—	30
12	熔断器座 F 上的熔断器 12 SF12	10A	变速杆传感器控制器 J587	30
13	熔断器座 F 上的熔断器 13 SF13	10A	舒适/便捷功能系统中央控制器 2 J773	30
14	熔断器座 F 上的熔断器 14 SF14	20A	舒适/便捷功能系统中央控制器 J393	30
15	熔断器座 F 上的熔断器 15 SF15	25A	燃油泵继电器 J17 燃油泵控制器 J538	30
16	熔断器座 F 上的熔断器 16 SF16	30A	机电式驻车制动器控制器 J540	30

表 1-88　奥迪 A8 轿车熔断器座 F(SF)上的熔断器座 ST4 上的熔断器说明表

编号	电路图中的名称	额定值	保护的电路/部件	端子
1	未使用	—	—	30
2	熔断器座 F 上的熔断器 2 SF2	20A	12V 插座—U5	30
3	熔断器座 F 上的熔断器 3 SF3	20A	后部点烟器 U9 12V 插座 2—U18 12V 插座 3—U19	30
4	熔断器座 F 上的熔断器 4 SF4	20A	点烟器 U1 带插座的逆变器(12 V — 230 V)U13	30
5	熔断器座 F 上的熔断器 5 SF5	15A	水平高度调节系统控制器 J197	30

（续）

编号	电路图中的名称	额定值	保护的电路/部件	端子
6	熔断器座 F 上的熔断器 6 SF6	15A	带插座的逆变器（12 V—230 V）U13	30
7	熔断器座 F 上的熔断器 7 SF7	30A	机电式驻车制动器控制器 J540	30
8	熔断器座 F 上的熔断器 8 SF8	25A	座椅加热控制器 J882 后座自动空调系统操控及显示单元 E265 左后可加热座椅的调节开关 E128 右后可加热座椅的调节开关 E129	30
9	熔断器座 F 上的熔断器 9 SF9	20A	舒适/便捷功能系统中央控制器 J393	30
10	熔断器座 F 上的熔断器 10 SF10	20A	后新鲜空气鼓风机控制器 J391 后新鲜空气鼓风机 V80	30
11	熔断器座 F 上的熔断器 11 SF11	20A	舒适/便捷功能系统中央控制器 J393	30
12	熔断器座 F 上的熔断器 12 SF12	30A	后盖控制器 J605	30

表1-89 奥迪 A8 轿车熔断器座 F（SF）上的熔断器座 ST5 上的熔断器说明表

编号	电路图中的名称	额定值	保护的电路/部件	端子
1	熔断器座 F 上的熔断器 1 SF1	5A	座椅静止功能遥控器 E662 左后座椅调节操控单元 E683 右后座椅调节操控单元 E688	30
2	未使用	—	—	30
3	熔断器座 F 上的熔断器 3 SF3	7.5A	左后座椅形态调整控制器 J875	30
4	熔断器座 F 上的熔断器 4 SF4	25A	拖车识别装置控制器 J345 带拖车行驶模式插座 U10	30
5	熔断器座 F 上的熔断器 5 SF5	20A	拖车识别装置控制器 J345 带拖车行驶模式插座 U10	30
6	熔断器座 F 上的熔断器 6 SF6	30A	左后座椅调整控制器 J876	30
7	熔断器座 F 上的熔断器 7 SF7	30A	右后座椅调整控制器 J877	30
8	熔断器座 F 上的熔断器 8 SF8	20A	拖车识别装置控制器 J345 带拖车行驶模式插座 U10	30
9	熔断器座 F 上的熔断器 9 SF9	15A	拖车识别装置控制器 J345 带拖车行驶模式插座 U10	30
10	熔断器座 F 上的熔断器 10 SF10	7.5A	右后座椅形态调整控制器 J874	30
11	未使用	—	—	30
12	未使用	—	—	30

表1-90 奥迪 A8 轿车熔断器座 F（SF）上的熔断器座 ST6 上的熔断器说明表

编号	电路图中的名称	额定值	保护的电路/部件	端子
1	熔断器座 F 上的熔断器 1 SF1	30A	音响设备控制器 J525 电压稳定器 J532 收音机 R	30

（续）

编号	电路图中的名称	额定值	保护的电路/部件	端子
2	熔断器座 F 上的熔断器 2 SF2	30A	数码音响系统控制器 2 J787	30
3	熔断器座 F 上的熔断器 3 SF3	10A	多媒体系统操控单元 E499 电压稳定器 J532 信息电子装置控制器 2 J829 多媒体系统显示单元 1 Y22 多媒体系统显示单元 2 Y23	30
4	未使用	—		30
5	熔断器座 F 上的熔断器 5 SF5	5A	倒车摄像头系统控制器 J772 自动防眩车内后视镜继电器 J910	30
6	熔断器座 F 上的熔断器 6 SF6	5A	DVD 转换盒 R161	30
7	熔断器座 F 上的熔断器 7 SF7	5A	电视机调谐器 R78	30
8	熔断器座 F 上的熔断器 8 SF8	7.5A	多媒体系统操控单元 E380 信息电子装置 1 控制器 J794	30
9	熔断器座 F 上的熔断器 9 SF9	5A	仪表板中的控制器 J285 模拟时钟 Y	30
10	熔断器座 F 上的熔断器 10 SF10	5A	前部信息显示和操作单元控制器的显示单元 J685	30
11	熔断器座 F 上的熔断器 11 SF11	7.5A	收音机 R	30
12	熔断器座 F 上的熔断器 12 SF12	5A	移动电话机放大器 R86 电话机支架 R126 芯片卡阅读器控制器 J676	30

（7）熔断器座 D 上的熔断器 SD

奥迪 A8 轿车熔断器座 D 上的熔断器 SD 位于行李箱中蓄电池上，如图 1-235 所示。

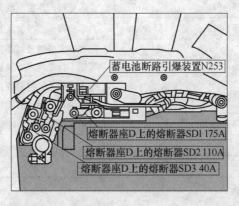

图 1-235　奥迪 A8 轿车熔断器座 D 上的
熔断器 SD 安装位置图

（8）前尾端的熔断器座

奥迪 A8 轿车前尾端的熔断器座位于纵梁前部，靠近冷却风扇，如图 1-236 所示，熔断器位置分布如图 1-237 所示。

图 1-236　奥迪 A8 轿车前尾端的
熔断器座安装位置图

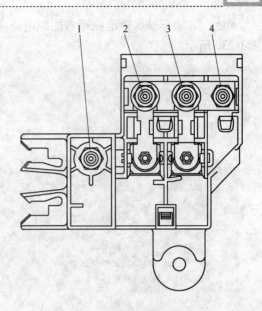

图 1-237　奥迪 A8 轿车前尾端的
熔断器座上的熔断器位置分布图
1—接地点 685 接地点 1，纵梁上右前
2—散热器风扇单个熔断器 S42
3—散热器风扇第 2 档熔断器 S104
4—端子 KL. 30 用于接线柱 30 的导线分配器 2—Tv22

2. 继电器

（1）继电器位置分布

奥迪 A8 轿车继电器位置如图 1-238 所示。

图 1-238　奥迪 A8 轿车继电器位置图

（2）排水槽电控箱右侧继电器座

　　奥迪 A8 轿车排水槽电控箱右侧继电器座位于发动机室内右侧，其上继电器位置分布如图 1-239 所示

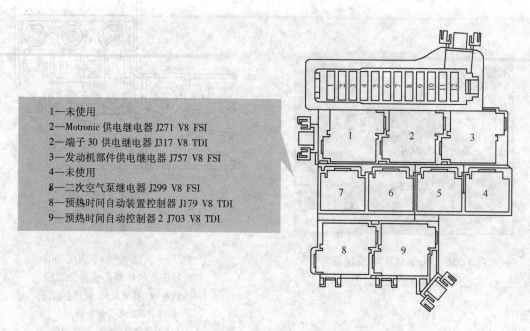

1—未使用
2—Motronic 供电继电器 J271 V8 FSI
2—端子 30 供电继电器 J317 V8 TDI
3—发动机部件供电继电器 J757 V8 FSI
4—未使用
8—二次空气泵继电器 J299 V8 FSI
8—预热时间自动装置控制器 J179 V8 TDI
9—预热时间自动控制器 2 J703 V8 TDI

图 1-239　奥迪 A8 轿车排水槽电控箱右侧继电器座上的继电器分布图

（3）行李箱内右侧的继电器座

　　奥迪 A8 轿车行李箱内右侧的继电器座位于行李箱中前右侧，其上继电器位置分布如图 1-240 所示。

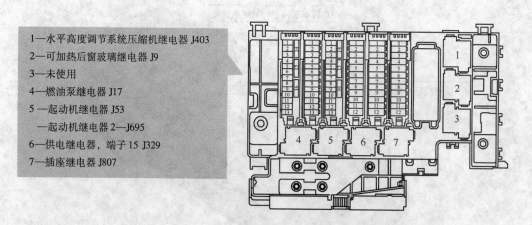

1—水平高度调节系统压缩机继电器 J403
2—可加热后窗玻璃继电器 J9
3—未使用
4—燃油泵继电器 J17
5—起动机继电器 J53
　—起动机继电器 2—J695
6—供电继电器，端子 15 J329
7—插座继电器 J807

图 1-240　奥迪 A8 轿车行李箱内右侧的继电器座上的继电器位置分布图

（4）7 芯继电器座

　　奥迪 A8 轿车 7 芯继电器座（在车载电网控制器 J519 上）位于驾驶人侧在仪表板后面，如图 1-241 所示，其继电器位置分布如图 1-242 所示。

6—制动助力器继电器 J569 V8，W12（汽油机）

—信号喇叭继电器 J413

—带自动防眩车内后视镜继电器的汽车

—J910— V6 TDI

7—未使用

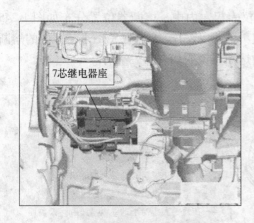

图 1-241 奥迪 A8 轿车 7 芯
继电器座安装位置图

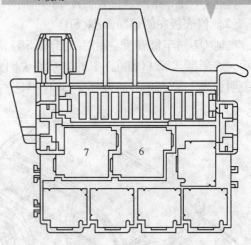

图 1-242 奥迪 A8 轿车 7 芯继电器座分布图

3. 电控单元位置

奥迪 A8 轿车电控单元位置分布如图 1-243 所示。

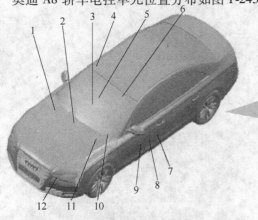

1—车载电网控制器 J519
2—车库门开启装置控制器 J530
3—发动机控制器 2 J624
4—发动机控制器 J623
5—主动转向系统控制器 J792
6—夜视辅助系统控制器 J853
7—图像处理控制器 J851
8—感应电子装置控制器 J849
9—ABS 控制器 J104
10—前排乘客侧车门控制器 J387
11—安全气囊控制器 J234
12—驾驶人侧车门控制器 J386

13—右后车门控制器 J389
14—行李箱内右侧控制器
15—行李箱左侧的控制器
16—四轮驱动控制器 J492
17—可加热风窗玻璃控制器 J505
18—电压稳定器 J532
19—机电式驻车制动器控制器 J540
20—后盖控制器 J605
21—左后车门控制器 J388

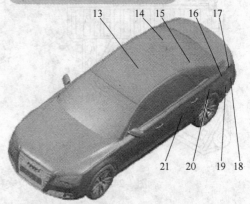

图 1-243 奥迪 A8 轿车电控单元位置分布图

四、奥迪 Q7（2010 年款）

1. 熔断器

（1）熔断器位置分布

奥迪 Q7 轿车熔断器位置如图 1-244 所示。

（2）仪表板左侧熔断器座（SB）

奥迪 Q7 轿车仪表板左侧熔断器座（SB）位于仪表板左内中，熔断器位置分布如图 1-245 所示，熔断器架 ST1（红色）中的熔断器说明如表 1-91 所示，熔断器架 ST2（棕色）中的熔断器说明如表 1-92 所示，熔断器架 ST3（黑色）中的熔断器说明如表 1-93 所示。

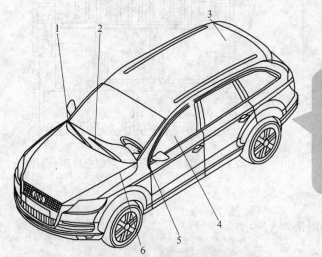

1—仪表板右侧熔断器座 SC
2—中央仪表板后面的继电器和熔断器座
3—行李箱右继电器座和熔断器座 SF
4—在驾驶人座椅下的继电器座和熔断器座 SD
5—仪表板左侧熔断器座 SB
6—排水槽电控箱继电器座和熔断器架

图 1-244 奥迪 Q7 轿车熔断器位置分布图

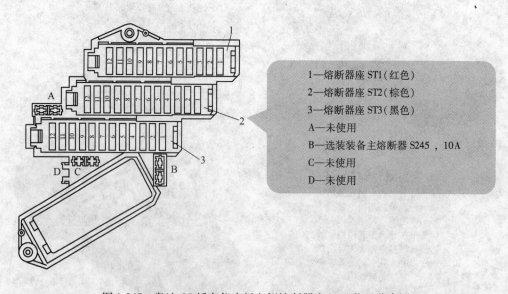

1—熔断器座 ST1（红色）
2—熔断器座 ST2（棕色）
3—熔断器座 ST3（黑色）
A—未使用
B—选装装备主熔断器 S245，10A
C—未使用
D—未使用

图 1-245 奥迪 Q7 轿车仪表板左侧熔断器座（SB）位置分布图

表 1-91 奥迪 Q7 轿车熔断器座(SB)熔断器座 ST1(红色)中的熔断器说明表

编号	电路图中的名称	额定值	保护的电路/部件	端子
1	熔断器座 B 上的熔断器 1 SB1	—	未使用	—
2	熔断器座 B 上的熔断器 2 SB2	—	未使用	—
3	熔断器座 B 上的熔断器 3 SB3	—	未使用	—
4	熔断器座 B 上的熔断器 4 SB4	5A	轮胎压力监控控制器 J502	30
5	熔断器座 B 上的熔断器 5 SB5	20A	辅助加热装置控制器 J364	30
6	熔断器座 B 上的熔断器 6 SB6	10A	驾驶人腰部支撑调节开关 E176	30
7	熔断器座 B 上的熔断器 7 SB7	35A	驾驶人侧车门控制器 J386 驾驶人电动摇窗器电动机 V147 左后车门控制器 J388 后左车窗升降器电动机 V26	30
8	熔断器座 B 上的熔断器 8 SB8	15A	驾驶人侧车门控制器 J386	30
9	熔断器座 B 上的熔断器 9 SB9		未使用	30
10	熔断器座 B 上的熔断器 10 SB10	30A	进入及起动许可控制器 J518 进入及起动许可开关 E415	30
11	熔断器座 B 上的熔断器 11 SB11	10A	转向柱电子装置控制器 J527	30
12	熔断器座 B 上的熔断器 12 SB12	5A	车内监控传感器 G273 报警喇叭 H12	30

表 1-92 奥迪 Q7 轿车熔断器座(SB)熔断器座 ST2(棕色)中的熔断器说明表

编号	电路图中的名称	额定值	保护的电路/部件	端子
1	熔断器座 B 上的熔断器 1 SB1		未使用	
2	熔断器座 B 上的熔断器 2 SB2		未使用	
3	熔断器座 B 上的熔断器 3 SB3	15A	左前座椅通风控制器 J800	30
4	熔断器座 B 上的熔断器 4 SB4	30A	刮水器电动机控制器 J400 刮水器电动机 V	30
5	熔断器座 B 上的熔断器 5 SB5	5A	雨水和光线识别传感器 G397	30
6	熔断器座 B 上的熔断器 6 SB6	25A	双音喇叭继电器 J4 高音喇叭 H2 低音喇叭 H7	30
7	熔断器座 B 上的熔断器 7 SB7	30A	车载电网控制器 J519	30
8	熔断器座 B 上的熔断器 8 SB8	25A	车载电网控制器 J519	30
9	熔断器座 B 上的熔断器 9 SB9	25A	车载电网控制器 J519	30
10	熔断器座 B 上的熔断器 10 SB10	10A	仪表板中的控制器 J285 数据总线诊断接口 J533 组合仪表显示单元 Y24	30
11	熔断器座 B 上的熔断器 11SB11	30A	前照灯清洗装置继电器 J39	30
12	熔断器座 B 上的熔断器 12 SB12	10A	16 芯插头连接 T16(诊断插头)	30

表 1-93　奥迪 Q7 轿车熔断器座(SB)熔断器座 ST3(黑色)中的熔断器说明表

编号	电路图中的名称	额定值	保护的电路/部件	端子
1	熔断器座 B 上的熔断器 1 SB1	10A	左侧前照灯	15
2	熔断器座 B 上的熔断器 2 SB2	5A	车距调节控制器 J428 车距控制装置传感器的加热装置 Z47	15
3	熔断器座 B 上的熔断器 3 SB3	5A	日本侧视辅助系统 显示单元 J145 显示单元按钮 E506	15
4	熔断器座 B 上的熔断器 4 SB4	10A	车道偏离报警 车道保持辅助系统控制器 J759 用于车道保持辅助系统的前窗玻璃加热装置 Z67	15
5	熔断器座 B 上的熔断器 5 SB5	5A	多媒体装置的控制器(9WM)	15
6	熔断器座 B 上的熔断器 6 SB6	5A	转向柱电子装置控制器 J527 进入及起动许可控制器 J518 车灯开关 E1 舒适/便捷功能系统中央控制器 J393 拖车识别装置控制器 J345 轮胎压力监控控制器 J502(7K6)	15
7	熔断器座 B 上的熔断器 7 SB7	5A	机油油位和机油温度传感器 G266	15
8	熔断器座 B 上的熔断器 8 SB8	5A	16 芯插头连接 T16(诊断插头)	15
9	熔断器座 B 上的熔断器 9 SB9	5A	自动防眩车内后视镜 Y7	15
10	熔断器座 B 上的熔断器 10 SB10	5A	车库门开启装置控制器 J530 车库门开启操作单元 E284	15
11	熔断器座 B 上的熔断器 11 SB11	5A	数据总线诊断接口 J533	15
12	熔断器座 B 上的熔断器 12 SB12	5A	前照灯照明距离调节装置调节器 E102 左侧前照灯照明距离调节伺服电动机 V48 右侧前照灯照明距离调节伺服电动机 V49	15

（3）仪表板右侧熔断器座(SC)

奥迪 Q7 轿车仪表板右侧熔断器座(SC)位于仪表板右内中，熔断器位置分布如图 1-246 所示，熔断器架 ST1(黑色)中的熔断器说明如表 1-94 所示，熔断器架 ST2(棕色)中的熔断器说明如表 1-95 所示，熔断器架 ST3(红色)中的熔断器说明如表 1-96 所示。

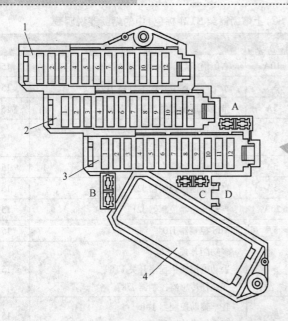

1—熔断器架 ST1（黑色）
2—熔断器架 ST2（棕色）
3—熔断器架 ST3（红色）
4—CAN 分离插头
A—固体声波控制器 S348，5A
B—冷藏箱熔断器 S340，5A
C—未使用
D—未使用

图 1-246　奥迪 Q7 轿车仪表板右侧熔断器座（SC）的熔断器位置分布图

表 1-94　奥迪 Q7 轿车熔断器座（SC）上熔断器架 ST1（黑色）中的熔断器说明表

编号	电路图中的名称	额定值	保护的电路/部件	端子
1	熔断器座 C 上的熔断器 1 SC1	20A	可加热左侧后座椅 Z10 可加热左侧后座椅靠背 Z11 可加热右侧后座椅 Z12 可加热右侧后座椅靠背 Z13	30
2	熔断器座 C 上的熔断器 2 SC2	10A	自动变速器控制器 J217（0AT）	30
		5A	自动变速器控制器 J21（09D）	30
3	熔断器座 C 上的熔断器 3 SC3	30A 15A	左前可加热座椅 Z45 右前可加热座椅 Z46 右前座椅通风控制器 J799	30
4	熔断器座 C 上的熔断器 4 SC4	20A	ABS 控制器 J104	30
5	熔断器座 C 上的熔断器 5 SC5	15A	前排乘客侧车门控制器 J387	30
6	熔断器座 C 上的熔断器 6 SC6	25A	12V 插座 3U19 12V 插座 4U20	30
7	熔断器座 C 上的熔断器 7 SC7	10A	前排乘客腰部支撑调节开关 E177	30
8	熔断器座 C 上的熔断器 8 SC8	20A	点烟器 U1	30
9	熔断器座 C 上的熔断器 9 SC9	25A	12V 插座 U5 12V 插座 2 U18	30
10	熔断器座 C 上的熔断器 10 SC10	10A	自动空调控制器 J255 新鲜空气鼓风机控制器 J126	30
11	熔断器座 C 上的熔断器 11 SC11	—	未使用	
12	熔断器座 C 上的熔断器 12 SC12	15A	车载电网控制器 2 J520	30

表 1-95　奥迪 Q7 轿车熔断器座(SC)上熔断器架 ST2(棕色)中的熔断器说明表

编号	电路图中的名称	额定值	保护的电路/部件	端子
1	熔断器座 C 上的熔断器 1 SC1	10A	右侧前照灯	15
2	熔断器座 C 上的熔断器 2 SC2	5A	水平高度调节系统控制器 J197	15
3	熔断器座 C 上的熔断器 3 SC3	5A	带手机适配器的汽车 (9ZD)	15
4	熔断器座 C 上的熔断器 4 SC4	5A	行驶换道助理系统控制器 J769 行驶换道助理系统控制器 2 J770	15
5	熔断器座 C 上的熔断器 5 SC5	5A	制动灯抑制继电器 J508	15
6	熔断器座 C 上的熔断器 6 SC6	5A	自动变速器控制器 J217(0AT)	15
7	熔断器座 C 上的熔断器 7 SC7	20A	自动变速器控制器 J217 (09D)	15
8	熔断器座 C 上的熔断器 8 SC8	5A	ABS 控制器 J104	15
9	熔断器座 C 上的熔断器 9 SC9	5A	多功能开关 F125 手动电控换档程序开关 F189 变速杆传感器控制器 J587	15
10	熔断器座 C 上的熔断器 10 SC10	5A	驻车辅助控制器 J446 安全气囊控制器 J234	15
11	熔断器座 C 上的熔断器 11 SC11	5A	左侧可加热后座椅调节开关 E128 右侧可加热后座椅调节开关 E129	15
12	熔断器座 C 上的熔断器 12 SC12	5A	空气质量流量传感器 G238 自动空调后部操作和显示单元 E265 自动空调控制器 J255	15

表 1-96　奥迪 Q7 轿车熔断器座(SC)上熔断器架 ST3(红色)中的熔断器说明表

编号	电路图中的名称	额定值	保护的电路/部件	端子
1	熔断器座 C 上的熔断器 1 SC1	15A	冷藏箱 J698	30
2	熔断器座 C 上的熔断器 2 SC2	—	未使用	
3	熔断器座 C 上的熔断器 3 SC3	—	未使用	
4	熔断器座 C 上的熔断器 4 SC4	5A	前部信息显示和操作单元控制器的显示单元 J685	30
5	熔断器座 C 上的熔断器 5 SC5	5A	电话托架 R126 芯片卡读卡器控制器 J676	30
6	熔断器座 C 上的熔断器 6 SC6	7.5A	信息电子装置控制器 1 J794	30
7	熔断器座 C 上的熔断器 7 SC7	20A	滑动天窗控制器 J245	30
8	熔断器座 C 上的熔断器 8 SC8	20A	后滑动天窗控制器 J392	30
9	熔断器座 C 上的熔断器 9 SC9	20A	天窗卷帘控制器 J394	30
10	熔断器座 C 上的熔断器 10 SC10	5A	DVD 播放器 R7 CD 换碟机 R41	30
11	熔断器座 C 上的熔断器 11 SC11	35A	前排乘客电动摇窗器电动机 V148 后右车窗升降器电动机 V27	30
12	熔断器座 C 上的熔断器 12 SC12	10A	自动空调后部操作和显示单元 E265 后新鲜空气鼓风机控制器 J391	30

（4）中央仪表板后面的继电器和熔断器座

奥迪 Q7 轿车中央仪表板后面的继电器和熔断器位置分布如图 1-247 所示，继电器熔断器说明如表 1-97 所示。

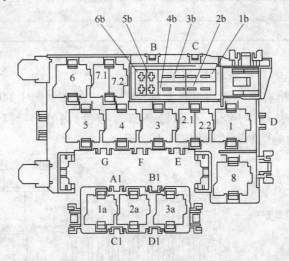

图 1-247　奥迪 Q7 轿车中央仪表板后面的继电器和熔断器位置分布图

表 1-97　奥迪 Q7 轿车中央仪表板后面的继电器和熔断器说明表

编号	电路图中的名称	额定值	保护的电路/部件	端子
B	未使用	—	—	—
C	带拖车行驶热敏熔断器 S87	30A	拖车识别装置控制器 J345（仅美国） 制动助力器（仅美国）	30
D	驾驶人座椅调节装置的热敏熔断器 1 S44	30A	带记忆功能的座椅调节和转向柱调节装置 J136 带记忆功能的前排乘客座椅调节控制器 J521	30
E	未使用	—	—	—
F	未使用	—	—	—
G	未使用	—	—	—
1b	新鲜空气鼓风机熔断器 1 S97	40A	新鲜空气鼓风机 V2	30
2b	ABS 控制器熔断器 1 S123	40A	ABS 控制器 J104	30
3b	新鲜空气鼓风机熔断器 2 S98	40A	后新鲜空气鼓风机 V80	30
4b	可加热后窗玻璃熔断器 S41	40A	可加热后窗玻璃 Z1	30
5b	后窗刮水器的单一熔断器 S30	15A	后窗玻璃刮水器电动机 V12（自 2007 年 6 月起）	75
6b	熔断器 S51	5A	左侧喷油器加热电阻 Z20（自 2007 年 6 月起） 右侧喷油器加热电阻 Z21（自 2007 年 6 月起）	75
A1	未使用	—	—	—

（续）

编号	电路图中的名称	额定值	保护的电路/部件	端子
B1	未使用	—	—	—
C1	未使用	—	—	—
D1	未使用	—	—	—

（5）行李箱右继电器和熔断器座（SF）

奥迪 Q7 轿车行李箱右继电器和熔断器座（SF）位置分布如图 1-248，熔断器座 ST1（黑色）内的熔断器说明如表 1-98 所示，熔断器座 ST2（棕色）内的熔断器说明如表 1-99 所示，熔断器座 ST3（红色）内的熔断器说明如表 1-100 所示。

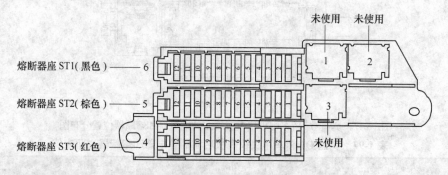

图 1-248　奥迪 Q7 轿车行李箱右继电器和熔断器座（SF）位置分布图

表 1-98　奥迪 Q7 轿车行李箱右继电器和熔断器座（SF）上熔断器座 ST1（黑色）内的熔断器说明表

编号	电路图中的名称	额定值	保护的电路/部件	端子
1	熔断器座 F 上的熔断器 1 SF1	15A	信号装置控制器 J616	30
2	熔断器座 F 上的熔断器 2 SF2	30A	还原材料计量系统控制器 J880	30
3	熔断器座 F 上的熔断器 3 SF3	15A	水平高度调节系统控制器 J197	30
4	熔断器座 F 上的熔断器 4 SF4	5A	倒车摄像系统控制器、熔断器 J772 倒车摄像头 R189	30
5	熔断器座 F 上的熔断器 5 SF5	5A	驻车辅助控制器 J446	30
6	熔断器座 F 上的熔断器 6 SF6	15A	舒适/便捷功能系统中央控制器 2 J773	30
7	熔断器座 F 上的熔断器 7 SF7	15A	舒适/便捷功能系统中央控制器 2 J773	30
8	熔断器座 F 上的熔断器 8 SF8	5A	驻车暖风无线电接收器 R64	30
9	熔断器座 F 上的熔断器 9 SF9	20A	12V 插座 5 U26	30
10	熔断器座 F 上的熔断器 10 SF10	20A	舒适/便捷功能系统中央控制器 J393	30
11	熔断器座 F 上的熔断器 11 SF11	15A	无钥匙进入许可的天线读取单元 J723	30
12	熔断器座 F 上的熔断器 12 SF12	30A	舒适/便捷功能系统中央控制器 J393	30

表 1-99　奥迪 Q7 轿车行李箱右继电器和熔断器座（SF）上熔断器座 ST2（棕色）内的熔断器说明表

编号	电路图中的名称	额定值	保护的电路/部件	端子
1	熔断器座 F 上的熔断器 1 SF1	15A	信号装置控制器 J616	30
2	熔断器座 F 上的熔断器 2 SF2	5A	特种信号操作单元 E507	30

（续）

编号	电路图中的名称	额定值	保护的电路/部件	端子
3	熔断器座 F 上的熔断器 3 SF3	15A	无线电分离继电器、无线对讲机继电器 J84 无线对讲机 R8	30
4	熔断器座 F 上的熔断器 4 SF4	15A	无线电分离继电器、无线对讲机继电器 J84 无线对讲机 R8	30
5	熔断器座 F 上的熔断器 5 SF5	—	未使用	—
6	熔断器座 F 上的熔断器 6 SF6	—	未使用	—
7	熔断器座 F 上的熔断器 7 SF7	—	未使用	—
8	熔断器座 F 上的熔断器 8 SF8	—	未使用	—
9	熔断器座 F 上的熔断器 9 SF9	—	未使用	—
10	熔断器座 F 上的熔断器 10 SF10	—	未使用	—
11	熔断器座 F 上的熔断器 11 SF11	—	未使用	—
12	熔断器座 F 上的熔断器 12 SF12	—	未使用	—

表 1-100 奥迪 Q7 轿车行李箱右继电器和熔断器座(SF)上熔断器座 ST3(红色)内的熔断器说明表

编号	电路图中的名称	额定值	保护的电路/部件	端子
1	熔断器座 F 上的熔断器 1 SF1	5A	收音机 R	30
2	熔断器座 F 上的熔断器 2 SF2	5A	电视调谐器 R78	30
3	熔断器座 F 上的熔断器 3 SF3	30A	数码音响系统控制器 J525	30
4	熔断器座 F 上的熔断器 4 SF4	30A	数码音响系统控制器 2 J787	30
5	熔断器座 F 上的熔断器 5 SF5	15A	后部区娱乐装置(9WP、9WK)多媒体系统 控制器 J650	30
6	熔断器座 F 上的熔断器 6 SF6	20A	舒适/便捷功能系统中央控制器 J393	30
7	熔断器座 F 上的熔断器 7 SF7	30A	后盖控制器 J605 后盖控制器中的电动机 V375	30
8	熔断器座 F 上的熔断器 8 SF8	30A	后盖控制器 2 J756 后盖控制器 2 中的电动机 V376	30
9	熔断器座 F 上的熔断器 9 SF9	15A	拖车识别装置控制器 J345	30
10	熔断器座 F 上的熔断器 10 SF10	20A	拖车识别装置控制器 J345	30
11	熔断器座 F 上的熔断器 11 SF11	20A	拖车识别装置控制器 J345	30
12	熔断器座 F 上的熔断器 12 SF12	25A	拖车识别装置控制器 J345 摆动球头电动机 V317	30

（6）驾驶人座椅下的继电器和熔断器座(SD)

奥迪 Q7 轿车驾驶人座椅下的继电器和熔断器座(SD)位置分布如图 1-249 所示。

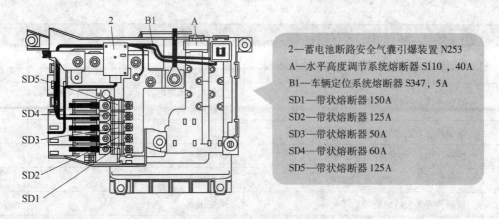

2—蓄电池断路安全气囊引爆装置 N253
A—水平高度调节系统熔断器 S110，40A
B1—车辆定位系统熔断器 S347，5A
SD1—带状熔断器 150A
SD2—带状熔断器 125A
SD3—带状熔断器 50A
SD4—带状熔断器 60A
SD5—带状熔断器 125A

图 1-249　奥迪 Q7 轿车驾驶人座椅下的继电器和熔断器座(SD)位置分布图

（7）排水槽电控箱继电器和熔断器座

奥迪 Q7 轿车排水槽电控箱继电器和熔断器座位置分布如图 1-250，排水槽电控箱内的熔断器(汽油发动机)的说明见表 1-101。排水槽电控箱内的熔断器(柴油发动机)的说明见表 1-102。

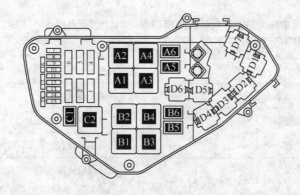

图 1-250　奥迪 Q7 轿车排水槽电控箱
继电器和熔断器座位置分布图

表 1-101　奥迪 Q7 轿车排水槽电控箱内的熔断器(汽油发动机)说明表

编号	电路图中的名称	额定值	保护的电路/部件	端子
1	熔断器座/继电器板上的熔断器 S1	60A	散热器风扇 V7	30
2	熔断器座/继电器板上的熔断器 S2	50A	二次空气泵电动机 V101	30
3	熔断器座/继电器板上的熔断器 S3	—	未使用	—
4	熔断器座/继电器板上的熔断器 S4	40A	散热器风扇 2 V177	30
5	熔断器座/继电器板上的熔断器 S5	50	二次空气泵 2 电动机 V189	30
6	熔断器座/继电器板上的熔断器 S6	—	未使用	—
7	熔断器座/继电器板上的熔断器 S7	30A	点火线圈	87
8	熔断器座/继电器板上的熔断器 S8	5A	散热器风扇控制器 J293 散热器风扇控制器 2 J67[①]	87
9	熔断器座/继电器板上的熔断器 S9	15A	发动机控制器 J623 喷油器	87

（续）

编号	电路图中的名称	额定值	保护的电路/部件	端子
10	熔断器座/继电器板上的熔断器 S10	10A	高压传感器 G65 冷却液循环泵 V50 受特性曲线控制的发动机冷却装置的节温器 F265[1] 冷却液继续循环继电器 J151[1] 二次空气喷射阀 N112[1][3] 凸轮轴调节阀 1 N205 凸轮轴调节阀 2 N208[1] 进气管风门阀门 N316[1] 排气凸轮轴调节阀 1 N318 排气门凸轮轴调节阀 2 N319[1] 二次空气喷射阀 2 N320[1][3] 进气管风门 2 阀门 N403	87
11	熔断器座/继电器板上的熔断器 S11	5A	发动机控制器 J623	87
12	熔断器座/继电器板上的熔断器 S12	5A	曲轴箱排气加热电阻 N79	87
13	熔断器座/继电器板上的熔断器 S13	15A	空气质量流量计 G70[1] 空气质量流量计 2 G246[1] 活性炭罐电磁阀 1 N80 燃油定量阀 N290 进气管风门阀门 N316[2] 燃油计量阀 2 N402[1] 燃油系统诊断泵 V144[2]	87
14	熔断器座/继电器板上的熔断器 S14	15A	氧传感器 G39 氧传感器 2 G108	87
15	熔断器座/继电器板上的熔断器 S15	15A	催化转化器后的氧传感器 G130 催化转化器后的氧传感器 2 G131	87
16	熔断器座/继电器板上的熔断器 S16	30A	燃油泵控制器 J538	87
17	熔断器座/继电器板上的熔断器 S17	5A	发动机控制器 J623	87
18	熔断器座/继电器板上的熔断器 S18	15A	制动器真空泵 V192[1]	87

① 仅用于发动机标识字母 BAR。
② 仅用于发动机标识字母 BHK。
③ 仅用于带美规装备的车辆。

表 1-102　奥迪 Q7 轿车排水槽电控箱内的熔断器（柴油发动机）说明表

编号	电路图中的名称	额定值	保护的电路/部件	端子
1	熔断器座/继电器板上的熔断器 S1	60A	散热器风扇控制器 J293 散热器风扇 V7	30
2	熔断器座/继电器板上的熔断器 S2	80A	预热时间自动装置控制器 J179	30
3	熔断器座/继电器板上的熔断器 S3	40A	空气辅助加热装置加热元件 Z35（400W）[4]	30
4	熔断器座/继电器板上的熔断器 S4	40A[1] 60A[2]	散热器风扇控制器 2 J671 散热器风扇 2 V177	30
5	熔断器座/继电器板上的熔断器 S5	80A	预热时间自动控制器 2 J703[3][5][6]	30
6	熔断器座/继电器板上的熔断器 S6	80A	空气辅助加热装置加热元件 Z35（2x400W）[4]	30

（续）

编号	电路图中的名称	额定值	保护的电路/部件	端子
7	熔断器座/继电器板上的熔断器 S7	15A	预热时间自动装置控制器 J179 节气门控制单元 J338④⑤ 小加热功率继电器 J359④ 大加热功率继电器 J360④ 废气涡轮增压器 1 控制单元 J724⑦⑧ 废气涡轮增压器 2 控制单元 J725 增压空气冷却器旁通控制器 J865④ 废气再循环阀 N18⑦⑧ 废气再循环冷却器转换阀 N345 废气再循环冷却器转换阀 2 N381④ 机油压力调节阀 N428③④ 进气管风门电动机 V157 进气管风门 2 电动机 V275⑦⑧ 进气管风门 2 电动机 V275⑦⑧	87
8	熔断器座/继电器板上的熔断器 S8	5A	散热器风扇控制器 J293 散热器风扇控制器 2 J671	87
9	熔断器座/继电器板上的熔断器 S9	15A	发动机控制器 J623 发动机控制器 2 J624⑤	87
10	熔断器座/继电器板上的熔断器 S10	10A	燃油压力调节阀 N276 燃油定量阀 N290 燃油定量阀 2 N402⑤ 燃油压力调节阀 2 N484⑤	87
11	熔断器座/继电器板上的熔断器 S11	15A	氧传感器 G39 氧传感器 2 G108⑤⑥ 氧传感器加热装置 Z19 氧传感器 2 加热 Z28⑤⑥	87
12	熔断器座/继电器板上的熔断器 S12	15A 5A④	燃油冷却泵继电器 J445③⑤⑥ 冷却液辅助泵继电器 J496⑤ NOₓ 传感器控制器 J583④ NOₓ 传感器 2 控制器 J881④ 燃油冷却泵 V166⑥ 废气再循环冷却泵 V400③⑤ 未使用⑦⑧	87
13	熔断器座/继电器板上的熔断器 S13	10A 15A④⑤	高压传感器 G65 冷却液续补给继电器 J151 燃油冷却泵继电器 J445⑦⑧ 预热时间控制器 2 —J703③⑤ 废气涡轮增压器 1 控制单元 J724⑤ 废气再循环冷却器转换阀 2 N381⑤ 冷却液循环泵 V50 燃油冷却泵 V166⑦⑧ 进气管风门 2 电动机 V275⑤ 废气再循环冷却泵 V400④⑧	87

（续）

编号	电路图中的名称	额定值	保护的电路/部件	端子
14	熔断器座/继电器板上的熔断器 S14	5A	空气质量流量计 G70 空气流量质量计 2 G246③⑤⑥	15
15	熔断器座/继电器板上的熔断器 S15	5A	发动机控制器 J623 发动机控制器 2 J624⑤⑥	15
16	熔断器座/继电器板上的熔断器 S16	20A	预供给燃油泵 G6	87
17	熔断器座/继电器板上的熔断器 S17	20A	燃油泵 G23	87
		10A	还原材料计量系统压力传感器 G686④ 还原材料泵 V437④ 还原材料泵加热装置 Z103④	87
18	熔断器座/继电器板上的熔断器 S18	7.5A	曲轴箱排气加热电阻 N79③⑤⑥ 曲轴箱排气加热电阻 2 N483③⑤	15
		20A	辅助燃油泵继电器 J832④⑧ 辅助燃油泵 V393④⑧	15

① 不带挂车挂钩的车辆。

② 带挂车挂钩的车辆。

③ 发动机标识字母为 CCFA 时。

④ 发动机标识字母为 CCMA、CATA 时。

⑤ 发动机标识字母为 CCGA 时。

⑥ 发动机标识字母为 BTR 时。

⑦ 发动机标识字母为 BUN、BUG 时。

⑧ 发动机标识字母为 CASA、CASB 时。

2. 继电器

（1）继电器位置分布

奥迪 Q7 轿车继电器位置如图 1-251 所示。

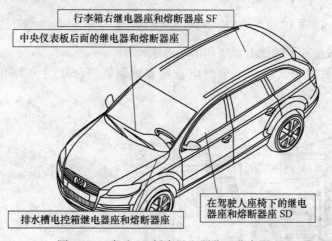

图 1-251　奥迪 Q7 轿车继电器位置分布图

（2）中央仪表板后面的继电器和熔断器座

奥迪 Q7 轿车中央仪表板后面的继电器和熔断器座上的继电器位置分布如图 1-252 所示。

（3）行李箱右继电器座和熔断器座（SF）

奥迪 Q7 轿车行李箱右继电器座和熔断器座（SF）上的继电器位置分布如图 1-253 所示。

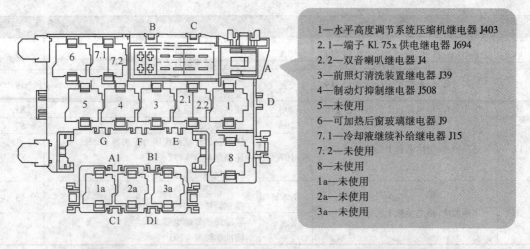

1—水平高度调节系统压缩机继电器 J403
2.1—端子 Kl.75x 供电继电器 J694
2.2—双音喇叭继电器 J4
3—前照灯清洗装置继电器 J39
4—制动灯抑制继电器 J508
5—未使用
6—可加热后窗玻璃继电器 J9
7.1—冷却液续补给继电器 J15
7.2—未使用
8—未使用
1a—未使用
2a—未使用
3a—未使用

图 1-252　奥迪 Q7 轿车中央仪表板后面的继电器和熔断器座上的继电器位置分布图

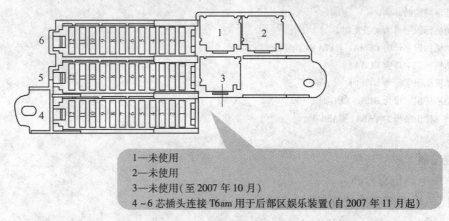

1—未使用
2—未使用
3—未使用（至 2007 年 10 月）
4～6 芯插头连接 T6am 用于后部区娱乐装置（自 2007 年 11 月起）

图 1-253　奥迪 Q7 轿车行李箱右继电器座和熔断器座（SF）上的继电器位置分布图

（4）在驾驶人座椅下的继电器座和熔断器座（SD）

奥迪 Q7 轿车在驾驶人座椅下的继电器座和熔断器座（SD）上的继电器位置分布如图 1-254 所示。

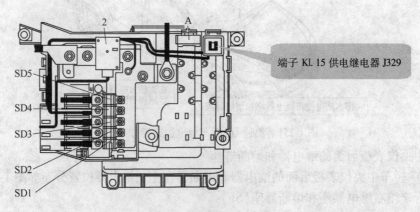

端子 Kl.15 供电继电器 J329

图 1-254　奥迪 Q7 轿车在驾驶人座椅下的继电器座和熔断器座（SD）上的继电器位置分布图

（5）排水槽电控箱继电器和熔断器座

奥迪 Q7 轿车汽油发动机排水槽电控箱继电器和熔断器座上的继电器位置分布如图1-255（适用于 2009 年 5 月以前的车型）、图 1-256（适用于 2009 年 6 月以后的车型）所示。

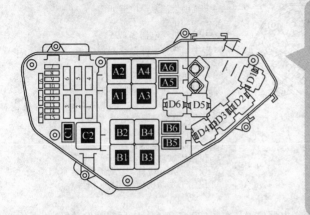

A1—起动机继电器 J53
A2—起动机继电器 2 J695
A3—发动机部件供电继电器 J757
A4—二次空气泵继电器 J299 *
A5—制动助力器继电器 J569
A6—冷却液继续补给继电器 J151
B1—未使用
B2—未使用
B3—燃油泵继电器 J17
B4—未使用
B5—燃油冷却泵继电器 J445
B6—未使用
C1—循环泵继电器 J160
C2—Motronic 供电继电器 J271
* 仅用于发动机标识字母 BAR

图 1-255　奥迪 Q7 轿车排水槽电控箱继电器和熔断器座上的继电器位置分布图（2009 年 5 月以前）

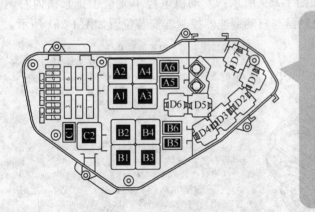

A1—发动机部件供电继电器 J757
A2—Motronic 供电继电器 J271
A3—未使用
A4—二次空气泵继电器 J299①
A5—起动机继电器 J53
A6—起动机继电器 2 J695
B1—未使用　　B2—未使用
B3—未使用　　B4—未使用
B5—未使用　　B6—未使用
C1—循环泵继电器 J160①
C1—制动助力器继电器 J569②
C2—未使用
① 仅用于发动机标识字母 BAR。
② 仅用于发动机标识字母 BHK。

图 1-256　奥迪 Q7 轿车排水槽电控箱继电器和熔断器座上的继电器位置分布图（2009 年 6 月以后）

对于柴油发动机，其继电器位置分布如图 1-257（适用于 2009 年 5 月以前的车型）、图

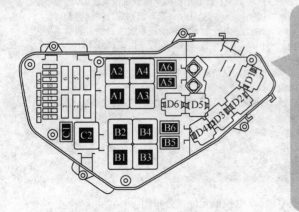

A1—预热时间自动装置控制器 J179
A2—起动机继电器 J53
A3—预热时间自动控制器 2 J703
A4—起动机继电器 2 J695
A5—未使用
A6—未使用
B1—未使用
B2—未使用
B3—燃油泵继电器 J17
B4—未使用
B5—燃油冷却泵继电器 J445
B6—冷却液辅助泵继电器 J496
C1—辅助加热装置燃油泵继电器 J749
C2—端子 Kl. 30 供电继电器 J317

图 1-257　奥迪 Q7 轿车排水槽电控箱继电器位置分布图（2009 年 5 月以前柴油发动机）

1-258（适用于 2009 年 6 月以后的车型）所示。

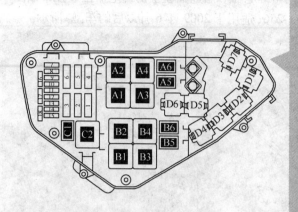

A1—预热时间自动装置控制器 J179
A2—端子 Kl. 30 供电继电器 J317
A3—预热时间自动控制器 2 J703①③
A4—辅助燃油泵继电器 J832
A5—起动机继电器 J53
A6—起动机继电器 2 J695
B1—小加热功率继电器 J359③
B2—未使用
B3—未使用
B4—大加热功率继电器 J360②
B5—辅助加热装置燃油泵继电器 J749
B6—冷却液辅助泵继电器 J496①
C1—燃油冷却泵继电器 J445
C2—燃油泵继电器 J17
① 仅用于发动机标识字母 CCGA。
② 仅用于发动机标识字母 CCMA、CATA。
③ 仅用于发动机标识字母 CCFA。

图 1-258　奥迪 Q7 轿车排水槽电控箱继电器位置分布图（2009 年 6 月以后柴油发动机）

3. 电控单元位置

　　奥迪 Q7 轿车电控单元位置分布如图 1-259 所示，发动机电控单元位于排水槽内右侧，安装位置如图 1-260 所示，车载电网控制器与自动变速器控制器安装位置如图 1-261 所示。

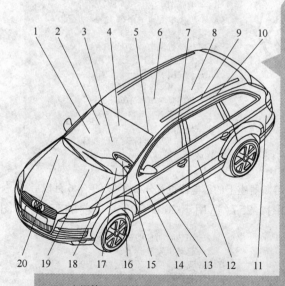

1—前排乘客侧车门控制器 J387
2—车载电网控制器 2 J520；自动变速器控制器 J217；电话发送接收器 R36（至 2009 年 5 月）
3—带记忆功能的前排乘客座椅调节控制器 J521
4—车道保持辅助系统控制器 J759
5—安全气囊控制器 J234
6—右后车门控制器 J389
7—自动空调后部操作和显示单元 E265
8—收音机 R；驻车辅助控制器 J446；无钥匙进入许可的天线读取单元 J723；驻车暖风无线电接收器 R64；电视调谐器 R78；移动电话放大器 R86（不适用于美国）；数字式收音机 R147（至 2009 年 5 月）
9—倒车摄像系统控制器、熔断器 J772；舒适/便捷功能系统中央控制器 2 J773；舒适/便捷功能系统中央控制器 J393；水平高度调节系统控制器 J197 带 CD 光盘驱动器的导航系统控制器 J401（至 2009 年 5 月）；拖车识别装置控制器 J345
10—行驶换道助理系统控制器 J769
11—行驶换道助理系统控制器 2 J770
12—左后车门控制器 J388
13—电源管理系统控制器 J644（至 2008 年 5 月）；带记忆功能的座椅调节和转向柱调节装置 J136
14—驾驶人侧车门控制器 J386
15—前照灯照明距离调节控制器 J431；数据总线诊断接口 J533；轮胎压力监控控制器 J502；车载电网控制器 519
16—16 芯插头连接 T16
17—仪表板中的控制器 J285
18—进入及起动许可开关 E415
19—自动空调控制器 J255
20—发动机控制器 J623

图 1-259　奥迪 Q7 轿车电控单元位置分布图

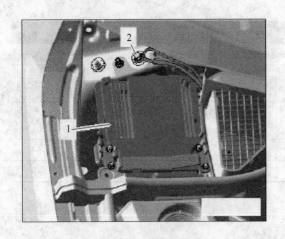

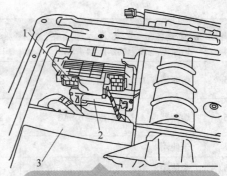

1—车载电网控制器 2 J520
2—自动变速器控制器 J217
3—电话发送接收器 R36(至 2009 年 5 月)

图 1-260　发动机电控单元安装位置图　　　图 1-261　车载电网控制器与自动变速器
1—电控单元　2—电控单元接口　　　　　　　　　控制器安装位置图

五、奥迪 TT(2010 年款)

1. 熔断器

(1) 熔断器位置分布

奥迪 TT 轿车熔断器位置如图 1-262 所示。

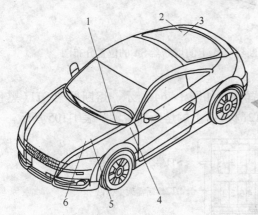

1—热敏熔断器，在仪表板左下
2—熔断器座 D 上的熔断器 SD
3—熔断器座 F 上的熔断器 SF
4—熔断器座 C 上的熔断器 SC
5—熔断器座 B 上的熔断器 SB
6—熔断器座 A 上的熔断器 SA

图 1-262　奥迪 TT 轿车熔断器位置分布图

(2) 仪表板熔断器座 A 上的熔断器 SA 的安装位置

奥迪 TT 轿车仪表板熔断器座 A 上的熔断器 SA 的位置分布如图 1-263 所示，相关说明如表 1-103 所示。

表 1-103　奥迪 TT 轿车仪表板熔断器座 A 上的熔断器 SA 的说明表

编号	电路图中的名称	额定值	保护的电路/部件	端子
1	熔断器座 A 上的熔断器 1 SA1	175A	发电机 C	30
2	熔断器座 A 上的熔断器 2 SA2	80A	转向辅助控制器 J500	30
3	熔断器座 A 上的熔断器 3 SA3	60A	散热器风扇控制器 J293 散热器风扇 V7	30

（续）

编号	电路图中的名称	额定值	保护的电路/部件	端子
4	熔断器座 A 上的熔断器 4 SA4	110A	发动机室电控箱中熔断器座的供电	30
5	熔断器座 A 上的熔断器 5 SA5	40A	二次空气泵电动机 V101 空气辅助加热装置加热元件 Z35/1[①]	30
6	熔断器座 A 上的熔断器 6 SA6	80A	空气辅助加热装置加热元件 Z35/2[①] 空气辅助加热装置加热元件 Z35/3[①]	30
7	未使用	—	—	—
8	未使用	—	—	—

[①] 仅用于发动机标识字母 CBBB。

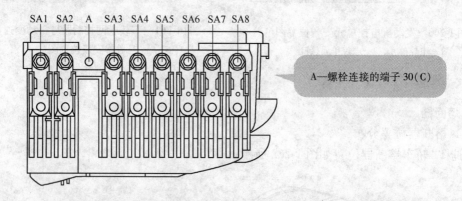

图 1-263　奥迪 TT 轿车仪表板熔断器座 A 上的熔断器 SA 的位置分布图

（3）熔断器座 B 上的熔断器安装位置

奥迪 TT 轿车熔断器座 B 上的熔断器位置分布如图 1-264 所示，熔断器架 ST1（黑色）上的熔断器说明如表 1-104 所示，熔断器座 ST2（棕色）上的熔断器说明如表 1-105 所示。

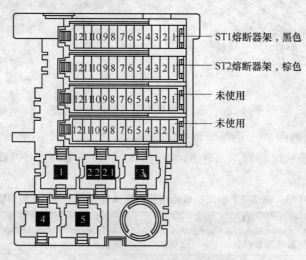

图 1-264　奥迪 TT 轿车熔断器座 B
上的熔断器位置分布如图

表 1-104 奥迪 TT 轿车熔断器座 B(SB)中熔断器座 ST1(黑色)上的熔断器说明表

编号	电路图中的名称	额定值	保护的电路/部件	端子
1	未使用	—	—	—
2	未使用	—	—	—
3	未使用	—	—	—
4	未使用	—	—	—
5	熔断器座 B 上的熔断器 5 SB5	5A	报警喇叭 H12 防盗装置传感器 G578	30
6	熔断器座 B 上的熔断器 6 SB6	30A	前照灯清洗装置泵 V11	30
7	熔断器座 B 上的熔断器 7 SB7	15A 20A① 10A②	燃油压力调节阀 N276①② 燃油供油泵 G6④ 控制继电器 J789⑤ 辅助燃油泵 V393③	30
8	熔断器座 B 上的熔断器 8 SB8	30A	刮水器电动机控制器 J400	30
9	熔断器座 B 上的熔断器 9SB9	25A	左前可加热座椅 Z45 右前可加热座椅 Z46	30
10	熔断器座 B 上的熔断器 10 SB10	10A	驾驶人座椅腰部支撑纵向调节电动机 V125 前排乘客座椅腰部支撑纵向调节电动机 V126	30
11	熔断器座 B 上的熔断器 11 SB11	—	—	—
12	熔断器座 B 上的熔断器 12 SB12	40A	新鲜空气鼓风机控制器 J126 新鲜空气鼓风机 V2	30

① 仅用于发动机标识字母 CDAA、CCZA、CCTA。
② 仅用于发动机标识字母 BWA、BPY、CDMA、CDLB。
③ 仅用于发动机标识字母 CBBB。
④ 仅用于发动机标识字母 BUB。
⑤ 仅用于发动机标识字母 CEPA。

表 1-105 奥迪 TT 轿车熔断器座 B(SB)中熔断器座 ST2(棕色)上的熔断器说明表

编号	电路图中的名称	额定值	保护的电路/部件	端子
1	熔断器座 B 上的熔断器 1 SB1	15A	预供给燃油泵 G6④ 废气风门 1 阀门 N321⑤	87
2	熔断器座 B 上的熔断器 2 SB2	10A	氧传感器 G39④	87
		30A⑤	催化转化器下游的氧传感器 G130④ 燃油泵控制器 J538⑤	
3	熔断器座 B 上的熔断器 3 SB3	5A	空气质量流量计 G70④	87
4	熔断器座 B 上的熔断器 4 SB4	10A	氧传感器 2 G108④ 催化转化器后的氧传感器 2 G131④	87
5	熔断器座 B 上的熔断器 5 SB5	5A	发动机部件供电继电器 J757② 预热时间自动装置控制器 J179③ 辅助燃油泵继电器 J832③ 燃油泵继电器 J17③ 氧传感器 G39⑤	87

（续）

编号	电路图中的名称	额定值	保护的电路／部件	端子
6	熔断器座 B 上的熔断器 6 SB6	10A	燃油系统诊断泵 V144④ 二次空气泵继电器 J299④ 氧传感器 G39①②③ 催化转化器后的氧传感器 G130①②⑤ 二次空气喷射阀 N112④ 二次空气喷射阀 2 N320④	87
7	熔断器座 B 上的熔断器 7 SB7	10A	增压压力限制电磁阀 N75③ 炭罐电磁阀 1 N80④ 进气歧管转换阀 N156④ 凸轮轴调节阀 1 —N205④ 排气凸轮轴调节阀 1 N318④ 废气再循环冷却器转换阀 N345③ 散热器风扇控制器 J293①③④⑤ 燃油系统诊断泵 V144①	87
8	熔断器座 B 上的熔断器 8 SB8	20A①②⑤ 30A④ 5A③	点火线圈 N. . . ①②④⑤ 小加热功率继电器 J359③ 大加热功率继电器 J360③	87
9	熔断器座 B 上的熔断器 9 SB9	15A① 25A② 30A③ 25A④⑤	发动机控制器 J623	87
10	熔断器座 B 上的熔断器 10 SB10	10A	冷却液继续补给泵 V51①②④⑤ 冷却液继续循环继电器 J151①②④ 废气再循环冷却泵 V400③ 冷却液循环电磁阀 N492⑤ 冷却液辅助泵继电器 J496⑤	87
11	熔断器座 B 上的熔断器 11 SB11	5A	离合器位置传感器 G476	87
12	熔断器座 B 上的熔断器 12 SB12	10A 15A③	发动机部件供电继电器 J757① 炭罐电磁阀 1 N80①② 增压压力限制电磁阀 N75①② 凸轮轴调节阀 1 N205① 涡轮增压器循环空气阀 N249①② 燃油压力调节阀 N276③ 燃油定量阀 N290③ 进气管风门阀门 N316① 机油压力调节阀 N428①	87

① 仅用于发动机标识字母 CDAA、CCZA、CCTA。

② 仅用于发动机标识字母 BWA、BPY、CDMA、CDLB。

③ 仅用于发动机标识字母 CBBB。

④ 仅用于发动机标识字母 BUB。

⑤ 仅用于发动机标识字母 CEPA。

（4）熔断器座 C 上的熔断器 SC 的安装位置

奥迪 TT 轿车熔断器座 C 上的熔断器 SC 位置分布如图 1-265 所示，相关说明如表 1-106 所示。

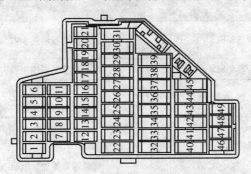

图 1-265　奥迪 TT 轿车熔断器座 C 上的熔断器 SC 位置分布图

表 1-106　奥迪 TT 轿车熔断器座 C 上的熔断器 SC 说明表

编号	电路图中的名称	额定值	保护的电路/部件	端子
1	熔断器座 C 上的熔断器 1 SC1	10A	燃油泵继电器 J17；电动燃油泵 2 继电器 J49[①] 燃油泵控制器 J538；发动机控制器 J623；前排乘客侧安全气囊关闭指示灯 K145；前照灯开关照明灯泡 L9；16 芯插头连接，诊断插头 T16	15
2	熔断器座 C 上的熔断器 2 SC2	5A	ABS 控制器 J104 制动灯开关 F	15
3	熔断器座 C 上的熔断器 3 SC3	5A	左侧前照灯电源模块 J667	15
4	熔断器座 C 上的熔断器 4 SC4	5A	机油油位和机油温度传感器 G266；轮胎压力监控按钮 E226；轮胎压力监控控制器 2 J793；ASR 和 ESP 按钮 E256；前照灯照明距离调节控制器 J431；高压传感器 G65；倒车灯开关 F4	15
5	熔断器座 C 上的熔断器 5 SC5	10A[⑤] 5A[⑥]	右侧前照灯照明距离调节伺服电动机 V49[⑤] 左侧前照灯照明距离调节伺服电动机 V48[⑤] 前照灯照明距离调节装置调节器 E102[⑤] 前照灯照明距离调节控制器 J431[⑥] 右侧前照灯电源模块 J668[⑥]	15
6	熔断器座 C 上的熔断器 6 SC6	5A	转向辅助控制器 J500 数据总线诊断接口 J533 变速器传感器控制器 J587 双离合器变速器机电装置 J743	15
7	熔断器座 C 上的熔断器 7 SC7	5A	驻车辅助控制器 J446 自动防眩车内后视镜 Y7 车库门开启操作单元 E284 车库门开启装置控制器 J530 左侧喷油器加热电阻 Z20 右侧喷油器加热电阻 Z21 车载电网控制器 J519 刮水器电动机控制器继电器 J576 敞篷车后挡风板控制器 J531	15

（续）

编号	电路图中的名称	额定值	保护的电路/部件	端子
8	熔断器座 C 上的熔断器 8 SC8	5A 10A②	四轮驱动控制器 J492	15
9	熔断器座 C 上的熔断器 9 SC9	5A	电子调节减振控制器 J250	15
10	熔断器座 C 上的熔断器 10 SC10	5A	安全气囊控制器 J234 座位占用识别功能控制器 J706⑦	15
11	熔断器座 C 上的熔断器 11 SC11	10A①④ 5A③	空气质量流量计 G70③④；固体声波控制器 J869④ 曲轴箱排气加热电阻 N79①④	15
12	熔断器座 C 上的熔断器 12 SC12	10A	驾驶人侧车门控制器 J386 前排乘客侧车门控制器 J387	30
13	熔断器座 C 上的熔断器 13 SC13	10A	16 芯插头连接，诊断插座 T16	30
14	熔断器座 C 上的熔断器 14 SC14	5A	雨水和光照传感器 G397⑫ 变速杆传感器控制器 J587	30
15	熔断器座 C 上的熔断器 15 SC15	5A 15A⑬	车载电网控制器 J519；前部车内照明 W1 雨水和光照传感器 G397⑬	30
16	熔断器座 C 上的熔断器 16 SC16	10A	自动空调控制器 J255	30
17	熔断器座 C 上的熔断器 17 SC17	5A	轮胎压力监控控制器 J502⑦ 轮胎压力监控控制器 2 J793	30
21	熔断器座 C 上的熔断器 21 SC21	30A	喷油器 N....①	15
22	熔断器座 C 上的熔断器 22 SC22	30A	敞篷车后挡风板控制器 J531⑨	15
23	熔断器座 C 上的熔断器 23 SC23	20A	高音喇叭 H2；低音喇叭 H7	30
24	熔断器座 C 上的熔断器 24 SC24	15A	双离合器变速器机电装置 J743	30
25	熔断器座 C 上的熔断器 25 SC25	30A 20A⑨	可加热后窗玻璃 Z1	30
26	熔断器座 C 上的熔断器 26 SC26	30A	驾驶人电动摇窗器电动机 V147	30
27	熔断器座 C 上的熔断器 27 SC27	30A	前排乘客电动摇窗器电动机 V148	30
29	熔断器座 C 上的熔断器 29 SC29	15A	车窗玻璃清洗泵 V5	15
30	熔断器座 C 上的熔断器 30 SC30	20A	点烟器 U1⑩；12 V 插座 U5⑦⑩	15
31	熔断器座 C 上的熔断器 31 SC31	40A	起动机 B；供电继电器，端子 50 J682	15
32	熔断器座 C 上的熔断器 32 SC32	5A	转向柱电子装置控制器 J527	30
33	熔断器座 C 上的熔断器 33 SC33	5A	仪表板中的控制器 J285	30
34	熔断器座 C 上的熔断器 34 SC34	15A 20A⑧	带 CD 光盘驱动器的导航系统控制器 J401 收音机 R 收音机及导航系统带显示单元的控制器 J503	30
35	熔断器座 C 上的熔断器 35 SC35	30A	数码音响系统控制器 J525	30
36	熔断器座 C 上的熔断器 36 SC36	10A	发动机控制器 J623；Motronic 供电继电器 J271； 端子 30 供电继电器 J317④	30
37	熔断器座 C 上的熔断器 37 SC37	5A	数据总线诊断接口 J533	30
38	熔断器座 C 上的熔断器 38 SC38	20A	插座继电器 J807⑪；点烟器 U1⑪； 12V 插座 —U5⑦⑪	30

（续）

编号	电路图中的名称	额定值	保护的电路/部件	端子
47	熔断器座 C 上的熔断器 47 SC47	5A	卫星收音机 R146⑦；电话的发送接收器 R36；移动电话放大器 R86；电视调谐器 R78；带手机适配器的汽车	30
48	熔断器座 C 上的熔断器 48 SC48	5A	带手机适配器的汽车	15A

注：18、19、20、28、39、40、41、42、43、44、45、46、49 未使用。

① 仅用于发动机标识字母 BUB。

② 仅用于发动机标识字母 CDLB。

③ 仅用于发动机标识字母 BWA、BPY、CDMA、CDLB。

④ 仅用于发动机标识字母 CBBB。

⑤ 用于前照灯照明距离手动调节。

⑥ 用于前照灯照明距离自动调节。

⑦ 仅用于带美国装备的车辆。

⑧ 仅用于带日本装备的车辆。

⑨ 敞篷跑车。

⑩ 至 2007 年 5 月。

⑪ 自 2007 年 6 月起。

⑫ 至 2009 年 5 月。

⑬ 自 2009 年 6 月起。

（5）熔断器座 D 上的熔断器 SD 的安装位置

奥迪 TT 轿车熔断器座 D 上的熔断器 SD 位置分布如图 1-266 所示，相关说明如表 1-107 所示。

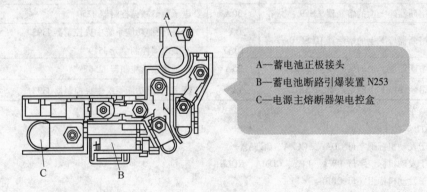

A—蓄电池正极接头
B—蓄电池断路引爆装置 N253
C—电源主熔断器架电控盒

图 1-266 奥迪 TT 轿车熔断器座 D 上的熔断器 SD 位置分布图

表 1-107 奥迪 TT 轿车熔断器座 D 上的熔断器 SD 说明表

编号	电路图中的名称	额定值	保护的电路/部件	端子
1	熔断器座 D 上的熔断器 1 SD1	40A	ABS 液压泵 V64	30
2	熔断器座 D 上的熔断器 2 SD2	110A	行李箱右侧熔断器座的供电	30
3	熔断器座 D 上的熔断器 3 SD3	110A	仪表板左侧熔断器座的供电	30

（6）熔断器座 F 上的熔断器 SF 的安装位置

奥迪 TT 轿车熔断器座 F 上的熔断器 SF 位置分布如图 1-267 所示，相关说明如表 1-108 所示。

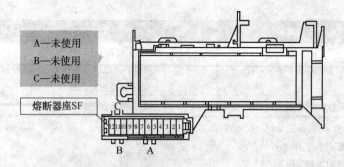

图 1-267　奥迪 TT 轿车熔断器座 F 上的熔断器 SF 位置分布图

表 1-108　奥迪 TT 轿车熔断器座 F 上的熔断器 SF 说明表

编号	电路图中的名称	额定值	保护的电路/部件	端子
1	熔断器座 F 上的熔断器 1 SF1	5A	车载电网控制器 J519（参考电压）	30
2	熔断器座 F 上的熔断器 2 SF2	40A	车载电网控制器 J519	30
3	未使用	—		30
4	熔断器座 F 上的熔断器 4 SF4	30A	车顶篷操纵控制器 J256[①] 折叠式车顶的操纵液压泵 V118[①]	30
5	熔断器座 F 上的熔断器 5 SF5	5A	驻车辅助控制器 J446 特殊功能接口[②]	30
6	熔断器座 F 上的熔断器 6 SF6	15A	燃油泵控制器 J538[③④] 燃油供油泵 G6[⑤]	30
7	熔断器座 F 上的熔断器 7 SF7	40A	车载电网控制器 J519	30
8	熔断器座 F 上的熔断器 8 SF8	20A	ABS 控制器 J104（ABS 阀门）	30
9	熔断器座 F 上的熔断器 9 SF9	30A	电子调节减振控制器 J250	30
10	熔断器座 F 上的熔断器 10 SF10	20A[⑥] 10A7	舒适/便捷功能系统中央控制器 J393[⑥] 车载电网控制单元 J519[⑦]	30
11	熔断器座 F 上的熔断器 11 SF11	25A	车顶篷操纵控制器 J256[①]	30
12	熔断器座 F 上的熔断器 12 SF12	5A[⑥]	舒适/便捷功能系统中央控制器 J393[⑥]	30

① 敞篷跑车。

② 自 2007 年 6 月起。

③ 仅用于发动机标识字母 CDAA、CCZA、CCTA。

④ 仅用于发动机标识字母 BWA、BPY、CDMA、CDLB。

⑤ 仅用于发动机标识字母 CBBB。

⑥ 至 2009 年 5 月。

⑦ 7 年款自 2009 年 6 月起。

（7）熔断器自动控制器

奥迪 TT 轿车熔断器自动控制器位于仪表板左下，其热敏熔断器位置分布如图 1-268 所示。

2. 继电器

（1）继电器位置分布

奥迪 TT 轿车继电器位置分布如图 1-269 所示。

（2）左侧仪表板下继电器位置布置

奥迪 TT 轿车左侧仪表板下继电器位置分布如图 1-270 所示。

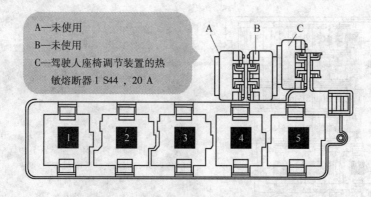

A—未使用
B—未使用
C—驾驶人座椅调节装置的热
　敏熔断器1 S44，20 A

图1-268　奥迪 TT 轿车热敏熔断器位置分布图

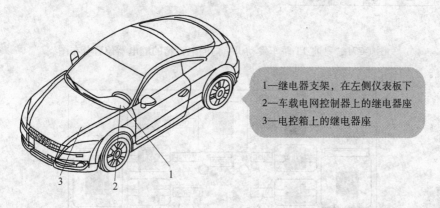

1—继电器支架，在左侧仪表板下
2—车载电网控制器上的继电器座
3—电控箱上的继电器座

图1-269　奥迪 TT 轿车继电器位置分布图

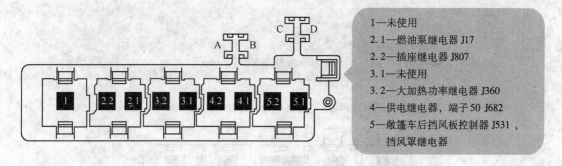

1—未使用
2.1—燃油泵继电器 J17
2.2—插座继电器 J807
3.1—未使用
3.2—大加热功率继电器 J360
4—供电继电器，端子 50 J682
5—敞篷车后挡风板控制器 J531，
　挡风罩继电器

图1-270　奥迪 TT 轿车左侧仪表板下继电器位置分布图

（3）发动机室内的电控箱的继电器位置布置

奥迪 TT 轿车发动机室内的电控箱的继电器位置分布如图1-271 所示。

（4）车载电网控制单元上的继电器位置分配

奥迪 TT 轿车车载电网控制单元上的继电器位于左侧仪表板下面，对于 2009 年 5 月以前的车型，其位置分布如图1-272 所示；对于 2009 年 6 月以后的车型，其位置分布如图1-273 所示。

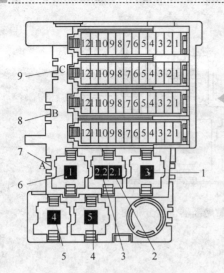

1—二次空气泵继电器 J299
　—小加热功率继电器 J359
2—燃油泵继电器 J17
　—辅助燃油泵继电器 J832
3—冷却液继续补给继电器 J151
　—冷却液辅助泵继电器 J496
4—电动燃油泵 2 继电器 J49
　—发动机部件供电继电器 J757
　—预热时间自动装置控制器 J179
5—Motronic 供电继电器 J271
　—端子 30 供电继电器 J317
6—前照灯清洗装置继电器 J39
7—预热塞熔断器 S125，50 A
8—未使用
9—未使用

图 1-271　奥迪 TT 轿车发动机室内的电控箱的继电器位置分布图

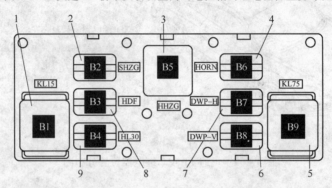

1—端子 15 供电继电器 2 J681　2—未使用　3—可加热后窗玻璃继电器 J9

4—信号喇叭继电器 J413　5—未使用　6—刮水器电动机控制器继电器 J576

7—未使用　8—未使用　9—端子 30 供电继电器 2 J689

图 1-272　奥迪 TT 轿车车载电网控制单元上的继电器图（2009 年 5 月以前）

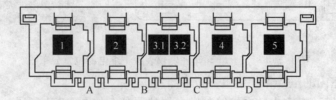

1—端子 15 供电继电器 2 J681　2—可加热后窗玻璃继电器 J9

3.1—信号喇叭继电器 J413　3.2—前照灯清洗装置继电器 J39

4—未使用　5—未使用

图 1-273　奥迪 TT 轿车车载电网控制单元上的继电器图（2009 年 6 月以后）

3. 电控单元位置分布

奥迪 TT 轿车电控单元位置分布如图 1-274 所示。其中 ABS 电控单元位于发动机室内前围板上右侧，如图 1-275 所示；发动机电控单元位于排水槽中，如图 1-276 所示。

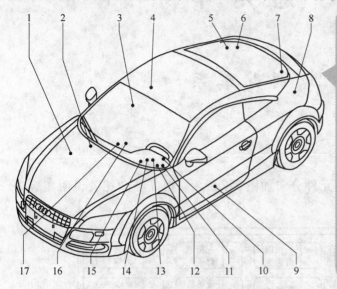

1—ABS 控制器 J104
2—发动机控制器 J623
3—前排乘客侧车门控制器 J387
4—电子调节减振控制器 J250
5—驻车辅助控制器 J446
6—舒适/便捷功能系统中央控制器 J393
7—车顶篷操纵控制器 J256（敞篷跑车）
8—数码音响系统控制器 J525
9—驾驶人侧车门控制器 J386
10—转向柱电子装置控制器 J527
11—车载电网控制器 J519
12—轮胎压力监控控制器 2 J793
13—仪表板中的控制器 J285
14—前照灯照明距离调节控制器 J431
15—数据总线诊断接口 J533
16—安全气囊控制器 J234
17—CD 换碟机 R41

图 1-274　奥迪 TT 轿车电控单元位置分布图

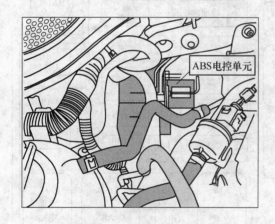

图 1-275　ABS 电控单元位安装位置图

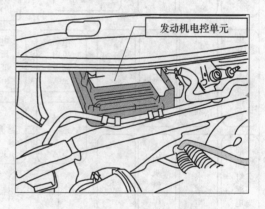

图 1-276　发动机电控单元安装位置图

第二章 通用车系

第一节 别克车系

一、凯越（2011 年款）

1. 发动机罩下熔断器盒

别克凯越发动机罩下熔断器盒元件分布如图 2-1 所示，熔断器盒相关说明如表 2-1 所示。

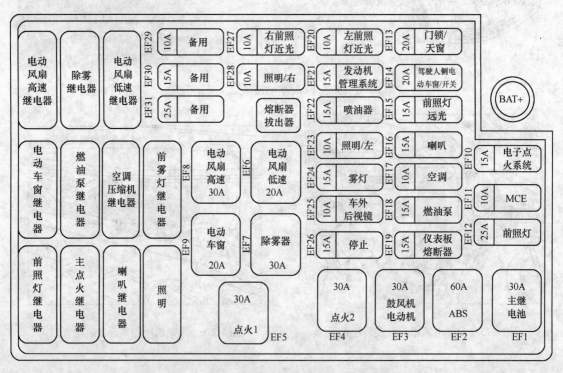

图 2-1 别克凯越发动机罩下熔断器盒元件位置分布图

表 2-1 别克凯越发动机罩下熔断器盒说明表

熔断器	额定值	电源	保护的电路/部件
EF1	30A	B+	主蓄电池（F13-F16、F21-F24）
EF2	60A	B+	电子制动控制模块，供油连接器
EF3	30A	B+	鼓风机继电器
EF4	30A	B+	点火开关 2
EF5	30A	B+	点火开关 1

（续）

熔断器	额定值	电源	保护的电路/部件
EF6	20A	B +	冷却风扇低速继电器
EF7	30A	B +	除雾继电器
EF8	30A	B +	冷却风扇高速继电器
EF9	20A	IGN 2	电动车窗开关
EF10	15A	IGN 1	燃油连接器、电子控制模块、MR-140、LEGR、电子点火系统
EF11	10A	B +	电子控制模块、主继电器
EF12	25A	B +	前照灯、照明继电器
EF13	20A	B +	中央门锁装置，天窗控制模块
EF14	20A	IGN 2	电动车窗开关
EF15	15A	车灯	高速前照灯
EF16	15A	B +	喇叭继电器、报警器、发动机罩接触开关
EF17	10A	B +	空调压缩机继电器
EF18	15A	IGN 1	燃油泵
EF19	15A	B +	仪表组、钥匙未拔提醒开关、折叠后视镜装置、阅读灯、车内照明灯、行李箱开启照明灯、行李箱开启开关
EF20	10A	车灯	前照灯近光
EF21	15A	IGN 1/B +	炭罐清污电磁阀、加热型氧传感器(HO2S)、冷却风扇继电器
EF22	15A	IGN 1/B +	喷油器、排气再循环、电动排气再循环
EF23	10A	照明	牌照灯、蜂鸣器、尾灯、前照灯
EF24	15A	B +	雾灯继电器
EF25	10A	IGN 2	电动车外后视镜
EF26	15A	B +	制动开关
EF27	10A	车灯	前照灯近光
EF28	10A	照明	照明电路、前照灯、尾灯
EF29	10A	备用	未使用
EF30	15A	备用	未使用
EF31	25A	备用	未使用

    别克凯越发动机室附加熔断器盒元件分布如图 2-2 所示，熔断器盒相关说明如表 2-2 所示。

表 2-2   别克凯越发动机室附加熔断器盒说明表

熔断器	额定值	电源	熔断器	额定值	电源
EF1B	20A	B +	EF4B	30A	B +
EF2B	30A	B +	EF5B	10A	B +
EF3B	30A	B +	EF6B	10A	B +

2. 仪表板熔断器盒

别克凯越仪表板熔断器盒元件分布如图2-3所示，熔断器盒相关说明如表2-3所示。

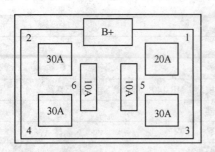

图 2-2　别克凯越发动机室附加
熔断器盒元件分布图

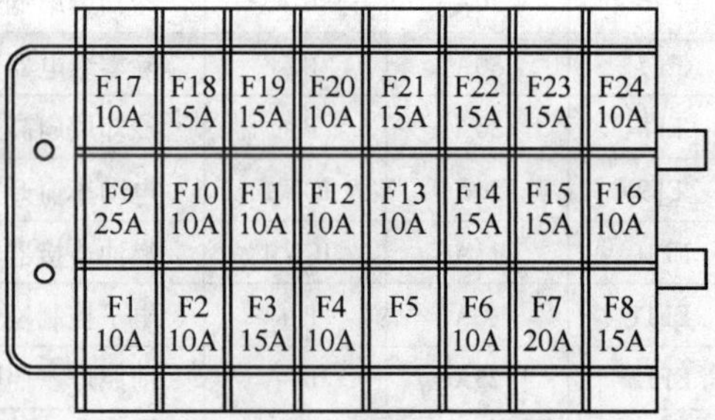

图 2-3　别克凯越仪表板熔断器盒元件分布图

表 2-3　别克凯越仪表板熔断器盒说明表

熔断器	额定值	电源	保护的电路/部件
F1	10A	IGN 1	传感和诊断模块
F2	10A	IGN 1	变速器控制模块，电子控制模块，发电机，可变几何形状进气系统（VGIS），车速传感器
F3	15A	IGN 1	危险警告灯开关
F4	10A	IGN 1	仪表组，日间行车灯模块，蜂鸣器，制动开关，速度传感动力转向模块，空调控制开关
F5	未使用	—	—
F6	10A	IGN 2	空调压缩机继电器，除雾继电器，电动车窗继电器，前照灯继电器
F7	20A	IGN 2	鼓风机继电器，空调控制开关，暖风、通风与空调系统
F8	15A	IGN 2	电动后视镜开关，折叠式后视镜，天窗模块
F9	25A	IGN 1	刮水器电动机，刮水器开关，雨水传感器装置-RHD
F10	—	备用	—
F11	10A	IGN 1	电子制动控制模块，供油连接器、巡航控制模块
F12	10A	IGN 1	阻断器，防盗控制装置，雨水传感器装置-LHD
F13	10A	B +	变速器控制模块
F14	15A	B +	危险警告灯开关
F15	15A	B +	防盗控制装置
F16	10A	B +	数据链接插头
F17	10A	ACC（附件）	时钟，收音机
F18	15A	ACC	附加电源插座
F19	15A	ACC	点烟器
F20	10A	IGN 1	倒车灯开关，驻车档/空档位置开关
F21	15A	B +	后雾灯继电器，巡航控制开关
F22	15A	B +	时钟，暖风、通风与空调系统，空调控制开关
F23	15A	B +	收音机
F24	10A	B +	阻断器（1.6L 发动机和 1.8L 发动机）

3. 仪表板熔断器盒(新凯越)

别克新凯越仪表板熔断器盒元件分布如图 2-4 所示，熔断器盒相关说明如表 2-4 所示。

10A防盗 F1 1MMOBILIZER	25A刮水器 F16 WIPER	10A仪表 F21 CLUSTER	10A倒车灯 F5 BACK UP
15A防盗 F10 ANTI–THEFT	15A收音机 F2 AUDIO	10A安全气囊 F24 AIRBAG	10A发动机室熔断器盒 F19 UEC
10A变速器模块 F12 TCM	10A诊断 F9 DIAGNOSTIC	10A防抱死系统 F14 ABS	15A天窗 F17 SUNROOF
15A点烟器 F6 CIGAR LIGHTER	15A自动空调/时钟 F3 ACT/CLOCK	10A免提 F15 HANDS FREE	10A空调系统 F20 HVAC
15A外接电源 F7 EXTRA JACK	15A警告灯 F11 HAZARD	10A防盗 F13 IMMOBILIZER	20A鼓风机 F18 BLOWER
10A收音机 F8 AUDIO	15A后雾灯 F4 REAR FOG	15A转向灯 F22 TURN SIGNAL	10A发动机控制模块 F23 ECM

图 2-4 别克新凯越仪表板熔断器盒元件分布图

表 2-4 别克新凯越仪表板熔断器盒说明表

熔断器	额定值	电源	保护的电路/部件
F1	10A	B +	阻断器(1.6L 发动机和 1.8L 发动机)
F2	15A	B +	收音机
F3	15A	B +	时钟，暖风、通风与空调系统，空调控制开关
F4	15A	B +	后雾灯继电器，巡航控制开关
F5	10A	IGN 1	倒车灯开关，驻车档/空档位置开关
F6	15A	ACC	点烟器
F7	15A	ACC	附加电源插座
F8	10A	ACC(附件)	时钟，收音机
F9	10A	B +	数据链接插头
F10	15A	B +	防盗控制装置
F11	15A	B +	危险警告灯开关
F12	10A	B +	变速器控制模块
F13	10A	IGN 1	阻断器，防盗控制装置，雨水传感器装置-LHD
F14	10A	IGN 1	电子制动控制模块，供油连接器、巡航控制模块
F16	25A	IGN 1	刮水器电动机，刮水器开关，雨水传感器装置-RHD
F17	15A	IGN 2	电动后视镜开关，折叠式后视镜，天窗模块
F18	20A	IGN 2	鼓风机继电器，空调控制开关，暖风、通风与空调系统
F19	10A	1GN2	空调控制面板
F20	10A	IGN 2	空调压缩机继电器，除雾继电器，电动车窗继电器，前照灯继电器
F21	10A	IGN 1	仪表组，日间行车灯模块，蜂鸣器，制动开关，速度感应动力转向模块，空调控制开关
F22	15A	IGN 1	危险警告灯开关
F23	10A	IGN 1	变速器控制模块，电子控制模块，发电机，可变几何形状进气系统(VGIS)、车速传感器
F24	10A	IGN 1	传感和诊断模块

二、君越（2008 年款）

1. 发动机室内熔断器盒

别克君越发动机室内熔断器盒元件分布如图 2-5 所示，熔断器盒相关说明如表 2-5 所示。

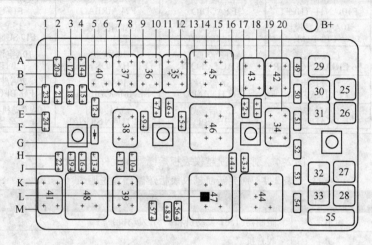

图 2-5　别克君越发动机室内熔断器盒元件分布图

表 2-5　别克君越发动机室内熔断器盒说明表

编号	设　　　备	额定值	保护的电路/部件
1	LF HI BEAM 熔断器	10A	左侧远光前照灯
2	RF HI BEAM 熔断器	10A	右侧远光前照灯
3	LF LO BEAM 熔断器	10A	左侧近光前照灯
4	RF LO BEAM 熔断器	10A	右侧近光前照灯
5	WIPER/WS 熔断器	25A	刮水器继电器
6	WASHER/RVC 熔断器	15A	洗涤器/调节器电压控制
7	FRT FOG LPS 熔断器	10A	前雾灯
8	TCM 熔断器	15A	变速器控制模块（TCM）
9	SIR 熔断器	10A	安全气囊系统传感和诊断模块（SDM）
10	AUX PWR 熔断器	25A	后部附件电源插座和前部附件电源电源插座
11	HORN 熔断器	15A	喇叭继电器
12	EMISSION 熔断器	10A	炭罐通风电磁阀、进气温度（IAT）/空气流量（MAF）传感器和涡轮增压器增压控制电磁阀（L32）
13	A/C CLUTCH 熔断器	10A	空调离合器
14	02 SSR 熔断器	15A	加热型氧传感器（HO2S）1 和加热型氧传感器（HO2S）2
15	ECM-2GN/CRANK COIL RLY 熔断器	10A	发动机控制模块——起动/切断继电器线圈
16	ECM 熔断器	15A	发动机控制模块
17	ET/LOMA 熔断器	15A	电子节气门
18	HVAC CTRL HEAD/RPA MDL/220V SW 熔断器	10A	空调控制器/倒车雷达模块/220V 开关

（续）

编号	设　备	额定值	保护的电路/部件
19	ABS SOL 熔断器	25A	防抱死制动系统电磁阀
20	FUEL INJ 熔断器	15A	喷油器1、喷油器2、喷油器3、喷油器4、喷油器5和喷油器6
21	TRANS SOL 熔断器	10A	变矩器离合器(TCC)电磁阀、1-2档换档电磁(1-2 SS)阀和2-3档换档电磁(2-3 SS)阀
22	FUEL PP 熔断器	15A	燃油泵继电器
23	ABS 熔断器	10A	转向盘转角传感器(JL4)以及横向偏摆率和横向加速度传感器(JL4)
24	ELEK IGN 熔断器	15A	点火控制模块(ICM)
25	RR HVAC BLOWER/220V OUTLET 熔断器	30A	后空调鼓风机/220V插座
26	BATT MAIN 1 熔断器	40A	驻车灯、车内灯、炭罐通风、一键起动、RFA 模块、空调、组合仪表、收音机、放大器和倒车灯熔断器
27	BATT MAIN 2 熔断器	50A	加热型座椅、电动后视镜、转向/危险警告灯、门锁、行李箱和天窗熔断器、电动座椅和电动车窗断路器和保持型附件电源(RAP)继电器
28	BATT MAIN 3 熔断器	40A	后窗除雾器继电器
29	FAN 1 熔断器	40A	风扇1继电器
30	BATT MAIN 4 熔断器	30A	鼓风机电动机控制处理器
31	ABS MTR 熔断器	40A	电子制动控制模块(EBCM)
32	FAN 2 熔断器	20A	风扇2和风扇3继电器
33	STARTER 熔断器	40A	起动继电器
34	远光继电器	—	左远光灯和右远光灯熔断器
35	HDM 继电器	—	左近光灯和右近光灯熔断器
36	雾灯继电器	—	左前雾灯和右前雾灯
37	点火1继电器	—	ABS、TRANS SOL、ECM、SIR 和显示熔断器，以及空调压缩机继电器
38	空调压缩机继电器	—	空调压缩机离合器和空调压缩机离合器二极管
39	喇叭继电器	—	喇叭总成
40	动力系统继电器	—	ETC、ELEK IGN、FUEL INJ、O2 SSR 和 EMISSION 熔断器
41	燃油泵继电器	—	燃油泵和传感器总成
42	风扇 1-1 继电器	—	冷却风扇-左侧
43	风扇 1-2 继电器	—	冷却风扇-左侧
44	风扇 3 继电器	—	冷却风扇-右侧
45	刮水器高速继电器	—	风窗玻璃刮水器电动机
46	刮水器继电器	—	刮水器高速继电器

（续）

编号	设 备	额定值	保护的电路/部件
47	风扇2继电器	—	冷却风扇-右侧
48	起动继电器	—	起动机
49	备用熔断器	10A	—
50	备用熔断器	15A	—
51	备用熔断器	25A	—
52-54	空白	—	—
55	熔断器拔出器	—	—
56	后排座椅取暖器	15A	后排空调座椅控制模块
57	前排座椅取暖器	15A	前排空调座椅控制模块

2. 仪表板熔断器盒

别克君越仪表板熔断器盒元件分布如图2-6所示，熔断器盒相关说明如表2-6所示。

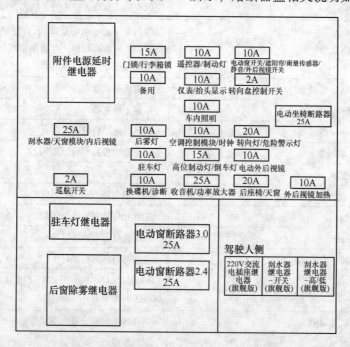

图2-6　别克君越仪表板熔断器盒元件分布图

表2-6　别克君越仪表板熔断器盒说明表

设 备	额定值	保护的电路/部件
后雾灯熔断器	10A	后雾灯
高位制动灯/倒车灯熔断器	15A	车身控制模块（BCM）
巡航开关熔断器	2A	巡航控制开关、触动式换档开关-左侧（UK3）和触动式换档开关-右侧（UK3）

（续）

设　　备	额定值	保护的电路/部件
仪表/抬头显示熔断器	10A	抬头显示器（HUD）（UV6）、仪表板组合仪表（IPC）和驾驶人信息中心（DIC）
门锁/行李箱锁熔断器	15A	车身控制模块（BCM）
外后视镜加热熔断器	10A	车外后视镜开关、驾驶人侧车外后视镜和乘客侧车外后视镜
后座桥/天窗熔断器	20A	座椅
空调控制模块/时钟熔断器	10A	暖风、通风与空调系统控制模块
车内照明熔断器	10A	车身控制模块（BCM）
驻车灯熔断器	10A	驻车灯继电器
驻车灯继电器	—	示宽灯（左前）、示宽灯（右前）、驻车/转向信号灯（左前）、驻车/转向信号灯（右前）、尾灯/停车灯和转向信号灯（左）、尾灯/停车灯和转向信号灯（右）、示宽灯（左后）、示宽灯（右后）、尾灯（左）尾灯（右）、牌照灯（左）和牌照灯（右）
电动外后视镜熔断器	10A	车外后视镜开关
电动座椅断路器	25A	驾驶人座椅调节器开关（AG1）和驾驶人座椅腰撑调节器开关（AL9）
电动窗断路器	25A	驾驶人车窗开关和前排乘客车窗开关
收音机/功率放大器熔断器	25A	收音机和音频放大器（U87）
RAP 继电器	—	天窗熔断器和电动车窗断路器
遥控器/制动灯熔断器	10A	遥控门锁接收器（RCDLR）和数字收音机接收器（U2K）
后窗除雾继电器	—	后窗除雾器格栅
转向盘控制开关熔断器	2A	左侧转向盘控制装置（UK3）和右侧转向盘控制装置（UK3）
雨刮/天窗模块/内后视镜熔断器	25A	刮水器、电动天窗、车内后视镜
换碟机/论断熔断器	10A	CD 换碟机、数据通信论断链路
TURN/HAZ 熔断器	20A	车身控制模块（BCM）
备用熔断器	10A	备用

三、君威（2010 年款）

1. 蓄电池熔断器盒

别克君威蓄电池熔断器盒元件分布如图 2-7 所示，熔断器盒相关说明如表 2-7 所示。

表 2-7　别克君威蓄电池熔断器盒说明表

编号	装置分配名称	额定电流	保护的电路/部件
1	F1 UB 熔断器	250A	发动机室内盖下熔断器盒
2	F2 UB 熔断器	100A	熔断器盒-仪表板
3	F3 UB 熔断器	100A	熔断器盒-仪表板

（续）

编号	装置分配名称	额定电流	保护的电路/部件
4	F4UB 熔断器	300A	起动机/发电机
5	F5UB 熔断器	100A	未使用
6	F6UB 熔断器	100A	未使用

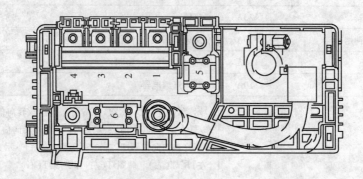

图 2-7 别克君威蓄电池熔断器盒元件分布图

2. 发动机室内熔断器盒

别克君威发动机室内熔断器盒的使用如图 2-8 所示，发动机室内熔断器盒元件分布如图 2-9 所示，熔断器相关说明如表 2-8 所示，继电器相关说明如表 2-9 所示。

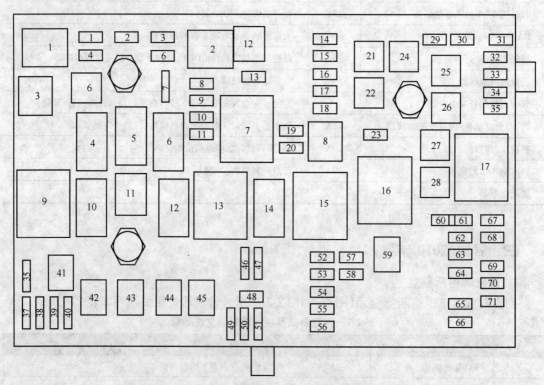

图 2-8 别克君威发动机室内熔断器盒标签的使用图

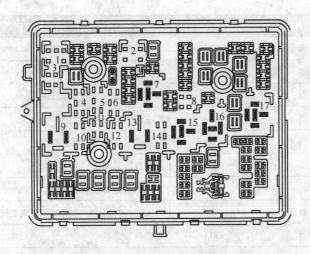

图 2-9 别克君威发动机室内熔断器盒元件分布图

表 2-8 别克君威发动机室内熔断器说明表

编号	装置分配名称	额定电流	保护的电路/部件
1	F1UA 熔断器	15A	变速器控制模块
2	F2UA 熔断器	15A	发动机控制模块
3 ~ 4	未使用	—	未使用
5	F5UA 熔断器	15A	变速器控制模块、发动机控制模块
6	F6UA 熔断器	30A	风窗玻璃刮水器继电器
7	未使用	—	未使用
8	F8UA 熔断器	15A	喷油器、点火线圈、发动机控制模块
9	F9UA 熔断器	15A	点火线圈、喷油器、发动机控制模块
10	F10UA 熔断器	15A	发动机控制模块
11	F11UA 熔断器	10A	加热型氧传感器
12	F12UA 熔断器	30A	起动机
13	F13UA 熔断器	7.5A	变速器控制模块、燃油控制器、曲轴箱通风加热器
14 ~ 15	未使用	—	未使用
16	F16UA 熔断器	7.5A	空气质量传感器、真空控制助力器开关、燃油含水传感器
17	F17UA 熔断器	5A	安全气囊系统传感和诊断模块
18	F18UA 熔断器	15A	前照灯控制模块(T12/TT6)
19	F19UA 熔断器	15A	前照灯高度调节执行器(TR7)
20	F20UA 熔断器	20A	燃油泵继电器
21	F21UA 熔断器	30A	车窗电动机、前车门
22	F22UA 熔断器	50A	电子制动控制模块(EBCM)
23	F23UA 熔断器	10A	动力转向控制模块
24	F24UA 熔断器	30A	车窗电动机、前车门
25	未使用	—	未使用
26	F26UA 熔断器	60A	电子制动控制模块(EBCM)

（续）

编号	装置分配名称	额定电流	保护的电路/部件
27	F27UA 熔断器	30A	驻车制动控制模块(J71)
28	F28UA 熔断器	40A	后除雾器格栅
29	F29UA 熔断器	15A	左侧座椅腰冲毁支撑开关
30	F30UA 熔断器	15A	右侧座椅腰冲毁支撑开关
31	F31UA 熔断器	20A	空调压缩机离合器继电器
32	F32UA 熔断器	20A	车身控制模块
33	F33UA 熔断器	25A	加热型座椅控制模块
34	F34UA 熔断器	25A	天窗控制模块、天窗遮阳板电动机模块
35	F35UA 熔断器	30A	音频放大器
36	未使用	—	未使用
37	F37UA 熔断器	10A	前照灯右侧远光
38	F38UA 熔断器	10A	前照灯左侧远光
39、40	未使用	—	未使用
41	F41UA 熔断器	30A	遥控门锁接收器/制动助力器泵电动机(BTM)
42	F42UA 熔断器	60A	冷却风扇中速1继电器
43	F43UA 熔断器	30A	加热型洗涤器喷嘴模块、遥控门锁接收器
44	F44UA 熔断器	25A	前照灯洗涤液泵继电器(CE4)
45	F45UA 熔断器	60A	冷却风扇高速继电器
46	F46UA 熔断器	10A	冷却风扇继电器
47	F47UA 熔断器	10A	加热型氧传感器
48	F48UA 熔断器	15A	前雾灯
49	F49UA 熔断器	15A	右侧近光前照灯(TT6)
50	F50UA 熔断器	15A	左侧近光前照灯(TT6)
51	F51UA 熔断器	15A	喇叭
52	F52UA 熔断器	5A	组合仪表
53	F53UA 熔断器	10A	前照灯高度调节执行器、通风型座椅鼓风机电动机、车内后视镜、轮胎气压模块
54	F54UA 熔断器	5A	未使用
55	F55UA 熔断器	7.5A	前车窗开关、后视镜开关
56	F56UA 熔断器	15A	风窗玻璃洗涤器泵
57	F57UA 熔断器	15A	未使用
58	未使用	—	未使用

（续）

编号	装置分配名称	额定电流	保护的电路/部件
59	未使用	—	未使用
60	未使用	—	未使用
61	F61UA 熔断器	7.5A	车外后视镜
62	未使用	—	未使用
63	未使用	—	未使用
64	F64UA 熔断器	5A	前照灯控制模块（TT2/TT6）
65	F65UA 熔断器	7.5A	防盗警报器
66	未使用	—	未使用
67	F67UA 熔断器	20A	燃油泵控制模块
68	未使用	—	未使用
69	F69UA 熔断器	5A	车身控制模块
70	F70UA 熔断器	5A	雨量传感器
71	未使用	5A	未使用

表 2-9　别克君威发动机室内继电器说明表

编号	装置分配名称	说　　明	编号	装置分配名称	说　　明
1	KR29 继电器	空调压缩机离合器	13	KR20K 继电器	右侧冷却风扇高速
2	KR27 继电器	起动机	14	KR49 前照灯近光继电器	前照灯近光（TT6）
3	KR20F 继电器	冷却风扇			
4	KR12C 继电器	风窗玻璃刮水器速度控制	15	KR73 继电器	点火主继电器
5	KR12B 继电器	风窗玻璃刮水器	16	未使用	未使用
6	未使用	未使用	17	KR5 继电器	后窗除雾器
7	KR71 发动机控制模块继电器	动力系统		KR3 喇叭	喇叭继电器
8	KR23A 继电器	燃油泵		KR11 风窗玻璃洗涤液泵	风窗玻璃洗涤液泵继电器
9	KR20A 继电器	冷却风扇中速 1（LDK）		KR46 前雾灯	前雾灯继电器
10	KR20B 继电器	冷却风扇中速 2（LDK）		KR48 前照灯远光	前照灯远光继电器
11	KR2 继电器	前照灯洗涤泵（CE4）		KR97 门锁继电器	驾驶人车门锁
12	KR20E 继电器	冷却风扇转速控制（或发动机室继电器盒内）		KR101 防盗系统安全警报器继电器	防盗警报器

注：右表所列为车身内部，不可维修的印制电路板（PCB）继电器。

3. 仪表板熔断器盒

别克君威仪表板熔断器盒熔断器与继电器分布如图 2-10 所示，熔断器盒相关说明如表 2-10 所示。

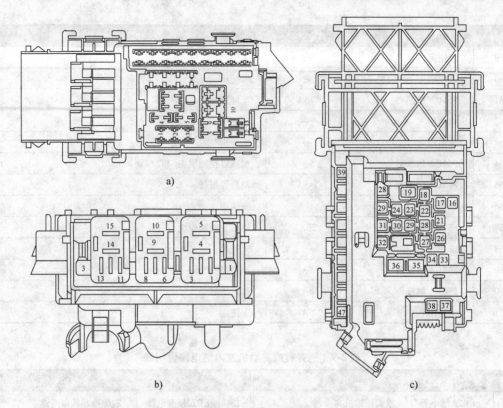

图 2-10 　别克君威仪表板熔断器盒熔断器与继电器分布图

a）别克君威仪表板熔断器盒（熔断器）俯视图　b）别克君威仪表板熔断器
盒（继电器）俯视图　c）别克君威仪表板熔断器盒（熔断器）仰视图

表 2-10 　别克君威仪表板熔断器盒说明表

编号	装置分配名称	额定电流	保护的电路/部件
1	F1DA 熔断器	10A	车载电话控制模块、数字收音机控制模块
2	F2DA 熔断器	20A	车身控制模块
3	F3DA 熔断器	25A	车身控制模块
4	F4DA 熔断器	20A	鸣响警报控制模块、收音机
5	F5DA 熔断器	10A	驻车辅助控制模块、电动警报器、中央控制台多功能开关、显示屏
6	F6DA 熔断器	20A	前点烟器
7	F7DA 熔断器	20A	中央控制台附件电源插座 1/2
8	F8DA 熔断器	30A	车身控制模块
9	F9DA 熔断器	30A	车身控制模块
10	F10DA 熔断器	30A	车身控制模块
11	F11DA 熔断器	40A	鼓风机电动机控制模块
12	F12DA 熔断器	25A	座椅开关、左侧、座椅位置记忆模块
13	F13DA 熔断器	25A	座椅开关、右侧、座椅位置记忆模块

（续）

编号	装置分配名称	额定电流	保护的电路/部件
14	F14DA 熔断器	7.5A	数据链路连接器、机油供油连接器
15	F15DA 熔断器	10A	安全气囊系统传感和诊断模块
16	F16DA 熔断器	10A	行李箱盖释放继电器
17	F17DA 熔断器	10A	暖风、通风与空调系统控制模块/暖风、通风与空调系统控制总成
18	未使用	—	未使用
19	F19DA 熔断器	5A	座椅位置记忆模块（A45）
20	未使用	—	未使用
21	F21DA 熔断器	10A	组合仪表
22	F22DA 熔断器	2A	点火开关/遥控门锁接收器
23	F23DA 熔断器	20A	车身控制模块
24	F24DA 熔断器	20A	车身控制模块
25	F25DA 熔断器	20A	转向柱锁止控制模块
26	未使用	—	未使用
以下所列为熔断器盒内部的不可维修的印制电路板（PCB）继电器			
1	KR70 辅助电源继电器		辅助电源继电器
2	KR95B 行李箱盖释放继电器		行李箱盖释放装置
3	KR104A 逻辑模式继电器 1		逻辑模式 1

四、英朗（2010 年款）

别克英朗仪表板熔断器盒与君威（2010 款）的仪表板熔断器盒元件分布相同（参看图 2-10），熔断器盒相关说明如表 2-11 所示。

表 2-11 英朗仪表板熔断器盒说明表

编号	装置分配名称	额定电流	保护的电路/部件
1	F1DA 熔断器	10A	无线电控制、信息显示模块
2	F2DA 熔断器	20A	车身控制模块
3	F3DA 熔断器	20A	车身控制模块
4	F4DA 熔断器	20A	无线电
5	F5DA 熔断器	10A	无线电控制、信息显示模块、远程通信接口控制模块
6	F6DA 熔断器	20A	点烟器插座
7	F7DA 熔断器	20A	附件电源插座 中央控制台
8	F8DA 熔断器	30A	车身控制模块
9	F9DA 熔断器	30A	车身控制模块
10	F10DA 熔断器	30A	车身控制模块
11	F11DA 熔断器	40A	鼓风机电动机控制模块
12	F12DA 熔断器	25A	驾驶人侧座椅调节器开关
13	未使用	—	未使用

（续）

编号	装置分配名称	额定电流	保护的电路/部件
14	F14DA 熔断器	7.5A	组合低度表
15	F15DA 熔断器	10A	全气囊系统传感和诊断模块
16	F16DA 熔断器	10A	未使用
17	F17DA 熔断器	10A	空调系统控制模块
18	未使用	—	未使用
19	F19DA 熔断器	30A	车身控制模块
20	未使用	不适用	未使用
21	F21DA 熔断器	7.5A	组合仪表
22	F22DA 熔断器	5A	点火开关/无钥匙进入控制模块
23	F23DA 熔断器	20A	车身控制模块
24	F24DA 熔断器	20A	车身控制模块
25	未使用	—	未使用
26	未使用	—	未使用

五、林荫大道（2010 年款）

1. 发动机室内熔断器盒

林荫大道发动机室内熔断器盒元件分布如图 2-11 所示，熔断器相关说明如表 2-12 所示，

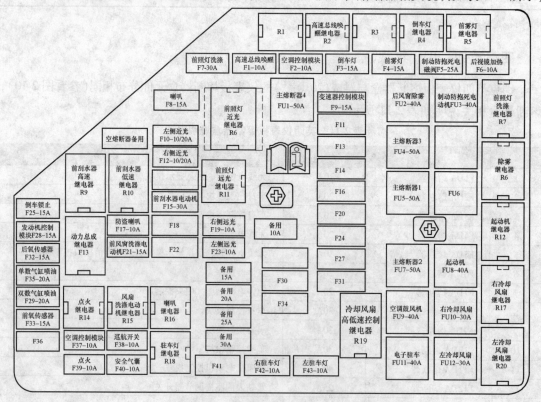

图 2-11　林荫大道发动机室内熔断器盒元件分布图

继电器相关说明如表 2-13 所示。

表 2-12　林荫大道发动机室内熔断器盒熔断器说明表

编号	装置分配名称	额定值	保护的电路/部件
主熔断器			
FU1	主熔断器 4	50A	提供仪表板熔断器盒和车身控制模块
FU2	后风窗除雾熔断器	40A	后除雾继电器 R8
FU3	制动防抱死电动机熔断器	40A	电子制动控制模块（EBCM）
FU4	主熔断器 3	50A	保持型附件电源（RAP）继电器、附加保护系统、门锁熔断器和防抱死制动系统模块
FU5	主熔断器 1	50A	对仪表板熔断器盒供电
FU6	备用熔断器	—	—
FU7	主熔断器 2	50A	附件电源继电器（R8）和电动座椅断路器
FU8	起动机熔断器	40A	起动机继电器 R12
FU9	空调鼓风机熔断器	40A	鼓风机控制器
FU10	右冷却风扇熔断器	30A	发动机冷却风扇继电器 R17
FU11	电子驻车熔断器	40A	电子驻车制动模块
FU12	左冷却风扇熔断器	30A	发动机冷却风扇 R20
辅助熔断器			
F1	高速总线唤醒熔断器	10A	高速总线唤醒继电器 R2
F2	空调控制模块熔断器	10A	暖风、通风与空调系统
F3	倒车灯熔断器	15A	倒车灯继电器 R4
F4	前雾灯熔断器	15A	雾灯继电器 R5
F5	制动防抱死电磁阀熔断器	25A	防抱死制动系统模块
F6	后视镜加热熔断器	10A	左侧车外后视镜，右侧车外后视镜
F7	前照灯洗涤熔断器	30A	前照灯洗涤器继电器 R7
F8	喇叭熔断器	15A	喇叭
F9	变速器控制模块熔断器	15A	变速器控制模块
F10	左侧近光熔断器	10/20A	左侧近光
F11	备用熔断器	—	—
F12	右侧近光熔断器	10/20A	右侧近光
F13	备用熔断器	—	—
F14	备用熔断器	—	—
F15	前刮水器电动机熔断器	30A	刮水器高速继电器 R9
F16	备用熔断器	—	—
F17	防盗喇叭熔断器	10A	警报系统
F18	备用熔断器	—	—
F19	右侧远光熔断器	10A	右侧远光
F20	备用熔断器	—	—
F21	风窗洗涤电动机熔断器	15A	风窗玻璃洗涤器

（续）

编号	装置分配名称	额 定 值	保护的电路/部件
F22	备用熔断器	—	—
F23	左侧远光熔断器	10A	左侧远光
F24	备用熔断器	—	—
F25	倒档锁止熔断器	15A	倒档锁止电磁阀（Y144）
F26	实时减振熔断器	25A	主动悬架、电子悬架控制（ESC）模块
F27	备用熔断器	—	—
F28	发动机控制模块1熔断器	15A	发动机控制模块（ECMA43）
F29	双数气缸喷油熔断器	20A	点火线圈和燃油喷油器
F30	备用熔断器	—	—
F31	备用熔断器	—	—
F32	后氧传感器熔断器	15A	氧传感器
F33	前氧传感器熔断器	15A	加热型氧传感器、炭罐电磁阀、进气歧管管路控制电磁阀、凸轮轴位置电磁阀
F34	备用熔断器	—	—
F35	单数气缸喷油熔断器	20A	点火线圈和燃油喷油器
F36	备用熔断器	—	—
F37	空调控制模块熔断器	10A	空调控制模块
F38	巡航开关熔断器	10A	前排加热座椅控制模块、后排座椅模块总成、后排加热座椅控制模块、前车顶控制台
F39	点火熔断器	10A	空气流量、进气温度、发动机控制模块（A43）和变速器控制模块
F40	安全气囊熔断器	10A	安全气囊系统传感器和诊断模块（SDM）
F41	备用熔断器	—	—
F42	右驻车灯熔断器	10A	右侧尾灯总成、牌照灯、右侧前照灯总成
F43	左驻车灯熔断器	10A	左侧尾灯总成、左侧前照灯总成

表2-13　林荫大道发动机室内熔断器盒继电器说明表

编号	装置分配名称	保护的电路/部件
R1	备用继电器	—
R2	高速总线唤醒继电器	横向偏摆率和横向加速度传感器、转向盘转角传感器、电子制动控制模块、车身控制模块
R3	备用继电器	—
R4	倒车灯继电器	左后转向灯组合、右后转向灯组合
R5	前雾灯继电器	左前雾灯、右前雾灯
R6	前照灯近光继电器	左侧近光熔断器、右侧近光熔断器
R7	前照灯洗涤继电器	前照灯洗涤器电动机
R8	除雾器继电器	加热后视镜熔断器、后除雾栅格
R9	前刮水器高速继电器	刮水器电动机

（续）

编号	装置分配名称	保护的电路/部件
R10	前刮水器低速继电器	刮水器电动机
R11	前照灯远光继电器	左侧远光熔断器、右侧远光熔断器
R12	起动机继电器	起动机、发动机控制模块
R13	动力总成继电器	发动机控制模块1熔断器、排放1熔断器、排放2熔断器F32、奇数线圈/喷油器熔断器、偶数线圈/喷油器熔断器
R14	点火继电器	暖风、通风与空调系统点火熔断器、发动机点火熔断器、气囊熔丝、电话巡航熔断器
R15	前风窗洗涤电动机继电器	前窗洗涤器熔断器
R16	喇叭继电器	喇叭熔断器
R17	右冷却风扇继电器	右侧冷却风扇
R18	驻车灯继电器	左侧驻车熔断器、右侧驻车熔断器
R19	冷却风扇高低速控制继电器	右侧冷却风扇、左侧冷却风扇
R20	左冷却风扇继电器	左侧冷却风扇

2. 仪表板熔断器盒

林荫大道仪表板熔断器盒元件分布如图2-12所示，相关说明如表2-14所示。

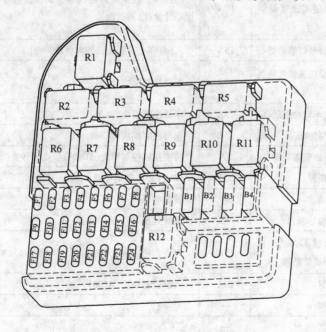

图2-12　林荫大道仪表板熔断器盒元件分布图

表 2-14　林荫大道仪表板熔断器盒说明表

编号	装置分配名称	额定值	保护的电路/部件
	断 路 器		
1	车窗蓄电池	20A	未使用
2	电动车窗	20A	自动水平控制(ALC)压缩机(G69)、电子悬架控制(ESC)模块(Z55)
3	电动座椅	20A	拖车线束、辅助车身控制模块(XBCM)(出口车型)
4	备用	—	炭罐清污阀电磁阀、空气流量(MAF)/进气温度(IAT)传感器、气门挺杆机油歧管(VLOM)总成(DOD)
	熔 断 器		
1	安全气囊系统(附加保护系统)熔断器	10A	附加保护系统模块(A65)
2	防尘套释放熔断器	10A	防尘套释放继电器(R5)
3	门锁熔断器	25A	门锁继电器 R6、R2 和 R3
4	意外电源/LED 仪表板集成模块熔断器	15A	车身控制模块
5	门控灯/右前转向信号熔断器	15A	门控灯熔断器(车身控制模块)
6	右侧转向信号灯熔断器	15A	右侧转向信号(车身控制模块)
7	指令/控制显示/遥控功能执行器/数据链路连接器熔断器	10A	门控灯、数据链路连接器、仪表板组合仪表、轮胎气压监测、运动计量仪(若装配)
8	左侧转向信号灯熔断器	15A	左侧转向信号(车身控制模块)
9	车身控制模块逻辑电路熔断器	10A	车身控制模块(BCM)
10	停车灯/驻车辅助熔断器	15A	车身控制模块(BCM)
11	控制台照明熔断器	15A	车身控制模块(BCM)
12	点火开关/防盗熔断器	2A	防盗控制控制模块(TDCM)、点火开关(S149)
13	点烟器熔断器	20A	12V/120W 辅助电源
14	前 APO 熔断器	20A	辅助电源插座
15	车外后视镜熔断器	2A	车外后视镜开关
16	电话/钥匙锁止/车内后视镜/雨水传感器熔断器	10A	电话、钥匙锁止、电致变色后视镜和雨水传感器
17	天窗熔断器	20A	天窗控制模块(A108)
18	备用熔断器	—	—
19	备用熔断器	—	—
20	备用熔断器	—	—
21	备用熔断器	—	—

（续）

编号	装置分配名称	额定值	保护的电路/部件
22	备用熔断器	—	—
23	转向盘照明熔断器	2A	
24	保持型附件电源控制电动车窗熔断器	10A	车窗、门锁和车窗开关（S169）、左和右前车窗电动机
R1	保持型附件电源继电器	—	空调压缩机熔断器
R2	所有的门锁继电器	—	辅助阀熔断器
R3	乘客侧车门解锁继电器	—	雾灯熔断器
R4	备用继电器	—	
R5	防尘套释放继电器	—	燃油泵熔断器
R6	驾驶人侧车门解锁继电器	—	左近光前照灯熔断器、右近光前照灯熔断器、日间行车灯2熔断器
R7	备用继电器	—	—
R8	附件电源继电器	—	发动机控制模块/THROT熔断器、发动机熔断器、喷油器A熔断器、喷油器B熔断器、O2-A传感器熔断器、O2-B传感器熔断器、风扇中央PCB继电器、高速风扇电路板继电器、低速风扇电路板继电器
R9	鼓风机（仅左驾车）继电器	—	后除雾熔断器
R10	备用继电器	—	
R11	备用继电器	—	
R12	燃油泵继电器	—	右侧冷却风扇

3. 后熔断器盒

林荫大道后熔断器盒元件分布如图2-13所示，相关说明如表2-15所示。

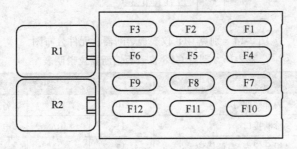

图2-13 林荫大道后熔断器盒元件分布图

表2-15 林荫大道后熔断器盒说明表

编号	装置分配名称	额定值	保护的电路/部件
1	后排座椅娱乐系统熔断器	10A	视频分离器盒（VSB）
2	放大器熔断器	30A	放大器（N6）

（续）

编号	装置分配名称	额定值	保护的电路/部件
3	导航/远程通信/电话熔断器	10A	导航模块、远程通信模块和蓝牙模块
4	收音机和信息娱乐熔断器	10A	音响装置（A133）
5	备用熔断器	—	—
6	备用熔断器	—	—
7	挂车熔断器	30A	
8	备用熔断器	—	—
9	备用熔断器	—	—
10	发动机控制模块蓄电池熔断器	15A	发动机控制模块电源
11	调节电压控制传感器熔断器	7.5A	车身控制模块（BCM）
12	燃油泵熔断器	20A	燃油泵继电器（R12）

六、GL8（2011 年款）

别克 GL8 仪表板熔断器盒元件分布如图 2-14 所示，相关说明如表 2-16 所示。

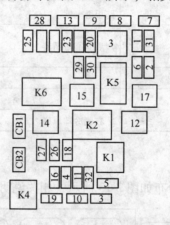

图 2-14　别克 GL8 仪表板熔断器盒元件分布图

表 2-16　别克 GL8 仪表板熔断器盒说明表

熔断器编号	额定电流	保护的电路/部件	熔断器编号	额定电流	保护的电路/部件
1	10A	内部照明灯	10	2A	备用
2	10A	诊断接口	11	10A	电动后视镜
3	10A	组合仪表/空调模块	12	—	—
4	15A	备用	13	10A	尾灯
5	15A	燃油泵	14 ~ 15	—	—
6	15A	收音机	16	10A	网关
7	15A	倒车灯	17	—	—
8	10A	遥控接收模块	18	25A	备用
9	15A	驻车灯	19	20A	后雾灯

（续）

熔断器编号	额定电流	保护的电路/部件	熔断器编号	额定电流	保护的电路/部件
20	25A	点烟灯	27	20A	前刮水器
21～22	—	—	28	15A	后刮水器
23	20A	天窗	29	25A	后鼓风机
24	—	—	30	25A	前鼓风机控制
25	15A	门锁电动机	31	2A	巡航开关
26	20A	1/4 电动窗	32	10A	后视镜加热

第二节　雪佛兰车系

一、科鲁兹（2011 年款）

1. 蓄电池熔断器盒

雪佛兰科鲁兹蓄电池熔断器盒元件分布与君威（2010 年款）相同，请参看图 2-7 所示，熔断器盒相关说明如表 2-17 所示。

表 2-17　雪佛兰科鲁兹熔断器盒相关说明表

编　　号	装置分配名称	额 定 电 流	保护的电路/部件
1	F1UD 熔断器	100A	熔断器盒-仪表板
2	F2UD 熔断器	100A	熔断器盒-仪表板
3	F3UD 熔断器	80A	电动转向（EPS）（NJ1）
4	未使用	—	未使用
5	F5UD 熔断器	250A	熔断器盒-蓄电池辅助
6	F6UD 熔断器	250A/500A	起动机

2. 发动机室内熔断器盒

雪佛兰科鲁兹发动机室内熔断器盒元件分布与君威（2010 年款）相同，请参看图 2-8、2-9 所示，熔断器相关说明如表 2-18 所示，继电器相关说明如表 2-19 所示。

表 2-18　雪佛兰科鲁兹发动机室内熔断器盒熔断器相关说明表

编　　号	装置分配名称	额 定 电 流	保护的电路/部件
5	F5UA 熔断器	15A	变速器控制模块、发动机控制模块、质量空气流量/进气温度传感器、输出轴转速传感器
8	F8UA 熔断器	15A	喷油器
9	F9UA 熔断器	15A	点火线圈、喷油器
10	F10UA 熔断器	15A	发动机控制模块、输出轴转速传感器
13	F13UA 熔断器	7.5A	炭罐通风电磁阀

（续）

编　号	装置分配名称	额 定 电 流	保护的电路/部件
16	F16UA 熔断器	7.5A	空气质量传感器
18	F18UA 熔断器	10A	燃油泵控制模块
19	未使用	—	未使用
22	未使用	—	未使用
23	未使用	—	未使用
26	F26UA 熔断器	40A	电子制动控制模块（EBCM）
27	F27UA 熔断器	30A	遥控门锁接收器
29	未使用	不适用	未使用
30	F30UA 熔断器	15A	电子制动控制模块（EBCM）
31	F31UA 熔断器	20A	车身控制模块
33	F33UA 熔断器	30A	加热型座椅控制模块
34	F34UA 熔断器	25A	天窗控制模块
41	未使用	—	未使用
42	F42UA 熔断器	20A/30A	冷却风扇继电器、冷却风扇电动机
43	未使用	—	未使用
44	未使用	—	未使用
45	F45UA 熔断器	30A/40A	冷却风扇高速继电器、冷却风扇电动机
47	F47UA 熔断器	10A	加热型氧传感器、节气门体
49	未使用	—	未使用
50	未使用	—	未使用
53	F53UA 熔断器	10A	车内后视镜
54	F54UA 熔断器	5A	前照灯开关、电气辅助加热器、暖风、通风与空调系统控制模块
57	F57UA 熔断器	15A	转向柱锁止控制模块
59	F59UA 熔断器	30A	燃油加热器
60	F60UA 熔断器	7.5A	车外后视镜
61	未使用	—	未使用
62	F62UA 熔断器	10A	空调压缩机离合器继电器、空调压缩机离合器
64	F64UA 熔断器	5A	安全气囊系统传感和诊断模块
65	未使用	—	未使用

注：其他编号的端子请参看君威（2010 年款）。

表2-19　雪佛兰科鲁兹发动机室内熔断器盒继电器相关说明表

编号	装置分配名称	说　明	编号	装置分配名称	说　明
1	KR29 继电器	空调压缩机离合器	13	KR20D 继电器	冷却风扇高速继电器
2	KR27 继电器	起动机	14	未使用	未使用
3	KR20F 继电器	冷却风扇	15	KR73 继电器	点火主继电器
4	KR12C 继电器	风窗玻璃刮水器速度控制	16	KR22 继电器	燃油加热器继电器
5	KR12B 继电器	风窗玻璃刮水器	17	KR5 继电器	后窗除雾器
6	未使用	未使用		以下所列为车身内部，不可维修的印制电路板(PCB)继	
7	KR75 继电器	动力系统		电器。	
8	KR23A 继电器	燃油泵		KR3	喇叭继电器
9	KR20A 继电器	冷却风扇中速1		KR11	风窗玻璃洗涤液泵继电器
10	KR20B 继电器	冷却风扇中速2		KR46	前雾灯继电器
11	未使用	未使用		KR48	前照灯远光继电器
12	KR20E 继电器	冷却风扇转速控制(或发动机室盖下继电器盒内)			

3. 仪表板熔断器盒

　　雪佛兰科鲁兹仪表板熔断器盒熔断器与继电器分布与君威(2010 年款)相同，请参看图 2-10 所示，熔断器盒相关说明如表 2-20 所示。

表2-20　雪佛兰科鲁兹仪表板熔断器盒相关说明表

编　号	装置分配名称	额定电流	保护的电路/部件
1	F1DA 熔断器	10A	车载电话控制模块
2	未使用	—	未使用
4	F4DA 熔断器	20A	收音机
5	F5DA 熔断器	7.5A	驻车辅助控制模块、电动警报器、中央控制台多功能开关、显示屏
12	未使用	—	未使用
13	F13DA 熔断器	25A	加热型座椅控制模块
17	F17DA 熔断器	15A	暖风、通风与空调系统控制模块/暖风、通风与空调系统控制总成
18-20	未使用	不适用	未使用
21	F21DA 熔断器	15A	组合仪表

注：其他编号的端子请参看君威(2010 年款)。

二、新赛欧(2011 年款)

1. 发动机室内熔断器盒

　　新赛欧轿车发动机室内熔断器盒如图 2-15 所示，其使用说明见表 2-21 所示。

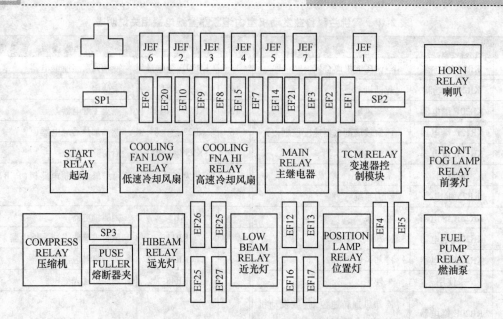

图 2-15　新赛欧轿车发动机室内熔断器盒元件分布图

表 2-21　新赛欧轿车发动机室内熔断器盒说明表

设备标签名称	设备指定名称	额定值	描述
EF1	F1U	15A	前雾灯熔断器
EF2	F2U	15A	液压泵熔断器
EF3	F3U	10A	喇叭熔断器
EF4	F4U	10A	左尾灯熔断器
EF5	F5U	10A	右尾灯熔断器
EF6	F6U	10A	空调压缩机熔断器
EF7	F7U	20A	位置灯熔断器
EF8	F8U	30A	后除雾熔断器
EF9	F9U	15A	制动防抱死制动系统熔断器
EF10	F10U	25A	前照灯熔断器
EF11	—	未使用	—
EF12	F12U	15A	前氧传感器熔断器
EF13	F13U	15A	后氧传感器熔断器
EF14	F14U	30A	主继电器熔断器
EF15	F15U	10A	发动机控制模块熔断器
EF16	F16U	15A	燃油喷射熔断器
EF17	F17U	15A	发动机控制模块 2 熔断器
EF18	—	未使用	—
EF19	—	未使用	—
EF20	F20U	15A	变速器控制模块熔断器
EF21	F21U	30A	电子泵熔断器
EF22	—	未使用	—
EF23	—	未使用	—

（续）

设备标签名称	设备指定名称	额 定 值	描 述
EF24	—	未使用	—
EF25	F25U	10A	左近光灯熔断器
EF26	F26U	10A	左远光灯熔断器
EF27	F27U	10A	右近光灯熔断器
EF28	F28U	10A	右远光灯熔断器
JEF1	F31U	30A	电动摇窗熔断器
JEF2	F32U	40A	鼓风机熔断器
JEF3	F33U	40A	冷却风扇熔断器
JEF4	F34U	40A	防抱死制动系统熔断器
JEF5	F35U	30A	起动/点火1熔断器
JEF6	F36U	30A	起动/点火2熔断器
JEF7	F37U	30A	至仪表板电源熔断器
JEF8	F38U	30A	备用
1	DIODE1	1A	变速器控制模块二极管
起动继电器	起动继电器	—	起动机
低速冷却风扇继电器	低速冷却风扇继电器	—	冷却风扇
高速冷却风扇继电器	高速冷却风扇继电器	—	冷却风扇
主继电器	主继电器	—	发动机单元
变速器控制模块继电器	变速器控制模块继电器	—	变速器控制模块
喇叭继电器	喇叭继电器	—	喇叭
前雾灯继电器	前雾灯继电器	—	前雾灯
压缩机继电器	压缩机继电器	—	压缩机
远光灯继电器	远光灯继电器	—	远光灯
近光灯继电器	近光灯继电器	—	近光灯
位置灯继电器	位置灯继电器	—	位置灯
燃油泵继电器	燃油泵继电器	—	燃油泵

2. 仪表板下熔断器盒

新赛欧轿车仪表板下熔断器盒元件分布如图2-16所示，其使用说明见表2-22所示。

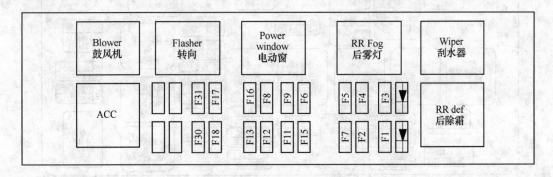

图2-16 新赛欧轿车仪表板下熔断器盒元件分布图

表 2-22   新赛欧轿车仪表板下熔断器盒说明表

设备标签名称	设备指定名称	额 定 值	描　　述
F1	F1D	15A	点烟器熔断器
F2	F2D	10A	电动后视镜熔断器
F3	F3D	15A	中央门锁控制模块熔断器
F4	F4D	10A	仪表熔断器
F5	F5D	10A	倒车灯熔断器
F6	F6D	10A	ECM 点火电压熔断器
F7	F7D	10A	ECM 附件电压熔断器
F8	F8D	10A	安全气囊模块熔断器
F9	F9D	10A	防抱死制动系统
F10	—	未使用	—
F11	F11D	15A	音响熔断器
F12	F12D	15A	制动灯熔断器
F13	F13D	15A	危险警告灯熔断器
F14	—	未使用	—
F15	F15D	7.5A	后雾灯熔断器
F16	F16D	20A	前刮水器熔断器
F17	F17D	20A	鼓风机熔断器
F18	F18D	15A	阅读灯熔断器
F30	F30D	25A	电动门锁熔断器
F31	F31D	10A	电动天窗熔断器
F36	F36D	15A	—
F37	F37D	25A	—

三、乐骋/乐风(2011 年款)

1. 发动机室内熔断器盒

乐骋/乐风轿车发动机室内熔断器盒如图 2-17 所示，其使用说明见表 2-23 所示。

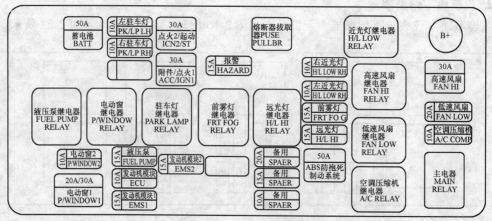

图 2-17   乐骋/乐风轿车发动机室内熔断器盒元件分布图

表 2-23　乐骋/乐风轿车发动机室内熔断器盒说明表

编号	额定值	说　　明	编号	额定值	说　　明
Ef1	50A	仪表板熔断器盒	Ef14	15A	附件、点火 1
Ef2	30A	电动车窗开关	Ef15	15A	危险警告灯开关
Ef3	30A	点火开关	Ef16	—	—
Ef4	30A	点火开关	Ef17	20A	未使用
Ef5	50A	ABS 模块	Ef18	15A	未使用
Ef6	30A	冷却风扇高速继电器	Ef19	10A	未使用
Ef7	10A	电动车窗开关	Ef20	10A	右近光灯
Ef8	10A	左尾灯、牌照灯、停车灯和左前照灯	Ef21	10A	左近光灯
Ef9	10A	右尾灯、牌照灯、停车灯和右前照灯	Ef22	15A	前雾灯
Ef10	—	—	Ef23	15A	远光灯
Ef11	15A	液压泵继电器	Ef24	20A	冷却风扇低速继电器
Ef12	10A	发动机控制模块	Ef25	10A	空调压缩机继电器
Ef13	15A	发动机控制模块、冷却风扇、空调压缩机			

2. 仪表板熔断器盒

乐骋/乐风轿车仪表板熔断器盒元件分布如图 2-18 所示，其使用说明见表 2-24 所示。

图 2-18　乐骋/乐风轿车仪表板熔断器盒元件分布图

表 2-24　乐骋/乐风轿车仪表板熔断器盒说明表

编号	额定值	说　　明	编号	额定值	说　　明
F1	10A	安全气囊模块	F5	10A	发动机模块 2
F2	25A	刮水器	F6	15A	发动机模
F3	10A	组合仪表	F7	15A	制动灯
F4	10A	转向信号灯	F8	15A	点烟器

（续）

编号	额定值	说　　　明	编号	额定值	说　　　明
F9	10A	收放机、数字钟	F16	15A	门锁
F10	10A	诊断和防盗	F17	10A	倒车灯
F11	—	—	F18	10A	喇叭
F12	10A	室内灯	F19	10A	电动后视镜
F13	25A	后除霜	F20	10A	后视镜除霜
F14	20A	天窗	F21	15A	收放机、遥控器
F15	10A	后雾灯			

四、景程（2010 年款）

1. 发动机室内熔断器盒

景程轿车发动机室内熔断器盒元件分布如图 2-19 所示，其使用说明见表 2-25 所示。

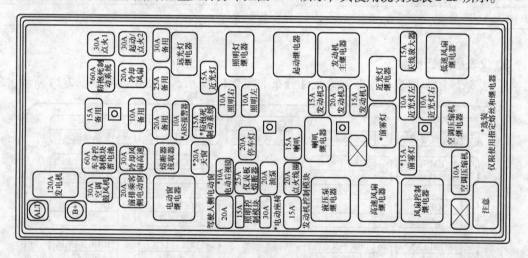

图 2-19　景程轿车发动机室熔断器盒元件分布图

表 2-25　景程轿车发动机室熔断器盒说明表

编号	设　　备	额定值	保护的电路/部件
EF1	暖风、通风与空调系统鼓风机熔断器	30A	鼓风机电动机
EF2	车身控制模块蓄电池熔断器	60A	主蓄电池
EF3	防抱死制动系统熔断器	60A	电子制动控制模块（EBCM）
EF4	点火 1 熔断器	30A	点火开关
EF5	电动车窗熔断器	20A	电动车窗
EF6	高速冷却风扇熔断器	30A	高速冷却风扇
EF7	低速冷却风扇熔断器	20A	低速冷却风扇
EF8	点火 2 熔断器	30A	点火开关

（续）

编号	设 备	额定值	保护的电路/部件
EF9	备用熔断器	15A	未使用
EF10	备用熔断器	10A	未使用
EF11	备用熔断器	20A	未使用
EF12	备用熔断器	25A	未使用
EF13	备用熔断器	30A	未使用
EF14	防抱死制动系统警告熔断器	10A	未使用
EF15	天窗熔断器	20A	天窗
EF16	防抱死制动系统熔断器	10A	电子制动控制模块、防抱死制动系统机油供油连接器
EF17	远光熔断器	15A	前照灯远光、日间行车灯、后雾灯
EF18	驾驶人电动车窗熔断器	20A	安全电动车窗总成
EF19	电动后视镜熔断器	10A	电动后视镜
EF20	右侧照明熔断器	10A	右侧照明、驻车灯
EF21	照明控制模块	15A	前照灯开关、照明控制模块（LCM）、后雾灯
EF22	仪表板熔断器蓄电池熔断器	25A	仪表板熔断器盒-F19、F21、F22
EF23	制动灯熔断器	20A	制动器开关
EF24	左侧照明熔断器	10A	左侧驻车灯、牌照灯
EF25	电动座椅熔断器	30A	电动座椅
EF26	燃油泵熔断器	20A	燃油泵，数据链路连接器（DLC）
EF27	发动机控制模块熔断器	15A	发动机控制模块（ECM）、排气再循环电磁阀
EF28	点火线圈熔断器	20A	点火线圈
EF29	喇叭熔断器	15A	喇叭
EF30	发动机2熔断器	15A	喷油器
EF31	发动机3熔断器	20A	未使用
EF33	发动机1熔断器	15A	氧传感器、发电机、炭罐清污电磁阀
EF34	雾灯熔断器	15A	雾灯
EF35	左侧近光熔断器	10A	左侧前照灯近光
EF36	电子真空泵熔断器	30A	电子真空助力泵
EF36	天线放大器熔断器	15A	电动放大器
EF37	右侧近光熔断器	10A	右侧前照灯近光
EF39	空调熔断器	10A	空调压缩机

2. 仪表板熔断器盒

景程轿车仪表板熔断器盒元件分布如图2-20所示，其使用说明见表2-26所示。

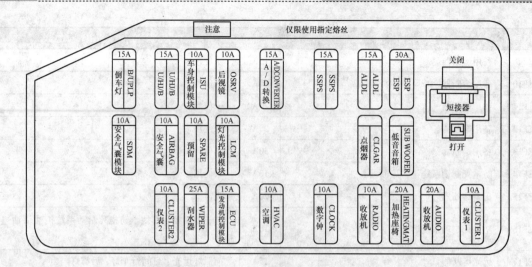

图 2-20　景程轿车仪表板熔断器盒元件分布图

表 2-26　景程轿车仪表板熔断器盒说明表

编号	设　备	额定值	保护的电路/部件
F1	组合仪表 2 熔断器	10A	组合仪表、暖风、通风与空调系统控制（自动空调）、日间行车灯
F2	刮水器熔断器	25A	刮水器
F3	ECVI 熔断器	15A	变速器控制模块、制动开关、驻车档/空档位置开关
F4	暖风、通风和空调系统熔断器	10A	智能开关单元（ISU）、全自动温控、空调压缩机、继电器
F5	时钟熔断器	10A	时钟、车厢灯
F6	收音机熔断器	10A	收音机
F7	加热型座椅熔断器	20A	加热垫、附加电源插座
F8	音响熔断器	20A	音响
F9	1 组合仪表熔断器	10A	组合仪表、暖风、通风与空调系统控制（自动空调）
F10	SPM 熔断器	10A	传感和诊断模块（SDM）
F11	气囊熔断器	10A	智能开关单元、防抱死制动系统警告灯模块
F12	备用熔断器	10A	未使用
F13	照明控制模块熔断器	10A	照明控制模块、牵引力控制系统开关
F14	点烟器熔断器	20A	点烟器、杂物箱灯
F15	超低音扬声器熔断器	20A	低音扬声器
F16	倒车巡航熔断器	15A	倒车灯开关、驻车档/空档位置（PNP）开关、巡航控制（2.5 升）
F17	U/HI/B 熔断器	15A	发动机主继电器、燃油泵继电器
F18	智能开关单元熔断器	10A	垫圈
F19	车外后视镜熔断器	10A	车外后视镜、除雾器开关
F20	模拟/数字转换器熔断器	15A	电子制动控制模块（EBCM）
F21	速度感应式动力转向系统熔断器	15A	速度感应式动力转向系统、空调控制开关
F22	总线诊断插座熔断器	15A	数据链路连接器
F23	电子稳定程序熔断器	30A	未使用

五、科帕奇 C100（2007 年款）

1. 发动机室内熔断器盒

科帕奇 C100 轿车发动机室内熔断器盒元件分布如图 2-21 所示，其使用说明见表 2-27 所示，发动机室内辅助熔断器盒（柴油发动机）如图 2-22 所示，其使用说明见表 2-28 所示。

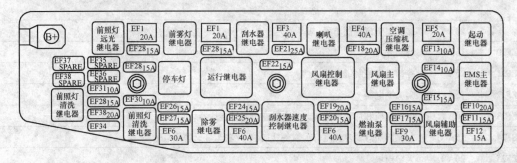

图 2-21　科帕奇 C100 轿车发动机室内熔断器盒元件分布图

表 2-27　科帕奇 C100 轿车发动机室内熔断器盒说明表

熔断器	额定值	保护的电路/部件
EF1	20A	后窗刮水器电动机
EF2	60A	仪表板熔断器盒（主蓄电池）
EF3	40A	仪表板熔断器盒（点火Ⅱ）、鼓风机电动机
EF4	40A	防抱死制动系统模块
EF5	20A	起动机继电器
EF6	40A	举升门除雾器
EF7	40A	仪表板熔断器盒（附件/固定式附件电源继电器、运行/起动继电器）
EF8	30A	辅助冷却风扇
EF9	30A	主冷却风扇
EF10	20A	发动机控制模块
EF11	15A	2.0L：节气门片执行器、助力压力执行器、凸轮轴位置传感器
		2.4L：炭罐清污电磁阀、LEGR 阀、凸轮轴位置传感器
		3.2L：点火线圈、喷油器（#2、4、6）
EF12	15A	2.0L：发动机控制模块
		2.4L：前和后加热型氧传感器
		3.2L：加热型氧传感器、可变进气歧管、凸轮轴同步器进气/排气、炭罐清污电磁阀
EF13	10A	起动机继电器、主继电器
		起动机继电器、主继电器、发动机控制模块（短车身）
EF14	10A	空调压缩机继电器
EF15	15A	2.0L：预热塞控制单元、冷却风扇（辅助、主、控制）、空调压缩机继电器、发动机辅助熔断器
		2.4L：喷油器、冷却风扇（辅助、主、控制）、空调压缩机继电器
		3.2L：点火线圈、喷油器（#1、3、5）、冷却风扇（辅助、主、控制）、空调压缩机继电器

（续）

熔断器	额定值	保护的电路/部件
EF16	15A	全轮驱动控制模块
EF17	15A	燃油泵继电器
EF18	20A	防抱死制动系统模块、机油供油连接器
EF19	—	未使用
	20A	加热型座椅控制单元（短车身）
EF20	15A	制动开关
EF21	25A	冷却风扇控制继电器
EF22	15A	喇叭继电器
EF23	30A	电动座椅和加热型座椅开关电动座椅测试连接器
EF24	15A	左侧前照灯、左侧尾灯、左侧转向信号/驻车灯、牌照灯
EF25	20A	天窗模块
EF26	15A	右侧前照灯、后视镜控制开关
		右侧前照灯、灯开关、SI-发动机控制模块（短车身）
EF27	15A	左侧前照灯
EF28	15A	前照灯
EF29	15A	前雾灯继电器
EF30	10A	左侧前照灯、左侧尾灯
		左侧前照灯、左侧尾灯、左侧驻车灯、牌照灯继电器（短车身）
EF31	10A	右侧前照灯、右侧尾灯
		直列式挂车、直列式挂车组件（短车身）
EF32	15A	变速器控制模块
EF33	20A	前照灯洗涤器
EF34	—	未使用
EF35	20A	未使用
EF36	25A	未使用
EF37	10A	未使用
EF38	20A	未使用

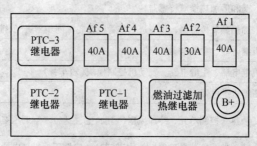

图 2-22　科帕奇 C100 轿车发动机室内辅助熔断
器盒元件分布图（柴油发动机）

表 2-28　科帕奇 C100 轿车发动机室内辅助熔断器盒(柴油发动机)说明表

熔断器	额定值	保护的电路/部件	熔断器	额定值	保护的电路/部件
Af1	60A	预热塞控制单元	Af4	40A	正温度系数-2 继电器
Af2	30A	燃油滤清器加热器继电器	Af5	40A	正温度系数-3 继电器
Af3	40A	正温度系数-1 继电器			

2. 仪表板熔断器盒

科帕奇 C100 轿车仪表板熔断器盒元件分布如图 2-23 所示，其使用说明见表 2-29 所示。

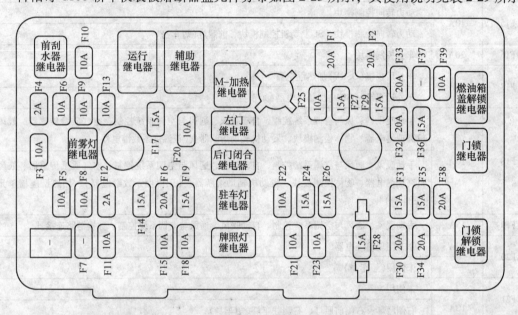

图 2-23　科帕奇 C100 轿车仪表板熔断器盒元件分布图

表 2-29　科帕奇 C100 轿车仪表板熔断器盒说明表

熔断器	额定值	保护的电路/部件
F1	20A	电动车窗主开关、天窗模块
F2	20A	电动车窗主开关
F3	10A	前洗涤液泵继电器
F4	—	未使用
	2A	车身控制模块、接触线圈(短车身)
F5	10A	传感和诊断模块
F6	10A	传感和诊断模块
F7	—	未使用
F8	10A	后雾灯继电器
F9	10A	后雾灯继电器、燃油泵、燃油箱油位传感器、发动机控制模块后视镜、离合器开关
F10	10A	收音机、时钟
	10A	收音机(短车身)

（续）

熔断器	额定值	保护的电路/部件
F11	10A	车身控制模块
F12	2A	点火开关、防盗模块
F13	10A	组合仪表、驾驶人信息中心、乘客侧安全带指示灯
		组合仪表、仪表板中央开关（短车身）
F14	15A	车身控制模块、出口车身控制模块
		车身控制模块、出口车身控制模块、直列式挂车组件（短车身）
F15	10A	动力转向控制模块
		动力转向控制模块、SI-发动机控制模块、前照灯（短车身）
F16	20A	车身控制模块
F17	15A	车外后视镜（OSRV）加热继电器
		车外后视镜（OSRV）加热继电器（短车身）
F18	10A	手动暖风、通风与空调系统控制、自动暖风、通风与空调系统控制、空气质量传感器、鼓风机高速继电器、物体检测模块、发动机辅助熔断器盒（正温度系数继电器）
		手动暖风、通风与空调系统控制、自动暖风、通风与空调系统控制、空气质量传感器、鼓风机高速继电器、物体检测模块、发动机辅助熔断器盒（正温度系数继电器）、加热型座椅单元（短车身）
F19	15A	手动暖风、通风与空调系统控制、自动暖风、通风与空调系统控制、数据链路连接器
F20	10A	举升门玻璃继电器
	—	未使用（短车身）
F21	—	未使用
	10A	右侧尾灯、右侧前照灯、右侧驻车灯（短车身）
F22	—	未使用
	10A	举升门锁闩总成（短车身）
F23	—	未使用
	10A	直列式挂车、直列式挂车组件（短车身）
F24	15A	车身控制模块
F25	10A	出口车身控制模块
		出口车身控制模块、直列式挂车组件、电动警报器（短车身）
F26	15A	车身控制模块
F27	15A	前雾灯继电器
F28	15A	组合仪表、时钟、收音机、遥控功能执行器接收器、驾驶人信息中心
		组合仪表、仪表板中央开关、收音机、遥控功能执行器接收器、驾驶人信息中心、UHP通信盒、物体检测模块、电动警报器、侵入传感器、倾角传感器（短车身）
F29	15A	变速器控制模块
F30	20A	加热型座椅开关
	—	未使用（短车身）

（续）

熔断器	额定值	保护的电路/部件
F31	15A	车身控制模块
F32	20A	行李箱附件电源插座
		行李箱附件电源插座、直列式挂车、直列式挂车组件（短车身）
F33	20A	点烟器
F34	20A	行李箱附件电源插座
		行李箱附件电源插座、挂车继电器模块、直列式挂车组件（短车身）
F35	15A	车身控制模块
F36	15A	车门锁死继电器
		车门/燃油解锁继电器（短车身）
F37	—	未使用
F38	20A	车门锁止/解锁继电器
F39	10A	后视镜控制开关、折叠后视镜单元
		后视镜控制开关、折叠后视镜单元、仪表板中央开关、天窗模块（短车身）

第三节　凯迪拉克车系

一、凯迪拉克 CTS

1. 发动机室内熔断器盒

凯迪拉克 CTS 轿车发动机室内熔断器盒如图 2-24 所示，其使用说明见表 2-30 所示。

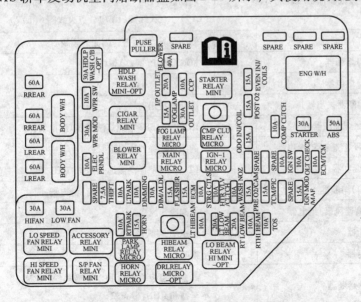

图 2-24　凯迪拉克 CTS 轿车发动机室内熔断器盒元件分布图

表 2-30　凯迪拉克 CTS 轿车发动机室内熔断器盒说明表

熔　断　器	额定值	保护的电路/部件
ABS(防抱死制动系统)熔断器	50A	电子制动控制模块(EBCM)
ACCESSORY(附件)继电器	—	ELEC PRNDL(电子式 PRNDL 档位指示器)、WPR MOD(刮水器模块)和 WPR SW(刮水器开关)熔断器
BLOWER(鼓风机)熔断器	40A	BLOWER(鼓风机)继电器
BLOWER(鼓风机)继电器	—	鼓风机电动机控制模块和鼓风机电动机
BODY W/H(车身线束)	—	发动机室内熔断器盒 C2(2 路连接器)和 C3(2 路连接器)
CCP(温度控制面板)熔断器	10A	暖风、通风与空调系统(HVAC)控制模块
CIGAR(点烟器)继电器	—	OUTLET(插座)和 I/P OUTLET(仪表板插座)熔断器
CMP CLU(压缩机离合器)继电器	—	压缩机离合器
COMP CLTCH(压缩机离合器)熔断器	10A	CMP CLU(压缩机离合器)继电器
DIMMING(变光)熔断器	10A	仪表板集成模块(DIM)和牌照灯
DIM/ALDL 熔断器	10A	仪表板集成模块(DIM)和数据链接插头(DLC)
DRL(日间行车灯)继电器 T65)	—	LT LOW BEAM(左侧近光)和 RT LOW BEAM(右侧近光)熔断器
ECM 熔断器	15A	发动机控制模块(ECM)(LY7)
ECM/TCM 熔断器	10A	发动机控制模块(ECM)(LY7)、仪表板组合仪表(IPC)、防盗控制系统模块和变速器控制模块(TCM)(LY7,带 M82)
ELEC PRNDL(电子式 PRNDL 档位指示器)熔断器	10A	电子式 PRNDL 档位指示器(M82)
ENG W/H(发动机线束)	—	发动机罩下熔断器盒 C5(26 路连接器)
EVEN INJ/COIL(偶数喷油器/线圈)熔断器	15A	喷油器 2(LY7)、喷油器 4(LY7)、喷油器 6(LY7)、点火线圈 2(LY7)、点火线圈(LY7)、点火线圈 6(LY7)
FLASHER(闪光灯)熔断器	15A	转向信号/危险警告闪光灯模块
FOG LAMP(雾灯)熔断器	15A	FOG LAMP(雾灯)继电器
FOG LAMP(雾灯)继电器	—	雾灯
FUSE PULLER(熔断器拔出器)	—	熔断器拔出器
HDLP WASH(前照灯洗涤器)断路器	30A	HDLP WASH(前照灯洗涤器)继电器(CE4)
HDLP WASH(前照灯洗涤器)继电器	—	前照灯洗涤器洗涤液泵(CE4)
HI BEAM(远光)继电器	—	LT HI BEAM(左侧远光)和 RT HI BEAM(右侧远光)熔断器
HI FAN(高速风扇)熔断器	30A	HI SPEED FAN(高速风扇)继电器
HI SPEED FAN(高速风扇)继电器	—	左侧冷却风扇
HORN(喇叭)熔断器	15A	HORN(喇叭)继电器
HORN(喇叭)继电器	—	喇叭
HTR VLV/CLTCH 熔断器	10A	离合器踏板位置(CPP)传感器(M35/M12)、起动机继电器(日本车型和 RHD、带 M82)

（续）

熔　断　器	额定值	保护的电路/部件
IGN1（点火1）继电器	—	HTR VLV/CLTCH、TCM/IPC（变速器控制模块/仪表板组合仪表）、WASHNOZ（洗涤器喷嘴）、STRG CTLS（转向控制）和 IGN MOD/MAF（点火模块/质量空气流量）熔断器
IGN MOD/MAF（点火模块/质量空气流量）熔断器	15A	质量空气流量（MAF）传感器（LY7）
IGN SW（点火开关）熔断器	10A	点火开关
I/P OUTLET（仪表板插座）熔丝	20A	点烟器
L REAR（左后）熔断器	60A	左后熔断器盒
L REAR（左后）熔断器	60A	左后熔断器盒
LOW BEAM/HID（近光/高强度气体放电灯）继电器	—	LT LOW BEAM（左侧近光）和 RT LOW BEAM（右侧近光）熔断器
LOW FAN（低速风扇）熔断器	30A	LO SPEED FAN（低速风扇）继电器
LOW SPEED FAN（低速风扇）继电器	—	右侧冷却风扇
LT HI BEAM（左侧远光）熔断器	10A	左前照灯
LT LOW BEAM（左侧近光）熔断器	20A	左前照灯
LT PARK（左驻车灯）熔断器	10A	左前照灯、左前侧示宽灯、左尾灯（国内车型）、左后示宽灯（出口车型）和 POSITION（左侧位置）继电器（出口车型）
MAIN（主）继电器	—	LO SPEED FAN（低速风扇）、HI SPEED FAN（高速风扇）和 S/P FANS/P 风扇）继电器、ECM（发动机控制模块）、TOS PRE O2/CAM（前氧传感器/凸轮轴调节装置）、POST O2（后氧传感器）、ODD INJ/COIL（奇数喷油器/线圈）和 EVEN INJ/COIL（偶数喷油器/线圈）熔断器
ODD INJ/COIL（奇数喷油器/线圈）熔断器	15A	点火线圈1（LY7）、点火线圈3（LY7）、点火线圈5（LY7）
OUTLET（插座）熔断器	30A	附件电源插座
PARK LAMP（驻车灯）熔断器	—	RT PARK（右侧驻车灯）、LT PARK（左侧驻车灯）和 DIMMING（变光）熔断器
POST O2（后氧传感器）熔断器	15A	加热型氧传感器（HO2S）-缸组1传感器2、加热型氧传感器（HO2S）-缸组2传感器2 和 PUSHER FAN（送风式风扇）继电器（V92）
PRE O2/CAM（前氧传感器/凸轮轴调节装置）熔断器	15A	加热型氧传感器（HO2S）-缸组1传感器1、加热型氧传感器（HO2S）-缸组2传感器1、进气歧管管路（IMRC）电磁阀（LY7）、炭罐清污电磁阀（LY7）、凸轮轴执行器电磁阀-缸组1进气（LY7）、凸轮轴执行器电磁阀-缸组1排气（LY7）、凸轮轴执行器电磁阀-缸组2进气（LY7）、凸轮轴执行器电磁阀-缸组2排气（LY7）
R REAR（右后）熔断器	60A	右后熔断器盒
R REAR（右后）熔断器	60A	右后熔断器盒

（续）

熔　断　器	额定值	保护的电路/部件
RT HI BEAM(右侧远光)熔断器	10A	右前照灯
RT LOW BEAM(右侧近光)熔断器	20A	右前照灯
RT PARK(右侧驻车)熔断器	10A	右前照灯、右前侧示宽灯、右尾灯(国内车型)、右后示宽灯(出口车型)和 R POSITION(右侧位置)继电器(出口车型)
S/P FAN(辅助/主风扇)继电器	—	冷却风扇
SPARE(备用)熔断器	—	未使用
STARTER(起动机)熔断器	30A	STARTER(起动机)继电器
STARTER(起动机)继电器	—	起动机电磁开关
STRG CTLS(转向控制)熔断器	10A	转向信号/多功能开关
TCM/IPC(变速器控制模块/仪表板组合仪表)熔断器	15A	仪表板组合仪表(IPC)、发动机控制模块(ECM)(LY7)和变速器控制模块(TCM)(M82)
THEFT(防盗)熔断器	7.5A	发动机控制模块(ECM)(LY7)、防盗控制系统模块和变速器控制模块(TCM)(M82)
TOS 熔断器	10A	车速传感器(VSS)(M35)、炭罐清污电磁阀(LS6)
VOLT CHECK(检查电压)熔断器	10A	仪表板集成模块(DIM)
WASH NOZ(洗涤器喷嘴)熔断器	10A	加热型洗涤器喷嘴(XA7)和前照灯(TR7)
WPR MOD(刮水器模块)熔断器	30A	风窗玻璃刮水器/洗涤器模块
WPR SW(刮水器开关)熔断器	10A	风窗玻璃刮水器/洗涤器开关

2. 左后熔断器盒

凯迪拉克 CTS 轿车左后熔断器盒元件分布如图 2-25 所示，其使用说明见表 2-31 所示。

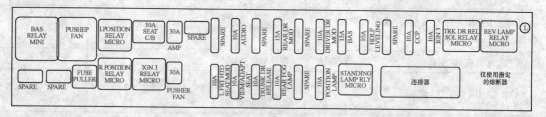

图 2-25　凯迪拉克 CTS 轿车左后熔断器盒元件分布图

表 2-31　凯迪拉克 CTS 轿车左后熔断器盒说明表

设　备	额定电流	保护的电路/部件
AMP 熔断器	30A	音频放大器
AUDIO 熔断器	10A	车辆通信接口模块(如装备)和收音机
BAS 熔断器	15A	BAS 继电器
BAS 继电器	—	尾灯/停车灯(国内车型)、停车灯(出口车型)和中央高位停车灯(CHMSL)
CCP(温度控制面板)熔断器	10A	暖风、通风与空调系统(HVAC)控制模块

（续）

设 备	额定电流	保护的电路/部件
DRIVER DR MOD（驾驶人侧车门模块）熔断器	10A	驾驶人侧车门模块（DDM）
FUSE PULLER（熔断器拔出器）	—	熔断器拔出器
HDLP LEVELING（前照灯高度调节）熔断器	10A	前照灯高度调节传感器-后（出口车型,带 TR7）和前灯高度调节传感器-前（出口车型、带 TR7）
IGN 3（点火 3）熔断器	10A	自动变速器换档锁止控制电磁阀（M82）、加热型座椅模块-驾驶人侧（KA1）、加热型座椅模块-前排乘客侧（KA1）、再循环执行器和 REAR DEFOG（后除雾）继电器
IGN1（点火 3）继电器	—	CCP（温度控制面板）、HDLP LEVELING（前照灯高度调节）和 IGN 3（点火 3）熔断器
L FRT HTD SEAT MOD（左前加热型座椅模块）熔断器	10A	加热型座椅模块-驾驶人座椅（KA1）
L POSITION（左侧位置）继电器	—	左尾灯（出口车型）和左位置灯（出口车型）
MEM/ADAPT SEAT（记忆/可调座椅）熔断器	10A	驾驶人侧电动座椅开关（A45）、座椅位置记忆模块（MSM）（A45）和驾驶人侧腰撑调节开关（AL2）
POSITION LAMP（位置灯）熔断器	10A	L POSITION（左侧位置）继电器（出口车型）和 R POSITION（右侧位置）继电器（出口车型）
PUSHER FAN（送风式风扇）熔断器	30A	PUSHER FAN（送风式风扇）继电器（V92）
R POSITION（右侧位置）继电器	—	右尾灯（出口车型）和右位置灯（出口车型）
REAR DR MOD（后门模块）熔断器	15A	左后门模块（LRDM）和右后门模块（RRDM）
REV LAMP（倒车灯）继电器	—	倒车灯和内视镜（ISRVM）
REVERSE LAMP（倒车灯）继电器	10A	REV LAMP（倒车灯）继电器
SEAT C/B（座椅）断路器	30A	座椅位置记忆模块（MSM）（A45）、驾驶人侧电动座椅开关、前排乘客侧电动座椅开关（AH8）和前排乘客侧腰撑调节开关（AL2）
SPARE（备用）熔断器	—	未使用
STANDING LAMP（停车灯）继电器	—	L POSITION（左侧位置）继电器（出口车型）和 R POSITION（右侧位置）继电器（出口车型）
TRK DR REL SOL（行李箱盖释放电磁线圈）继电器	—	行李箱盖释放执行器
TRUNK DR RELEASE（行李箱盖释放）熔丝	10A	TRK DR REL SOL（行李箱盖释放电磁阀）继电器、收音机天线模块、车库门开启器和侵入传感器（UA2）

3. 右后熔断器盒

凯迪拉克 CTS 轿车右后熔断器盒元件分布如图 2-26 所示，其使用说明见表 2-32 所示。

图 2-26　凯迪拉克 CTS 轿车右后熔断器盒元件分布图

表 2-32　凯迪拉克 CTS 轿车右后熔断器盒说明表

设 备	额定电流	保护的电路/部件
ABS（防抱死制动系统）熔断器	10A	电子制动控制模块（EBCM）
AIRBAG（气囊）熔断器	10A	安全气囊系统传感和诊断模块（SDM）
CANISTER VENT（炭罐通风）熔断器	10A	炭罐通风电磁阀
DR MOD PWR C/B（车门模块电源）断路器	30A	驾驶人侧车门模块（DDM）、前排乘客侧车门模块（FPDM）、左后门模块（LRDM）和右后门模块（RRDM）
FUEL PUMP MOTOR（燃油泵电动机）继电器	—	燃油泵和传感器总成
FUEL PUMP MTR（燃油泵电动机）熔断器	15A（V6）20A（V8）	FUEL PUMP MOTOR（燃油泵电动机）继电器
FUSE PULLER（熔断器拔出器）	—	熔断器拔出器
IGN1（点火 1）继电器	—	AIRBAG（气囊）、RIM（后集成模块）和 ABS（防抱死制动系统）熔断器
INT LAMP（车内灯）继电器	—	门控灯、后顶灯、遮阳板和顶置控制台
INTERIOR LAMP（车内灯）熔断器	10A	INT LAMP（车内灯）继电器
POWER SOUNDER（功率发声器）熔断器	10A	倾斜传感器（UA2）和防盗报警（UA2）
PSGR DR MOD（乘客侧车门模块）熔断器	10A	前排乘客侧车门模块（FPDM）
R FRT HTD SEAT MOD（右前加热型座椅模块）熔断器	10A	前排乘客侧加热型座椅模块（KA1）
RAP 继电器	—	天窗模块
REAR DEFOG（后除雾）熔断器	40A	REAR DEFOG（后除雾）继电器
REAR DEFOG（后除雾）继电器	—	后窗除雾器
REAR FOG LAMP（后雾灯）熔断器	10A	REAR FOG LAMP（后雾灯）继电器（出口车型,带T79）
REAR FOG LAMP（后雾灯）继电器	—	后雾灯（出口车型,带T79）
RIM/IGN SW（后集成模块/点火开关）熔断器	10A	后集成模块（RIM）、点火开关和点火锁芯控制执行器
RIM（后集成模块）熔断器	10A	后集成模块（RIM）、车内后视镜（ISRVM）和防盗报警（UA2）
SPARE（备用）熔断器	—	未使用

（续）

设　备	额定电流	保护的电路/部件
SUNROOF MOD（天窗模块）熔断器	30A	RAP 继电器
TRUNK DIODE（行李箱二极管）	—	行李箱灯、后集成模块（RIM）和行李箱盖释放执行器
TV/VICS 熔断器	10A	交通信息接收器（出口车型、带 U2X）和电视天线模块（出口车型、带 U2Y/U2X）

二、凯迪拉克 SRX

1. 发动机罩下熔断器盒

凯迪拉克 SRX 轿车发动机罩下熔断器盒如图 2-27 所示，其使用说明见表 2-33 所示。

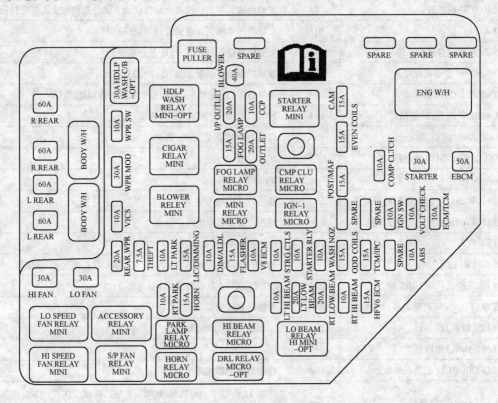

图 2-27　凯迪拉克 SRX 轿车发动机室内熔断器盒元件分布图

表 2-33　凯迪拉克 SRX 轿车发动机室内熔断器盒说明表

设　备	额定电流	保护的电路/部件
EBCM（电子制动控制模块）熔断器	50A	电子制动控制模块（EBCM）
ACCESSORY（附件）继电器	—	ELEC PRNDL（电子 PRNDL 档位指示器）、WPR MOD（刮水器模块）、和 WPR SW（刮水器开关）熔断器
BLOWER（鼓风机）熔断器	40A	BLOWER（鼓风机）继电器
BLOWER（鼓风机）继电器	—	鼓风机电动机控制模块

（续）

设　　备	额定电流	保护的电路/部件
BODY W/H(车身线束)	—	发动机室内熔断器盒 C2 和 C3(2 路连接器)
CCP(温度控制面板)熔断器	10A	暖风、通风与空调控制模块
CIGAR(点烟器)继电器	—	OUTLET(插座)和 IP OUTLET(仪表板插座)熔断器
CMP CLU(压缩机离合器)继电器	—	压缩机离合器
COMP CLTCH(压缩机离合器)熔断器	10A	压缩机离合器
DIMMING(变光)熔断器	15A	仪表板集成模块(DIM)
DIM/ALDL 熔断器	10A	仪表板集成模块和数据链路连接器
DRL(日间行车灯)继电器	—	LT LOW BEAM(左侧近光)和 RT LOW BEAM(右侧近光)熔断器
ODD COILS(奇数线圈)	15A	奇数点火线圈和奇数喷油器
ECM/TCM 熔断器	10A	发动机控制模块、仪表板组合仪表、防盗模块和变速器控制模块
V8 ECM	10A	炭罐清污电磁阀，电子控制模块(ECM)
VICS(车辆信息通信系统)	10A	交通信息接收器(VICS FM 复合模块)
ENG W/H(发动机线束)	—	发动机室盖下熔断器盒 C5(26 路连接器)
EVEN INJ/COIL 熔断器	15A	喷油器 2、喷油器 4、喷油器 6 和点火线圈-缸组 2
FLASHER(闪光灯)熔断器	15A	转向信号/危险警告闪光灯模块
FOG LAMP(雾灯)熔断器	15A	FOG LAMP(雾灯)继电器
FOG LAMP(雾灯)继电器	—	雾灯
Fuse Puller	—	熔断器起拔器
HDLP WASH(前照灯洗涤器)断路器	30A	前照灯洗涤器模块
HDLP WASH(前照灯洗涤器)继电器	—	前照灯洗涤器电动机
HFV6 ECM	15A	电子控制模块(ECM)点火 1 电源(LY7)
HI BEAM(远光)继电器	—	LT HI BEAM(左侧远光)和 RT HI BEAM(右侧远光)熔断器
HI FAN(高速风扇)熔断器	30A	HI SPEED FAN(高速风扇)继电器
HI SPEED FAN(高速风扇)继电器	—	右侧冷却风扇
HORN(喇叭)熔断器	15A	HORN(喇叭)继电器
HORN(喇叭)继电器	—	喇叭
STARTER RLY(起动机继电器)	10A	起动机继电器线圈电源
IGN-1(点火 1)继电器	—	HTR VLV/CLTCH、TCM/ECM、WASH NOZ、TURN SW、HEATER VALVE、TCC/ET 以及 IGN MOD 熔断器
ABS	10A	电子制动控制模块(EBCM)点火 1 电源
IGN SW(点火开关)熔断器	10A	点火开关
I/P OUTLET(仪表板插座)熔断器	20A	点烟器
L REAR(左后)熔断器	60A	左后熔断器盒
L REAR(左后)熔断器	60A	左后熔断器盒
LOW BEAM/HID(近光/高强度气体放电灯)继电器	—	LT LOW BEAM(左侧近光)和 RT LOW BEAM(右侧近光)熔断器

（续）

设 备	额定电流	保护的电路/部件
LOW FAN(低速风扇)熔断器	30A	LO SPEED FAN(低速风扇)继电器
LOW SPEED FAN(低速风扇)继电器	—	左侧冷却风扇
LT HI BEAM(左侧远光)熔断器	10A	左前照灯
LT LOW BEAM(左侧近光)熔断器	20A	左前照灯
LT PARK 熔断器	10A	左侧前照灯、左侧位置继电器(出口车型)、左前示宽灯、左侧尾灯(国内车型)
MAIN(主)继电器	—	LO SPEED(低速)继电器、HI SPEED(高速)继电器、S/P FAN(S/P风扇)继电器、PRE O2(前氧传感器)熔断器、IGN-1(点火1)熔断器、ECM(发动机控制模块)熔断器、POST O2(后氧传感器)熔断器、INJ(喷油器)熔断器
ODD INJ/COIL(奇数喷油器/线圈)熔断器	15A	喷油器1、喷油器3、喷油器5 和点火线圈-缸组1
OUTLET(插座)熔断器	20A	附件电源插座
PARK LAMP(驻车灯)继电器	—	RT PARK(右侧驻车灯)、LT PARK(左侧驻车灯)和 LIC/DIMMING(牌照灯/变光)熔断器
POST 02/MAF	15A	加热型氧传感器(HO2S)缸组2 传感器2,加热型氧传感器(HO2S)缸组1 传感器2
EVEN COILS(偶数线圈)	15A	偶数点火线圈/偶数喷油器
PRE 02/CAM 熔断器	15A	加热型氧传感器(缸组1 传感器1)/加热型氧传感器(缸组2 传感器1(LH2))、凸轮轴位置(CMP)排气执行器电磁阀(缸组1 和缸组2)、凸轮轴位置(CMP)进气执行器电磁阀(缸组1 和缸组2(LY7))
REAR WPR(后窗刮水器)	20A	后窗刮水器模块
R REAR(右后)熔断器	60A	右后熔断器盒
R REAR(右后)熔断器	60A	右后熔断器盒
RT HI BEAM(右侧远光)熔断器	10A	右前照灯
RT LOW BEAM(右侧近光)熔断器	20A	右前照灯
RT PARK(右侧驻车)熔断器	10A	右侧前照灯、右侧位置继电器(出口车型)、右前示宽灯、右侧尾灯(国内车型)
S/P FAN(辅助/主风扇)继电器	—	冷却风扇
备用熔断器	—	未使用
STARTER(起动机)熔断器	30A	起动机电磁开关
STARTER(起动机)继电器	—	起动机电磁开关
STRG CTLS(转向控制)熔断器	10A	侧转向盘控制系统和功率发声器(出口车型)
TCM/IPC(变速器控制模块/仪表板组合仪表)熔断器	15A	发动机控制模块(ECM)、仪表板组合仪表(IPC)和变速器控制模块(TCM)

（续）

设　备	额定电流	保护的电路/部件
THEFT（防盗）熔断器	7.5A	发动机控制模块、防盗模块和变速器控制模块
VOLT CHECK（检查电压）熔断器	10A	仪表板集成模块（DIM）
WASH NOZ（洗涤器喷嘴）熔断器	10A	加热型洗涤器喷嘴
WPR MOD（刮水器模块）熔断器	30A	风窗玻璃刮水器模块
WPR SW（刮水器开关）熔断器	10A	风窗玻璃刮水器/洗涤器开关

2. 左后熔断器盒

凯迪拉克 SRX 轿车左后熔断器盒如图 2-28 所示，其使用说明见表 2-34 所示。

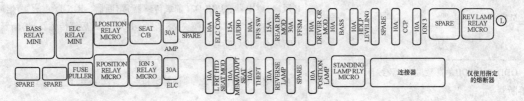

图 2-28　凯迪拉克 SRX 轿车左后熔断器盒元件分布图

表 2-34　凯迪拉克 SRX 轿车左后熔断器盒说明表

设　备	额定电流	保护的电路/部件
AMP 熔断器	30A	音响放大器
AUDIO 熔断器	15A	车辆通信接口模块（VCIM）、收音机、交通信息接收器和后排座椅娱乐系统
BASS 熔断器	10A	左侧停车灯、右侧停车灯、中央高位停车灯（CHMSL）和倒车辅助系统
BAS 继电器	—	左侧停车灯、右侧停车灯、中央高位停车灯（CHMSL）和倒车辅助系统
CCP（温度控制面板）熔断器	10A	暖风、通风与空调控制模块
DRIVER DR MOD（驾驶人侧车门模块）熔断器	10A	左前车门模块
ELC COMP（电子悬架高度控制压缩机）熔断器	30A	ELC 电子悬架高度控制继电器
ELC 继电器	—	电子悬架控制模块（ESCM）和空气压缩机排气电磁阀（F55）
FFS 开关	10A	座椅收起/倾斜开关（第三排）（AMO）
FFSM 熔断器	30A	后排座椅模块（第 3 排）（AMO）
FUSE PULLER	—	熔断器起拔器
HDLP LEVELING（前照灯高度调节）熔断器	10A	前照灯高度调节传感器-后，熔断器盒-发动机室内和前照灯高度调节传感器-前（TR7）
IGN 3（点火 3）熔断器	10A	自动变速器换档锁止控制执行器、加热型座椅模块-左前（KA7）、加热型座椅模块-右前（KA7）、HVAC 鼓风机电动机、天窗开关

（续）

设　备	额定电流	保护的电路/部件
IGN 3（点火 3）继电器	—	CCP（温度控制面板）、HDLP LVL（前照灯高度调节）和 IGN-3（点火 3）熔断器
L FRT HTD SEAT MOD（左加热型座椅模块）熔断器	10A	左前加热型座椅模块
L POSITION（左侧位置）继器	—	左侧尾灯（出口车型）和前照灯开关（出口车型）
MEM/ADAPT SEAT 熔断器	10A	驾驶人电动座椅开关和记忆座椅模块
POSITION LAMP（位置灯）熔断器	10A	R POS LP（右侧位置灯）继电器（出口车型）和 L POS LP（左侧位置灯）继电器（出口车型）
R POSITION（右侧位置）继电器	—	右后尾灯（出口车型）、熔断器盒-发动机室盖下（贯穿式）和前照灯-左前
REAR DR MOD（后门模块）熔断器	15A	左后门模块（LRDM）和右后门模块（RRDM）
REV LAMP（倒车灯）继电器	—	倒车灯、倒车辅助系统（RPA）和车内后视镜
REVERSE LAMP（倒车灯）熔断器	10A	REV LAMP（倒车灯）继电器
SEAT（座椅）断路器	30A	记忆座椅模块、左前电动座椅开关和右前电动座椅开关（AH8）
备用熔断器	—	未使用
STANDING LAMP（驻车灯）继电器	—	R POS LP（右侧位置灯）继电器（出口车型）和 L POS LP（左侧位置灯）继电器（出口车型）
THEFT（防盗）熔断器	10A	天线模块、车库门开启器和侵入传感器

3. 右后熔断器盒

凯迪拉克 SRX 轿车右后熔断器盒如图 2-29 所示，其使用说明见表 2-35 所示。

图 2-29　凯迪拉克 SRX 轿车右后熔断器盒元件分布图

表 2-35　凯迪拉克 SRX 轿车右后熔断器盒说明表

设　备	额定电流	保护的电路/部件
AFTER BOIL（后沸腾）熔断器	10A	后沸腾继电器（LH2/V92）
AFTER BOIL（后沸腾）继电器	—	后沸腾加热器泵（LH2/V92）
AIRBAG（气囊）熔断器	10A	安全气囊系统传感和诊断模块（SDM）
DR MOD PWR（车门模块电源）断路器	30A	驾驶人侧车门模块（DDM）、左后门模块（LRDM）、前排乘客侧车门模块（FPDM）和右后门模块（RRDM）

（续）

设　　备	额定电流	保护的电路/部件
FUEL PUMP MOTOR（燃油泵电动机）继电器	—	燃油泵电动机
FUEL PUMP MTR（燃油泵电动机）熔断器	15A	燃油泵继电器
FUSE PULLER	—	熔断器起拔器
IGN1（点火 1）继电器	—	点火 1 熔断器，后集成模块（RIM）、传感和诊断模块（SDM）熔丝、车内后视镜、A 全气囊系统传感和诊断模块（SDM）功率发声器（出口车型）、倒车辅助系统（RPA）和地板变速杆
INT LAMP（车内灯）继电器	—	举升门门控灯、车门外门控灯和车顶控制台门控灯
INTERIOR LAMP（车内灯）熔丝	10A	INT LAMP（车内灯）继电器
POWER SOUNDER（功率发声器）熔断器	10A	倾斜传感器（出口车型）和防盗报警（出口车型）
RT FRT DR MOD（右前门模块）熔断器	10A	前排乘客侧车门模块（FPDM）
R FRT HTD SEAT MOD（右前加热型座椅模块）熔断器	10A	乘客加热型座椅模块
RAP 继电器	—	天窗模块
REAR DEFOG（后除雾）熔断器	40A	REAR DEFOG（后除雾）继电器
REAR DEFOG（后除雾）继电器	—	后除雾器元件
REAR FOG LAMP（后雾灯）熔断器	10A	后雾灯继电器（出口车型）
REAR FOG LAMP（后雾灯）继电器	—	后雾灯（出口车型）
REAR HATCH（后掀门）熔断器	10A	后掀门继电器（车身线束）
REAR HVAC 熔断器	30A	后 HVAC 继电器
REAR HVAC 继电器	—	后 HVAC 鼓风机电动机·
RIM（后集成模块）熔断器备用熔断器	10A	后集成模块（RIM）、点火开关和地板变速杆（钥匙锁芯电磁阀）
SUNROOF MOD（天窗模块）	—	未使用
熔断器	40A	前天窗开关、前遮阳板电动机（小）和后遮阳板电动机（大）
SUSPNTN（悬架）熔断器	25A	悬架控制模块（SCM）
VICS（车辆信息通信系统）熔断器	10A	电视调谐器模块

三、凯迪拉克 XLR

1. 发动机室内熔断器盒

凯迪拉克 XLR 轿车发动机室内熔断器盒如图 2-30 所示，其使用说明见表 2-36 所示。

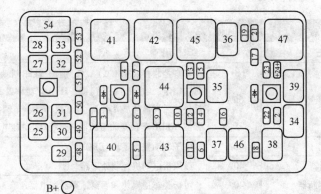

图 2-30　凯迪拉克 XLR 轿车发动机室熔断器盒元件分布图

表 2-36　凯迪拉克 XLR 轿车发动机室熔断器盒说明表

编号	设　　备	额定值	保护的电路/部件
1	ABS/MRRTD 熔断器	10A	电子制动控制模块(EBCM)和电子悬架控制(ESC)模块
2	喇叭熔断器	15A	发电机和喇叭继电器 34
3	ACC/TCM 熔断器	10A	车距测控巡航控制模块(K59)和变速器控制模块(TCM)
4	刮水器熔断器	30A	刮水器接通/断开继电器 45 和刮水器运行/附件继电器 42
5	停车灯/倒车灯熔断器	15A	电容器 CP200、车身控制模块(BCM)停车灯继电器 4 和倒车灯继电器 3
6	氧传感器熔断器	15A	加热型氧传感器(HO2S)
7	蓄电池 5 熔断器	30A	车身控制模块(BCM)倾斜/伸缩开关/座椅位置记忆模块、ACCA/驾驶人车门开关、点火开关/侵入传感器、ONSTAR 和驻车制动器电磁阀 A 熔断器
8	驻车灯熔断器	10A	驻车灯继电器 37
9	ETC 熔断器	10A	发动机控制模块(ECM)
10	燃油熔断器	20A	燃油泵控制模块
11	ECM/TCM	15A	发动机控制模块(ECM)和变速器控制模块(TCM)
12	奇数号喷油器熔断器	15A	奇数号喷油器和点火线圈/模块
13	MRRTD 熔断器	25A	炭罐通风电磁阀和电子悬架系统控制(ESC)模块
14	排放熔断器	15A	炭罐清污电磁阀
15	空调压缩机熔断器	10A	空调压缩机继电器 35
16	偶数号喷油器熔断器	15A	偶数号喷油器和点火线圈/模块
17	风窗玻璃洗涤器熔断器	15A	风窗玻璃洗涤器继电器 36
18	前照灯洗涤器熔断器	20A	前照灯洗涤器继电器 46
19	右侧近光熔断器	20A	右侧前照灯镇流器
20	—	—	未使用
21	左侧近光熔断器	20A	左侧前照灯镇流器
22	雾灯熔断器	15A	雾灯继电器 38
23	右侧远光熔断器	10A	右侧远光前照灯
24	左侧远光熔断器	10A	左侧远光前照灯

（续）

编号	设　备	额定值	保护的电路/部件
25	—	—	未使用
26	蓄电池3熔断器	60A	车身控制模块（BCM）A. C. 锁闩/驻车制动器B、BTSI电磁阀/转向柱锁定、组合仪表、门锁、HVAC/功率警报器、车内灯、电动可折叠式后视镜伸展/缩回、收音机/天线/车辆信息通信系统、后窗除雾器/ALDL车顶开关熔断器和运行/起动继电器2
27	ABS熔断器	60A	电子制动控制模块（EBCM）
28	HVAC熔断器	40A	鼓风机电动机控制处理器
29	蓄电池2熔断器	40A	可折叠车顶模块和后窗除雾器继电器4
30	起动机熔断器	40A	起动继电器43
31	音频放大器熔断器	30A	音频放大器
32	冷却风扇熔断器	40A	冷却风扇
33	蓄电池1熔断器	60A	仪表板熔断器盒车门控制和电动座椅电路断路器、左侧加热型座椅、右侧加热型座椅和左/右电动腰撑熔断器
34	喇叭继电器	—	喇叭
35	空调压缩机继电器	—	空调压缩机离合器
36	风窗玻璃洗涤器继电器	—	风窗玻璃洗涤液泵
37	驻车灯继电器	—	驻车灯
38	雾灯继电器	—	前雾灯
39	远光继电器	—	远光前照灯
40	后窗除雾器继电器	—	后窗除雾器
41	刮水器高速/低速继电器	—	刮水器/洗涤器系统
42	刮水器运行/附件继电器	—	刮水器/洗涤器系统
43	起动继电器	—	起动机
44	点火1继电器	—	排放系统、偶数号喷油器、电控变速器（ETC）、燃油、氧传感器和奇数号喷油器、空调压缩机继电器35
45	刮水器接通/断开继电器	—	刮水器/洗涤器系统
46	前照灯洗涤器继电器	—	前照灯洗涤液泵
47	近光继电器	—	近光前照灯
48	备用熔断器	10A	未使用
49	备用熔断器	15A	未使用
50	备用熔断器	20A	未使用
51	备用熔断器	25A	未使用
52	备用熔断器	30A	未使用
53	—	—	未使用
54	熔断器拔出器	—	熔断器拔出器
F5	二极管2	—	刮水器/洗涤器系统
F16	刮水器二极管	—	刮水器/洗涤器系统
F19	二极管1	—	刮水器/洗涤器系统

2. 仪表板熔断器/继电器和车身控制模块盒

　　凯迪拉克 XLR 轿车仪表板熔断器/继电器和车身控制模块盒元件分布如图 2-31 所示，其使用说明见表 2-37 所示。

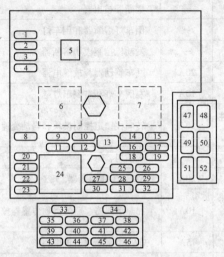

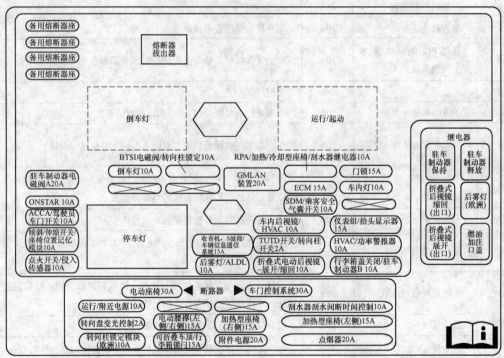

图 2-31　凯迪拉克 XLR 轿车仪表板熔断器/继电器和车身控制模块盒元件分布图

表 2-37　凯迪拉克 XLR 轿车仪表板熔断器/继电器和车身控制模块盒说明表

编号	设　　备	额定值	保护的电路/部件
1	备用熔断器	—	备用熔断器座
2	备用熔断器	—	备用熔断器座
3	备用熔断器	—	备用熔断器座

（续）

编号	设 备	额定值	保护的电路/部件
4	备用熔断器	—	备用熔断器座
5	熔断器拔出器	—	熔断器拔出器
6	倒车灯继电器	—	倒车灯熔断器和倒车灯
7	运行/起动继电器	—	发动机控制模块熔断器
8	驻车制动电磁阀 A	20A	驻车制动器释放继电器
9	倒车灯	10A	左倒车灯和右倒车灯
10	BTSI 电磁阀/转向柱锁定	10A	转向柱锁定控制模块和自动变速器变速杆
11-12	未使用	—	未使用
13	GMLAN 设备	20A	ACC/TCM 熔断器
14	倒车辅助系统/加热/冷却型座椅	10A	加热型座椅、后障碍物传感器控制模块和二极管 2
15	门锁	15A	车身控制模块逻辑模块
16	发动机控制模块	15A	起动继电器
17	车内灯	10A	车身控制模块逻辑模块
18	传感和诊断模块/乘客安全气囊系统开关	10A	安全气囊传感和诊断模块（SDM）和仪表板安全气囊解除开关
19	未使用	—	未使用
20	ONSTAR	10A	车辆通信接口模块（VCIM）和车载电话话筒
21	ACCA/驾驶人车门开关	10A	车距感测巡航控制模块和驾驶人车门开关总成（DDSA）
22	倾斜/伸缩开关/座椅位置记忆模块	10A	可折叠车顶开关、倾斜/伸缩开关、座椅位置记忆开关、驾驶人座椅位置记忆模块和驾驶人座椅调节器开关
23	点火开关/侵入传感器	10A	侵入传感器和车身控制模块逻辑模块
24	停车灯继电器	—	中央高位停车灯（CHMSL）、电容器 CP 200 和车身控制模块逻辑模块
25	车内后视镜/HVAC	10A	暖风、通风与空调系统控制模块、防盗警报器、转向柱锁定控制模块、车内温度传感器和车内后视镜
26	组合仪表	15A	组合仪表（IPC）和抬头显示器（HUD）
27	收音机/天线/车辆信息通信系统	15A	数字无线电接收器、交通信息接收器、收音机和遥控播放设备-CD播放机
28	TUTD 开关/转向柱开关	2A	自动变速器变速杆、转向信号/多功能开关和转向盘控制开关总成
29	HVAC/功率警报器	10A	暖风、通风与空调系统控制模块和防盗报警器
30	后雾灯/ALDL 车顶开关	10A	后雾灯继电器和数据链路连接器

（续）

编号	设　　备	额定值	保护的电路/部件
31	电动可折叠后视镜-伸展/缩回	10A	可折叠后视镜缩回（出口）继电器和可折叠后视镜伸展（出口）继电器
32	A．C．锁闩/驻车制动器B	10A	行李箱盖释放/关闭开关和驻车制动器保持继电器
33	电动座椅电路断路器	30A	驾驶人座椅位置记忆模块和前排乘客座椅调节器开关 驾驶人车门模块（DDM）、前排乘客车门模块（FPDM）和仪表板继电器
34	车门控制系统断路器	30A	盒燃油加注口门继电器
35	运行/附件电源熔断器	10A	车外湿度传感器
36-37	未使用	—	-
38	刮水器刮水间断时间熔断器	10A	车外湿度传感器
39	转向盘变光熔断器	2A	转向盘控制开关总成
40	左右电动腰撑熔断器	15A	驾驶人和前排乘客腰撑开关/泵
41	右侧加热型座椅熔断器	15A	乘客加热/冷却型座椅模块
42	左侧加热型座椅熔断器	15A	驾驶人加热/冷却型座椅模块
43	转向柱锁定模块熔断器（欧洲）	10A	自动变速器变速杆
44	可折叠车顶/行李箱锁闩熔断器	15A	可折叠车顶关闭开关、可折叠车顶模块、上横梁锁闩开关、上横梁解
45	附件电源熔断器	20A	锁开关、行李挡板开关、行李箱盖打开开关和行李箱盖下拉执行器附件电源插座
46	点烟器熔断器	20A	点烟器
47	驻车制动保持继电器	—	驻车制动器保持电磁阀
48	驻车制动释放继电器	—	驻车制动器释放电磁阀
49	可折叠后视镜缩回（出口）	—	车外后视镜电动机缩回
50	后雾灯（出口）	—	后雾灯
51	可折叠后视镜伸展（出口）	—	车外后视镜电动机伸展
52	燃油加注口盖	—	燃油加注口盖释放开关和燃油加注口盖释放执行器

第三章 丰田车系

第一节 凯美瑞(2010年款)

1. 熔断器与继电器安装位置图

凯美瑞 HV 混合动力车发动机室内的熔断器与继电器安装位置如图 3-1 所示，仪表板上的熔断器与继电器安装位置如图 3-2 所示，车身处的继电器与熔断器安装位置如图 3-3 所示。

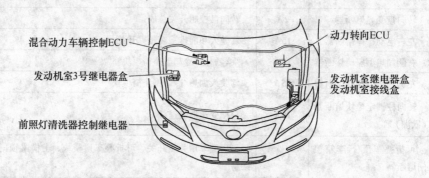

图 3-1　凯美瑞 HV 混合动力车发动机室内的熔断器与继电器安装位置

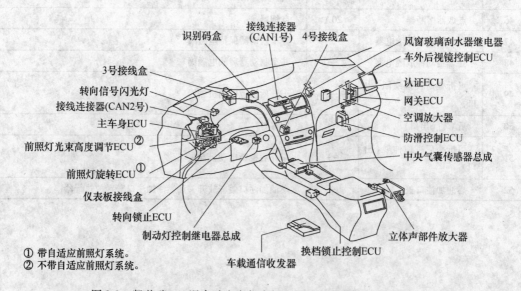

① 带自适应前照灯系统。
② 不带自适应前照灯系统。

图 3-2　凯美瑞 HV 混合动力车仪表板上的熔断器与继电器安装位置

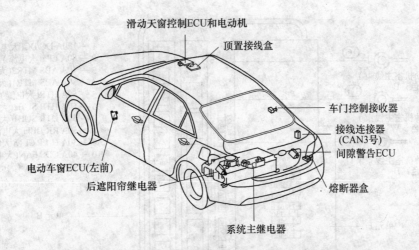

图 3-3　凯美瑞 HV 混合动力车车身处的继电器与熔断器安装位置

2. 熔断器与继电器元件分布图

凯美瑞 HV 混合动力车发动机室 3 号继电器盒继电器元件分布如图 3-4 所示。

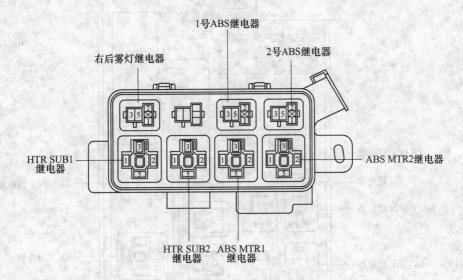

图 3-4　凯美瑞 HV 混合动力车发动机室 3 号继电器盒继电器元件分布

发动机室继电器盒熔断器元件分布如图 3-5 所示。

仪表板接线盒继电器与熔断器元件分布如图 3-6 所示。

熔丝盒熔丝元件分布如图 3-7 所示。

3. 电控单元元件位置分布图

凯美瑞 HV 混合动力车发动机室内电气元件位置分布如图 3-8 所示。

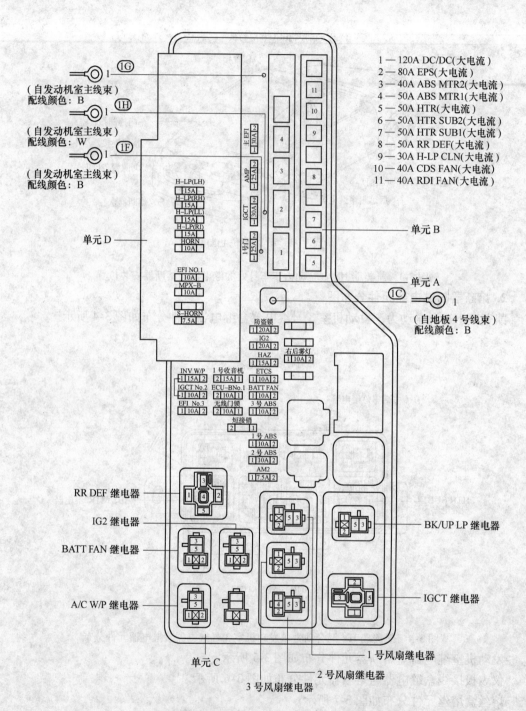

图 3-5　凯美瑞 HV 混合动力车发动机室继电器盒熔断器元件分布

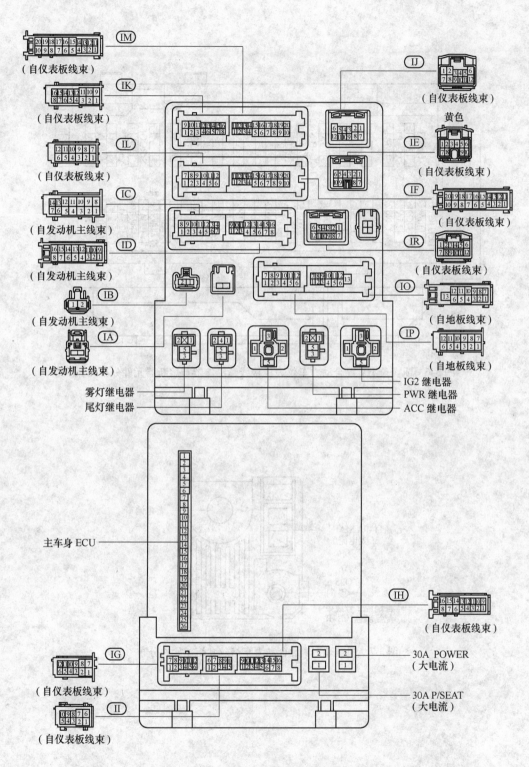

图 3-6 凯美瑞 HV 混合动力车仪表板接线盒继电器与熔断器元件分布(1)

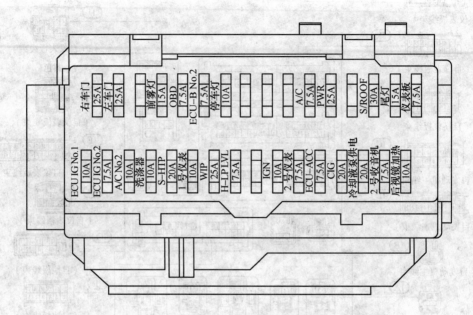

图 3-6　凯美瑞 HV 混合动力车仪表板接线盒继电器与熔断器元件分布(2)

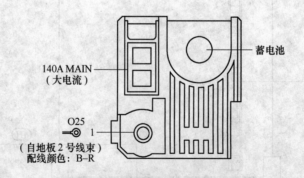

图 3-7　凯美瑞 HV 混合动力车熔丝盒熔丝元件分布

① 带自适应前照灯系统。
② 不带自适应前照灯系统。

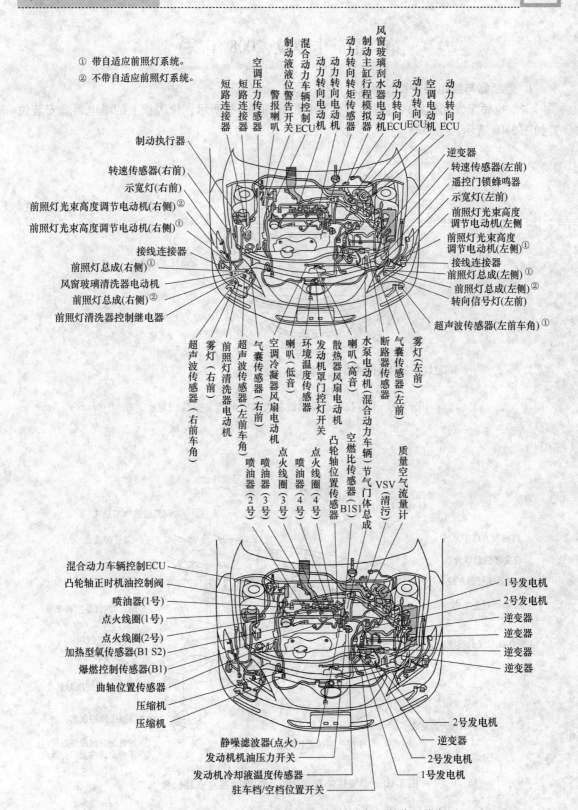

制动执行器
转速传感器(右前)
示宽灯(右前)
前照灯光束高度调节电动机(右侧)②
前照灯光束高度调节电动机(右侧)①
接线连接器
前照灯总成(右侧)①
风窗玻璃清洗器电动机
前照灯总成(右侧)②
前照灯清洗器控制继电器

空调压力传感器
短路连接器
短路连接器
制动液液位警告开关
混合动力车辆制动控制ECU
制动主缸行程模拟器
动力转向转矩传感器
动力转向电动机
动力转向电动机ECU
动力转向ECU
风窗玻璃刮水器电动机
空调电动机
动力转向电动机
动力转向ECU
空调电动机
动力转向ECU

逆变器
转速传感器(左前)
遥控门锁蜂鸣器
示宽灯(左前)
前照灯光束高度调节电动机(左侧)
前照灯光束高度调节电动机(左侧)①
接线连接器
前照灯总成(左侧)①
前照灯总成(左侧)②
转向信号灯(左前)
超声波传感器(左前车角)①

超声波传感器(右前车角)
雾灯(右前)
前照灯清洗器电动机
超声波传感器(左前车角)
气囊传感器(右前)
空调冷凝器风扇电动机
环境温度传感器
发动机罩门控灯开关
散热器风扇电动机
喇叭(高音)
水泵电动机(混合动力车辆)
断路器传感器
气囊传感器(左前)
雾灯(左前)

喇叭(低音)
点火线圈(2号)
喷油器(2号)
点火线圈(3号)
喷油器(3号)
点火线圈(4号)
喷油器(4号)
凸轮轴位置传感器
空燃比传感器(B1S1)
节气门体总成
VSV(清污)
质量空气流量计

混合动力车辆控制ECU
凸轮轴正时机油控制阀
喷油器(1号)
点火线圈(1号)
点火线圈(2号)
加热型氧传感器(B1 S2)
爆燃控制传感器(B1)
曲轴位置传感器
压缩机
压缩机

1号发电机
2号发电机
逆变器
逆变器
逆变器
逆变器

2号发电机
逆变器
2号发电机
1号发电机

静噪滤波器(点火)
发动机机油压力开关
发动机冷却液温度传感器
驻车档/空档位置开关

图3-8　凯美瑞HV混合动力车发动机室内电气元件位置分布

第二节　卡罗拉(2008 年款)

1. 熔断器与继电器安装位置图

卡罗拉轿车发动机室内的继电器盒安装位置如图 3-9 所示，仪表板上的继电器盒安装位置如图 3-10 所示。

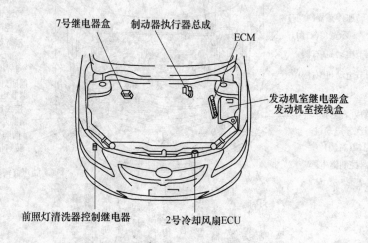

图 3-9　卡罗拉轿车发动机室内的继电器盒安装位置

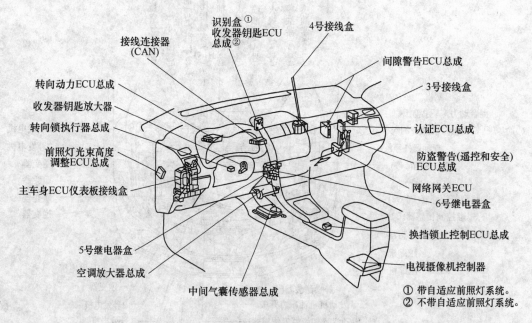

① 带自适应前照灯系统。
② 不带自适应前照灯系统。

图 3-10　卡罗拉轿车仪表板上的继电器盒安装位置

2. 熔断器与继电器元件分布图

（1）发动机室继电器盒

卡罗拉轿车发动机室继电器盒熔断器与继电器元件分布如图 3-11 所示。

（2）仪表板接线盒

卡罗拉轿车仪表板接线盒熔断器与继电器元件分布如图 3-12 所示，熔断器元件分布如图 3-13 所示。

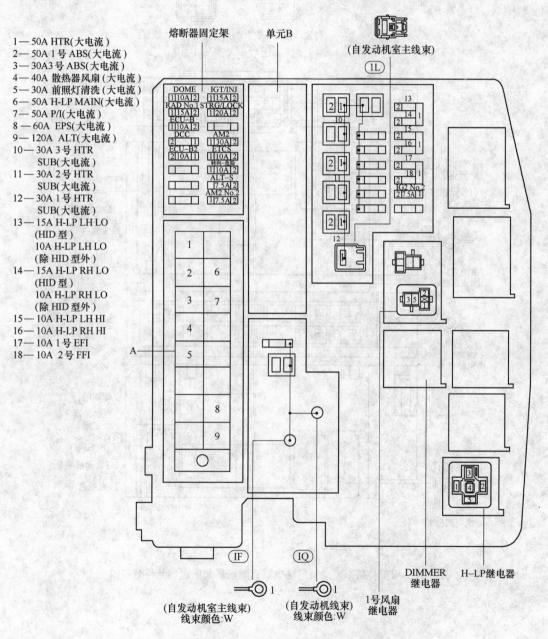

1—50A HTR(大电流)
2—50A 1号 ABS(大电流)
3—30A3号 ABS(大电流)
4—40A 散热器风扇(大电流)
5—30A 前照灯清洗(大电流)
6—50A H-LP MAIN(大电流)
7—50A P/I(大电流)
8—60A EPS(大电流)
9—120A ALT(大电流)
10—30A 3号 HTR
   SUB(大电流)
11—30A 2号 HTR
   SUB(大电流)
12—30A 1号 HTR
   SUB(大电流)
13—15A H-LP LH LO
   (HID 型)
   10A H-LP LH LO
   (除 HID 型外)
14—15A H-LP RH LO
   (HID 型)
   10A H-LP RH LO
   (除 HID 型外)
15—10A H-LP LH HI
16—10A H-LP RH HI
17—10A 1号 EFI
18—10A 2号 FFI

图 3-11 卡罗拉轿车发动机室继电器盒熔断器与继电器元件分布(1)

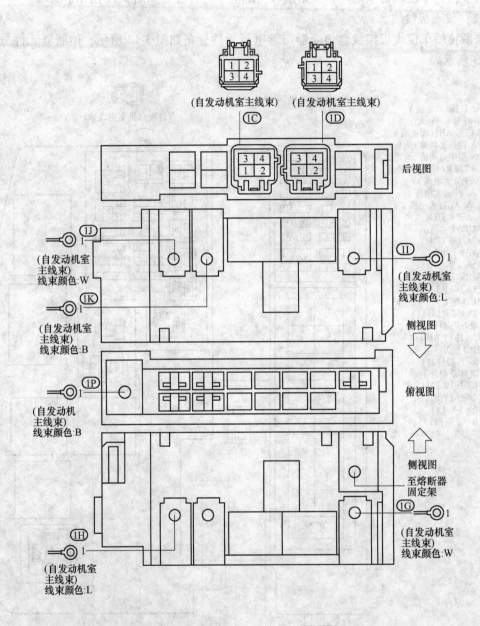

图 3-11　卡罗拉轿车发动机室继电器盒熔断器与继电器元件分布(2)

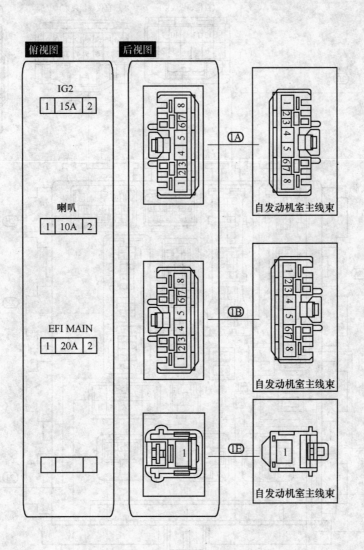

图 3-11 卡罗拉轿车发动机室继电器盒熔断器与继电器元件分布(3)

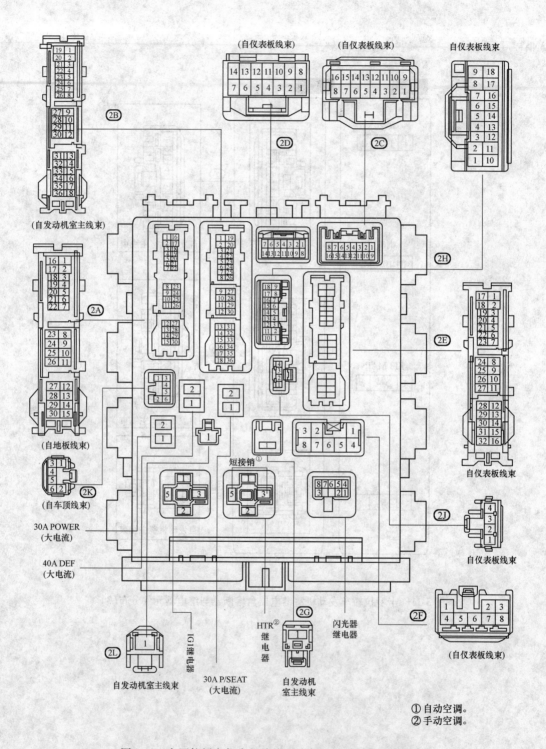

图 3-12 卡罗拉轿车仪表板接线盒熔断器与继电器元件分布

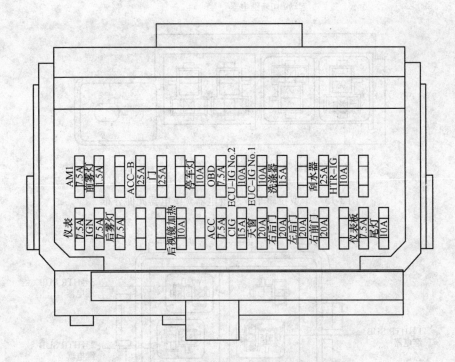

图 3-13　卡罗拉轿车仪表板接线盒熔断器元件分布

（3）5 号继电器盒

卡罗拉轿车 5 号继电器盒继电器元件分布如图 3-14 所示。

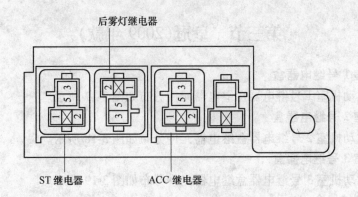

图 3-14　卡罗拉轿车 5 号继电器盒继电器元件分布

（4）6 号继电器盒

卡罗拉轿车 6 号继电器盒继电器元件分布如图 3-15 所示。

（5）7 号继电器盒

卡罗拉轿车 7 号继电器盒继电器元件分布如图 3-16 所示。

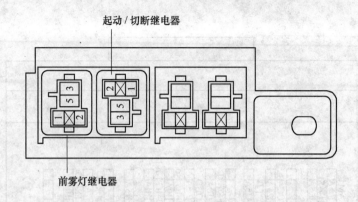

起动／切断继电器

前雾灯继电器

图 3-15　卡罗拉轿车 6 号继电器盒继电器元件分布

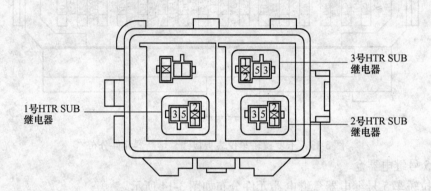

3号HTR SUB
继电器

1号HTR SUB
继电器

2号HTR SUB
继电器

图 3-16　卡罗拉轿车 7 号继电器盒继电器元件分布

第三节　皇冠(2009 年款)

1. 发动机室 1 号继电器盒

皇冠轿车发动机室 1 号继电器盒继电器元件分布如图 3-17 所示。

2. 发动机室 2 号继电器盒

皇冠轿车发动机室 2 号继电器盒继电器元件分布如图 3-18 所示。

3. 发动机室 3 号继电器盒

皇冠轿车发动机室 3 号继电器盒继电器元件分布如图 3-19 所示。

4. 驾驶人侧接线盒

皇冠轿车驾驶人侧接线盒熔断器元件分布如图 3-20 所示。

5. 乘员侧接线盒

皇冠轿车乘员侧接线盒熔断器元件分布如图 3-21 所示。

6. 行李箱接线盒

皇冠轿车行李箱接线盒熔断器元件分布如图 3-22 所示。

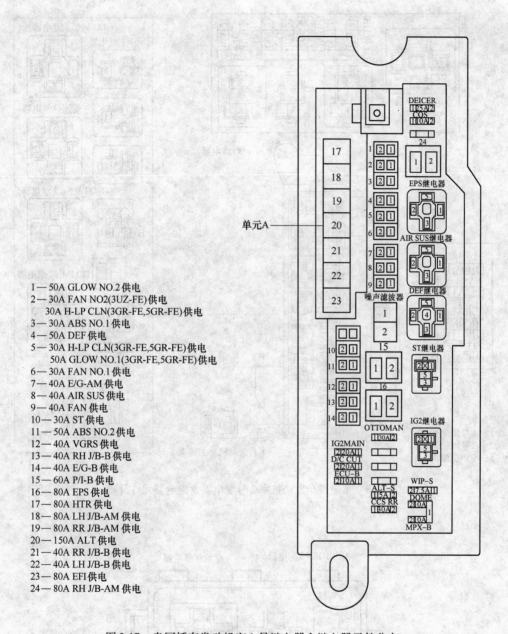

单元A

1—50A GLOW NO.2 供电
2—30A FAN NO2(3UZ-FE) 供电
　30A H-LP CLN(3GR-FE,5GR-FE) 供电
3—30A ABS NO.1 供电
4—50A DEF 供电
5—30A H-LP CLN(3GR-FE,5GR-FE) 供电
　50A GLOW NO.1(3GR-FE,5GR-FE) 供电
6—30A FAN NO.1 供电
7—40A E/G-AM 供电
8—40A AIR SUS 供电
9—40A FAN 供电
10—30A ST 供电
11—50A ABS NO.2 供电
12—40A VGRS 供电
13—40A RH J/B-B 供电
14—40A E/G-B 供电
15—60A P/I-B 供电
16—80A EPS 供电
17—80A HTR 供电
18—80A LH J/B-AM 供电
19—80A RR J/B-AM 供电
20—150A ALT 供电
21—40A RR J/B-B 供电
22—40A LH J/B-B 供电
23—80A EFI 供电
24—80A RH J/B-AM 供电

图 3-17　皇冠轿车发动机室 1 号继电器盒继电器元件分布

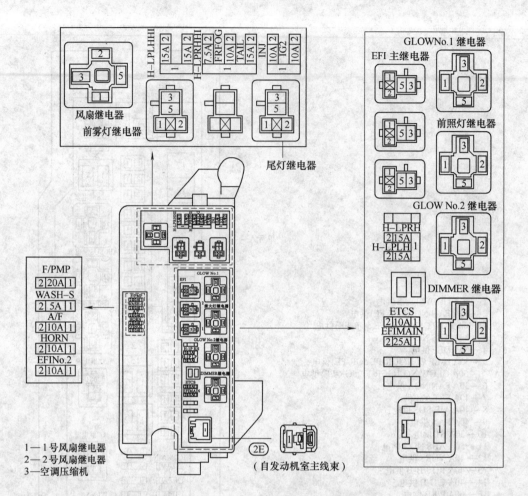

图 3-18 皇冠轿车发动机室 2 号继电器盒继电器元件分布

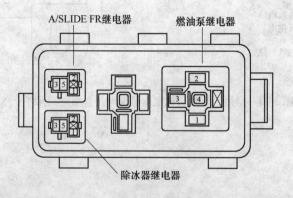

图 3-19 皇冠轿车发动机室 3 号继电器盒继电器元件分布

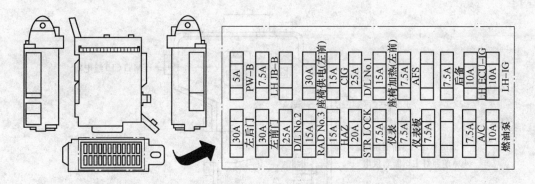

图 3-20 皇冠轿车驾驶人侧接线盒熔断器元件分布

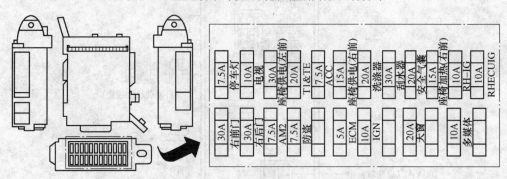

图 3-21 皇冠轿车乘员侧接线盒熔断器元件分布

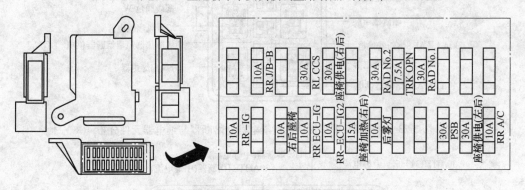

图 3-22 皇冠轿车行李箱接线盒熔断器元件分布

第四节 花冠 EX(2010 年款)

熔断器与继电器元件分布图

花冠 EX 轿车发动机室继电器盒熔断器与继电器元件分布如图 3-23 所示。

发动机室 2 号继电器盒继熔断器与继电器元件分布如图 3-24 所示。

3 号继电器盒继电器元件分布如图 3-25 所示，5 号发动机室继电器盒继熔断器与继电器元件分布如图 3-26 所示。

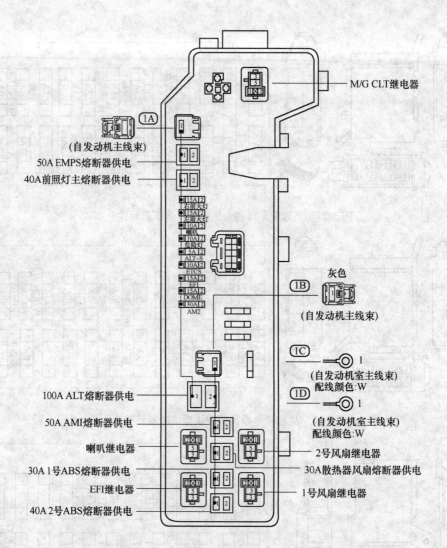

图 3-23　花冠 EX 轿车发动机室继电器盒熔断器与继电器元件分布

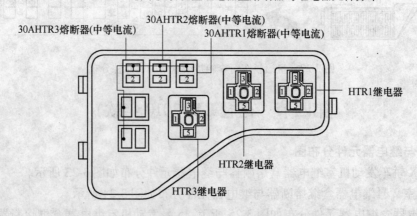

图 3-24　花冠 EX 轿车发动机室 2 号继电器盒继熔断器与继电器元件分布

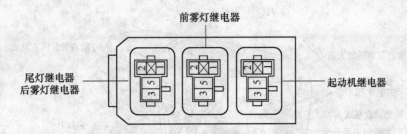

图 3-25　花冠 EX 轿车 3 号继电器盒继电器元件分布

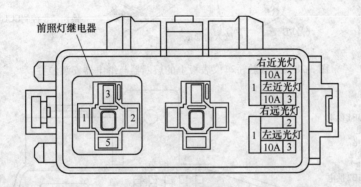

图 3-26　花冠 EX 轿车 5 号发动机室继电器盒继熔断器与继电器元件分布

第五节　新威驰（2008 年款）

1. 熔断器与继电器安装位置图

新威驰轿车发动机室内的熔断器与继电器安装位置如图 3-27 所示，仪表板上的熔断器与继电器安装位置如图 3-28 所示。

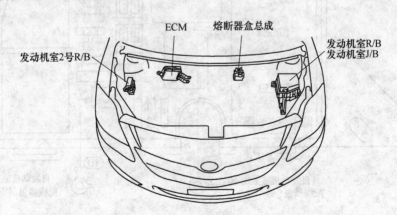

图 3-27　新威驰轿车发动机室内的熔断器与继电器安装位置

2. 熔断器与继电器元件分布图

新威驰轿车发动机室 R/B(J/B) 盒熔断器与继电器元件分布如图 3-29 所示。

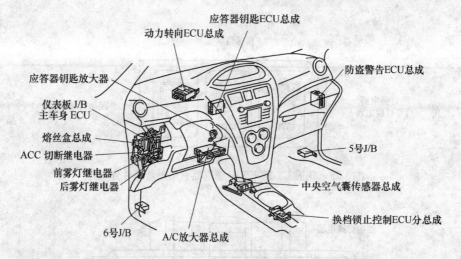

图 3-28　新威驰轿车仪表板上的熔断器与继电器安装位置

1—风扇 2 号继电器
2—ST 继电器
3—30A HTR SUB1 供电
4—30A RDI 供电
5—40A HTR 供电
6—50A ABS1 供电
7—50A EPS 供电
8—40A HTR SUB2 供电

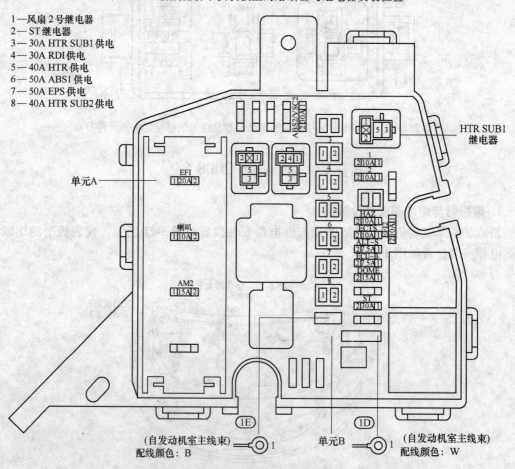

图 3-29　新威驰轿车发动机室 R/B(J/B) 盒熔断器与继电器元件分布

发动机室 2 号 R/B(J/B) 盒继电器元件分布如图 3-30 所示。

仪表板 J/B 盒熔断器与继电器元件分布如图 3-31 所示。

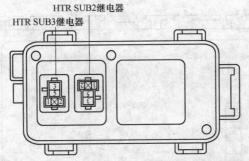

图 3-30　新威驰轿车发动机室 2 号 R/B(J/B)盒继电器元件分布

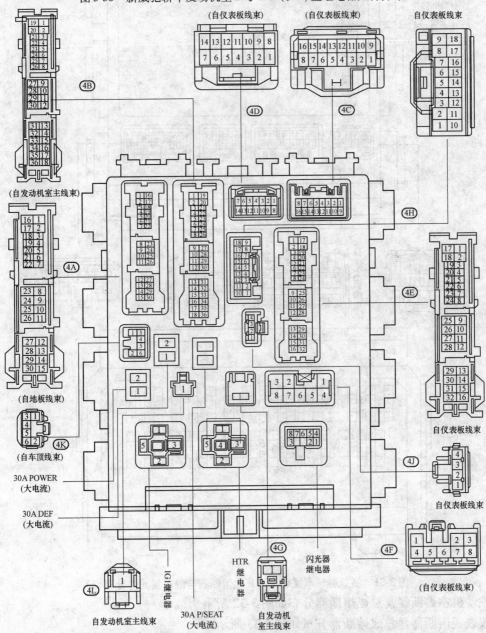

图 3-31　新威驰轿车仪表板 J/B 盒熔断器与继电器元件分布(1)

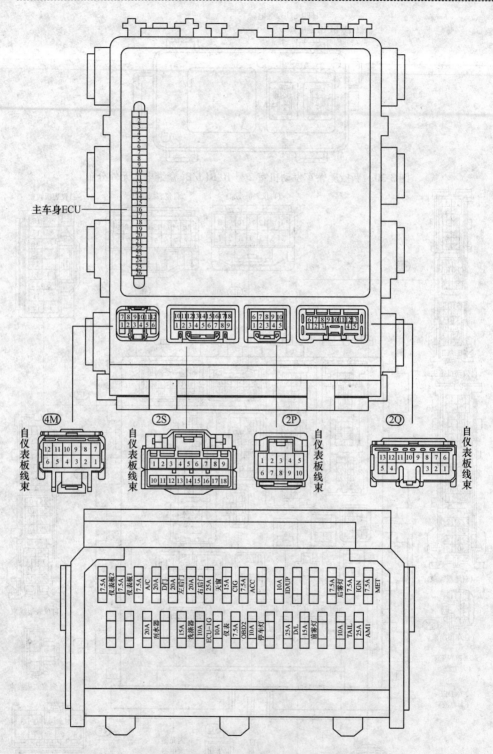

图 3-31　新威驰轿车仪表板 J/B 盒熔断器与继电器元件分布(2)

发动机室熔断器盒总成熔断器分布如图 3-32 所示。

仪表板熔断器盒总成熔断器分布如图 3-33 所示。

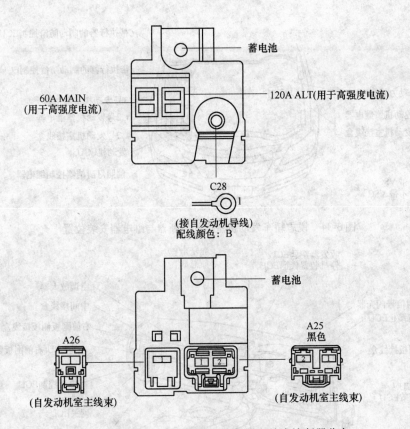

图 3-32 新威驰轿车发动机室熔断器盒总成熔断器分布

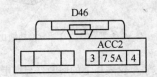

图 3-33 新威驰轿车仪表板熔断器盒总成熔断器分布

第六节 锐志(2005 年款)

1. 熔断器与继电器安装位置图

锐志轿车发动机室内的熔断器与继电器安装位置如图 3-34 所示，仪表板上的熔断器与继电器安装位置如图 3-35 所示。

车身上的继电器安装位置如图 3-36 所示。

2. 熔断器与继电器元件分布图

锐志轿车发动机室 1 号继电器盒熔断器与继电器元件分布如图 3-37 所示。

发动机室 2 号继电器盒继熔断器与继电器元件分布如图 3-38 所示。

发动机室 3 号继电器盒继电器元件分布如图 3-39 所示。

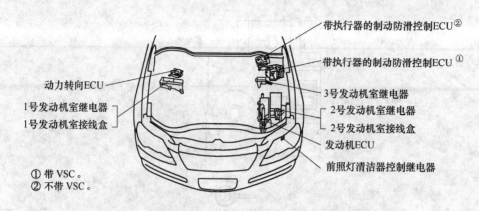

带执行器的制动防滑控制ECU②

带执行器的制动防滑控制ECU①

动力转向ECU

3号发动机室继电器

1号发动机室继电器

2号发动机室继电器

1号发动机室接线盒

2号发动机室接线盒

发动机ECU

前照灯清洁器控制继电器

① 带 VSC。
② 不带 VSC。

图 3-34　锐志轿车发动机室内的熔断器与继电器安装位置

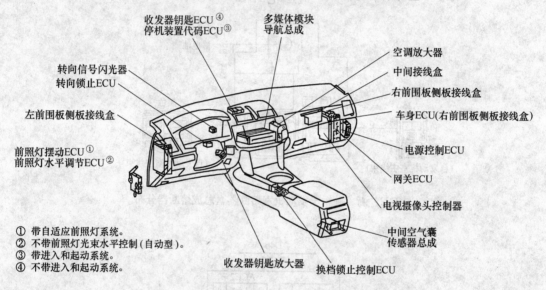

收发器钥匙ECU④
停机装置代码ECU③

多媒体模块
导航总成

空调放大器

转向信号闪光器

中间接线盒

转向锁止ECU

右前围板侧板接线盒

左前围板侧板接线盒

车身ECU(右前围板侧板接线盒)

电源控制ECU

前照灯摆动ECU①
前照灯水平调节ECU②

网关ECU

电视摄像头控制器

中间空气囊
传感器总成

① 带自适应前照灯系统。
② 不带前照灯光束水平控制(自动型)。
③ 带进入和起动系统。
④ 不带进入和起动系统。

收发器钥匙放大器

换档锁止控制ECU

图 3-35　锐志轿车仪表板上的熔断器与继电器安装位置

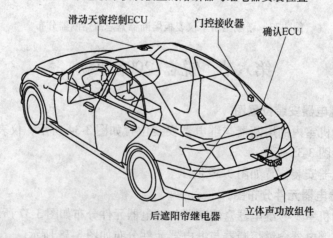

滑动天窗控制ECU

门控接收器

确认ECU

后遮阳帘继电器

立体声功放组件

图 3-36　锐志轿车车身上的继电器安装位置

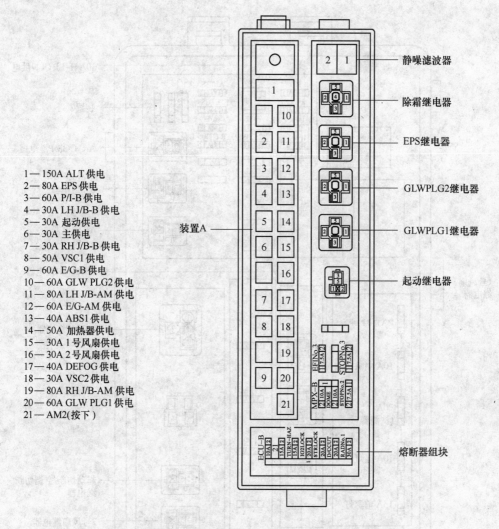

1— 150A ALT 供电
2— 80A EPS 供电
3— 60A P/I-B 供电
4— 30A LH J/B-B 供电
5— 30A 起动供电
6— 30A 主供电
7— 30A RH J/B-B 供电
8— 50A VSC1 供电
9— 60A E/G-B 供电
10— 60A GLW PLG2 供电
11— 80A LH J/B-AM 供电
12— 60A E/G-AM 供电
13— 40A ABS1 供电
14— 50A 加热器供电
15— 30A 1 号风扇供电
16— 30A 2 号风扇供电
17— 40A DEFOG 供电
18— 30A VSC2 供电
19— 80A RH J/B-AM 供电
20— 60A GLW PLG1 供电
21— AM2(按下)

装置A

静噪滤波器
除霜继电器
EPS继电器
GLWPLG2继电器
GLWPLG1继电器
起动继电器
熔断器组块

图 3-37　锐志轿车发动机室 1 号继电器盒熔断器与继电器元件分布

左前围板侧板接线盒继熔断器分布如图 3-40 所示。
右前围板侧板接线盒继熔断器分布如图 3-41 所示。

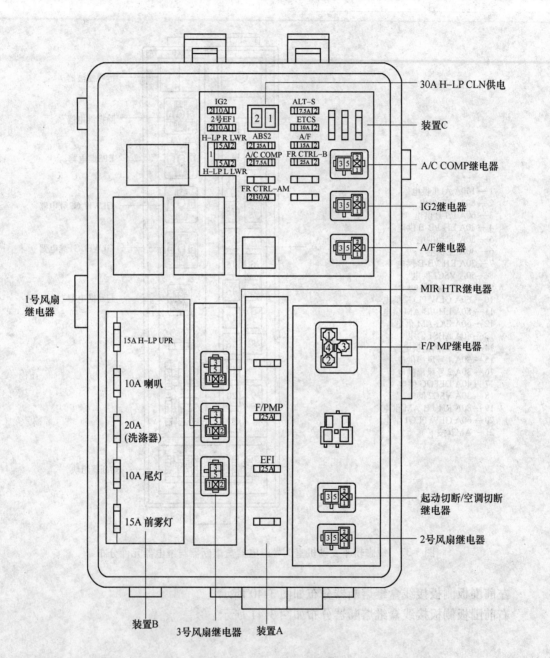

图 3-38 锐志轿车发动机室 2 号继电器盒继熔断器与继电器元件分布

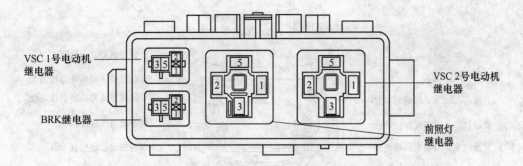

图 3-39　锐志轿车发动机室 3 号继电器盒继电器元件分布

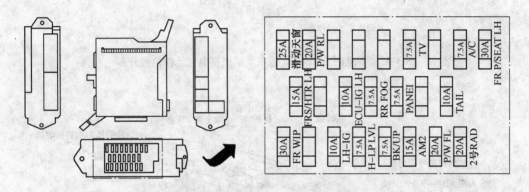

图 3-40　锐志轿车左前围板侧板接线盒继熔断器分布

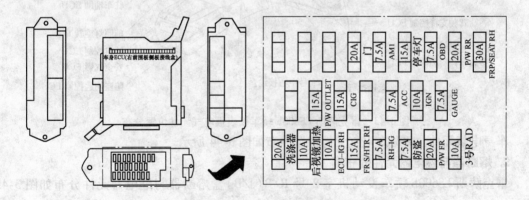

图 3-41　锐志轿车右前围板侧板接线盒继熔断器分布

第七节　雷克萨斯 LS600h（2009 年款）

1. 熔断器与继电器安装位置图

雷克萨斯 LS600h 轿车发动机室电气元件位置分布如图 3-42 所示，仪表板电气元件位置分布如图 3-43 所示。

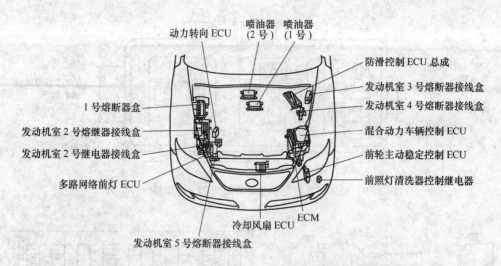

图 3-42　雷克萨斯 LS600h 轿车发动机室电气元件位置分布

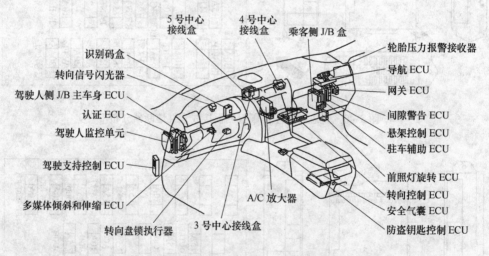

图 3-43　雷克萨斯 LS600h 轿车仪表板电气元件位置分布

车身电气元件位置分布电气元件位置分布如图 3-44 所示。

2. 熔断器与继电器元件分布图

雷克萨斯 LS600h 轿车发动机室 2 号 R/B(J/B) 盒熔断器与继电器元件分布如图 3-45 所示。

1 号与 2 号熔断器盒的熔断器分布如图 3-46 所示。

驾驶人侧 J/B 熔断器分布如图 3-47 所示。

乘员侧 J/B 熔断器分布如图 3-48 所示。

行李箱内 J/B 熔断器分布如图 3-49 所示。

发动机室 3 号 R/B 继电器分布如图 3-50 所示。

发动机室 4 号 R/B 继电器分布如图 3-51 所示。

发动机室 5 号 R/B 继电器分布如图 3-52 所示。

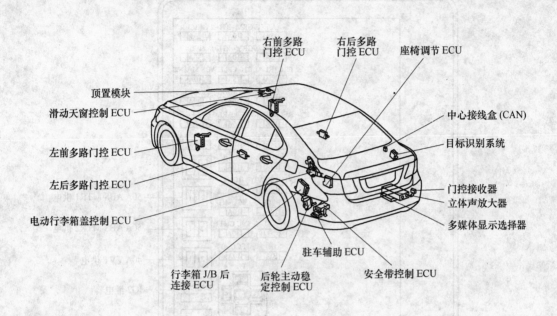

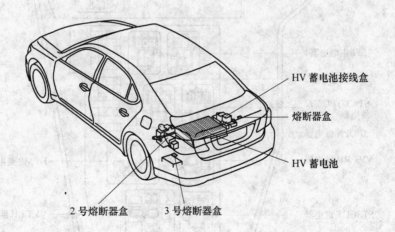

图 3-44　雷克萨斯 LS600h 轿车车身电气元件位置分布电气元件位置分布

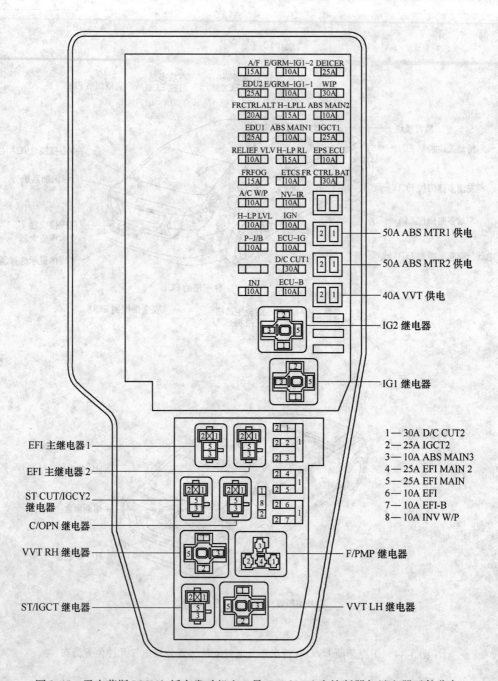

图 3-45　雷克萨斯 LS600h 轿车发动机室 2 号 R/B(J/B)盒熔断器与继电器元件分布

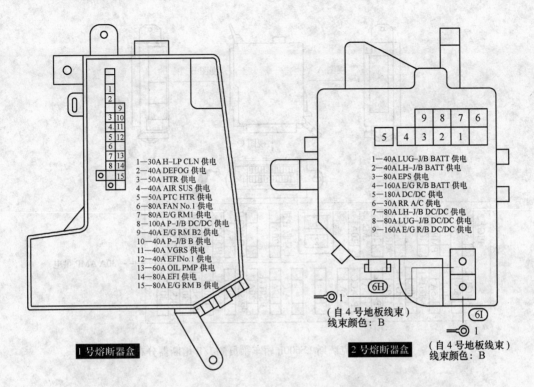

1号熔断器盒

1—30A H–LP CLN 供电
2—40A DEFOG 供电
3—50A HTR 供电
4—40A AIR SUS 供电
5—50A PTC HTR 供电
6—80A FAN No.1 供电
7—80A E/G RM1 供电
8—100A P–J/B DC/DC 供电
9—40A E/G RM B2 供电
10—40A P–J/B B 供电
11—40A VGRS 供电
12—40A EFINo.1 供电
13—60A OIL PMP 供电
14—80A EFI 供电
15—80A E/G RM B 供电

2号熔断器盒

1—40A LUG–J/B BATT 供电
2—40A LH–J/B BATT 供电
3—80A EPS 供电
4—160A E/G R/B BATT 供电
5—180A DC/DC 供电
6—30A RR A/C 供电
7—80A LH–J/B DC/DC 供电
8—80A LUG–J/B DC/DC 供电
9—160A E/G R/B DC/DC 供电

（自 4 号地板线束）
线束颜色：B

（自 4 号地板线束）
线束颜色：B

图 3-46　雷克萨斯 LS600h 轿车 1 号熔断器盒与 2 号熔断器盒熔断器分布

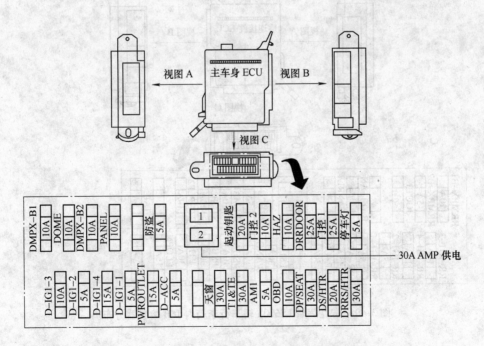

图 3-47　雷克萨斯 LS600h 轿车驾驶人侧 J/B 熔断器分布

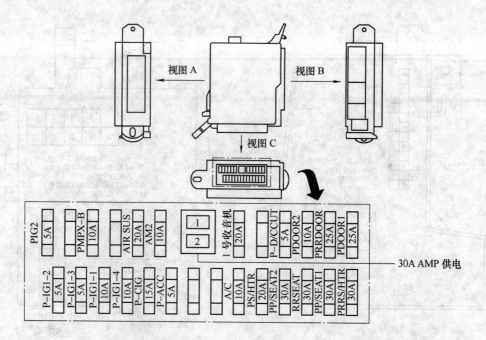

图 3-48　雷克萨斯 LS600h 轿车乘员侧 J/B 熔断器分布

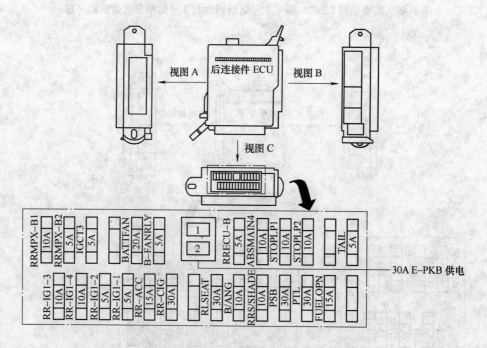

图 3-49　雷克萨斯 LS600h 轿车行李箱内 J/B 熔断器分布

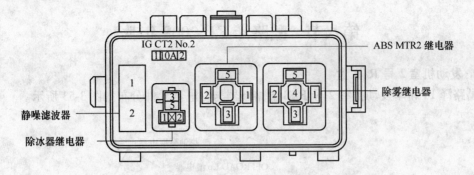

图 3-50　雷克萨斯 LS600h 轿车发动机室 3 号 R/B 继电器分布

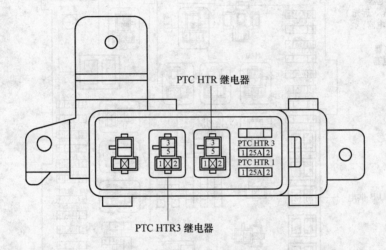

图 3-51　雷克萨斯 LS600h 轿车发动机室 4 号 R/B 继电器分布

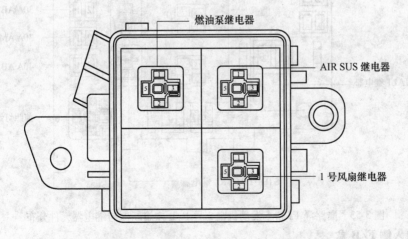

图 3-52　发雷克萨斯 LS600h 轿车动机室 5 号 R/B 继电器分布

第八节　酷路泽 FJ（2008 年款）

1. 发动机室 2 号 R/B 盒

酷路泽 FJ 轿车发动机室 2 号 R/B 盒熔断器与继电器元件分布如图 3-53 所示。

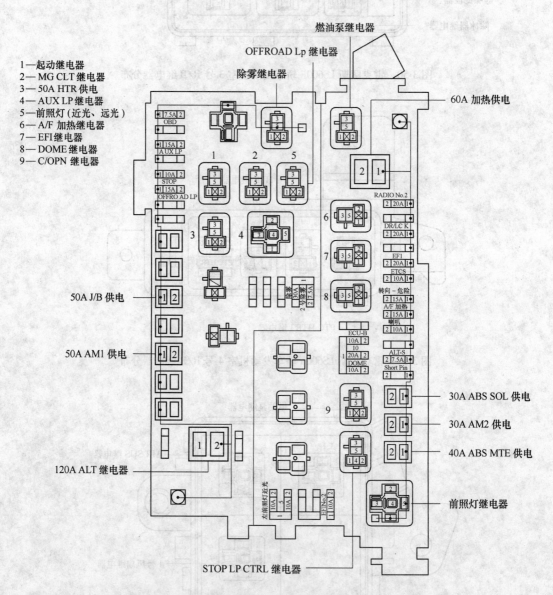

图 3-53　酷路泽 FJ 轿车发动机室 2 号 R/B 盒熔断器与继电器元件分布

2. 驾驶人侧 F/B 盒

酷路泽 FJ 轿车驾驶人侧 F/B 盒熔断器与继电器元件分布如图 3-54 所示。

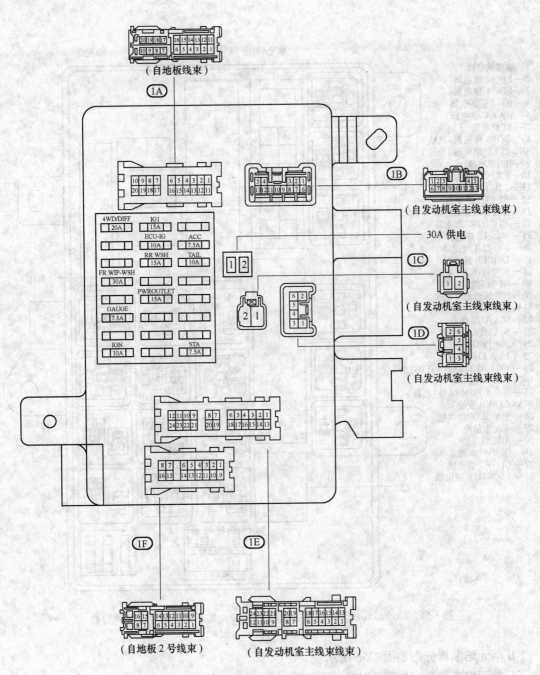

（自地板线束）

①A

①B （自发动机室主线束线束）

30A 供电

①C （自发动机室主线束线束）

①D （自发动机室主线束线束）

4WD/DIFF 20A
IG1 15A
ECU-IG 10A
ACC 7.5A
RR WSH 15A
TAIL 10A
FR WIP-WSH 30A
PWROUTLET 15A
GAUGE 7.5A
IGN 10A
STA 7.5A

①F ①E

（自地板2号线束） （自发动机室主线束线束）

图 3-54 酷路泽 FJ 轿车驾驶人侧 F/B 盒熔断器与继电器元件分布

第九节 陆地巡洋舰 200（2008 年款）

发动机室 R/B 盒

陆地巡洋舰 200 轿车发动机室 R/B 盒熔断器与继电器元件分布如图 3-55 ~ 图 3-59 所示。

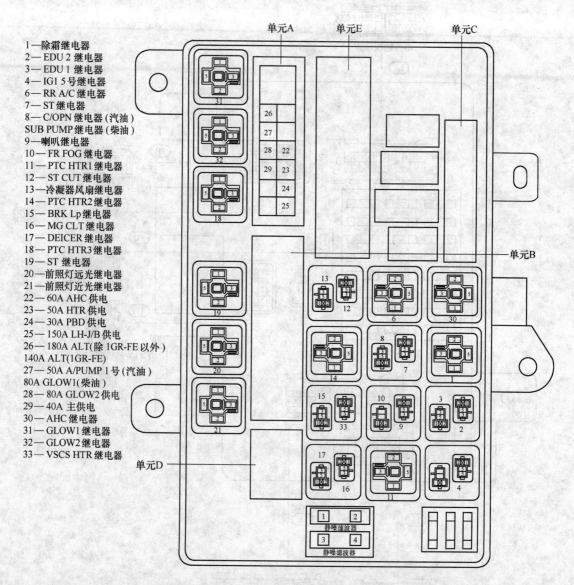

1—除霜继电器
2—EDU 2 继电器
3—EDU 1 继电器
4—IG1 5 号继电器
6—RR A/C 继电器
7—ST 继电器
8—C/OPN 继电器 (汽油)
SUB PUMP 继电器 (柴油)
9—喇叭继电器
10—FR FOG 继电器
11—PTC HTR1 继电器
12—ST CUT 继电器
13—冷凝器风扇继电器
14—PTC HTR2 继电器
15—BRK Lp 继电器
16—MG CLT 继电器
17—DEICER 继电器
18—PTC HTR3 继电器
19—ST 继电器
20—前照灯远光继电器
21—前照灯近光继电器
22—60A AHC 供电
23—50A HTR 供电
24—30A PBD 供电
25—150A LH-J/B 供电
26—180A ALT(除 1GR-FE 以外)
140A ALT(1GR-FE)
27—50A A/PUMP 1号 (汽油)
80A GLOW1(柴油)
28—80A GLOW2 供电
29—40A 主供电
30—AHC 继电器
31—GLOW1 继电器
32—GLOW2 继电器
33—VSCS HTR 继电器

图 3-55　陆地巡洋舰 200 轿车发动机室 R/B 盒熔断器与继电器元件分布

B 单元熔断器分布如图 3-56 所示。

C 单元熔断器分布如图 3-57 所示。

D 单元熔断器分布如图 3-58 所示。

E 单元熔断器分布如图 3-59 所示。

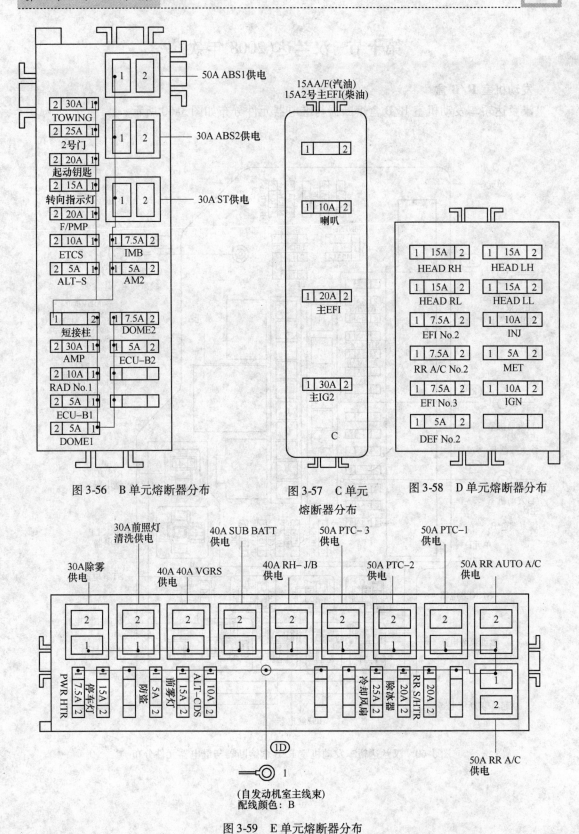

图 3-56　B 单元熔断器分布

图 3-57　C 单元
熔断器分布

图 3-58　D 单元熔断器分布

图 3-59　E 单元熔断器分布

第十节 汉兰达(2008 年款)

发动机室 R/B 盒

汉兰达轿车发动机室 R/B 盒熔断器与继电器元件分布如图 3-60 所示。

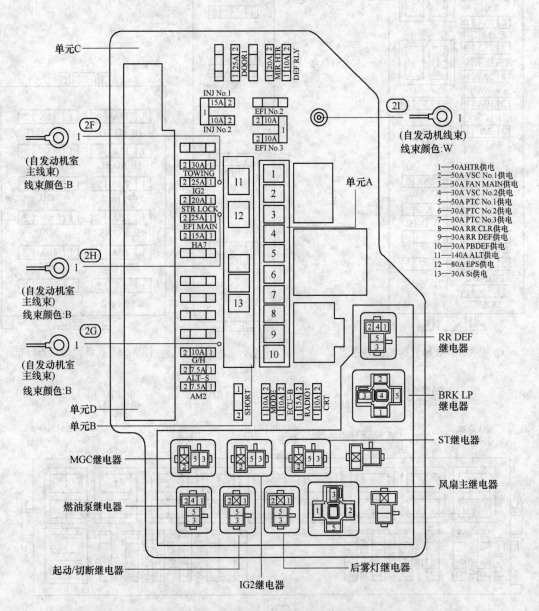

图 3-60 汉兰达轿车发动机室 R/B 盒熔断器与继电器元件分布

第十一节　雅力士(2008 年款)

1. 发动机室 R/B 盒

雅力士轿车发动机室 R/B 盒熔断器与继电器元件分布与新威驰轿车发动机室 R/B(J/B) 盒熔断器与继电器元件分布图完全相同，在此不再赘述。

2. 仪表板 J/B 盒

雅力士轿车仪表板 J/B 盒熔断器与继电器元件分布如图 3-61 所示。

3. 发动机室 2 号 R/B 盒

雅力士轿车发动机室 2 号 R/B 盒继电器元件分布如图 3-62 所示。

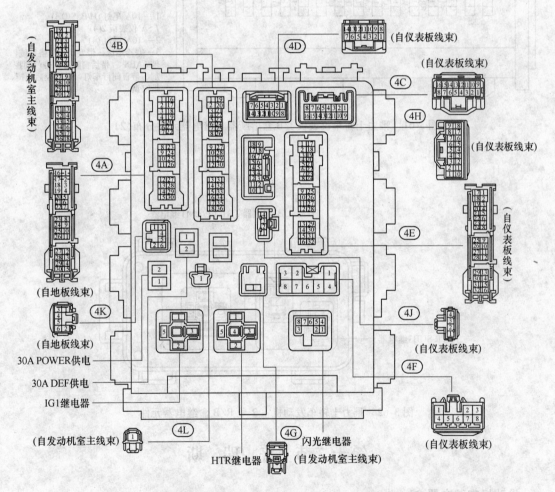

图 3-61　雅力士轿车仪表板 J/B 盒熔断器与继电器元件分布(1)

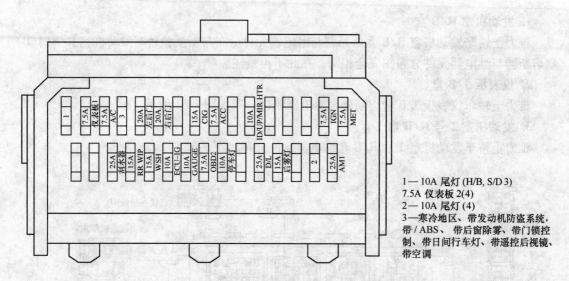

1—10A 尾灯 (H/B, S/D 3)
7.5A 仪表板 2(4)
2—10A 尾灯 (4)
3—寒冷地区、带发动机防盗系统、带 / ABS、带后窗除雾、带门锁控制、带日间行车灯、带遥控后视镜、带空调

图 3-61　雅力士轿车仪表板 J/B 盒熔断器与继电器元件分布(2)

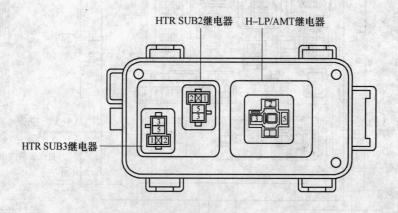

图 3-62　雅力士轿车发动机室 2 号 R/B 盒继电器元件

第十二节　普　瑞　斯

发动机室继电器盒

普瑞斯轿车发动机室继电器盒熔断器与继电器元件分布如图 3-63 所示。

1—DIM 供电
2—H-LP 供电
3—ABS 电动机 2 供电
4—2 号 ABS 供电
5—50A EPS 供电
6—40A 加热器供电
7—30A RDI 供电
8—50A PS HTR 供电
9—100A DC/DC 供电
10—30A ABS-2 供电
11—30A ABS-1 供电
12—40A HEAD MAIN 供电
13—60A P/I 供电

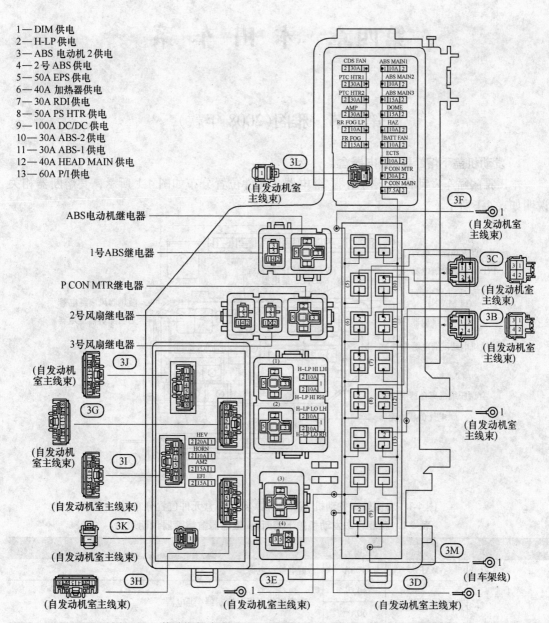

图 3-63　普瑞斯轿车发动机室继电器盒熔断器与继电器元件分布

第四章 本田车系

第一节 雅阁(2008年款)

1. 发动机盖下熔断器/继电器盒

本田雅阁轿车发动机盖下熔断器/继电器盒元件位置分布如图 4-1 所示，其熔断器相关说明如表 4-1 所示。

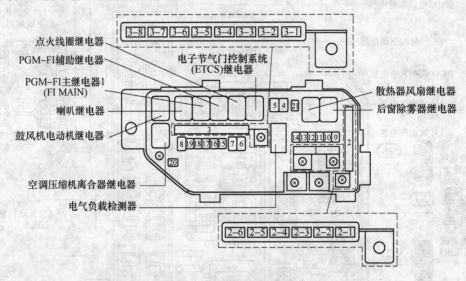

图 4-1 雅阁轿车发动机盖下熔断器/继电器盒元件位置分布图

表 4-1 雅阁轿车发动机盖下熔断器/继电器盒熔断器说明表

熔断器编号		电流	保护的电路/部件
1	MAIN	100A	蓄电池、电源
	AS F/B	40A①	乘客侧仪表板下熔断器/ 继电器
		60A②	
2	2-1	未使用	—	未使用
	2-2	VSA FSR①	40A	VSA 调节器控制单元（FSR）
	2-3	VSA MTR①	30A	VSA 调节器-控制单元（MTR）
	2-4	AS F/BOP	40A	乘客侧仪表板下熔断器/继电器盒
	2-5	未使用	—	未使用
	2-6	未使用	—	未使用
3	3-1	IGMAIN	50A	驾驶人侧仪表板下熔断器/继电器盒
	3-2	DRF/B	40A④	驾驶人侧仪表板下熔断器/继电器盒

（续）

熔断器编号			电流	保护的电路/部件
3	3-3	ASLT MAIN	50A	乘客侧仪表板下熔断器/继电器盒
	3-4	DR F/B	60A③	驾驶人侧仪表板下熔断器/继电器盒
	3-5	DR LT MAIN	40A	驾驶人侧仪表板下熔断器/继电器盒
	3-6	MAIN FAN MTR	30A	散热器风扇电动机
	3-7	WIPER MTR	30A	继电器电路板（发动机盖下熔丝/继电器盒中）
	3-8	未使用	—	未使用
4			40A	后窗除雾器
5			20A	继电器电路板（发动机盖下熔丝/继电器盒中）
6			—	未使用
7			—	未使用
8			40A	鼓风机电动机
9			15A	驾驶人侧 MICU（危险警告）
10			20A	制动踏板位置开关、喇叭继电器、喇叭
11			30A	前照灯清洗器电动机⑤
12			—	未使用
13			15A	点火线圈继电器、点火线圈
14			15A	A/F 传感器、ECM/PCM（SUBRLY）、PGM-FI 辅助继电器
15			10A	音响单元、音响-HVAC 显示单元、数据连接器、车门多路控制单元（电动车窗总开关），驾驶人侧 MICU（VBU）、仪表控制单元、发动机防盗锁止无钥匙控制单元、乘客侧 MICU
16			7.5A	顶灯、点火钥匙灯、阅读灯、行李箱照明灯、化妆镜灯
17			15A	CKP 传感器、CMP 传感器、ECM/PCM（ETCSRLY）、ECM/PCM（IGP）、ECM/PCM（IMOFPR）、ECM/PCM（MRLY）、ETCS 控制继电器、喷油器、MAF 传感器、PGM-FI 主继电器 1（FI MAIN）、PGM-FI 主继电器 2（FUEL PUMP）
18			15A	ECM/PCM（VBETCS）
19			—	未使用
20			7.5A	空调压缩机离合器
21			7.5A	继电器电路板（发动机盖下熔断器/继电器盒中）

① 带 VSA。

② 不带 VSA。

③ 带电动座椅或天窗。

④ 带电动座椅或天窗。

⑤ 带前照灯清洗器。

2. 驾驶人侧仪表板下熔断器/继电器盒

本田雅阁轿车驾驶人侧仪表板下熔断器/继电器盒元件位置分布如图4-2所示，其相关说明如表4-2所示。

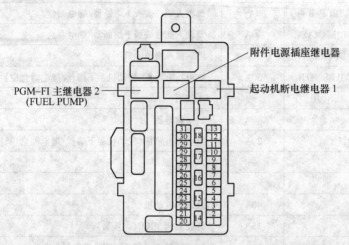

图4-2 雅阁轿车驾驶人侧仪表板下熔断器/继电器盒元件位置分布图

表4-2 雅阁轿车驾驶人侧仪表板下熔断器/继电器盒熔断器说明表

熔断器编号	电流	保护的电路/部件
1	—	未使用
2[①]	7.5A	前照灯调平电动机、前照灯调平控制单元
3	15A	清洗器继电器电路(乘客侧仪表板下熔断器/继电器盒中)
4	7.5A	继电器电路板(发动机盖下熔断器/继电器盒中)
5	7.5A	自动调光车内后视镜、倒车灯、驾驶人侧MICU、仪表控制单元、乘客侧MICU、雨水传感器[②]、倒档继电器电路(驾驶人侧发动机盖下熔断器/继电器盒中)、换档锁止电磁阀(A/T)、TPMS控制单元(带TPMS)
6	7.5A	ABS调节器-控制器单元、前照灯调平开关[①]、VSA调节器-控制器开关、横摆速度-横向加速度传感器
7	15A	CMP传感器A、电气负载检测器、发动机支座控制电磁阀(A/T)、炭罐净化阀、辅助HO2S
8	—	未使用
9	20A	ECM/PCM(燃油泵)、燃油泵、发动机防盗锁止无钥匙控制单元、PGM-FI主继电器2(燃油泵)
10	10A	ECM/PCM(VBSOL)
11	10A	SRS单元
12	7.5A	OPDS单元、SRS单元
13	—	未使用
14	—	未使用
15	—	未使用

（续）

熔断器编号	电流	保护的电路/部件
16	7.5A	音响-HVAC 显示单元、调控制单元、车门多路控制单元(电动车窗总开关)、驾驶人座椅加热器开关、前排乘客座椅加热器开关、HVAC 控制单元、后窗除雾器继电器
17	7.5A	驾驶人侧 MICU（ACC KEY LOCK）
18	7.5A	附件电源插座继电器、音响单元、音响 HVAC 显示单元、点烟器继电器、点火钥匙开关（A/T）
19	20A	驾驶人侧电动座椅滑动电动机、驾驶人侧电动座椅前部上下调节电动机
20	20A	天窗控制单元/电动机
21	20A	驾驶人侧电动座椅倾角调电动机、驾驶人侧电动座椅后部上下调节电动机
22	20A	驾驶人侧 MICU、左后电动车窗开关(左驾驶车型)
23	15A	点烟器继电器、点烟器
24	20A	车门多路控制单元(电动车窗总开关)
25	10A	驾驶人侧车门门锁执行器、左后车门门锁执行器(左驾驶车型)、行李箱盖开启执行器
26	10A	驾驶人侧 MICU 、左前雾灯(左驾驶车型)
27	10A	驾驶人侧 MICU、左前示宽灯(左驾驶车型)、牌照灯、尾灯
28	10A	驾驶人侧 MICU（H/L HI L）
29	7.5A	TPMS 控制单元（带 TPMS）
30	15A	驾驶人侧 MICU（H/L LO L）
31	—	未使用

① 带前照灯调节控制系统。

② 带自动刮水器。

3. 乘客侧仪表板下熔断器/继电器盒

本田雅阁轿车乘客侧仪表板下熔断器/继电器盒元件位置分布如图 4-3 所示，其相关说明如表 4-3 所示。

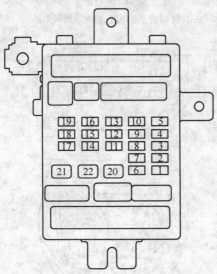

图 4-3 雅阁轿车乘客侧仪表板下熔
断器/继电器盒元件位置图

表 4-3　雅阁轿车乘客侧仪表板下熔断器/继电器盒说明表

熔断器编号	电流	保护的电路/部件	熔断器编号	电流	保护的电路/部件
1	10A	乘客侧 MICU(H/LHI)	10	10A	前排乘客侧车门门锁执行器、乘客侧 MICU、后车门门锁执行器(左驾驶车型)
2	10A	乘客侧 MICU、右前位置灯(左驾驶车型)			
3	10A	乘客侧 MICU、右前雾灯(左驾驶车型)	11	20A	乘客侧 MICU、右后电动车窗开关(左驾驶车型)
4	15A	乘客侧 MICU(+B H/L LO R)	12	15A	附件电源插座继电器、附件电源插座
5	—	未使用			
6	7.5A	环境照明灯[2]、A/T 档位指示板灯、空调控制单元灯、驾驶人侧加热器开关灯、前排乘客座椅加热器开关灯、杂物箱灯、危险警告开关灯、前照灯调平开关灯、前照灯清洗器开关灯、HVAC 控制单元灯、天窗开关灯、转向盘开关灯、VSA OFF 开关灯	13	20A	前排乘客侧电动车窗开关
			14	—	未使用
			15	20A	立体声放大器[3]
			16	—	未使用
			17	—	未使用
			18	10A	驾驶人侧腰部支撑电动机
			19	15A	驾驶人座椅加热器、前排乘客座椅加热器
7	—	未使用	20[1]	30A	ASB 调节器-控制器单元(ABS FSR)
8	20A	前排乘客电动座椅倾角调节电动机	21[1]	30A	ASB 调节器-控制器单元(ABS MTR)
9	20A	前排乘客电动座椅滑动电动机	22	—	未使用

① 不带 VSA。

② 带天窗。

③ 带高级音响系统。

4. 继电器和控制单元位置

本田雅阁轿车继电器和控制单元位置如图 4-4 ~ 图 4-6 所示。

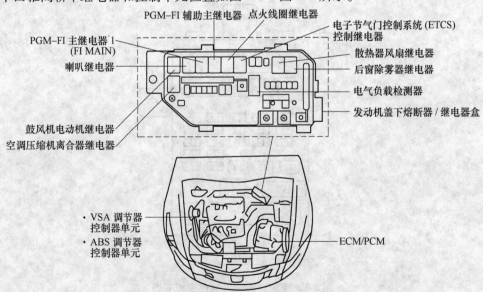

图 4-4　雅阁轿车继电器和控制单元位置图(发动机室)

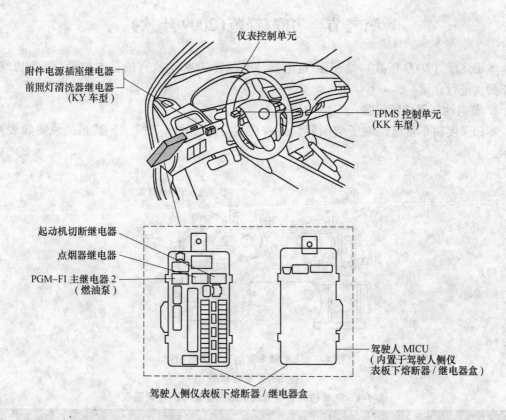

图4-5 雅阁轿车继电器和控制单元位置图(驾驶人侧仪表板下)

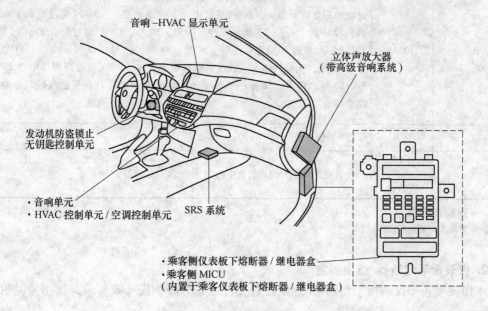

图4-6 雅阁轿车继电器和控制单元位置图(乘客侧仪表板下)

第二节 飞度/锋范(2009 年款)

本田飞度（2009 年款）熔断器/继电器与锋范（2009 年款）的基本相同，下面以飞度轿车为例进行介绍。

1. 蓄电池端子熔断器盒

本田飞度轿车蓄电池端子熔断器盒元件位置分布如图 4-7 所示，其相关说明如表 4-4 所示。

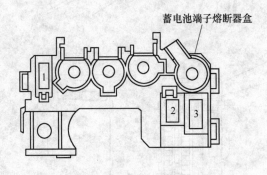

图 4-7 飞度轿车蓄电池端子熔断器
盒元件位置分布图

表 4-4 飞度轿车蓄电池端子熔断器盒熔断器说明表

熔断器编号	A	保护的电路/部件
1	100A	交流发电机、仪表板下熔断器/继电器盒熔断器[1 号、2 号、3 号、9 号、17 号（通过电动车窗继电器）、18 号（通过电动车窗继电器）、19 号（通过电动车窗继电器）、25 号、26 号、27 号、28 号、29 号、30 号、32 号（通过照明继电器 1）、33 号、34 号（通过照 明继电器 1）、37 号、39 号、40 号、41 号、42 号、43 号、45 号、46 号、47 号、48 号（通过照明继电器 2）、51 号（通过照明继电器 2）、52 号、53 号、57 号、58 号、59 号 和 60 号（照明继电器 1、照明继电器 2、电动车窗继电器）
2	60A	EPS 控制单元
3	30A[1]	仪表板下熔断器/继电器盒中的 23 号和 24 号熔断器
	20A[2]	

① 带挂车灯插接器。
② 不带挂车灯插接器。

2. 仪表板下熔断器/继电器盒

本田飞度轿车仪表板下熔断器/继电器盒元件位置分布如图 4-8 所示，其相关说明如表 4-5 所示。

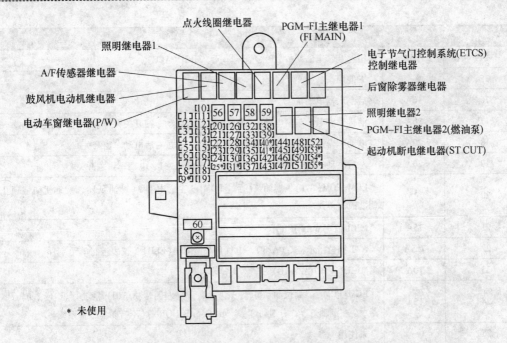

图4-8 飞度轿车仪表板下熔断器/继电器盒元件位置分布图

表4-5 飞度轿车仪表板下熔断器/继电器盒元件位置说明表

熔断器编号	A	保护的电路/部件
1	10A	报警控制警报器[1]、音响单元、行李箱照明灯、顶灯、数据插接器(DLC)、仪表控制单元、发动机防盗锁止无钥匙控制单元、单人阅读灯、MICU(+B BACK UP)、超声波传感器[1]
2	10A	未使用
3	20A	电动车窗总开关
4	—	未使用
5	10A	倒车灯(通过倒车灯开关)(M/T)、MICU(IG BACK LT)(A/T)
6	10A	SRS 单元(VB)
7	10A	PCM (VBSOL)
8	7.5A	SRS 单元(VA)、OPDS 单元[2]
9	20A	未使用
10	7.5A	空调压缩机离合器继电器、空调冷凝器风扇继电器、空调开关、鼓风机电动机继电器、ECM/PCM(ACC)(通过空调压缩机离合器继电器)、ECM/PCM(FANC)(通过空调冷凝器风扇继电器和散热器风扇继电器)、选装插接器、电动后视镜开关、散热器风扇继电器[4]、后窗除雾器继电器、后窗除雾器开关指示灯
11	7.5A	ABS 调节器-控制器单元(MTR)、EPS 控制单元
12	10A	MAF 传感器、ECM/PCM(BRSWNC)(通过制动踏板位置开关)、炭罐净化阀、辅助HO2S、交流发电机
13	20A	附件电源插座

（续）

熔断器编号	A	保护的电路/部件
14	7.5A	钥匙互锁电磁阀（A/T）、音响单元、MICU（ACC）
15	—	未使用
16	10A	后刮水器电动机
17	20A	前排乘客电动车窗电动机（通过前排乘客电动车窗开关）、电动车窗总开关
18	20A	电动车窗总开关、右后电动车窗电动机（通过右后电动车窗开关）
19	20A	左后电动车窗电动机（通过左后电动车窗开关）、电动车窗总开关
20	15A	ECM/PCM（IG1）、燃油泵（通过 PGM-FI 主继电器 2（燃油泵））、发动机防盗锁止无钥匙控制单元
21	15A	MICU（G1 WASHER）
22	7.5A	A/T 档位指示板灯（A/T）、电气负载检测器（ELD）、仪表控制单元
23	10A	MICU（＋B HAZARD）
24	15A	ECM/PCM[5]、高位制动灯[5]、喇叭（高音）（左侧驾驶车型）、喇叭（低音）、喇叭继电器[3]、左制动灯[5]、右制动灯[5]、MICU（＋B HORN）（不带防盗报警系统）
25	—	未使用
26	10A	A/F 传感器（通过 A/F 传感器继电器）、A/F 传感器继电器、ECM/PCM（SUBRLY）
27	30A	MICU（＋B 门锁）
28	—	未使用
29	10A	空调开关灯、加热器控制面板灯、A/T 档位指示板灯、音响单元、危险警告开关灯、左前位置灯、左牌照灯、左尾灯、后窗除雾器开关灯、MICU（＋B SMALL LT）、右牌照灯
30	30A	散热器风扇电动机（通过散热器风扇继电器）
31	—	未使用
32	10A	右前照灯（近光）
33	15A	点火线圈继电器、点火线圈（通过点火线圈继电器）、ECM/PCM（MRLY）
34	10A	左前照灯（近光）
35	15A	前排乘客车门门锁执行器、左［右］后车门门锁执行器、尾门门锁执行器
36	15A	驾驶人车门门锁执行器、燃油箱盖锁执行器、右［左］后车门门锁执行器
37	30A	ABS 调节器-控制器单元（FSR）
38	—	未使用
39	15A	CKP 传感器、CMP 传感器、ECM/PCM（IGP）、ECM/PCM（IG1ETCSRLY）（通过电子节气门控制系统（ETCS）控制继电器）、ECM/PCM（IMOFPR）（通过 PGM-FI 主继电器 2（燃油泵））、ECM/PCM（MRLY）（通过 PGM-FI 主继电器 1）、电子节气门控制系统（ETCS）控制继电器[6]、喷油器、PGM-FI 主继电器 1（FI MAIN）、PGM-FI 主继电器 2（燃油泵）[6]
40	—	未使用

（续）

熔断器编号	A	保护的电路/部件
41	—	未使用
42	—	未使用
43	7.5A	空调压缩机离合器（通过空调压缩机离合器继电器）
44	7.5A	起动机断电继电器（ST CUT）（A/T）
45	—	未使用
46	20A	未使用
47	30A	空调冷凝器风扇电动机（通过空调冷凝器风扇继电器）
48	10A	左前照灯（远光）
49	15A	前排乘客车门门锁执行器、右后车门门锁执行器（右侧驾驶车型）、左后车门门锁执行器（左侧驾驶车型）尾门门锁执行器
50	15A	驾驶人车门门锁执行器、燃油箱盖锁执行器、右后车门门锁执行器（右侧驾驶车型）、左后车门门锁执行器（左侧驾驶车型）
51	10A	右前照灯（远光）
52	15A	ECM/PCM（IG1 ETCS）（通过电子节气门控制系统（ETCS）控制继电器）
53	—	未使用
54	—	未使用
55	—	未使用
56	30A	MICU（IG1 FR WIPER）
57	30A	鼓风机电动机（通过鼓风机电动机继电器）
58	30A	ABS调节器-控制器单元（MTR）
59	20A	后窗除雾器（通过后窗除雾器继电器）
60	（IGN）50A	点火开关
	（AMT）40A	未使用

① 带超声波。

② 带侧气囊/侧窗帘式气囊。

③ 带防盗报警系统。

④ 在辅助发动机盖下继电器盒中。

⑤ 通过制动踏板位置开关。

⑥ 通过PGM-FI主继电器1（FI MAIN）。

3. 辅助发动机盖下继电器盒

本田飞度轿车辅助发动机盖下继电器盒分布如图4-9所示。

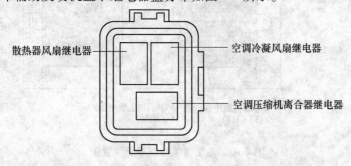

图4-9 飞度轿车辅助发动机盖下继电器盒分布图

4. 继电器和控制单元位置

本田飞度轿车继电器和控制单元位置如图4-10所示。

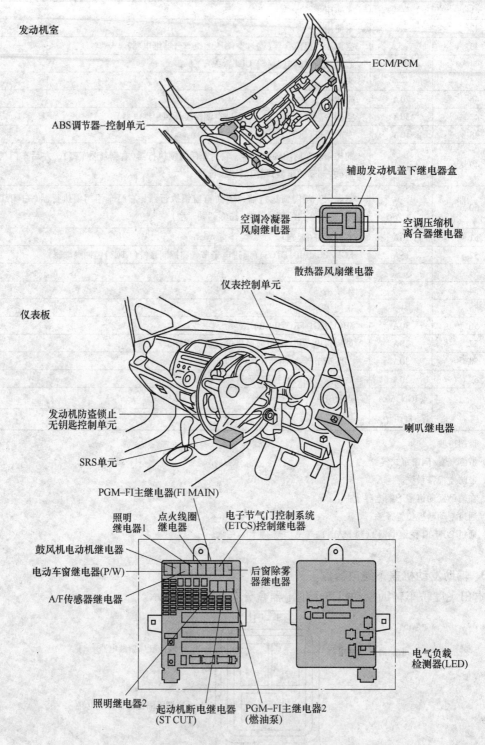

图4-10 飞度轿车控制单元位置图

第三节　CR-V（2008 年款）

1. 发动机盖下熔断器/继电器盒

东风本田 CR-V 发动机盖下熔断器/继电器盒元件位置分布如图 4-11 所示，熔断器相关说明如表 4-6 所示。

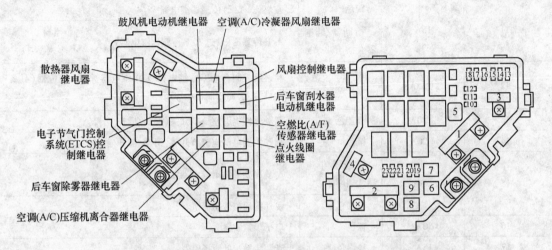

图 4-11　东风本田 CR-V 发动机盖下熔断器/继电器盒元件位置分布图

表 4-6　东风本田 CR-V 发动机盖下熔断器/继电器盒熔断器说明表

熔断器编号	电流	导线颜色	保护的电路/部件
1	100A（BAT）	熔断器/继电器盒插座	蓄电池、电源布线
	70A（EPS）	白色	EPS 制装置[1]
2	50A（IG）	白色	点火开关
	80A（可选择）	白色	5 号、6 号、7 号、27 号、28 号、29 号、31 号熔断器（仪表板下熔断器/继电器盒内）[1]
3	40A（ABS MTR）	红色	ABS 制器控制装置或 VSA 制器控制装置
	20A（ABS FSR）	白色	ABS 制器控制装置或 VSA 制器控制装置[1]
4	50A（H/L）	黄色	18 号、19 号、20 号与 21 号熔断器（仪表板下熔断器/继电器盒内）
	40A（P/W）	蓝色	24 号、25 号、26 号、30 号、32 号与 33 号熔断器（仪表板下熔断器/继电器盒内）[1]
5	30A	黄色	电子预紧装置
6	20A	蓝色	A/C 冷凝器风扇电动机

（续）

熔断器编号	电流	导线颜色	保护的电路/部件
7	20A	棕色	散热器风扇电动机
8	30A	绿色	电动镜除雾器继电器、后车窗除雾器
9	40A	白色	鼓风机电动机
10	15A	橙色	多路控制器(MICU)(+ B HAZARD)
11	15A	紫色	空燃比(A/F)传感器继电器
		熔断器/继电器盒插座	A/F 传感器(通过 A/F 传感器继电器)①
12	15A	白色	自巡航控制 (ACC) 继电器/TSA 继电器、喇叭继电器(具备安全性)、多路控制器(MICU)
13	20A	淡蓝色	驾驶人侧电动座椅节开关(倾斜/后升/后降)
14	20A	橙色	驾驶人侧电动座椅节开关(滑动/前升/前降)
15	7.5A	熔断器/继电器盒插座	A/C 冷凝器风扇继电器
		粉红色	发动机油位传感器①
16	30A	蓝色	电子预紧装置
17	15A	淡绿色	音频装置、低频扬声器
18	15A	熔断器/继电器盒插座	点火线圈继电器
		黄色	点火线圈①
19	15A	熔断器/继电器盒插座	ETCS 控制继电器、PGM-FI 主继电器1(FI MAIN)
		橙色	CKP 传感器、CMP 传感器、ECM/PCM、注油器、PGM-FI 主继电器2(燃油泵)①
20	7.5A	紫色	A/C 压缩机离合器
21	15A	淡蓝色(灰色)	ECM/PCM(通过 ETCS 控制继电器)
22	7.5A	棕色	自动照明/雨水传感器、行李箱灯、车顶灯、阅读灯、点火钥匙灯、化妆镜灯
23	10A	橙色	报警控制警报器、音频装置、航空装置、数据传输插头(DLC)、仪表控制模块、自动电话控制装置、防起动遥控控制装置、超声波传感器

① K24Z1 发动机。

2. 仪表板下熔断器/继电器盒

东风本田 CR-V 仪表板下熔断器/继电器盒元件位置分布如图 4-12 所示，熔断器相关说明如表 4-7 所示。

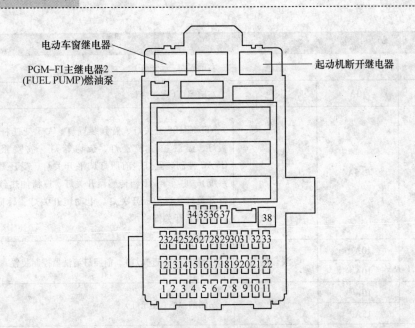

图 4-12　东风本田 CR-V 仪表板下熔断器/继电器盒元件位置分布图

表 4-7　东风本田 CR-V 仪表板下熔断器/继电器盒熔断器说明表

熔断器编号	电流	导线颜色	保护的电路/部件
1	7.5A	黄色	自动照明/雨水传感器、前照灯调平电动机、前照灯调平开关、电动车窗主开关、天窗控制装置/电动机
2	15A	淡蓝	ECM/PCM（1G1），防起动遥控控制装置
2	15A	绿色	燃油泵（通过 PGM-F1 主继电器2）
3	10A	蓝色	交流发电机、制动踏板位置开关（配备巡航控制）、CMP 传感器、ELD 装置、炭罐净化阀、MAF 传感器、倒档锁定电磁阀（M/T）、副加热型氧传感器（传感器2）
4	7.5A	黄色	ABS 制器控制装置、VSA　制器控制装置、EPS 控制装置、偏航侧向加速传感器（配备 VSA）
5	15A	粉红	座椅加热器
6	20A	白色	前雾灯
7[①]	10A	蓝色	日间运行灯继电器
8	10A	绿色	前照灯自动调平控制装置、后车窗刮水器电动机（通过后车窗刮水器电动机继电器）
9	7.5A	白色	电子预紧装置、OPDS 装置、SRS 装置
10	7.5A	黄色	倒车灯开关（M/T）、电子指南装置、仪表控制模块、MICU（IG1）、驻车档/倒档传感器开关、换档锁定电磁阀（A/T）
11	10A	红色	SRS 装置

（续）

熔断器编号	电流	导线颜色	保护的电路/部件
12	10A	白色	右前照灯（远光灯）
13	10A	灰色	左前照灯（远光灯）
14	7.5A	灰色	AFS/CMBS 开关灯、音频装置灯、A/T 变速杆位置指示面板灯、温湿控制装置灯、杂物箱灯、危险报警开关灯、HVAC 控制装置灯、前照灯调平开关灯、受压器（配备导航系统）、驻车档/倒档传感器开关灯、座椅加热器开关灯、天窗开关灯、遮阳板开关灯、电动镜开关灯、转向盘开关灯、VSA OFF 开关灯
16	10A③ 10A④	淡蓝色	右侧前照灯（近光灯）、前照灯清洗器控制装置
17	10A③ 15A④	蓝色	左侧前照灯（近光灯）
18	20A	熔断器/继电器盒插座	熔断器/继电器盒插座多路控制器（MICU）（+B H/L HI）
19	15A		多路控制器（MICU）（+B SMALL LT）
20	7.5A		多路控制器（MICU）（+B RR FOG）
21	20A① 30A④		多路控制器（MICU）（+B H/L LO）
22	7.5A	淡蓝	自巡航控制（ACC）继电器、自巡航控制（ACC）装置、前照灯自动调平控制装置、微波雷达装置
23	—	—	未使用
24	20A	灰色	天窗控制装置/电动机、遮板控制装置/电动机
25	20A	白色	超锁定继电器（KE 车型）
25	20A	熔断器/继电器盒插座	多路控制器（MICU）（+BDR LOCK）
26	20A②	白色	电动车窗主开关
27	—		未使用
28	15A⑤ 20A⑥	粉红	行李箱辅助电源插座继电器
29	15A⑤ 20A⑥	白色	前辅助电源插座继电器、点烟器继电器
30	20A	绿色	前排乘客侧车窗电动机、前排乘客侧车窗开关②

（续）

熔断器编号	电流	导线颜色	保护的电路/部件
31	15A⑤ 20A⑥	红色	控制台辅助电源插座继电器
32	20A	紫色	右侧后车窗电动机、右侧后电动车窗开关②
33	20A	蓝色	左侧后车窗电动机、左侧后电动车窗开关②
34	7.5A	白色	辅助电源插座继电器、音频装置、自动电话控制装置
35	7.5A	橙色	钥匙联锁电磁阀、MICU
		熔断器/继电器盒插座	MICU
36	10A	棕色	温湿控制装置、日间运行灯继电器、HVAC 控制装置、电动车窗执行器、再循环控制电动机、发动机盖下熔断器/继电器盒（A/C 压缩机离合器继电器、A/C 冷凝器风扇 继电器、鼓风机电动机继电器、风扇控制继电器、散热器风扇继电器、后车窗除雾器继电器）、冷却风扇控制继电器与散热器风扇继电器（通过 A/C 二极管）、座椅加热器
37①	7.5A	熔断器/继电器盒插座	MICU（DAYLT）
38	30A	熔断器/继电器盒插座	多路控制器（MICU）（IG1 刮水器）

① KS 车型。

② 配备驾驶人侧车窗自动上升/自动下降功能。

③ 未配备 HID。

④ 配备 HID。

⑤ KG、KS 与 KE 车型除外。

⑥ KG、KS 与 KE 车型。

3. 辅助仪表板下熔断器/继电器盒

东风本田 CR-V 辅助仪表板下熔断器/继电器盒元件位置分布如图 4-13 所示，熔断器相关说明如表 4-8 所示。

辅助仪表板下熔断器托架

71

图 4-13　东风本田 CR-V 辅助仪表板下
熔断器/继电器盒元件位置分布图

表 4-8　东风本田 CR-V 辅助仪表板下熔断器/继电器盒熔断器说明表

熔断器编号	电流	导线颜色	保护的电路/部件
71	30A	白色	前照灯清洗器控制装置

第四节　奥德赛（2005 年款）

1. 发动机盖下熔断器/继电器盒

本田奥德赛轿车发动机盖下熔断器/继电器盒元件位置分布如图 4-14 所示，熔断器相关说明如表 4-9 所示。

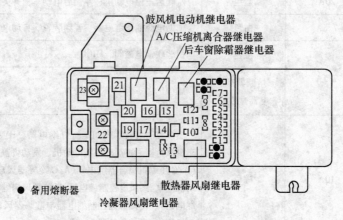

图 4-14　本田奥德赛轿车发动机盖下熔断器/继

电器盒元件位置分布图

表 4-9　本田奥德赛轿车发动机盖下熔断器/继电器盒熔断器说明表

熔断器编号	电流	导线颜色	保护的电路/部件
1	15A	棕	左前照灯（近光）
2	30A	—	控制块
3	10A	白	左前照灯（远光）
4	10A① 15A②	蓝	驻车灯、烟灰缸灯、音响装置灯、点烟器灯、空调控制装置灯、驾驶人座椅加热器开关灯、危险报警开关灯，前排乘客座椅加热器开关灯、天窗开关灯
		白	尾灯、牌照灯、拖车照明插头（YOP）
		绿	车内灯开关、后 A/C 开关
		灰	电动后视镜开关灯
		—	控制块
5	10A	红	右前照灯（远光）
6	15A	绿	右前照灯（近光）
7	7.5A	—	控制块
8	15A	红	PGM-FI 主继电器、数据传输插头（DLC）
9	20A	浅绿	冷凝风扇电动机
10	—	—	未使用
11	20A	粉	散热器风扇电动机
12	7.5A	黄	A/C 压缩机离合器

（续）

熔断器编号	电流	导线颜色	保护的电路/部件
13	20A	橙	ABS调制器-控制装置，制动机、巡航控制装置、PCM、高位制动灯、点火钥匙灯、喇叭继电器
		—	控制块
14	30A	蓝	后车窗除霜器
15	40A	绿	7号熔断器（位于发动机盖下熔断器/继电器盒内），5号、6号、7号、8号和9号熔断器（位于发动机盖下熔断器/继电器盒内）
16	15A	橙	转向信号/危险报警继电器（通过危险报警开关）、危险报警继电器、激活指示灯继电器
17	30A	棕	ABS调制器-控制装置（MR + B）
18	20A	红	ABS调制器-控制装置（ + B FSR）
19	40A	棕	1号、2号、3号和4号熔断器（位于仪表板下熔断器/继电器盒内）
20	40A	白	12号、13号、14号、15号、16号和17号熔断器（位于仪表板下熔断器/继电器盒内）
21	40A	红	鼓风机电动机
22（BAT）	120A	—	蓄电池、配电
22（ + BOP3）	—	—	未使用
23（IG）	50A	黄	点火开关，33号熔断器（位于仪表板下熔断器/继电器盒内）
23（P/W）	40A	红	电动车窗继电器，27号、28号熔断器（位于仪表板下熔断器/继电器盒内）

① KU车型。
② KQ车型。

2. 发动机盖下多熔断器/继电器盒

本田奥德赛轿车发动机盖下多熔断器/继电器盒元件位置分布如图4-15所示。

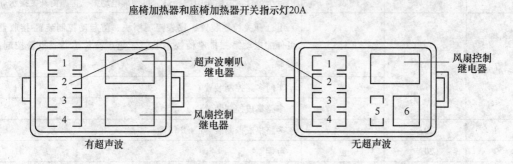

图4-15 本田奥德赛轿车发动机盖下多熔断器/继电器盒元件位置分布图

3. 仪表板下熔断器/继电器盒

本田奥德赛轿车仪表板下熔断器/继电器盒元件位置分布如图4-16所示，熔断器相关说明如表4-10所示。

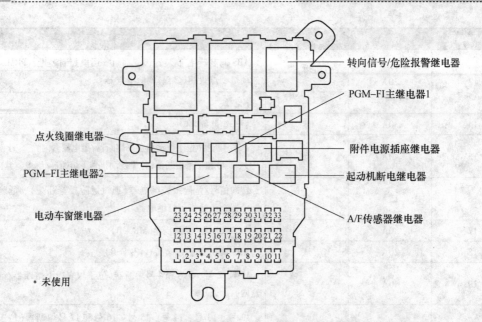

图 4-16　本田奥德赛轿车仪表板下熔断器/继电器盒元件位置分布图

表 4-10　本田奥德赛轿车发动机盖下多熔断器/继电器盒熔断器说明表

熔断器编号	电流	导线颜色	保护的电路/部件
1	—	—	未使用
2	15A	红	PCM
		浅绿	点火线圈
3	—	—	未使用
4	15A	黄	空燃比传感器
5	15A	浅蓝	音响装置
6	10A	紫	驾驶人侧车门门控灯，前排乘客侧车门门控灯
		橙	驾驶人侧梳妆镜灯、前排乘客侧梳妆镜灯、前专用地图灯、后专用地图灯、后顶灯、行李箱灯继电器
		黄	行李箱灯、右后车门门控灯、可伸缩电动第三排座椅开关指示灯
7	10A	棕	组合开关控制装置、仪表控制模块、防起动控制装置-接收器、可伸缩电动第三排座椅控制装置、超声波传感器、报警控制报警器
		黄	车门多路控制装置
		—	多路集成控制装置
8	20A	—	多路集成控制装置(＋B 门锁)
9	20A	蓝	点烟器
10	7.5A	白	SRS 装置、OPDS 装置
11	30A	灰	风窗玻璃刮水器电动机
12	15A	紫	可伸缩电动第三排座椅控制装置

（续）

熔断器编号	电流	导线颜色	保护的电路/部件
13	—	—	未使用
14	20A	淡绿	驾驶人电动座椅滑动电动机
15	20A	橙	可伸缩电动第三排座椅控制装置
16	20A	淡蓝	驾驶人电动倾斜调节电动机
17	30A	粉	后鼓风机电动机
18	15A	粉	ELD装置、副加热型氧传感器、ABS调制器-控制装置、CMP传感器A、交流发电机、炭罐净化阀
		棕	巡航控制装置
19	15A	蓝	PCM、防起动控制装置-接收器
		粉	燃油泵
20	7.5A	紫	后车窗刮水器电动机继电器、后车窗刮水器电动机、可伸缩电动第三排座椅控制装置
		黄	风窗玻璃洗涤器电动机、后车窗洗涤器电动机、天窗开启继电器、天窗关闭继电器、后车窗洗涤器电动机继电器
21	7.5A	红	仪表控制模块、组合开关控制装置、A/T换档锁定电磁线圈、自动照明控制装置
		绿	车门多路控制装置
		—	多路集成控制装置
22	10A	蓝	SRS装置
23	7.5A	绿	PCM（LAFR）
24	20A	白	右电动机车窗电动机
25	20A	白	左电动机车窗电动机
26	20A	淡绿	前排乘客侧电动车窗电动机
27	20A	淡绿	驾驶人侧电动车窗电动机
28	20A	淡蓝	天窗电动机
29	—	—	未使用
30	7.5A	紫	后鼓风机电动机继电器
		黄	空调控制装置、再循环控制电动机、自动照明控制装置
		淡蓝	电动后视镜执行器、后A/C开关、后车窗除霜器继电器、鼓风机电动机继电器、散热器风扇继电器、冷凝风扇继电器、A/C压缩机离合器继电器、风扇控制继电器
31	—	—	未使用
32	7.5A	粉	音响装置
		—	附件电源插座继电器、多路集成控制继电器
33	—	—	未使用

第五节　思迪(2006 年款)

1. 发动机盖下熔断器/继电器盒

本田思迪轿车发动机盖下熔断器/继电器盒件位置分布如图 4-17 所示，熔断器说明如表 4-11 所示。

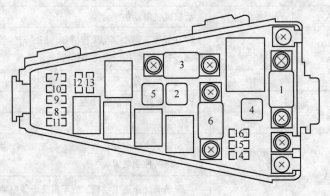

图 4-17　本田思迪轿车发动机盖下熔断器/继电器盒元件位置分布图

表 4-11　本田思迪轿车发动机盖下熔断器/继电器盒熔断器说明表

熔断器编号	电流	导线颜色	保护的电路/部件
1	80A	—	蓄电池、配电
2	40A	白/蓝	EPS 控制装置(+ B)
3	50A	白	点火开关(+ B)
4	30A	白/红	ABS 调制器-控制装置(MR + B)
5	40A	白/蓝	鼓风机电动机(经由鼓风机电动机继电器)
6	50A	白	2 号、3 号和 4 号熔断器(位于仪表板下熔断器/继电器盒内)(经由电动车窗继电器)，7 号、8 号和 9 号熔断器(位于仪表板下熔断器/继电器盒内)，24 号熔断器(位于副熔断器内)
7	20A	白	门锁执行器
8	10A	白/红	音响装置、顶灯、数据传输插头、仪表总成、防起动控制装置-接收器、遥控接收装置、行李箱灯
9	10A	红/黑	仪表板灯、前雾灯继电器、前驻车灯、仪表灯、牌照灯、尾灯、尾灯继电器
10	20A	蓝/黑	散热器风扇电动机
11	20A	蓝/红	压缩机离合器继电器(经由冷凝器)
11	20A	蓝	冷凝器风扇电动机
12	20A	红	右前照灯
13	20A	红/蓝	远光指示灯、左前照灯、后雾灯继电器(经由二极管)
14	10A	白/黑	转向信号/危险报警继电器电路(内置在仪表总成中)(经由危险报警开关)、转向信号指示灯(经由激活指示灯继电器)

（续）

熔断器编号	电流	导线颜色	保护的电路/部件
15	20A	白/绿	ABS 调制器-控制装置（FSB＋B）
16	10A	白/绿	ABS 调制器-控制装置、制动灯、ECM/PCM、高位制动灯
		蓝/红	喇叭
		熔断器/继电器盒插座	喇叭继电器

2. 仪表板下熔断器/继电器盒

本田思迪轿车仪表板下熔断器/继电器盒元件位置分布如图 4-18 所示，熔断器说明如表 4-12 所示。

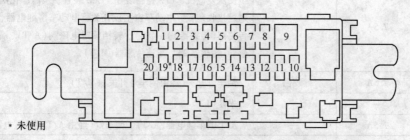

* 未使用

图 4-18　本田思迪轿车仪表板下熔断器/继电器盒元件位置分布图

表 4-12　本田思迪轿车仪表板下熔断器/继电器盒熔断器说明表

熔断器编号	电流	导线颜色	保护的电路/部件
1	7.5A	黑/黄	压缩机离合器继电器、A/C 开关指示灯、鼓风机电动机继电器、冷凝器风扇继电器、电动后视镜作动器（经由电动后视镜开关）、散热器风扇继电器、后车窗除霜器继电器（经由后车窗除霜器开关）、后车窗除霜器开关指示灯
2	20A	绿/黑	前排乘客侧电动车窗电动机
3	20A	黄/蓝	右后电动车窗电动机
4	20A	黄/红	左后电动车窗电动机
5	7.5A	黄/红	音响装置、钥匙联锁控制电路（固定在仪表总成中）（A/T）、钥匙联锁电磁线圈（A/T）
6	15A	黄/绿	点烟器
7	20A	绿/白	驾驶人侧电动车窗电动机（经由电动车窗主控开关）
8	15A	白/黑	CKP 传感器、CMP 传感器、ECM/PCM、喷油器、IAC 阀、PGM-FI 主继电器 1、PGM-FI 主继电器 2、防起动控制装置-接收器（M/T）、23 号熔断器（位于副熔断器盒内）
9	30A	黑/橙	后车窗除霜器（经由后车窗除霜器继电器）
10	10A	粉红	SRS 装置（VB）
11	15A	黑/黄	ECM/PCM、燃油泵（经由 PGM-FI 主继电器 2）、SRS 装置（VA）、防起动控制装置-接收器（A/T）

（续）

熔断器编号	电流	导线颜色	保护的电路/部件
12	7.5A	黄	ABS 调制器-控制装置
13	20A	绿/黑	风窗玻璃洗涤器电动机(经由风窗玻璃刮水器/洗涤器开关)、风窗玻璃刮水器电动机
14	15A	黑/白	点火线圈(L15A1 发动机)、点火线圈(进气侧)(L13A3 发动机)
15	15A	黑/红	点火线圈(排气侧)(L13A3 发动机)
16	10A	黄	转向信号/危险报警继电器(固定在仪表总成内)(经由危险报警开关)
17	7.5A	黄	交流发电机、EPS 控制装置、ELD 装置、炭罐净化阀、仪表总成、遥控接收装置、电动车窗主控开关、电动车窗继电器、主加热型氧传感器(传感器 1)(M/T)、转档锁定电磁阀(A/T)、副加热型氧传感器(传感器 2)、车速传感器(M/T)
18	7.5A	黑/白	倒车灯开关(经由倒车灯开关)(M/T)
19	—	—	未使用
20	7.5A	—	A/T 倒车继电器(A/T)、倒车灯(经由 A/T 倒档继电器)(A/T)

3. 副熔断器盒

本田思迪轿车副熔断器盒元件位置分布如图 4-19 所示，熔断器说明如表 4-13 所示。

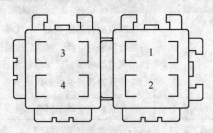

图 4-19　本田思迪轿车副熔断器盒
元件位置分布图

图 4-13　本田思迪轿车副熔断器盒熔断器说明表

熔断器编号	电流	导线颜色	保护的电路/部件
1	20A	蓝/红	后雾灯继电器(经由前雾灯继电器)、前雾灯(经由前雾灯继电器)、仪表总成(经由前雾灯继电器)
2	10A	白/绿	仪表总成(经由后雾灯继电器)、后雾灯(经由后雾灯继电器)、后雾灯控制装置(经由后雾灯继电器)
3	7.5A	粉/红	A/F 传感器继电器(A/T)
4	10A	白/红	A/F 传感器(经由 A/F 传感器继电器)(A/T)

第六节　思域（2009 年款）

1. 发动机盖下熔断器/继电器盒

本田思域轿车发动机盖下熔断器/继电器盒件位置分布如图 4-20 所示，熔断器说明如表 4-14 所示。

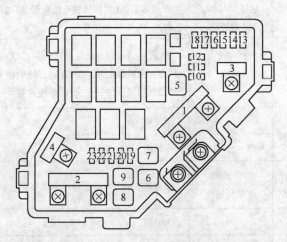

图 4-20　本田思域轿车发动机盖下熔断器/继电器盒元件位置分布图

表 4-14　本田思域轿车发动机盖下熔断器/继电器盒熔断器说明表

熔断器编号	电流	导线颜色	保护的电路/部件
1	100A（BAT）	熔断器/继电器盒插座	蓄电池、电源布线
	70A（EPS）	—	未使用
2	50A（IG）	白色	点火开关
	60A（可选择）	红色	5 号、6 号、7 号、27 号、28 号、29 号、31 号熔断器（仪表板下熔断器/继电器盒内）
3	30A（ABS MTR）	红色	ABS 调制器控制装置
	40A（ABS FSR）	白色	VSA 调制器控制装置
	30A（ABS FSR）	白色	ABS 调制器控制装置
4	50A（H/L）	白色	18 号、19 号、20 号和 21 号熔断器（仪表板下熔断器/继电器盒内）
	40A（P/W）	蓝色	24 号、25 号、26 号熔断器（低度表控制熔断器/继电器盒内）和 30 号、32 号与 33 号熔断器（通过电动车窗继电器）（仪表板下熔断器/继电器盒内）
5	—	—	未使用
6	20A	蓝色	空调（A/C）冷凝器风扇电动机（通过空调（A/C）冷凝器风扇继电器）
7	20A（M/T）	棕色	散热器风扇电动机（通过散热器风扇继电器）
	30A（A/T）	棕色	散热器风扇电动机（通过散热器风扇继电器）
8	30A	红色	防噪声电容器、后车窗除雾器（通过后车窗除雾器继电器）

（续）

熔断器编号	电流	导线颜色	保护的电路/部件
9	40A	白色	鼓风机电动机(通过鼓风机电动机继电器)
10	10A	黄色	多路控制器(MICU)、多路控制器(MICU)(通过危险报警开关)
11	15A	紫色	A/F传感器(传感器1)(通过PGM-FI副继电器)
		熔断器/继电器盒插座	15号熔断器(发动机盖下熔断器/继电器盒内)(通过PGM-F1副继电器)、PGM-FI副继电器
12	15A	白色	制动灯(通过制动踏板位置开关)、ECM/PCM(通过制动踏板位置开关)、喇叭继电器、喇叭(通过喇叭继电器)、多路控制器(MICU)(通过制动踏板位置开关)、多路控制器(MICU)
13	—	—	未使用
14	—	—	未使用
15	7.5A	熔断器/继电器盒插座	空调系统(A/C)冷凝器风扇继电器
16	—	—	未使用
17	—	—	未使用
18	15A	蓝色	点火开关(通过点火线圈继电器)
		熔断器/继电器盒插座	点火线圈继电器
19	15A	橙色	CKP传感器(通过点火线圈继电器)、CMP传感器(通过点火线圈继电器)、ECM/PCM(通过点火线圈继电器)、ETCS控制继电器(通过点火线圈继电器)、注油器(通过点火线圈继电器)、PGM-FI主继电器1(FI MAIN)、PGM-FI主继电器2(FUEL PUMP)(通过点火线圈继电器)
20	7.5A	紫色	空调系统(A/C)压缩机离合器(通过空调(A/C)压缩机离合器继电器)
21	15A	淡蓝色	ECM/PCM通过(ETCS控制继电器)
22	7.5A	红色	车顶灯、阅读灯、行李箱灯、驾驶人侧化妆镜灯、前排乘客侧化妆镜灯
23	10A	橙色	音频装置、数据传输插头(DLC)、仪表控制模块(转速表与车速表)、防起动遥控控制装置、天窗控制装置/电动机(通过天窗开关)

2. 仪表板下熔断器/继电器盒

本田思域轿车仪表板下熔断器/继电器盒元件位置分布如图4-21所示，熔断器说明如表4-15所示。

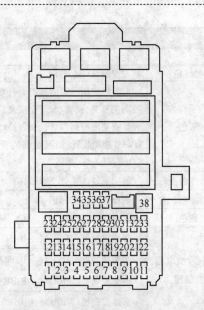

图 4-21　本田思域轿车仪表板下熔断
器/继电器盒元件位置分布图

表 4-15　本田思域轿车仪表板下熔断器/继电器盒熔断器说明表

熔断器编号	电流	导线颜色	保护的电路/部件
1	7.5A	白色	电动镜开关灯
2	15A	灰色	ECM/PCM(IG1)
		绿色	燃油泵
		黄色	防起动遥控控制装置
3	10A	黄色	交流发电机、ECM/PCM、炭罐净化阀、MAF 传感器、副加热型氧感器(传感器2)
4	7.5A	灰色	ABS 调制器控制装置(配备 ABS)、VSA 调制器控制装置(配备 VSA)
		黄色	偏航速成率-横向加速成传感器(配备 VSA)
5	—	—	未使用
6	20A	白色	前雾灯(通过前雾灯继电器)、前雾灯继电器
7	—	—	未使用
8	—	—	未使用
9	7.5A	白色	OPDS 装置(配备侧空气囊)
		黄色	SRS 装置
10	7.5A	棕色	仪表控制模块(转速表和车速成表)、多路控制器(MICU)
		黄色	(MT/)、换档锁定电磁阀(A/T)
		熔断器/继电器盒插座	多路控制器(MICU)
11	10A	红色	SRS 装置

（续）

熔断器编号	电流	导线颜色	保护的电路/部件
12	10A	白色	右前照灯（远光灯）
13	10A	粉红色	左前照灯（远光灯）
14	7.5A	灰色	A/T档位指示器面板灯、环境灯、音频装置灯、点烟器灯、巡航控制主开关/设置（SET）/恢复（RESUM）/取消（CANEL）开关灯、仪表灯明亮度控制器灯、杂物箱灯、危险报警开关灯、加热器控制板/HVAC控制装置/温湿控制装置、天窗开关（配备天窗）、VSA关闭（OFF）开关灯（配备VSA）
15	7.5A	红色	前示廓灯、尾灯、牌照灯
16	10A	绿色	右前照灯（近光灯）
17	10A	紫色	右前照灯（近光灯）
18	20A	熔断器/继电器盒插座	多路控制器（MICU）（+B H/L Hi）
19	15A		多路控制器（MICU）（+B SMALL Lt）
20	7.5A		多路控制器（MICU）（+B RR FOG）
21	20A		多路控制器（MICU）（+B H/L Lo）
22	—	—	未使用
23	—	—	未使用
24	20A	绿色	天窗控制装置电动机（配备天窗）
25	20A	熔断器/继电器盒插座	多路控制器（MICU）（+B DR LOCK）
26	20A	白色	电动车窗主开关、驾驶人侧车窗电动机（通过电动车窗主开关）
27	—	—	未使用
28	—	—	未使用
29	15A	蓝色	辅助电源插座（通过辅助电源插座继电器）[1]、点烟器（通过点烟器继电器）[2]
30	20A	绿色	前排乘客侧车窗电动机（通过电动车窗主开关）、前排乘客侧车窗开关
31	—	—	未使用
32	20A	紫色	右侧后车窗开关
		浅绿	右侧后车窗电动机（通过电动车窗主开关）、天窗控制装置/电动机
33	20A	红色	左侧后车窗电动机（通过电动车窗主开关）、左侧后车窗开关
34	—	—	未使用
35	7.5A	紫色	辅助电源插座继电器[1]、音频装置、点烟器电器[2]、钥匙互锁电磁阀
36	10A	棕色	发动机盖下熔断器/继电器盒（A/C压缩机离合器继电器、鼓风机电动机继电器、风扇控制继电器（通过二极管）、散热器风扇控制电器（通过二极管）、后车窗除雾器继电器）
		淡绿色	加热器控制板/HAVC控制装置/温湿控制装置、电动镜执行器（通过电动镜开关）、电动镜（通过电动镜开关）、空气循环控制电动机
37	—	—	未使用
38	30A	熔断器/继电器盒插座	多路控制器（MICU）（IG1刮水器）

① 未配备点烟器。

② 配备点烟器。

第七节　讴歌（2009 年款）

1. 发动机盖下熔断器/继电器盒

本田讴歌轿车发动机盖下熔断器/继电器盒元件位置分布如图 4-22 所示，其相关说明如表 4-16 所示。

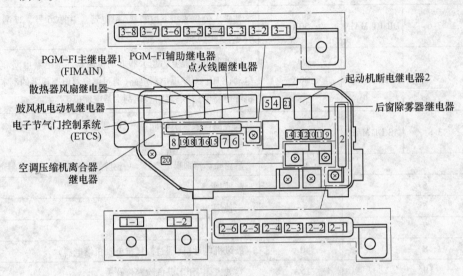

图 4-22　本田讴歌轿车发动机盖下熔断器/继电器盒元件位置分布图

表 4-16　本田讴歌轿车发动机盖下熔断器/继电器盒说明表

	熔断器编号		电流	保护的电路/部件
1	1-1	MAIN	120A	蓄电池、电源
	1-2	AS F/B STD	40A	乘客侧仪表板下熔断器/继电器盒中的 8 号、9 号、10 号、11 号、12 号和 13 号熔断器
2	2-1	EPS	70A	EPS 控制单元
	2-2	VSA MTR	40A	VSA 调节器-控制单元（MTR）
	2-3	VSA FSR	30A	VSA 调节器控制单元（FSR）
	2-4	AS F/B OP	40A	乘客侧仪表板下熔断器/继电器盒中的 15 号、16 号、17 号、18 号和 19 号熔断器
	2-5	H/L 垫圈	30A	前照灯清洗器继电器
	2-6	未使用	—	未使用
3	3-1	IG MAIN	50A	点火开关[1]、驾驶人侧仪表板下熔断器/继电器盒（通过起动机断电继电器 1）8 号熔断器、电动控制单元[2]
	3-2	未使用	—	未使用
	3-3	SUB FAN	30A	空调冷凝器风扇电动机（通过继电器电路板上的空调冷凝器风扇继电器电路）

（续）

熔断器编号		电流	保护的电路/部件
3	3-4	DR F/B STD	60A	驾驶人侧仪表板下熔断器/继电器盒中的 19 号、20 号、21 号、22 号、23 号、24 号和 25 号熔断器
	3-5	MAIN FAN	30A	散热器风扇电动机(通过继电器电路板上的散热器风扇继电器电路)
	3-6	DR LT MAIN	30A	驾驶人侧仪表板下熔断器/ 继电器盒中的 26 号、27 号、28 号和 30 号熔断器
	3-7	WIP MTR	30A	继电器电路板上的刮水器电动机间歇性继电器电路和刮水器电动机 HI/LOW 继电器电路(通过继电器电路板上的刮水器电动机继电器电路)、风窗玻璃刮水器电动机
	3-8	AS LT MAIN	30A	乘客侧仪表板下熔断器/继电器盒中的 1 号、2 号、3 号和 4 号熔断器
4			40A	后窗除雾器抑噪电容器、后窗除雾器(通过后窗除雾器继电器)
5			—	未使用
6			—	未使用
7			—	未使用
8			40A	鼓风机电动机(通过鼓风机电动机继电器)
9			15A	驾驶人侧 MICU、危险警告开关
10			20A	制动踏板位置开关、喇叭继电器、喇叭
11			7.5A	驾驶人侧仪表板下熔断器/继电器盒[2]中的 18 号熔断器
12			—	未使用
13			15A	点火线圈继电器、点火线圈
14			15A	前 A/F 传感器(B2，S1)、前辅助 HO2S(B2，S2)、发动机盖下熔断器/继电器盒中的 21 号熔断器(通过 PGM-FI 辅助继电器)、PGM-FI 辅助继电器、后 A/F 传感器(B1，S1)、后辅助 HO2S(B1，S2)
15			10A	音响-导航开关面板[3]、音响-导航单元[3]、音响单元[4]、音响-HVAC 显示单元[4]、数据连接器(DLC)、驾驶人侧车门礼貌灯、驾驶人侧 MICU、前排乘客侧车门礼貌灯、仪表控制单元、免提电话控制单元[3]、发动机盗锁止-智能钥匙控制单元[1]、智能钥匙进入控制单元[2]、导航显示单元[3]、乘客侧 MICU、电动控制单元、电动车窗总开关、电动座椅控制单元、遥控槽控制单元
16			7.5A	点火钥匙灯、后排独立阅读灯、车顶控制台、行李箱灯、化妆镜灯
17			15A	CKP 传感器、CMP 传感器、PCM(IGP)、MAF 传感器、喷油器、PGM-FI 主继电器 1（FI MAIN）、PGM-FI 主继电器 2(FUEL PUMP)
18			15A	PCM(IG1M)、电子节气门控制系统(ETCS)控制继电器

（续）

熔断器编号	电流	保护的电路/部件
19	7.5A	PCM（VBUM）
20	7.5A	空调压缩机离合器（通过空调压缩机离合器继电器）
21	7.5A	散热器风扇继电器电路

① 未装备智能钥匙进入系统。

② 装备智能钥匙进入系统。

③ 带导航系统。

④ 不带导航系统。

2. 驾驶人侧仪表板下熔断器/继电器盒

本田讴歌轿车驾驶人侧仪表板下熔断器/继电器盒元件位置分布如图 4-23 所示，其相关说明如表 4-17 所示。

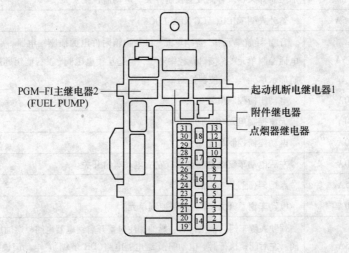

图 4-23　本田讴歌轿车驾驶人侧仪表板下熔断器/继电器盒分布图

表 4-17　本田讴歌轿车驾驶人侧仪表板下熔断器/继电器盒说明表

熔断器编号	电流	保护的电路/部件
1	—	未使用
2	7.5A	前照灯调平控制单元
3	20A	风窗玻璃洗涤器电动机、风窗玻璃洗涤器继电器电路（乘客侧仪表板下熔断器/继电器盒中）
4	7.5A	继电器电路板上的刮水器电动机继电器电路（发动机盖下熔断器/继电器盒中）
5	7.5A	OPDS 单元、SRS 单元
6	7.5A	EPS 控制单元、VSA 调节器-控制单元、偏摆率-横向加速度传感器
7	—	未使用
8	7.5A	PCM（STRLD）
9	20A	电动转向锁①、燃油泵（通过 PGM-FI 主继电器 2）、发动机防盗锁止-智能钥匙控制单元②
10	10A	PCM（VBSOL2）
11	10A	SRS 单元

(续)

熔断器编号	电流	保护的电路/部件
12	7.5A	音响-导航单元④、自动调光车内后视镜、倒车灯、驾驶人侧 MICU(IG1 TER)、驾驶人侧 MICU(BACK LT-)、电子罗盘单元③、仪表控制单元、导航显示单元④、乘客侧 MICU(IG1 METER)、电动后视镜控制单元、电动座椅 控制单元、倒档继电器电路、换档锁止电磁阀
13	15A	交流发电机、制动踏板位置开关、电气负载检测器(ELD)、发动机支座控制电磁阀、炭罐净化阀、PCM(IGP)
14	—	未使用
15	—	未使用
16	7.5A	音响-HVAC 显示单元③、音响-导航开关面板④、气温控制单元、车门多路控制单元(电动车窗总开关)、驾驶人侧气温控制开关、驾驶人座椅加热器开关、前排乘客座椅加热器开关、乘客侧气温控制开关、电动后视镜开关
17	7.5A	驾驶人侧 MICU(ACC KEY LOCK)②
18	7.5A	音响-导航单元④、音响单元③、杂物箱附件电源插座继电器、点烟器继电器、免提电话控制单元④、接口调控中心④、钥匙互锁电磁阀②、智能钥匙进入控制单元①、导航显示单元④、遥控器控制单元①
19	20A	电动座椅控制单元
20	20A	天窗控制单元/电动机
21	20A	电动座椅控制单元
22	20A	左后电动车窗继电器电路、左后电动车窗开关
23	15A	点烟器(通过点烟器继电器)
24	20A	电动车窗总开关(车门多路控制单元)
25	15A	驾驶人侧车门门锁执行器、燃油加注口盖开启继电器电路、燃油加注口盖开启器电磁阀、左后门锁执行器、电动门锁 继电器电路(DR 解锁)、电动门锁继电器电路(锁止)、电动门锁继电器电路(解锁)、行李箱盖开启执行器、行李箱盖开启执行器继电器电路
26	10A	驾驶人侧 MICU(+B FR FOG L)
27	10A	驾驶人侧 MICU(+B SMALL DR)
28	10A	驾驶人侧 MICU(+B H/L HI L)
29	—	未使用
30	15A	驾驶人侧 MICU(+B H/L LO L)
31	—	未使用

① 装备智能钥匙进入系统。

② 未装备智能钥匙进入系统。

③ 不带导航系统。

④ 带导航系统。

3. 乘客侧仪表板下熔断器/继电器盒

本田讴歌轿车乘客侧仪表板下熔断器/继电器盒元件位置分布与雅阁轿车的相同,可参看图4-3,其相关说明如表4-18 所示。

表4-18　本田讴歌轿车乘客侧仪表板下熔断器/继电器盒说明表

熔断器编号	电流	保护的电路/部件
1	10A	乘客侧 MICU（+B H/LHI R）
2	10A	乘客侧 MICU（+B AS SMALL）
3	10A	乘客侧 MICU（+B FR FOG R）
4	15A	乘客侧 MICU（+B H/L LO R）
5	—	未使用
6	7.5A	A/T 档位指示板灯、音响单元①、音响-HVAC 显示单元。①、气温控制单元灯、杂物箱灯、仪表板灯亮度控制器灯、驾驶人侧气温控制开关、驾驶人侧脚灯、驾驶人座椅加热器开关灯、前排乘客侧脚灯、前排乘客座椅加热器开关灯、危险警告开关灯、前照灯清洗器开关灯、天窗开关灯、导航显示单元②、乘客侧气温控制开关、后排独立阅读灯、车顶控制台、转向盘开关灯、VSA OFF 开关灯
7	—	未使用
8	20A	前排乘客电动座椅倾角调节电动机(通过前排乘客电动座椅调节开关)、前排乘客电动座椅后部上下调节电动机(通过前排乘客电动座椅调节开关)
9	20A	前排乘客电动座椅前部上下调节电动机(通过前排乘客电动座椅调节开关)、前排乘客电动座椅滑动电动机(通过前排 乘客电动座椅调节开关)
10	10A	前排乘客侧车门门锁执行器、电动门锁继电器电路（锁止）(在乘客侧仪表板下熔断器/继电器盒中)、电动门锁 继电器电路(解锁)（在乘客侧仪表板下熔断器/继电器盒中)、右后门锁执行器
11	20A	右后电动车窗继电器电路(在乘客侧仪表板下熔断器/继电器盒中)、右后电动车窗开关
12	10A	电动转向锁③、发动机起动/停止开关③、电动控制单元③、遥控器③、遥控器控制单元③
13	20A	前排乘客侧电动车窗开关
14	—	未使用
15	20A	立体声功率放大器
16	15A	杂物箱附件电源插座
17	7.5A	乘客侧 MICU（+B RR FOG）
18	7.5A	驾驶人侧腰部支撑电动机(通过驾驶人侧腰部支撑开关)
19	20A	驾驶人座椅加热器、前排乘客座椅加热器
20	—	未使用
21	—	未使用
22	—	未使用

① 不带导航系统。

② 带导航系统。

③ 装备智能钥匙进入系统。

4. 辅助仪表板下熔断器固定架

本田讴歌轿车辅助仪表板下熔断器固定架如图4-24 所示，其相关说明如表4-19 所示。

图4-24　本田讴歌轿车辅助仪表板下熔断器固定架位置图

表4-19　本田讴歌轿车辅助仪表板下熔断器固定架说明表

熔断丝编号	电流	导线颜色	保护的电路/部件
STS	7.5A	黄色	点火开关(ST)
		浅绿色	PCM(STS)、遥控发动机起动机连接器(选装)

第五章 日产车系

第一节 天籁(2011 年款)

1. 发动机室智能配电模块

天籁轿车发动机室智能配电模块如图 5-1 所示。

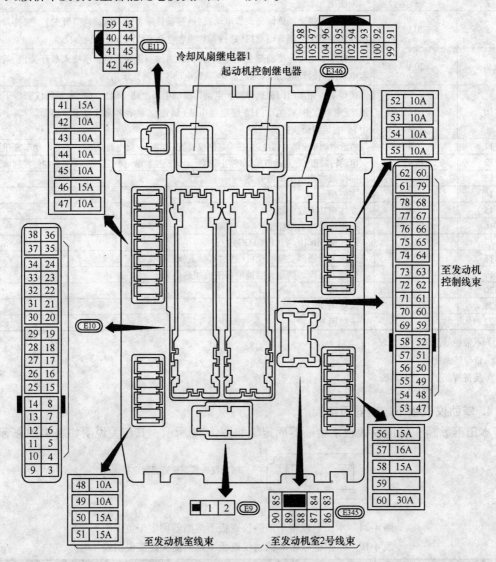

图 5-1 天籁轿车发动机室智能配电模块

2. 熔断器盒

天籁轿车熔断器盒元件分布如图 5-2 所示。

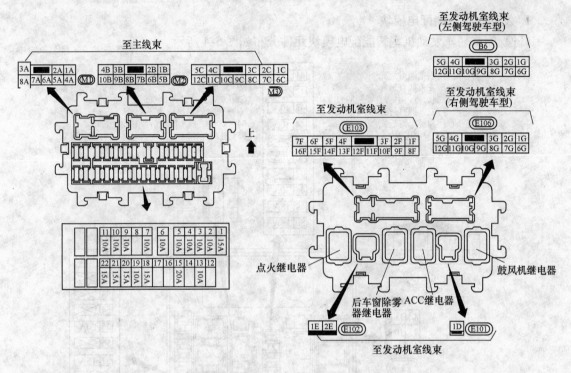

图 5-2 天籁轿车熔断器盒元件分布图

3. 熔断器和继电器盒

天籁轿车熔断器和继电器盒元件分布如图 5-3 所示。

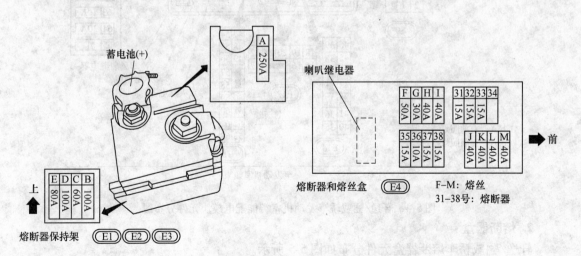

图 5-3 天籁轿车熔断器和继电器盒元件分布图

第二节 轩逸/骊威（2006年款）

1. 发动机室智能配电模块

轩逸/骊威轿车发动机室智能配电模块元件分布如图5-4所示。

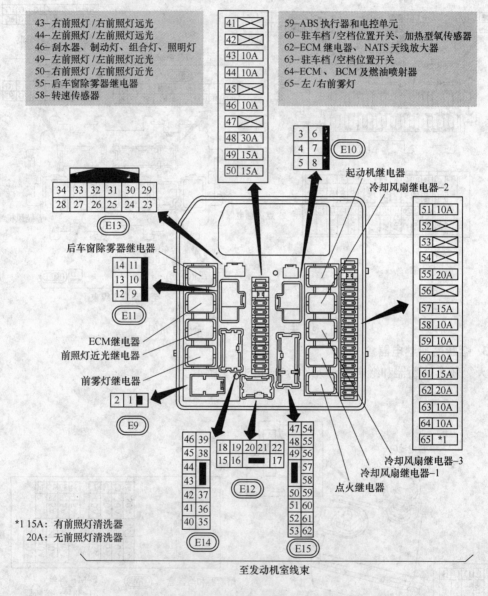

图5-4 轩逸/骊威轿车发动机室智能配电模块元件分布图

2. 熔断器盒

轩逸/骊威轿车熔断器盒元件分布如图5-5所示。

3. 熔断器和继电器盒

轩逸轿车熔断器和继电器盒元件分布如图5-6所示，骊威轿车熔断器和继电器盒元件分布如图5-7所示。

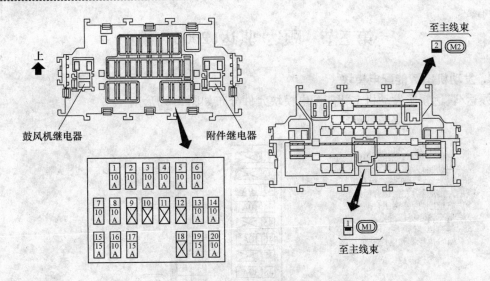

图5-5　轩逸/骊威轿车熔断器盒元件分布图

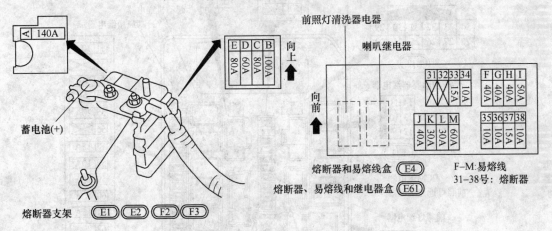

图5-6　轩逸轿车熔断器和继电器盒元件分布图

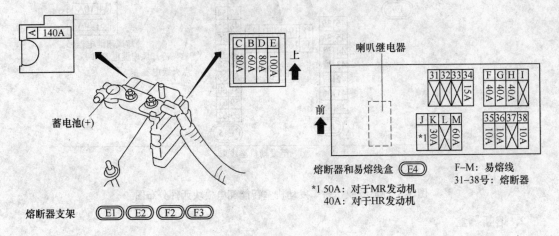

图5-7　骊威轿车熔断器和继电器盒元件分布图

第三节　颐达/骐达(2006年款)

1. 发动机室智能配电模块

颐达/骐达轿车发动机室智能配电模块元件分布如图5-8所示。

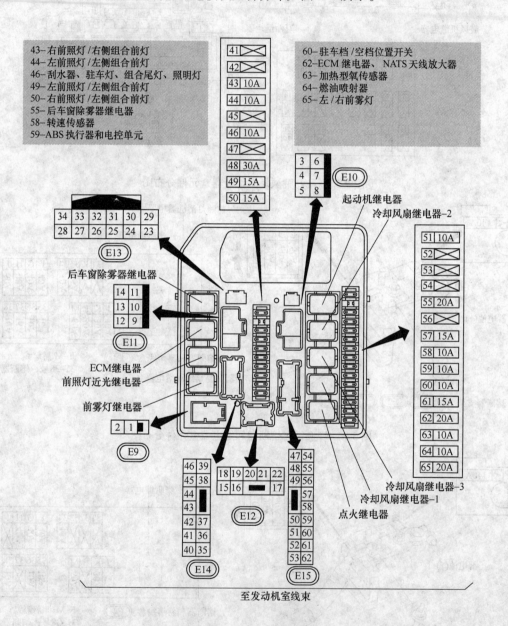

图5-8　颐达/骐达轿车发动机室智能配电模块元件分布图

2. 熔断器盒

颐达/骐达轿车熔断器盒元件分布如图5-9所示。

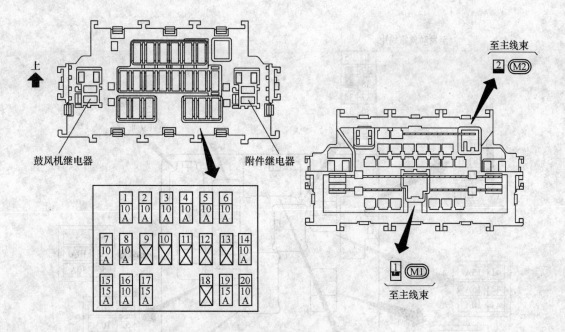

图 5-9　颐达/骐达轿车熔断器盒元件分布图

3. 熔断器和继电器盒

颐达/骐达轿车熔断器和继电器盒元件分布如图 5-10 所示。

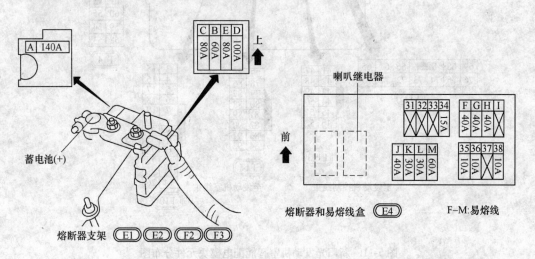

图 5-10　颐达/骐达轿车熔断器和继电器盒元件分布图

第四节　新阳光(2010 年款)

1. 发动机室智能配电模块

新阳光发动机室智能配电模块元件分布如图 5-11 所示。

至发动机室线束

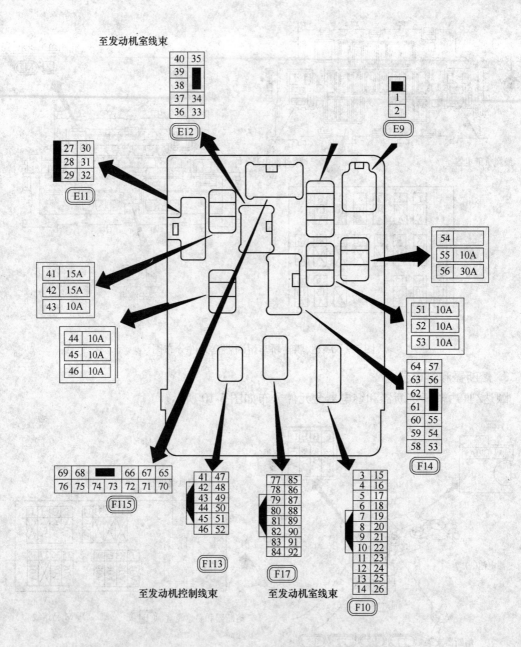

图 5-11　新阳光发动机室智能配电模块元件分布图

2. 熔断器盒/接线盒

新阳光熔断器盒/接线盒元件分布如图 5-12 所示。

3. 熔断器和继电器盒

新阳光熔断器和继电器盒元件分布如图 5-13 所示。

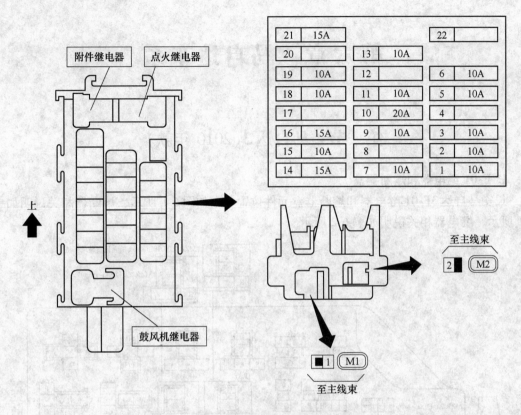

图 5-12 新阳光熔断器盒/接线盒元件分布图

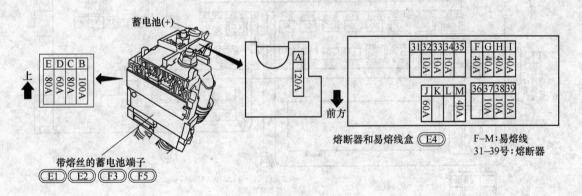

图 5-13 新阳光熔断器和继电器盒元件分布图

第六章 马自达车系

第一节 马自达3(2010年款)

1. F-01 继电器和熔断器盒

长安马自达3F-01继电器和熔断器盒元件位置分布如图6-1所示，熔断器相关说明如表6-1所示，继电器相关说明如表6-2所示。

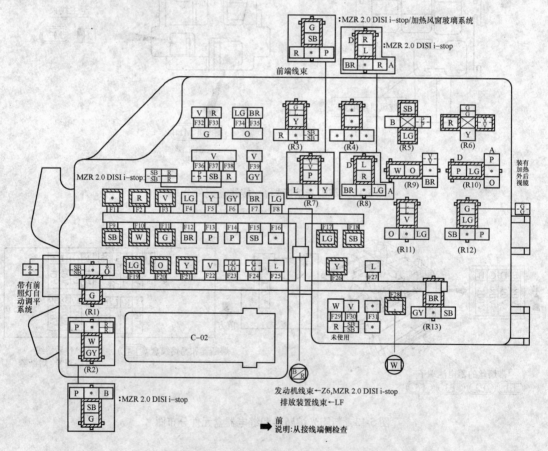

图6-1 长安马自达3F-01继电器和熔断器盒元件位置分布图

2. F-02 熔断器盒

长安马自达3F-02熔断器盒元件位置分布如图6-2所示，相关说明如表6-3所示。

表6-1 长安马自达3 F-01继电器和熔断器盒熔断器说明表

编号	熔断器名称	额定电流	保护的电路/部件
F1	FAN2[②]	40A[②]	冷却系统

（续）

编号	熔断器名称	额定电流	保护的电路/部件
F2	ENG MAIN	40A	主继电器
F3	BTN1	50A	数据连接、转向及危险警告灯
F4	A/C MAG	7.5A	空调系统压缩机控制
F5	H/L HI	20A	前照灯
F6	FOG	15A	雾灯
F7	H/L WASH①	20A①	前照灯清洗器
F8	SUNROOF①	15A①	天窗
F9	F. DEF RH①	40A①	加热风窗玻璃系统
F10	F. DEF LH①	40A①	加热风窗玻璃系统
F11	FAN1	40A	冷却系统
F12	ROOM	15A	加热和空调系统
F13	TCM①	15A①	自动变速器控制系统
F14	DSC①	20A①	动态稳定系统
F15	BTN2	7.5A	前照灯近光继电器
F16	AT PUMP②	25A②	水加热系统
F17	HEATER	40A	加热和空调系统
F18	INJ①	30A①	发动机控制系统
F19	R. DEF	30A	后车窗除雾继电器
F20	IG KEY2	40A	IG2继电器、风窗玻璃刮水器继电器
F21	IG KEY1	40A	IG1继电器、ACC继电器
F22	HORN	15A	喇叭
F23	STOP	15A	起动系统、制动灯
F24	ENG + B	10A	主继电器及发动机控制系统
F25	FUEL PUMP	25A	燃油泵
F26	ABS	40A	防抱死制动系统
F27	SEAT WARM①	20A①	座椅加热装置
F28	EHPAS	30A	电动液压助力转向系统
F29	—	—	—
F30	ABS IG	7.5A	防抱死制动系统
F31	—	—	—
F32	H/L LO RH	15A	前照灯
F33	H/L LO LH	15A	前照灯
F34	ILLUMI	7.5A	照明灯
F35	TAIL	15A	牌照灯、尾灯
F36	ENG INJ	15A	发动机控制系统
F37	ENG BAR①	15A①	发动机控制系统
F38	ENG BAR2	20A	发动机控制系统
F39	ETV	15A	发动机控制系统

① 如果装备的话。

② 未使用。

表6-2　长安马自达3 F-01继电器和熔断器盒继电器说明表

编号	名　称
（R1）	前照灯近光继电器(H/L Lo)
（R2）	加热风窗玻璃右侧继电器 (F. DEF LH)，LF. Z6 燃油喷油器继电器 (INJ)[2]
（R3）	前照灯远光继电器(H/L Hi)[2]
（R4）	(DRLA)(ARS)
（R5）	鼓风机继电器(HEATER)
（R6）	主继电器(EGI MAIN)
（R7）	AT 主继电器(AT MAIN) LF 加热风窗玻璃右侧继电器 (F. DEF RH)[1][2]
（R8）	燃油泵继电器 (CIRCUIT)
（R9）	起动机继电器 (STARTER)[1]
（R10）	A/C 继电器 (A/C)
（R11）	喇叭继电器 (HORN)
（R12）	后车窗除霜器继电器(R. DEF)
（R13）	TNS 继电器 (TAIL)

( )：英文名称标明在熔丝盒盖上。

① 如果装备的话。

② MZR 2.0 DISI I-stop。

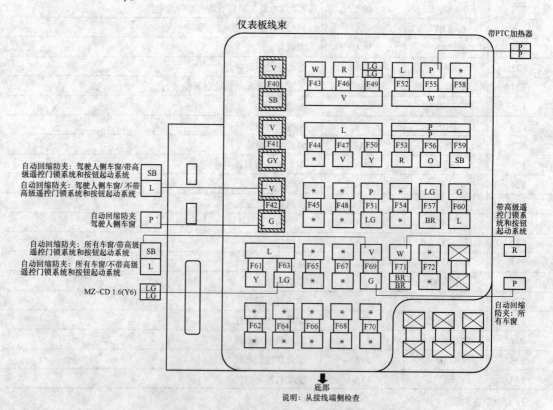

图6-2　长安马自达3 F-02 熔断器盒元件位置分布图

表 6-3　长安马自达 3F-02 熔断器盒说明表

编号	熔断器名称	额定电流	保护的电路/部件
F40	[BOSE]	[30A]	音响系统
F41	[P SEAT]	[30A]	记忆电动调节座椅
F42	P. WIND	30A	电动车窗系统
F43	D. LOCK	25A	门锁系统
F46	[ESCL]	[15A]	门锁系统
F47	SAS	15A	动态稳定系统、前照灯自动调平系统
F49	HAZARD	15A	数据连接器、转向及危险警告灯
F50	METER	15A	前照灯自动调平系统
F51	OUTLET	15A	附件插座、点烟器
F52	[R. WIPER]	[15A]	刮水器和洗涤器
F53	CIGAR	15A	附件插座、点烟器
F55	HEATER	10A	暖风和空调系统、空调系统压缩机、PTC 加热器、天窗、座椅加热、记忆调节座椅、门锁系统、加热风窗玻璃系统
F56	MIRROR	10A	门锁系统、电动后视镜、可伸缩式外后视镜
F57	ST SIG	10A	门锁系统
F59	AUDIO	7.5A	音响系统
F71	F. WIPER	25A	刮水器和洗涤器

注：F44、F45、F48、F54、F58、F70、F72 为空。

3. 其他继电器与熔断器盒

长安马自达 3 F-03 继电器盒如图 6-3 所示；F-04 主熔断器盒元件位置分布如图 6-4 所示，熔断器相关说明如表 6-4 所示；F-05 继电器和熔断器盒元件位置分布如图 6-5 所示，熔断器相关说明如表 6-5 所示，继电器相关说明如表 6-6 所示；F-06 继电器和熔断器盒元件位置分布如图 6-6 所示，熔断器相关说明如表 6-7 所示，继电器相关说明如表 6-8 所示。

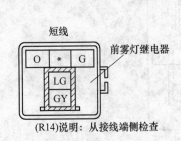

图 6-3　长安马自达 3F-03
　　　　继电器盒

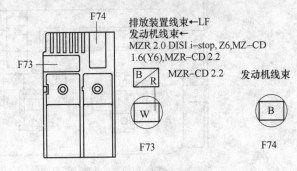

图 6-4　长安马自达 3 F-04 主熔断器盒元件位置分布图

表 6-4　长安马自达 3 F-04 主熔断器盒说明表

编号	熔断器名称	额定电流	保护的电路/部件
F73	STARTER	450A　250A[2]	充电系统、起动系统
F74	PTC[1]　SUB[1]	80A[1]	起动系统

① 如果装备的话。

② LF, MZR 2.0 DISI i-stop。

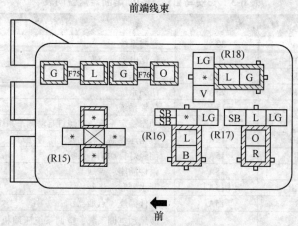

说明：从接线端侧检查

图 6-5　长安马自达 3F-05 继电器和熔断器盒元件位置分布图
表 6-5　长安马自达 3 F-05 继电器和熔断器盒熔断器说明表

编号	熔断器名称	额定电流	保护的电路/部件
F75	FAN2 < GLOW2 >	30A	冷却系统
F76	FAN3 < GLOW2 >	30A	冷却系统

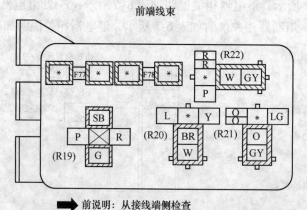

前说明：从接线端侧检查
(LF.MZR 2.0 DISI i-stop，Z6)

图 6-6　长安马自达 3F-06 继电器和熔断器盒元件位置分布图
表 6-6　长安马自达 3 F-05 继电器和熔断器盒继电器说明表

编号	继电器名称	编号	继电器名称
(R15)	(AT PUMP F. DEF RH GLOW)	(R17)	3 号冷却风扇继电器(FAN3)
(R16)	2 号冷却风扇继电器(FAN2)	(R18)	1 号冷却风扇继电器(FAN1)

（）：英文名称标明在熔丝盒盖上。

表6-7　长安马自达3 F-06继电器和熔断器盒熔断器说明表

编号	熔断器名称	额定电流	保护的电路/部件
F77	＜FAN2＞ ＜GLOW2＞	＜30A＞	发动机控制系统
F78	＜FAN3＞ ＜GLOW2＞	＜30A＞	发动机控制系统

表6-8　长安马自达3 F-06继电器和熔断器盒继电器说明表

编号	继电器名称
（R19）	加热风窗玻璃右侧继电器(F. DEF RH)①
（R20）	前照灯清洗器继电器(H/CLENAN)①
（R21）	后雾灯继电器(R. FOG)①
（R22）	加热风窗玻璃右侧继电器(F. DEF LH)①

（　）：英文名称标明在熔丝盒盖上。

①　如果装备的话。

第二节　马自达6睿翼(2009年款)

1. F-01主熔断器盒

马自达6睿翼F-01主熔断器盒元件位置分布如图6-7所示，主熔断器相关说明如表6-9

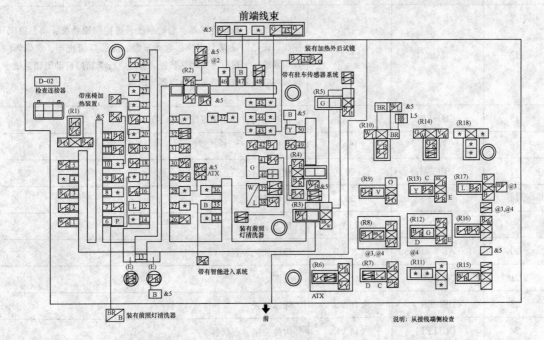

图6-7　马自达6睿翼F-01主熔断器盒元件位置分布图

所示，继电器相关说明如表6-10所示。

表6-9　马自达6 睿翼 F-01 主熔断器盒主熔断器说明表

编号	熔断器名称	额定电流	保护的电路/部件
1	BTN	40A	数据连接器、前照灯自动调平系统、礼貌灯、化妆镜照明、遥控门锁、音响系统、信息显示屏、免提电话系统、阅读灯、车内灯、行李箱灯、暖风和空调系统、BCM、记忆电动调节座椅、仪表板、防盗锁止
2	IG KEY2	40A	点火开关
3	P. WIND	30A	电动车窗系统
4	< PTC >	< 40A >	—
5	HEATER	40A	暖风和空调系统
6	P. SEAT	40A	记忆电动调节座椅
7	DEFOG	40A	后车窗除雾继电器
8	< PRECRASH >	< 50A >	预警碰撞
9	AD FAN	30A	冷却系统
10	< AUX > (HEATER)	(20A)	水加热器系统
11	FAN	30A	冷动系统
12	ABS MOTOR	60A	动态稳定控制
13	MAIN	125A	充电系统、数据连接器、起动系统、遥控门锁系统、动态稳定控制、记忆电动调节座椅、电动车窗、前照灯清洗器、点烟器、音响系统、天窗、座椅加热装置、雾灯、行李箱门自动闭锁系统、暖风和空调系统、后车窗除霜器、BCM
15	(CLOSER)	(25A)	行李箱门自动闭锁系统
16	FOG	15A	雾灯
17	(H/CLEAN)	(20)	前照灯清洗器
18	(BOSE)	(25)	音响系统
19	TAIL	15A	BCM 供电
20	(SEAT WARM)	(20A)	座椅加热装置
21	(SUN ROOF)	(15A)	天窗
23	< DEICER >	< 15A >	除冰装置
24	(OUTLET)	(15A)	附件插座、点烟器

（续）

编号	熔断器名称	额定电流	保护的电路/部件
25	A/C MAG	10A	空调系统压缩机控制
26	ENGINE + B	10A	发动机控制系统、自动变速器控制系统
27	(STEERING LOCK)	(10A)	遥控门锁系统
28	(TCM)(F. WARMER)	(20A)	自动变速器系统
29	HAZARD	10A	BCM 供电
30	EGI	5A	主继电器
31	HORN	15A	喇叭
32	STOP	5A	制动灯、高位制动灯
35	IG KEY1	40A	ACC 继电器、IG1 继电器、电动车窗继电器
38	HEAD HIGH L	10A	左前照灯远光
39	HEAD HIGH R	10A	右前照灯远光
40	HEAD LOW L	15A	左前照灯近光
41	HEAD LOW R	15A	右前照灯近光
42	ABS SOL	30A	动态稳定控制
43	(M. DEF)	(7.5A)	后车窗除雾
45	(GLOW SIG)	(5A)	发动机控制系统
46	(GLOW)	(40A)	发动机控制系统
47	(PCM)	(10A)	发动机控制系统
48	(EGI INJ)	(10A)	发动机控制系统
49	FUEL PCM	20A	燃油系统
50	INJ	15A	发动机控制系统

注：1. 14、22、33、34、36、37、44 为空。

2. < > 为未使用。

3. ( ) 为如果装备的话。

表 6-10　马自达 6 睿翼 F-01 主熔断器盒继电器说明表

编号	继电器名称	编号	继电器名称
(R1)	A/C 继电器（A/C RELAY）	(R4)	主继电器② (EGI MAIN RELAY)
(R2)	主继电器① (EGI MAIN RELAY) 预热塞继电器② (GLOW RELAY)	(R5)	前照灯近光继电器（HEAD LOW RELAY）
		(R6)	AT 主继电器（AT MAIN RELAY）
		(R7)	前雾灯继电器（FOG RELAY）
(R3)	前照灯远光继电器 (HEAD HIGH RELAY)	(R8)	2 号冷却风扇继电器（FAN#2 RELAY）④
		(R9)	插座继电器（OUTLET RELAY）④
(R4)	燃油泵继电器① (FUEL PUMP RELAY)	(R10)	起动机继电器（STATRTE RELAY）
		(R11)	(DEICER RELAY)

（续）

编号	继电器名称	编号	继电器名称
（R12）	4 号冷却风扇继电器 （AD FAN#3 RELAY）④	（R15）	鼓风机继电器（HEATER RELAY）
		（R16）	后车窗除霜器继电器 HEATERRELAY④
（R13）	1 号冷却风扇继电器 （FAN RELAY）	（R17）	2 号冷却风扇继电器
			3 号冷却风扇继电器（AD FAN RELAY）③
（R14）	喇叭继电器（HORN RELAY）	（R18）	（BACK RELAY）

（　）：英文名称标明在熔丝盒盖上。

① MZR-CD（RF Turbo）除外。

② MZR-CD（RF Turbo）。

③ 带三个冷却风扇继电器，带四个冷却风扇继电器。

④ 如果装备的话。

2. F-02 熔断器盒

马自达 6 睿翼 F-02 熔断器盒元件位置分布如图 6-8 所示，F-02 熔断器相关说明如表 6-11 所示。

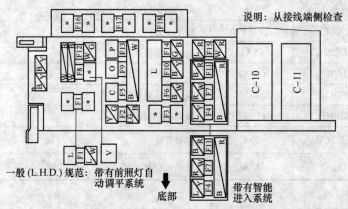

图 6-8　马自达 6 睿翼 F-02 熔断器盒元件位置分布图

表 6-11　马自达 6 睿翼 F-02 熔断器盒说明表

编号	熔断器名称	额定电流	保护的电路/部件
F1	（P. WIND IG）	（30A）	电动车窗系统
F2	ILL UMI	7.5A	BCM
F3	—	—	
F4	WIPER	20A	遥控门锁系统、BCM、风窗玻璃刮水器和清洗器
F5	CIGAR	15A	附件插座、点烟器
F6	ENGINE IG	15A	发动机控制系统、遥控门锁、燃油泵继电器、电动转向（EPS）、冷却系统
F7	AIR COND	10A	座椅加热装置、空调压缩机控制、暖风和空调系统、后车窗除霜器继电器
F8	（AFS）	（10A）	前照灯自动调平系统、AFS 自适应前照灯光系统

（续）

编号	熔断器名称	额定电流	保护的电路/部件
F9	MIRROR	5A	遥控门锁系统、附件插座、点烟器、音响系统、钥匙联锁系统、换档锁止系统、电动后视镜、信息显示屏、免提电话系统
F10	SAS	5A	安全气囊、动态稳定控制、数据连接器
F11	（R. WIPER）	（10A）	后刮水器和清洗器
F12	D. LOCK	30A	BCM
F13	OUTUET	15A	附件插座、点烟器
F14	METER IG	15A	后排座椅安全带提醒器系统、发动机控制系统、前照灯、电动车窗系统、倒车灯、信息显示屏、AFS（自适应灯光系统）、驻车传感器、BCM、风窗玻璃刮水器和清洗器
F15	ROOM	15A	数据连接器、遥控门锁系统、记忆电动调节座椅、仪表板、礼貌灯、化妆镜照明、音响系统、信息显示屏、免提电话系统、阅读灯、车内灯、行李箱灯、暖风和空调系统、BCM、记忆电动调节座椅、仪表板、防盗锁止
F16	备件	—	
F17	备件	—	
F18	备件	—	

注：（　）为如果装备的话。<　>为未使用。

3. F-03 熔断器盒

马自达 6 睿翼 F-03 熔断器盒元件位置分布如图 6-9 所示，熔断器盒说明表如表 6-12 所示。

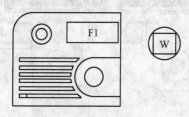

图 6-9　马自达 6 睿翼 F-03 熔断
器盒元件位置分布图

表 6-12　马自达 6 睿翼 F-03 熔断器盒说明表

编号	熔断器名称	额定电流
F1	EPAS 电动转向	80A

第七章 现代车系

第一节 伊兰特(2009 年款)

1. 室内接线盒

伊兰特(XD)轿车室内接线盒元件位置分布如图 7-1 所示，其相关说明如表 7-1 所示。

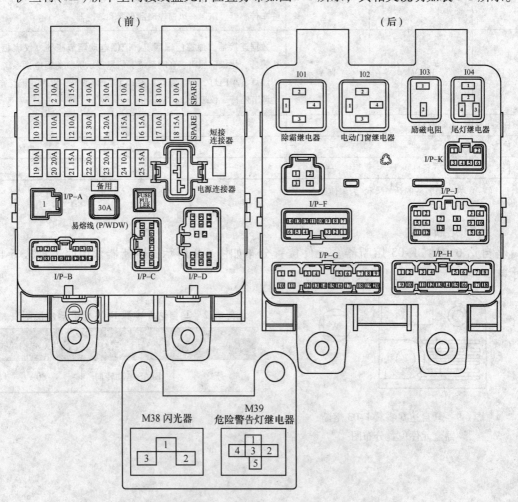

图 7-1 伊兰特(XD)轿车室内接线盒元件位置分布图

表 7-1　伊兰特(XD)轿车室内接线盒说明表

区分	名称	容量	保护的电路/功能
熔断器	1	15A	转向信号灯，倒车灯
	2	10A	励磁电路，仪表板(指示灯)
	3	15A	SRS 控制
	4	10A	危险警告灯继电器，危险警告灯
	5	10A	A/C 控制
	6	10A	短接连接器，照明灯，右尾灯，前照灯清洗器
	7	10A	左尾灯，外部灯
	8	10A	防盗继电器
	9	10A	电子表，电动室外后视镜与后视镜折叠，音响
	10	10A	巡航控制，PCM，车速传感器，点火线圈
	11	10A	ABS 控制
	12	10A	仪表板(安全气囊警告灯)
	13	30A	除霜器继电器
	14	20A	电动天线
	15	15A	电动门锁控制，天窗
	16	15A	制动灯，电动门窗，电动室外后视镜折叠
	17	10A	后除霜器，室外后视镜除霜器，空调控制器
	18	15A	点烟器，电源插座
	19	10A	后雾灯
	20	10A	前照灯，前照灯清洗器，燃油滤清器加热器
	21	15A	后刮水器，喷水器
	22	20A	前刮水器，喷水器
	23	20A	座椅加热器
	24	10A	鼓风机与空调系统控制，ETACM，天窗控制器，自动变暗室内后视镜
	25	15A	门灯，仪表板，诊断连接器，多功能诊断连接器，室内灯，ETACM，音响，电源连接器
易熔线	P/WDW	30A	电动门窗

2. 发动机室熔断器与继电器盒

　　伊兰特(XD)轿车发动机室熔断器与继电器盒元件位置分布如图 7-2 所示，其相关说明如表 7-2 所示。

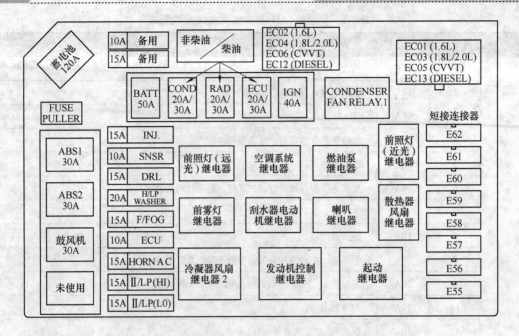

图 7-2　伊兰特(XD)轿车发动机室熔断器与继电器盒元件位置分布

表 7-2　伊兰特(XD)轿车发动机室熔断器与继电器盒说明表

区　分		容量	保护的电路/功能
易熔丝	BATT	120A	发电机
	BATT	50A	易熔线(P/WDW)，尾继电器，电源连接器，熔断器(4,13,14,15,16)
	COND	20A/30A	冷凝器风扇继电器1
	RAD	20A/30A	散热器风扇继电器
	ECU	20A/30A	发电机，发动机控制继电器，燃油泵继电器，PCM
	IGN	40A	点火开关，起动机电器
	ABS. 1	30A	ABS 控制(电动机)
	ABS. 2	30A	ABS 控制(电磁阀)
	BLOWER	30A	鼓风机继电器
熔断器	INJ.	15A	喷油器
	SNSR	10A	PCM，加热型氧传感器，SMATRA，加热继电器，热继电器
	DRL	15A	DRL 控制
	H/WASH	20A	前照灯清洗器
	F/FOG	15A	前雾灯继电器
	ECU	10A	警报器，PCM
	HORN&A/C	15A	空调系统继电器，喇叭继电器
	H/LP(HI)	15A	前照灯(远光)
	H/LP(LO)	15A	前照灯(近光)

3. 易熔线盒

伊兰特(XD)轿车轿车柴油发动机易熔线盒元件位置分布如图 7-3 所示，其相关说明如表 7-3 所示。

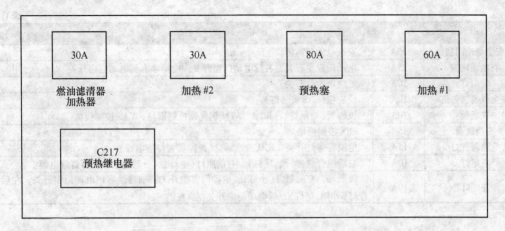

图 7-3 伊兰特(XD)轿车柴油发动机易熔线盒元件位置分布

表 7-3 伊兰特(XD)轿车柴油发动机易熔线盒说明表

区 分		容量	保护的电路/功能
易熔线	预热	80A	预热继电器
	加热#1	60A	加热继电器 #1
	加热#2	30A	加热继电器 #2
	燃油滤清器	30A	燃油滤清器加继电器

第二节 悦动(2010 年款)

1. 室内接线盒

悦动轿车室内接线盒元件位置分布如图 7-4 所示,其相关说明如表 7-4 所示。

表 7-4 悦动轿车室内接线盒说明表

熔 丝		电流	电路保护
起动		10A	起动继电器,变速器档位开关,ICM 继电器盒(防盗继电器)
空调开关		10A	空调系统控制模块
HTD 后视镜		10A	空调系统控制模块,ECM(G4ED),PCM(G4ED)电动后视镜电动机
S/HTR		15A	—
空调		10A	空调控制模块,鼓风机继电器,BCM,室内温度传感器(自动),天窗控制模块
前照灯		10A	前照灯近光继电器,前照灯远光继电器
前刮水器		25A	组合开关(刮水器),刮水器继电器,前刮水器电动机
后雾灯		10A	ICM 继电器盒(后雾灯继电器)
左电动门窗		25A	电动门窗主开关,左后电动门窗开关
时钟		10A	音响,ATM 钥匙锁控制模块,时钟,电动后视镜开关
点烟器		15A	点烟器
门锁		20A	天窗控制模块,ICM 继电器盒(D 门锁开锁/闭锁继电器)
制动		15A	ATM 变速杆开关,制动灯开关
电源连接器	室内灯	15A	行李箱灯,诊断连接器,仪表板(MICOM),M 阅读灯,空调控制模块,时钟,点火开关照明室内灯,BCM,驾驶人侧/前排乘客侧门灯,后倒车辅助蜂鸣器
	音响	15A	音响
AMP		25A	AMP

（续）

熔　丝	电流	电 路 保 护
安全电动门窗	25A	安全电动门窗模块
右电动门窗	25A	电动门窗主开关，右后电动门窗开关，前排乘客侧电动门窗开关
转向灯	10A	危险警告灯开关
安全气囊警告灯	10A	仪表板（SRS 警告灯）
仪表板	10A	仪表板（指示灯），BCM，ATM 钥匙锁控制模块，VAS 控制模块
安全气囊	15A	SRS 控制模块
危险警告灯	15A	危险警告灯开关、ICM 继电器盒（危险警告灯继电器）
右尾灯	10A	右后组合灯（外侧，尾灯），右前照灯（小灯），分路连接器，雾灯继电器
左尾灯	10A	牌照灯，左前照灯（小灯），电动门窗主开关，前排乘客侧电动门窗开关，左后组合灯（外侧，尾灯），后电动门窗开关-左/右

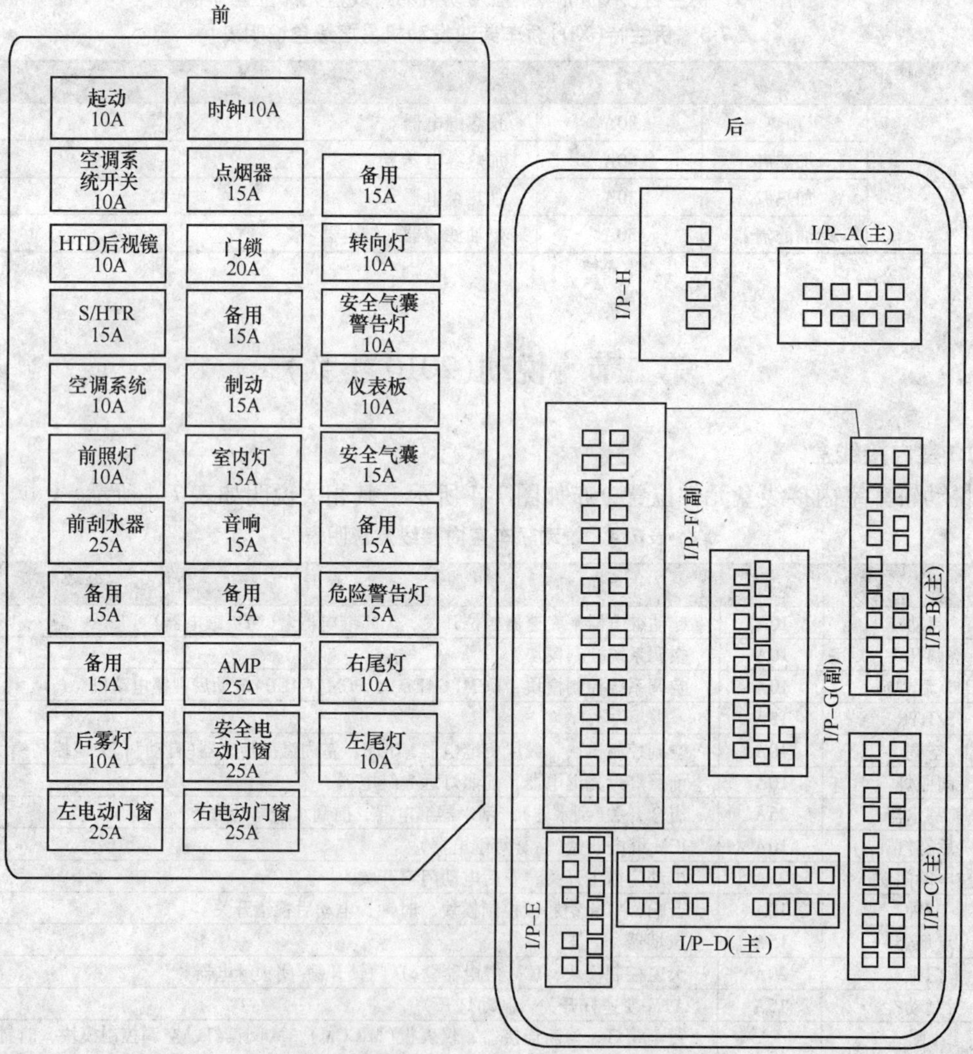

前

起动 10A	时钟10A	
空调系统开关 10A	点烟器 15A	备用 15A
HTD后视镜 10A	门锁 20A	转向灯 10A
S/HTR 15A	备用 15A	安全气囊警告灯 10A
空调系统 10A	制动 15A	仪表板 10A
前照灯 10A	室内灯 15A	安全气囊 15A
前刮水器 25A	音响 15A	备用 15A
备用 15A	备用 15A	危险警告灯 15A
备用 15A	AMP 25A	右尾灯 10A
后雾灯 10A	安全电动门窗 25A	左尾灯 10A
左电动门窗 25A	右电动门窗 25A	

后

I/P-H
I/P-A(主)
I/P-F(副)
I/P-B(主)
I/P-G(副)
I/P-C(主)
I/P-E
I/P-D(主)

注意：仅能使用指定熔断器。

图7-4　悦动轿车室内接线盒元件位置分布图

2. 发动机室熔断器与继电器盒

悦动轿车发动机室熔断器与继电器盒元件位置分布如图 7-5 所示，其相关说明如表 7-5 所示。

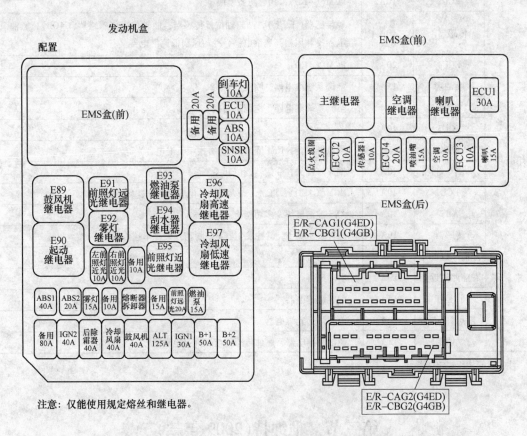

注意：仅能使用规定熔丝和继电器。

图 7-5　悦动轿车发动机室熔断器与继电器盒元件位置图

表 7-5　悦动轿车发动机室熔断器与继电器盒说明表

种　类		电流	保护的电路/部件
易熔线	ABS1	40A	ABS 控制模块，多功能检查连接器
	ABS2	20A	ABS 控制模块，多功能检查连接器
	IGN2	40A	点火开关，起动继电器
	后除霜器	40A	室内接线盒
	冷却风扇	40A	冷却风扇高速继电器，冷却风扇低速继电器
	鼓风机	40A	鼓风机继电器
	ALT	125A	杂物箱
	IGN1	30A	点火开关
	B + 1	50A	室内接线盒
	B + 2	50A	室内接线盒
	ECU1	30A	主继电器，PCM（G4ED、G4GB），点火线圈，ECM（G4ED）

（续）

种　类		电流	保护的电路/部件
熔断器	点火线圈	15A	PCM/ECM，机油控制阀，急速执行器，清除控制电磁阀
	ECU2	10A	PCM（G4ED），钥匙防盗模块
	传感器 1	10A	氧传感器（下、上），凸轮轴位置传感器，曲轴位置传感器（G4GB），燃油泵继电器冷却风扇高速继电器，冷却风扇低速继电器
	ECU4	20A	PCM（G4ED）
	喷油嘴	15A	空调系统继电器，喷油器1、2、3、4
	空调	10A	空调系统继电器，空调压缩机
	ECU3	10A	—
	喇叭	15A	喇叭继电器，ICM 继电器盒（警报喇叭继电器）
	倒车灯	10A	倒车灯开关，变速器档位开关
	ECU	10A	ECM（G4ED），PCM，点火线圈，电容器，车速传感器
	ABS	10A	ABS 控制模块，多功能检查连接器
	传感器	10A	脉冲发生器 A，脉冲发生器 B，制动开关，车速传感器
	左前照灯近光	10A	左前照灯
	右前照灯近光	10A	右前照灯
	前雾灯	15A	前雾灯继电器
	前照灯远光	20A	前照灯远光继电器
	燃油泵	15A	燃油泵继电器，燃油传感器与燃油泵电动机

注：仅能使用规定熔断器。

第三节　雅绅特（2009 年款）

1. 室内接线盒

雅绅特轿车室内接线盒元件位置分布如图 7-6 所示，其相关说明如表 7-6 所示。

表 7-6　雅绅特轿车室内接线盒说明表

熔断器	容量	保护的电路/部件
电动门窗右侧	25A	*3/4 前电动门窗开关（左），后电动门窗开关（右），前电动门窗开关（右）
后刮水器	15A	后刮水器电动机，组合开关
电动门窗左侧	25A	后电动门窗开关（左），前电动门窗开关
音响	10A	电动室外后视镜与后视镜折叠开关，音响，电子表，免提电话模块
点烟器	25A	点灯器，电源插座
前照灯（左）	10A	前照灯（左）
后视镜除器	10A	后除霜器开关、电动室外后视镜与后视镜折叠电动机（左）、电动室外后视镜与后视镜折叠电动机（右）、ECM、PCM
电动叠后视镜	10A	电动室外后视镜与后视镜折叠开关
前刮水器	25A	组合开关，前刮水器电动机

（续）

熔断器	容量	保护的电路/部件
尾灯（左）	10A	后组合灯（左），牌照灯（左,3 车门），转向灯（左）
点火	10A	除霜器计时器，燃油滤清器加热继电器（柴油）
座椅加热器	20A	前排乘客座椅加热器开关，驾驶人座椅加热器开关
鼓风机	10A	空调系统控制模块，鼓风机继电器，天窗电动机，ETACM，室内温度及度传感器，PTC 加热继电器 #2、#3（柴油）
尾灯（右）	10A	后组合灯（右），牌照灯（右,3 车门），转向灯（右），牌照灯（4 车门），分路连接器
后窗除器	30A	除霜器继电器
放大器	25A	放大器
前照灯（右）	10A	前照灯（右），仪表板
危险警告灯	15A	危险警告灯继电器，危险警告灯开关
安全气囊	10A	安全气囊控制模块
前雾灯	10A	雾灯继电器
天窗	20A	天窗电动机
转向灯	10A	危险警告灯开关
TCU	10A	车速传感器，超速档开关，TCM（柴油），速度传感器（柴油）
制动灯	15A	多功能检查连接器，制动灯开关，自诊继检查端子
安生气囊警告灯	10A	仪表板
ECU	10A	ECM，PCM，EPS 控制模块，空气流量传感器（柴油），燃油滤清器警告开关（柴油）
自动门锁装置	20A	车门闭锁继电器，车门开锁继电器
起动	10A	起动继电器
仪表板	10A	免提电话模块，仪表板，除霜计时器，发电机，ETACM
点火线圈	15A	点火线圈 #1、#2、#3、#4、电容器
备用电源（电源连接器）	10A	行李箱灯，室内灯，驾驶人侧化妆灯，前排乘客侧化妆灯，头顶控制台灯，电子表，免提电话模块，ETACM，空调控制模块，钥匙插入开关，仪表板，倒车警告蜂鸣器
音响（电源连接器）	15A	音响
ABS	10A	ABS 控制模块，多功能检查连接器
倒车灯	10A	倒车灯开关，档位开关

注：必须使用规定规格的熔断器。

2. 发动机室熔断器与继电器盒

雅绅特轿车发动机室熔断器与继电器盒元件位置分布如图 7-7 所示，其相关说明如表 7-7 所示。

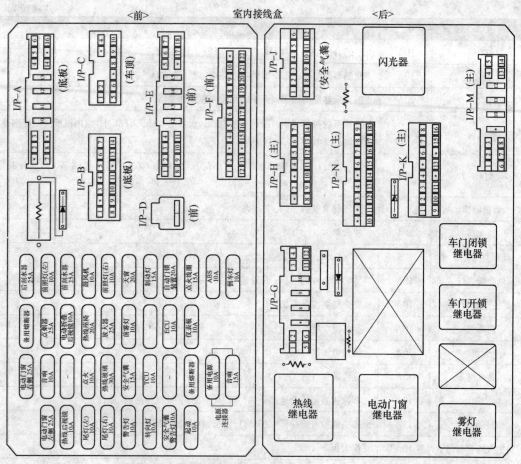

注：必须使用规定规格的熔断器。

图 7-6 雅绅特轿车室内接线盒元件位置分布图

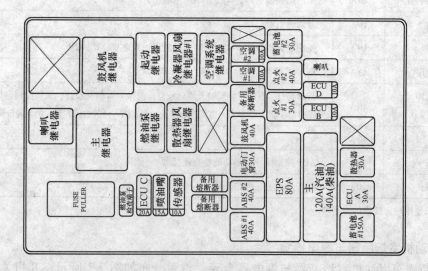

图 7-7 雅绅特轿车发动机室熔断器与继电器盒元件位置分布图

表 7-7　雅绅特轿车发动机室熔断器与继电器盒说明表

熔断器	容量	保护的电路/部件
主	120A（汽油机） 140A（柴油机）	发电机
EPS	80A	EPS 控制模块
蓄电池 #1	50A	室内接线盒
鼓风机	40A	鼓风机继电器
ABS #1	40A	ABS 控制模块
ABS #2	40A	ABS 控制模块
点火 #2	40A	起动继电器、点火开关
点火 #1	30A	点火开关
蓄电池 #2	30A	室内接线盒
电动门窗	30A	室内接线盒
散热器	30A	冷凝器风扇继电器 #1、散热器风扇继电器
ECUA	30A	主继电器，燃油泵继电器（汽油）
ECUC	20A	ECM PCM（汽油）、
喷油器	15A	喷油嘴 1、2、3、4（汽油），燃油泵继电器（汽油），清除控制电器阀（汽油），钥匙防盗系统控制模块，CWT 机油控制阀（汽油），急执行速器（汽油）轮轴位置传感器（柴油），VGT 执行器（柴油），ECM（柴油），节气门调节执行器（柴油），EGR 执行器（柴油），热执行器（柴油）
空调 #1	10A	空调系统继电器
空调 #1	10A	空调系统控制模块
ECUB	10A	ECM、PCM、TCM
ECUD	10A	ECM、PCM
喇叭	10A	喇叭继电器、警报器继电器
传感器	10A	空调继电器，散热器风扇继电器，冷凝器风扇继电器#1，炭罐清污电磁阀（汽油），氧传感器（UP,DOMN）（汽油）、轮轴位置传感器（汽油）、空气流量传感器（汽油），制动灯开关（柴油），空燃比传感器（柴油）

第四节　现代 i30（2009 年款）

1. 室内接线盒

现代 i30 轿车室内接线盒元件位置分布如图 7-8 所示，其相关说明如表 7-8 所示。

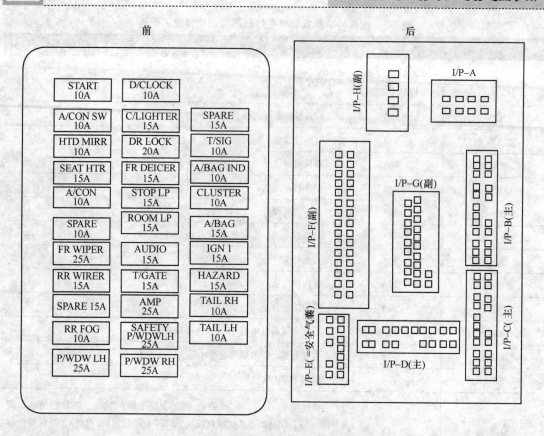

图7-8　现代 i30 轿车室内接线盒元件位置分布图

表7-8　现代 i30 轿车室内接线盒说明表

熔断器	容量	电路保护/部件
START	10A	发动机室熔断器与继电器盒(起动继电器),ICM 继电器盒(防盗继电器),变速器档位开关(A/T)
A/CON SW	10A	不使用
HTD MIRR	10A	空调系统控制模块(手动),PCM(G4FC),电动室外后视镜(驾驶人/前排乘客),后除霜器开关(自动空调)
SEAT HTR	15A	前座椅加热器开关(左/右),前座椅加热器控制模块(左/右)
FR WIPER	25A	组合开关(刮水器),前刮水器电动机、发动机室熔断器与继电器(前刮水器继电器)
A/CON	10A	空调系统控制模块(自动/手动),发动机室熔断器与继电器盒(鼓风机继电器),天窗控制模块、BCM
RR WIPER	15A	组合开关(刮水器),后刮水器继电器,后刮水器电动机
RR FOG	10A	ICM 继电器盒(后雾灯继电器)
P/WDW LH	25A	电动门窗主开关,后左电动门窗开关
D/CLOCK	10A	音响,ATM 钥匙连锁控制模块,电动室外后视镜开关,数字钟
C/LIGHTER	15A	点烟器

（续）

熔断器		容量	电路保护/部件
DR LOCK		20A	天窗控制模块，ICM 继电器盒（车门开锁/闭锁继电器）
FR DEICER		15A	ICM 继电器盒（前除冰器继电器）
STOPLP		15A	ATM 变速杆开关，制动灯开关，钥匙电磁阀
POWER CONNE-CTOR	ROOMLP	15A	诊断连接器，仪表板（电源、钥匙防盗指示灯），行李箱灯，室内灯，空调系统控制模块 BCM，点火开关照明与钥匙插入开关，况读灯，后驻车辅助蜂鸣器，数字钟
	AUDIO	15A	音响
T/GATE		15A	行李箱门执行器，BCM，行李箱门继电器
AMP		25A	AMP
SAFETYP/WDWLH		25A	驾驶人侧安全电动门窗模块
P/WDWRH		25A	电动门窗主开关，后右电动门窗开关，前排乘客侧电动门窗开关
T/S/G		10A	危险警告灯开关
A/BAG IND		10A	仪表板（安全气囊警告灯）
CLUSTER		10A	仪表板（MICOM、指示灯），BCM，ATM 钥匙连锁控制模块，前座椅加热控制模块（左/右），VAS 控制模块
A/BAG		15A	SRS 控制模块
IGN 1		15A	EPS 控制模块
HAZARD		15A	ICM 继电器盒（危险警告灯继电器），危险警告灯开关
TAIL RH		10A	后右组合灯，右前照灯、分路连接器（照明灯）、发动机熔断器与继电器盒（前雾灯继电器）
TAIL LH		10A	左前照灯，牌照灯，后左组合灯

2. 熔断器与继电器盒

现代 i30 轿车熔断器与继电器盒元件位置分布如图 7-9 所示，其相关说明如表 7-9、表 7-10 所示。

表 7-9　现代 i30 轿车熔断器与继电器盒继电器说明表

继电器名称	继电器名称	类型	继电器名称		继电器名称	类型
E41	鼓风机继电器	微型	E47		前照灯继电器（近光）	袖珍型
E42	起动继电器	微型	E48		冷凝器风扇继电器（高速）	微型
E43	前照灯继电器（远光）	袖珍型	E49		冷凝器风扇继电器（低速）	微型
E44	前雾灯继电器	袖珍型	EMS 盒	继电器1	主（发动机控制）继电器	微型
E45	喇叭继电器	袖珍型		继电器2	空调系统继电器	袖珍型
E46	前刮水器继电器	袖珍型		继电器3	燃油泵继电器	袖珍型

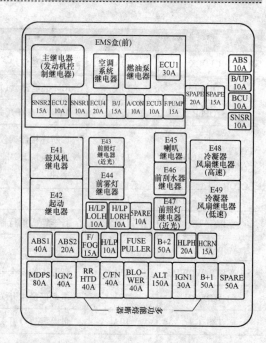

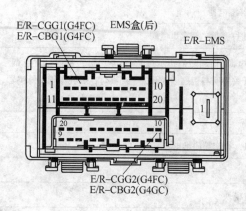

图 7-9　现代 i30 轿车熔断器与继电器盒元件位置分布图

表 7-10　现代 i30 轿车熔断器与继电器盒熔断器说明表

	说明	容量	保护的电路/部件
多功能熔断器	MDPS	80A	EPS 控制模块
	IGN2	40A	起动继电器、点火开关
	RR HTD	40A	室内接线盒(后除霜器继电器、熔丝-后视镜加热器)
	C/FAN	40A	冷凝器风扇继电器(高速,低速)
	BLOWER	40A	鼓风机继电器
	ALT	150A	交流发电机,熔断器(MDPS、IGN2、RR HTD,C/FAN、BLOWER、IGN1、B+1)
	IGN1	30A	点火开关
	B+1	50A	室内接线盒继电器-尾灯、电动门窗、熔丝-尾灯(左/右)、电动门窗(左/右)、右后雾灯、AMP、左安全电动门窗
熔断器	ABS1	40A	ABS 控制模块、多功能检查连接器
	ABS2	20A	ABS 控制模块、多功能检查连接器
	F/FOG	15A	前雾灯继电器
	H/LP	10A	前照灯继电器(近光/远光)
	B+2	50A	室内接线盒(熔断器-音响、室内灯、行李箱门、车门钥匙、危险警告灯、前除冰器、制动灯)
	H/LP HI	20A	前照灯继电器(远光)
	HORN	15A	喇叭继电器、ICM 继电器盒(警报喇叭继电器)
	H/LP LO LH	10A	左前照灯、前照灯水平调整开关、左前照灯水平调整执行器
	H/LP LO RH	10A	右前照灯、右前照灯水平调整执行器、仪表板
	SNSR	10A	PCM、制动灯开关、车速传感器(M/T)、脉冲发生机 A/B(A/T)

（续）

说明		容量	保护的电路/部件
	ECU	10A	点火线圈#1/2/3/4（G4FC）、PCM（G4GC）、电容器（G4FC）
	B/UP	10A	倒车灯开关（M/T）、变速器档位开关（A/T）
	ABS	10A	ABS控制模块、多功能检查连接器
	ECU1	30A	发动机控制继电器、PCM
熔断器	EMS盒 SNSR2	15A	钥匙防盗系统模块、PCM（G4FC）、凸轮轴位置传感器、净化控制电磁阀（G4FC）氧传感器（上/下）、曲轴位置传感器（G4GC）
	ECU2	10A	PCM
	SNSR1	10A	冷凝器风扇继电器（低速）、机油控制阀、急速控制执行器（G4GC）、燃油泵继电器、净化控制电磁阀（G4GC）、PCM（G4FC）
	ECU4	20A	PCM（G4FC）
	INU	15A	空调系统继电器、喷油器#1/2/3/4
	A/CON	15A	空调系统继电器
	ECU3	10A	PCM（G4FC）
	F/PUMP	15A	燃油泵继电器

注：仅能使用规定规格熔断器和继电器。

3. ICM 继电器盒 P5

现代 i30 轿车 ICM 继电器盒元件位置端子接线如图 7-10 所示。

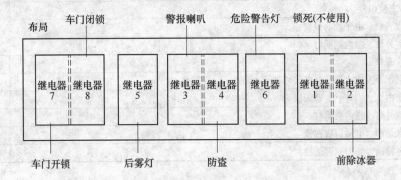

图 7-10　现代 i30 轿车 ICM 继电器盒元件位置分布图

第五节　索纳塔（2009 年款）

1. 乘客侧接线盒

索纳塔名驭轿车乘客侧接线盒元件位置分布如图 7-11 所示，其相关说明如表 7-11 所示。

表 7-11　索纳塔名驭轿车乘客侧接线盒说明表

编号	保护的电路/部件	电流
1	空调控制、电动门后视镜除霜器	10A
2	危险警告灯	10A
3	后雾灯	15A
4	空调系统控制	10A

（续）

编号	保护的电路/部件	电流
5	空调系统控制、天窗、ETACM、自动前照灯高度调整装置	10A
6	门锁继电器	15A
7	电动座椅	25A
8	油箱盖及行李箱门开关	15A
9	制动灯	15A
10	前照灯、刮水器及高度调整、DRL、HID 灯	10A
11	仪表板	10A
12	危险警告灯开关	10A
13	空调开关、鼓风机高速继电器	10A
14	附件连接器	15A
15	座椅取暖器	15A
16	安全气囊	15A
17	倒车灯、TCM、A/T 脉冲发生器	10A
18	防盗控制器、巡航控制、仪表板、ETACM	10A
19	巡航控制、变速挡位开关、起动机（手动）、防盗窃警报继电器	10A
20	（未使用）	15A
21	（未使用）	15A
22	（未使用）	15A
23	（未使用）	15A
24	收音机、电子钟、仪表板	10A
25	室外灯、室内照明灯	10A
26	收音机	10A
27	刮水器及喷水器、AQS 传感器	20A
28	室内灯、门灯、电动天线	10A
29	室外灯、室内照明灯	10A
30	点烟器、电动门后视镜	15A
31	电控动力转向、巡航控制	10A

2. 发动机室接线盒

索纳塔名驭轿车发动机室接线盒元件位置分布如图 7-11 所示，其相关说明如表 7-12 所示。

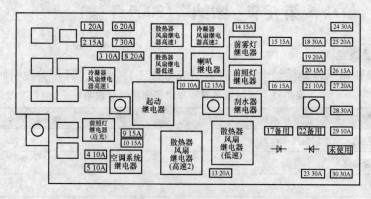

图 7-11　索纳塔名驭轿车接线盒元件位置分布图

表 7-12　索纳塔名驭轿车发动机室接线盒说明表

易熔线与熔断器	电流	保护的电路/部件
冷凝器	20A	冷凝器风扇电动机
电动车窗	40A	电动车窗
点火开关 1	30A	点火开关（ACC，IG1）
ABS1	30A	ABS 控制
ABS2	30A	ABS 控制
点火开关 2	30A	点火开关（IG2，Start）
散热器	30A	风扇电动机
1 汽油泵	20A	燃油泵继电器电动机
2 左前照灯（近）	15A	前照灯（近）
3 ABS	10A	ABS 控制模块
4 喷油嘴	10A	喷油器
5 空调泵	10A	A/C 控制
6 A/T	20A	A/C 控制继电器
7 主熔断器	30A	发动机控制继电器
8 点火线圈	20A	点火线圈，点火失效传感器
9 氧传感器	15A	氧传感器
10 EGR	15A	ECM、燃油泵继电器、PCV、ISA、CKP
11 喇叭	10A	喇叭
12 前照灯（远）	15A	前照灯（远）
13 前照灯刮水器	20A	前照灯刮水器电动机
14 DRL	15A	DRL 控制、警报器
15 前雾灯	15A	前雾灯
16 右前照灯	15A	HID 灯
17 二极管-1		
18 备用	30A	
19 备用	20A	
20 备用	15A	
21 备用	10A	
22 二极管-2		
23 鼓风机	30A	鼓风机控制
24 前排乘客侧接线盒	30A	短接连接器、熔断器 6
25 音响电源	20A	AMP
26 遮阳板	15A	尾灯继电器
27 尾灯	20A	天窗，数据连接器
28 前排乘客侧接线盒 1	30A	前排乘客侧接线盒（熔断器 2、3、7、8、9）
29 ECM	10A	发电机
30 后除霜器	30A	除霜继电器

3. 乘客车厢继电器盒

索纳塔名驭轿车乘客车厢继电器盒元件位置分布如图 7-12 所示。

图 7-12　索纳塔名驭轿车乘客车厢继电器盒元件位置分布图

第六节　途胜(2009 年款)

发动机室熔断器与继电器盒

途胜轿车发动机室熔断器与继电器盒元件位置分布如图 7-13 所示,其相关说明如表 7-13所示。

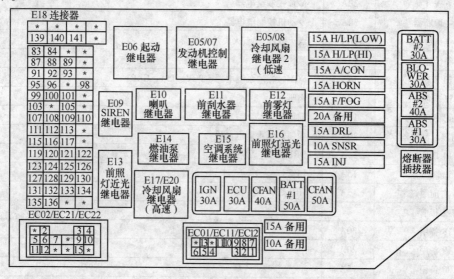

注意:必须使用规定规格的熔断器。

图 7-13　途胜轿车发动机室熔断器与继电器盒元件位置分布图

表 7-13　途胜轿车发动机室熔断器与继电器盒说明表

说　明		容量	保护的电路/部件
	BATT #2	30A	点火开关(IG2、起动),熔断器(4、21、23、29~31、35~37),供电连接器
	BLOWER	30A	鼓风机继电器
	ABS#2	40A	ABS 控制单元/ESP 控制单元,诊断插座
易	ABS#1	30A	ABS 控制单元/ESP 控制单元,诊断插座
熔	CFAN	50A	冷却风扇继电器 1/2(2.7 汽油机/柴油机)
线	BATT #1	50A	点火开关(IG2、起动),熔断器(4、21、23、29~31、35~37),供电连接器
	CFAN	40A	冷却风扇继电器 1/2(2.0 汽油机/柴油机)
	ECU	30A	发动机控制继电器,燃油泵继电器,空调系统继电器,发电机,ATM 控制继电器
	IGN	30A	起动继电器,点火开关(IG1、ACC)

（续）

说 明		容量	保护的电路/部件
熔断器	H/LP(LOW)	15A	前照灯继电器(近光)
	H/LP(HI)	15A	前照灯继电器(远光)
	A/CON	15A	空调继电器
	HORN	15A	喇叭继电器
	F/FOG	15A	前雾灯继电器，诊断插座
	DRL	15A	DRL 控制模块
	INJ	15A	喷油器(汽油机)，预热塞继电器(柴油机)
	SNSR	10A	冷却风扇继电器 1 号/2 号，停车灯开关(柴油机)，SMATRA(2.0 汽油/柴油机氧传感器（汽油机）MAF 传感器，ECM/PCM CPS，(汽油机)，ISA(汽油机)

第八章　奔驰车系

第一节　奔驰 C200（2010 年款）

1. 发动机室熔断器与继电器盒

奔驰 C200 轿车发动机室熔断器与继电器盒元件分布如图 8-1 所示，熔断器相关说明如表 8-1 所示，继电器相关说明如表 8-2 所示。

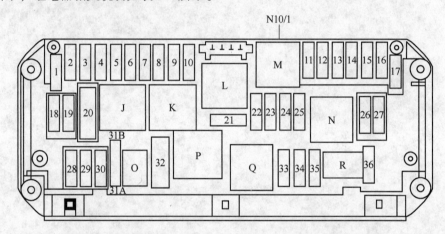

图 8-1　奔驰 C200 轿车发动机室熔断器与继电器盒元件分布图

表 8-1　奔驰 C200 轿车发动机室熔断器与继电器盒熔断器说明表

编号	额定电流	保护的电路/部件	端子
F1	25A	电子稳定程序控制单元（N30/4）	30
F2	30A	左前门控制单元（N69/1）	30
F3	30A	右前门控制单元（N69/2）	30
F4	7.5A	燃油泵控制单元（N118,适用于 2008 年 8 月 31 日以后的 271、272 发动机）	15
	7.5A	左燃油泵控制单元（N118/3）、右燃油泵控制单元（N118/3,适用于 2008 年 8 月 31 日以后的 271、272 发动机）	
	20A	带加热元件的燃油过滤器冷凝传感器（适用于 2008 年 9 月 1 日以后的柴油发动机）	
F5	7.5A	组合仪表（A1）	15
		外部灯光开关（适用于 2010 年 6 月 1 日以后的车型）	
F6	10A	ME-SFI（ME）控制单元（N3/10,适用于柴油发动机）	15
		CDI 控制单元（N3/9,适用于汽油发动机）	
F7	20A	起动机（M1,通过熔断器终端 50 继电器、起动机 N10/1KM）	15
F8	7.5A	辅助约束系统控制单元（N2/10）	15R

（续）

编号	额定电流	保护的电路/部件	端子
F9	15A	杂物箱插座	15R
F10	30A	刮水器电动机	15R
F11	7.5A	音频/指挥显示(A40/8)、音频/指挥控制面板(A40/9)	30g
F12	7.5A	自动空调控制单元(N22/7)、控制面板控制单元(N72/1)	30g
F13	7.5A	转向柱模块控制单元(N72/1)	30g
F14	7.5A	电子稳定程序控制单元(N30/4)	30g
F15	7.5A	辅助约束系统控制单元(N2/10)	30g
F16	5A	移动电话连接器(X39/37,适用于号码 386 电话) 电子变速杆部件控制模块(N15/5,适用于 722 变速器) 电子变速器油泵(M42,适用于号码 B03 ECO 起动/停止功能)	30g
F17	30A	天窗控制模块(A98)、天窗控制面板控制单元(N70)	30g
F18	7.5A	车外灯开关(S1,适用于 2009 年 11 月 30 日以后车型)	30
F19	20A	电子转向锁控制单元(N26/5)、电子点火锁控制单元(N73)	30
F20	40A	电子稳定程序控制单元(N30/4)	30
F21	7.5A	制动灯开关(S9/1)、杂物箱灯开关(S17/9)、前排乘客侧座椅占用识别	15R
F22	15A	发动机风扇电动机，空调调节控制(M4/7) 终端 87M2e 连接器(Z7/36,适用于 271 发动机) CDI 控制单元(N3/9)、通风管加热单元(R39/1,适用于 642 发动机) CDI 控制单元(N3/9)、终端 87 连接器(Z7/5,适用于 646 发动机)	M87
F23	20A	带熔断器和继电器盒的后 SAM 控制单元(N10/2)、CDI 控制单元(N3/9)、终端 87 连接器(Z7/5,适用于柴油发动机) 终端 87M1e 连接器(Z7/35,适用于 271 发动机) 终端 87M1i 连接器(Z7/38,适用于 272 发动机)	M87
F24	15A	电路 87M1e 连接器(Z7/35,适用于 272 发动机) 终端 87 连接器(Z7/5,适用于柴油发动机) CDI 控制单元(N3/9,适用于 646 发动机)	M87
F25	15A	ME-SFI(ME)控制单元(N3/10)适用于 271、272 发动机 催化转化器前氧传感器(G3/2,适用于柴油发动机)	M87
F26	20A	收音机(A2) 无线电与自动驾驶系统(A2/56) 指挥控制单元(A40/3)	30g
F27	7.5A	电子转向锁控制单元(N26/5)、电子点火控制单元(N73) CDI 控制单元(N3/9,适用于柴油发动机) ME-SFI(ME)控制单元(N3/10,适用于汽油发动机)	30z
F28	7.5A	组合仪表(A1)	30
F29	10A	右前照灯(E2)	15

（续）

编号	额定电流	保护的电路/部件	端子
F30	10A	左前前照灯(E1)	15
		电连接器的内部固定和发动机线束(X26)	
F31A	15A	左喇叭(H2)、右喇叭(H2/1)	15R
F31B	15A	左喇叭(H2)、右喇叭(H2/1)	30
F32	40A	电子真空泵(M33,适用于272发动机)	30
F33	10A	自动变速器控制单元(N15/3,适用于722.6变速器)	87F
		完全集成的传输控制单元(Y3/8,适用于722.9变速器)	
F34	7.5A	燃油泵控制单元(N118,适用于271、272的2008年9月1日以后的发动机)	87F
		左燃油泵控制单元(N118/3)、右燃油泵控制单元(N118/4,适用于156的2008年9月1日以后的发动机)	
F35	—	备用	87F
F36	—	备用	87M

表8-2　奔驰C200轿车发动机室熔断器与继电器盒继电器说明表

名　称	说　明	名　称	说　明
J	15号线继电器(N10/1kJ)	O	喇叭继电器(N10/1kO)
K	15R端继电器(N10/1kK)	P	二次空气喷射继电器(N10/1kP)(适用于156、272发动机)
L	备用继电器(N10/1kL)		
M	50号线起动继电器(N10/1kM)	Q	备用继电器(N10/1kQ)
N	发动机电路87继电器(N10/1kN)	R	底盘电路87继电器(N10/1kR)

2. 行李箱熔断器与继电器盒

奔驰C200轿车行李箱熔断器与继电器盒元件分布如图8-2所示，熔断器相关说明如表8-3所示，继电器相关说明如表8-4所示。

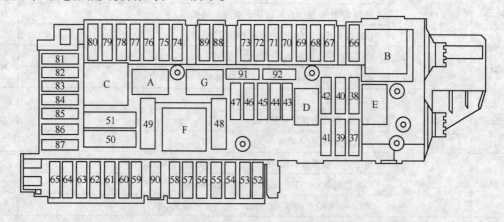

图8-2　奔驰C200轿车行李箱熔断器与继电器盒元件分布图

表 8-3　奔驰 C200 轿车行李箱熔断器与继电器盒熔断器说明表

编号	额定电流	保护的电路/部件	端子
F37	5A	驾驶人座椅头枕控制电磁阀(Y24/12)、前排乘客座椅头枕控制电磁阀(Y24/13)	15R
F38	15A	后风窗刮水器电动机(M6/4)	30g
F39	30A	左后门控制单元(N69/3)	30g
F40	—	备用	30g
F41	30A	右后门控制单元(N69/4,适用于 2010 年 3 月 31 日以前的车型)	30g
		右后门控制单元(N69/2,适用于 2010 年 4 月 1 日以后的车型)	
F42	20A	燃油泵控制单元(N118)	30g
		燃油泵(M3)	
F43	7.5A	后鼓风机电动机(M2/1)	30g
F44	30A	组合开关、右前座椅调节(S23)	30g
		前排乘客座椅调节开关(S23/1)	
F45	30A	左前座椅调节开关组(S22)	30g
		驾驶人座椅调节开关(S22/1)	
F46	7.5A	后风窗收音天线放大器(A2/19)	30
F47 ~ F48	—	备用	30g
F49	40A	后风窗加热器	30g
F50	50A	右侧安全带预紧器(A76/1)	30g
F51	50A	左侧安全带预紧器(A76)	30g
F52	—	备用	30g
F53	15A	预识别控制单元(N28/1)	30g
F54	7.5A	驾驶人座椅腰部支撑和侧靠垫枕调节开关(S109/4)	15
		前排乘客座椅腰部支撑和侧靠垫枕调节开关(S109/5)	
		前排乘客座椅 AMG 阀块(Y109/3)	
		驾驶人座椅 AMG 阀块(Y109/2)	
F55	—	备用	—
F56	15A	预识别控制单元(N28/1)、预留插座(X58)	15
F57	20A	预识别控制单元(N28/1)	30g
F58	20A	预识别控制单元(N28/1)	30g
F59	7.5A	停车场系统控制单元(N62)	15
F60	7.5A	Multicontour 座椅气动泵(M40)	30g
F61	40A	门控单元(N121/1)	30g
F62	30A	驾驶人座椅控制单元(N32/1)	30g
F63	30A	前排乘客座椅控制单元(N32/2)	30g
F64	25A	直流/交流转换控制单元(N24/3)	30g
F65	15A	自适应阻尼系统控制单元(N51/5)	30g
F66	—	备用	—
F67	30A	音响系统功放控制单元(N40/3)	30g

（续）

编号	额定电流	保护的电路/部件	端子
F68	—	备用	30g
F69	20A	后低音功放（N40/9）	30g
F70	5A	轮胎压力监测控制单元（N88）	30g
F71	15A	前点烟器照明（R3）、前车内电源插座（X58/17）	15R
F72	15A	行李箱接头盒（X58/4）、115V 插座（X58/34）	30g
F73	7.5A	诊断插座（X11/4）、固定器加热器无线电遥控接收器（A6/1）	30
F74	15A	无钥匙起动控制装置（N69/5）	30
F75	20A	固定器加热器单元（A6）	30
F76	15A	车内电源插座（X58/1）	15R
F77	7.5A	测重系统控制单元（N110）	30g
F78~80	—	备用	30g
F81	5A	媒体接口控制单元（N125/1）	30g
F82	5A	车载电话补偿 UMTS（A28/13）	30g
	7.5A	电视调节单元（N143，适用于 2009 年 6 月 1 日以前）	
	7.5A	数字电视调节单元（A90/3，适用于 2009 年 6 月 1 日以后）	
F83	7.5A	紧急呼叫系统控制单元（N123/4）	15R
		倒车摄像机（B84/3）	
F84	7.5A	卫星数字音频广播控制单元（N87/5）	30g
		卫星/高清调谐器控制单元（N87/8）	
F84	7.5A	备份摄像机供电模块（N66/10）	30g
		备份摄像机控制单元（N66/2）	
F85	7.5A	电视调节单元（N143，适用于 2009 年 6 月 1 日以前）	30g
		数字电视调节单元（A90/3，适用于 2009 年 6 月 1 日以后）	
F86	7.5A	DVD 播放器（A40/4）	30g
F87	7.5A	紧急呼叫系统控制单元（N123/4）	30
F88	—	备用	30g
F89	20A	预识别控制单元（N28/1）	30
		机油冷却器风扇电动机继电器（K25）	
F90	—	备用	30g
F91	25A	直流/交流转换器控制单元（N24/3）	30g
F92	—	备用	30g

表 8-4　奔驰 C200 轿车行李箱熔断器与继电器盒继电器说明表

名称	说明	名称	说明
A	15 端继电器（N10/2kA）	E	后风窗刮水器继电器（N10/2kE）（适用于 204.219 模式）
B	15R 号线继电器（1）（N10/2kB）		
C	后风窗加热继电器（N10/2kC）	F	座椅调节继电器（N10/2kF）
D	燃油泵继电器（N10/2kD，适用于柴油发动机）	G	15R 号线继电器（2）（N10/2kG）

第二节　奔驰 S350（2009 年款）

1. 发动机室熔断器盒

奔驰 S350 轿车发动机室熔断器盒元件分布如图 8-3 所示，熔断器相关说明如表 8-5 所示。

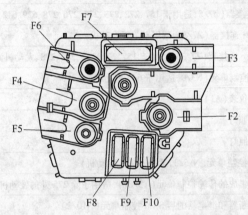

图 8-3　奔驰 S350 轿车发动机室熔断器盒元件分布图

表 8-5　奔驰 S350 轿车发动机室熔断器盒说明表

编号	额定电流	保护的电路/部件	端子
F2	400A	发电机（G2）	30
F3	150A	点火输出级（N14/3）	30
		液压电动转向（A91/1）	
F4	—	室内熔断器盒（F32/4）	30
F5	100A	带集成控制附加风扇电动机的 ACC（M4/7）	30
F6	150A	带熔断器和继电器的前 SAM 控制单元（N10/1）	30
F7	40A	ESP 控制单元（N47-5，不适用于 221.095/195 模块）	30
F8	25A	ESP 控制单元（N47-5，不适用于 221.095/195 模块）	30
F9	—	备用	30
F10	25A	带熔断器和继电器的前 SAM 控制单元（N10/1）	30

2. 发动机室熔断器与继电器盒

奔驰 S350 轿车发动机室熔断器与继电器盒元件分布如图 8-4 所示，熔断器相关说明如表 8-6 所示，继电器相关说明如表 8-7 所示。

表 8-6　奔驰 S350 轿车发动机室熔断器与继电器盒熔断器说明表

编号	额定电流	保护的电路/部件	端子
F20	10A	CDI 控制单元（N3/9）	30
		ME-SFI（ME）控制单元（N3/10）	

（续）

编号	额定电流	保护的电路/部件	端子
F21	20A	87M1i 连接器(Z7/38,适用于 157、272、273、275、276、278 发动机)	87M1
		CDI 控制单元(N3/9)、燃油泵继电器(适用于 629、642 发动机)	
F22	15A	87 连接器(Z7/5)	87M4
F23	20A	87M2e 连接器(Z7/36,适用于 157、272、273、276、278 发动机)	87M2
		87 连接器(Z7/5,适用于 157、272、273、275、276、278、629、642 发动机)	
		87M2i 连接器(Z7/39,适用于 275 发动机)	
F24	25A	87M1e 连接器(Z7/35,适用于 157、272、273、276、278 发动机)	87M3
		CDI 控制单元(N3/9,适用于 642 发动机)	
F25	7.5A	组合仪表(A1)	30
F26	10A	左前照灯	15
F27	10A	右前照灯	15
F28	7.5A	EGS 控制单元(N15/3,适用于 275 发动机)	87F
		完全集成的传输控制单元(Y3/8n4,适用于除 275 外的发动机)	
F29	5A	带熔断器和继电器的后 SAM 控制单元(N10/2)	15
F30	7.5A	CDI 控制单元(N3/9,适用于 629、642 发动机)	15
		ME-SFI(ME)控制单元(N3/10)、燃油系统控制单元(N118,适用于 157、272、273、275、276、278、629、642 发动机)	
F31	5A	电动制冷压缩机(A9/5)	87F
F32	15A	电动油泵(M42)	87F
F33	5A	ESP 控制单元(N47-5)	87F
		高电压电池模块(A100)	
		DC/DC 转换器控制单元(N83/1)	
		电源电控单元(N129/1)	
F34	5A	再生制动控制单元(N30/6)	87F
F35	5A	电子驻车制动控制单元(A13)	87F
F36	10A	数据连接器(X11/4,16 脚)	30
F37	7.5A	EIS 控制单元(N73)	30
F38	7.5A	中央网关控制单元(N93)	30
F39	7.5A	组合仪表(A1)	30
F40	7.5A	控制面板上控制单元(N72/1)	30
F41	30A	副刮水器电动机(M6/7)	15R
F42	30A	主刮水器电动机(M6/6)	15R
F43	15A	前点烟器照明(R3)	15R
F44	—	备用	15R
F45	5A	电力电子循环泵 1(M13/8)	30g
F46	15A	ABC 控制单元(N51/2)	30
		带 ADS 的空气悬架系统控制单元(N51)	

（续）

编号	额定电流	保护的电路/部件	端子
F47	15A	转向柱向上/向下运动电动机（M20/2）	30
F48	15A	转向柱向内/向外运动电动机（M20/1）	30
F49	10A	转向柱管模块（N80）	30
F50	15A	AAC（KLA）控制单元（N22/1）	30
F51	7.5A	命令显示（A40/8）	30
F52a	15A	左喇叭（H2）、右喇叭（H2/1）	30
F52b	15A	左喇叭（H2）、右喇叭（H2/1）	15
F53	备用	—	30
F54	40A	空气循环装置（A32）	30
F55	60A	电动空气泵（M33）	30
F56	40A	空气悬架系统的压缩机单元（A9/1）	30
F57	40A	刮水器位置检测器	30
F60	7.5A	电液转向（A9/1）	87F
F61	7.5A	约束系统控制单元（N2/7）	15R
F62	5A	夜景协助控制单元（N101）	87F
F63	15A	带加热元件的燃油过滤器冷凝传感器	15
F64	10A	驾驶人头枕控制电磁阀（Y24/12） 前排乘客枕控制电磁阀（Y24/13）	15R
F65	15A	杂物箱中的12V连接器（X58/31）	15
F66	7.5A	DTR控制单元（A89）	87F

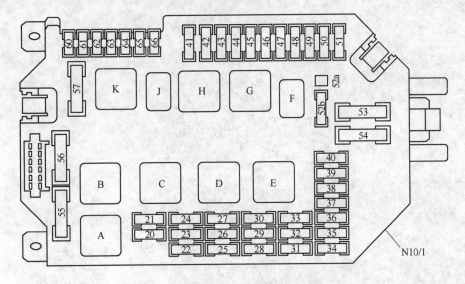

图 8-4　奔驰 S350 轿车发动机室熔断器与继电器盒元件分布图

表 8-7　奔驰 S350 轿车发动机室熔断器与继电器盒继电器说明表

名　称	说　明	名　称	说　明
A	真空泵继电器(N10/1kA)	F	喇叭继电器(N10/1kF)
B	空气悬架压缩机继电器(N10/1kB)	G	15R 端继电器(N10/1kG)
C	发动机 87 端继电器(N10/1kC)	H	50 号线起动继电器(N10/1kH)
D	15 端继电器(N10/1kD)	J	15 号线起动继电器(N10/1kJ)
E	底盘 87 端继电器(N10/1kE)	K	刮水器继电器(N10/1kK)

第九章 宝马车系

第一节 宝马3系列

宝马3系列 BMWE90/ E91/ E92/ E93 仪表板下的熔断器与继电器如图 9-1 所示,熔断器说明如表 9-1 所示,继电器说明如表 9-2 所示。

说明:
BMWE90—(2005 年款) 3 系列
BMWE91—(2005 年款) 3 系列旅行车
BMWE92—(2006 年款) 3 系列双门轿跑
BMWE93—(2007 年款)3 系列敞篷(硬顶)

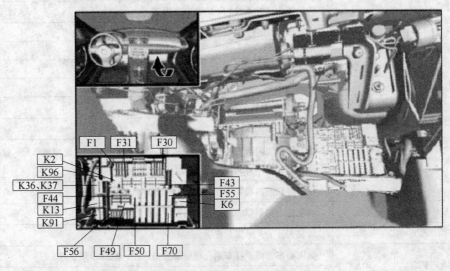

图 9-1 宝马 3 系列仪表板下的熔断器与继电器分布图

表 9-1 宝马 3 系列仪表板下的熔断器说明表

编号	电流	保护的电路/部件
F1	15A	变速器控制(至 2005 年 9 月)
	10A	翻车保护控制器(至 2005 年 9 月)
F2	5A	择优多相式天线(旅行车)(至 2007 年 3 月)
	5A	组合仪表
F3	—	未使用
F4	5A	便捷进入及起动系统
F5	7.5A	车顶功能中心(至 2007 年 3 月)
	20A	电动燃油泵(2007 年 3 月起)
F6	15A	变速器控制(至 2007 年 9 月)
	5A	AU(传感器)、直流电/直流电转换器(2007 年 9 月起)
F7	20A	停车预热/辅助加热控制单元
F8	5A	CD 光盘转换匣、择优多相式天线(2007 年 3 月)
	20A	放大器

（续）

编号	电流	保护的电路/部件
F9	10A	自适应巡航控制系统
F10	15A	挂车耦合解锁装置
F11	10A	收音机（至2007年9月）
F11	30A	机油状态传感器、DISA调节器、油箱通气阀、曲轴传感器、空气流量计（从2007年9月起，N52或N51发动机）
F12	20A	车顶功能中心（2007年9月）
F12	15A	电动真空泵继电器（至2007年9月起）
F13	5A	控制单元（至2007年3月）
F13	5A	轮胎压力监控系统（从2007年3月起）
F14	—	未使用
F15	5A	AUC传感器
F16	15A	喇叭
F17	5A	未使用
F18	5A	CD光盘转换匣
F18	5A	择优多相式天线
F19	7.5A	报警器和倾斜报警传感器、无钥匙/便捷上车及起动系统控制单元、驾驶人侧外车门把手电子装置、前排乘客侧车门把手电子装置（至2007年3月）
F19	7.5A	报警器和倾斜报警传感器（从2007年3月起）
F20	5A	动态稳定控制（DSC）、分动器控制单元（四轮驱动）
F21	7.5A	驾驶人开关、外部后视镜（前乘客侧）
F22	10A	纵向动态管理、挂车耦合解锁装置扬声器（至2007年3月）
F22	10A	纵向动态管理（从2007年3月起）
F23	10A	视频模块、数字调谐器（无USA）
F23	10A	卫星接收器（有USA）
F24	5A	轮胎压力监控系统
F25	10A	驾驶人安全带挂紧装置控制器、前乘客安全带挂装置控制器
F26	10A	TCU、补偿器、弹出盒（带TCU电子信息系统控制单元）
F26	10A	电话发射接收器、弹出盒（带TCU电子信息系统控制单元或ULF充电和免提通话设备）
F27	5A	驾驶人开关、电话发射接收器
F28	5A	驻车距离报警、车顶功能中心
F29	5A	AUC传感器、驾驶人座椅加热模块、前排乘客座椅加热模块
F30	20A	点烟器、后部中央控制台充电插座、后部中央控制台充电插座2、行李箱插座
F31	30A	动态稳定控制（DSC，至2005年9月）
F31	30A	收音机（从2005年9月至2007年3月）
F31	30A	多音频系统控制单元
F32	30A	驾驶人座椅模块（带记忆功能）、驾驶人座椅加热模块（无记忆功能，至2007年3月）
F32	30A	驾驶人座椅模块（从2007年3月起）

（续）

编号	电流	保护的电路/部件
F33	30A	前排乘客侧座椅调节装置开关、前排乘客座椅背宽度调节开关、前排乘客腰部支撑开关、前排乘客座椅背宽度调节阀体、前排乘客侧腰部支撑阀体（至2007年3月）
F33	5A	无钥匙/便捷上车及起动系统控制单元、驾驶人侧外车门把手电子装置、前排乘客侧外车门把手电子装置（从2007年3月起）
F34	30A	放大器
	5A	CD光盘转换匣
F35	20A	燃油泵控制装置（带M47/TU2发动机或N52发动机，至2005年9月）
	30A	动态稳定控制（DSC，从2005年9月起）
F36		腰部空间模块
F37	30A	驾驶人腰部支撑开关、驾驶人座椅靠背宽度调整开关、驾驶人座椅背宽度调整阀体、驾驶人腰部阀体（至2007年3月）
	10A	驾驶人座椅靠背宽度调整开关、驾驶人腰部支撑开关、前排乘客座椅靠背宽度调整开关、前排乘客腰部支撑开关、驾驶人座椅背宽度调整阀体、前排乘客腰部腰部支撑阀体、前排乘客座椅靠背宽度调节阀体，驾驶人腰冲支撑阀体（从2007年3月至2007年9月）
	30A	DME控制单元、电动冷却液泵、电子节温器、进气凸轮轴传感器、排气凸轮轴传感器、VANOS进气电磁阀、VANOS排气电磁阀（N52，N51发动机，从2007年9月起）
F38	30A	分动器控制单元（至2007年9月）
		废气再循环前氧传感器、废气再循环前氧传感器2、废气再循环后氧传感器、废气再循环后氧传感器2、曲轴箱通风/加热装置（从2007年9月起）
F39	30A	刮水器电动机（至2007年9月）
		气缸1、2、3、4、5、6点火线圈，气缸1、2、3、4、5、6喷油器（从2007年9月起，N52或N51发动机）
F40	20A	收音机（至2005年9月带RAD收音机或RAD$_2$-BO操作界面）
		电动燃油泵（从2005年9月至2007年3月无EKPS燃油控制）
		燃油泵控制装置（EKPS，从2005年9月至2007年3月带EKPS燃油泵控制）
	7.5A	车顶功能中心（从2007年3月）
F41	30A	脚部空间模块
F42	30A	驾驶人座椅背宽度调整开关、驾驶人腰部支撑开关、驾驶人座椅背宽度调整阀体、驾驶人腰部支撑阀体（至2005年9月）
		挂车模块
	40A	腰部空间模块
F43	30A	前照灯清洗泵
F44	—	未使用
F45	40A	主动转向控制（至2007年9月）
	30A	前排乘客座椅模块（从2007年9月起）
F46	30A	后窗加热装置

（续）

编号	电流	保护的电路/部件
F47	—	未使用
F48	20A	后窗间隙刮水清洗控制单元
F49	30A	前排乘客座椅加热模块（至 2007 年 3 月）
		前排乘客座椅模块（从 2007 年 3 月至 2007 年 9 月）
	40A	主动转向控制（从 2007 年 9 月起）
F50	40A	主动转向控制（至 2005 年 9 月）
	10A	DME 控制单元（从 2007 年 3 月起）
F51	50A	便捷进入及起动系统
F52	50A	脚部空间模块（至 2007 年 3 月）
	20A	驾驶人座椅加热模块（从 2007 年 3 月起）
F53	50A	脚部空间模块（至 2007 年 3 月）
	20A	前排乘客座椅加热模块（从 2007 年 3 月起）
F54	60A	电位分配器（至 2007 年 3 月）
	30A	未使用
F55	—	未使用
F56	15A	中控锁
F57	15A	中控锁
F58	5A	组合仪表、OBD Ⅱ插头
F59	5A	转向柱开关中心
F60	7.5A	制热空调器
F61	10A	右侧行李箱照明灯、杂物箱灯、中央信息显示器
F62	30A	后部车窗升降机
F63	30A	后部车窗升降机
F64	30A	后部车窗升降机
F65	40A	动态稳控制（DSC）
F66	50A	燃油加热装置
F67	50A	风扇输出级（至 2007 年 3 月）
	30A	风扇输出级（从 2007 年 3 月）
F68	50A	电动真空泵继电器（至 2007 年 3 月）
	40A	脚部空间模块（从 2007 年 3 月起）
F69	50A	电动风扇
F70	—	未使用

表 9-2　宝马 3 系列仪表板下的继电器说明表

编号	说　明	编号	说　明
K2	喇叭继电器	K37	刮水器继电器 2
K6	前照灯清洗继电器	K91	后窗刮水器继电器
K13	后窗玻璃加热继电器	K96	燃油泵继电器
K36	刮水器继电器 1		

第二节　宝马5系列

1. 前部熔断器支撑架

宝马5系列 BMW E60/ E61 前部熔断器支撑架位于仪表板下方，其熔断器与继电器分布如图9-2所示，熔断器说明如表9-3所示。

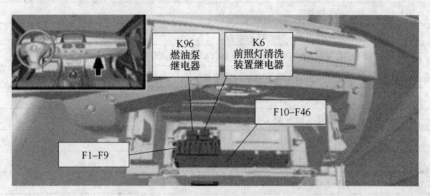

图9-2　宝马5系列前部熔断器支撑熔断器分布图

表9-3　宝马5系列前部熔断器支撑熔断器说明表

名称	额定值	保护的电路/部件
F1	50A	保护的电路/部件
F2	60A	动态稳定控制（DSC）
		二次空气泵继电器（汽油机）
F3	40A	燃油加热装置（柴油机）
F4	20A	风扇输出级
F5	50A	电子减振控制系统过载保护继电器
F6	50A	照明模块
F7	50A	照明模块
F8	60A	便携进入及起动系统
		DME控制单元（M54发动机）
		发动机电子伺控系统熔断器支架（30A）－－F001熔断器（M54发动机）
		DME继电器（M54发动机）
		发动机电子伺控系统熔断器支架（30A）—F05熔断器（M54发动机）
		集成式电源模块IVM（N62发动机无SMG自动换档控制的手动变速器）
		液压泵继电器SMG（经F01—30A熔断器，N62发动机带SMG自动换档控制的手动变速器）
		DME继电器（S85发动机）
		发动机电子伺控系统熔断器支架（20A）—F01熔断器（S85发动机）
		DME控制单元（N52发动机）
		发动机电子伺控系统熔断器支架（5A）—F010熔断器（N52发动机）
		发动机电子伺控系统熔断器支架（30A）—F08熔断器（N52发动机）
		DME继电器（N52发动机）

（续）

名称	额定值	保护的电路/部件
F9	60A	发动机电子伺控系统熔断器支架（30A）—F05 熔断器（N52 发动机）
F10	30A	电动风扇
F11	5A	车身网关模块
F12	30A	车身标准模块
F13	30A	车身网关模块
	15A	分动器控制单元（VTG 分动器）
F14	30A	SMG 自动换档控制的手动变速器（S85 发动机）
		驾驶人座椅模块（非半电动标准座椅）
		驾驶人侧座椅调整装置开关（半电动标准座椅）
F15	5A	驾驶人腰部支撑开关（半电动标准座椅）
F16	30A	便携进入及起动系统
F17	5A	刮水器继电器
F18	30A	转向柱开关中心
F19	5A	车身网关模块
		档位显示照明（USA－左置转向盘 无 S85 发动机）
F20	20A	EDC 电子减振控制系统（S85 发动机）
		停车预热/辅助加热装置（SHZH 停车预热/辅助加热装置）
F21	30A	电子减振控制系统过载保护继电器（EDC 电子减振控制系统）
		前排乘客座椅模块（非半电动标准座椅）
		前排乘客侧座椅调整装置开关（半电动标准座椅）
F22	30A	前排乘客腰部支撑开关（半电动标准座椅）
F23	30A	车身标准模块
F24	30A	电动真空泵继电器（S85 发动机）
F25	30A	车身标准模块
F26	20A	动态稳定控制（DSC）
F27	30A	总线端 K1.15 过载保护继电器
F28	20A	车身标准模块
F29	10A	转向柱开关中心
		车身网关模块
F30	20A	OBDⅡ插座
		燃油泵末级
F31	30A	燃油泵继电器
F32	10A	驾驶人座椅模块（SMFA）
		驾驶人侧自动防眩目外部后视镜
		驾驶人侧车门开关盒

（续）

名称	额定值	保护的电路/部件
F33	30A	前排乘客侧自动防眩目外部后视镜
F34	20A	前排乘客座椅模块（SMFA）
F35	5A	CCC/M-ASK
F36	7.5A	导航系统
		无钥匙=便捷=上车及起动系统控制单元
		驾驶人侧外车门把手电子装置
		前排乘客侧外车门把手电子装置
		左后车门外把手电子装置
F37	5A	右后车门外把手电子装置
		电子信息系统控制单元 TCU
		通用充电和免提通话设备 ULF-SBX 接口盒
		通用充电和免提通话设备 ULF-SBX-H 高级接口盒
F38	5A	USB-HUB
F40	10A	CD 光盘转换匣
F41	7.5A	DVD 机
F42	15A	组合仪表
F43-F46	—	SMG 自动换档控制的手动变速器（S85 发动机）

2. 后部熔断器支撑架

宝马 5 系列 BMW E60/ E61 后部熔断器支撑架位于行李箱内，其熔断器分布如图 9-3 所示，熔断器说明如表 9-4 所示。

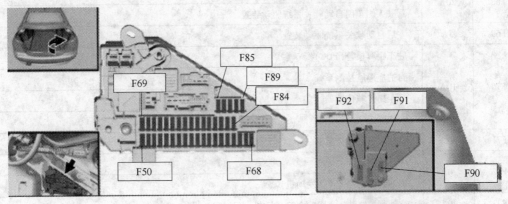

后部熔断器支撑架 –1　　　　　　　　　　　　后部熔断器支撑架 –2

图 9-3　宝马 5 系列后部熔断器支撑架熔断器分布图

表 9-4   宝马 5 系列后部熔断器支撑熔断器说明表

名称	额定值	保护的电路/部件
F50	20A	未使用
		燃油泵继电器（无 S85 发动机）
		燃油泵控制装置 EKPS（无 S85 发动机）
	30A	燃油泵末级（S85 发动机）
F51	5A	前照灯清洗泵
		报警器和倾斜报警传感器
		自动防眩车内后视镜
F52	40A	带超声波车内传感器的防盗报警装置
F53	30A	空气悬架压缩机继电器
F54	40A	前排乘客主动式靠背宽度调整
F55	40A	带阻滤波器 1 的后窗加热
F56	5A	后行李箱盖提升机构
F57	5A	晴雨/行车灯传感器
F58	20A	制热空调器（IHKA 标准型）
F59	5A	后窗刮水器继电器
F60	5A	带遥控接收器的天线转换器
F61	7.5A	翻车保护控制器
F62	30A	冰箱
F63	20A	挂车模块
F64	15A	停车预热 /辅助加热装置
F65	20A	制热空调器（IHKA 高级）
F66	20A	未使用
F67	20A	全景车顶
		前排乘客侧车门自动软关系统驱动装置
F68	20A	右后自动软关系统驱动装置
		驾驶人侧车门自动软关系统驱动装置
F69	5A	左后自动软关系统驱动装置
F70	10A	驻车距离报警（PDC）
		自适应巡航控制系统
		远距离区域传感器
		右侧临近区域传感器
F71	30A	左侧临近区域传感器
F72	20A	中央控制台开关中心
		燃油泵继电器（N62 发动机）
F73	40A	燃油泵控制装置 EKPS（N52 发动机，柴油机）
F74	7.5A	高保真功率放大器
		中央控制台开关中心
		驾驶人侧座椅调整装置开关

（续）

名称	额定值	保护的电路/部件
F75	10A	前排乘客侧座椅调整装置开关
		卫星接受器
		数字调谐器
F76	10A	视频模块
F77	10A	动态驾驶
		平视显示器
F78	5A	耳机接口模块
		动态稳定控制（DSC）
F79	10A	分动器控制单元
		中央信息显示器（CID）
F80	10A	控制器
		变速杆
		档位显示照明
		弹出盒
		TCU
		补偿器（手提电话）
		备胎凹坑风扇
F81	7.5A	夜视电子装置
F82	7.5A	电子高度控制系统
F83	30A	轮胎压力监控系统（RDC）
F84	15A	驾驶人主动式靠背宽度调整
		变速器控制（N62/TU 发动机）
		变速器控制（无 N62/TU 发动机的自动变速器）
F85	7.5A	自动换档控制的手动变速器（SMG 变速器）
F86	40A	自动换档控制的手动变速器（N52、N62）
F87	20A	主动转向控制
		前部点烟器
F88	20A	杂物箱充电插座
		行李箱插座
		后部点烟器
F89	5A	后部插座
		自动防眩车内后视镜
F90	200A	总线端 K1.15 过载保护继电器
F91	100A	前部熔断器支架
		经 F010 或 F011 后供电给可变气门机构控制单元（N62 及 N62/TU 发动机）
		经 F010 或 F011 后供电给可变气门机构控制单元（N62 发动机）
F92	100A	DDE 主继电器（柴油机）
		电动辅助加热器

第十章 福特车系

第一节 蒙迪欧(2007年款)

蒙迪欧中央接线盒(CJB)熔断器位置分布如图10-1所示，蓄电池接线盒(CJB)熔断器与继电器位置分布如图10-2所示，后接线盒(RJB)熔断器与继电器位置分布如图10-3所示，熔断器相关说明如表10-1所示。

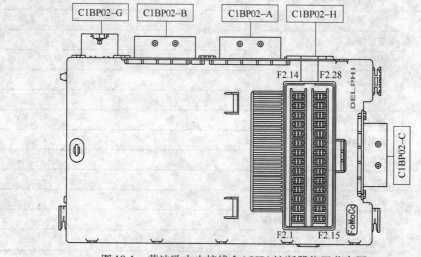

图 10-1　蒙迪欧中央接线盒(CJB)熔断器位置分布图

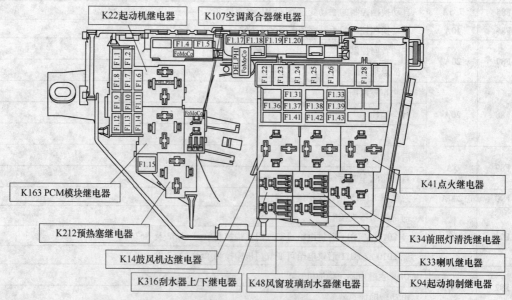

图 10-2　蒙迪欧蓄电池接线盒(CJB)熔断器与继电器位置分布图

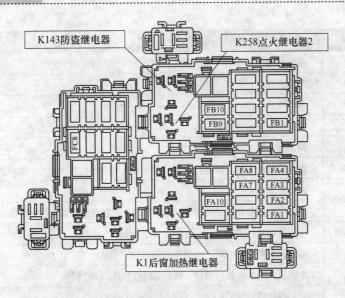

图 10-3　蒙迪欧后接线盒（RJB）熔断器与继电器位置分布图

表 10-1　蒙迪欧熔断器说明表

编　号	容　量	保护的电路/部件
F1.1	10A	变速器控制模块（TCM）
F1.2	5A	动力控制模块（PCM）
F1.4	60A	预热塞继电器
F1.5	60A	冷却风扇模块
F1.6	10A	催化转化器前加热型氧传感器、催化转化器监视传感器
F1.7	5A	PCM 模块继电器 \ 预热塞继电器 \ 空调离合器继电器
F1.8	10A	动力控制模块（PCM）
F1.9	10A	燃油喷射器、质量空气流量传感器
F1.10	10A	动力控制模块
F1.11	10A	漩涡盘电磁阀、机油控制阀、EGR 步进电动机、炭罐净化阀、进气控制电磁阀、油压电磁阀、燃油计量阀
F1.12	10A	点火线圈、第一缸/点火线圈、第二缸/点火线圈、第三缸/点火线圈、第四缸/点火线圈 EGR 节气门执行器/可变几何形状涡轮执行器
F1.13	15A	空调离合器继电器
F1.14	15A	燃油加热器
F1.15	40A	起动继电器
F1.17	60A	中央接线盒（CJB）
F1.18	60A	中央接线盒（CJB）
F1.19	60A	后接线盒（RJB）
F1.20	60A	点火继电器 2、后接线盒 K258（RJB）
F1.22	30A	风窗玻璃刮水器继电器、刮水器上/下继电器、后接线盒（RJB）
F1.23	25A	加热式后窗继电器、后接线盒（RJB）

（续）

编　号	容　量	保护的电路/部件
F1.24	30A	前照灯清洗继电器、ABS 模块
F1.25		ABS 模块
F1.25	40A	ABS 模块
F1.28	40A	鼓风机电动机继电器
F1.31	15A	喇叭继电器
F1.33	5A	起动抑制继电器、鼓风机电动机继电器、喇叭继电器、灯光控制模块
F1.36	5A	ABS 模块
F1.39	15A	高强度放电前照灯、高强度放电前照灯、智能前照灯系统（AFS）模块
F1.41	20A	中央接线盒（CJB）
F1.42	10A	动力控制模块（PCM）、变速器控制模块（TCM）
F1.43	5A	左侧前照灯、右侧前照灯、智能前照灯系统（AFS）模块
F2.2	10A	限制控制模块（RCM）
F2.3	5A	偏航率传感器、ABS 模块
F2.4	7.5A	加速踏板位置传感器、免钥匙车辆模块、加热器控制模块、空气质量传感器、组合仪表
F2.6	15A	音响控制模块、蓝牙语音控制模块
F2.7	7.5A	转向盘模块
F2.8	5A	组合仪表
F2.9	15A	远光继电器、中央接线盒（CJB）
F2.10	20A	车顶开启模块
F2.11	7.5A	倒车灯继电器、中央接线盒（CJB）
F2.13	15A	前雾灯继电器中央接线盒（CJB）
F2.14	15A	前刮水器泵继电器、中央接线盒（CJB）
F2.17	10A	驾驶侧车窗控制/电动后视镜调整开关、右侧行李厢灯
		前室内灯、后室内灯、左侧化妆镜灯、右侧化妆镜灯、杂物箱灯
F2.18	5A	鼓风机电动机控制模块、被动式防盗系统接收模块
F2.19	15A	后点烟器、前点烟器
F2.21	5A	前防盗内部扫描传感器、遥控无线接收器
F2.22	20A	燃油泵继电器
F2.24	5A	点火开关
F2.25	10A	GEM 模块、燃油添加盖锁止继电器、燃油添加盖开锁继电器、行李箱掀开开关
F2.26	5A	数据连接头（DLC）、警报控制模块
F2.27	5A	加热器控制模块、电子自动温度控制（EATC）模块
F2.28	5A	制动灯开关
FA1	25A	驾驶侧车门控制模块
FA2	25A	乘客侧车门控制模块

（续）

编 号	容 量	保护的电路/部件
FA3	25A	左后侧车门控制模块
FA4	25A	右后侧车门控制模块
FA7	5A	后窗加热继电器、点火继电器2
FA8	20A	免钥匙车辆模块
FA10	30A	驾驶座模块
FB1	5A	驻车辅助模块
FB9	30A	乘客座模块
FB10	10A	防盗继电器
FC8	20A	免钥匙车辆模块

第二节　嘉年华（2009 年款）

发动机接线盒（EJB）

长安福特新嘉年华发动机接线盒熔断器与继电器位置分布如图 10-4 所示，熔断器相关说明如表 10-2 所示，继电器相关说明如表 10-3 所示。

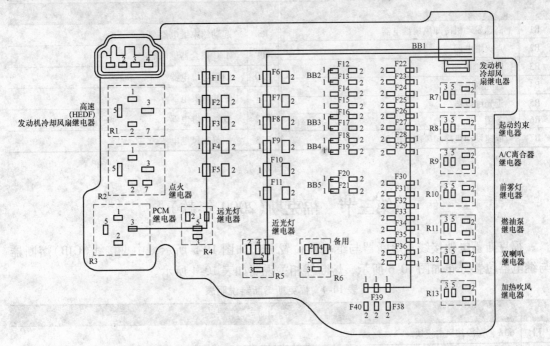

图 10-4　长安福特新嘉年华发动机接线盒熔断器与继电器位置分布图

表 10-2　长安福特新嘉年华发动机接线盒熔断器说明表

编号	额定值	保护的电路/部件	编号	额定值	保护的电路/部件
F1	40A	V-BATT ABS 模块	F19	10A	右侧近光
F2	40A	高速冷却风扇、低速冷却风扇	F20	10A	左侧远光
F4	30A	加热吹风	F21	10A	右侧远光
F5	60A	JCASE 熔断器 BATT + 为熔断器提供 IP 盒	F22	15A	V-BATT 外部照明（BCM）
			F23	15A	前雾灯
F6	30A	V-BATT 关闭（BCM）	F24	15A	V-BATT 转向信号（BCM）
F7	60A	点火继电器	F25		SPARB
F11	30A	起动机继电器	F26	7.5A	V-BATT 电动后视镜开关、电动窗储存
F12	7.5A	灯开关	F27	10A	PCM + BB、PCM 继电器线圈
F13	7.5A	倒车灯、驻车辅助模块	F28	20A	双喇叭
F16	15A	PCM + B3、PCM + B2（AT 适用）、VSS（AT 适用）	F29	10A	A/C 离合器
F17	15A	PCM + B、PCM ETC、燃油泵继电器线圈	F32	20A	V-BATT 喇叭/蓄电池节省（BCM）
			F33	20A	V-BATT 加热后窗玻璃（BCM）
F18	10A	左侧近光	F34	20A	燃油泵继电器

注：F3、F8、F9、F10、F14、F15、F30、F31、F35、F36、F37、F38、F39、F40 为备用。

表 10-3　长安福特新嘉年华发动机接线盒继电器说明表

编号	继电器名称	编号	继电器名称
R1	高速发动机冷却风扇继电器	R8	起动约束继电器
R2	点火继电器	R9	A/C 离合器继电器
R3	PCM 继电器	R10	前雾灯继电器
R4	远光继电器	R11	燃油泵继电器
R5	近光继电器	R12	双喇叭继电器
R6	备用	R13	加热吹风继电器
R7	低速发动机冷却风扇继电器		

第三节　福克斯（2009 年款）

福克斯蓄电池接线盒熔断器与继电器位置分布如图 10-5 所示，中央接线（CJB）熔断器与继电器位置分布如图 10-6 所示，熔断器相关说明如表 10-4 所示。

表 10-4　福克斯熔断器说明表

编号	容量	保护的电路/部件
F1	60A	冷却风扇模块
F2	60A	电动液压动力辅助转向（EHPAS）模块
F3	60A	刮水器继电器、近光继电器、远光继电器
F4	60A	中央接线盒（CJB）

（续）

编号	容量	保护的电路/部件
F5	未用	—
F6	60A	预热塞继电器
F7	30A	防抱死制动系统模块
F8	20A	防抱死制动系统模块
F9	20A	电源保持继电器
F10	30A	鼓风机电动机继电器(2009 年前车型)
F10	30A	鼓风机电动机继电器(2009 年起车型)
F11	20A	点火开关
F12	40A	点火继电器
F13	20A	起动继电器
F19	10A	防抱死制动系统模块、子稳定性程序开关
F20	15A	喇叭继电器
F22	10A	电动液压动力辅助转向(EHPAS)模块
F24	15A	燃油加热继电器
F25	10A	点火继电器[不含 2.0L Duratorq-T DCi(DW)柴油手动变速器]
		转向柱位置传感器、点火继电器、倒车灯继电器[不含 2.0L Duratorq-TDCi(DW)柴油自动变速器]
		点火继电器、燃油加热继电器、倒车灯继电器、起动抑制继电器[2.0L Duratorq-TDCi(DW)柴油]
F26	15A	变速器控制模块(TCM)
F27	10A	A/C 全开节气门(WOT)继电器
F28	10A	A147 动力控制模块(PCM)
F30	3A	动力控制模块(PCM)、变速器控制模块(TCM)[1.6L(Z6)，1.8/2.0L Duratec-HE(MI4)自动变速器]
		动力控制模块(PCM)[2.0L Duratorq. TDCi(DW)柴油]
F31	10A	发电机[不含 1.6L(Z6)]
F32	10A	变速器控制模块(TCM)、变速器档位传感器
F32	10A	点火变压电容器、第一缸点火线圈、第二缸点火线圈、第三缸点火线圈、第四缸点火线圈
F33	10A	催化转化器前加热型氧传感器(HO2S)、催化转化器监视传感器[1.8/2.0L Duratec-HE(Mi4)]
		中间冷却器旁通电磁阀[2.0L Durato rq-TDCi(DW)柴油]
F34	10A	动力控制模块(PCM)[1.6L(Z6)]
		第一缸点火线圈、第二缸点火线圈、第三缸点火线圈、第四缸点火线圈[1.8/2.0 L Duratec-HE(Mi4)]
		燃油压力电磁阀；燃油调节阀[2.0L Duratorq-TDCi(DW)柴油]
F35	10A	A/C 全开节气门(WOT)继电器、动力控制模块(PCM)[1.6L(Z6)]、A/C 全开节气门(WOT)继电器、喷油器、漩涡控制电磁阀、车速传感器(VSS)、炭罐净化阀、进气控制电磁阀、EGR 步进电动机[1.8/2.0L Duatec-HE(M 14)]
		EGR 节气门起动器、空气流量(MAF)传感器、可变几何涡轮起动器、燃油水分传感器、预热塞继电器、A/C 全开节气门(WTO)继电器[2.0L Duato rq-TDCi(Dw)柴油]
F36	10A	动力控制模块(PCM)1.6L(Z6)

（续）

编号	容量	保护的电路/部件
F36	10A	动力控制模块（PCM）、动力控制模块（PCM）[1.8/2.0L Duatec-HE（M14）]
F36	10A	动力控制模块（PCM）2.0L Duatorq-TDCi（Dw）柴油机
F100	10A	变速杆单元、后窗加热开关、加热控制模块、驻车辅助模块、蜂鸣器、燃油添加剂系统模块、天窗开启面板模块、天窗开启面板控制开关
F101	20A	座椅控制开关、驾驶侧天窗开启面板模块
F102	10A	燃油添加剂系统模块、驻车辅助模块、加热控制模块
F103	15A	前照灯开关、自动头灯继电器
F104	10A	蓄电池省电继电器
F105	25A	后窗加热继电器
F106	20A	乘客侧车门控制模块
F107	10A	组合仪表、数据连结接头
F108	7.5A	组合仪表、收音机、天线
F109	20A	前点烟器
F111	15A	燃油泵继电器
F112	15A	收音机、CD 换片器
F114	10A	组合仪表、被动式防盗系统收发器模块
F115	7.5A	自适应前照灯模块、前照灯开关
F116	20A	前照灯开关
F117	7.5A	左侧牌照灯、右侧牌照灯
F118	20A	左后侧车门控制模块
F120	20A	右后侧车门控制模块
F122	10A	约束控制模块（RCM）
F124	7.5A	左侧后灯总成、左侧后灯总成、左侧前照灯
F125	7.5A	右侧后灯总成、右侧后灯总成、右侧前照灯
F127	25A	驾驶侧车窗控制/电动后视镜调整开关、前排乘客侧车窗控制开关
F129	20A	低速刮水器继电器
F131	15A	后窗刮水器电动机
F132	15A	制动灯开关
F133	25A	车门开锁继电器、车门锁继电器
F134	20A	驾驶室门开锁继电器、双锁继电器、车门控制模块
F135	20A	近光继电器
F136	15A	刮水器/清洗器开关
F137	15A	电动后视镜折叠开关
F138	10A	加速踏板位置传感器、动力控制模块（PCM）、电源保持继电器、蓄电池接线盒（BJB）
F138	10A	加速踏板位置传感器、动力控制模块（PCM）
F139	10A	右侧前照灯

（续）

编号	容量	保护的电路/部件
F140	10A	左侧前照灯
F141	10A	倒车灯开关、倒车灯开关、驾驶侧车窗控制/电动后视镜调整开关（手动变速器）
F141	10A	蓄电池接线盒（BJB）、起动抑制/倒车灯开关、驾驶侧车窗控制/电动后视镜调整开关（自动变速器）
F142	15A	右侧前照灯
F143	15A	左侧前照灯

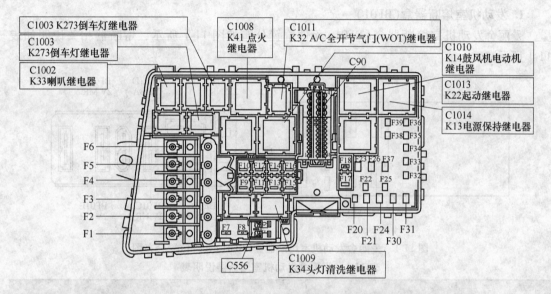

图 10-5　福克斯蓄电池接线盒熔断器与继电器位置分布图

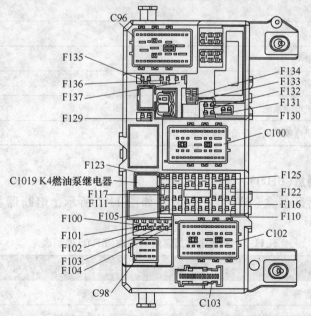

图 10-6　福克斯中央接线（CJB）熔断器与继电器位置分布图

第十一章　雪铁龙车系

第一节　爱丽舍（2008 年款）

1. 发动机室熔断器盒（BF01）

爱丽舍发动机室熔断器盒（BF01）元件位置分布如图 11-1 所示，熔断器相关说明如表 11-1 所示。

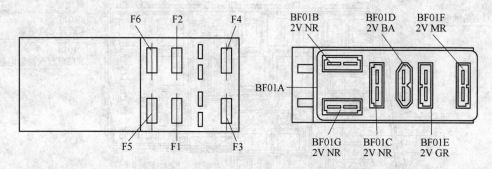

图 11-1　爱丽舍发动机室熔断器盒（BF01）元件位置分布图

表 11-1　爱丽舍发动机室熔断器说明表

熔断器	额定值	保护的电路/部位
F1	30A	前雾灯
F2	30A	空
F3	30A	右风扇
F4	30A	左风扇
F5	20A	发动机电喷系统、自动变速器电控单元
F6	20A	发动机电喷系统、自动变速器电控单元

2. 乘员室熔断器盒（BF00）

爱丽舍乘员室熔断器盒（BF00）元件分布如图 11-2 所示，熔断器相关说明如表 11-2 所示。

表 11-2　爱丽舍乘员室熔断器盒（BF00）说明表

熔断器	额定值	保护的电路/部件
F1	10A	汽车音响
F2	5A	组合仪表、中控锁、诊断插头、压力开关、电子防起动电控单元

（续）

熔断器	额定值	保护的电路/部件
F3	10A	车轮防抱死电控单元、气囊和预张紧控制盒
F4	10A	右近光灯
F5	5A	加热后风窗延时继电器
F6	10A	自动变速器电控单元、禁止起动继电器、发动机电控单元、变速杆锁止驱动器控制继电器
F7	20A	喇叭
F8	—	—
F9	10A	左近光灯
F10	5A	左前/右后位置灯
F11	5A	右前/左后位置灯
F12	20A	组合仪表、空调面板、制动灯、倒车灯
F13	5A	转向灯开关、照明变阻器、乘客车窗升降器的乘客开关、左后车窗升降器的前开关、左后车窗升降器的后开关、驾驶人升降器/后视镜控制面板
F14	10A	转向灯开关
F15	20A	危险信号灯开关、行李箱开关、行李箱照明灯、中控锁控制盒
F16	20A	前点烟器
F17	15A	发动机多功能双继电器、燃油泵
F18	10A	左后雾灯
F19	10A	左远光灯
F20	30A	鼓风机电动机
F21	15A	右远光灯
F22	15A	气囊和预张紧控制盒
F24	20A	前刮水器电动机、前刮水器延时继电器、刮水器开关
F25	10A	汽车音响、蓝牙免提、诊断插头、组合仪表、电子防起动电控单元
F26	15A	左后顶灯-右后顶灯-前顶灯
F27	40A	前车窗升降继电器
F28	15A	照明信号开关、后车窗升降控制面板、驾驶人车门车窗升降/后视镜控制面板、组合仪表、杂物箱照明灯
F29	30A	加热后风窗延时继电器
F30	15A	地图阅读灯、前车窗升降继电器

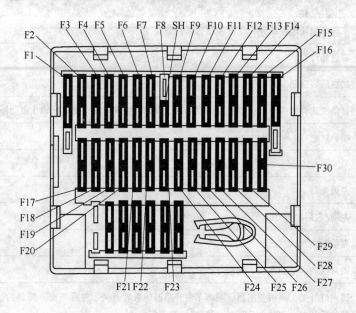

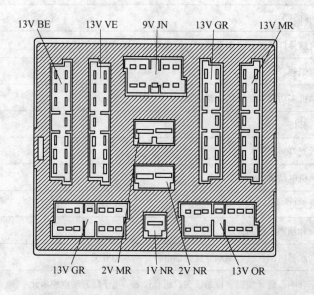

图 11-2　爱丽舍乘员室熔断器盒（BF00）元件位置分布图

第二节　毕加索（2007 年款）

1. 发动机室熔断器盒（PSF1）

毕加索发动机室熔断器盒（PSF1）元件位置分布如图 11-3 所示，熔断器相关说明如表 11-4 所示。

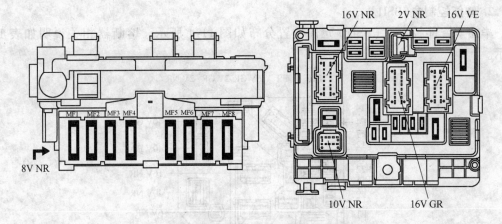

图 11-3   毕加索发动机室熔断器盒(PSF1)元件位置分布图

表 11-3   毕加索发动机室熔断器盒说明表

熔断器	额定值	电源	保护的电路/部件
MF1	20-80A		冷却风扇低速供电继电器、冷却风扇高速供电继电器
MF2	20-80A		车轮防抱死电控单元
MF3	20-80A		车轮防抱死电控单元
MF4	20-80A	+BB	智能控制盒
MF5	20-80A		智能控制盒
MF6	20-80A		乘员室12路熔断器盒
MF7	20-80A		防盗开关
MF8	20-80A		空
F1	10A	+CC	车速传感器、BVA液力控制盒、BVA控制总成、倒车灯开关、冷却风扇供电继电器、变速杆锁止驱动器继电器、禁止起动继电器
F2	15A		燃油泵
F3	10A	+CC	车轮防抱死电控单元
F4	10A		电喷和自动变速器电控单元
F5	10A		自动变速器电控单元
F6	15A		前雾灯
F7			空
F8	20A	+BB	供电：电喷电控单元、冷却风扇低速供电继电器
F9	15A		左前照灯
F10	15A		右前照灯
F11	10A		左前照灯
F12	10A		右前照灯
F13	15A		喇叭
F14	10A	+BB	前/后清洗泵
F15	30A		点火线圈、上游氧传感器、1缸喷油器、2缸喷油器 3缸喷油器、4缸喷油器、炭罐排放电磁阀、下游氧传感器、节气门加热电阻
F16	—		空
F17	30A		前刮水器电动机
F18	40A		空调面板-发动机室熔断器盒

2. 智能控制盒（BSI1）

　　毕加索智能控制盒（BSI1）元件位置分布如图 11-4 所示，熔断器相关说明如表 11-4 所示。

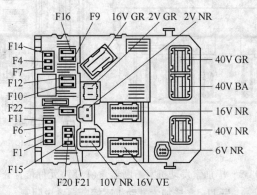

图 11-4　毕加索智能控制盒（BSI1）元件位置分布图

表 11-4　毕加索智能控制盒（BSI1）说明表

熔断器	额定值	电源	保护的电路/部件
F1	15A	+BB	诊断插头
F4	20A		转向盘下转换开关模块（COM2000）、汽车音响、组合仪表
F5	15A		空
F6	10A	+CC	诊断插头
F7	15A		空
F9	30A	+BB	后部中控继电器、天窗电动机
F10	40A		加热后风窗、乘客后视镜、驾驶人后视镜
F11	15A		后刮水器电动机
F12	30A		驾驶人电动车窗控制盒+电动机、后电动车窗中控开关、右电动车窗前开关、左电动车窗前天关
F14	10A	+VAN	发动机室熔断器盒、安全气囊控制盒
F15	15A		组合仪表、空调面板、转向盘下转换开关模块
F16	30A		左前门锁总成、右前门锁总成、左后门锁总成、右后门锁总成
F20	10A		右后灯
F21	15A		左后灯、第三制动灯
F22	30A	+AA	后视镜开关、前点烟器、后12V插头、前后顶灯、杂物箱照明开关、音响

第三节　雪铁龙 C5（2009 年款）

1. 发动机室熔断器盒（PSF1）

　　雪铁龙 C5 发动机室熔断器盒元件位置分布如图 11-5 所示，相关说明如表 11-5 所示。

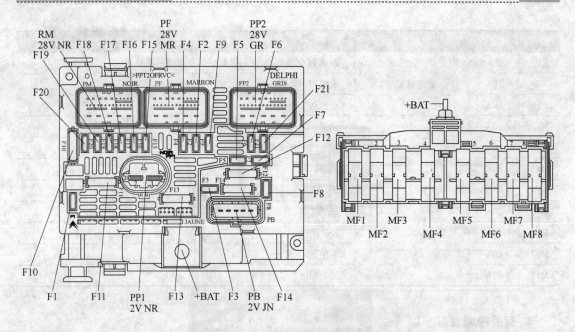

图 11-5 雪铁龙 C5 发动机室熔断器盒元件位置分布图

表 11-5 毕加索智能控制盒(BSI1)说明表

熔断器	额定值	电源	保护的电路/部件
F1	20A	蓄电池正极	多功能电动机控制
F2	15A		喇叭
F3	10A		前/后玻璃清洗泵
F4	10A		前照灯清洗泵
F5	15A		燃料计量泵
F6	10A	点火开关控制 + ve	诊断插座、左前照灯、右前照灯
			前照灯动态校正控制单元
F7	10A		自动变速器档位执行器控制继电器
			ECU 和自动变速器控制单元
F8	20A/25A	蓄电池正极	起动机控制
F9	10A	点火开关控制 + ve	制动开关、离合器开关
F10	30A	蓄电池正极	多功能电动机控制、清洗罐电磁阀
F11	40A		前空调鼓风机
F12	30A		风窗玻璃刮水器
F13	40A	点火开关控制 + ve	内置的系统接口点火控制 + ve
F14	30A		未使用
F15	10A		右远光灯
F16	10A	蓄电池正极	左远光灯
F17	15A		左近光灯
F18	15A		右近光灯

（续）

熔断器	额定值	电源	保护的电路/部件
F19	5A		EGR 真空泵
F20	15A	蓄电池正极	未使用
F21	10A		电源切断继电器
MF1	50A		风扇
MF2	80A		供电（BFH5、BFH12）
MF3	80A		风扇
MF4	80A		BSI 供电
MF5	20A	蓄电池正极	ESP 供电
MF6	40A		ESP 供电
MF7	20A		未使用
MF8	80A		BSI 供电

2. 智能控制盒（BSI1）

雪铁龙 C5 智能控制盒元件位置分布如图 11-6 所示，相关说明如表 11-6 所示。

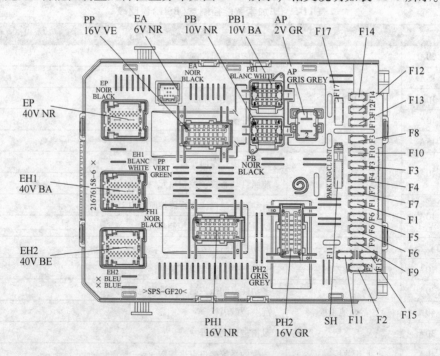

图 11-6　雪铁龙 C5 智能控制盒元件位置分布图

表 11-6　雪铁龙 C5 智能控制盒说明表

熔断器	额定值	电源	保护的电路/部件
F1		蓄电池正极	—
F2		接地	—

（续）

熔断器	额定值	电源	保护的电路/部件
F3	5A	点火开关控制+ve	安全气囊
F4	10A		自动变速器控制组件、继电器3保护开关单元、驾驶人侧外后视镜
F5	30A	蓄电池正极	一触式电动前窗、天窗、驾驶人侧门控垫
F6	30A		后电动窗
F7	5A	附件正极	杂物箱灯
F8	20A	蓄电池正负转换	收音机、显示器、轮胎充气检测
F9	30A	附件正极	前12V电源插座灯
F10	15A	蓄电池正负转换	报警装置、开关模块下面的转向盘（COM 2000）
F11	15A		点火开关
F12	15A		驾驶人座椅记忆控制单元、仪表板、空调ECU
F13	5A	蓄电池正极	连接盒、发动机室PSF1熔断器盒、安全气囊ECU
F14	15A		免提套件、高保真放大器、停车辅助、乘客座椅记忆控制单元
F17	40A		加热后风窗玻璃、加热后视镜

3. 乘员室熔断器盒（BH12）

雪铁龙C5乘员室熔断器盒12元件位置分布如图11-7所示，相关说明如表11-7所示。

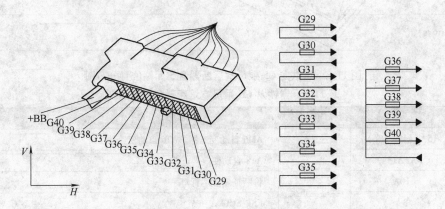

图11-7 雪铁龙C5乘员室熔断器盒12元件位置分布图

表11-7 雪铁龙C5乘员室熔断器盒12说明表

熔断器	额定值	电源	保护的电路/部件
G29	—	—	未使用
G30	5A	蓄电池正极	加热后视镜
G31	3A		雨量/光照传感器
G32	—	—	未使用

（续）

熔断器	额定值	电源	保护的电路/部件
G33	5A		内部后视镜
G34	20A		天窗
G35	5A		乘客侧后视镜记忆和点火控制单元
G36	30A	蓄电池正极	后点烟器
G37	20A		座椅加热
G38	30A		驾驶人座椅记忆控制单元
G39	30A		电控乘客座椅高保真放大器
G40	—	—	未使用

4. 乘员室熔断器盒5（BFH1）

雪铁龙C5乘员室熔断器盒5元件位置分布如图11-8所示，相关说明如表11-8所示。

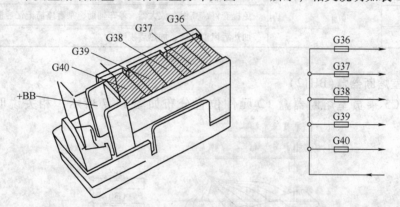

图11-8　雪铁龙C5乘员室熔断器盒5元件位置分布图

表11-8　雪铁龙C5乘员室熔断器盒5说明表

熔断器	额定值	电源	保护的电路/部件
G36	15A（AM6，AT6）		AM6自动变速器、AT6自动变速器
	5A（AT8）		AT8自动变速器
G37	10A	蓄电池正极	诊断插座、运行灯
G38	3A		ESP ECU
G39	10A		前雾灯继电器
G40	3A		制动两用开关

第十二章 其他车系

第一节 奇瑞轿车

一、奇瑞 QQ

1. 发动机室电器盒

奇瑞 QQ 轿车发动机室电器盒如图 12-1 所示。

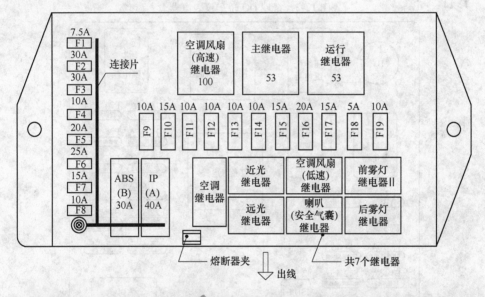

图 12-1 奇瑞 QQ 轿车发动机室电器盒图

2. 仪表电器盒

奇瑞 QQ 轿车仪表电器盒如图 12-2 所示。

二、奇瑞旗云

奇瑞旗云轿车(无级变速器)中央电器盒熔断器与继电器位置如图 12-3 所示。

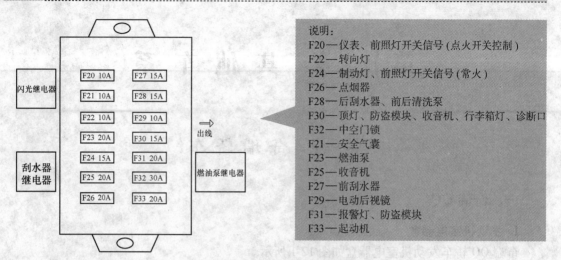

说明：
F20——仪表、前照灯开关信号(点火开关控制)
F22——转向灯
F24——制动灯、前照灯开关信号(常火)
F26——点烟器
F28——后刮水器、前后清洗泵
F30——顶灯、防盗模块、收音机、行李箱灯、诊断口
F32——中空门锁
F21——安全气囊
F23——燃油泵
F25——收音机
F27——前刮水器
F29——电动后视镜
F31——报警灯、防盗模块
F33——起动机

图 12-2　奇瑞 QQ 轿车仪表电器盒

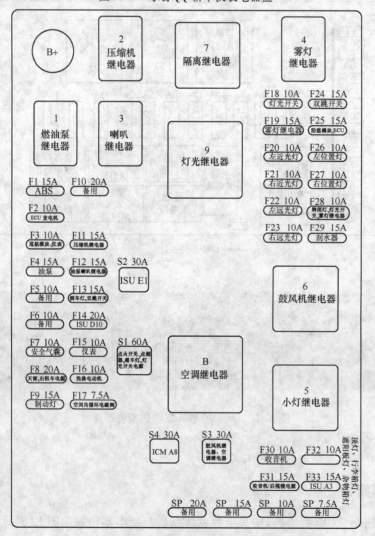

图 12-3　奇瑞旗云轿车(无级变速器)中央电器盒

三、奇瑞 A5

奇瑞 A5 发动机室继电器盒元件分布如图 12-4 所示。

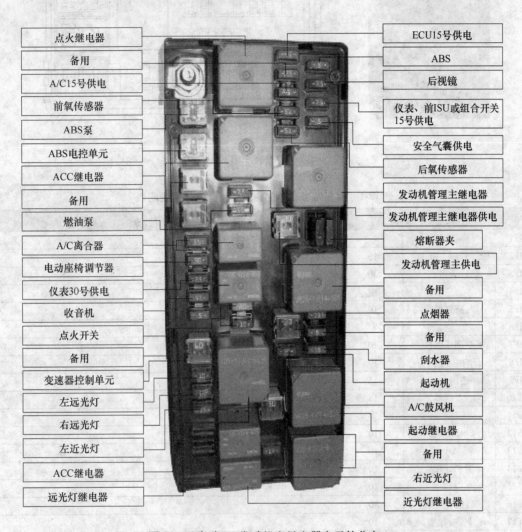

点火继电器	ECU15号供电
备用	ABS
A/C15号供电	后视镜
前氧传感器	仪表、前ISU或组合开关15号供电
ABS泵	
ABS电控单元	安全气囊供电
ACC继电器	后氧传感器
备用	发动机管理主继电器
燃油泵	发动机管理主继电器供电
A/C离合器	熔断器夹
电动座椅调节器	发动机管理主供电
仪表30号供电	备用
收音机	点烟器
点火开关	备用
备用	刮水器
变速器控制单元	起动机
左远光灯	A/C鼓风机
右远光灯	起动继电器
左近光灯	备用
ACC继电器	右近光灯
远光灯继电器	近光灯继电器

图 12-4　奇瑞 A5 发动机室继电器盒元件分布

第二节　吉 利 轿 车

一、吉利帝豪(2009 年款)

吉利帝豪室内继电器盒如图 12-5 所示，室内继电器盒熔断器说明如表 12-1，室内继电器盒继电器说明如表 12-2。

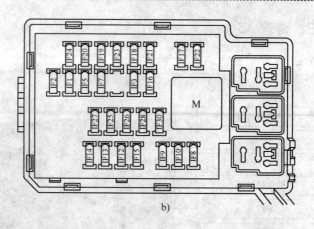

a)　　　　　　　　　　　　　　　　　　　b)

图 12-5　吉利帝豪轿车室内继电器盒
a）实物图　b）元件分布图

表 12-1　吉利帝豪轿车室内继电器盒熔断器说明表

编号	名　称	额定值 A	说　明
IF1	后雾灯		/
IF2	音响主机	15	/
IF3	天窗	30	/
IF4	空	空	空
IF5	防盗器	10	/
IF6	空	空	空
IF7	空调压缩机	10	/
IF8	音响主机/天窗	10	后视镜
IF9	备用电源	15	/
IF10	点烟器	15	/
IF11	空	空	空
IF12	ECM	10	/
IF13	ABS	10	/
IF14	倒车灯开关	10	/
IF15	ACU	10	/
IF16	后视镜加热	10	/、
IF17	转向/报警	10	/
IF18	门锁	20	行李箱锁、超级锁止
IF19	空调	15	电源熔丝、仪表、天窗蜂鸣器
IF20	制动灯	10	/
IF21	诊继接口	10	防盗器、TPMS
IF22	前照灯开关	10	/
IF23	位置灯	10	尾灯、仪表及开关背景灯
IF24	喇叭	10	/
IF25	发电机	10	TPMS、仪表、光照传感器、空调、天窗、仪表、鼓风机继电器
IF26	BCM	10	防盗器
IF27	刮水器	20	洗涤开关
IF28	后刮水器	10	后刮水器回位

（续）

编号	名　称	额定值 A	说　　明
IF29	空	空	空
IF30	点火线圈	15	/

表 12-2　吉利帝豪轿车室内继电器盒继电器说明表

编号	名　　称	说　明	编号	名　　称	说　明
M	IG1 继电器	点火控制	P	位置灯继电器	熔断器盒内部
N	后雾灯继电器	熔断器盒内部	Q	喇叭继电器	熔断器盒内部
O	空调压缩机继电器	熔断器盒内部	R	后刮水器继电器	熔断器盒内部

二、吉利远景

　　吉利远景轿车熔断器与中央配电盒安装位置如图 12-6 所示，发动机室主（副）熔断器盒熔断器与继电器分布如图 12-7 所示，中央配电盒熔断器与继电器分布如图 12-8 所示。

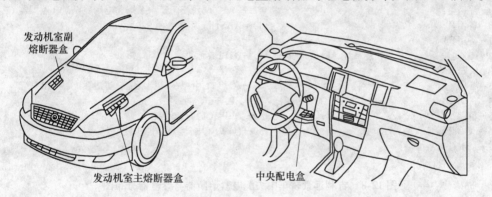

图 12-6　吉利远景轿车熔断器与中央配电盒安装位置图

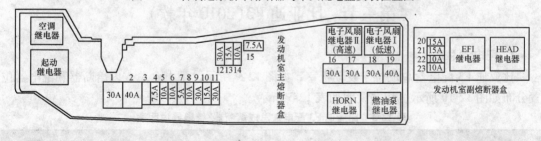

1—ST起动系统　　　　　　7—ALT-S充电系统　　　　12—备用熔断器　　　　18—ABS系统
2—HEADMAIN前照灯系统　8—KOS空调系统　　　　　13—备用熔断器　　　　19—ABS系统
3—备用　　　　　　　　　9—EFI电喷系统　　　　　14—备用熔断器　　　　20—左远光灯
4—ECU仪表旅途电脑(豪华型)　10—DOME音响系统、空调系统、仪15—备用熔断器　　　21—右远光灯
5—HORN 喇叭　　　　　　　　表、室内灯、行李箱灯、门灯16—P/SEAT电动座椅(豪华型)22—左近光灯
6—HAZARD转向灯、报警灯　11—AMZ起动系统　　　　17—RDIFAN电子风扇　　23—右近光灯

图 12-7　吉利远景轿车发动机室主（副）熔断器盒熔断器与继电器分布图

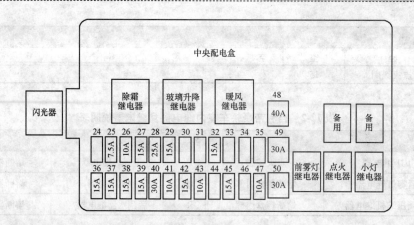

图 12-8　吉利远景轿车中央配电盒熔断器与继电器分布图

24—备用
25—OBO排放监测系统
26—R-FOG后雾灯
27—防盗霖系统、倒车雷达、倒车灯、转向灯
28—DOOR中控灯控系统
29—除霜负载
30—备用具
31—备用具
32—IGZ电喷系统、安全气囊系统、防盗系统、
　　仪表系统
33—备用
34—备用
35—备用
36—FOG前雾灯
37—AMI点火系统

38—TAIL位置灯,牌照灯
39—STOP制动灯
40—POWER电动天窗
41—GAUGE仪表系统、空调系统、除霜系统、倒车雷达、
　　倒车灯、转向灯
42—CIG空调系统、音响系统、电动后视镜、点烟器
43—WASH洗涤器
44—备用
45—WIPER刮水器
46—备用
47—ECU-TG中控、灯控系统、防盗系统、ASR系统
48—HEATER空调系统
49—DEFOG后除霜系统
50—POWER电动玻璃升降器

第三节　比亚迪 F3（2010 年款）

1. 配电盒总成

比亚迪 F3 配电盒总成位于发动机室，如图 12-9 所示，配电盒总成内熔断器和继电器位置分布如图 12-10 所示，相关说明如表 12-3 所示。

表 12-3　比亚迪 F3 配电盒总成熔断器/继电器说明表

序号	说　　明	序号	说　　明
1	A/C 电磁离合器继电器	7	3 号风扇继电器
2	前照灯继电器	8	空位(继电器)
3	备用熔断器(10A)	9	电喇叭继电器
4	备用熔断器(15A)	10	2 号风扇继电器
5	备用熔断器(20A)	11	空位(继电器)
6	备用熔断器(25A)	12	1 号风扇继电器

（续）

序号	说　明	序号	说　明
13	EPS 熔断器(60A)	25	空位(熔断器)
14	电子风扇熔断器(30A)	26	前照灯熔断器(40A)
15	ABS 熔断器(德尔福系统为空位，博世系统为 25A)	27	空位(熔断器)
		28	电喷熔断器(德尔福系统为15A，联电系统为30A)
16	ABS 熔断器(德尔福系统为 60A，博世系统为 40A)	29	室内灯熔断器(15A)
		30	IG2#电源熔断器(30A)
17	备用熔断器(30A)	31	空位(熔断器)
18	备用熔断器(7.5A)	32	电喇叭熔断器(10A)
19	拔片器(熔断器)	33	警示灯熔断器(10A)
20	左前远光熔断器(10A)	34	空位(熔断器)
21	右前远光熔断器(10A)	35	AT 熔断器
22	右前近光熔断器(10A)	36	主电源熔断器(100A)
23	左前近光熔断器(10A)	37	AT 继电器
24	空位(熔断器)	38	电喷主继电器

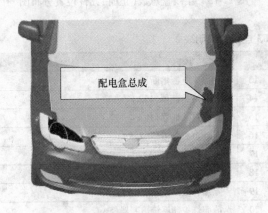

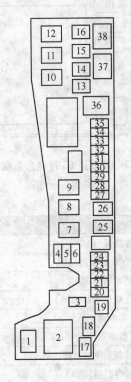

图 12-9　比亚迪 F3 配电盒总成安装位置　　　图 12-10　比亚迪 F3 配电盒总成元件位置分布图

2. 接线盒总成

比亚迪 F3 接线盒总成位于驾驶室/仪表台内，如图 2-11 所示。接线盒总成内熔断器和继电器位置分布如图 2-12、图 2-13 所示，相关说明如表 12-4 所示。

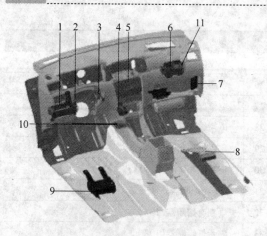

1—接线盒总成
2—闪光继电器
3—倒车雷达
4—A/C控制器
5—A/C控制模块
6—接插件固定支架Ⅰ（挂继电器）
7—发动机ECM
8—车身防盗控制器
9—GPS主机及支架总成
10—安全气囊电子控制单元
11—车速转换器

图 12-11   驾驶室/仪表台内熔断器/继电器及电控单元安装位置

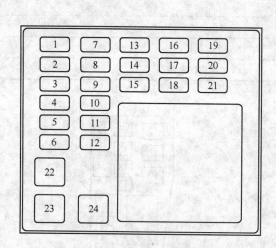

图 12-12   比亚迪 F3 接线盒总成（背面）
元件位置分布图

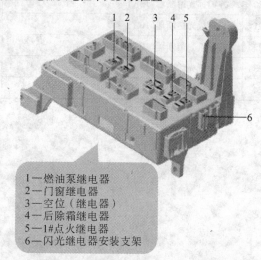

1—燃油泵继电器
2—门窗继电器
3—空位（继电器）
4—后除霜继电器
5—1#点火继电器
6—闪光继电器安装支架

图 12-13   接线盒总成（正面）元件位置分布图

表 12-4   比亚迪 F3 连线盒说明表

序号	内　容	序号	内　容
1	EPS 熔断器(10A)	13	1#点火电源熔断器(25A)
2	车载 ECU 熔断器(10A)	14	后雾灯熔断器(15A)
3	仪表熔断器(10A)	15	前雾灯熔断器(10A)
4	电动座椅熔断器(25A)	16	起动电源熔断器(7.5A)
5	空位(熔断器)	17	空调熔断器(10A)
6	空位(熔断器)	18	2#点火熔断器(15A)
7	车载诊断系统熔断器(7.5A)	19	除霜补偿熔断器(10A)
8	刮水器熔断器(20A)	20	前照灯控制系统熔断器(5A)
9	小灯熔断器(15A)	21	点烟器熔断器(15A)
10	制动灯熔断器(15A)	22	暖风熔断器(40A)
11	车门熔断器(25A)	23	后窗除霜熔断器(30A)
12	2#门窗电源熔断器(30A)	24	1#门窗电源熔断器(30A)

3. 接插件固定支架 I

比亚迪 F3 接插件固定支架 I 继电器位置分布如图 12-14 所示。

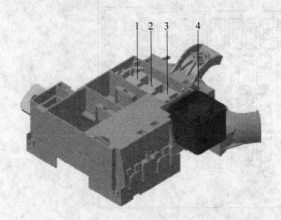

1—前雾灯继电器
2—起动继电器
3—小灯继电器
4—暖风继电器（除霜除雾）

图 12-14　接插件固定支架 I 继电器位置分布

第四节　长城哈弗（2010 年款）

1. 1 号熔断器盒

长城哈弗 H5 轿车 1 号熔断器盒熔断器与继电器分布如图 12-15 所示。

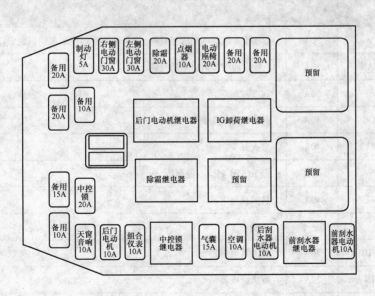

图 12-15　长城哈弗 H5 轿车 1 号熔断器盒熔断器与继电器分布图

2. 2 号熔断器盒

长城哈弗 H5 轿车 2 号熔断器盒熔断器与继电器分布如图 12-16 所示。

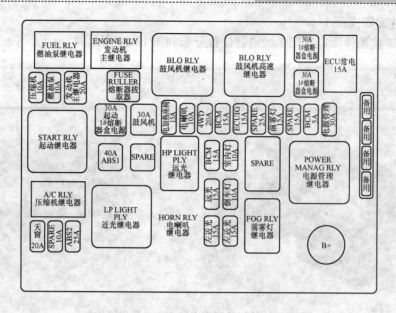

图 12-16　长城哈弗 H5 轿车 2 号熔断器盒熔断器与继电器分布图

第五节　一汽奔腾

1. F-01 主熔断器盒

一汽奔腾 F-01 主熔断器盒如图 12-17 所示，熔断相关说明如表 12-5 所示。

表 12-5　一汽奔腾 F-01 主熔断器盒说明表

序号	名　称	规格	保护的电路/部件
①	FAN	30A	1 号冷却风扇电动机继电器、3 号附加冷却风扇电动机继电器
②	AD FAN	30A	1 号附加冷却风扇电动机继电器
③	ABS	60A	DCS 控制单元
④	DEFOG	40A	后窗除雾继电器
⑤	IG KEY2	40A	点火开关
⑥	BTN	40A	经 ROOM 到空调控制器
⑦	BLOWER	40A	鼓风机继电器
⑧	—	—	未使用
⑨	FUEL PUMP	20A	燃油泵继电器
⑩	HORN	20A	喇叭继电器
⑪	P/W	30A	电动车窗开关
⑫	IG KEY1	30A	点火开关

（续）

序号	名　称	规格	保护的电路/部件
⑬	MAIN	120A	主熔断器
⑭	FOG	15A	前雾灯继电器
⑮	H/CLEAN	20A	前照灯清洗继电器
⑯	R. S/W	15A	座椅加热开关
⑰	S/ROOF	15A	天窗驱动系统
⑱	PSEAT	30A	电动座椅调整开关
⑲	—	—	未使用
⑳	MAG	10A	A/C 继电器
㉑	T/LP	10A	转向灯控制单元
㉒	ETC	7.5A	ETC 继电器
㉓	ENG + B	10A	PCM
㉔	STOP	15A	喇叭继电器
㉕	HAZARD	10A	BCM
㉖	TCM	15A	牵引力继电器
㉗	HEAD HR	10A	右前照灯远光
㉘	HEAD HL	10A	左前照灯远光
㉙	HEAD LL	15A	左前照灯近光
㉚	HEAD LR	15A	右前照灯近光
㉛			
㉜	ENG BAR	10A	EGR 阀、可变空气导管控制电磁阀、可变进气涡流电磁阀、氧传感器
㉝	INJ	15A	喷油器
㉞	ILLUMI	10A	仪表板灯调光开关
㉟	TAIL	10A	驻车灯、前/后雾灯继电器
㊱	SPARE	10A	备用
㊲	SPARE	15A	备用
㊳	SPARE	20A	备用
㊴	—	—	未使用
㊵	MDEF	7.5A	外后视镜加热

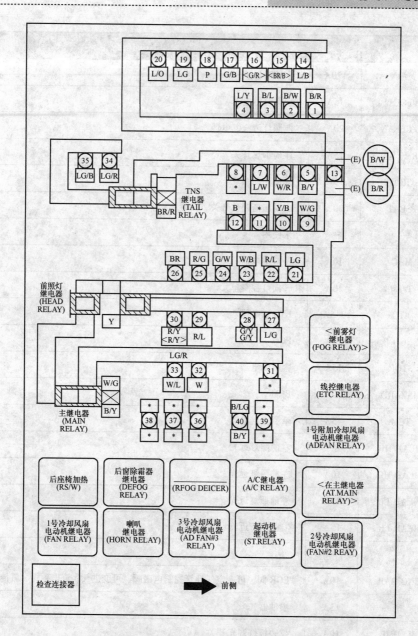

说明

（）：名称标明在熔断器盒盖上。＜＞：如果装备。＊：排空。

图 12-17　一汽奔腾 F-01 主熔断器盒分布图

2. F-02 熔断器盒

一汽奔腾 F-02 熔断器盒如图 12-18 所示，熔断相关说明如表 12-6 所示。

表 12-6　一汽奔腾 F-02 熔断器盒说明表

序号	名　称	规　格	保护的电路/部件
①	A/C	10A	空调
②	S. WARM	15A	后窗除雾继电器

（续）

序号	名 称	规 格	保护的电路/部件
③	R. WIP	10A	风窗玻璃刮水器和洗涤器开关
④	ROOM	15A	空调控制器、无钥匙接收器
⑤	ENGINE	15A	防盗
⑥	SAS	10A	BCM
⑦	METER	15A	组合仪表
⑧	WIPER	20A	风窗玻璃刮水器电动机
⑨	CIGAR	15A	点烟器
⑩	MIRR	5A	电动后视镜调整开关
⑪	R. CIGAR	15A	后备电源
⑫	—	—	未使用
⑬	IGIP/W	30A	电动车窗开关
⑭	P/W	20A	电动车窗主开关
⑮	D/L	30A	BCM
⑯	SPARE	20A	备用
⑰	SPARE	15A	备用
⑱	SPARE	10A	备用

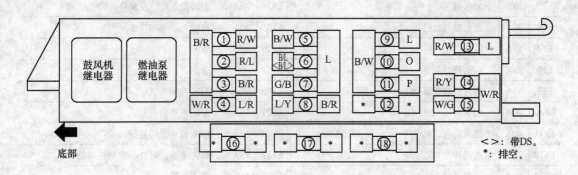

图 12-18 一汽奔腾 F-02 熔断器盒元件分布图

第六节　上海荣威 350（2010 年款）

1. 发动机室熔断器盒

上海荣威 350 发动机室熔断器盒安装在发动机室左侧，其熔断器与继电器元件分布如图 12-19 所示，继电器说明如表 12-7 所示，熔断器说明如表 12-8 所示。

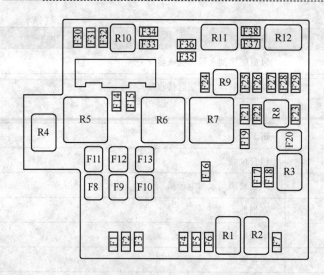

图 12-19　上海荣威 350 轿车
熔断器与继电器元件分布图

表 12-7　　上海荣威 350 轿车继电器说明表

代号	功　能
R1	前刮水器低速继电器
R2	前刮水器高速继电器
R3	主继电器
R4	起动机继电器
R5	鼓风机继电器
R6	冷却风扇低速继电器
R7	冷却风扇高速继电器
R8	燃油泵继电器
R9	位置灯继电器
R10	空调压缩机离合器继电器
R11	前照灯远光继电器
R12	后风窗除雾继电器

表 12-8　　上海荣威 350 轿车熔断器说明表

代号	规格	保护的电路/部件	代号	规格	保护的电路/部件
EF1	—	备用	EF20	30A	主继电器
EF2	30A	乘客侧电动车窗	EF21	10A	右前近光灯
EF3	30A	左后侧电动车窗	EF22	10A	左前近光灯
EF4	7.5A	ABS/DSC ECU	EF23	15A	燃油泵
EF5	20A	ABS 阀	EF24	10A	左前位置灯、左尾灯、背光照明
EF6	30A	刮水器电动机	EF25	30A	驾驶人侧电动座椅
EF7	10A	倒车灯	EF26	—	备用
EF8	30A	点火开关 2	EF27	—	备用
EF9	50A	乘客侧熔断器盒供电	EF28	7.5A	ABS/DSC ECU
EF10	40A	ABS 泵	EF29	10A	发动机控制单元
EF11	40A	鼓风机电动机	EF30	10A	喷油器、炭罐控制阀
EF12	30A	点火开关 1	EF31	15A	氧传感器、可变凸轮轴正时阀
EF13	40A	冷却风扇	EF32	15A	点火线圈
EF14	20A	天窗	EF33	7.5A	交流发电机
EF15	30A	驾驶人侧电动车窗	EF34	10A	空调压缩机
EF16	15A	前雾灯	Ef35	10A	右前位置灯、右尾灯、牌照灯
EF17	30A	右后侧电动车窗	EF36	15A	左/右前远光灯
EF18	15A	发动机控制模块	EF37	7.5A	后视镜加热
EF19	10A	喇叭	EF38	30A	后风窗除雾

2. 乘客侧熔断器盒

上海荣威 350 乘客侧熔断器盒熔断器元件分布如图 12-20 所示，熔断器说明如表 12-9 所示。

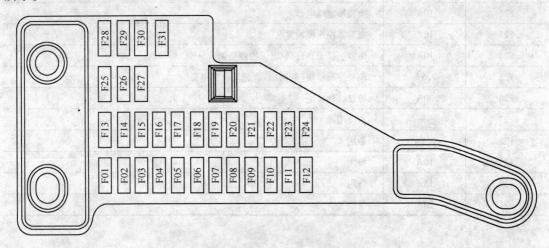

图 12-20　上海荣威 350 乘客侧熔断器盒熔断器元件分布图

表 12-9　上海荣威 350 乘客侧熔断器盒熔断器说明表

代号	规格	保护的电路/部件
F01	7.5A	车身控制模块（ACC 档）
F02	15A	点烟器
F03	10A	导航/CD 起动电源
F04	10A	天窗 & 外后视镜开关
F05	10A	安全气囊
F06	15A	发动机控制单元、ABS/DSC ECU
F07	10A	仪表、车身控制模块（IGN 档）
F08	10A	变速器控制模块、档位选择开关、输出速度传感器、倒车灯开关
F09	15A	电源插座
F10	10A	鼓风机继电器
F11	10A	自动/电子控制空调
F12	7.5A	内部灯光
F13	10A	前照灯水平调节、左/右前照灯
F14	10A	车身控制模块（右转向灯、后雾灯）
F15	20A	车身控制模块（门锁）
F16	25A	车身控制模块（左转向灯、天窗、近光灯、延时）
F17	7.5A	诊断
F18	—	未使用
F19	—	未使用
F20	10A	制动灯开关

（续）

代号	规格	保护的电路/部件
F21	10A	车身控制模块（前洗涤）
F22	10A	换档锁定继电器
F23	10A	变速器控制模块常电
F24	10A	防盗、仪表、自动/电子控制空调
F25	7.5A	车身控制模块（起动档）、起动机继电器
F26	20A	导航/CD 常电
F27	—	未使用
F28	7.5A	备用
F29	10A	备用
F30	15A	备用
F31	20A	备用